Les vrais paradis sont les paradis qu'on a perdus.
Les années heureuses sont les années perdues, on attend une souffrance pour travailler.

MARCEL PROUST

À LA RECHERCHE DU TEMPS PERDU

Du côté de chez Swann

MARCEL PROUST

À LA RECHERCHE DU TEMPS PERDU

Du côté de chez Swann

追忆
似水年华

第一卷　在斯万家那边

[法国] 马塞尔·普鲁斯特 著
李恒基 徐继曾 译

译林出版社

编者的话

马塞尔·普鲁斯特是十九世纪末、二十世纪初法国伟大的作家。在法国乃至世界文学史上，他同巴尔扎克一样，都占据着极其重要的地位。特别是 1987 年以来，法国好几家有影响力的出版社，竞相重新出版普鲁斯特的名作《追忆似水年华》；评论和研究普鲁斯特创作成就的各种学术活动，也在法国及许多其他欧美国家广泛地开展起来。这股热潮的重新出现，充分显示出普鲁斯特这部巨著的价值及其影响。

《追忆似水年华》以独特的艺术形式，表现出文学创作上的新观念和新技巧。小说以追忆的手段，借助超越时空概念的潜在意识，不时交叉地重现已逝去的岁月，从中抒发对故人、往事的无限怀念和难以排遣的惆怅。普鲁斯特的这种写作技巧，不仅是对当时小说传统写作模式的一种突破，而且对日后形形色色新小说流派的出现，也产生了深远的影响。

对于这样一位伟大的作家，对于这位作家具有传世意义的这部巨著，至今竟还没有中译本，这种现象，无论从哪个角度来看，显然都是不正常的。正是出于对普鲁斯特重大文学成就的崇敬，并且为了进一步促进中法文化交流，尽快填补我国外国文学翻译出版领域中一个巨大的空白，我们决定组织翻译出版《追忆似水年华》这部巨著。

外国文学研究者都知道，普鲁斯特的这部巨著，其含义之深奥，用词之奇特，往往使人难以理解，叹为观止，因此翻译难度之大可想而知。为了忠实、完美地向我国读者介绍这样重要的作品，把好译文质量关是至关重要的。为此，在选择译者的过程中，我们做了很多的努力。现在落实下来的各卷的译者，都是经过反复协商后才选定的，至于各卷的译文如何，自然有待翻译家和读者们读后评说，但我们可以欣慰地告诉读者，其中每一位译者翻译此书的态度都是十分严谨、认真的，可以说，都尽了最大的努力，对此，我们表示衷心的感谢。为了尽可能保持全书译文风格和体例的统一，在开译前，我们制定了“校译工作的几点要求”，印发了各卷的内容提要、人名地名译名表及各卷的注释；开译后又多次组织译者交流经验，相互传阅和评点部分译文。这些措施，对提高译文质量显然是有益的。

关于此书的译名，我们曾组织译者专题讨论，也广泛征求过意见，基本上可归纳为两种译法：一种直译为《寻求失去的时间》；另一种意译为《追忆似水年华》。鉴于后一种译名已较多地在报刊上采用，按照“约定俗成”的原则，我们暂且采用这种译法。我们期待着广大读者的批评与指正。

韩沪麟

1989 年 1 月

PRÉFACE

序 言

安德烈 · 莫罗亚 作
施康强 译

对于1900年到1950年这一历史时期而言，没有比《追忆似水年华》更值得纪念的长篇小说杰作了。这不仅仅因为普鲁斯特的作品像巴尔扎克的著作一样规模宏大。别的人写过十五部或二十部小说，有时还颇具才气，但是总不能给人以得到一种启示，读到一个总结的印象。这些作者满足于开发众所周知的“矿脉”；马塞尔·普鲁斯特却发现新的“矿藏”。《人间喜剧》把外部世界作为自己的领地；它囊括金融界、编辑部、法官、公证人、医生、商人、农民；巴尔扎克旨在描绘，他也确实描绘了整整一个社会。相反，普鲁斯特的一个独到之处是他对材料的选择并不在意。他更感兴趣的不是观察行动本身，而是某种观察任何行动的方式，从而他像同时代的几位哲学家一样，实现了一场“逆向的哥白尼式革命”。人的精神重又被安置在天地的中心；小说的目标变成描写为精神反映和歪曲的世界。

用普鲁斯特书里的事件和人物来说明这位作家的特点，其荒谬程度将不亚于把雷诺阿说成一个画过妇女、儿童、花卉的人。雷诺阿之所以成其为雷诺阿，并非因为他画了这些模特儿，而是因为他把任何模特儿都摆在某种虹彩一般绚丽的光线之中。普鲁斯特本人在写到贝戈特的时候曾经指出，作品的取材与天才的形成无关。天才能使任何材料增辉生色。贝戈特成长的家庭环境从表面上看是索然寡味的，但是贝戈特却用这个素材写出一部杰作。这是因为，借助他的大脑这部小机器，他能高翥远翔，从而像飞越沙漠的飞行员隐约看到在地面上看不出来的、埋在沙子底下的城郭一样，看到事物蕴藏的秘密。因此在谈论《追忆似水年华》之前，先要说明普鲁斯特为什么比任何人更善于“飞离”这个他似乎十分眷恋的世界。

一

他熟悉的天地由哪些成分组成？首先是博斯地区的一所小城——伊利耶，他童年时代每年都随家人在那里度假；是他的祖父母、父亲、母亲、兄长、叔父、舅父、婶母、姑母；是他在乡下的邻居。其次是一个巴黎社交圈子；他在孔多塞中学的同学、他父亲的朋友以及几个女人：洛尔·海曼、爱弥尔·斯特劳斯夫人、德·塞维尼伯爵夫人；还有阿芒·德·加亚维夫人、博兰古夫人、格莱福尔勃伯爵夫人的沙龙，后来又通过罗贝尔·孟德斯鸠的引荐，逐渐结识整个上流社会；通过他的韦伊舅舅们和他的外婆家，进入犹太人的圈子；通过卡堡和比诺大街的网球场，与几位妙龄少女订交；至于平民百姓，他只见过几个仆人、几个开电梯的和当茶房的、服兵役时的几个伙伴和伊利耶城的几个店主；说到作家和艺术家，他只通过阿纳托尔·法朗士、雷纳尔多·阿恩、马德莱纳·勒梅尔和埃勒，对他们的生活略有所知。总之他的见闻所及仅系法国社会一个很薄的剖面。不过这又有什么关系呢？普鲁斯特将不是从广度，而是从深度上开掘他的“矿脉”。

好几项特征注定他日后要从事写作。他的气质是神经质的，敏感到病态的程度。他有一个令人钦佩的母亲，对他无比宠爱，因此他遇到最细微的不和谐也如同受到伤害，最淡薄的敌意或者最不经意的可笑行径都会在他心头留下痛苦的记录。换了一个躯壳较厚的人，有些场景不会产生持久的印象，他碰上却会终生难忘，在他的思想里像地狱里受尽煎熬而找不到出路的灵魂一般骚动。（例如：某天晚上他母亲拒绝在他入睡前吻他，过后禁不住他的恳求又让步了。后来，为寻找意中人他曾深夜在巴黎街头奔走。还有他在社交场合遭受的一些屈辱，先是在《让·桑德伊》，后来在《追忆似水年华》里都有迹可循。）“作家受到命运不公正的待遇之后，总要尽力寻求补偿。”我们这位作家尤其迫切地需要补偿、解释和安慰。

由于他患有慢性哮喘，虽说不是废人，却年纪轻轻就成为病人，每年有一定时间必须闭门谢客。这种隐居有助于把生活转化为艺术。“真正的乐园是我们失去了的乐园。”普鲁斯特以一千种方式重复这一想法。“幸福的岁月即是虚度的岁月，我们等待痛苦，以便进行工作。”他被逐出童年时代的伊甸园，失去了幸福，于是就企图重新创造幸福。

他的精神患病甚于肉体。早在少年时代，他已发现唯一吸引自己的爱情在人们眼里是反常的。他不比纪德[1]，敢向家里人挑战。

[1] 安德烈·纪德（1869—1951）：著名小说家，在法国文学史上占有重要地位。

“家庭啊，我恨你们”[1]这类表白完全违背他的本性。我们可以想象他怎样在内心经历长时间的、痛苦的斗争，终归战败；他怎样努力克制自己的欲望；怎样旧病重犯，最终确信自己无可救药。如果把普鲁斯特看作不道德的人，那就大错特错了。他诚然背离道德规范，但是他因此而痛苦。出于这层原因，他也有忏悔和分析自己的需要，而这有利于写小说。

最后，这个怀有如此强烈的写作冲动的年轻人，正好具备从事写作的条件。他不仅秉有神经质者敏锐的悟性，从而获得宝贵的材料，而且掌握渊博的知识，从而知道怎样利用这些材料。他母亲嗜爱法国和英国的古典大作家，让他也寝馈其中。我们时代很少有人比他更熟悉圣西门、德·塞维尼夫人、圣伯夫、福楼拜、波德莱尔；他的拟作证明他与这些作家灵犀相通。他研究过他们的思想方式、创作手法和风格。他若不是我们时代最伟大的小说家，本可以当最伟大的批评家。对英国作家的了解使他有可能进行知识上的杂交，这对强化一个人的思想如同生理上的杂交能增强一个种族的体质一样有效。他曾指出自己从托马斯·哈代、乔治·艾略特、狄更斯，尤其从拉斯金那里得到一些教益。我们时代没有任何作家比他更有学问，更加懂行。

然而事情的奇妙正在于，他具备如此出色的条件，本可以当一个威严的、多少有点学究气的传统作家，但他偏偏拒绝走这条现成的路子。在这里，他那位趣味高雅的母亲给他的教诲又起作

[1] 见纪德的《地粮》。

用了。“对于应该怎样烹调某些菜肴、演奏贝多芬的奏鸣曲和殷勤待客，她自信能掌握最合适的分寸……况且对这三件事情来说，最合适的分寸几乎是相同的：手法简洁、朴实无华、饶有韵致。”普鲁斯特对于风格的看法并无二致。作为技巧出众的演奏家，他有时禁不住拖长一段曲子（电话接线小姐—山楂树—盖尔芒特王妃的楼下包厢）。最优秀的普鲁斯特，本色的普鲁斯特，却在风格上刻意求工的同时不失自然。没有人比他更精确地记录下口语的音乐性和每个阶层的人特有的语调。

他有那么多的东西要表达，不说出来简直会憋死。他长期寻找一个题材以便表达所有这一切，却一直没有找到。童年时代，他在维福纳河两岸漫步，曾经隐约感到在一幢房子的屋瓦底下或者一棵长条拂地的柳树下面隐藏着某些真相，有待于他去揭穿；二十五岁或三十岁时，他反复搜索记忆的宝库，还是没有找到他需要的东西。1896 年，他发表一部短篇小说和诗歌合集《欢乐与时日》。这本书染上世纪末的颓风，使人想起《白色杂志》、让·德·蒂南和奥斯卡·王尔德。没有一个读者猜到作者有一天将成为我们最伟大的文学革新家。然后，从 1899 年到 1904 年，他悄悄地写满许多练习本：那是一部自传性长篇小说《让·桑德伊》。一气呵成以后，作者从未修改。

他没有发表这部作品，甚至想毁掉它：作品有许多页已被撕掉。今天我们在这部作品里发现了《追忆似水年华》中大部分为我们喜爱的优点。若干使普鲁斯特魂牵梦萦的场面，日后将以完善的形式记录下来，在这里已经初露端倪。透彻的分析、诗意的描写、对滑稽可笑言行地道的狄更斯式的描绘：这一切都非高手莫属。然而他当初不发表这部草稿是对的。他若那样做了，后来就不会以无比高超的技巧重写同一个题材。他写这部草稿的时候，他的双亲犹在，而且还可能是他最初的读者，所以他不能在作品里坦率处理他认为是最主要的东西。对于我们这些普鲁斯特迷来说，《让·桑德伊》是一部引人入胜的书，但是书中的人物和事件与原型相比变化不大，还不足以成为完美的艺术品。

《让·桑德伊》里的观察者已是一位大师。不过普鲁斯特不满足于观察。他认为美犹如童话里的公主，被某个可怕的魔法师关在一座城堡的塔楼里。为了解救这位公主，我们打破一千扇门还是徒劳，而大部分人忙于享受生的乐趣，不久就放弃寻找。但是像普鲁斯特这样的人宁可放弃其他一切，也要找到被囚禁的公主。总有一天，他受到启示，福至心灵，确信自己已有把握。他将得到秘密的、令人目眩的报偿。他说："我们敲遍一扇扇并不通往任何地方的门扉，唯一可以进身的那扇门，找上一百年都可能徒劳无功，却被我们于无意间撞上，打开了。"

二

这扇"唯一的"门通向什么呢？当它突然自动开启时，他隐约看到的那部"与《一千零一夜》和圣西门的《回忆录》篇幅相等"的作品究竟是什么样子呢？他有什么重要的话要说，不惜为之牺牲其他一切呢？普鲁斯特浩瀚的交响乐里将出现什么主题呢？

第一主题，是时间。他的书以这个主题开端、告终。“假如假以天年，允许我完成自己的作品，我必定给它打上时间的印记：时间这个概念今天以不可抗拒的力量强迫我接受它。我要在作品里描写人们在时间中占有的地位比他们在空间中占有的微不足道的位置重要得多，即便这样做会使他们显得类似怪物……”我们周围的一切都处于永恒的流逝、销蚀过程之中，普鲁斯特无日不为这个想法困扰。“正如空间有几何学，时间也有心理学。”人类毕生都在与时间抗争。他们本想执着地眷恋一个爱人、一位友人、某些信念；遗忘从冥冥之中慢慢升起，淹没他们最美丽、最宝贵的记忆。

古典哲学假定“有一种不变的信仰犹如精神的雕像形成我们的人格”，这座雕像在外部世界的冲击下坚定不动如磐石。但是普鲁斯特知道自我在时间的流程中逐渐解体。为期不远，总有一天那个原来爱过、痛苦过、参与过一场革命的人什么也不会留下。我们将在小说里看到斯万、奥黛特、希尔贝特、布洛克、拉谢尔、圣卢怎样逐一在感情和年龄的聚光灯下通过，呈现不同的颜色，就像舞女的白色衣裙在灯光下依次变成黄色、绿色或蓝色一样。沉溺在爱河中的自我不能想象，几年以后，同一个自我一旦从爱情中解脱出来，又会是什么样子。而且可叹的是“房屋、道路、大街”“都跟岁月一样易逝”。我们徒然回到我们曾经喜爱的地方；我们绝不可能重睹它们，因为它们不是位于空间中，而是处在时间里，因为重游旧地的人不再是那个曾以自己的热情装点那个地方的儿童或少年。

然而我们的历任自我并不完全消失，因为它们能在我们的睡梦中，甚而在清醒状态下重现。普鲁斯特在他的交响乐的第一乐章即陈述睡醒的主题，这并非事出偶然，而是有意为之。每天早晨，在片刻迷糊之后，我们重新拥有我们自身；这说明我们从未完全失去它。马塞尔在他生命的最后几年能在自己身上某处听到“小铃铛尖厉、清脆、叮叮咚咚连绵不绝的金铁声”，在他童年时代每次铃响总是宣告斯万来访。那必定是这个铃铛从未停止在他身上叮咚作响。因此时间看起来好像完全消逝，其实不然，它正与我们自身融为一体。由此产生了作为普鲁斯特作品的根源的想法，即追寻似乎已经失去，其实仍在那里，随时准备再生的时间。

这个追寻只能在人们视为“真实”的那个世界里进行。其实这个世界是不真实的，至少是不可认识的，因为我们看到的世界永远受到我们自身的情欲的歪曲。世界不是一个，而是成千上万；每天清晨有多少双眼睛睁开，有多少人的意识苏醒过来，便有多少个世界。因此，要紧的不是生活在这些幻觉之中并且为这些幻觉而生活，而是在我们的记忆中寻找失去的乐园，那唯一真实的乐园。“过去”便是我们每个人身上都存在的某种永恒的东西。我们在生命中某些有利时刻重新把握“过去”，便会“油然感到自己本是绝对存在的”。所以，除了第一个主题：摧毁一切的时间而外，另有与之呼应的补充主题：起保存作用的回忆。不过我们这里指的不是随便哪一种回忆；普鲁斯特的主要贡献在于他教给人们某种回忆过去的方式。

难道有好几种回忆过去的方式吗？至少有两种。人可以试图借助智力，通过推理、文件和佐证去重建过去。这一自主的回忆绝不可能使我们感到过去突然在现在之中显露，而正是这种突然显露才使我们意识到自我的长存。必须发动不由自主的回忆，才能找回失去的时间。那么不由自主的回忆怎样发动呢？得通过当前的一种感觉与一项记忆之间的偶合。我们的过去继续存活在滋味、气息之中。普鲁斯特写道："不要忘记，我生命中有个反复出现的动机……比对阿尔贝蒂娜的恋情还要重要的动机，即重温旧事，这也是献身艺术者的上好材料……一杯茶、散步场上的树木、钟楼等。"小玛德莱娜点心便是出色的例子。

叙述者一旦辨认出这种形似海贝的蛋糕的味道，整个贡布雷便带着当年他曾在那里感受的全部情绪，从一杯椴花茶中浮现出来；亲身的经历使这座小城在他眼里愈发动人。当前的感觉与重新涌现的记忆组成一对。这个组合与时间的关系，犹如立体镜与空间的关系。它使人们产生时间也有立体感的错觉。在这一瞬间，时间被找回来了，同时它也被战胜了，因为属于过去的整整一块时间已变成属于现在的了。因此艺术家在这种时刻感到自己征服了永恒。任何东西只有在其永恒面貌，即艺术面貌下才能被真正领略、保存：这就是《追忆似水年华》的根本、深刻和创新的主题所在。别的作家（夏多布里昂、热拉尔·德·内瓦尔）曾经窥见这个主题，但是他们没有在自己的直觉的指引下走到底，没有敞开通向神奇境界的大门。唯有普鲁斯特发现，在第一个回忆的诱发下，人们以为已经永远遗忘的世界好像附丽在这个最初的回忆上面，会从一杯茶中整个涌现出来。

概括来说，他的小说是一个聪明绝顶、敏感到痛苦地步的人的经历。这个人从小就出发寻找绝对的幸福，他在家庭里、爱情中、世界上都没有找到绝对幸福，最后像宗教神秘主义者一样到时间之外去寻找一种绝对存在。他在艺术中找到这个绝对物，因此小说与小说家的生平融为一体，而小说结尾时说叙述者找回了失去的时间，可以开始写他的书了。就这样，这部书像一条长蛇首尾相衔，绕成一个巨大的圆圈。

三

不由自主的回忆以其魔法唤醒过去之后，叙述者看到了什么东西呢？居中一座乡下房子，是他的外祖母、他的父母、他的姑妈莱奥妮（与亲朋相处时富有喜剧性的人物）、女仆弗朗索瓦丝（妙不可言的肖像）以及几名配角。挨着贡布雷的住所涌现一所外省花园，夏天晚上一位邻居，斯万先生，没有斯万夫人陪同，常来看望叙述者的父母。贡布雷周围伸展着一片既熟悉又神秘的地带。对于童年时代的叙述者来说，这片地带分成两“边”：*斯万家那边*，即斯万家的产业当松维尔，和*盖尔芒特家那边*，即盖尔芒特家的城堡所在地。盖尔芒特家系出名门，马塞尔有时瞥见他们望完弥撒后步出教堂，视他们为高不可攀的天人；人家告诉他这一家人是热纳维耶夫·德·布拉邦特的后裔，他们过着神仙般的日子。就这样，生命以*名字阶段*开始。盖尔芒特家、斯万夫人及其女儿希尔贝特·斯万：叙述者对所有这些人所知甚微，对于他来说他们只是些名字。

一个接着一个，这些名字将变成有血有肉的人。后来叙述者介入盖尔芒特家的生活圈子，这家人对他仍有吸引力，但是不复有英雄的威望。德·盖尔芒特公爵夫人酷似教堂里彩画玻璃上的女圣徒，后来成为马塞尔的朋友。马塞尔将发现，她虽然才思敏捷，但是思想浮浅，还有自私、冷酷的一面。盖尔芒特家别的成员，夏吕斯男爵和迷人的罗贝·德·圣卢，原先处于半明半暗的光线下得到美化，后来将依次在前台的强光灯下暴露原形。叙述者逐渐发现，这些人物曾如幻灯映出一般，组成了一个神奇世界，这些男人和女人的名字底下隐藏着时而残酷、时而平庸的现实。小说的材料不在现实世界之内，而是在现实世界和想象世界的差距之中。

在爱情领域，也有一个词语阶段。在这个阶段，人惑于古典或浪漫作品中对这一感情的描绘，追求不可能实现的心心相通。但是“爱情本身与我们对爱情的看法之间的差别判若天壤”。普鲁斯特试图以比传统小说家更多的真实性去描绘相遇相悦、离怀别苦，以及最终的冷淡。夏娃本是从亚当体内抽出来的：这个象征十分正确。我们入睡后一条腿的位置没有放对，便有心爱的女人翩然入梦。我们在邂逅相逢时用我们自身的想象做材料塑造的那个恋人，与日后作为我们的终身伴侣的那个真实的人毫无关系。斯万娶了从他梦中走出来的奥黛特为妻，结果面对的奥黛特却是一个他不爱的人，与他根本合不来。叙述者马塞尔起先认为阿尔贝蒂娜俗不可耐，其貌不扬，但是因为她“不可捉摸”，周身笼罩着神秘的光晕，便对她产生依恋之情，最终爱上她了。

爱情的对象被占有之后，只要怀疑依然存在，爱情就可以保持不衰。我们发现自己曾经如此重视的东西原来纯属虚妄之后，如果嫉妒占据了我们心灵的荒漠，这一发现还不足以使我们痊愈。幸亏“回忆有时混乱，接着感情出现间歇”。最后，经过长期暌别，遗忘来临，驱除了爱情的种种幻觉。至于在《所多玛与蛾摩拉》中致力描写的变态爱情，它与正常的爱情遵循同一条变化曲线。爱情的实际对象是马车夫，缝制背心的裁缝，还是妓女或公爵夫人，这都无关紧要，因为按照普鲁斯特的说法，爱情的本质在于爱的对象本非实物，它仅存在于情人的想象之中。

同样地，马塞尔童年时代的两条“边”：斯万家那边和盖尔芒特家那边，对于他曾是陌生、迷人、秘密的世界，后来他得以实地勘察这两个世界时，却在其中找不到任何东西能引起他强烈、持久的兴趣。追逐时尚与追逐爱情一样令人失望。斯万渴望加入维尔迪兰的小圈子，马塞尔则想厕身盖尔芒特家的沙龙。一旦他们如愿以偿，认识并征服了小圈子和沙龙，两者便一钱不值了。唯一有吸引力的世界是我们尚未进入的世界。一切都比儿童的眼睛看到的要简单、平淡。从贡布雷看出去，两条“边”之间好像隔着一道鸿沟。不料它们竟在作品的顶上组成巨大的圆拱，最终汇合在一起：斯万的女儿希尔贝特嫁给盖尔芒特家的圣卢。两条边的对立原来也是假的。现实在显露真相的同时烟消云散。

我是故意用圆拱这个词的。普鲁斯特的作品刚发表的时候，批评家们未能立即理解它的结构，不知道它在结构上与大教堂一样简单、稳重。作者自己是意识到这一点的："当你对我谈到大教堂的时候，你的妙语不由得使我大为感动。你感觉到我从未跟人说过的第一次形诸笔墨的事情：我曾经想过为我的书的每一部分别选用如下标题：大门，后殿彩画玻璃窗，等等。我将为你证明，这些作品唯一的优点在于它们全体，包括每个细微的组成部分都十分结实，而批评家们偏偏责备我缺乏总体构思。我若采用类似的标题，便能事先回答这种愚蠢的批评……"

确实如此，在完工的作品里有那么多精心安排的对称结构，那么多的细部在两翼相互呼应，那么多的石块在开工伊始就砌置整齐，准备承担日后的尖拱，以至读者不能不佩服普鲁斯特把这座巨大的建筑当作一个整体来设计的杰出才智。就像序曲部分草草奏出的主题后来越演越宏伟，最终将以勇猛的小号声压倒陪衬音响一样，某个在斯万家那边仅仅露了脸的人物将变成书中的主角之一。（例如：在外叔祖父家里见过一面的那位穿一身粉红的夫人，后来变成奥黛特·德·克雷西，又变成斯万夫人，最后成为福什维尔夫人；画家比施原是维尔迪兰的"小核心"的成员，后来成为伟大的埃尔斯蒂尔；在妓院里与叙述者春风一度的那个女子，日后重逢时改名拉谢尔，已是圣卢钟爱的情妇。）

就像一个巨大的桥拱跨越岁月，最终把斯万家那一边和盖尔芒特家那一边连接起来一样，翻过几千页书以后，将有别的感受—回忆组合与小玛德莱娜点心的主题相呼应（叙述者在到威尼斯的旅途上见到的大小不等的铺路石块；他在盖尔芒特王妃的图书馆里见到上了浆、熨得挺括的毛巾时，巴尔贝克海滨顿时在他眼前重现）。整个建筑的拱顶石无疑是罗贝尔和希尔贝特的女儿圣卢小姐。这只是一件小石雕，从底下仰望勉强可见，但是在这件石雕上“无形无色、不可捕捉”的时间确确实实凝固为物质。圆拱从而连接起来，大教堂于是竣工。到这个时候，作者作为艺术家和作为人同时得救。从那么多的相对世界里涌现出一个绝对世界了。

因此普鲁斯特的小说是一种肯定，一种解脱。就像凡德伊的七重奏一样，其中两个主题——毁坏一切的时间和拯救一切的记忆对峙着：“最后，欢乐的主题取得胜利；这已不再是从空荡荡的天空背后发出的几乎带着不安的召唤；这是一种不可名状的快乐，好像来自天堂，这种快乐与奏鸣曲里的快乐差别之大，犹如贝里尼画中温和、庄重、演奏双颈诗琴的天使与米开朗琪罗笔下某一穿紫袍、吹大号角的大天使的差别。我知道我永远不会忘记快乐呈现的这个新的色彩，这个引导我们寻求一种超尘世的快乐的召唤……”

克洛德·莫里亚克写过一本关于普鲁斯特的出色的小书，他在书里强调普鲁斯特独特的*欢乐*概念很有见地：“因为和普鲁斯特在一起，我们除了知道感情有间歇，更知道幸福也是时而袭来，时而消失的。这一阵阵欢乐的清风来自什么地方呢？”来自艺术。大艺术家“为我们掀开丑恶与无聊的帷幕的一角，我们由于隔着这道帷幕才对世界失去好奇心”。像梵·高用一把草垫椅子，德加或马奈用一个丑女人作题材，画出杰作一样，普鲁斯特的题材可以是一个老厨娘、一股霉味、一间外省的寝室或者一丛山楂树。他对我们说："好好看：世界的全部秘密都藏在这些简单的形式下面了。"

四

人生中有些出神入化的时刻，当前偶然获得的感觉使过去重现，于是我们快乐地感到自身存在的持久性；不过一个人一生中罕遇这种时刻。那么怎样才能在每一页书上都把被囚禁的美释放出来呢？这里用得着风格："在一项描写中，人们可以无穷尽地罗列位于被描写地点的各种物体；但是真相仅在作家择定两件不同的物体、指出它们的相互关系的那个瞬间开始显露。艺术世界中这一相互关系类似科学世界中唯一的因果关系。作家还需要用美丽的风格形式的圆环把这两件物体关闭在内，他甚至围住了生命，当他举出两种感觉的共同特点，用一项隐喻把两件物体结合起来，从而显示它们的本质，使它们摆脱时间的影响，并用词的组合形式的不可描述的锁链把它们拴在一起……"

通过揭示某一陌生事物或某一难以描写的感情与一些熟悉事物的相似之处，隐喻可以帮助作者和读者想象这一陌生事物或这一感情。当然普鲁斯特不是第一个使用形象的作家。对于原始人，形象也是一种自然的表达手段。但是普鲁斯特比同时代任何作家更加理解形象的"至上"重要性；他知道形象怎样借助类比使读者窥见某一法则的雏形，从而得到一种强烈的智力快感；他也知道怎样使形象常保新鲜。

既然比喻的目的是用熟知的事物解释未知的事物，那么比喻的第二项，即那个好像是透明的、可以透过现实被看到的东西就与我们熟悉的感觉之间有了联系。荷马有理由吟唱："勇猛如怒狮……"因为他的听众曾经与狮子搏斗过。普鲁斯特指出现代的隐喻应该在事物后面唤起味觉、嗅觉、触觉这一类永远真实的基本感觉，或者展示作为任何艺术的首要成分的动植物形象（夏吕斯变成大黄蜂，絮比安化成兰花，盖尔芒特家的人变作禽鸟）。最后，它也可以从当代各学科中借用现实生活的形象。所以在普鲁斯特的文章里不时出现科学、心理学、政治学的形象。

我们任意打开几页书，便能采撷到一束新鲜的形象花束，如叙述者的母亲对弗朗索瓦丝说，德·诺布瓦先生把她说成"第一流的厨师头"，母亲传达这个消息就像国防部部长传达来访君主在检阅后所致的祝词。马塞尔这个时候正爱上希尔贝特·斯万，他把与斯万家有关的一切都视作神圣；当他听父亲说到斯万家住的套房普普通通时，一种亵渎之感使他全身血液沸腾："我的本能告诉我应该为斯万家的魅力和我自己的幸福而牺牲思想，因此，我对父亲的话充耳不闻，我遵从内心的命令，将这个毁灭性思想（即斯万家住的不过是我们原先也可能住进的不足为奇的房子罢了）义无反顾地抛得远远的，正如虔诚的信徒摒弃勒南所写的《耶稣传》一样。"叙述者的母亲把斯万夫人为扩大她在社交界的影响而四处拜访比作一场殖民地战争："现在特龙贝归顺了。邻近的部落不久也会投降。"她在街上遇见斯万夫人，回家时说："斯万夫人处于战争状态。她大概在对马萨诸塞人、僧加罗人、特龙贝人发动胜利的攻势吧。”最后一例：斯万夫人邀请一位好心肠但令人讨厌、喜欢串门的太太上门做客，因为她知道“这位戴着羽饰、拿着名片夹的积极的工蜂，一个下午便能拜访为数众多的市民花萼。”

普鲁斯特另一个爱用的手法是借助艺术品说明实在的事物。在他生活的那个“想象博物馆”的时代，凡是有教养的人都能理解美术作品提供的参考依据。为了让读者领会奥黛特的美色，普鲁斯特提到波提切利；为了描绘布洛克的古怪，他抬出贝里尼的《穆罕默德二世》。他把弗朗索瓦丝的谈话比作巴赫的赋格曲，把夏吕斯先生投向絮比安的眼色比作贝多芬戛然而止的乐句。大画家和大音乐家把我们领进位于词语之外的世界，没有他们我们不可能进入这个世界。普鲁斯特经由美学达到玄学。这条路选得不坏。

所以隐喻在这部作品里占据的地位相当于宗教仪式里的圣器。普鲁斯特眷恋的现实都是精神性的，但是因为人既是灵魂，又是肉体，他需要物质性的象征帮助他在自身和不能表达的东西之间建立联系。普鲁斯特最先懂得，任何有用的思想的根子都在日常生活里，而隐喻的作用在于强迫精神与它的大地母亲重新接触，从而把属于精神的力量归还给它。雨果出于本能也懂得这个道理，但是普鲁斯特通过智力和使用方法达到同一个目的了。

五

阿兰曾经指出，小说在本质上应是从诗到散文，从表象到一种实用的、仿佛是手工产品的现实的过渡。普鲁斯特是纯粹的小说家。没有人比他更善于帮助我们在自己身上把握生命从童年到壮年，然后到老年的过程。所以他的书一旦问世，便成为人类的《圣经》之一。他简单的、个别的和地区性的叙述引起全世界的热情，这既是人间最美的事情，也是最公平的现象。就像伟大的哲学家用一个思想概括全部思想一样，伟大的小说家通过一个人的一生和一些最普通的事物，使所有人的一生涌现在他笔下。

TABLEAU CHRONOLOGIQUE

普鲁斯特

年
谱

徐继曾 编译

1871 年 7 月 10 日	马塞尔 · 普鲁斯特生于巴黎位于布洛涅森林与塞纳河之间的奥德伊市拉封丹街 96 号，此处为其外叔祖父路易 · 韦伊家。马塞尔为其父母的长子。其父阿德里安 · 普鲁斯特通过学衔考试，任医学院教授，其母让娜 · 韦伊，较教授年轻十五岁。马塞尔的父母住在巴黎罗瓦街 8 号。
1873 年 5 月 24 日	马塞尔的弟弟罗贝尔 · 普鲁斯特出生。
1873 年 8 月 1 日	普鲁斯特教授一家自罗瓦街迁至马尔泽尔布路 9 号。
自 1878 年起	马塞尔每年随其父母前往厄尔-卢瓦尔省他父亲的出生地伊利耶度复活节假。他们住在教授的姐姐儒勒 · 阿米纳夫人家。伊利耶为普鲁斯特作品中贡布雷的原型，自 1971 年起改名为伊利耶-贡布雷。
约 1881 年	马塞尔首次患哮喘。
1882 年 10 月 2 日	马塞尔入丰塔纳中学五年级（中学最低年级），四个月后，该校恢复孔多塞中学名称。由于健康关系，马塞尔缺课颇多。
约 1887 年	马塞尔在香榭丽舍大街与政治家，后于 1895 年任第三共和国总统的费利克斯 · 富尔及玛丽 · 贝纳达基两夫妇的女儿们相识。
1887—1888 年	在修辞班受业于马克西姆 · 戈谢。按当时法国中学生在读完五、四、三、二、一年级后，按文理科分班，文科再读修辞班一年，哲学班一年。

1888—1889 年	在哲学班受业于阿尔封斯 · 达尔吕。得“法文作文”（哲学论述）比赛第一名。
1889 年 6 月	通过中学毕业会考，获文学业士学位。马塞尔在孔多塞中学与雅克 · 比才、日后成为剧作家并当选法兰西学院院士的罗贝尔 · 德 · 弗莱、后来成为史学家的达尼埃尔 · 阿莱维结识，并为校内刊物（《绿色评论》《丁香评论》）撰稿。他开始出入于玛德莱纳 · 勒梅尔、阿芒 · 德 · 加亚维夫人、斯特劳斯夫人的沙龙。加亚维夫人将他介绍给大作家阿纳托尔 · 法朗士；斯特劳斯夫人娘家姓阿莱维，为著名作曲家乔治 · 比才的遗孀，马塞尔在她家中结识的花花公子夏尔 · 阿斯，后来成为其作品中夏尔 · 斯万的原型。
1889 年 11 月 15 日	普鲁斯特自愿在奥尔良步兵第 76 团入伍，与罗贝尔 · 德 · 利里结识。
1890 年 11 月 15 日	作为二等兵退伍。在法学院及政治科学自由学院注册入学。
1891 年 9 月	在芒什省冈市附近的卡堡度假。此处有海滨浴场，即普鲁斯特作品中的巴尔贝克。
1892 年 3 月	《宴会》杂志创刊，普鲁斯特为之撰稿。该刊于 1893 年 3 月停刊。
1893 年	为《白色杂志》撰稿。开始与诗人、艺术评论家、审美家、花花公子罗贝尔 · 德 · 蒙代斯吉乌交往。
1894 年	准备文学士学位考试。在卡尔瓦多斯省特鲁维尔度暑假。

1895 年 3 月	取得文学士学位。
1895 年 6 月	经考试被马扎然图书馆录用为馆员。
1895 年 7 月	暂调国民教育部。12 月获准长假，普鲁斯特从此不再担任公务员。
1895 年 9 月	与其友作曲家雷纳尔多 · 阿恩同游布列塔尼。
自 1895 年 9 月至 1900 年初	普鲁斯特撰写其第一部长篇小说，终未完成，直至 1952 年始以《让 · 桑德伊》之名发表。
1896 年 6 月 12 日	普鲁斯特的第一部作品《欢乐与时日》在加尔曼-雷维出版社出版，由法朗士作序，马德莱纳 · 勒梅尔作水彩插图，雷纳尔多 · 阿恩作与音乐有关的评注。这部作品的许多片段在此之前已在《白色杂志》、《每周评论》及《高卢人报》上发表。
1897 年 2 月	与让 · 洛兰决斗。
1898 年	在德雷福斯案件中，普鲁斯特力主重审。
1900 年 1 月 20 日	英国艺术评论家兼社会学家约翰 · 拉斯金逝世。普鲁斯特在《艺术与珍品专栏》（1 月 27 日）中撰文悼念。不久在《费加罗报》发表题为《拉斯金在法国的巡礼》的文章，4 月又在《法兰西信使》上发表论文《拉斯金在亚眠圣母院》（该论文后来又重刊于拉斯金所著《亚眠的圣经》的法译本序中）。普鲁斯特在其母及雷纳尔多的英籍表姐玛丽 · 诺林格的帮助下从事拉斯金作品的法译工作。

1900 年 5 月　与母同游意大利。在威尼斯与玛丽 · 诺林格相逢。

1900 年 10 月　普鲁斯特全家迁居古塞尔街 45 号。

1903 年 11 月 26 日　父亲去世。

1904 年　在《法兰西信使》中刊载拉斯金所著《亚眠的圣经》的法译本。

1905 年 9 月 26 日　母亲去世。

1905 年 12 月　普鲁斯特神经深受刺激，不得不在塞纳河上的布洛涅住院六周。

1906 年　在凡尔赛小住一段时间后，普鲁斯特迁居奥斯曼路 102 号。失眠日益严重，为隔绝一切噪声，普鲁斯特于 1910 年请人将他卧室的墙壁全部加上软木贴面。

在《法兰西信使》上发表拉斯金另一部著作《芝麻与百合》的法译本，并冠以 1905 年 6 月 15 日已在《拉丁文艺复兴》杂志上发表过的一篇长序；此序日后稍加修改，在《什锦与杂记》中以《读书日》之名重新发表。

1907 年　在卡堡度暑假；普鲁斯特以后每年都来此间，直至 1914 年。同年，乘汽车游览，由阿戈斯蒂耐里为其开车，参观了诺曼底诸教堂。

1908—1909 年　在《费加罗报》发表一系列杂文，其题材为当时被揭露的冒险家勒穆瓦纳的种种骗局。

1909 年 6 月　普鲁斯特草拟论文一篇，反对圣伯夫所用批评方法。他久已有意通过这一途径来阐述他个人的美学原则。这篇论文终未完成，因为他多年间念念不忘重操小说旧业，他写的那篇《让·桑德伊》不过是这部巨著的一个梗概。

1912 年　阿戈斯蒂耐里当上他的秘书。

1913 年　写毕《追忆似水年华》中的三部，即《在斯万家那边》《盖尔芒特家那边》《重现的时光》，但无出版商愿意接受。贝尔纳·格拉塞后来同意出版，但应由作者出资；且不顾普鲁斯特的愿望，仅同意先出第一部，《盖尔芒特家那边》须在 1914 年，《重现的时光》则须在 1915 年始能问世。

1913 年 11 月 8 日　《在斯万家那边》出版。

1914 年 5 月 30 日　阿戈斯蒂耐里在此之前已与普鲁斯特分手，学习驾驶飞机，是日驾一架单翼机在海滨阿尔卑斯省的昂蒂布海岸上空遇难身亡。

1914 年 6 月 1 日　《新法兰西评论》发表《追忆似水年华》第二卷摘录，该卷即将在贝尔纳·格拉塞出版社出版。这些摘录属于《在少女们身旁》。

1914 年 7 月 1 日　《新法兰西评论》再次发表《追忆似水年华》的摘录，系《盖尔芒特家那边》第一卷中的梗概。

1914 年 8 月　贝尔纳·格拉塞应征入伍，《追忆似水年华》的出版工作中断。自 1915 年起，普鲁斯特改写小说的第二及第三部分，做了大量增补。1916 年与格拉塞断绝交往，自此其作品即由新法兰西评论社出版。

1918 年 11 月 30 日　《在少女们身旁》在新法兰西评论社印毕。

1919 年 3 月 28 日　《什锦与杂记》在新法兰西评论社印毕。

1919 年 6 月　因原住所由银行收买，被迫迁出奥斯曼路，在洛朗-毕夏街 8 号甲女演员莱雅纳拥有的一所房子中觅得一暂时栖息之所。

1919 年 10 月　迁入阿姆兰街 44 号，在此居住直至逝世。

1919 年 12 月 10 日　《在少女们身旁》以 6 ∶ 4 票通过获龚古尔奖。罗朗 · 多热莱斯的《木十字架》落选。阿尔丰斯 · 都德之子、新闻记者与作家莱翁 · 都德在票选中起了重大作用。

1920 年 8 月 7 日　《盖尔芒特家那边》的第一卷在新法兰西评论社印毕。

1920 年 11 月　在《巴黎评论》上发表《致友人（论风格）》。这是普鲁斯特为保罗 · 莫朗的中篇小说《温柔的存储》所作的序。

1921 年 1 月　在《新法兰西评论》发表《谈福楼拜的风格》。

1921 年 4 月 30 日　《盖尔芒特家那边》第二卷及《所多玛与蛾摩拉》的第一卷在新法兰西评论社印毕。

1921 年 5 月　在网球场博物馆参观荷兰画展时，普鲁斯特突感不适。

1921 年 6 月	在《新法兰西评论》上发表《谈波德莱尔》一文。
1922 年 4 月 3 日	《所多玛与蛾摩拉》的第二部在新法兰西评论社印毕。
1922 年 11 月 18 日	马塞尔 · 普鲁斯特与世长辞。
1923 年	《女囚》在新法兰西评论社出版。
1925 年	《女逃亡者》以《阿尔贝蒂娜不知去向》为名在新法兰西评论社出版。
1927 年	《重现的时光》在新法兰西评论社出版。
自 1950 年起	《马塞尔 · 普鲁斯特与贡布雷之友协会通讯》出版。
1952 年	《让 · 桑德伊》在新法兰西评论社出版。
1954 年	《驳圣伯夫》(附《新杂记》)由新法兰西评论社出版。《追忆似水年华》评注本三卷，由伽里玛出版社在“七星文库”丛书中出版。
1970 年	普鲁斯特《通信集》注释本第一卷在普隆出版社出版，由菲利普 · 戈尔勃评介。
1971 年	普鲁斯特其他作品的评注本在“七星文库”丛书中出版，其中包括《让 · 桑德伊》一卷(附《欢乐与时日》)、《驳圣伯夫》一卷(附《什锦与杂记》及《随笔和文章》)。

DU CÔTÉ DE CHEZ SWANN

目 录

第一卷
在斯万家那边

赠加斯东·卡尔梅特先生：
谨致深深的、衷心的感激。

马塞尔·普鲁斯特

DU CÔTÉ DE CHEZ SWANN

第一部

贡布雷

一

在很长一段时期里，我都是早早就躺下了。有时候，蜡烛才灭，我的眼皮随即合上，都来不及咕哝一句："我要睡着了。"半小时之后，我才想到应该睡觉；这一想，我反倒清醒过来。我打算把自以为还捏在手里的书放好，吹灭灯火。睡着的那会儿，我一直在思考刚才读的那本书，只是思路有点特别；我总觉得书里说的事，什么教堂呀，四重奏呀，弗朗索瓦一世和查理五世争强斗胜呀，全都同我直接有关。这种念头直到我醒来之后还延续了好几秒钟；它倒与我的理性不很相悖，只是像眼罩似的蒙住我的眼睛，使我一时觉察不到烛火早已熄灭。后来，它开始变得令人费解，好像是上一辈子的思想，经过还魂转世来到我的面前，于是书里的内容同我脱节，愿不愿意再挂上钩，全凭我自己决定；这一来，我的视力得到恢复，我惊讶地发现周围原来漆黑一片，这黑暗使我的眼睛十分受用，更使我的心里感到亲切而安详；它简直像是没有来由、莫名其妙的东西，名副其实地让人摸不着头脑。我不知道那时几点钟了；我听到火车鸣笛的声音，忽远忽近，就像林中鸟儿的啭鸣，表明距离的远近。汽笛声中，我仿佛看到一片空旷的田野，匆匆的旅人赶往附近的车站；他走过的小路将在他的心头留下难以磨灭的回忆，因为陌生的环境，不寻常的行止，不久前的交谈，以及在这静谧之夜仍萦绕在他耳畔的异乡灯下的话别，还有回家后即将享受到的温暖，这一切使他心绪激荡。

我情意绵绵地把腮帮贴在枕头鼓溜溜的面颊上，它像我们童年的脸庞，那么饱满、娇嫩、清新。我划亮一根火柴看了看表。时近子夜。这正是病羁异乡的游子独宿在陌生的客舍，被一阵疼痛惊醒的时刻。看到门下透进一丝光芒，他感到宽慰。谢天谢地，总算天亮了！旅馆的听差就要起床了；过一会儿，他只要拉铃，就有人会来支应。偏偏这时他还仿佛听到了脚步声，自远而近，旋而又渐渐远去。门下的那一线光亮也随之消失。正是午夜时分。来人把煤气灯捻灭了；最后值班的听差都走了。他只得独自煎熬整整一宿，别无他法。

我又睡着了，有时偶尔醒来片刻，听到木器家具的纤维咯咯地开裂，睁眼凝望黑暗中光影的变幻，凭着一闪而过的意识的微光，我消受着笼罩在家具、卧室乃至于一切之上的蒙眬睡意，我只是这一切之中的小小的一部分，很快又重新同这一切融合在一起，同它们一样变得昏昏无觉。还有的时候，我在梦中毫不费力地又回到了我生命之初的往昔，重新体验到我幼时的恐惧，例如我最怕我的姨公拽我卷曲的头发。有一天，我的头发全都给剃掉了，那一天简直成了我的新纪元。可是梦里的我居然忘记了这样一件大事。直到为了躲开姨公的手，我一偏脑袋，醒了过来，才又想起这件往事。不过，为谨慎起见，我用枕头严严实实地捂住了自己的脑袋，然后才安心地返回梦乡。

有几次，就像从亚当的肋叉里生出夏娃似的，有一个女人趁我熟睡之际从我摆错了位置的大腿里钻了出来。其实，她是我即将品尝到的快感的产物，但是，我偏偏想象是她给我送来了快感。我在她的怀抱中感到自己的体温，我正打算同她肌肤相亲，正巧这时我醒了。同我刚才分手的那位女子相比，普天之下无论是谁似乎都不及她更可亲，我的脸上还感到她的热吻的余温，我的身子还感到她的肢体的重量。假如有时候也确有这种情况，梦里的女子赶巧同我在生活中认识的哪位女士相貌一样，那么我必全力以赴地达到目的：非同她梦里再聚不可，就像有些人那样，走遍天下也要亲眼见见他们心目中的洞天仙府，总以为现实生活中能消受到梦境里的迷人景象。她的音容笑貌在我的记忆中逐渐淡漠；我已忘却梦中人的倩影。

一个人睡着时，周围萦绕着时间的游丝，岁岁年年，日月星辰，有序地排列在他的身边。醒来时他本能地从中寻问，须臾间便能得知他在地球上占据了什么地点，醒来前流逝过多长的时间；但是时空的序列也可能发生混乱，甚至断裂，例如他失眠之后天亮前忽然睡意袭来，偏偏那时他正在看书，身体的姿势同平日的睡态大相径庭，他一抬手便能让太阳停止运行，甚至后退，那么，待他再醒时，他就会不知道什么钟点，只以为自己刚躺下不久。倘若他打瞌睡，例如饭后靠在扶手椅上打盹儿，那姿势同睡眠时的姿势相去更远，日月星辰的序列便完全乱了套，那把椅子就成了魔椅，带他在时空中飞速地遨游，待他睁开眼睛，会以为自己躺在别处，躺在他几个月前去过的地方。但是，我只要躺在自己的床上，又睡得很踏实，精神处于完全松弛的状态，就会忘记自己身在何处，等我半夜梦回，我不仅忘记是在哪里睡着的，甚至在乍醒过来的那一瞬间，连自己是谁都弄不清了；当时只有最原始的一种存在感，可能一切生灵在冥冥中都萌动着这种感觉；我比穴居时代的人类更无牵挂。可是，随后，记忆像从天而降的救星，把我从虚空中解救出来：起先我倒还没有想起自己身在何处，只忆及我以前住过的地方，或是我可能在什么地方；如没有记忆助我一臂之力，我独自万万不能从冥冥中脱身；在一秒钟之间，我飞越过人类文明的十几个世纪，首先是煤油灯模糊的形象，然后是翻领衬衫隐约的轮廓，它们逐渐一点一画地重新勾绘出我的五官特征。

也许，我们周围事物的静止状态，是我们的信念强加给它们的，因为我们相信这些事物就是甲乙丙丁这几样东西，而不是别的玩意儿；也许，由于我们的思想面对着事物，本身静止不动，才强行把事物也看作静止不动。然而，当我醒来的时候，我的思想拼命地活动，徒劳地企图弄清楚我睡在什么地方，那时沉沉的黑暗中，岁月、地域，以及一切一切，都会在我的周围旋转起来。我的身子麻木得无法动弹，只能根据疲劳的情状来确定四肢的位置，从而推算出墙的方位、家具的地点，进一步了解房屋的结构，说出这皮囊安息处的名称。躯壳的记忆，两肋、膝盖和肩膀的记忆，走马灯似的在我的眼前呈现出一连串我曾经居住过的房间。肉眼看不见的四壁，随着想象中不同房间的形状，在我的周围变换着位置，像旋涡一样在黑暗中转动不止。我的思想往往在时间和形式的门槛前犹豫，还没有来得及根据各种情况核实某间房的特征，我的身体却抢先回忆起每间房里的床是什么式样的，门是在哪个方向，窗户的采光情况如何，门外有没有楼道，以及我入睡时和醒来时都在想些什么。我压麻了的半边身子，想知道自己面对什么方向，譬如说，想象自己躺在一张有顶的大床上，面向墙壁侧卧。这时我马上就会想道："哟！我总算睡着了，尽管妈妈并没有来同我道晚安。"我是睡在已经死去多年的外祖父的乡间住宅里；我的身躯，以及我赖以侧卧的那半边身子，忠实地保存了我的思想所不应忘怀的那一段往事，并让我重又回想起那盏用链子悬在天花板下的照明灯——一盏用波希米亚出产的玻璃制成的瓮形吊灯，以及那座用锡耶纳[1]的大理石砌成的壁炉。那是在贡布雷，在我外祖父母的家里，我居住过的那个房间；离现在已经很久很久了，如今我却犹如身临其境，虽然我睡意蒙眬，不能把故物的情境想得清清楚楚；待我完全清醒之后，我能回忆得更细致些。

后来，新的姿势又产生新的回忆；墙壁迅速地滑到另一边去：我睡在德·圣卢夫人家的乡间住宅里。天哪！至少十点钟了吧。他们一定都吃过晚饭了！我这个盹儿打得也太久了。每天晚上，更衣用餐前，我总要陪德·圣卢夫人外出散步，回来后先上楼打个盹儿。自从离开贡布雷，好多年过去了。住在贡布雷的日子，每当我们散步回来得比较晚，我总能在我住的那间房间的窗户玻璃上，看到落日艳红的反光。如今在当松维尔，在德·圣卢

[1] 意大利佛罗伦萨附近的一座古城。

夫人的家里，过的却是另一种生活。而且我只在晚间出去，沿着我从前在阳光下玩耍过的小路，踏着婆娑的月影散步，我感受到另一种愉快。归来时，远望我住的那个房间，只见里面灯火明亮，简直像黑夜中独有的一座灯塔。回去后我并不急于更衣用餐，而是先睡上一觉。

这些旋转不已、模糊一片的回忆，向来都转瞬即逝；不知身在何处的短促的回忆，掠过种种不同的假设，而往往又分辨不清假设与假设之间的界限，正等于我们在电影镜[1]中看到一匹奔驰的马，我们无法把奔马的连续动作一个个单独分开。但是我毕竟时而看到这一间，时而又看到另一间我生平住过的房间，而且待我清醒之后，在联翩的遐想中，我终于把每一个房间全都想遍。

我想起了冬天的房间。睡觉时人缩成一团，脑袋埋进由一堆毫不相干的东西编搭成的安乐窝里：枕头的一角，被窝的口子，半截披肩，一边床沿，外加一期《玫瑰花坛》杂志，统统成了建窝的材料，凭人参照飞禽筑窝的技巧，把它们拼凑到一块儿，供人将就着栖宿。遇到冰霜凛冽的大寒天气，最惬意不过的是感到与外界隔绝（等于海燕索居在得到地温保暖的深土层里）。况且那时节壁炉里整夜燃着熊熊的火，像一件热气腾腾的大衣，裹住了睡眠中的人；没有燃尽的木柴毕毕剥剥，才灭又旺，摇曳的火光忽闪忽闪地扫遍全屋，形成一个无形的暖阁，又像在房间中央挖

[1] 电影镜：美国发明家爱迪生和他的助手狄克逊于 1891 年发明的一种放映影片的设备，状如柜，供一人观看。

出了一个热烘烘的窑洞；热气所到之处构成一条范围时有变动的温暖地带。从房间的旮旮旯旯，从窗户附近，换句话说，从离壁炉稍远、早已变得冷飕飕的地方，吹来一股股沁人心脾的凉风，调节室内的空气。

我想起了夏天的房间。那时人们喜欢同凉爽的夜打成一片。半开的百叶窗上的明亮的月亮，把一道道梯架般窈窕的投影，抛到床前。人就像曙色初开时在轻风中摇摆的山雀，几乎同睡在露天一样。

有时候，我想起了那间路易十六时代风格的房间。它的格调那样明快，甚至我头一回睡在里面都没有感到不适应。细巧的柱子支撑住天花板，彼此间的距离相隔得楚楚有致，显然给床留出了地盘；有时候正相反，我想到了那间天花板又高又小的房间。它简直像是从两层楼的高处挖出来的一座金字塔，一部分墙面覆盖着坚硬的红木护墙板，我一进去就被一股从未闻到过的香根草的气味熏得昏头涨脑，而且我认定紫红色的窗帘充满敌意，大声喧哗的座钟厚颜无耻，居然不把我放在眼里。一面怪模怪样、架势不善的四角形穿衣镜，由镜腿架着，斜置在房间的一角。那地方，据我惯常所见，应该让人感到亲切、丰硕；空洞的镜子偏偏挖走了地盘。我一连几小时竭力想把自己的思想岔开，让它伸展到高处，精确地测出房间的外形，直达倒挂漏斗状的房顶，结果我白白煎熬了好几个夜晚，只是直挺挺地躺在床上，忧心忡忡地竖起耳朵谛听周围的动静，鼻翼发僵，心头乱跳，直到习惯改变了窗帘的颜色，遏止了座钟的絮叨，教会了斜置着的那面残忍的镜子学得忠厚些。固然，香根草的气味尚未完全消散，但毕竟有所收敛，尤其要紧的是天花板的表面高度被降低了。习惯呀！你真称得上是一位改造能手，只是行动迟缓，害得我们不免要让精神在临时的格局中忍受几个星期的委屈。不管怎么说吧，总算从困境中得救了，值得额手称庆，因为倘若没有习惯助这一臂之力，单靠我们自己，恐怕是束手无策的，岂能把房子改造得可以住人？

当然，我现在很清醒，刚才还又翻了一回身，信念的天使已经遏止住我周围一切的转动，让我安心地躺进被窝，安睡在自己的房内，而且使得我的柜子、书桌、壁炉、临街的窗户和两边的房门，大致不差地在黑暗中各就其位。半夜梦回，在片刻的蒙眬中我虽不能说已纤毫不爽地看到了昔日住过的房间，但至少当时认为眼前所见可能就是这一间或那一间。如今我固然总算弄清我并没有处身其间，我的回忆却经受了一场震动。通常我并不急于入睡；一夜之中大部分时间我都用来追忆往昔生活，追忆我们在贡布雷的外祖父母家、在巴尔贝克、在巴黎、在东锡埃尔、在威尼斯以及在其他地方度过的岁月，追忆我所到过的地方，我所认识的人，以及我见到和听到的有关他们的一些往事。

在贡布雷，每当白日已尽黄昏将临，我就愁从中来，我的卧室那时成为我百结愁肠的一个固定的痛点，虽然还不到该我上楼睡觉的钟点，离我同妈妈和外祖母分手，即使不睡也得回房去独自待着的时间还差一大截。家里的人发觉我一到晚上就愁眉苦脸，便挖空心思设法让我开心。他们居然别出心裁地给我弄来一盏幻灯，趁着我们等待开晚饭的当口，把幻灯在我的房内的吊灯上套好，这东西跟哥特时代初期的建筑师和彩画玻璃匠那样，也是用捉摸不定的色光变幻和瑰丽多彩的神奇形象来取代不透光的四壁。绘上了传奇故事的灯片，就等于一面面彩画玻璃窗，只是它们光影不定，忽隐忽现。可是我的悲愁却有增无减。因为我对房内的一切早已习惯，一旦照明发生变化，习惯也就受到破坏。过去除了睡觉使我苦不堪言之外，其他一切倒还过得去，因为我已经习惯。如今房内被照得面目全非，我一进去，就像刚下火车第一次走进山区“客栈”或者异乡旅馆的房间一样，感到忐忑不安。

心怀叵测的戈洛从覆盖着小山坡的绿荫团团的三角形的森林中，一蹦一跳地骑马走来，又朝着苦命的热纳维耶夫·德·布拉邦特[1]居住的宫堡，一蹿一跃地走去。椭圆形的灯片镶嵌在框架中，幻灯四角有细槽供灯片不时地插换。弧形的边线把灯片上宫堡的其余部分切出画外，只留下宫堡的一角；楼前是一片荒野，热纳维耶夫站着发愣。她系着蓝色的腰带，宫堡和荒野则是黄澄澄的。我不看便知它们必定是黄颜色，因为幻灯尚未打出之前，单凭布拉邦特这一字字铿锵的大名，就已经预示了这种颜色。戈洛驻马片刻，愁眉苦脸地谛听我的姨祖母夸大其词地大声解说。他看来都听懂了，他的举止神情完全符合姨祖母的指点：既恭顺又不失庄重。听罢，他又蹦跳着继续赶路，没有任何东西能阻挡他不慌

[1] 戈洛和热纳维耶夫是中世纪欧洲传说中的人物。戈洛是传奇英雄齐戈弗里特的宫廷总管，热纳维耶夫是齐戈弗里特的妻子。齐戈弗里特听信谣传，冤枉其妻与戈洛通奸，戈洛便乘机诱使热纳维耶夫充当他实现野心的工具。但热纳维耶夫忠于齐戈弗里特；可惜冤情洗雪时她却因悲痛过度而死。

不忙地策马前行。即使幻灯晃动，我照样能在窗帘上分辨出戈洛继续赶路的情状：在褶凸处，戈洛的坐骑鼓圆了身体；遇到褶缝，它又收紧肚子。戈洛的身体也像他的坐骑一样，具有神奇的魔力，能对付一切物质的障碍，遇到阻挡，他都能将其作为赖以附体的依凭，即使遇到门上的把手，他的那身大红袍，甚至他的那副苍白的尊容，便立刻俯就，而且堂而皇之地飘然而过；他的神情总是那么高贵，那么忧伤，但是对于这类拦腰切断的境遇，他却面无难色，临危不乱。

当然，我从这些光彩熠熠的幻灯画面中，感受到迷人的魅力，它们像是从遥远的中世纪反射过来的昔日景象，让一幕幕如此古老的历史画面，在我的周围转悠着重现。但是，这种神秘、这种美，闯进了我的卧室，究竟引起我什么样的不安，我却说不清楚。我已经慢慢地用自我充实了这间卧室，以至于房间本身早已置诸脑后，我总先想到自我，然后才会念及房间。如今习惯的麻醉作用既然停止生效，我就动起脑筋来，开始有所感触，真要命！我房门的把手，同天下其他房门把手的不同之处，仿佛就在于它看来不需要我去转动便能自行开启，因为对我来说，把手的运行已经成为无意识的举动，它现在不是在权充戈洛的身体吗？晚饭的铃声一响，我赶紧跑进饭厅；饭厅里的大吊灯既不知有戈洛其人，也从未结识过蓝胡子[1]，它只认得我的父母和列位长辈，以及桌上

[1] 蓝胡子：民间传说中的人物。他杀死了六位妻子，第七位妻子在他尚未下手前发现了他前面六位妻子的尸体，骇极；后来幸亏她的两位兄弟及时赶到，杀死蓝胡子，救了她的性命。

的罐焖牛肉；它每天晚上大放光芒，把光芒投入我妈妈的怀抱。热纳维耶夫 · 德 · 布拉邦特的不幸遭遇，更使我感到妈妈怀抱的温暖；而戈洛造下的种种罪孽，则促使我更诚惶诚恐地检查自己的意识。

用罢晚饭，唉！我得马上同妈妈分手了；她要留下陪大家聊天。遇到好天气，他们在花园里闲谈；若天公不作美，大家也只好待在小客厅里了。我说的大家，其实不包括外祖母。她认为，“人在乡下，居然闭门不出，简直是罪过”。每逢大雨滂沱的日子，她都要同我的父亲争论，因为父亲不让我出门，偏要把我关在屋里读书。“你这种做法，”她说，“没法让他长得身体结实，精力充沛；而这小家伙尤其需要增强体力和锻炼意志。”我的父亲耸耸肩膀，聚精会神地审视晴雨表，因为他爱研究气象。而我的母亲呢，这时尽量蹑手蹑脚地少出声响，唯恐打扰了我的父亲。她温柔而恭敬地看着他，但并不盯住看，并不想看破他自命清高的秘密。我的外祖母却不然，无论什么天气，她都爱去室外，即使风雨大作，即使弗朗索瓦丝生怕名贵的柳条椅被淋湿，匆忙地把它们往屋里搬，外祖母也会独自在花园里，听凭风吹雨淋，而且还撩起额前凌乱的灰白头发，好让头部更加领受到风雨的保健功用。她说：“总算痛痛快快透一口气！”她还沿着花园里的小路，兴致勃勃地踩着小步，连蹦带跳地跑起来。那些小路新近由一位才来不久的园丁按照自己的设想拾掇得过分规整对称，足见他毫无自然感；我的父亲今天居然一早就请教此人，问会不会变天。外祖母的跑步动作，轻重缓急自有调节，这得由暴风雨癫狂的程度、养生学保健的威力、我所受的教育的愚昧性以及花园内对称的布局等因素在她心中所激起的各不相同的反应来决定。她倒根本不在乎身上那条紫酱色的长裙会不会溅上泥水，她从来没有这样的顾虑，结果她身上泥点的高度，总让她的贴身女仆感到绝望，不知如何才好。

倘若我外祖母的这类园内跑步发生在晚饭之后，那么只有一件事能让她像飞蛾扑火一样立刻回来。小客厅里亮灯的时候，准是牌桌上已经有饮料侍候，这时姑祖母大叫一声："巴蒂尔德！快来，别让你的丈夫喝白兰地！"在园内转圈儿跑步的外祖母就会争分夺秒地赶回来。为了故意逗她着急（外祖母把一种完全不同的精神带进了我们的家庭中来，所以大伙儿都跟她逗乐，存心作弄她），我的姑祖母还当真让我的外祖父喝了几口他不该喝的酒。可怜的外祖母走进小客厅，苦口婆心地求他放下酒杯；外祖父一赌气，索性仰脖喝了个涓滴不剩。外祖母碰了一鼻子灰，伤心地走开了，不过她脸上依然带着微笑，因为她待人向来宽厚，从不计较面子得失，这种对人对己的胸怀在她的目光中化为微笑，同我们在别人脸上见到的微笑截然不同，它除了自我解嘲之外毫无嘲讽的意味。这一笑对我们大家来说，等于是用目光代替亲吻；她的那双眼睛，见到她所疼爱的亲人，从来都只以目光传递她怀中热切的爱怜。姑祖母狠心作弄她，她苦口婆心劝说外祖父不要贪杯，偏偏她又心肠仁慈，落得自讨没趣。这种场面我后来是习以为常了，甚至还当作笑柄，嘻嘻哈哈地、毫不犹豫地同作弄她的人沆瀣一气笑话她，还硬让自己相信这不算作弄。可是，当初我是气得要命的，恨不能去打姑祖母。然而那时我已经学得像个小大人，跟怯懦的大人一样，听到“巴蒂尔德，快来，别让你的丈夫喝白兰地”这样的叫声，我采取了我们长大成人后的惯常态度，也就是见到苦难和不平，扭过脸去以求得眼不见为净。我爬上书房隔壁紧挨着屋顶的那个小房间，躲在那里抽抽搭搭地哭起来。房间里有一股菖蒲花的香味，窗外还传来墙根下那株野生的醋栗树的芳香，有一枝开满鲜花的树梢居然伸进了半开半掩的窗户。凭窗远望，能一直望到鲁森维尔宫堡的塔楼；这间小屋原来派的用场更特殊也更平常，可是那些年里长期成为我的避难所，大概是因为它地处偏僻，我又可以把自己反锁在里面，所以一旦有需要孤身独处、不容他人打扰的事要做时，我就躲到这里来，有时读书，有时胡思乱想，有时偷偷哭泣，有时自寻欢乐。唉！我当时哪里知道，我的外祖父在忌口方面往往不拘小节地出点差错，我又偏偏缺乏意志，身体娇弱，以至于一家人对于我的前途都感到渺茫，这些事儿着实让我的外祖母操了不少心。她在下午或者晚上没完没了地跑个不停，我们只见她跑来跑去，偏着脑袋仰望苍天，她那清秀的脸庞，鬓角下肤色焦黄，皱纹密布，随着岁月的流逝变得像秋后翻耕过的土地，泛出紫色。她出门时，半遮的面纱挡住了她的腮帮，上面总挂着几滴由于寒风或忧思的刺激而不自觉地流下的眼泪，又渐渐让风吹干。

我上楼去睡，唯一的安慰是等我上床之后，妈妈会来吻我。可是她来说声晚安的时间过于短促，很快就反身走了，所以当我听到她上楼来的脚步声，当我听到她穿着那身挂着几条草编装饰带的蓝色细麻布的裙子窸窸窣窣地走过有两道门的走廊，朝我的房间走来的时候，我只感到阵阵的痛苦。这一时刻预告着下一个时刻妈妈就会离开我，反身下楼，其结果弄得我竟然盼望我满心欢喜的那声晚安来得越晚越好，但愿妈妈即将上来而还没有上来的那段空白的时间越长越好。有几次，妈妈吻过我之后，开门要走，我居然想叫她回来，对她说："再吻我一次吧。"可是，我知道，这样一来她马上会一脸不高兴，因为她上楼来亲我，给我平静的一吻，是对我的忧伤、我的不安所做出的让步，已经惹得我的父亲不高兴了。父亲认为这类道晚安的仪式纯属荒唐。妈妈也恨不能让我早日放弃这种需要、这种习惯。她绝不会让我滋生新的毛病，也不会允许我等她走到门口之后再请她回来亲亲我，况且，只要见到她面有愠色，她在片刻前给我带来的宁静也就受到彻底破坏。她刚才像在领圣体仪式上递给我圣饼似的，把她温馨的脸庞俯向我的床前。我的嘴唇感受到她的存在，并且吸取了安然入睡的力量。总的来说，比起客人太多，妈妈不能上来同我说声晚安的那些晚上，她能在我房内待上一会儿，哪怕时间很短，也总算不错了。所谓客人，平时只限于斯万先生。除了几位顺路来访的外地客人之外，他几乎是贡布雷造访寒舍的唯一客人。有时候，他以邻居的身份与我们同进晚餐（自从他同门户不相当的女子结婚之后，他很难得来了，因为我的长辈们不愿意接待他的妻子），有时候，他在晚饭之后不请自来。晚上，我们在房前那棵高大的板栗树下，围坐在铁桌的四周纳凉，忽听得花园的那一头传来声响，倒不是不打铃就进门的自家人弄响的那门铃声，叮叮当当地闹个不休，像劈头倒下的一盆雪水，弄得你晕头转向；这回我们听到的是专为来客设置的那种椭圆形的镀金的门铃发出的声音，它怯怯地响起叮咚两声。于是大家面面相觑：“有客人？会是谁呀？”其实大家心里明白，除了斯万先生，没有别人；我的姑祖母以身作则地大声数落开了，她力求说得自然：她教诲我们不该窃窃私语；让来人以为我们在议论他不该听到的事，是最不礼貌的行为。接着，我们看到，最爱找辙到花园里去走走的外祖母，已经走上前去侦察。她总乘机悄悄地把沿路的玫瑰花树的支架拔掉，让枝头的花朵显得更自然些，就像当妈妈的用手拨弄拨弄孩子的头发，把被理发师梳理得过于服帖的头发弄得蓬松自然些。

我们全都屏息静气，等待外祖母回来报告侦察到的“敌情”，好似我们身陷敌众我寡的包围，一时进退不定，难下对策。接着外祖父开口说话了：“我听得出，是斯万的声音。”确实，只有他的声音最好辨认，他那张脸却难以看清；因为怕招蚊子，我们在花园纳凉时尽量少点灯。斯万长着鹰钩鼻、绿眼珠，脑门儿很高，头发黄得发红，剪成勃莱桑那样的发式[1]。这时，我正要不动声色地吩咐仆人拿果子露来；我的外祖母认为用果子露招待客人最相宜，因为它不显得那么特殊，才更显得得体。斯万先生虽说比我的外祖父年轻得多，却同他关系密切。我的外祖父是他父亲的好

[1] 勃莱桑发式：一种把头发剪成刷子一样长短的发式，类似我国的“小平头”，因著名演员勃莱桑留这种发型而得名。

朋友；他的父亲为人善良，就是古怪，据说，有时候一点儿小事就能使他的感情的冲动中断，思路改变。我在饭桌上每年都要听我外祖父提到好几次有关他的逸事，而且每次都一样，都是说斯万老爹对他妻子的死所采取的态度。他妻子病重时，他曾日夜在病榻前侍候。那时，我的外祖父已经好久没有同他见面了；听到斯万夫人的死讯他连忙赶到斯万家在贡布雷附近的庄园。为了不让他见到妻子入殓的场面，我的外祖父好不容易才把哭成泪人儿的他从灵房劝走。他们俩在阳光惨淡的花园里走了几步。斯万先生忽然拉住我的外祖父的胳膊，大声说道："啊！老兄，这样好的天气，咱俩一块儿散步，有多好呀！你不觉得美吗？这些树，这些山楂花，还有你从来也没有对我夸过的那片池塘。你干吗愁眉苦脸？你没有感到这微风吹得人多舒服？啊！我说归说，总还是活着有意思呀，我亲爱的朋友阿梅代！"突然间，他又想起了死去的妻子。他怎么能在这种时候听任愉快的心情涌现出来？其中的原因若加以深究或许过于费事，所以他只拍拍自己的脑门儿，揉揉眼睛，擦擦夹鼻眼镜的镜片。每当遇到挠头的难题，他经常以此打发。然而，他并不能忘怀丧偶的痛苦，他在妻子死后又活了两年，他常对我的外祖父说："也真怪，我常常想起可怜的妻子，只是不能一次想许多。"于是，"像可怜的斯万老爹那样细水长流"，成了我的外祖父爱说的一句口头禅，即使提到毫不相干的事儿，他也总把这句话挂在嘴边。我的外祖父是我心目中最公道的法官，他的判决对我来说等于量刑的准则，有些过错我本来倾向于严加谴责的，后来根据他的意见改为从宽发落。倘若外祖父不接着说，“怎么？他心眼儿好！”那我简直要把斯万老爹看成混世魔王了。

他的儿子小斯万先生一连好几年——尤其在结婚以前——常来贡布雷看望我的姑祖母和外祖父、外祖母。他们根本没有想到小斯万已经不再同父辈的故旧世交们来往了，而且我们并不觉得斯万这个姓有多显赫，所以我的长辈们接待他简直像接待微服察访的贵人，完全不知道这位客人的真实地位，等于老实正派的旅店老板，无意中留宿了大名鼎鼎的江洋大盗，应该说不知者不罪。我的长辈们哪里想得到他们接待的这位斯万先生其实是跑马总会里数一数二的阔绰会员，巴黎伯爵和高卢公爵宠信的密友，圣日耳曼区上流社会中的一位大红人呢？

我们对斯万在交际场中的豪华生涯一无所知，显然部分原因是他本人守口如瓶、性格矜持，但还有部分原因是当时的布尔乔亚对整个社会抱有一种印度种姓式的观念，总以为社会是由封闭的种姓阶层组成的，一个人自呱呱坠地那天起，就永远属于他父母所在的阶层，除掉某些偶然情况外——譬如在某个行业中出人头地，或者同门第不相当的家庭联姻，此外再没有别的途径能跻身高一等的阶层。老斯万先生是证券经纪人，小斯万注定一辈子属于那个贫富由收入决定的阶层，丁是丁，卯是卯，就跟划分纳税等级一样分明。只要知道他父亲跟什么人交往，就可判断他同什么人交往，以及跟什么人交往才算地位相当。倘若他自己另结新交，那只能算作少不更事，他们家的老世交们，例如我的外祖父、外祖母，对此都能宽宏地视而不见，尤其是他在父亲死后，仍忠心耿耿地来看望我们，我们更应不予计较。但是，有充分理由肯定，他若在大街上遇到那些我们不认识的人，他绝不会当着我们的面同他们打招呼的。如果有人硬要给他一个同他的个人情况相符的社会评分，那么，在地位同他父亲相当的其他经纪人的子弟当中，他的这个评分肯定是偏低的，因为他不讲排场，而且对古董和油画“着迷”至极。他如今住在一幢老房子里，家里堆满他收藏的宝贝。我的外祖母总想去参观参观，不过那座房子位于奥尔良滨河街，我的姑祖母认为住在那个地段有失身份。“您是行家吗？我这么问是为您好，因为您有可能弄到些商人转手的次货。”姑祖母曾这么对他说过；她也确实认为斯万是个草包，没有什么高明之处，甚至在智力方面也平平庸庸，这种人在交谈中往往对正经的话题避而不谈，却在细枝末节上精确到令人乏味的程度，不仅提到菜谱时他不厌其详，而且同我外祖母的两位妹妹议论艺术问题时，他也同样不知趣。她们要他谈谈见解，讲讲他认为某一幅画好在哪里，他居然闭口不谈，简直不顾礼节。要么——如果可能的话——他就提供一大堆具体细节，诸如这幅画由哪家博物馆收藏，作于哪一年，等等。通常，他只是每次不重复地说段故事，来给我们解闷；不外乎他最近又跟谁遇到了什么事儿，他倒是总选择我们认识的有关人物，比如，贡布雷的药房老板，我们家的厨娘或车夫。不用说，那些故事逗得我的姑祖母笑出声来，但是，她弄不清是什么引她发笑的，是因为斯万总在那些故事中当尴尬角色呢，还是他的故事讲得俏皮：“您真算得上一位典型人物了，斯万先生！”我们家唯独姑祖母有点俗气，所以每当有人提到斯万，她都不惮费神地要提醒不谙内情的人，说斯万本来可以在奥斯曼大街或者歌剧院大街弄到一套住宅的，他是斯万老先生的儿子，父亲起码给他留下四五百万的家当，可是他偏偏乖张任性。我的姑祖母认为，一个人乖张任性，在别人眼里一定显得非常滑稽，所以有一回——那是元旦，在巴黎，斯万先生送她一包冰糖栗子，当时不少人在场，姑祖母不失时机地问斯万道："哎！斯万先生，您还住在酒库附近吗？您就是为了一旦去里昂不至于误了火车钟点吗？"说着，她从夹鼻眼镜的上面，用眼角扫了一眼在场的其他客人。

但是，倘若有人把下面的实情告诉我的姑祖母，她会更感到出奇的：这位斯万先生，作为老斯万先生的儿子，完全"有资格"受到"上层资产阶级的淑女名媛们"的款待（这类特权斯万似乎有意让女士们做主），巴黎最德高望重的公证人或法律事务代理人都可以出具担保，但是他却悄悄地过着另外的生活。在巴黎的时候，他说要回家睡觉去，但一旦离开了我们的家，出门之后才走几步，便折到另外的方向，上别的经纪人或者合股人所不能光顾的沙龙里去玩。这种事情，我的姑祖母倘若知道，准会觉得非同小可，异乎寻常的程度相当于一位学识渊博的妇女同阿里斯泰[1]交情颇深，后来听说这位阿里斯泰同她促膝谈心之后，接着就钻进了忒提斯[2]管辖的汪洋王国，深入凡人的肉眼所无法看透的海中洞

[1] 阿里斯泰：希腊神话中的人物，是教人们养蜂的神仙。

[2] 忒提斯：希腊神话中的海中仙女。

府，而且据维吉尔描述，他在那里受到了热烈的欢迎；或者，简单点说，像一幅异乎寻常的画，这倒更容易使我的姑祖母产生联想，因为，在贡布雷，我们的点心盘子上就有那样的画，阿里巴巴出现在我们的餐桌上，当阿里巴巴一旦发觉周围已无人在场时，他会钻进珠宝辉映的山洞里去，谁也想不到洞里竟有那么多耀眼的宝贝。

有一天——那时我们住在巴黎——他在晚饭后来看我们，他为自己穿了一身晚礼服而连连致歉。他走了之后，弗朗索瓦丝说，据车夫透露，他方才是同一位王妃“共进晚餐”的。“对，”我的姑祖母继续织着毛线，连眼皮都没有抬，只是耸耸肩膀，不动声色地挖苦说，“同一位身份不明的王妃。”

所以，我的姑祖母对他相当不客气。她认为，我们请他来做客，是给他面子；夏天，他每回来我们家，总提着一筐自己园子里出产的桃子和覆盆子，而且他每次从意大利旅行回来，总要送给我好几张美术名作的照片；这些，我的姑祖母认为都是理所当然的。

遇到要大摆筵席的日子，偏偏手头又没有制作风味酱汁或凤梨色拉的配方，我的姑祖母就托他想办法弄，但又不请他来赴宴；她居然不觉得这么做有什么不妥，反而认为他还不够体面，不宜请他在招待首次光临的贵客的席面上作陪。如果谈话的内容涉及法兰西王室的几位亲王，我的姑祖母就对斯万说：“这几位大贵人，您跟我一样，咱们永远都高攀不上，还是不谈算了，您说是不是？”她哪里知道，也许当时斯万的口袋里偏巧正装着一封从特威克汉姆[1]寄来的信呢。赶上哪天晚上，我外祖母的妹妹表演唱歌，我的姑祖母就吩咐斯万推钢琴、翻琴谱，把这么一位斯斯文文的人支使得团团转，她那种不知深浅的粗放做法，就像是不识货的孩子，拿着古董当不值钱的东西玩，根本不知道爱惜。当时在俱乐部会员中那样赫赫有名的斯万，同我的姑祖母心目中所创造出来的斯万，说不定有天壤之别。晚上，在贡布雷的小花园中，铃铛怯怯地响过叮咚两声之后，我的姑祖母便用她所知道的有关斯万家的一切陈年掌故，来充实她所创造的那个默默无闻、毫无主见的人物，并使他生动起来，于是他的身影在黑暗中逐渐清晰地显现，我的外祖母则紧跟在他的后面。他只要一开口，我们就认出他是谁。但是，即使从我们日常生活中最微不足道的小事来看，我们谁都不能构成在人人眼中都一样的物质的整体，总是仁者见仁，智者见智；我们的社会人格，其实是别人的思想创造出来的。甚至例如被我们称为“看望熟人”那样简单的行为，就部分而言，也具有智力的性质。我们用我们所掌握的有关他的一切概念，来充实我们所见到的这个人的音容笑貌。我们的心目中有关他的全貌，不用说大部分包含了上述的概念。最终，那些概念使他的面颊丰满起来，而且贴切地勾画出他鼻梁的轮廓，进而把音量区分得那样纤毫不差，好似音量只是一层透明的外罩，我们每次看到这张脸庞，听到这种声音，我们就又遇上那些概念，并

---

[1] 特威克汉姆：伦敦西南郊的一个住宅区，法国资产阶级大革命后，不少流亡英国的法王室贵族侨居在那里。

听从那些概念。也许，我的姑祖母、外祖父、外祖母在勾画斯万的形象时，由于无知而删略了他在社交场中所具备的许多特点，而在别人看来，他的眉宇间充满了一股风流倜傥的英俊气息，只是这股潇洒之气，遇到他的鹰钩鼻，就像遇到了天然屏障那样驻足流连；但是，他们也能在斯万那张失去了魅力的脸盘上，在那片空荡荡的、开阔的眉宇间，在那双已经贬值的眼睛的深处，堆积起半是记忆半是遗忘、模糊而亲切的残迹，那是我们在乡居期间与芳邻每周一次共进晚餐之后，在牌桌边或花园里一起度过的闲暇时光所留下的残迹。我们的朋友的体态外貌，于是像有关他父母的记忆一样，变得十分充实，当年的斯万成了一位完整的、生动的人。今天，当我回忆由我后来了解得一清二楚的斯万，进而联想到早年的斯万，我简直好像是离开了一个人，去接近另一个完全不同的人。在那早年的斯万的身上，我发现了我少年时代的可爱的错误，而且早年的斯万同后来的斯万相似之处很少，倒是更像我当年所认识的其他人，似乎人的一生同博物馆一样，其中同一个时代的肖像都具有一种家庭特征、一种相同的色调——早年的斯万，整日悠闲，散发出大栗树、覆盆果和蒿草叶的芳香。

然而，有一天我的外祖母有事去求一位她以前在圣心教堂认识的太太帮忙（由于我们的门第观念，我的外祖母后来不愿意再同她来往了，尽管她们彼此都觉得很相投），出名的望族布永伯爵家的女儿德·维尔巴里西斯侯爵夫人对我的外祖母说："我想您同斯万先生很熟吧？他是我的侄儿德·洛姆亲王家的好朋友。"那天我的外祖母回家时很兴奋。她对德·维尔巴里西斯侯爵夫人劝她租一套房间住住的那幢门前有悦目园景的大楼赞不绝口，对在大楼院子里开铺子揽活儿的织补匠父女俩尤其满意。她有一条裙子在楼梯上刮破了，求织补匠修补。她说织补匠的女儿简直像颗珍珠，而那位父亲则是她生平所见到的最高雅、最无可挑剔的人，在我的外祖母的心目中，高雅同社会地位绝对无关。她最赏识织补匠的答话，她跟我的妈妈说："塞维尼[1]都不能说得那样高雅得体！"相反，当她说到她在德·维尔巴里西斯夫人家遇到的那位侯爵夫人的侄子时，她的评语却是："啊，我的孩子，那人太平庸了！"

至于侯爵夫人关于斯万的那席话，其效果非但不能抬高斯万在我外祖母的心目中的身价，反倒降低了侯爵夫人的身份。我们根据外祖母的信仰，在给予德·维尔巴里西斯夫人的评价中，为她定下一项义务：她不得做出违背身份的事情；而她居然认识斯万其人，甚至允许自己的侄子同他交往，这是有失体统的行为。"什么！她认识斯万？你不是说她同麦克-马洪元帅还沾点亲吗，她怎么能这样？"我的长辈们对于斯万的社交活动抱有的这种看法，后来更因他同声名狼藉的社交圈内的一位女子结婚而得到进一步的确定。那女子差不多是交际花一类的人物，斯万倒从没有打算把她介绍给我们认识。结婚之后他依然单独来我们家做客，只是来得不那么勤了。我的长辈们认为，仅就那位女子的地位而

[1] 指塞维尼（1626—1696）：法国女作家，有《书信集》传世，文笔清丽，感情细腻，措辞委婉典雅。

论，便足以推想斯万通常在什么圈子里鬼混；他们对那个圈子的内情并不知晓，但估计斯万是在那里遇到她的，后来又同她结婚。

但是，有一次，我的外祖父从报上得知斯万先生是某某公爵家星期日午餐席上忠实的常客。那位公爵的父亲和叔叔都是路易－菲利浦当政时显赫的国务要员。外祖父一向对小道消息很有兴趣，因为那些细枝末节能使他的思想潜入莫莱、巴斯基埃公爵和德·布洛伊公爵等人的私生活中去。他得知斯万同那些国务要员的熟人经常来往，不免喜出望外。我的姑祖母却相反，她对那条新闻的解释于斯万极为不利；凡是在自己出身的“种姓”之外，在自己的社会“阶层”之外另行选择交往对象的人，在她的心目中都等于乱了尊卑的名分，是很讨厌的。她认为，这是贸然放弃长辈们辛苦建立的实惠；有远见的家长们总为自己的儿孙体面地奠定下亲朋关系的基石，让他们日后坐享同牢靠的人亲密交往的成果，岂可轻率地置之不顾（我的姑祖母甚至不再接见我们家的一位公证人朋友的儿子，我的姑祖母认为，因为他同一位亲王家的小姐结了婚，等于就此由受人尊敬的公证人儿子的身份，下降到据说有时会受到后妃们青睐的冒险家、贴身侍从或马夫之流的卑贱地位）。我的外祖父本打算在第二天晚上趁斯万来吃晚饭的时候，向他打听那几位要人的情况，因为我们新近发现原来他们都是他的朋友。姑祖母狠狠地批评了他的这种打算。另外，外祖母的两位妹妹——这是两位虽具备外祖母的高尚品性却不具备她那份聪明才智的老小姐——也毫不含糊地宣称，姐夫居然有兴致涉及这类无聊的话题，她们万万不能苟同。她们都是洁身自好的人，而且正因为如此，所以绝不能对飞短流长的闲话感兴趣；即使具有历史意义的传闻，她们也从不过问；一般地说，凡是同审美与操行无直接关系的话题，她们从不搭腔。对于直接或间接涉及世俗生活的一切谈论，她们打心眼儿里不感兴趣。只要饭桌上出现轻薄的谈吐，或者仅仅是实惠的话题，而两位老小姐又无法把话题引回到她们所热衷的内容上来，她们就干脆暂停听觉器官的接受功能，让它们处于开始衰竭的境地。那时，如果我的外祖父必须引起两位小姨子的注意，就得求助精神病医生对付精神分散的患者所采用的物理刺激法：用刀刃连击玻璃杯的同时，大喝一声并狠狠瞪上一眼。精神病大夫往往在日常交往中也使用这类粗暴的方法来对付身心完全健康的人，也许是由于职业养成的习惯，也许他们把人们都看作有点疯病。

老太太们也有兴高采烈的时候，譬如说，斯万来我们家吃晚饭的前一天，亲自给她们送来一箱阿斯蒂出产的葡萄酒。我的姑祖母拿着一份登有“柯罗画展”消息的《费加罗报》，报上一件展品名字的旁边，注上了“夏尔·斯万先生所藏”这几个字样。姑祖母说：“你们看到没有？斯万居然露脸，名字登在《费加罗报》上！”

“我早就跟你说过，他是很有鉴赏力的。”外祖母说。

“你当然了，”姑祖母接过话来说，“你的看法总跟我们不一样。”她知道我的外祖母的看法从来跟她不一致，至于我们会不会赞成她，她并没有十分把握，所以她有意硬拉上我们一起来反对外祖母。她竭力想用自己的见解把我们统统纳入反对外祖母的阵营。但是我们偏偏谁都不接话，我外祖母的两位妹妹表示要跟斯万提到《费加罗报》上刊登的那句小注，姑祖母劝她们千万免开尊口。每当她发现别人身上有个她所缺少的长处，哪怕微不足道，她也要坚决否定，认为不是长处，而是一个缺点；她不仅不会羡慕人家，反而觉得人家可怜。

“我认为你们这样做并不会使他高兴；我很清楚，我要是看到自己的名字这样显眼地登在报上，会觉得很扫兴的，倘若有人跟我提到这种事，我绝不会沾沾自喜。”

不过她倒没有硬要说服我的两位姨祖母，因为她们俩最怕俗气，所以她们在影射谁的时候，总能把话说得婉转曲折，达到不露痕迹的地步，甚至连当事人都察觉不到。至于我的母亲，她力求我的父亲答应不跟斯万提到他的妻子，而只跟他提到他所钟爱的女儿，因为据说斯万是为了女儿才同他的妻子结婚的。

“你可以只问一句‘她好不好’就行了，他的生活一定过得很不痛快。”

可是我的父亲不乐意：“我才不呢！你尽胡思乱想。这么说不招人笑话吗？”

我们当中只有一个人把斯万的来访当作痛苦的心事，那就是我。因为每当有外人来访，或者只有斯万一人做客，晚上妈妈就不到楼上我的卧室里来同我道晚安了。我总比别人先吃晚饭，然后坐在桌子旁边；一到八点钟，我就该上楼了。我只能把妈妈通常在我入睡时到我床前来给我的那既可贵又纤弱的一吻，从餐厅一直带进卧室；我脱衣裳的时候，还得格外小心，免得破坏那一吻的柔情，免得它稍纵即逝的功效轻易消散而化为乌有。所以，越是遇到那样的晚上，我受妈妈一吻时就越有必要小心翼翼。但是，我又得当着众人的面，匆匆忙忙地接过那一吻，抢走那一吻，甚至没有足够的时间和必要的空闲给我的举止以专心致志的关注：好比头脑不健全的人在关门的时候尽量不去想别的事情，以便疑惑袭来时用关门时留下的回忆来战胜它。

门铃怯怯地响起叮咚两声，那时我们都在花园里休息。我们知道是斯万来访；但是人人都带着疑问的表情面面相觑，并派遣我的外祖母前去侦察。

“别忘了，用明确的话感谢他送了酒来。你们也都知道，酒味很醇正，而且有一大箱。”外祖父叮嘱两位姨祖母说。

“你们又说悄悄话了，”姑祖母训斥道，“要是上谁家去，听到人家在窃窃私语，多不自在！”

“啊！敢情是斯万先生吧！咱们待会儿问问他，明天是不是大晴天。”我的父亲说。

我的母亲认为，她若一开口就会把我们全家自从斯万结婚以来可能在态度上使他感到的难堪统统消除。她找了一个空当，乘机把斯万领到一边。但是我跟在她后面，我舍不得离开她一步，心里想，待会儿我要把她留在饭厅里了，我上楼去睡觉不能像每天晚上那样得到她亲一亲的慰藉了。

“哎，斯万先生，”母亲说，“您女儿好吗？我相信她一定像她爸爸那样，已经能鉴赏出色的艺术作品了。”

这时我的外祖父走过来，说：“快来呀，同我们一起坐到游廊里来。”

母亲只得把话打住，但是她从无可奈何中又萌生一个微妙的念头，好比优秀的诗人让蛮横的韵律逼出最美的诗句，“待会儿咱俩单独说说您女儿的近况吧，”我的母亲悄声对斯万说，“只有当母亲的才体会得到您的苦心。我相信她妈妈也一定会同意我的看法的。”

我们全都围坐在铁桌的四周。我真不愿意想到今天晚上我将无法入睡，独自熬过苦闷的长夜；我尽量说服自己，那些失眠的时刻没有什么了不起，因为明天一早我就会忘记得干干净净；我尽量让自己想到未来，这样，我就能像踏上桥梁似的越过令人心寒的深渊。但是我的思想跟集中了焦点的目光那样被心事绷得很紧，我注意力全在母亲的身上，容不得半点无关的印象钻进我的心房。各种思想确实都能闯进我的脑海，但是，一切有可能叩动我心扉的美，或者干脆只是可能转移我的注意力的怪念头，统统都被我排斥在我的心扉之外，就像上了麻药的病人，医生给他动手术时他心里一清二楚，只是不感到疼；我也照样能背诵我喜爱的诗，照样能观察到我的外祖父为了诱导斯万谈及德·奥迪弗雷-巴斯基埃公爵而做出的种种努力，但是背诵的诗句并不能激起我的感情，观察外祖父的举止也不能使我开心。外祖父的努力终于毫无成效。他刚向斯万提到一个与他有关的问题，我的一位姨祖母马上觉得提得不合时宜，等于造成冷场，而她认为只有打破冷场的尴尬局面才是礼貌的行为，于是就对另一位姨祖母说：

“你倒是想想看，弗洛拉[1]，我认识一位瑞典女教师，她把有关斯堪的纳维亚国家合作社的最最有趣的细节，向我做了详细的介绍。咱们应该请她哪天来吃顿晚饭。”

“对了！”她的姐姐弗洛拉回答说，“不过我也没有白浪费时间。我在凡德伊先生家遇到了一位德高望重的学者，他跟莫邦很熟，莫邦跟他详谈了创造角色的过程。这多有意思。他是凡德伊先生的邻居，我本来不知道！他非常彬彬有礼。”

“并非只有凡德伊先生才有彬彬有礼的芳邻。”我的姨祖母赛莉纳高声接口道。由于她胆小怕羞，所以声音特别尖；更由于她深思熟虑，语气显得很不自然。她一面说，一面——用她自己的话说——有意朝斯万那边望了一眼，与此同时，我的姨祖母弗洛拉听出赛莉纳的弦外之音是对斯万送来阿斯蒂葡萄酒表示感谢，所以也望了斯万一眼，那神情既有感谢之意，又带点挖苦，也许她不过是想强调她的妹妹的措辞巧妙，也许她嫉妒斯万居然使她的妹妹如此开窍，善于辞令，更也许她情不自禁地要挖苦斯万几句，因为在她看来斯万已穷于对答了。

“我看，咱们可以请那位先生屈尊光临，来用晚餐的，”弗洛拉接下去说，“只要一提到莫邦或者马特纳夫人，他准能一气儿连谈几个钟头。”

“那才动人哪。”我的外祖父叹了一口气说。他心想，大自然

[1] 此处原文为“赛莉纳”，似有误，应为“弗洛拉”，故从企鹅版的英译本改为“弗洛拉”。

已经不幸地、彻底地排除了人们对瑞典合作社或者莫邦创造角色之类的问题产生浓厚兴趣的可能性，因为它忘了为我的两位姨祖母的才情增添一点佐料；若要把莫莱或者巴黎伯爵的私生活讲得有滋有味，就得添油加醋。

“既然说到这里，”斯万对我的外祖父说，“我下面要说的倒跟您问我的问题很有关系，虽然表面上看并不相干，但从某些方面看，其实并无太大的不同。今天上午，我重读了圣西门[1]的著作，其中有几句话您或许会觉得有点意思。那是有关他出使西班牙的那一卷；在他的全集中，那一卷写得并不出色，只是一本日记罢了，但作为日记，至少写得非常生动；仅就这一点而论，就同我们认为每天非看不可的乏味的报纸有所区别。”

“我不同意您的看法，有时候我觉得看报令人非常高兴。”我的姨祖母弗洛拉打断了斯万的话，以此来表示她已经在《费加罗报》上看到了那句注解，说明柯罗的哪幅油画是由斯万所收藏的。

姨祖母赛莉纳连忙补充道：“就是说，当报纸上提到我们所关心的人和事的时候。”

“倒也是，”斯万不免感到意外，答道，“我之所以说报纸不好，是因为报上天天让咱们去注意那些无聊的小事，而咱们一生中难得三四回读到受益终生的好书，既然咱们天天早晨要急于看报，那么他们就应当把报纸办得好一些，增加一些内容，我不知

---

[1] 圣西门（1760—1825）：法国作家、政治活动家，所著《回忆录》是路易十四当政后期以及摄政王时期的重要的历史见证。

道怎么说才好……比如说，来一点帕斯卡《思想录》之类的文章！（他故意调侃似的把《思想录》三字说得很夸张，以免显得学究气）那种切口烫金的精装书，咱们每隔十年不过翻上一回，”他补充一句，像有些社交界人士装得愤世嫉俗，对富丽堂皇的东西不屑一顾似的，“书里咱们又读到些什么？无非是希腊王后幸驾戛纳，莱昂公主举办化装舞会，好像只有这样才合乎规矩。”说到这里，他又后悔失言，把正经事说得过于轻佻。他解嘲似的接着说道：“咱们的话题太高雅了，我不明白为什么咱们要谈论这样‘高深的尖端’。”这时，他转身对我的外祖父说：“还是说圣西门吧。书里说莫莱夫里埃居然有胆量向他的儿子们伸手。您知道，关于这位莫莱夫里埃，圣西门是这么说的：‘他简直像只厚壁酒瓶，里面只有起码的水分，粗俗而愚蠢。’”

弗洛拉赶紧插话道：“酒瓶有薄有厚，我倒是知道有些瓶子里装着完全不同的东西。”她想乘机谢谢斯万，因为那箱阿斯蒂葡萄酒，斯万是送给她们姐妹俩的。

斯万一时十分尴尬，硬着头皮往下说：“圣西门是这样写的：‘我不知道他是无知呢还是存心犯傻，他居然想伸过手去，同我的孩子们握手，幸亏我及时发觉，没有让他得逞。’”

我的外祖父对于“无知呢还是存心犯傻”这种说法佩服得五体投地，可是赛莉纳小姐，由于圣西门这么一位文学家的大名没有让她的听觉功能完全沉入麻痹状态，听到这话顿时义愤填膺：

“什么？您居然钦佩这样的描写？好！不过，这能说明什么问题？难道同样是人，这个人就不如那个人吗？人只要聪明、勇敢、善良，公爵也罢，马夫也罢，有什么关系？您的圣西门倒好，居然教他的儿子们不理睬正派人的友好表示，这也算教子有方？简直恶心！您居然敢引为经典！”

我的外祖父眼看谈话遇到这么多的障碍，非常扫兴，感到已不可能诱导斯万讲点他爱听的故事了，于是悄声对我的妈妈说：

“上次你告诉我的那句诗是怎么说来着？碰到眼前这种情况，倒可以让我舒一口气。你提个头吧，啊，想起来了：‘主啊，有多少美德您教我们憎恨！’[1] 唉，说得真好啊！”

我两眼盯住了妈妈，我知道，只要一开晚饭，他们就不会让我待到晚饭结束，为了不使我的父亲扫兴，妈妈不会让我当着大家的面像我在卧室里那样亲她好几遍的。所以，在餐厅里，在就要开晚饭的时候，在我感到那时间即将来临的当口，我就先为那短促而悄然的一吻，从我力所能及的方面，做好一切准备：我用眼睛选定妈妈脸上的某一个部位，作为我的吻的落点；由于我在精神上已经有了吻的开端，所以我做好思想准备，以便在妈妈把脸凑过来的刹那间，能充分地感受到我嘴唇贴着的她那部分肌肤的温暖；我好比一个画家要画幅肖像，但是描绘对象只能短暂地出现几次，画家在准备调色板之前，早已根据自己所做的笔记做好细致的回忆，即使描绘对象不在场，他也能画得惟妙惟

[1] 原诗应为：“天哪，有多少美德您教我们憎恨。”引自高乃依的悲剧《庞贝之死》。

肖。然而，晚饭的铃声还没有打响，我的外祖父却残忍地说（虽然他并没有意识到自己的残忍）：“这孩子看样子很累，该上楼睡觉去了，再说，咱们今天晚饭吃得晚。”我的父亲本来就不如我的母亲和外祖母那样一丝不苟地信守协议，这时说道：“是啊，快，睡觉去。”我想过去亲亲妈妈，就在这一刹那，晚饭的铃声响了。

“不必了，别麻烦你的妈妈了。这也就等于道过晚安了，这种表示本来就多余可笑。快点，上楼去！”

我等于连盘缠都没有领到就得上路；我必须像俗话所说“戗着心眼儿”登上一级一级的楼梯，我的心只想回转到母亲身边去，因为母亲还没有吻我，还没有以此来给我的心灵发放许可证，让她的吻陪我回房。但是，我不得不违心上楼。这可恨的楼梯呀，每当我踏上梯级，总不免凄然若失，那股油漆味可以说已经吸收了、凝聚了我天天晚上都要感到的那种特殊的悲哀，也许正因为如此，一闻到它我才更感到痛心；我的智慧在这种嗅觉的形式下变得木然而丧失了功能。当我们沉入梦乡时，我们不会感到牙疼，只觉得仿佛有一位姑娘掉进水里，我们拼命把她从水里打捞起来，捞起又掉下，掉下又捞起，一连二百次；或者，好比有那么一句莫里哀的诗，我们不停地背诵。处于这种情况，我们只有醒来才能舒口气，我们的智慧才能使牙疼摆脱掉见义勇为的伪装和吟诵诗句的假象。当登楼时的悲哀以迅雷般的速度侵入我内心时，我所感到的却是舒心的反面。这种侵入几乎是顿时发生的，悲哀通过我嗅到的楼梯特殊的油漆味，突然不知不觉地钻进我的心扉，这比通过精神的渗透更具有毒害心灵的功效。我一进卧室，就得把一切出入口全部堵死，把百叶窗合上，抖开被窝，为我自己挖好墓坑，然后像裹尸一样换上睡衣。那时正当夏令，由于我睡在罩着厚布床幔的大床上太热，他们就为我在房内另外放了一张铁床。我在尚未葬身铁床之前忽然萌生了反抗的念头，我要施个囚犯惯施的诡计，我给母亲写了一封信，说有要紧事要当面禀告，信上不便说，只求她上楼来见我。我只怕弗朗索瓦丝不肯为我送信。她是我姑祖母家的厨娘，我住在贡布雷的时候，起居由她负责照料。我想，家里有客时要她给我的母亲递信，其难度之大正等于求剧院门房给正在台上演出的女演员送便条，几乎是办不到的。不过，能办不能办，弗朗索瓦丝自有一部严峻专横、条目繁多、档次细密、不得通融的法典，其间的区别一般人分辨不清，也就是琐细至极（所以她那套法典大有古代法律的风貌，那些古代法律残忍处可下令杀戮大批嗷嗷待哺的婴儿，可是有些条文却慈悲得连山羊羔的肉都禁止用母山羊的奶来炖，还禁止啃食动物大腿上的筋）。有时候，弗朗索瓦丝顽固地拒绝我们托她办的事；由此而论，似乎她的“法典”对上流社会的复杂规矩和交际场合的种种讲究都有所估计，而这些，单凭她这样一个农村女仆的所见所闻，是得不到任何暗示的。我们只能说，她身上有一种非常古老、高尚，但又不为人们所理解的法兰西传统陈迹，好比我们在那些手工业城市中所见到的那样，陈旧的华屋证明往昔曾是王公幸驾之地，化工厂的工人们从事劳动的场地周围，有古老的雕塑珍品，主题有泰奥菲尔遇到圣母显灵或者埃蒙四兄弟乘坐神马逞威。[1]

至于我当时的那个特殊情况该如何发落，弗朗索瓦丝的“法典”自有毫不含糊的规定：尊长敬客。所以除非发生火灾，她多半不可能为我这区区小儿去惊扰正陪着斯万先生说话的母亲大人。弗朗索瓦丝经常教训说：不仅对父母长辈要孝敬，对亡人、僧侣和王上要恭敬，还应该尊敬受到款待的宾客；这一套敬人之言倘若出自某部著作，我或许会深受感动，偏偏出自她的口中，我听了不免又气又恼，尤其是因为她说得那么一本正经，细声细气；尤其是今天晚上，她把请客吃晚饭看成神圣的礼仪，结果她必定拒绝惊扰宴会的礼仪。不过我还是要试试运气，于是我毫不迟疑地撒谎说，这封信并非我自己要写，我上楼时妈妈吩咐过，看看有没有她要找的东西，务必给她一个答复；要是不给妈妈捎句话去，她会生气的。我明明知道弗朗索瓦丝根本不信，她跟原始人一样，感觉比咱们灵敏得多，能从一般人觉察不到的征兆中一眼看透咱们企图掩饰的真相。她把信封足足端详了五分钟，好似单凭审察纸质和笔迹便可知道信封里的内容，换句话说，便可确定应按她那部“法典”中的哪一项“条款”来处置。随后，她无可

---

[1] 泰奥菲尔和埃蒙四兄弟均为传说中的人物。相传公元 6 世纪时僧侣泰奥菲尔曾把灵魂卖给了魔鬼，后追悔莫及，遂祈求圣母救助，终以诚心感动圣母，显灵勾销了卖魂契。13 世纪时游吟诗人吕特贝夫曾把这一传说编成诗体说唱，广为流传，后来壁画和浮雕等美术形式也采用这一主题。埃蒙四兄弟的故事见诸 12 世纪法国英雄史诗《勒诺埃德 · 蒙多邦》。相传埃美公爵有四子：勒诺、阿拉尔、吉夏尔和里查，统称“埃蒙四子”（“埃蒙”为“埃美”的昵称或贱称），他们在同查理大帝作战时，勇武异常，有坐骑名巴雅尔，能一跃千尺。

奈何地走出房间，那表情等于说：“唉！有那样一个孩子，做父母的也真算倒霉！”转眼间她又回来了，说现在席上正在用冰冻甜食，大师傅无法当着众人的面把信递给我妈妈，得等到上漱口盅的当口才有法子送去。我的焦虑顿时得到冰释，顷刻间乾坤扭转，方才我离开母亲还意味着得等到明天才能重聚，可是待会儿我的便条至少会把无影无踪的我，喜滋滋地带进妈妈所在的那间厅堂，而且会在我妈妈的耳畔悄悄地谈论我；虽然母亲看到便条肯定会不高兴（而且由于我的拙劣手段将使我在斯万的眼中显得十分可笑，她更会加倍地生气）。一秒钟之前，我还觉得餐桌上的冰冻甜食——“坚果冰淇淋”以及漱口盅之类的享受无聊透顶，邋遢可憎，因为我的妈妈是在我不在场时独自享受的。可现在，那间原来对我极不友好，禁止入内的餐厅，忽然向我敞开大门，就像一只熟得裂开了表皮的水果，马上就要让妈妈读到我便条时所给予我的亲切关注，像蜜汁一般从那里流出来，滋润我陶醉的心房。我与母亲已经不再相隔异处；屏障倒塌了，柔情的丝丝缕缕重又把我和她系到一起。而且，还不止如此，妈妈还一定会上来看我！

我方才苦恼地想：斯万如果看到我给母亲的信，并且猜出我的用心，一定会瞧不起我；然而我后来才知道，他一生之中对类似的苦恼有过长期的体会，谁也比不上他更了解我。自己所爱的人在自己不在场或不能去的地方消受快乐，对他来说，是一件烦恼苦闷的事，是爱情教他尝到的滋味。那样的烦恼苦闷，从某种意义上说，本来就注定属于爱情，而且一旦落入爱情之手它就变得具有专门的含义；但是它钻进像我这样生活中还没有出现过爱情的人的心中，它实际上是对爱情的期待；它漫无目的、自由自在地游动着，并无一定的钟情对象，只为某一天出现的某种感情效劳，这种感情有时是对父母的依恋，有时是对同伴的友谊。

弗朗索瓦丝回来告诉我说，我的信即将交给母亲。那时我感到无比的喜悦。我在感情见习期所领受到的这种喜悦，斯万也早就体会过：这其实不过是哪位好心的朋友，或者我们心爱的女子的哪位亲戚，让我们空欢喜一场罢了。比如说，我们来到哪家公馆或者哪家剧院，知道我们的心上人也来这里参加舞会或者观看首场演出，这时有位朋友先是发现我们在门外踯躅，几近绝望地等待着同心上人接近的机会。那位朋友认出我们是谁，热心地过来打招呼，问我们来这里有何贵干。我们就胡乱编造谎话，声称有要紧事必须告诉他的某位女亲戚或者某位女朋友。他连忙请我们放心，说这事再好办不过；他把我们领进门厅，答应五分钟之内一定送她下楼。我们多感激他呀——正等于这时我多感激弗朗索瓦丝！这样与人为善的中间人，仅凭一句话就改变了我们的心境：刚才我们还认为里面的灯红酒绿一定乌七八糟到不堪设想的地步，而且其中必有几股同我们作对的、邪恶的、蛊惑人心的旋风把我们的心上人裹挟而去，让她嘲笑我们；可是顷刻之间，我们觉得这样的晚会还过得去，有人情味，甚至大有好处！若以那位向我们打招呼的朋友的态度来看（因为他也是晚会中的一员），我们可以推断其他宾客不至于会有多坏。原先我们不知道她在里面会享受到什么样的乐趣，那漫长的时辰可望而不可即，残酷地折磨人的感情，如今却出现了一个供我们潜入其间的缺口；在构成那些时间的序列中有那样一个时刻，同其他时刻一样真实，却又更为重要，因为它同我们的心上人关系更为密切，它活灵活现地出现在我们的眼前，我们占有它，参与其间，它几乎是我们自己创造出来的，这就是有人要去告诉她，我们就在楼下的那个时刻。也许，晚会的其他时刻同那个时刻并无本质的差别，并不更令人心醉而使我们痛苦万分，因为好心的朋友已经明白告诉我们：“她肯定会非常高兴下来的！跟您谈谈总比在楼上百无聊赖要好得多。”唉！斯万有过这方面的经验：感到她所不爱的人处处跟踪，甚至一直盯到晚会的门口，她岂能不生气？而第三者的好心并不能打消她的气恼，结果经常是只有那位好心的朋友一人下楼。

我的母亲没有来，甚至连一点面子（也就是不拆穿我编的那套找东西的瞎话）都不肯给，反倒让弗朗索瓦丝对我说：“不理！”后来我经常听到大旅社的门房或者游乐场的听差对可怜巴巴的姑娘说同样的话。那姑娘惊讶地反问道：“什么？他不理？怎么可能呢？您确实把我的信交到他手里了吗？那好！我再等等。”而且，这样的姑娘无一例外，都不需要门房给她另点一盏小煤气灯；她只在黑角落里静候，偶尔能听到门卫同跑堂嘀咕几句天气好坏之类的话，接着门卫就发觉时间不早，打发跑堂赶紧把某位顾客吩咐的酒拿去冰镇。——我当时谢绝了弗朗索瓦丝的好意（她自告奋勇要给我泡杯药茶），我也不要她留下陪我，只让她回配膳室去。

我钻进被窝，合上眼睛，尽量不去听他们在花园里喝咖啡时的聊天声。这样过了几秒钟，我感到其实早在我给妈妈写信的那会儿，早在我不顾她会生气向她靠拢，甚至以为马上就要同她聚首的那会儿，我已经把见不到妈妈我照常睡觉的路子给堵塞了。我的心突突乱跳，阵阵发痛，本指望以逆来顺受求得安宁，结果反而增添心中的骚乱。突然间，我的烦恼烟消云散，像服了一剂强烈的镇静药，到这时才开始见药效；痛苦消释，周身舒坦：因为我下了决心，不再勉强自己在见到妈妈前就入睡，我要等妈妈上楼睡觉时，不顾一切地去同她亲一亲，虽然这事肯定会惹得她接连几天生我的气。烦恼既消，平静使我感到异常的喜悦，那种异样的感觉，不亚于期待、饥渴和如临深渊的恐惧。我轻轻推开窗户，坐到床前，几乎一动不动，生怕楼下的人听到我的动静。窗外万籁也仿佛凝固在静寂的期待中，唯恐扰乱明净的月色；月亮把自己反射的光辉，延伸到面前的万物之上，勾画出它们的轮廓，又使它们显得格外悠远；风景像一幅一直卷着的画轴被徐徐展开，既细致入微，又恢宏壮观。需要颤动的东西，如栗树枝头的叶片，在轻轻颤动。但它颤动得小心翼翼、不折不扣，动作那样细密而有致，却并不涉及其他部分，同其他部分判然有别；它独行其是。远处的嗡嗡声扩散在不吸音的寂静之中，听来像是从市区那一边的花园中传来的，那么微弱又那么清晰，好比是轻声的演奏，像音乐学院的乐队十分高明地演奏轻音的乐段，每一个音符都像是从离音乐厅很远的地方传来的，但又都清晰可辨。音乐会上的常客侧耳倾听——倘若斯万请客，我的两位姨祖母也能有幸在座——他们似乎在一支军队还没有拐进特雷维斯街之前就已经能听到远处前进的脚步声了。

我心中有数，我当时把自己置于最不利的境地，最终会从我的长辈们那里得到最为严厉的处罚，其严厉的程度，外人实际上是估计不到的。他们或许以为，充其量是犯了真正丢脸的过错所造成的那种后果吧。但是，在我所受到的教育中，错误的轻重次序，同其他孩子所受的教育很不一样。大人们早已使我习惯于把一些错误看得比另一些错误严重（否则我或许没有必要受到那样细心的管教了）。我现在才明白，凡属严重错误都有一个共同的性质：那就是没有克制感情的冲动。不过当时谁都没有这么说罢了。谁都没有指出错误的根源，因为倘若说穿，我或许会认为自己情有可原，或者甚至认为自己本来就没有能力克制。不过对于错误的来龙去脉我并不陌生：在犯错误前，我必定先感到极其苦恼；犯错误后，我又必定受到严厉的处罚。我知道，我刚才的错误，与我过去因之受到重罚的错误属于同一性质，虽然程度上这次要严重得多。倘若等我母亲上楼睡觉时，我迎上前去，她见我为了同她说声晚安居然等候在过道里而一直没有睡觉，那么，她就不会再让我住在家里了。等天一亮，她会把我送去住校，这是一定的。唉！难道五分钟之后我只有跳楼吗？我倒宁可跳楼的。现在我的全部愿望是见到妈妈，同她说声晚安。为了实现这一愿望，我已经走得太远，再想回头已不可能。

我听到大人们送斯万出门的声音；门铃告诉我斯万已经走远。我伏到窗前，听妈妈问父亲：龙虾的滋味是否可口？斯万先生是否又添了一次咖啡腰果冰淇淋？妈妈还说：“我觉得龙虾味道一般，下次我要用别的香料来做。”

“我都不知道怎么说才好，总觉得斯万的模样变多了，”我的姑祖母说，“他都成老头儿了！”

姑祖母一向惯于把斯万看作一成不变的小伙子，一旦发觉斯万比她想象中的年纪要显老些，她就大惊小怪。而其他人则开始议论说斯万的这种老相不正常，太过分，有失面子，只有单身汉才这么老气横秋呢；对于那些单身汉来说，不是觉得大白天得过且过，没什么盼头，就是觉得大白天长得要命，因为他们心目中白天是空洞的永昼，没完没了的钟点自天亮之后就开始增多，他们却没有子女来共同分享这些时间。

“我相信，他那位爱卖俏的妻子够他操心的。在贡布雷谁不知道她跟一位德·夏吕斯先生同居呀？这事传得满城风雨。”

我的母亲倒发觉斯万先生近来脸色好多了：“他一不顺心，就跟他父亲当年一样，揉眼睛、摸脑袋。不过他近来这种动作少多了。照我看，他其实已经不爱他的妻子了。”

“那是自然的，他已经不爱她了，”外祖父说，“我收到过他的一封信，那是很久以前的事了，信上说到这件事。我尽量不把它当真，不过他在信里倒把自己的感情表达得很清楚，至少说明他对妻子的爱情已经淡漠下来，哎！你们俩呀你们俩！怎么不谢谢他送来的阿斯蒂麝香葡萄酒呢？”外祖父转身问他的两位小姨子。

“怎么？我没有道谢吗？说句良心话，我还以为自己已经转着圈儿向他委婉地表达了谢意呢。”姨祖母弗洛拉回答说。

“不错，你转弯抹角地说得很得体，我真钦佩你。”姨祖母赛莉纳说。

“你也一样，说得很有分寸。”

“是的，我提到芳邻的那段话，连我自己都深感得意。”

“什么？你们这也算感谢人家！”外祖父失声叫道，“这些话我倒都听到了，不过我怎么也想不到你们是说给斯万听的。你们不必怀疑，我认为他根本没有听出你们的弦外之音。”

“看你说的，斯万可不是笨人，我肯定他领会到了。我总不能跟他提到几瓶酒、多少钱吧？”

我的父亲和母亲在花园里单独地坐了一会儿，后来父亲说：“咱们上楼睡去吧，好吗？”

“你愿意上楼咱们就上楼吧，亲爱的，虽然我现在一点都不困；倒不是冰淇淋里的那点儿咖啡弄得我这样精神，我发觉用人的房间里灯还没灭，可怜弗朗索瓦丝一直在等我呢。我要去请她帮我解开紧身上衣后面的搭扣，你先更衣去吧。”

母亲打开了安着铁花条的门，走进正对着楼梯的门厅。我很快就听到她上楼关窗的声音。我蹑手蹑脚走进过道，心怦怦乱跳，激动得几乎寸步难移，不过这至少不是难过得心跳，而是提心吊胆，是过分兴奋。我看到楼梯井下烛光摇曳，那是我母亲秉烛上楼，接着我看到了她，我扑上前去。她先是一愣，不知道是怎么一回事。随后她显出怒容，一声不吭，事实上，过去为了更微不足道的过错，她都能一连几天不理我。如果那时妈妈对我说一句话，这虽然意味着她不会不理我，但对我来说也许是更可怕的征兆，因为比起严厉的惩罚来，不理我、生气毕竟只能算不足挂齿的小事。她若开口，那就像辞退用人似的，虽说得平心静气，但是下了决心的；送儿子出门的母亲，给儿子一吻是为了告别；而只想跟儿子生几天气就了事的母亲是不肯吻儿子的。然而这时妈妈听到已经换好衣裳的父亲走出更衣室上楼来了，为了避免父亲训我一顿，她急得呼哧呼哧对我说道："快跑，快跑，别让你爸爸看到你像个疯子似的等在这儿！"

可是我还是反复地说："来跟我说声晚安！"我一面说，一面提心吊胆地看着父亲的烛光已经照到楼梯边的大墙上。不过父亲越来越近倒正好可以被我用来作为一种讹诈的手段，我希望妈妈为了避免父亲见到我，对我说："先回到房里去，我待会儿来看你。"

来不及了，父亲这时已经出现在我们的跟前，我不觉一字一顿地说了句谁也没有听到的话："完了！"

然而我并没有遭殃。父亲向来不像妈妈和外祖母那样对我宽容，允许我这样那样；凡她们允许的，父亲总不允许。他根本不顾什么"原则"，也谈不上什么"人权"。譬如例行的散步，别人是不会不让我去的，即使不让，起码也得给我许个愿。父亲却随口说个理由，或者干脆毫无理由，就在将要出发之前突然取消我去的权利。要么就像今天晚上那样，明明离开晚饭的时间还早，偏打发我快走："上楼睡觉去，不必多说！"但是，也正由于他如外祖母所说的没有原则，也就无所谓坚持了。

他绷着脸奇怪地看我一眼。后来妈妈尴尬地解释几句。他说：

“那你去陪陪他吧。你不是说还没有睡意吗？你就待在他房里好了，反正我不需要你照应。”

“可是，亲爱的，”母亲不好意思地回答说，“这跟有无睡意无关，总不能惯孩子……”

“谈不上惯，”父亲耸耸肩膀，“事情明摆着，这孩子心里不痛快，脸色那么难看，做父母的总不能存心折磨他吧！等他真弄出病来，你更要迁就他了。他的房里不是有两张床吗？吩咐弗朗索瓦丝为你收拾一下大床，你今晚就陪他睡吧。好，晚安，我不像你们那么好激动，我可要睡了。”

我还不能够感谢父亲；他凡是听到他称之为感情用事的话，只会恼怒。我不敢有所表示；他还没有走开，已经在我们跟前显得那么高大，他穿着一身白色睡袍，头上缠着淡紫和粉红两色的印度开司米头巾；自从得了头痛病之后，他睡觉总以此缠头。他的动作就像斯万先生送给我的那幅版画中的亚伯拉罕[1]，那幅版画是根据伯诺索·戈索里[2]的原作复制的，画中亚伯拉罕要撒拉狠心舍弃以撒。这已经是多年前的事了。当年烛光渐升的那面楼梯旁的大墙早已荡然无存。有许多当年我以为能在心中长存不衰的东西也都残破不堪，而新的事物继而兴起，衍生出我当年意料不到

---

[1] 亚伯拉罕：《圣经》中的犹太人始祖。上帝为了考验他，要他献出自己的儿子以撒祭神，他同意了。撒拉是他的妻子。

[2] 伯诺索·戈索里（1420—1497）：意大利画家。上面说到的那幅画系他所作的二十三幅“旧约故事”中的一幅，作于1468—1484年，原存比萨康波·圣托教堂，第二次世界大战时毁于兵燹。

的新的悲欢；同样，旧的事物都变得难以理解了。我的父亲也早已不会再对我的母亲说："陪他去吧。"出现这种时刻的可能性对于我来说已一去不复返。但是，不久前，每当我侧耳倾听，我居然还能听到我当年的哭泣声。当着父亲的面我总竭力忍着，等到与母亲单独在一起时我才忍不住地哭出声来。事实上这种哭泣始终没有停止过；只因为现在我周围的生活比较沉寂，才使我又听到了它，好比修道院的钟声白天被市井的嘈杂所掩盖，人们误以为钟声已停，直到晚上万籁俱寂时才又遐迩可闻。

那天晚上我的母亲就在我的卧室里过夜；我犯了这样严重的错误，准备接受让我离家住校的惩罚，不料父母却对我恩宠倍加，过去我做了好事都从来没有得到这样的奖赏。即使我的父亲对我恩宠倍加，他的举止言谈仍具有专制武断、奖罚不当的成分，这已成为他行为的特征；在一般情况下，他办事多凭兴之所至，难得深思熟虑。他打发我睡觉去的时候，那种态度我称之为严厉恐怕太过分，其实赶不上妈妈和外祖母严厉。他的天性在许多方面同我很不一样，同妈妈和外祖母就更有天壤之别。他八成直到现在都没有猜到我每天晚上有多伤心，而这一点妈妈和外祖母却了如指掌，只是她们太疼我了，不忍心让我尝到痛苦的滋味，她们要我自己学会克服痛苦，以此来减轻我多愁善感的毛病和磨炼我的意志。至于父亲对我的疼爱，那是另一种类型的，我不知道他有没有她们那样的勇气：他只要一发现我心里不痛快，就对我的母亲说："去安慰安慰他。"

妈妈那天晚上就待在我的房里了。弗朗索瓦丝看到妈妈坐在我的身边，握住了我的手，任我哭个不停也不训斥我，她看出必定发生了什么非同小可的事，便问妈妈：“夫人，少爷怎么啦，哭成那样？”我本来是有权盼望妈妈来同我道晚安的，可是眼下的情况那样不同，妈妈看来不想以任何懊恼之情来损害这不同寻常的时刻，便这样回答说：“他自己也弄不明白，弗朗索瓦丝，他神经太紧张；快给我铺好大床，然后上楼睡去吧。”就这样，破天荒头一回，我的忧伤没有被看作应该受罚的过错，而是一种身不由己的病症。方才妈妈正式承认了，这是一种精神状态，我是没有责任的；我松了一口气，我不必在苦涩的眼泪中掺进什么顾忌了，我可以痛哭而不至于犯下过失。在弗朗索瓦丝面前，我深为这种人情的复归而自豪。一小时前，妈妈拒绝上楼到我的房间里来，还不屑一答地吩咐我快睡；如今她那番通情达理的话，把我抬到了大人的高度，使我的痛苦一下子脱离了幼稚的境界，达到成熟，我的眼泪由此获得解放。我应该感到高兴，然而我不高兴。我觉得母亲刚才对我做出的第一次让步，她一定很为之痛心，她第一次在她为我所设想的理想面前退缩；她那么勇敢的人，第一次承认失败。我觉得，我取得胜利是跟她作对；我使她的意志松懈、理性屈服，不过是因为她怜恤我有病，怕我伤心过度，顾念我年幼。我觉得那天晚上开始了一个新纪元，而且将成为一个不光彩的日子流传下来。倘若当时我有勇气开口，我就会对妈妈说：“不，我不要，你别睡我这儿。”但是，我深知妈妈有审时度势之明，用现在的说法，就是很现实主义。这种明哲的态度，使她的理想主义天性有所收敛，不像外祖母那样热得像团火。我心里有数，现在既然毛病发作，妈妈宁可让我起码得到些慰藉，免得惊动父亲。当然，在妈妈那样温柔地握着我的手，想方设法止住我眼泪的那天晚上，她俊俏的脸庞还闪耀着青春的光彩；但是，我偏偏认为不该这样。她若怒容满面，我或许还好受些；我童年时代从来没有见到过她这样温情脉脉，这反倒使我感到悲哀。我仿佛觉得自己忤逆不孝，偷偷地在她的灵魂中画下第一道皱纹，让她的心灵长出第一根白发。想到这里，我就哭得更凶了。这时候，我看到了从来没有依我亲昵撒娇的妈妈，突然受到我情绪的感染，在竭力忍住自己的眼泪。她感到我看出她想哭，便笑着对我说："瞧，我的小宝贝，我的小傻瓜，再这么下去，弄得妈妈也要像你一样犯傻劲儿了。好了好了，既然你不想睡，妈妈也不困，咱们别这么哭哭啼啼地待着，倒不如干些有意思的事，拿出一本书看看吧。"可是偏偏房间里没有书。"要是我把你外祖母准备在你生日那天送给你的书先拿给你，你不会不高兴吧？想好了，等到后天你什么礼物也没有，你不会失望吧？"

正相反，我高兴极了。妈妈去拿了一包书来，从包装纸看，那些书又短又宽，仅凭这初步印象（虽然是笼统的，而且还隔着一层纸），它们的吸引力就已经大大超过新年颜料盒和去年的蚕宝宝了。那几本书是《魔沼》、《弃儿弗朗沙》、《小法岱特》和《笛师》。后来我才知道，外祖母起先挑选的是缪塞的诗、卢梭的一本著作，还有《印第安娜》[1]；因为，外祖母固然认为无聊的书同糖果

[1] 《印第安娜》跟前面四部一样，都是乔治·桑所著。

点心一样对健康有害，但她却并不否认天才的恢宏气魄甚至对一个孩子的思想都能产生影响，这种影响不见得比旷野的空气和海面吹来的风更不利于健康，更缺乏增加活力的功效。但是当我的父亲得知她送我那几本书时，几乎把她看成疯子，因而她只好再次亲自出马，光顾鲁伊子爵市的书店，免得我不能及时拿到礼物（那天热得灼人，外祖母回家时难受极了，医生警告我母亲说：以后切不可再让她累成那样）。外祖母一下就选中了乔治·桑的这四本田园小说，“我的女儿，”她对我妈妈说，“我总不能存心给孩子买几本文字拙劣的书看呀。”

确实，我的外祖母从不凑合买那些对智力方面毫无补益的东西，她尤其看重能让我们在物质享受和虚荣满足之外寻求愉快的优美作品。即使她有必要送人一件实用的礼物，譬如一把交椅、一套餐具、一根拐杖，她也要去找“古色古香的”，似乎式样既然过时，实用性也就随之消失，它们的功用也就与其说供我们生活所需，倒不如说在向我们讲解古人的生活。她希望我的卧室里挂几张古建筑的照片，或者很美的风景图片。可是当她去选购时，虽然照片上的内容不乏审美价值，她总觉得照相这种机械复制方式，让平庸和实用过于迅速地得其所哉了。她要想办法做点手脚，虽说无法完全排除商业性的俗气，但至少要削弱它，在大的方面仍用艺术来取代它，给它引进一些艺术的“厚度”：譬如说，不要实景照片。她问斯万：有哪位大画家画过沙特尔大教堂、圣克鲁大喷泉和维苏威火山？她宁可送我油画照片：柯罗的《沙特尔大教堂》，于贝尔·罗贝尔[1]的《圣克鲁大喷泉》和透纳[2]的《维苏威火山喷发》;虽说仍是照片，艺术档次毕竟高了一级。但是，倘若摄影师不拍古建筑，不拍自然风景，这些都由大艺术家去描绘，摄影师只拍艺术家画下来的景物，那么，他倒算做得更名正言顺了。一触及流传甚广的作品，我的外祖母就千方百计稽古溯源，她请教斯万，某某作品有没有版画复制品。倘若有，她倒更看重一些旧版画，因为在版画本身之外另有一种价值，例如那些临摹杰作原貌的版画，而杰作原貌今天我们已经无幸拜识了（就像莫冈在达·芬奇的《最后的晚餐》原作变样以前临摹刻制的那幅版画）。

应该说，用送礼物来理解艺术，这种方法并不总能收到满意的功效。提香有一幅画，画的是威尼斯，据说背景是环礁湖，我从那幅画上所得到的威尼斯印象，肯定不如照片所能给予我的印象准确。我的姑祖母倘若存心跟外祖母作对，开一份清单，一一列举她送了多少把交椅给新婚夫妻或老夫老妻，那些椅子的最初受礼者是想日常使用的，可是椅子经不起坐者的体重，立刻散架垮掉，那么这笔账无人能算得清。然而我的外祖母认为太在乎家具结实的程度未免鼠目寸光，木器上明明还留有昔日的一点风采、一丝笑容、一种美的想象，怎能视而不见？那些木器虽说从我们已经不习惯的某个方面还符合某种需要，但就连这一点也能像一些老掉牙的成语那样使她欣赏备至，我们却只能从中看到一种在

[1] 于贝尔·罗贝尔（1733—1808）：法国版画家、油画家。
[2] 透纳（1775—1851）：英国画家，是印象派的先驱者之一。

我们现代语言中已经被习惯磨损得影迹莫辨的隐喻。外祖母作为生日礼物送给我的那几本乔治·桑的田园小说，恰恰就像一件旧家具那样，里面充满了过时的短语，早已变成了形象化的说法，除了农村，别处已经听不到还有人这么说了。我的外祖母在一大堆书中偏偏选购这几本，正等于她更乐于赞美一所有哥特式阁楼之类老式点缀的住宅，这些东西能使她心头萌生一种自得其乐的情绪，使她生发思古的幽情，可以领她到往昔的岁月中去做一番不可能实现的漫游。

妈妈坐在我的床边；她拿了一本《弃儿弗朗沙》。发红的封面和莫名其妙的书名，在我的心目中，给弗朗沙平添一种明显的个性和神秘的魅力，我还从未读过名副其实的小说。过去听说乔治·桑是典型的小说家，仅凭这一点，就足以使我想象《弃儿弗朗沙》中一定有某种难以界定的、引人入胜的内容。用来煽起好奇之心或恻隐之情的叙述手段，某些令人不安和催人惆怅的表达方法，有点知识的读者一眼就看出这些同别的许多小说一样；可是在我眼里，它们却是感人肺腑的一种外观，流露出《弃儿弗朗沙》所特有的本质。我并不把一本书看成一件有许多同类的事物，而把它当作与众不同的人，其存在的理由只在于它自身。在书中那些日常事件中，司空见惯的情节里，短而又短的字里行间，我感到一种奇特的语调，别具一格的抑扬顿挫。故事在展开，我却觉得晦涩费解，更何况我往往一连读上几页，心里都在想别的事。这样分心的结果造成连贯情节的中间出现一段段接不上茬的空隙，再加上妈妈朗读时凡描写爱情的地方都略去不念，空隙更有增无已，所以磨坊姑娘与那小伙子各自的态度发生令人费解的变化，在我看来就好像打上了非常神秘的印记；其实，他们之间萌生的爱情得到了发展，足可解释那些变化，我却一厢情愿地设想神秘的根源出自"弃儿"这个名称。我不知道这个名称的含义，只觉得听来受用；我不明白那个小伙子为什么叫"弃儿"，这称号给他披上了一层鲜艳、绚丽和迷人的色彩。

我的母亲朗读时固然常常不忠实于原文，可是她朗诵起来也着实令人钦佩。凡读到感情真挚处，她不仅尊重原意，而且语气朴实，声音优雅而甜润。甚至在日常生活中，倘若有人（且不说什么艺术品）引起她类似的爱怜或钦佩，她也能从自己的声音、举止和言谈中，落落大方地避免某些东西，做到恭谦待人：为了不使曾经遭受丧子之痛的母亲勾起往日的旧恨，她避开活泼的词锋；为了不使老人联想到自己已届风烛残年，她不提节日和生日；为了不使年壮气盛的学者感到兴味索然，她不涉及婆婆妈妈的话题。她如此恭谦大度，实在令人感动。同样，我的母亲读乔治·桑的散文，还能读出字里行间所要求的种种自然而然的温情和豁达亲切的意蕴。乔治·桑笔下充满善良和高雅的情操，外祖母的教诲早已使妈妈学会把这两种情操看作生活中的高尚品格（直到后来我才让妈妈明白它们在文学作品中未必是高尚的品格），所以她朗读时细心地从声音中排除掉一切狭隘情绪和矫揉造作的腔调，以免妨碍感情的洪流涌进字里行间。乔治·桑的字字句句好像是专为妈妈的声音而写的，甚至可以说完全同妈妈心心相印。为了恰如其分，妈妈找到了一种由衷的、先于文字而存在的语气；

由它带出行文，而句子本身并不能带出语气；多亏这种语调，她在朗读中才使得动词时态的生硬得到减弱，使得未完成过去时和简单过去时在善中有柔、柔中含忧，并引导结束的上一句向开始的下一句过渡；这种过渡，有时急急匆匆，有时却放慢节律，使数量不等的音节服从统一的节奏，给平淡无奇的行文注入持续连贯、情真意切的生气。

悲哀一俟平息，我便沉溺在妈妈伴我过夜的温情之中。我知道如此夜晚不可再得，我最大的心愿莫过于在夜间如此凄凉的时刻有妈妈在房中相伴；这种心愿同生活的需要和大家的期望太对立了，简直是南辕北辙，所以那天夜间我暂得的满足不过是勉强的例外。明天我的苦恼照常还会出现，而妈妈却不会再留在这里。但是只要我的焦虑一时得到平息，我就不知焦虑为何物了；况且明晚毕竟还远，我心中盘算：到时候再想办法，时间并不会给我带来更大的神通，因为事情毕竟不由我的愿望决定；只是现在事情还没有落到我的头上，这就更使我觉得侥幸避免是可能的。

就这样，在很长一段时期内，每当我半夜梦中忆及贡布雷的时候，就只看到这么一块光明，孤零零地显现在茫茫黑暗之中，像腾空而起的焰火，像照亮建筑物一角的电光，其余部分都沉没在黑夜里。这块光明上尖下宽：下面是小客厅、餐厅、花园中幽暗小径的开头一截（无意中造成我哀愁的祸首斯万先生要从那面走来）和门厅（我要由此而踏上楼梯的第一级），而攀登起来令我心碎的楼梯则构成这个不规则棱锥体的非常狭窄的锥干；顶部是我的卧室、卧室外的过道、过道口的玻璃门，我的母亲就是从那里进来的。总之，老在晚上那个钟点见到、同周围事物完全隔绝、在黑暗中孤零零地显现的，就是这么一幕简而又简的布景（等于一般老式剧本的开头为供外省演出参考而做的布景提示），为了重演我更衣上床的那出戏，这些道具是少得不能再少了；似乎贡布雷只有楼上楼下，由一部小小的楼梯连接上下，似乎只有晚上七点钟这一个时辰。说实话，倘若有人盘问我，我或许会说贡布雷还有别的东西，别的时辰。但，那将是我有意追忆，动脑筋才想到的一鳞半爪；而有意追忆所得到的印象并不能保存历历在目的往事，反正我绝不会自愿地去回想贡布雷的其他往事。它们在我的心目中其实早已死了。

永远消亡了？可能吧。

这方面偶然的因素很多，而次要的偶然，例如我们偶然死去，往往不允许我们久久期待首要的偶然带来的好处。

我觉得凯尔特人[1]的信仰很合情理。他们相信，我们的亲人死去之后，灵魂会被拘禁在一些下等物种的躯壳内，例如一头野兽，一株草木，或者一件没有生命的物体，将成为他们灵魂的归宿，我们确实以为他们已死，直到有一天——不少人碰不到这一天——我们赶巧经过某一棵树，而树里偏偏拘禁着他们的灵魂。于是灵魂颤动起来，呼唤我们，我们倘若听出他们的叫唤，禁术也就随之破解。他们的灵魂得以解脱，他们战胜了死亡，又回来

[1] 凯尔特人：公元前2000年在中欧形成的一个印欧语系的种族。自青铜时代起，从莱茵河与多瑙河之间的地区向西扩展，进入高卢中部。公元前6世纪至前2世纪是其扩张的极盛时期；公元前1世纪左右为罗马人所征服。

同我们一起生活。

往事也一样。我们想方设法追忆，总是枉费心机，绞尽脑汁都无济于事。它藏在脑海之外，非智力所能及；它隐蔽在某件我们意想不到的物体之中（藏匿在那件物体所给予我们的感觉之中），而那件物体我们在死亡之前能否遇到，则全凭偶然，说不定我们到死都碰不到。

这已经是很多很多年前的事了，除了同我上床睡觉有关的一些情节和环境外，贡布雷的其他往事对我来说早已化为乌有。可是有一年冬天，我回到家里，母亲见我冷成那样，便劝我喝点茶暖暖身子。而我平时是不喝茶的，所以我先说不喝，后来不知怎么又改变了主意。母亲着人拿来一块点心，是那种又矮又胖名叫小玛德莱娜的点心，看来像是用扇贝壳那样的点心模子做的。那天天色阴沉，而且第二天也不见得会晴朗，我的心情很压抑，无意中舀了一勺茶送到嘴边。起先我已掰了一块小玛德莱娜放进茶水准备泡软后食用。带着点心渣的那一勺茶碰到我的上腭，顿时使我浑身一震，我注意到我身上发生了非同小可的变化。一种舒坦的快感传遍全身，我感到超尘脱俗，却不知出自何因。我只觉得人生一世，荣辱得失都清淡如水，背时遭劫亦无甚大碍，所谓人生短促，不过是一时幻觉；那情形好比恋爱发生的作用，它以一种可贵的精神充实了我。也许，这感觉并非来自外界，它本来就是我自己。我不再感到平庸、猥琐、凡俗。这股强烈的快感是从哪里涌出来的？我感到它同茶水和点心的滋味有关，但它又远远超出滋味，肯定同味觉的性质不一样。那么，它从何而来？又意味着什么？哪里才能领受到它？我喝第二口时感觉比第一口要淡薄，第三口比第二口更微乎其微。该到此为止了，饮茶的功效看来每况愈下。显然我所追求的真实并不在于茶水之中，而在于我的内心。茶味唤醒了我心中的真实，但并不认识它，所以只能泛泛地重复几次，而且其力道一次比一次减弱。我无法说清这种感觉究竟证明什么，但是我只求能够让它再次出现，原封不动地供我受用，使我最终彻悟。我放下茶杯，转向我的内心。只有我的心才能发现事实真相。可是如何寻找？我毫无把握，总觉得心力不逮；这颗心既是探索者，又是它应该探索的场地，而它使尽全身解数都将无济于事。探索吗？又不仅仅是探索，还得创造。这颗心灵面临着某些还不存在的东西，只有它才能使这些东西成为现实，并把它们引进光明中来。

我又回过头来苦思冥想：那种陌生的情境究竟是什么？它那样令人心醉，又那样实实在在，然而却没有任何合乎逻辑的证据，只有明白无误的感受，其他感受同它相比都失去了明显的迹象。我要设法让它再现风姿，我通过思索又追忆喝第一口茶时的感觉。我又体会到同样的感觉，但没有进一步领悟它的真相。我要思想再做努力，召回逝去的感受。为了不让要捕捉的感受在折返时受到破坏，我排除了一切障碍，一切与此无关的杂念。我闭目塞听，不让自己的感官受附近声音的影响而分散注意。可是我的思想却枉费力气，毫无收获。我于是强迫它暂做我本来不许它做的松弛，逼它想点别的事情，让它在做最后一次拼搏前休养生息。而后，我先给它腾出场地，再把第一口茶的滋味送到它的跟前。这时我感到内心深处有什么东西在颤抖，而且有所活动，像是要浮上来，好似有人从深深的海底打捞起什么东西，我不知道那是什么，只觉得它在慢慢升起；我感到它遇到阻力，我听到它浮升时一路发出汩汩的声响。

不用说，在我的内心深处搏动着的，一定是形象，一定是视觉的回忆，它同味觉联系在一起，试图随味觉而来到我的面前。只是它太遥远、太模糊，我勉强才看到一点不阴不阳的反光，其中混杂着一股杂色斑驳、捉摸不定的旋涡；但是我无法分辨它的形状，我无法像询问唯一能做出解释的知情人那样，求它阐明它的同龄伙伴、亲密朋友——味觉——所表示的含义，我无法请它告诉我这一感觉同哪种特殊场合有关，与从前的哪一个时期相连。

这渺茫的回忆，这由同样的瞬间的吸引力从遥遥远方来到我的内心深处，触动、震撼和撩拨起来的往昔的瞬间，最终能不能浮升到我清醒的意识的表面？我不知道。现在我什么感觉都没有了，它不再往上升，也许又沉下去了；谁知道它还会不会再从混沌的黑暗中飘浮起来？我得十次、八次地再做努力，我得俯身寻问。懦怯总是让我们知难而退，避开丰功伟业的建树，如今它又劝我半途而废，劝我喝茶时干脆只想想今天的烦恼，只想想不难消受的明天的期望。

然而，回忆却突然出现了：那点心的滋味就是我在贡布雷时某一个星期天早晨吃到过的小玛德莱娜的滋味（因为那天我在做弥撒前没有出门），我到莱奥妮姑妈的房内去请安，她把一块小玛德莱娜放到不知是茶叶泡的还是椴花泡的茶水中去浸过之后送给我吃。见到那种点心，我还想不起这件往事，等我尝到味道，往事才浮上心头；也许因为那种点心我常在点心盘中见过，并没有拿来尝尝，它们的形象早已与贡布雷的日日夜夜脱离，倒是与眼下的日子更关系密切；也许因为贡布雷的往事被抛却在记忆之外太久，已经陈迹依稀，影消形散；凡形状，一旦消退或者一旦黯然，便失去足以与意识会合的扩张能力，连扇贝形的小点心也不例外，虽然它的模样丰满肥腴、令人垂涎，虽然点心的四周还有那么规整、那么一丝不苟的皱褶。但是气味和滋味却会在形销之后长期存在，即使人亡物毁，久远的往事了无陈迹，唯独气味和滋味虽说更脆弱却更有生命力，虽说更虚幻却更经久不散，更忠贞不贰，它们仍然对依稀往事寄托着回忆、期待和希望，它们以几乎无从辨认的蛛丝马迹，坚强不屈地支撑起整座回忆的巨厦。

虽然我当时并不知道——得等到以后才发现——为什么那件往事竟使我那么高兴，但是我一旦品出那点心的滋味同我的姑妈给我吃过的点心的滋味一样，她住过的那幢面临大街的灰楼便像舞台布景一样呈现在我的眼前，而且同另一幢面对花园的小楼贴在一起，那小楼是专为我的父母盖的，位于灰楼的后面（在这以前，我历历在目的只有父母的小楼）；随着灰楼而来的是城里的景象，从早到晚每时每刻的情状，午饭前他们让我去玩的那个广场，我奔走过的街巷以及晴天我们散步经过的地方。就像日本人爱玩的那种游戏一样：他们抓一把起先没有明显区别的碎纸片，扔进一只盛满清水的大碗里，碎纸片着水之后便伸展开来，出现不同的轮廓，泛起不同的颜色，千姿百态，变成花，变成楼阁，变成人物，而且人物都五官可辨，须眉毕现；同样，那时我们家花园里的各色鲜花，还有斯万先生家花园里的姹紫嫣红，还有维福纳河塘里漂浮的睡莲，还有善良的村民和他们的小屋，还有教堂，还有贡布雷的一切和市镇周围的景物，全都显出形迹，并且逼真而实在，大街小巷和花园都从我的茶杯中脱颖而出。

二

贡布雷，从十里开外远远望去（当我们在复活节前的最后一个星期乘火车来到这里，从铁路那头望去），所见只有教堂一座。这座教堂概括了市镇的风貌，代表了市镇，并向远方的人们宣告，这里有座市镇，它在为市镇说话。然而，当你走近贡布雷，市镇看上去就像一位身披深色大氅的牧羊女迎风站立在田野中间，市镇上鳞次栉比的房屋，就像挤挤攘攘贴在牧羊女大氅周围、拱起灰溜溜背脊的羊群。中世纪遗留下来的城墙，有些地方已经倾圮，但当年完美的弧形残迹犹存，一截截围住了城区的房舍，同古画中的城池一样。就居家而论，贡布雷不免有些凄凉，街面上的房屋都取材于当地出产的青石，门前有台阶，房上是尖尖的山墙，给门前投下一片阴影，弄得街上相当昏暗，以至太阳刚下山，家家户户的“大厅”就得拉帘掌灯。好些街道是以圣人的姓氏命名的（其中不少同贡布雷早年的几位领主的历史有关）：圣伊莱尔街，圣雅克街——我姑妈的房子就在那条街上，铁栅外是圣伊尔德迦尔特街，花园的旁门开出去是圣灵街；贡布雷的这些街道在我的记忆的角落里依然存在，而且蒙上了五光十色，同我今天心目中的人间的色调大不相同，所以我实际上觉得它们色色俱全，还有那座高踞于市镇中心广场的教堂，我觉得比幻灯机的投影更虚幻，有时候我甚至认为，倘若有幸能再穿过圣伊莱尔街，到鸟儿街古风盎然的“鸟儿客栈”去租间客房，那简直比同戈洛结识、同热纳维耶夫·德·布拉邦特交谈更神妙虚幻，像是同隔世的天外来往一样。从“鸟儿客栈”的地下室的气窗里飘散出来的厨房的气味，至今我还时有所闻，依然是那样热乎乎的，一阵一阵地飘到我的鼻前。

那时我们住在我祖父的表妹——我的姑祖母——的家里，她是莱奥妮姑妈的母亲。自从奥克达夫姑夫去世之后，莱奥妮姑妈就不肯离开贡布雷，不肯离开贡布雷的那幢房屋，不肯离开她的房间、她的床。她不肯“下来”了，总那么躺着，那么凄凄切切，有气无力，病病恹恹，老想不开。她那个套间的窗外是圣雅克街，这条街到头是“大草坪”（同市中心三条街交叉的街心绿化地带“小草坪”遥遥相对）。街面灰溜溜的，单调划一，几乎家家门口都有砂岩砌成的三级高台阶，整条街像是由哥特石刻匠人在原块石头上凿出来的一道深沟，本来打算在上面刻耶稣降生的马槽或者耶稣受难的坟场的，我的姑妈实际上只占用两间相通的房间，她每天下午待在其中的一间，好让用人给另一间通风。那是乡绅家常见的那种房间。世界上有些地方，大气中或海面上游动着亿万种肉眼看不到的原生动物，它们在闪光，在散发出芳香。那两间房内也一样，也有千百种气味令人心醉，那是从品德、智慧和习惯中散发出来的芳香，氤氲中悬凝着一个人内心深处隐而不露、丰富至极的全部精神生活；当然，也还有例如从附近田野里传来的那些自然气息和时令色彩，但是它们一到这里便失去了野趣，变得人情味十足，而且凝滞闭塞，跟用当年从果园里摘下之后便藏进柜子的水果制成的果汁冻那样香甜而透明；它们固然也随季节的更迭而变换，毕竟具有了柜藏的风味和家用的格局，新鲜面包的温馨消融了白色冰霜的凛冽，就像村里报时的大钟，悠闲而准时，散淡而有序，既漫不经心又高瞻远瞩。洁净的床单，清新的晨意，虔诚的气氛，和谐地融合在一片宁静之中，不过这种宁静，只给人增添愁绪罢了，倒为并非身临其境、仅是匆匆过客的人提供了汲取无尽诗意的宝库。这里的空气如此幽闭，好似一朵纤细娇美的花，沉寂中饱含营养，而且香甜诱人，使我一踏进门槛便油然而起馋涎欲滴的感觉，尤其是在复活节那个星期的开头几天，那时早晨还寒意料峭，当时我刚来贡布雷不久。我去姑妈那边请安，她们先让我在外间稍候。乍暖还寒时节的阳光，扑到炉火前来取暖，两砖之间的柴禾已经蹿起耀眼的火苗，给整间屋子抹上一股油烟的气味，弄得像农舍大火炉前的一面火墙，又像宫堡华屋的壁炉上的大炉罩。待在那样暖和的地方，但愿外面雨雪交加、洪水横溢才好，这样也可以给深居的舒适更增添冬蛰的诗情。我在供桌和交椅之间走动着。那些交椅蒙着毡绒面子，靠背上方总安着方括弧形的头靠，熊熊的炉火，像发酵的面团，散发出令人垂涎的芳香，空气也随之布满气泡；清晨湿润而明媚的朝气早已催发出这一层层的芳香，而且把它们一片片翻动，把它们烤黄，给它们打上皱褶，使它们松软膨胀，从而做成一大块虽无形迹却香甜可感的乡村糕点，简直像一大张“脆皮夹心饼”。这里的壁橱、柜子，还有画着枝叶图案的壁纸，发出比点心更香脆、更细腻、更有名、更干燥的异香，我回到房里，总不免怀着难以启齿的艳羡，沉溺在花布床罩中间那股甜腻腻的、乏味的、难以消受的、烂水果一般的气味之中。

我听到姑妈在里面房内低声地自言自语。她说起话来总是轻声细语，因为她认为自己头脑里有什么东西已经破碎，在里面飘浮着，她若大声说话，那东西就会移动，但是她又忍不住长久的沉默，即使身边没有人在场她也得自言自语，因为她相信这对肺部有益，能防止血液停滞，对于她常犯的胸闷气憋也有缓解的功效。她整天有气无力地苟延残喘，每一点小小的感觉都看得非同小可，她使这些感觉具有活动不定的机能，所以更难以憋在心里。由于没有知己可以倾诉，她只好自言自语，于是滔滔不绝的独白成为她唯一的活动方式。不幸，想什么就说什么的习惯一旦形成，她也就顾不得隔墙有耳了，所以我常听她自言自语："我准是没有记错，又是一夜没睡。"（因为她的大言不惭莫过于自称日夜不睡，我们全家上下言谈中也都始终尊重她的这种说法，不露半点马脚。例如，早晨弗朗索瓦丝不是去"叫醒她"，而是到她的"屋里去"；当我的姑妈想在白天打个瞌睡，我们就说她要"思考思考"，或者说她想"闭目养神"；她一旦自己说漏嘴，忘乎所以地说"什么什么把我惊醒了"或者"我梦见什么什么"之类，话一出口她自己就先羞红了脸，接着便很快恢复常态。）

我在外间稍候片刻之后，进去向她请安；弗朗索瓦丝正给她沏茶。倘若我的姑妈那时感到心绪不宁，她就吩咐以药代茶。遇到这种情况，总由我负责从药袋里把一定量的椴花茶倒进一只小碟，然后倾入开水。干燥的花梗变得弯弯曲曲，梗梗相勾地组成荒诞不经的图案，其中绽出一朵朵苍白的小花，像是由哪位画家按照最完美的装饰意图有心点缀上去的。失去了本色或者改变了原貌的叶片变成了一堆七零八落的碎片，有的像飞虫透明的翅翼，有的像一枚标签白色的反面，有的像一瓣玫瑰，跟鸟儿叼来筑巢的材料一样，聚集到一起，编织成片。无数琐碎的细枝末节，倘若马虎应付，本来都可能忽略掉的，只是药剂师不惮麻烦才做了这样精细的炮制，但这些细枝末节却给我喜出望外的愉快，等于在一本书中惊喜地发现某位熟人的大名，我从这些细枝末节中认出它们原本是地地道道的椴花叶梗，与我在车站大街的椴树枝上所见略同；外表有所不同，恰恰是因为它们不是赝品，而是地道的真货，只是它们已经老化。每一种新的品格都只是老品格的变态，所以我在一团团小小的灰色泡沫中辨认出枝头初绽的绿芽；尤其是那片圆月形的嫣红宜人的反光，把细梗丛中的小花一朵朵衬托得好似挂在枝头的金色玫瑰，等于投射在墙面上的一丝微光，让人约莫看出哪个部位曾经有过一幅壁画；这反光也成为一种标记，标明椴树上哪个部位曾经“色彩斑斓”，哪个部位本来就没有色泽，同时它还向我证明，这些花瓣在点缀药袋以前曾经为春日的黄昏散布过醉人的芳香。这嫣红的烛光仍留有它们昔日的颜色，只是已经半明半灭，在残烛上昏昏摇曳，好比花儿欲谢，时近黄昏。片刻之后，姑妈会在她品尝残花枯叶香味的那杯热茶中，泡一块小玛德莱娜，待点心泡软以后，就送我尝一口。

她的床这一面有一个柠檬木的黄色立柜和一张既当药案又当

供桌的桌子，上面是一尊圣母像和一瓶维希圣泉水，下面放了几本祷文和一些药方，祈祷和服药所需的一切都齐全了，不至于耽误早上服药和黄昏祈祷。床的那一面贴近窗户，街景尽收眼底。她从早到晚就像波斯王公披阅史册那样地研读贡布雷街头的日常要事，说它日常，其实风味之古老胜似远古史册；而后，她同弗朗索瓦丝一起对见闻进行评述。

我到姑妈那里不出五分钟就被她打发走了，她怕我太耗费她的精神。她把苍白淡漠的前额凑到我的唇边。在早晨那个时候，她额前的假发还没有梳理，脊骨像荆冠上的芒刺鼓出睡衣，又像一串诵经用的念珠。她对我说："可怜的孩子，你走吧，快去准备做弥撒；你要是在楼下遇到弗朗索瓦丝，就叫她别在下面光贪玩，早点上楼来看看我有什么需要她照料的。"

照料她多年的弗朗索瓦丝那时已经想到自己早晚有一天要专门侍候我们，所以在我们住在那里的几个月当中，她确实对我姑妈不甚尽心。我小时候在来到贡布雷前，莱奥妮姑妈还年年到巴黎她母亲家过冬，那时我跟弗朗索瓦丝很生疏；有一年元旦，母亲领我去姑祖母家做客，进门前妈妈给我一张五法郎的钞票，嘱咐说："千万别给错了，你听我说过'你好，弗朗索瓦丝'之后，再把钱给她；到时候我会轻轻捅你一下胳膊的。"我们一走进姑妈家的过厅，便影影绰绰瞅见一顶白得耀眼、挺括纤薄得像糖丝织成的便帽下面堆着一副预表感激的笑容。那就是弗朗索瓦丝；只见她像神龛里的圣徒塑像似的，一动不动地站在门框里。待我们适应了门厅的幽暗之后，才分辨出她的表情中含有与人为善的无私的爱，以及发自肺腑的对上等人的尊敬，而能得到新年礼物的希望更在她内心最美好的部位激发出这样的敬爱之情。妈妈使劲地拧了一下我的手臂，大声说道："你好，弗朗索瓦丝。"听到这一信号，我赶紧松开手指，让钞票落到虽说半推半就却已经伸了过来的那只手的掌心。但是，自从我们住到贡布雷之后，弗朗索瓦丝成了我最熟悉的人。她最乐于侍候我们，至少在开头那几年，她侍候我们像侍候我姑妈那样地尽心尽力，实际上她对我们更加巴结，因为我们除了同她的主人是一家人之外，还具备另一种魅力：她尊重无形中联结家庭成员的血缘关系，尊重的程度不亚于古希腊的悲剧诗人，况且我们不是她惯常侍候的主人。我们到达贡布雷的那天，她迎接我们时有多高兴！我们是复活节之前到达的。她埋怨天气还不转暖，害得我们一路挨冻；那时节倒确实寒风砭骨。我的妈妈问她的女儿可好，侄儿外甥们是否安康，还问到她的外孙乖不乖，她打算把他培养成什么人，小外孙长得像不像外祖母。

等大伙儿走开之后，妈妈还同她谈起她的父母，打听他们在世时的生活细节，因为妈妈知道弗朗索瓦丝在父母去世之后，好多年都还伤心落泪。

妈妈早就看出来了：弗朗索瓦丝不喜欢女婿，因为他破坏了她同女儿相依为命的乐趣，只要女婿在场，她就无法同女儿畅叙家常。所以，每当弗朗索瓦丝到距离贡布雷几里以外的地方去看望女儿，妈妈总要笑呵呵地对她说："弗朗索瓦丝，今天倘若赶上朱利安有事出门，你就只好同玛格丽特单独过这一整天了，不用说你会感到遗憾的，不过你总能将就，是不是？”听到这话，弗朗索瓦丝就哈哈笑道：“夫人，您什么事都看得一清二楚；您的眼光比给奥克达夫夫人查病的 X 光还要厉害（X 光这几个字，她故意说得佶屈聱牙，而且莞尔一笑，像是自我解嘲，笑自己无知至此，居然也搬弄科学名词儿），人家肚皮里有什么东西，您一看就透。”说罢，她就躲开了，仿佛对人家的关心感到过意不去，也可能是为了躲到一边去免得人家看到她抹眼泪。在妈妈之前，还从没有人使她产生过这样暖人心怀的激动，她头一回感到自己的生活、自己的幸福、自己的痛苦，除她自己这样一个苦老太婆之外，还能有别人关心，还能成为另一位妇女悲喜的缘由。

我们住在贡布雷的那些日子里，我的姑妈也只好牺牲掉一些同弗朗索瓦丝做伴的时间，因为她知道我的母亲对这位聪明勤快的女用人有多器重。打从清早五点起，弗朗索瓦丝就拾掇得干净利索地下厨干活了，她那顶软帽上的褶裥，一条条挺括漂亮，像刚出炉的瓷胎；她打扮得跟去教堂做大弥撒似的。她干什么都在行，像马一样吃苦耐劳，无论身体好坏，总是闷头干活，而且轻手轻脚，跟没有干活一样。倘若妈妈要杯热水或者要点咖啡，在姑妈的女用人当中只有她才会端来滚烫的开水或者热咖啡。她是那样一类的用人，既让生客一见就讨厌（也许因为他们心中有数，知道他们对眼前的客人一无所求，主人宁可客人不上门也不会把他们辞退，所以他们犯不着巴结客人，对客人不免怠慢），又得到主人分外的宠信，因为主人考验过他们的实际能力，表面的讨好和低眉顺眼的絮叨固然能给客人留下良好的印象，却往往掩盖无法调教的低能，故而主人反倒并不在乎。

弗朗索瓦丝先把我的父母侍候安顿好，然后才上楼侍候我的姑妈服用蛋白酶，同时问她午饭要吃什么。她一到楼上，就不易避开某些问题，得发表见解或做出解释了。

“弗朗索瓦丝，你倒想想看，古比尔夫人居然比平时晚了一刻钟来找她的姐姐；她要是在路上再多磨蹭一会儿，恐怕要在弥撒开始之后才能赶到教堂了。”

“咳，敢情！”弗朗索瓦丝答道。

“弗朗索瓦丝，你要是早来五分钟，你就能看到安贝夫人了，她手里的那捆芦笋比加洛大娘菜摊上的要粗上两倍。你想法子向她的女用人打听打听，她是从哪儿弄来的？今年你做什么配菜都少不了放芦笋，你很可以为咱们家的那儿位旅行家也弄点这么粗的芦笋来嘛。”

“没有什么奇怪的，那是从神甫先生的园子里弄来的。”弗朗索瓦丝说。

“哈！你真能哄人，可怜的弗朗索瓦丝，”我的姑妈耸耸肩膀接口道，“从神甫先生的园子里弄来的！你明明知道他那儿的芦笋长得又小又坏。告诉你吧，她手里的芦笋，足足有胳膊那么粗呢。当然，不是你的胳膊，而是像我的这条今年又瘦了许多的胳膊。弗朗索瓦丝，你没有听到这嗡嗡的钟声吗？闹得我脑袋都要炸了！”

“没有，奥克达夫夫人。”

“啊！可怜的孩子，足见你的脑袋真结实，这是托上帝的福。

刚才拉马格洛娜找比普罗大夫来了。大夫紧跟着就同她一起走了，他们是在鸟儿街那边拐弯的，准是哪家孩子病了。”

“哎哟！我的上帝。”弗朗索瓦丝叹息道。她听不得有谁遭难，即使在天涯海角一位她压根儿不认识的人遇到不幸的消息传到她的耳朵里，她也总要连连叹息。

“弗朗索瓦丝，这丧钟究竟是为谁在敲呀？啊，我的上帝，该是为卢梭夫人敲丧钟了。瞧我，怎么居然忘了：她在那天夜里就过世了。啊！我也快了，善良的上帝该把我召回去了，自从我可怜的奥克达夫归天之后，我这脑袋就不知道是怎么弄的，害得你白白为我耗费许多光阴，我的孩子！”

“不，奥克达夫夫人，我的光阴没有那么金贵。时间本是上帝白给的，又没有要咱们破费。我现在得去看看火灭了没有。”

弗朗索瓦丝和我的姑妈就这样对当天发生的第一批事件，在上午联合评述了一场。但是有时候发生的事件具有相当神秘、相当严重的性质，我的姑妈感到不能坐等弗朗索瓦丝上楼之后再论短长，于是整幢房子里响起四下震耳的铃声。

“可是，奥克达夫夫人，现在还不到服用蛋白酶的钟点呀，”赶上楼来的弗朗索瓦丝说道，“莫不是您感到有些乏力，顶不住吗？”

“不是的，弗朗索瓦丝，”姑妈说，“要说乏力，你是知道的，如今我已难得有什么时候不感到衰竭的了；我早晚有那么一天跟卢梭夫人一样，自己还没有明白过来就咽气了。我倒不是为了这个才打铃叫你的。你没有料到吧？我刚才看得一清二楚，就跟现在看到你一样，我看到古比尔夫人领着一个女孩子走过去，那个女孩子我居然压根儿不认识！你赶紧到加米杂货铺去买两个苏[1]的盐，戴奥多尔不至于不告诉你她是谁家的孩子。”

“准是比班先生的女儿。”弗朗索瓦丝更愿意当场做出解释，因为她今天上午已经到加米杂货铺去过两次了。

“比班先生的女儿！哦！你真能哄人，可怜的弗朗索瓦丝！照你说，我还能认不出她来吗？”

“我没说是他的大女儿，奥克达夫夫人，我说的是他的小女儿，那个在鲁伊寄读的小丫头。我好像早晨就见到过她。”

“啊！除非像你说的，”姑妈说，“那她准是来过节的。没错！不用再打听了，她准是来过节的，这么说来，咱们待会儿准能见到萨士拉夫人来敲她妹妹家的门，吃午饭嘛！没错！我刚才看到加洛班点心铺的小伙计提了一盒果馅大饼走过。你瞧着吧，这饼准是送到古比尔夫人家去的。”

“古比尔夫人家只要一来客人，奥克达夫夫人，您就等着瞧吧，她的那一帮人不久都会赶来吃午饭的，现在已经不早了。”弗朗索瓦丝说罢急于下楼张罗午饭，心安理得地抛下我的姑妈独自观景消遣。

“哪里！中午以前不会来。”我的姑妈无可奈何地接口道，说着，她担心地看一眼座钟，但只是偷偷的一瞥，免得让人发现万事不管的她，居然对古比尔夫人要请谁来吃饭，有如此高的雅兴

---

[1] 法国货币单位，二十苏相当于一法郎。

打听，可恨的是这种兴致可能还得有劳她干等个把钟头。“偏偏又要赶到我吃午饭的时候才来！”她自言自语地咕哝道。吃午饭对于她来说是种相当称心的消遣，她不希望有别的事情打扰。“你千万别忘了，把我的奶油鸡蛋放在一只平底盘里。”只有平底盘上才画有人物，我的姑妈每顿饭都要看着解闷。她戴上眼镜，辨认当天盘子上的人物故事：阿里巴巴和四十大盗，阿拉丁和神灯。她一面看，一面微笑着说：“很好，很好。”

“我倒可以上加米杂货铺去一趟，探探消息……”弗朗索瓦丝看出我的姑妈不再打发她去杂货铺，便这样说道。

“不，不必了，那准是比班小姐。我可怜的弗朗索瓦丝，很对不起，为了这么一件小事我让你上来一趟。”

然而我的姑妈心里很明白：她打铃让弗朗索瓦丝上楼，绝不是为一桩小事，因为在贡布雷，一个不为人知的人简直跟神话里的神仙一样不可思议。事实上，过去每当圣灵街或者中心广场出现这类骇人听闻的人物，总会有人进行细致的调查，结果没有一次不把这类神奇人物最终纳入“熟人”之列，或者把他的为人摸得一清二楚，或者把他的身份弄个大概，总跟贡布雷的什么人沾点亲吧。这位是索东太太的儿子，服兵役期满之后复员归来；那位是贝德罗神甫的侄女，是从修道院里出来的；还有本堂神甫的兄弟，在夏多丹当税务官，新近才退休，来这里过节。起先有人见到他们，以为贡布雷竟然出现大家不认识的人，不免心里惶惶不安，原来无非是没有一下认出来，或者没有一下弄清他们的身份罢了。其实索东太太也好，本堂神甫也好，都早就有言在先，说他们正盼望出远门的亲人回来呢。晚上，我散步回家，上楼去跟我的姑妈说说散步时的见闻，倘若我不慎说起我们在老桥附近遇到了一位外祖父不认识的人，姑妈必定失声叫道：“居然连你外祖父都不认识！啊！我才不信哪！”话虽这么说，她毕竟有点按捺不住，非要弄个水落石出不可，于是盘问外祖父：“叔叔，你们在老桥附近究竟碰到谁了？连您都不认识？”“怎么不认识，”我外祖父回答说，“那是普罗斯贝，就是布耶伯夫人家园丁的弟弟。”“噢，他呀！”姑妈总算放心了，脸还有点红；她耸了耸肩膀，苦笑一声，补充说道：“因为他方才说你们遇到了一位您不认识的人！”所以家里的人叮嘱我以后说话千万谨慎，切不可不假思索地乱讲，惹得姑妈那样激动。贡布雷无论家畜还是居民，彼此都认识，所以倘若姑妈偶尔发现有一条她不认识的狗走过，她就必定不住地搜索枯肠，把她的推理才能和悠闲的时间全都消耗在这件难以理解的事情上。

“那准是萨士拉夫人的狗。”弗朗索瓦丝说道，其实她并没有十分把握，目的只在于使姑妈安心，免得她“耗费精神”。

“好像我连萨士拉夫人的狗都不认得了！”姑妈接口道，她的批判精神让她轻易不接受靠不住的说法。

“啊，是了，准是加洛班先生新近从里瑟欧带回来的那条狗。”

“啊！除非是那条狗。”

“据说，它可乖巧了，”弗朗索瓦丝补充说，这情报是她从戴奥多尔那里得来的，“它跟人一样机灵，总是摇头摆尾，总那么讨人喜欢，有那么一股热乎劲儿。要说牲口啊，才这么小就知道讨好人，实在难得。奥克达夫夫人，我得走了，我可没有时间闲聊，这不，眼看就十点钟了，我不光是炉子没有生旺，还有一堆芦笋要削呢。”

“什么！弗朗索瓦丝，又是芦笋！你今年真得了芦笋病了，早晚让咱们家的那几位巴黎人吃倒胃口！”

“才不会呢，奥克达夫夫人，他们可爱吃哩。等他们从教堂做完弥撒回来，一定胃口大开，您瞧着吧，他们保管吃得津津有味。”

“这会儿，他们一定已经在教堂里了；你最好别耽误工夫，赶紧张罗午饭去吧。”

正当我姑妈同弗朗索瓦丝这么东一句西一句闲扯的时候，我同外祖父母和父母一起在教堂做弥撒。我多么喜欢那座教堂呀，如今想起来犹历历在目！我们进教堂时必经的古老门楼，黑石上布满了坑坑点点，像漏勺一样，边角线已经走样，被磨得凹进去一大块（门楼里面的圣水池也一样），看来像进教堂的农妇身上披的粗呢斗篷，以及他们小心翼翼从圣水池里撩水的手指，一次次在石头上轻轻擦过，年复一年地经过几个世纪，最终形成一股无坚不摧的力量，连顽石都经受不住，给蹭出了一道道深沟，好比天天挨车轮磕撞的界石桩子，上面总留有车轮的痕迹。教堂里掩埋着贡布雷历代神甫高贵尸骨的墓石，像是为祭殿铺下精神的地板，更增添了萦绕遐迩的灵气；可如今这片片墓石已失去死寂坚硬的质地，因为岁月已使它们变得酥软，而且像蜂蜜那样地溢出原先棱角分明的界限，这儿，冒出一股黄水，卷走了一个哥特式的花体大写字母，淹没了石板上白色的堇菜花；而在别处，墓石又被覆盖得不见天日，简短的拉丁铭文更显得缩成一团，使那几个缩写字母平添一层乖张的意味，同一个字里有两个字母挨得特别近，而其他的字母却被大大地拓开了距离。教堂里的彩绘玻璃窗，只要外面稍有阳光，便能闪耀光彩，所以尽管外面天色阴沉，教堂里却总是光辉灿烂；有一面彩绘玻璃窗，从上到下只被一个人物形象所占满，那人的模样跟纸牌上的大王相似；他就在上面顶天立地站着，教堂的拱顶成了他的华盖。教堂里平常不做祭礼时，中午时分，他便笼罩在斜照的蓝色反光中（那样的日子难得遇到，教堂里空空荡荡，空气清新，阳光照在瑰丽的陈设上，显得更加堂皇，也更有人情味，再加上石雕和彩色玻璃，这里简直变得像一家中世纪风格的旅馆的接待厅，几乎具有供人歇宿的意味）。那时你能看到萨士拉夫人跪在那里咕哝几句祷文，她旁边的祈祷桌上放着一包捆扎好的点心，那是她刚从对面的糕点铺买的，准备拿回家去当午饭。另一面彩绘玻璃窗上是一座粉红色的雪山，山下是打仗的场面；它好像是雪山喷出的凌乱的雪珠直接打到玻璃上凝结而成的霜冻，又像玻璃窗上残留的雪花，只是这片片雪花被一道霞光抹上了一层红晕（无疑，就是这道霞光，把祭台的彩屏照得格外绚丽，好似这上面的五光十色，不是早就涂在石料上的颜色，倒像由外面射来的一道随时准备放出异彩的光芒当场抹上去似的）。每一面彩色大窗全都历史悠久，处处显得生意盎然，数百年的积尘银光闪闪；这一面面由彩色玻璃交织而成的亮晶晶的大挂毯，已被岁月磨蚀得经纬毕露。其中有一面窗像高大的棋盘，由百十来块长方形的小玻璃拼成，主调是蓝色的，像当年供查理六世用来解闷的一副大纸牌；但是，也许因为有一道光芒倏然闪过，也许因为我转动的目光透过那面忽明忽暗的彩色长窗，看到了一团跃跃蹿动、瑰丽无比的烈火，顷刻间那面彩色长窗忽然迸射出孔雀尾羽那样变化多端的幽光，接着它颤颤悠悠地波动起来，形成一丝丝亮晶晶的奇幻细雨，从岩洞般昏暗的拱顶，沿着潮湿的岩壁淅淅沥沥地滴下。我随着手执经卷的长辈往前走，仿佛走进了五光十色的岩洞，四周是诡异的钟乳石，多彩多姿；刹那间那一片片菱形的小玻璃显得清澈透明，像镶嵌在一枚硕大无朋的胸章上的蓝宝石那样坚硬，然而你又明明可以感到，在它们的后面，还有一件更令人钦慕的东西，那就是阳光偶尔一露的微笑。在这片沐着宝石的湛蓝柔和的光波中，它是那样清晰可辨，跟广场石板上或集市草堆中的阳光一样。在复活节前我们到达贡布雷的最初几个星期天，虽然大地仍是光秃秃的、黑黝黝的，但阳光的微笑却给了我们安慰，它在这里，像历史上圣路易的子孙们遇到过的那个载入史册的春天一样，使装点着勿忘我草的那面金碧辉煌的大彩窗放射出灿烂的光芒。

两幅立经挂毯描绘以斯帖[1]受冕的场面（根据传统，亚哈随鲁的相貌被描绘得像一位法国国王，而以斯帖的形象则同国王所宠爱的盖尔芒特家的某位贵妇人相似），挂毯上的颜色已褪得模糊

---

[1] 以斯帖：《圣经》中的人物。传说她是犹太人的孤女，被波斯王亚哈随鲁选入宫中，得宠，立为王后。奸臣哈曼怂恿波斯王杀尽境内的犹太人，以斯帖施计揭露哈曼的阴谋，终使犹太种族免于灭绝。这个故事详见《圣经》中的《以斯帖记》。

不清，倒给画面增添一种表现力，一种立体感，一种亮度：以斯帖唇上的淡红色越出了嘴唇的轮廓线；她连衣裙上的黄色，显得那么滑腻、那么厚实，仿佛已板结成块，吹来一股气流就能把它整块掀掉似的。在这幅丝线和羊毛交织成的挂毯的下半部，树木还绿得那样鲜艳，可是上半部已经“年久色衰”，因而深色树干上发黄的高枝，苍白得十分显眼，好像有一道无形的阳光，以强烈的斜照，把它们晒黄，晒褪了它们一半的颜色。这一切，尤其是教堂里那些珍贵的文物，原先是由历史上的名人传下来的，他们在我的心目中几乎成了传奇人物（那个精雕细刻的金十字架，据说是圣埃罗瓦[1]的杰作，由达戈贝尔[2]敕赐教堂的，还有日耳曼路易[3]的王子们的合葬墓，墓身由斑石砌成，上面镶着金丝彩釉的青铜雕刻），正因为有这些东西，我们在教堂就座之后，我才有如临奇境之感，就像乡下人走进神仙到过的山谷，能在一块岩石上、一棵树身上、一片水塘中，惊喜地发现神仙经过的明显痕迹。凡此种种，都使这座教堂在我的心目中与城里的其他地方完全有别：这座建筑可以说占据了四维空间——第四维就是时间，它像一艘船扬帆在世纪的长河中航行，驶过一柱又一柱，一厅又一厅，它所赢得、所超越的似乎不仅仅是多少公尺，而是一个朝代又一个朝代，它是胜利者。它把严酷粗野的十一世纪隐匿在厚实的墙壁

[1] 圣埃罗瓦（约 588—660）：著名金器匠人，创建索里尼亚克修道院，后被奉为金银匠和铁匠的守护神。

[2] 达戈贝尔（7 世纪初—639）：法国国王（629—639）。

[3] 日耳曼路易（804—876）：东法兰克国王（817—843）和日耳曼国王（843—876）。

中，沉重的拱梁下填满了大块碎石，把风洞堵得严严密密，只有门廊附近登上钟楼的楼梯才在墙上破开一条深深的槽口，露出一点往昔的遗迹。但是，即使在那里，也有重重叠叠哥特式的、风姿绰约的拱门，一个挨着一个地挡着，让外人一眼看不到楼梯，好比一群千娇百媚的大姐姐，笑吟吟地挡住了身后土里土气、哭哭啼啼、衣衫寒酸的小弟弟。教堂的塔楼，直刺青天，高高地屹立在广场之上；它当年曾静观过圣路易的英姿，今天似乎仍看得到他的风采。教堂的地下室深深地陷入中世纪的黑夜中；戴奥多尔和他的姐姐摸索着把我们领到幽暗的拱顶下，天花板上鼓出一道道粗壮的筋脉，像一只巨大的蝙蝠张开的翼膜。两位领路人用一支蜡烛给我们照亮了西格贝尔王[1]的小公主的坟墓，坟墓中央有一个深坑——像墓穴的遗迹——据传那是由一盏水晶灯落下时砸出来的："法兰克公主被杀的当夜，原来由金链吊在现在后殿那个地方的一盏水晶灯忽然脱钩落下，灯罩没有破碎，火焰也没有熄灭，只是砸进了石头，灯的分量居然使顽石塌陷。"

贡布雷教堂的后殿，能正经地提到它吗？它那么粗糙，毫无艺术可言，甚至没有半点宗教情调。从外面看，由于它对着的那个十字路口在下坡，它的外墙底下垫了一层乱石砌成的墙基，石头东一块西一块地凸出在外，毫无教堂的特色。窗户好像开得很高很高，总的看起来，不大像教堂，倒像监狱。不用说，后来当

[1] 西格贝尔（？—509）：莱茵河下游普利安法兰克人的国王，公元496年前后，在今科隆一带曾击败日耳曼族中骁勇善战的阿拉芒人。509年为其子所杀。

我想到我生平所见到过的其他教堂富丽堂皇的后殿，我从来没有想到把它们同贡布雷教堂的后殿进行比较。只是有一回，我在内地的一条小胡同的拐角处，发现三条胡同的交叉口，有一面粗糙的高墙，上面的窗户也开得很高，跟贡布雷教堂后殿的那面墙的外观一样不成比例。那时，我没有像在参观夏特勒大教堂或者兰姆大教堂时那样细细探究宗教感情在那些建筑物中怎样得到了有力的体现，我只是情不自禁地叫了声：“教堂！”

教堂！它同住宅紧挨紧连；在圣伊莱尔街，它的北门介于两家紧邻之间：一边是拉班先生的药房，一边是卢瓦索夫人的住宅。它同这两家墙挨墙，没有丝毫距离，它就像贡布雷的普通居民之家，如果贡布雷的街上编有门牌号码的话，它也可以有个门牌号码；邮差早晨送信的时候，在走出拉班先生的药房，还未走进卢瓦索夫人的住宅之前，似乎本应该在它的门口停一停的；然而在教堂和非教堂之间，却有一道我的思想始终不能逾越的界限。尽管卢瓦索夫人的窗前有几棵倒挂金钟，习惯于不知趣地纵容耷拉着脑袋的枝叶到处乱窜，那上面的花朵开到一定时候，总迫不及待地要把自己的红得发紫的面孔贴到教堂阴沉的墙上去凉快凉快，我觉得倒挂金钟并不因此而沾上灵气；在花朵和它们所投靠的阴沉的墙面之间，我的肉眼虽看不到半点间隙，但是在我的心目中，却存在着一个不可逾越的深渊。

圣伊莱尔街的钟楼，老远就能看到；在贡布雷市容还没有出现的远方，它那令人难忘的面貌就已经露出地平线了。复活节的那个星期，当火车把我们从巴黎送到这里的时候，我的父亲看见它轮番地驰过地平线上的每一层折痕，钟楼上的铁制风向标朝东南西北四方转动。父亲说：“好，把毯子都收起来，咱们到了。”有一次，我们到离贡布雷很远的地方散步，有一段道路很狭窄，旋而豁然开朗，眼前出现一大片四周被枝柯参差的森林团团围住的平地，只见圣伊莱尔街钟楼细巧的塔尖，冒出在树梢之上；它呈淡红色，显得那样宜人，那样苗条，亭亭玉立在天边，仿佛有谁故意在这幅尽是天然景物的图画的天空部位，用指甲抠出一道艺术的记号，作为表明有人居住的唯一标志。再靠近些，就能看到四方形塔楼的残迹了。半圮的塔楼仍簇拥钟楼而立，只是比它要矮些；塔身石块上的暗红的色调，尤其令人惊叹。在秋雾凄迷的早晨，那情状宛如一派彤云叆叇的葡萄园上兀立着一堆攀满红色爬山虎的废墟。

我们回家的时候，外祖母常常让我在广场上滞留片刻，好看看教堂的钟楼。塔楼上的窗户两个一组，分层排列，间距规整而独具一格，人的五官若具有这种比例才显得端庄而美丽。从楼上，每隔一阵飞出一群乌鸦；它们呱呱地转圈翩跹，好似原先听凭它们扑腾栖落的古塔，忽然变得难以安身，仿佛隙缝间释放出某种动荡不停的元素，把它们从塔里轰了出来。待它们把暮霭苍茫的淡紫色帷幕到处划遍之后，又突然安静下来，钻回塔里去栖息；充满凶兆的塔楼重新变成安居的福地。有几只乌鸦散歇在小钟楼的塔尖，看上去一动不动，说不定它们正盯住一只小虫，准备下喙，就像稳坐钓鱼台的渔夫准备抬竿，停歇在浪尖的海鸥准备啄鱼似的。不知为什么，我的外祖母觉得圣伊莱尔钟楼没有一丝一毫庸俗、浮夸和鄙吝之气，因为她喜爱自然景物和天才的作品，并认为唯有自然和天才之作才富于有益的影响；至于自然景物，当然不可假手人工，比如我的姑祖母的园子经园丁一弄，自然反而受到糟蹋。这教堂无论从哪方面看，都从本质上就显得与别的建筑不同，而使它真正意识到自己别具一格，确定它的存在具有个性、敢于独树一帜的，则是它的钟楼。为教堂立言的，也是这座钟楼。我尤其相信，我的外祖母在贡布雷钟楼的身上，模糊地见到了她心目中最可贵的东西，那就是既自然又不凡的气派。她对建筑学一窍不通，但她说："孩子们，你们尽管可以笑我，也许从规范上说，这座钟楼并不美，但是它老态龙钟的怪样，我看了很受用。我甚至相信，倘若它会弹钢琴的话，一定不会弹得干巴无味的。"她望着塔身，眼睛顺着砖石的坡度，顺着塔身优雅的张力向上望去，只见斜线越往上越靠近，就像合十祈祷的双手；我的心似乎同箭一样地向上飞去，她的目光也随着塔身跃然上升；她对已经风化的古老的石塔露出友好的微笑，当时仅仅在塔尖还残留着些许夕阳。自从塔身进入这一光照区之后，每一块石头便被阳光照得轻飘飘起来，仿佛突然间显得又高又远，像一首歌用提高八度的尖音来演唱一样。

圣伊莱尔钟楼，使城里的各行各业、每时每刻和各种观点，都具有形式、取得结果和得到认可。从我的房间望去，我只能见到它外铺石板的塔基；但是，在炎热夏季的某个星期天早晨，我一看到那些石板像一团黑色的太阳在烨烨放光，我就会想："天哪！九点钟了！如果我想要在去教堂做弥撒之前还有时间向姑妈请安的话，那现在就得做准备了。”因为我确切地知道太阳照临广场时是什么颜色，我感觉得到外面的气温和市场上的尘埃，感觉得到妈妈在做弥撒前会去买东西的那家店铺门前的遮篷的投影。店堂里有一股未经漂白的本色布的气味，妈妈也许去买块手绢之类的东西，店掌柜会绷直了身子吩咐伙计拿出货来给妈妈挑选，他自己则准备关店门，而且早已到后面去穿好了节日的上衣和洗净了双手。他有每隔五分钟就搓一次手的习惯，即使遇到最不痛快的场合，他也要踌躇满志地、精明强干地搓他的那双手。

做完弥撒，我们走进店堂，吩咐戴奥多尔给我们一份比平时要大的奶油圆面包，因为我们的表亲趁着好天气从梯贝齐赶来同我们一起吃午饭。那时我们眼前的钟楼周身披着灿烂的阳光，金光闪闪、焦黄诱人，简直像一块硕大无朋的节日奶油面包，它的塔尖直戳蓝色的天空。黄昏时，当我散步归来，想到待会儿我得向母亲道晚安，而且将一整夜见不到她，这时钟楼反倒因为白日已尽而显得格外温柔，它倚着苍白的天空，像靠在深褐色的丝绒坐垫上似的，天空在它的压力下微微塌陷，仿佛为它腾出地方安息，并且裹住了它的四周；围着塔身飞翔的鸟叫声更衬托出它的寂静，更拔高了它的尖顶，使它具有某种难以言传的意味。

即使我们走到教堂后面某条已经看不到教堂的街上，那里房舍的布局似乎也是由钟楼在哪里出现而定的；也许它出现在看不到教堂的地方才更显得惊心动魄。当然，另有不少钟楼在这类景观中比它壮丽，我的脑海里就有好几幅钟楼屹立在鳞次栉比的屋顶之上的图景，但它们同贡布雷阴沉街景中出现的那座钟楼相比，艺术上各有异趣。我永远也忘不了巴尔贝克附近有一座属诺曼底省的引人入胜的城市，城里有两所十八世纪留下的、款式宜人的府邸，从许多方面说，我喜欢这两处建筑，并且打心眼儿里崇拜。从那个有一溜台阶通往河沿的花园看去，一座哥特式教堂的塔尖恰恰夹在它们中间。教堂本身被那两所府邸遮去，但塔尖却像它们楼面的屋顶，像加在楼顶的装饰，但是，它的格局又是那样不同，那样可贵，那样多姿，那样娇艳，那样光鲜，使人一下子便看出它同下面的建筑并无关系，正等于在海滩上两块并列的漂亮的卵石之间，夹着一只尖塔形的、色泽鲜艳的贝壳，它那红得发紫、带有涡纹的尖头，同卵石毕竟不构成一体。甚至在巴黎，在最丑陋的地区，我记得有一个窗户，从那里望出去，是一幅由好几条街道的凌乱的屋顶组成的画面，你可以在前景、中景甚至远景的某个层次，看到一座紫色钟楼的圆顶，有时它发红，也有时，茫茫雾霭从灰蒙蒙中离析出黑影，洗印出最精美的"照片"，使它呈现为高雅的黑色，这就是圣奥古斯丁教堂的圆顶，它使巴黎的这一景象，具有皮兰内西[1]笔下的某些罗马风光的特征。但是，无论我的记忆用哪一种笔法来描绘当年所见的情景，我都无法把失去多年的感触在记忆的版画中重现。感触使我们端详一件事物不仅把它当作观赏的对象，而且相信它是独一无二的。所以没有一幅记忆的版画能独立地保全我内心生活的某一完整的部分，如

[1] 皮兰内西（1720—1778）：意大利版画家和建筑师，他的版画作品有组画《监狱》和《罗马风光》等。

同我忆及从贡布雷教堂后面的街上所见到的钟楼的种种景象，那样完整地保留着当年的心境。五点钟看到它，那是上邮局去取信的时候，只见它在左面离我们几幢房屋远的地方，突然孤零零地矗起它的塔尖，超过一溜屋脊；如果反身想去问候萨士拉夫人的近况，那么你眼前的那溜屋脊就会随着你走下另一面的斜坡而降低，你知道得在钟楼过后的第二条街拐弯；如果你还朝前走，向车站那边走去，你侧眼看看钟楼，它就会向你展示新的屋脊和新的楼面，就像某种固体在它演变的某一时刻突然被人发现；或者，你从维福纳河的沿岸看去，教堂的后殿显得在高处蹲着。它那鼓起的肌肉仿佛迸发出钟楼借以向空中发射箭头的力量。总之，无论你在哪里，你的眼光都得落到钟楼的身上，它总高踞于一切之上，在一个意想不到的高处把房舍召集到它的跟前。在我的心目中，它像上帝的手指；上帝本人可能隐迹于芸芸众生之间，我并不会因此而混淆上帝与凡人的区别。直到今天还是一样，倘若我在外省的哪一座大城市，或者在巴黎我不熟悉的哪一个地段，为我“指点迷津”的路人把远处某家医院的钟楼或者某所修道院里高高顶着僧帽帽尖的钟楼作为标志指给我看，告诉我该走那条街，我的记忆会立刻在那钟楼的楼身，发现一些蛛丝马迹，同我所钟爱、现在已经消失的钟楼的外貌，多少有相似之处。如果那路人回过头来，看看我有没有走错路，他会惊讶地发觉，我已把该走的路和该办的事置诸脑后，一连几个钟头呆立在钟楼前苦思冥想地追忆，而且在我的内心深处感到从遗忘中夺回来的地盘逐渐变得结实，并得到重建。于是，我大概比刚才问路的时候更为焦虑地在询问自己的道路，我转过一条街……但是……这是在我自己的心中寻问。

在做完弥撒回家的路上，我们经常能遇到勒格朗丹先生。他在巴黎当工程师，所以除了休假之外，他只能在星期六晚上到贡布雷的庄园来，待到星期一早晨再走。他是那种除了科技专业在行，而且成绩出色之外，还具有其他文化修养的人，例如文学、艺术方面的修养；这对他们所从事的专业完全无用，只在谈吐方面可资益助。这些人比许多文学家更有文采（那时我们并不知道勒格朗丹先生作为作家也颇有名气，当我们得知有位著名的音乐家曾经根据他的诗谱过曲，我们还大吃一惊呢），也比许多画家更“出手不凡”；据他们自己想，他们眼前的生活对他们并不合适，因而他们对待实际从事的职业，要么夹杂着幻想而漫不经心，要么高傲地、鄙夷地力求做好，既隐忍苦衷，又兢兢业业。勒格朗丹先生高高的个子，风度潇洒，留着两撇长长的金黄色的小胡子，显得既有思想又很精明；蔚蓝色的目光透出看破一切的神情。他举止彬彬有礼，谈锋之健是我们前所未闻的。他在我们全家人的心目中是生活高雅的精英人物的典型，我们总引以为楷模。我的外祖母只嫌他一点不足，就是他说起话来过于讲究，有点像书面语言，不像他戴的大花领结总那样飘逸而自然，不像他身上那件学生装式的单排扣上衣总那样洒脱而随意。我的外祖母还因为他经常攻击贵族、攻击摆阔讲排场、攻击趋炎附势，而且措辞激烈，感到惊讶。她说：“圣保罗说到有种罪过不可原谅，一定是指这类恶习。”

追求虚荣是我的外祖母所无法体会，甚至无法理解的一种感情，所以她认为完全不必这样大动肝火去贬斥它。况且，既然勒格朗丹先生的姐姐嫁给了巴尔贝克附近一位下诺曼底省的贵族，他还这样激烈地攻击贵族，甚至埋怨革命没有把他们全都推上断头台，我的外祖母认为这未免有失厚道。

“朋友们，你们好！”他迎上前来，对我们说，“你们住在这里真是有幸；明天我得返回巴黎，钻到我的窝里去了。啊！”他又堆起他独有的，稍带讥讽、略含失意，更有点漫不经心的微笑补充说道，“当然，在我家里，没用的东西倒应有尽有，唯独缺少最必要的东西——一大片像这样的蓝天。小伙子，尽量在你的生活里始终保持一片蓝天吧，”他转身对我说，“你有一颗难能可贵的心，你具有艺术家的天赋，别让它缺少应有的东西。”

我们一回到家里，我的姑妈就派人来问，古比尔夫人做弥撒是不是迟到了。我们无法回答，反而给她增添烦恼：我们告诉她说，有个画家去教堂临摹坏家伙希尔贝的彩绘玻璃窗了。于是弗朗索瓦丝立刻被派往杂货铺打听，结果一无所获，因为戴奥多尔不在。此人身兼两职，在教堂他是唱诗班成员，在杂货铺他是店堂伙计，既能从教堂里得到消息，又同社会各集团的人都打交道，所以城里的事他无所不知。

“唉！”我的姑妈叹了口气，“我真希望欧拉莉快点来。其实只有她才能告诉我真相。”

欧拉莉是个又瘸又聋、爽直泼辣的老姑娘，从小在德·拉布勒东纳里夫人家帮工，夫人死后，她也随即“退休”，在教堂旁边找到一间房子住下，经常出来做做礼拜，在没有礼拜的时候，她自己默默祈祷，或者给戴奥多尔搭把手，帮点忙；其余时间，她用来探望几位像我姑妈那样的病人，她把做弥撒和做晚祷的时候所发生的事情告诉我的莱奥妮姑妈。她本来有一笔老东家给的年金养老，不过她倒不轻视捞外快，常常到本堂神甫或者贡布雷僧侣界的其他头面人物那里去搜罗些内衣被单来浆洗。她身穿黑呢披风，头戴白色小便帽，打扮得跟吃教会饭的人差不多。皮肤病使她的一部分面颊和弯曲的鼻梁呈现凤仙花那样鲜艳刺目的桃红色。她的来访一向是莱奥妮姑妈的一大乐事，因为除了本堂神甫之外，姑妈早已把其他客人逐个拒之于门外了，她认为那些人错就错在属于她所憎恶的两类人之列：第一类人最差劲，是姑妈首先要甩开的，他们劝她不要“顾影自怜”，还鼓吹“阳光下走走，吃点带血的牛排（而她在十四个小时里，胃里却装着两口毫无用处的维希矿泉水！），比卧床和服药对她更有补益”之类的邪端异说，尽管有人采取消极态度，只以某种形式的沉默表示不赞成姑妈的做法，或者笑笑表示怀疑；至于另一类人，看来真以为姑妈的病情比她自己估计的还要严重，至少同她自己所说的一样严重。比如，姑妈几经斟酌，听从了弗朗索瓦丝殷切的劝说，允许他们上楼来看望她，他们中就有人表现得太辜负姑妈的抬举，居然怯生生地说：“您不认为遇到好天气出去稍微活动活动会好些吗？”有人倒相反，听姑妈说罢“今天我很不好，很不好，要完了，可怜的朋友们呀”，他们竟接茬说：“啊！身体不好嘛！不过您这样也还能拖一阵呢。”上述两种人，虽然表现不同，有一点倒肯定一样，那就是从此被拒于门外。当我的姑妈从床上看到圣灵街有这号人好像正前来看她，当她听到门铃已被拉响时，她的脸上顿时出现害怕的表情。如果说，弗朗索瓦丝见此情状觉得有趣，那么，她更为姑妈总有巧妙办法把他们打发走而拍手称快，更为他们没有见到姑妈，反而碰了一鼻子灰而乐不可支。她打心眼儿里佩服我的姑妈，她认为自己的女东家比那些人要优越，所以才不愿让他们登门。总而言之，我的姑妈既要求人家赞成她卧床服药的做法，又要求人家同情她的病痛，还要求人家说些宽心话，担保她早晚会康复。

而欧拉莉对此最在行。我的姑妈尽管一分钟之内能说上几十遍："我完了，可怜的欧拉莉。"欧拉莉准能答上几十遍："奥克达夫夫人，您对自己的病知道得这么透彻，那么您准能活上一百年，就像昨天萨士兰夫人对我说的那样。"（欧拉莉的坚定不移的信念之一，就是认准了萨士拉夫人其实叫萨士兰夫人，尽管经验无数次地对她进行纠正，仍不足以打破她的这一信念。）

"我倒不求活上一百年。"我的姑妈说，她不喜欢人家用确切的日期来判定她能有的寿限。

此外，欧拉莉还善于给我姑妈解闷，又不让她累着。这是谁都没有的本领。所以她的来访对于姑妈来说是莫大的愉快。她每个星期天必来，除非有意外事缠身。对欧拉莉又将来访的期望，开始着实让我姑妈高兴好几天，可惜这很快就转化为痛苦，就像挨饿的人饿过了头，虽说欧拉莉才晚来一小会儿。等待欧拉莉的兴奋心情拖延过久就变成不堪忍受的折磨；我的姑妈不停地看钟点、打哈欠，一阵阵感到心力交瘁、支持不住了。要是欧拉莉来访的门铃声直到天黑，在我的姑妈已无指望的时候才打响，她反倒感到伤心难受了。事实上，每个礼拜天，她最牵肠挂肚的一件事不过是欧拉莉的来访。吃罢午饭，弗朗索瓦丝急于等我们早早离开饭厅，她好赶上楼去“忙乎”我的姑妈。但是（尤其自从晴朗的天气在贡布雷定居下来之后），当正午时分的崇高的钟声给圣伊莱尔塔楼上音响的王冠缀上十二朵转瞬即逝的小花，使袅袅余音在我们的餐桌边，在也是亲切地来自教堂的圣饼的附近，缭绕萦回了很久之后，我们仍久久地坐在饰有“一千零一夜”图画的平底碟前懒得动弹，因为炎热，尤其是因为吃得太饱，我们无力离席。所谓太饱，因为，除了鸡蛋、排骨、土豆、果酱、烤饼等几道已经不必预告、每餐必备的食品外，弗朗索瓦丝还根据庄稼地和果园的收成、海鲜捕捞所得、市场供应、邻里馈赠，以及她自己的烹调天才所能提供的东西，另外添几道菜，因此，我们的食谱，就像十三世纪人们在大教堂门上雕刻的四面浮雕一样，多少反映了一年四季和人生兴衰的节奏。添一条鲜鱼，因为鱼贩子担保它特别新鲜；添一只火鸡，因为她赶巧在鲁森维尔的市场上碰上一只肥美的；添一道骨髓蓟菜汤，因为她以前没有用这种做法给我们做过；添一盘烤羊腿，因为去外面透过新鲜空气之后一定胃口大开，况且到吃晚饭足足有七小时，有足够的时间把羊腿烤到骨脱肉酥；菠菜是为了换换口味；杏子是因为刚刚上市，街上还难得见到；醋栗是因为再过半个月就吃不上了；草莓是斯万先生特意送来的；樱桃是园子里那棵两年不结果的樱桃树又重新结出的第一批果实；奶酪是我一向爱吃的；杏仁糕是她昨天定做的；奶油圆球面包倒是我们的贡献。上述各道食品吃罢之后，专为我们做的，特别是专门献给我识货的父亲品尝的巧克力冰淇淋端了上来，那是弗朗索瓦丝别出心裁、精心制作的个人作品，就像一首短小、轻盈的应景诗，其中凝聚着作者的全部才智。谁要是拒绝品尝，说什么“我吃完了，不想吃了”，谁就立刻沦入“大老粗”之列，正等于艺术家送他一幅作品，明明价值在于作者的意图和作者的签名，他却只看重作品的重量和作品所用的材料。甚至在盘子里留下一滴残汁，也是不礼貌的表示，其程度相当于没有听完一首曲子，当着作曲家的面站起来就走一样严重。

我的母亲终于对我说：“得了，别没完没了地在这儿待着了，要是你嫌外面太热，就上你自己的房间去，但是你得先透透空气，免得一离开餐桌就看书。”我于是坐到水泵和水槽附近的一条没有靠背的长凳上去。水槽像哥特式的井栏，雕有好几条火龙的图案，粗糙的石面上刻下了火龙的流线型的、包含寓意的体态，十分生动。长凳恰好在一株丁香树的树荫下；园子的这个角落有一扇便门开向圣灵街；在一片荒芜的土地上，矗立着一座独立的建筑，突出在正屋之外，门前有两级台阶，那是厨房外做粗活的小屋。从外面看去，可以影影绰绰地看到里面的地上铺着斑岩一般闪闪发光的红色石板，这小屋与其说是弗朗索瓦丝的“洞府”，倒不如说更像供奉维纳斯女神的小庙，里面堆满了奶制品商人、水果店老板、菜贩子等人送来的供品，他们有些是从相当远的村落来的，就为了给“女神”献上他们田园里的时鲜。小屋屋脊上总有一只

透纳

《维苏威火山喷发》

鸽子在咕咕啼叫。

早先，我并不在这小庙周围的神圣的树林中久留，因为我在上楼读书之前，总要先到外祖父的兄弟阿道夫外叔祖父居住的楼下那间起坐间去待一会儿。阿道夫外叔祖父是位老军人，以少将衔退休。他那间屋子难得照进阳光，即使窗户大开，听凭外面的热气进去，屋里也仍然无穷无尽地散发出一股幽幽的凉气，既有林区的风味，又有王政时代的盎然古风，好比走进猎场的废弃的楼阁，能让人的嗅觉久久地沉醉于梦境之中。但是，我不进阿道夫外叔祖父的单间已有很多年了，因为他同我们家发生过一场误会，不再来贡布雷小住。这事是由我惹起的，经过情形如下：

在巴黎的时候，家里每个月派我去看他一两次，那时他总是刚吃完午饭，穿着家常便服，侍候他的仆人穿的是紫白两色相间的条纹布工作服。外叔祖父咕哝着埋怨我好久没来看他了，没人理他了；他给我吃块杏仁饼或者一个橘子，我们穿过一间客厅，那里从来也没有人会停下坐一会儿；客厅里没有炉火，墙上装点着镀金的装饰线脚，天花板刷上蓝色，说是模仿天空；家具都蒙上了缎面垫套，跟外祖父家一样，只是这儿用的是大黄缎面；我们经过客厅，走进被外叔祖父称为“工作室”的那个房间。只见墙上挂了几幅版画，大都是黑色衬底上有一位丰满、肉感、皮色粉红的女神，或驾一辆战车，或踩一只圆球，或在额前缀有一颗五角星；第二帝国时期这类画很受欢迎，因为一般认为画里有一种庞贝的情调。后来人们很讨厌这类画，有人之所以又开始喜欢起来，虽然说法不一，其实只有一个原因：这类画具有第二帝国的情调。我同外叔祖父一直坐在这里，直到他的听差替车夫来问什么时候用车。外叔祖父沉吟良久，在一边纳罕的听差如果稍有动弹，仿佛就会扰乱他沉思似的，于是他只得全神贯注地等待他做出始终如一的回答。外叔祖父经过一番周密的斟酌，终于说出了从来不变的决定："两点一刻。"听差惊讶地重复了一遍，但绝无二话："两点一刻？……好，我告诉他去。"

在那个时期，我热爱戏剧，但这只是柏拉图式的爱，因为我的父母还一直没有允许我去看戏，所以我把看戏的乐趣，想象得相当不符合实际；我几乎以为每个观众眼中的舞台布景，都像是通过立体镜才看到似的，只为他一个人存在，尽管同其他观众所看到的上千种其他景象大致一样，但各人所见只属各人。

每天上午，我都要跑到广告亭去看看又有什么新戏预告。每一出预告的新戏都给我的想象提供种种梦想，而天下最无利害关系又最令人开怀的，莫过于这些梦想了；同组成剧名的每一个单字紧密相关的形象，还有墨迹未干、被糨糊弄得鼓鼓囊囊的海报的颜色，更助长了我的想象。海报上剧名赫然在目，除了《赛萨·奚罗多的遗嘱》或《俄狄浦斯王》之类的古怪剧目外（这类剧目不会出现在"喜剧歌剧院"的绿色海报上，而只出现在"法兰西喜剧院"的酡红色的海报上），最大相径庭的要算《王冠上的钻石》和《黑色的多米诺骨牌》这两出戏的海报了：一张是发亮的羽白色，另一张像带有神秘色彩的黑缎。我的父母向我宣告：我第一次去剧院，必须就这两出戏中选一出。于是我接连对它们的剧名进行钻研，因为我关于这两出戏的全部知识只是它们的剧名。我殚精竭虑地想逐一抓住它们可能给我带来的乐趣，然后进行比较，最后我费尽力气，把一出戏想象成光彩夺目、气宇轩昂，另一出戏则温情脉脉、缠绵悱恻，结果我还是不能决定我的取舍，正等于上最后一道甜食时，问我要牛奶米糕还是要奶油巧克力一样。

我与我的同学们谈论演员，虽然那时我对演技还一无所知，却认为在艺术借以体现的一切形式中，演技是首要的形式，通过演技，我才第一次感受到什么是艺术，同样一段台词，这位演员和那位演员在朗诵方法和声调处理方面各不相同，我觉得其中最琐细的差别都具有无法估量的意义。我根据有关这一演员和那一演员的传闻，把他们按才艺的高低排了个先后，这些名单我成天独自默诵，最后在我的脑海中凝固，像结成了硬块，弄得我头脑僵硬。

后来，我上中学，每当我趁老师转身的机会同一位新朋友窃窃私语时，我的第一问题总是问他是否去过剧院，是否认为最了不起的演员是戈特，其次是德洛内，等等。倘若他认为法布夫尔不如迪龙，或者德洛内名列戈克兰[1]之后，那时我的心目中戈克兰便失去磐石般的坚固性，突然松动起来，退缩到二等，德洛内也取得了神奇的灵活性和丰富的活跃性，而屈居第四；这样的变动使我的头脑得到软化，得到滋养，竟有繁花似锦、生动活泼之感。

---

[1] 戈克兰（1841—1909）：法国著名演员，以扮演莫里哀剧中的仆人、罗斯丹《西哈诺·德·贝热拉克》中的西哈诺而知名。

虽说我对演员们如此着迷，虽说有一天下午我见到莫邦从法兰西剧院出来顿时感到爱的激动和爱的痛苦，但是当我见到某家剧院门前某位赫赫巨星的大名熠熠生辉，当我见到一辆马头上缀满玫瑰花的双座轿车从街上驰过，车窗里露出一位据我想可能是演员的女子的倩影，那时我内心的激荡更久久不能平息，我多么无能为力地、多么痛苦地努力设想她们的私生活啊！我虽把最有名的女演员按才艺的高低排出如下的名次：萨拉·贝恩纳特、拉贝玛、巴代、玛德莱娜·布洛昂、霞娜·萨马里，但是，无论先后我对她们全都关心。我的外叔祖父认识不少女演员和一些“交际花”，我分辨不清后者同女演员的差别。他把她们请到家中做客。我们之所以只在某些日子去看望他，是因为其他日子有那些女客登门，家里人一向不愿与她们打照面。至少我们家持这一主张，因为从我的外叔祖父那方面说，他跟那些可能从来没有结过婚的风流寡妇，跟那些虽大名鼎鼎、其实出身不大靠得住的伯爵夫人过于随便的态度，他把她们介绍给我的外祖母时所说的奉承话，或者他把祖传的首饰送给她们，以巴结讨好等等，早已不止一次引起他同我的外祖父之间的龃龉。平日交谈中如果出现某位女演员的名字，我常听到我的父亲笑着对我的母亲说：“这是你叔叔的一位女朋友。”当时我想，有多少大人物恐怕开始一连好几年都巴结不上那样的女人，给她写信不理，登门拜访，她又打发门房拒之门外：我的外叔祖父倒说不定有办法让我这样初出茅庐的青年免受这番折腾，他可以在自己的家里把我介绍给许多人都无法接近，但对他来说却是知心朋友的女演员。

因此——我借口有一门课改了时间，不仅已经让我好几次不能去看外叔祖父，而且以后还会没有空去——有一天（那并不是专门留给我们去看他的日子），我们家午饭比平时吃得早，我便乘机上街，并没有去看家里允许我单独去看的新剧海报，而是一口气跑到了外叔祖父那里。我注意到他家门口停着一辆双驾马车，马的护眼罩上，跟车夫上衣的扣眼上一样，插着一朵红色的康乃馨。我从楼梯上就听到一个女人的嬉笑声，等我一拉门铃，里面的声音反而戛然而止，一片寂静之后是连续的关门声。听差终于出来开门，见到是我，显得很尴尬，声称我的外叔祖父现在正忙着，恐怕抽不出身来见我。他正打算进去禀报，只听到里面传出刚才的女人的声音："啊，不！让他进来；一分钟就行，我一定会很高兴的。从您的写字台上的那张照片来看，他跟他的妈妈，也就是您的侄女，长得很像，您侄女的照片挨着的那张照片不就是他吗？我倒是想要见见这孩子，哪怕见一面呢。"

我听到我的外叔祖父咕哝着表示不高兴；最后，听差请我进去。

桌子上有一盘跟平时一样的杏仁饼；我的外叔祖父仍穿着那件家常便服，但是在他的对面，坐着一位身穿粉红色丝绸长裙、脖子上挂着一条长长的珍珠项链的年轻女子，她正把最后一瓣橘子放进嘴里。我一时拿不定主意，不知该称呼她夫人还是小姐。我憋红了脸，不敢朝她那面看，生怕同她搭话。我过去亲了亲外叔祖父。她笑眯眯地望着我。我的外叔祖父对她说："这是我的侄外孙。"既没有告诉她我姓什么，也没有把她的名字告诉我，大约是因为自从同我的外祖父发生过龃龉之后，他尽可能避免家庭成员同他的这类朋友接触。

“他长得多像他的母亲。”那女的说。

“您也不过是在照片上见过我的侄女。”我的外叔祖父连忙粗声粗气地接口道。

“对不起，亲爱的朋友，去年您生病的时候，我在楼梯上曾经同她照过面。确实，我也只是一闪而过地瞅了一眼，你们这儿的楼梯又那么黑；但是，这一眼足以使我对她钦佩了。这瘦小的年轻人眼睛长得挺美，还有这儿，”她说着，用手指划了一下额头下面，“您的侄女儿是不是跟您同姓？”她问我的外叔祖父。

“这孩子更像他的父亲。”我的外叔祖父咕哝着说；他既不想提到我妈妈的姓，以间接地介绍我，更不想做进一步的说明，“他完全像他的父亲，也像我故世的母亲。”

“我不认识他的父亲，”穿粉红色长裙的女子微微歪着脑袋说道，“也从来没有见过您那位故世的母亲。我的朋友，您一定记得，咱们是在您遭受丧母之痛后不久才相识的。”

我感到有些失望，因为这位少妇同我在家里见到过的其他标致女子，尤其是同我每逢元旦都要去拜访的一位表亲家的千金并无二致。我的外叔祖父的这位女朋友，除了衣着更为讲究之外，那眼神也同样机敏而和善，表情既坦诚又动人。我在她身上没有发现女演员照片上一般有的那种使我倾慕的舞台风度，也没有看到应该同她的私生活相呼应的那种妖媚的表情。我难以相信她竟是交际花，而且如果我没有见到门口停着的那辆双驾轿车，没有见到她那身粉红色的丝裙和那串珍珠项链，没有早就听说我的外叔祖父尽结识些最高级的交际花，我恐怕更难相信眼前这位风韵不俗的女子就是其中的一位。但是，我不明白的是供她们住华屋、坐轿车，让她们打扮得珠光宝气，不惜为她们倾家荡产也要金屋藏娇的百万富翁，又怎能从这样平凡、这样规矩的女子那里得到愉快呢？然而，想到她们私生活应有的情状，我更为她们的不道德感到迷惑不解。如果这种不道德具体化为一个特殊的形象出现在我的面前，那么这种不道德就会像一部小说、一件丑闻的隐秘部分那样地不露痕迹。但恰恰是那件丑闻使她们脱离了中产阶级的家庭和她们待人和善的父母，使她们扶摇直上地变为一代佳丽，出入交际场所，赢得显赫的名声。眼前的这位女子，面部表情和说话的声调同我所认识的其他许多妇女并无两样，这就使我不由得把她看作良家千金，其实她早已无家可依了。

这时我们已经走进外叔祖父的“工作室”。我的外叔祖父请她抽烟，只因有我在场，他多少显得有些尴尬。

“不，”她说，“亲爱的，您知道我只抽得惯大公爵送给我的那种烟卷。我跟大公爵说了，您也馋那种烟卷。”说着，她从烟盒里掏出好几支印有金色外文字样的纸烟。忽然，她又说：“我一定在您这里见到过这孩子的父亲，他不就是您的侄女婿吗？我怎么能忘呢？他那样和气，我觉得他文雅极了。”她说得既谦虚又热情。但是，我深知父亲待人一向矜持冷漠，想到他当时一定绷着脸皮，现在却被说成文雅极了，我不禁狼狈不堪，因为他很可能表现得并不风雅，这种过高的评价，同他在礼节方面的欠缺实在太不相称。后来我才体会到，这些既无所事事又用心良苦的妇女所扮演的角色，其魅力之一正在于此：她们以她们的热情、她们的才能，以及优美的感情所具备的一种梦境和她们不必破费便可轻易到手的一种金玉般的华彩，像名贵而细巧的嵌饰，把男人们毛糙而缺乏磨砺的生活装点得富丽堂皇。对于梦境，她们同艺术家们一样，既不追求实际价值，也不让它局限于现实生活，例如我的外叔祖父穿着宽松的便服在吸烟室中接待的这位女士，她以娇美的体态，粉红色的丝绸长裙，周身的珠光宝气，以及她同大公爵的交情所散发出来的那种高贵气派，给烟雾缭绕的室内增添了异样的光辉；同样，她随口说了句对我父亲的评价，说得非常讲究，使这句话别具一格，有一种高雅的意味，再加上她以亮晶晶的目光看上一眼，等于给这句话镶上一颗光华熠熠的钻石，其中既包含谦恭之意，又透出感激之情，这句话从她嘴里说出便成了一件艺术珍品，一件“文雅极了”的宝贝。

“好吧，孩子，你该回去了。”外叔祖父对我说。

我站起来，克制不住想去吻一下粉衣女郎的手，但我觉得这样做恐怕过于孟浪，简直类似抢劫。我的心怦怦乱跳，心里盘算着：“该做还是不该做？”后来，我不再考虑该做什么，而是能做什么，我以一种盲目的、反常的动作，连刚才我找到的有利于这样做的种种理由也全都抛置不顾了：我上前抓住她伸过来的手，把它送到我的唇边。

“他多可爱啊！已经知道巴结女人了，这是跟他的外叔祖父学的。将来准成为十全十美的绅士。”她又咬文嚼字地加上这么一句，故意把绅士这个词儿说得带点英国口音。“用跟我们一衣带水的英国邻居的话来说，哪天他能不能过来喝 a cup of tea[1]？到时候，上午给我发一封‘蓝笺’[2]就行了，我准来奉陪。”

当时我还不知道“蓝笺”是什么意思。她的话我有一半听不懂。我怕有些问话若不回答会有失礼貌，所以我始终全神贯注地听，结果感到非常吃力。

“不，不，这不可能，”我的外叔祖父耸耸肩膀，说道，“他忙得很，他很用功。他的功课门门得奖。”他又低声地——声音压得很低，怕我听见后纠正——补充说道：“谁说得准呢？也许他将来是雨果第二，或是福拉贝尔[3]之类的人物。这您是知道的。”

“我崇拜艺术家，”粉衣夫人答道，“只有艺术家才了解妇女……只有他们和您这样出类拔萃的人才理解我们。原谅我的无知，朋友，福拉贝尔是何许人？就是您房里玻璃书柜上的那几本烫金的书籍的作者吗？您知道，您答应借我看的，我一定小心翼翼地爱护书籍。”

我的外叔祖父最讨厌借书给别人，因而没有接话。他一直把我送到过厅。对粉衣夫人的爱慕弄得我晕头转向，我发疯似的吻遍了我外叔祖父沾满烟丝的两边腮帮。他相当尴尬地暗示我：希望我不要把这次来访告诉家里，但他又不敢明说。而我呢，我热泪盈眶地向他表示：他对我的一片好心，我铭感至深，总有一天

---

[1] 英语，意为一杯茶。

[2] 蓝笺：市内电报的俗谓。

[3] 福拉贝尔（1799—1879）：法国历史学家，1848 年任公共教育部部长。

要想办法报答。我倒确实铭感至深：两小时之后，我先是说了些闪烁其词的话，后来觉得并没有让我的父母明确地认识到我新近得到的器重，于是我想倒不如把话挑明，干脆把两小时以前去外叔祖父家的经过，详详细细地告诉他们，我没有料到这样做会给外叔祖父招惹是非。我本来没想给他添麻烦，怎么能料到这一着呢？我不能想象我的父母能从中找出毛病，因为我并不认为有什么不对，不是每天都会有这样的事情发生吗？——一位朋友来请求我们千万别忘了代他向某某女士表示歉意，因为他本人无法给她投书致意，而我们经常不把这种事放在心上，认为那位女士未必把他的沉默看得多重要，我们不觉得转致歉意能有多大意义。我也跟大家一样，总把别人的脑海想象成一件来者不拒的容器，对于注入的东西不会有什么特殊的反应；我从不怀疑，始终以为我把在外叔祖父家结识新朋友的消息灌进我父母的脑海，也就能如愿以偿地把我对这次介绍的善意判断转达给他们了。不幸的是，我的父母在评价我外叔祖父的行为时所遵循的原则，同我的期望完全南辕北辙。我的父亲和我的外祖父向我的外叔祖父提出措辞激烈的质问；我是间接听说的。几天以后，我在街上迎面遇到我的外叔祖父，他正坐在一辆敞篷车上。我感到痛苦、后悔、对他不起，我真想把这些感受告诉他。但我内疚之深、铭感之深，绝不是摘帽致意所能表达的；我觉得这反倒会显得小家子气，甚至可能让外叔祖父看不出我对他感恩戴德，只以为我用通常的礼貌敷衍罢了。我决定免去这种不足以表达我内心感情的举动，我把脸扭了过去。我的外叔祖父却以为我为了服从父母的命令才不理他的，因此他对我的父母记恨在心。好多年后他才死去，我们一直没有再去看望他。

所以，我就不再进入已经关闭的阿道夫外叔祖父的那间休息室了。我只在厨房外的小屋周围流连。这时弗朗索瓦丝出现在小庙前的平台上对我说："我让帮厨的女工一会儿把咖啡和热水端去，我要赶紧去侍候奥克达夫夫人。"听她这么一说，我决定回屋，直接到我的房里去读书。帮厨的女工是个有名无实的角色，是个常设的职位，承担着始终如一的任务，它通过体现它存在的一连串暂时的形态，保证了某种连续性和同一性，因为从来没有一个帮厨女工在我们家连续干满两年以上。我们吃了许多芦笋的那个年头，帮厨女工一般负责削芦笋皮。那是一个病病歪歪的女人，我们在复活节前后到达贡布雷的时候，她正怀着孕，而且已接近临产期。我们甚至奇怪：怎么弗朗索瓦丝还让她走那么多路，干那么多活，因为她身前挂着的那只日见饱满的包袱，虽然有宽大的工作服罩在外面，仍能让人看出它已大到相当可观的地步，况且她开始步履艰难了。她那身衣裳使人联想到乔托[1]的壁画中几位象征性人物身上所穿的那种宽袖外套。这些壁画的照片，斯万先生曾经送给我过。使我们注意到这个特点的，也是他。每逢问起有关帮厨女工的近况，他总这么说："乔托的'慈悲图'近况如何？"也确实，那可怜的女工因怀孕而发胖，一直胖到脸上，腮帮

[1] 乔托（1266—1337）：意大利画家。他的体积感、空间感以及对自然景物的偏爱，使他成为意大利绘画发展史上那一阶段的代表。他为帕多瓦的阿林娜圣母寺所作的壁画（约于1303年至1305年间），是他传世的杰作之一。

结实得堆起了横肉，同画里那些更像接生婆的男性化的粗壮的处女不相上下；在阿林娜圣母寺的壁画中，她们是种种美德的化身。今天我才意识到，帕多瓦寺院里的那些善恶图，还从另一方面跟我们的帮厨女工相像。帮厨女工的形象由于腹部多了一件象征而变得高大起来，但她本人显然并不理解这一象征，她的脸上没有丝毫表情来传达它的美和它的精神意义，似乎她只是抱着一只普通的、沉重的包袱；同样，阿林娜圣母寺里那幅标题为《慈悲》的壁画，显然也没有让人家想到画中那位结实的主妇形象正是慈悲这一美德的化身（我在贡布雷的自修室的墙上就挂有这幅画的复制品），看来那张结实而俗气的面孔不可能表达任何慈悲的思想。多亏画家别出心裁的独创，她脚下明明踩着大地的宝藏，那表情却完全像在踩挤葡萄汁，或者更像跨上一堆装满东西的口袋往高处攀登；她把自己热烈的心献给上帝，说得更确切些，她在把心“递”给上帝，就像厨娘把起瓶塞的工具从地下室的气窗里递给正在楼下窗口向她要这件工具的人。《贪欲》这幅壁画，倒也许把贪欲的某种表现，描述得更为露骨。但是，象征也还是占据太多的地盘，而且表现得过于真实。对准“贪欲”的嘴唇咝咝吐芯子的蛇被画得很粗，把“贪欲”张得大大的嘴巴整个填满；为了把蛇含进嘴里，她的面部肌肉全都鼓起来了，就像小孩儿吹气球一样，“贪欲”的注意力也引动了我们的注意力，全都集中在嘴唇的动作上，没有给贪婪的思想留下多少回旋的余地。

尽管斯万先生对乔托的这几幅壁画推崇备至，我却在很长一段时期内无心欣赏；他送给我之后就一直被挂在自修室墙上。“慈悲图”上没有慈悲；“贪欲图”则像仅在医学书上才能见到的插图，类似声门或小舌如何受到舌瘤的压迫，或者外科医生的器械如何插进口腔；而那位象征正义的女子，面色灰暗，五官端正而表情啬刻，这恰恰是我在做弥撒时所见到的贡布雷某些相貌漂亮、感情贫乏、虔诚刻薄的中产阶级小姐、太太的写照，而她们中有些人早就充当了不正义的后备军。后来我才懂得，这几幅壁画之所以诡谲离奇得动人心魄，具有特殊的美，是因为象征在其中占据了主要的地位；事实上象征并没有作为象征来表现，因为象征化的思想是无法表现的，在这里它是作为真实来表现的，表现为具体的感受或物质的动作，这就使作品的含义更切题，更准确，也使作品的教益更实惠，更惊人。在可怜的帮厨女工的身上，情况也一样，人们的注意力不也是一再被日益变大的肚子吸引过去吗？还有，人之将死，想到的往往是实际的、痛苦的、昏暝莫辨的腑脏深处，往往想到死亡的阴暗面，这恰恰是帮厨女工所呈现的模样：她使我们严峻地感觉到这一面的存在，与其称之为死亡的抽象观念，倒不如说它更像一个要把我们压扁的包袱，一种令人喘不过气来的绝境，一种急需痛饮的干渴。

帕多瓦寺院中的善恶图，肯定包含许多现实成分，因为在我看来，它们活像我们家怀孕的帮厨女工；而且我觉得那位女工身上也存在丰富的寓意。一个人的灵魂往往不参与通过自己才得以表现的美德，这种不参与（至少表面如此），除了有其美学价值外，也还包含一种真实，一种即使不是心理学的，起码也是面相术方面的真实。后来，我在实际生活中，曾多次有机会遇到过一些真正神圣的悲天悯人的化身，例如修道院里的僧尼。他们一般看来都兴致勃勃，讲究实惠，像忙忙碌碌的外科医生，既不动感情又果断利索，面对着人类的苦难，他们的脸上并无丝毫怜悯、同情的表示，也不怕去触及人们的痛处，那是一张张没有柔情、令人生畏的脸，因真正的善良而变得格外崇高。

帮厨女工先端上咖啡（用我母亲的话来说，只配叫热水），然后又把热水（其实勉强有点热气）送到我们房里，这就无意中像谬误通过对比衬托出真理的光辉那样地更显示出弗朗索瓦丝的高明优越之处，那时我早已拿着一本书躺在我自己房里的床上了。几乎全都合上的百叶窗颤颤巍巍地把下午的阳光挡在窗外，以保护房内透明的凉爽，然而，有一丝反光还是设法张开黄色的翅膀钻了进来，像一只蝴蝶一动不动地歇在百叶窗和玻璃窗之间的夹缝里。这点光亮勉强够我看清书上的字迹，只有神甫街上加米拍打箱柜灰尘的声音，才让我感到外面的阳光有多灿烂（弗朗索瓦丝告诉加米：我的姑妈不在“休息”，可以暂勿噤声）。那一声声拍打，在炎热季节特有的訇然传音的大气中回荡，仿佛抖搂下无数艳红色的星雨，一颗颗飞向远方。此外，还有一群苍蝇，像演奏夏季室内乐般在我的眼前演奏它们的小协奏曲，倒跟你在盛夏季节偶尔能听到乐师们演奏的曲调并不一样，但是能让你接着联想到人间的乐声；这种音乐由一种更加不可缺的纽带把它同夏季联系在一起：它从晴朗的日子里诞生，只能同晴朗的日子一起复活，它蕴含着晴朗的精魂，不仅能在我们的记忆中唤起晴朗的形象，还能证实晴朗已经归来，确实就在外面，而且已弥漫人间，唾手可及。

我房里这种阴暗的清凉，就像大街阳光下的阴凉处，也就是说，虽暗犹明，同阳光一样明亮，并且给我的想象展示出夏季的全部景象；而倘若我在外面散步，我的感官恐怕也只能品享到其中的一些片段；因此，这种幽暗，同我的休息十分合拍，对于常常被书中的惊险故事所感动的我，休息也只像放在流水中一动不动的手掌，经受着急流的冲击和摇撼。

但是，我的外祖母，即使天气热得彤云四起，即使暴雨骤来或者只是落下几滴雨点，她都要苦苦劝我出去走走。哪怕我不肯放下手里的书本，至少也得到花园里去阅读，坐在栗树下那个用草席和苫布搭成的凉棚里；我自以为那里足可避人耳目，躲过偶尔有人来访的干扰。

我的思想不也像一个隐蔽所吗？我躲在里面感到很安全，甚至还可以看看外面发生的事情。当我看到外界的某一件东西，看到的意识便停留在我与物之间，在物的周围有一圈薄薄的精神界限，妨碍我同它直接接触；在我同这种意识接上关系前，它又仿佛飘然消散，好比你拿一件炽热的物体，去碰一件湿淋淋的东西，炽热的物体接触不到另一件东西上的潮湿，因为在触及前水分总是先已汽化。我在读书的时候，我的意识同时展现出多种不同的情景，它们斑驳杂陈地仿佛组成一幅五光十色的屏幕，上面展示出埋藏在我内心最深处的种种愿望，乃至于我在这花园角落里眼前所见的纯属外观的各类景象之中，最切近我内心深处、不断活动着又统帅其余一切的，是我的信念和我的愿望：我相信我正读着的那本书里有丰富的哲理，蕴藏着美，我但求把它们占为己有，不管那是本什么书。因为，即使那本书是我在贡布雷镇上的博朗士杂货铺跟前一眼瞥见之后买的，那铺子离我家较远，弗朗索瓦丝不可能像上加米杂货铺那样去那里买东西，但他们的书籍品种比较齐全，赶得上文具店和书店，门口的那两扇门板，比教堂的大门更神秘，更引人浮想联翩，上面琳琅满目地挂着许多期刊和小册子，我发现那本书就挂在其间，我之所以选中它，是因为早先听到老师或者某位同学提到过，当时在我的心目中，那位同学看来已经深得真和美的奥秘，而我对真和美还只有模糊的感觉，只有一知半解，认识真和美是我的思想所追求的目标，虽然不很明确，我却念念不忘。

我在阅读的过程中，这一中心信念不断地进行由表及里和由里及表的运动，以求发现真理，随着信念而来的是我积极参与的活动所产生的内心激荡，因为那些天下午我的曲折经历，常常比一个人整整一生的经历更为丰富、更为充实。我说的是我读的那本书里发生的种种事情；的确，受事件影响的人物，正如弗朗索瓦丝所说，并非“实有其人”。但是，一位真实人物的悲欢在我们心中所引起的各种感情，却只有通过悲欢的具体形象作为媒介，才能得到表现；第一位小说家的聪慧之处就在于他了解到在我们激情的机制中，既然形象是唯一的要素，那么干脆把真实人物排除掉的那种简化办法，就是一项决定性的完善措施。一个真实的人，无论我们对他的感情有多深，总有相当大一部分是我们感官的产物，也就是说，我们始终无法看透，总有一种僵化的分量是我们的感觉所抬不动的。遇到有什么不幸落到这人的头上，我们固然也能为之而伤心，但是我们心目中他所遭受的不幸其实不过是整个不幸概念中的一小部分而已；甚至他本人也只能感受到整个概念的一部分。小说家的创举在于想到用数量相当的抽象部分，也就是说，用灵魂可以认同的东西来替换灵魂无法看透的部分。既然我们已经把这些新形态下的人物的举止和感情化作了我们自己的举止和感情，既然这些举止和感情是在我们的内心得到表现的，而且，当我们心情激荡地翻阅书中一页又一页的文字时，书中人物的举止和感情在我们的内心控制了我们呼吸的急缓和目光的张弛，那么，表面上的真实与否又有什么要紧呢？小说家一旦把我们置于那样的境地，也就是说，同纯属内心的种种境界一样，凡喜怒哀乐、七情六欲都得到十倍的增长，那么，他写的那本书就会像梦一样搅得我们心绪不宁，但是这比我们睡着时所做的梦要清晰明朗些，因而也留下更多的回忆，到那时我们的内心在一小时中可能经历到的各种幸与不幸，我们在实际生活中或许得花费好几年的工夫才能领略到其中的一二，而最激动人心的那些部分，我们恐怕终生都体会不到，因为幸也罢不幸也罢，在生活中都是缓缓地发生的，慢得我们无从觉察（例如：悲莫大于心死，可是我们只有在阅读时、在想象中，才体会到这种悲哀；现实生活中心灵的变化同自然界的某些现象一样，其过程相当缓慢，倘若我们有可能对变化中的每一个不同的状态逐一进行验证，那么我们连变化的感觉都会丧失殆尽的）。

故事发生的环境已经不如书中人物的命运那样深入我的内心，

但它对我的思想的影响，却远比我从书上抬眼看到的周围风物的影响要大得多。所以，有两年夏天，我在炎热的贡布雷的花园中，就因为当时阅读的那本书，我竟神往一片山明水秀的地方，希望在那里见到许多锯木厂，见到清澈流水中有好些木头在茂密的水草下腐烂，不远处有几簇姹紫嫣红的繁花沿着一溜矮墙攀缘而上。由于我的思想中始终保留着这样的梦，梦见一位女士爱我，所以我对那片山川的神往也同样浸透了流水的清凉；而且无论我忆及哪位女士，那一簇簇姹紫嫣红的繁花立刻会在她的周围出现，好像专为她增添颜色似的。

这倒不仅是因为我们梦见的某个形象总是带有明显的特征，总得到我们在遐想中偶尔衬映在这形象周围的各种奇光异彩的烘托而显得格外美丽，而是因为我读的那些书里所描述的风光，对于我来说，并非只在我的想象中才显得更加瑰丽，它其实跟我在贡布雷所见大同小异。由于作者的遣词造句，由于我在思想上对作者的描述像对一种启示那样地虔信，书中的景物仿佛就是大自然本身的一个真实可信部分，值得细细玩味、深深探究。我当时所处的环境，尤其是我们的那座花园，经过我的外祖母所鄙视的那位四平八稳、毫无才情的园丁整治过之后，从来没有给过我这样的印象。

倘若我的父母允许我去实地考察我读到的书中所描述过的那些地方，我倒真可以认为自己向掌握真理跨出了不可估量的一步。因为如果一个人感到始终置身于自己的心灵之中，那么他不会觉得自己像置身于一座稳然不动的牢笼中一样，而会觉得自己同牢笼一起卷入无休无止的飞跃，力求冲出牢笼，达到外界，同时惶惶若失地始终听到自己的周围回荡着一种声音，它不是外界的回响，而是内心激荡的共鸣。我们力求在因此而变得可贵的万物中重新找到我们的心灵曾经投射其上的反光；我们失望地发现在自然中万物仿佛失去了原先在我们的思想中由某些相近的观念所赋予的魅力；有时我们把这种精神力量全都化为光华熠熠的机敏，以影响我们明知在我们身外却又无法触及的他人。因此，我之所以总是围绕着我所爱的女人想象我最向往的地方，我之所以希望她来领我去游历那些地方，为我打开一条通往陌生世界的渠道，这并非出于偶然而简单的联想；不，因为我对游历和爱情的梦想只是我全部生命力所迸发出的同一股百折不挠的喷泉中的不同力矩罢了；今天我好比把一股表面看来屹然不动、映射出彩虹的水柱按不同高度划分成几截那样，人为地把我的这股生命力划分出不同的力矩。

我继续出入于同时在我的意识中并存的各种境况，在得以展现那些境况的真实的视野之前，我终于得到了另一种快感，安坐的快感，呼吸新鲜空气的快感，不受来客骚扰的快感。当圣伊莱尔钟楼敲响下午一点，我更因发觉下午的时光已开始一截一截地被消耗而感到痛快，我数着钟声直到最后一响，计算已经消耗的总数。接着是漫长的寂静，允许我在蓝天下读书的那一整段时间仿佛也随之而开始，直到弗朗索瓦丝准备的那顿香喷喷的晚饭端上餐桌；我在阅读时追随书中主人公走南闯北弄得相当劳累，要由精美的晚饭来补偿我的辛苦。每过一小时钟声响一次，仿佛上一次的钟声离眼前才不久；一次次的钟声在天上挨得很近，我简直难以相信，在两个金色的刻度之间，那短短的蓝色弧线下，竟能容纳下整整六十分钟。有时候，敲得这么勤的钟声，这一次比上一次多了两响，那就是说这中间有一次钟声我没有听到，其间发生了什么事对于我来说等于没有发生；读得入迷就跟睡得很实一样具有神奇的魔力，我的耳朵像中了邪似的失去听觉，寂静的蔚蓝色表盘上的金色钟点也抹得了无痕迹。星期天晴朗的下午多迷人啊！在贡布雷花园的栗树下，我精心地把个人生活中平庸的琐事统统抛开，用另一种曲折的生活和不同寻常的追求来加以充实，我向往着一个被纵横的流水滋润和灌溉的地方。美丽的星期天下午啊，当我一想到你们，至今犹历历在目，确实，当初我把书一页页往下读的时候，白日的炎热在逐渐消散的时候，你们就已经把那种不寻常的生活裹了起来，让它逐渐地、一点一点地结晶。这个晶体变化极慢，里面贯穿着枝头的绿叶和你们静悄悄的、回荡着声响的、香气宜人的、透明的每一个钟点。你们把那种生活保存了下来。

有几次，下午三四点钟光景，园丁的女儿发疯似的奔跑，打断了我的阅读。她跑得撞倒了一棵橘子树，自己也划伤了手指，还磕掉一颗牙。只听她喊道：“他们来了！他们来了！”她倒是为了让弗朗索瓦丝和我及时赶去，别错过看一场热闹。那几天驻防部队操练，要经过贡布雷市镇，通常他们走的是圣伊尔德迦尔特街。那时我们家的用人们正摆开一排椅子，坐在铁门外，观看贡布雷街上星期天的行人，同时也让过往行人观看他们。园丁的女儿从远处车站大街的两幢房屋的夹缝间，瞅见了盔甲的闪光。用人们匆忙收拾椅子走进铁门，因为经过圣伊尔德迦尔特街的全副戎装的士兵队伍将占据整条街的宽度，马队几乎要踩着人行道，擦过两边的房屋，浩荡而去，就像洪水涌来，河床显得过于狭窄，洪水难免溢出河堤。

“这些孩子怪可怜的，”弗朗索瓦丝刚刚赶到铁门边就已经流下眼泪来了，“可怜，他们的青春就像草场上的青草一样，都要给割尽了。一想到这里，我就像挨了一闷棍似的。”说着，她把手捂到胸口，以表示挨到闷棍的部位。

“看到这些小伙子舍生忘死，不是很壮观吗，弗朗索瓦丝太太？”园丁为了给她“鼓气”，这么说道。

他的话没有白说。

“舍生忘死？可是人生在世，不求生还求什么？生命是善良的上帝赐给我们的唯一恩典，从来只有一次。哎呀！上帝呀！他们倒还真的舍生忘死！我在一八七〇年见过；他们一个个都不怕死，那仗打得多惨！真是不折不扣的一群疯子。再说，他们不用人家耗费什么绳子来把他们绞死，他们哪是人呀，简直是狮子。”（对于弗朗索瓦丝来说，把人比作雄狮——她把 lion 念成 li-on，——并没有丝毫恭维之意。）

圣伊尔德迦尔特街的弯拐得太小，我们无法看到队伍从远处浩浩荡荡开来，而只是从车站大街那两幢房屋之间的夹缝中看到阳光下金光锃亮的头盔不断地起伏而过。园丁本想看看是不是还有那么多士兵要经过，可是日头晒得太狠，他都渴了。于是，他的女儿像杀出重围似的突然窜到街角，冒着九死一生的危险，从那里带回一瓶柠檬水和如下的消息：从梯贝齐和梅塞格利丝那边不断拥来的士兵足有上千人哩。已经讲和的弗朗索瓦丝和园丁讨论起战争时期应该怎么办的问题来了。

园丁说：“您看到没有？弗朗索瓦丝，革命总比别的战争强，因为一宣布革命，只有愿意上前线的人才去打仗。”

“啊！对了，至少我是这样理解的，这干脆得多。”

园丁认为战争一爆发，铁路交通全都中断。

“敢情，怕人乘火车逃跑呗。”弗朗索瓦丝说。

园丁说：“嗨！他们可坏了。”因为他认定战争只是国家用来作弄百姓的恶作剧，既然它有法子这么办，谁也甭想溜掉。

但是弗朗索瓦丝要赶紧去侍候我的姑妈，我也要回到我读的那本书里去，用人们重新在门外坐定，观看士兵们掀起的灰尘和激情慢慢消散，平静下来很久之后，贡布雷街上仍流动着不寻常的黑压压的人群，家家户户的门前都有一堆仆人，甚至主人坐着观望，连平时门口没有人的那几家也不例外，他们像门槛外缀上的一条边沿参差不齐的花边，又像大潮过后留在海滩上的水藻、贝壳等物组成的一条斑斓如锦的彩带。

除了那样的日子外，我平日倒总能安心读书。只是有一次，斯万来访，打断了我的阅读。当时我正在读一位我以前从未拜读过的作家贝戈特的作品，斯万对我说的那番话，倒使我在很长一段时期内，不再在挂满一簇簇紫花的墙边发现我所梦见的妇女形象，而是在完全不同的背景上，在哥特式教堂的门楼前，浮现出她们的倩影。

贝戈特的大名，第一次是由一位比我大几岁的同学告诉我的。他姓布洛克，我对他十分钦佩。他听说我欣赏《十月之夜》，便哈哈大笑，笑声如喇叭一般，对我说："你居然对缪塞之流入迷，趣味够低级的。他是坏蛋中的坏蛋，畜生中的畜生，不过我应该坦白承认，他，还有那个名叫拉辛的家伙，他们一生之中倒是各写下一句音韵铿锵的诗行，据我看，其最高价值在于它毫无意义可言。这就是'白净的奥路索娜和白净的加米尔'，另一句是'米诺斯和帕西法埃的女儿'。我的恩师，受到众神宠爱的勒贡特老爹，在他的一篇文章中引用了这两句诗，目的显然是为这两名恶棍开脱。顺便说一句，我手头倒有一本书，现在暂时没有空读，好像我伟大的恩师曾经推荐过，他认为作者贝戈特写得非常精细；虽然他有时候宽容得无法解释，但他的话在我心目中等于德尔菲神庙[1]发下谕示，你读读这些抒情的散文吧，要是领受了太阳神的指点写下《皆大欢喜》和《玛纽斯猎犬》这两篇韵文的音韵大师说得不假，那么亲爱的大师，你就能品尝到奥林匹斯山上的琼浆玉液了。"他起初用调侃的语气要我称他为大师，后来他也同样称我为大师，事实上，我们开这种玩笑多少有点意思，因为我们当时少年狂放，总认为称呼什么就真能成为什么。

不幸的是，我一面同布洛克闲谈，一面却无法平息内心的混乱。他刚才说，美的诗句正因为它没有含义才更美，而我只希望

[1] 古希腊供奉太阳神的神庙。古代希腊人每遇大事，即赴神庙以求神谕。

从诗中寻找到真理的启示。我要他就此做出解释。事实上，布洛克后来再也没有被邀请到我们家来做客。开始他在我们家受到了热情的款待。这倒是真的，我的外祖父说过，我只要跟同学中的哪一位关系更为密切，把他领到家来，那总是个犹太孩子。原则上他倒并不因此而不快——他自己的朋友斯万也是犹太血统，他认为一般来说我是在优秀的犹太孩子中选择朋友的。所以每当我领来一位新朋友，他几乎嘴里都要哼哼《犹太女人》中的那句歌词我们父辈的上帝哟！或者以色列，砸碎你的锁链！当然，他只哼哼调门，但是我怕我的同学听出那段调门，给它配上歌词。

我的外祖父在见到我的同学们之前，只要听说他们姓什么，尽管这些姓往往没有犹太特点，他就不仅能猜到我的那位朋友是犹太血统（事实上也真是犹太血统），而且还能看到他家里有什么地方招人讨嫌。

“今天晚上要来的你的那位朋友姓什么？”

“姓迪蒙，外祖父。”

“迪蒙！哦！要当心哪！”

说着，他哼哼起来：

弓箭手们，严阵以待！
悄悄注视，切莫等闲。

待他巧妙地向我们提出几个比较确切的问题之后，他叫出声来：“当心啊！当心啊！”或者，如果他通过隐蔽的盘问，迫使已经进门的同学不知不觉自己说出是什么出身，那时，他为了表明已经不再存有疑问，就索性一面看着我们，一面声音轻得几乎让人听不到地哼起这样的歌词：

怎么，您把这胆怯的犹太佬
领到了我们这里！

或者：

希布伦，亲爱的山谷，我祖祖辈辈生息的地方。

还可能是：

是啊，我们是上帝优选的民族。

我外祖父的这类小怪癖倒并不意味着他对我的同学有任何恶意。我的长辈之所以不喜欢布洛克，那是另有原因的。他一开始就招我的父亲讨厌。那回，我的父亲见他浑身湿透，关心地问道：

“布洛克先生，外面变天了吗？是不是下过一场雨？我真不明白，晴雨表上刚才表明是晴天呀。”

但他得到的回答却是：

“先生，我绝对无法奉告是否下过雨，因为我一向把物质的琐事置之度外，以至于我的感官已经不必告诉我晴雨之类的变化。”

布洛克走了之后，我的父亲对我说："可怜的儿子，你的那位朋友是白痴。笑话！他居然都无法告诉我天晴天雨！这真是有意思极了！他是呆子！"

后来布洛克又惹得我的外祖母不高兴，因为吃罢午饭，她说她有点不舒服，布洛克听罢居然抽抽搭搭地抹起眼泪来。

"这怎么可能是真诚的呢，"外祖母对我说，"因为他根本不认识我；要不然他是疯子。"

总之，他让大家都不满意，因为那回他来吃饭迟到了一个半小时，而且身上溅满污泥。他不仅不道歉，反而说：

"我从来不受天气变化和公认的时间分割的约束。我宁可规劝世人使用鸦片烟枪和马来亚波刃短刀，但是，对于使用钟表和雨伞这两件害处多得无以复加而且市民气十足的庸俗工具，我一向是敬谢不敏的。"

尽管如此，他本来还可以来我们家玩的。他固然不是我的长辈们希望我结交的朋友，他们后来也还相信他为我的外祖母身体不适而流下的眼泪未必是作假，但是他们凭本能或者凭经验知道，我们的感情冲动对于我们随之而来的行动，以及对于我们的实际作为并无多大的影响；尊重道德准则，忠于朋友，埋头干某项工作，切实奉行某一套制度，凡此种种的更牢靠的基础尚有赖于盲目的习惯，而不是一时的冲动和空泛的热情。比起布洛克来，他们倒更希望我结交这样的朋友——这些人所能给予我的不超过根据布尔乔亚的道德标准应给予朋友的限度，不会因为哪天多情多意地惦记起我，便送我一筐水果，也不会因为一时的感情冲动和凭空瞎想，为了让友谊所要求的义务的天平倾向对我有利的一边，而不惜弄虚作假，使我蒙受更大的损害。我们的怨尤也难以把这些本质同它们对我们的要求截然分开，我的姑祖母就是一个榜样。她同她的一个侄女多年不和，根本不理她，但她并不因此而改变自己的遗嘱，仍旧把全部财产留给她，因为这是她最近的亲属，“理应”如此。

不过，既然我喜欢布洛克，我的长辈就不愿扫我的兴。最让我大费脑筋、苦恼至极的问题是我实在想不通为什么米诺斯和帕西法埃的女儿之所以美，全在于这种美毫无意义。这方面的苦恼大大超过后来同他的交谈所带来的麻烦，虽然我的母亲认为那些交谈都是有害的胡言。我们家本来还可以接待他的，但有一次饭后，他斩钉截铁地向我保证，他曾经听到人家确凿无疑地说到我的姑祖母年轻时是位风流女子，曾公开接受过人家的供养，正如他不久前对我所说，女人心目中只有爱情，谁都一样，她们尽管推拒，最终没有一个是攻不破的——这一信息后来对我的生活产生很大的影响，先是使我过得更加幸福，后来又让我落到更加不幸的地步。我忍不住把他的话都告诉了我的长辈，从此他们把他拒之门外，后来我在街上向他打招呼，他对我冷淡至极。

但是，关于贝戈特，他的话倒一点不假。

开头几天，作者的字里行间使我应该爱不释手的东西并没有浮现在我的眼前，就像一首乐曲，你听得只顾心醉神迷，还来不及品出妙处。我读的那本小说，虽已经同我难分难舍，但我误以为这兴趣只是由故事引起的，正如爱恋之初你天天赶到某处某个娱乐场所去消遣，去会见那个女人，你当时还以为只是娱乐本身吸引你呢。后来，我注意到贝戈特在一些地方爱用难得见到的、简直是古意盎然的词句，那几处形成一股和谐的暗流，一段含蓄的引子，从而使他的文风高雅起来；而且就在那些地方，他谈到了“人生空幻的梦”，“美丽的形态流溢出滔滔不绝的激流”，“知心和依恋的折磨如何空泛徒劳而又甜蜜销魂”，“震撼人心的塑像如何把教堂的外观点缀得格外崇高”。他用美妙动人的形象来表达一种对我来说全然新颖的哲理，那些形象可以说激起了竖琴的齐鸣，在悠悠乐声的烘托下，形象更显得崇高。在贝戈特的那些段落中，有一段我抽出来细细玩味，那是第三段或第四段吧，它所给予我的愉快同我在读第一段时大不一样，那种愉快我在内心深处更统一、更广阔，因而是一切障碍、一切隔阂仿佛都已排除掉的那个部位所感受到的。因为——其实在开头几段引起我兴趣的，也正是他这种在遣字造句上唯求生僻的偏爱，这种回荡着悠悠乐声的音韵，这种唯心主义的哲理，只是我当时没有意识到而已——我一旦认出这些东西，我仿佛感到自己不再只是在读贝戈特的某一本书的某一个别段落，浮现在我思想表面的也不是一个纯属平面的形象了，而是一个“理想段落”，跟贝戈特的其他著作有着共同的特点，而仿佛同这个理想段落难以区分的其他类似的段落，一起形成一种厚度，一种体积，使我的心智也得以扩展。

不只是我一个人崇拜贝戈特；我的母亲的一位女朋友很有学问，也偏爱贝戈特的作品；还有迪·布尔邦大夫，为了读完贝戈特的一本新作，不惜让病人在一边等待；贝戈特作品的风靡的种子是从迪·布尔邦大夫的候诊室、贡布雷市镇附近的一家花园中飞散开来的；当时还只是稀有的品种，今天已经风靡全球，欧洲、美洲，乃至于穷乡小村，到处都见得到这枝理想的、共同的花朵。我的母亲的女朋友，据说还有迪·布尔邦大夫，对贝戈特的著作中最为欣赏的东西，跟我之所好相同，那就是他字里行间那种行云流水般的旋律感，那些古意盎然的词句，还有一些尽管很简朴、很常用的短语，但是，他把它们放在显要的地位，从而仿佛有意表示出对它们的特殊的偏爱；总之，在哀怨的行文中，插进一两个唐突的字眼儿，一种粗声粗气的语调，不用说，他本人也一定感到自己最感人的魅力正在于此。因为，在他后来的几本书中，倘若赶上什么重要的真人真事，或者提到某一座著名教堂，他就中断叙述，插入祈求、呼号和滔滔不绝的祷告，让一股股这类的气息充分地得到发泄；而在他早期的著作中，这类气息始终是内在的，只由于表面的波动才泄露出一二分来；也正因为是半隐半现的，或许更柔美、更和谐，但毕竟人们无法确切地指出这一股股窃窃私语的气息是从哪里流出来的。作者得意之处也正是读者激赏之时。我对那几段文字能背得滚瓜烂熟。当作者重新拾起叙述的脉络时，我还感到扫兴呢。有些东西的内在的美，我一直还看不透，例如松林、霰雪、巴黎圣母院、《阿达莉》或《淮德拉》，每当讲到这些，他都绘色绘声地以形象来引爆那种美，来打动我的心扉。所以我感到：宇宙之大，区区感官岂能得窥全豹，倘若没有他的引领，天地间有多少方面是我残弱的感知所无从分辨的啊！我倒真希望听听他对于万物的见解，哪怕一种隐喻也罢，尤其是对于那些我或许有机会见到的东西，特别是法国的古建筑和某些滨海地区的风物，因为他在他的好几本书中一再提到它们，足见他认为这些事物中蕴藏着丰富的意味和丰富的美。可惜，他几乎对一切事物都讳莫如深，不予评述。我不怀疑，他的见解一定同我的见解完全不同，因为它来自我正设法攀登上去的那个陌生的世界。我坚信，我的种种想法在那位绝顶聪明的智者看来，纯属冥顽不灵，所以我干脆统统推翻。可是有一天我偶尔在他的一本书中发现了我过去也曾有过的想法，我的心一下子膨胀起来，简直好似有哪位天神大发慈悲，把那个想法归还给我，并宣布它是合情合理的、优美的。有时候，他书中某一页写的话，同我在失眠时夜里写给我的外祖母和母亲的信意思完全一样，贝戈特的那页文字仿佛是放在我的那些信头上的提要汇编，甚至后来我自己开始著书的时候，有些句子我总觉得不够精当，下不了继续写的决心，我就从贝戈特的书里去寻找等同的写法。只有在他的作品中找到之后我才会感到高兴。等到我自己遣词造句，一心想让行文恰如其分地反映出我的思想捕捉到的内容，同时又担心“落入窠臼”的时候，我才不着急呢！我细细掂量写的东西究竟是不是尽如人意。但实际上，我真正钟爱的，只是这类短语、这类观念。我搜索枯肠、永不满足的努力，本身标志着一种爱，一种没有欢乐却很深沉的爱。所以，当我在另一位作者的著作中突然发现同样的短语，也就是说，当我们不必自己去字斟句酌，为一丝不苟而搔首踟蹰时，我才终于能痛快地品尝到其中的滋味，好比一名厨子，偶尔有一回不下厨，总算有暇尝尝美味佳肴。有一天，我在贝戈特的一本书中，读到一段挖苦老女仆的笑话，出自大手笔的庄重的语言，使讽刺的意味格外入木三分，我跟我的外祖母谈到弗朗索瓦丝时也常常说过这样的挖苦话；还有一次，我发现贝戈特并不认为在反映真实的作品中写进类似我曾有机会对我们的朋友勒格朗丹先生所做的评述会有伤大雅（对弗朗索瓦丝和勒格朗丹先生的评述是我最无顾忌地供奉给贝戈特的祭品，相信他一定会觉得兴味索然的），于是我突然感到，我的平庸的生活同真实的王国之间，并不像我过去所设想，隔着什么鸿沟，它们甚至在好几点上相互交叉，我有了信心，高兴得像伏在久别重逢的父亲怀里似的伏在书上哭起来。

根据贝戈特的著作，我想象他是位病弱失意的老人，丧子之痛始终未平。因此我读他的散文，心中默默唱诵，也许唱得比文字本身更柔更慢，最简单的用语到我的嘴里也具有一种哀怨的调门。我最喜爱的，是他的哲理，我誓将终生奉行。它使我焦急地盼望早日达到上中学的年龄，好进哲学班上课。但是我只希望学校里时时处处只按贝戈特的思想行事。要是那时就有人对我说，我现在所倾心的思辨大师们跟贝戈特毫无共同之处，我会感到绝望的，正如一位堕入情网的人，本打算终生不变心地只爱一人，人家却预言他将来会另有几位情妇。

有一个礼拜天，我正在园中读书，被斯万的来访打断。

“你读什么呢，能给我看看吗？哟，贝戈特写的？谁跟你提到他的作品的？”

我告诉他，是布洛克。

“啊，对了，我有一次在这里见到过这个男孩子，他长得跟贝里尼画的穆罕默德二世一模一样。哦，像极了，同样是弧形的眉毛、弯曲的鼻梁和隆起的颧骨。等他长出两撇小胡子之后，那就是穆罕默德二世了。不管怎么说，他倒还有些鉴赏力，因为贝戈特是位很优雅的聪明人。”从来不提起自己的熟人的斯万，发觉我对贝戈特如此钦佩，便出于好心，为我破了一次例，说道：

“我跟他很熟，要是让他在您的书的扉页上写点什么能使您高兴的话，我倒是可以为您请他题词的。”

我不敢接受他的好意，只是问了斯万好些有关贝戈特的问题：“您能告诉我他最喜欢哪位演员吗？”

“演员嘛，我不知道，但我知道他认为男演员里面没有人能同拉贝玛相提并论。他认为拉贝玛比谁都高出一筹。你看过她演的戏吗？”

“没有，先生。我的父母不让我去剧院看戏。”

“可惜。你应该要求他们允许你去呀。拉贝玛在《淮德拉》和《熙德》这两出戏里，可以说只不过是名女演员，但是，你知道，我一向不大相信艺术有什么‘高低之分’。”（我发现——而且过去他同我的两位姨祖母交谈时，这种表现已多次让我深感诧异——他每当谈及严肃的事情，用到某种说法，仿佛就某一重要问题提出某种见解时，总要用特别的、一字一顿的语调，挖苦似的把那种说法孤立开来，好像给它加上引号似的。这次提到“高低之分”，大有“正如荒唐的人所说”的意味。其实，既然荒唐，他又何必说呢？）他停顿片刻之后，又补充了一句：“像她最近演的那出戏，高雅的程度，赶得上任何一部传世杰作。我对此并不在行……我说的是……”他呵呵一笑，“例如《沙特尔的王后们》这出戏！”至此，我觉得，他这种害怕认真表达自己见解的态度，大约是高雅的表示，是巴黎派头，跟我的姨祖母们不见世面的死心眼儿大相径庭；同时我还怀疑，这或许是斯万的生活圈子里的那伙人的一种思想形式，他们对过去几辈人的抒情感叹有意来个反动，过分推崇一向受人鄙视的细节，乃至于否定一切“陈词滥调”。现在，我觉得斯万对待事情的态度有点让人感到难堪。他显然不想说出自己的见解，他只在能够提供细节的时候才侃侃而谈。但是，他难道不知道要求所提供的细节具有一定的意义不正等于宣扬某种见解吗？我又想到了那天晚上，我吃晚饭的时候心情很压抑，因为有客，妈妈不能上楼来吻我，说声晚安了；就在那天晚饭的餐桌上，斯万说，莱翁王妃家的舞会他并不放在心上。可是他成年累月偏偏都消磨在那样的吃喝玩乐中。我觉得这一切难以自圆其说。莫非他还保留着另一种生活，能最终正正经经地说出自己对一些事情的看法，不必打上引号地做出自己的判断，不必彬彬有礼地投身于他同时又称之为可笑的活动？我还注意到斯万同我谈论贝戈特的时候，语气中没有他惯有的特点，相反，同贝戈特的其他崇拜者，例如我母亲的那位女朋友，还有迪·布尔邦大夫的语气完全一样。他们提到贝戈特，同斯万一样，也说：“这人优雅而聪明，很有特点，有自己的一套叙述方法，有点过于讲究，但亲切宜人。看到他写的东西，不必看作者的署名，便能马上认出是他的作品。”但是谁也不会进而说：“他是位伟大的作家，才华横溢。”他们甚至不会说他有才气。他们之所以不这么说是因为他们心中无数。一位新作家的外观，明明同我们包罗万象的观念中标上“大才子”称号的模式完全吻合，我们却总是迟迟认不出来。恰恰是因为他的那副面貌是新的，我们才觉察不到他同我们心目中的“才华”完全相符。我们宁可说他独创、优雅、精致、豪放；最终有一天，我们才认识到这一切恰恰就是才华。

“贝戈特的作品中，有谈到拉贝玛的吗？”我问斯万先生。

“我想他在论拉辛的那本小册子中谈到过，不过大约早已售完。可能后来又重印过一回。我打听打听。况且你要什么，我都可以向贝戈特提，一年当中他没有一个星期不到我家来吃饭的。他是我女儿的好朋友。他们一起去参观历史古城、教堂、宫堡。”

因为我对于社会地位的高低毫无概念，所以长久以来，我的父亲认为我们不可能拜访斯万夫人和斯万小姐，我还因此而想象她们同我们隔得太远，反倒使她们在我的心目中增添了威望。我惋惜我的母亲不像斯万夫人那样染头发，抹口红，因为我听我们的邻居萨士拉夫人说过，斯万夫人这样做，倒并不是为了讨丈夫的喜欢，而是为了取悦于德·夏吕斯先生；我当时认为，我们在她的眼里，一定是为她所不屑一顾的俗物；我之所以这样想，多半还因为听人说过，斯万小姐是位非常漂亮的姑娘。我常常梦见她，每次都把她设想成既骄纵任性又委婉动人。直到那天我才知道，原来她的地位如此难得，她享有那么多的特权却习以为常，当她问她的父母谁来吃晚饭的时候，她所得到的回答竟是那样高贵的客人的字字铿锵、金光闪闪的大名——贝戈特！那样的贵客对她来说只是家里的一位老朋友。我在餐桌上所能听到的只是姑祖母的议论，而与此相应的亲密谈话，对她来说，却是贝戈特诉说自己书中没有论及的各种问题。我真恨不能亲聆他的高见呀！

临了，她一旦要去参观什么古城，贝戈特总像下凡的神仙，载誉载辉地陪伴在斯万小姐的身边，虽说俗人不认识他。于是我感到跟她相比，我显得多么粗俗无知，而她那样活着多有价值。我强烈地体会到若能成为她的朋友该有多美，而这对于我来说又多不可能；因此我在满怀期望的同时又充满绝望。现在我一想到她，常常若有所见地看到她站在教堂前面，为我讲解塑像的意义，而且还面带对我嘉许的微笑，把我作为她的朋友介绍给贝戈特。各地大教堂在我的胸中引发出的种种优美的思绪，法兰西岛起伏的丘陵和诺曼底省坦荡的平原的妖娆风光，都以自己美丽的风采反射到我所构思的斯万小姐的形象上来：我真是一心只求爱上她了。为了产生爱情，必须有许多条件，其中最必不可少也最不费周折的要求，就是相信爱情能使我们进入一种陌生的生活，成为其中的一部分，即使自称以貌取人的妇女，也能在她所看中的那个男人的身上，发现一种特殊生活的气息。所以她们爱军人，爱救火队员，因为他们的制服使他们的外貌显得更可亲些；女士们认为在盔甲之下能吻到一颗与众不同、勇于冒险、侠骨柔肠的心；一位少年君主，年轻的王储，并不需要有端正的相貌，却能在他所访问的国度赢得最令人羡慕的艳福，而对于一位普通的情场老手来说，五官端正也许是必不可少的条件。

我礼拜天在花园里读书，我的姑祖母是无法理解的，一星期七天，唯独那天是不准做任何正经营生的，所以她不做针线（平时，她又会对我说："怎么，你又在看书消遣了，今天又不是星期天。"她给"消遣"这个字眼，加进了"孩子气"和"浪费时间"的含义）。我在读书的当口，我的姑妈莱奥妮正一面同弗朗索瓦丝聊天，一面等待欧拉莉来访。姑妈告诉弗朗索瓦丝说，她刚才看见古比尔夫人走过，"没有带雨伞，穿的是那身从前在夏多丹做的丝绸长裙。倘若黄昏前她还有不少路要走的话，那身裙子恐怕要挨雨淋了。"

"可能吧，可能吧（意思是不见得吧）。"弗朗索瓦丝说，以免断然排除天色好转的可能性。

"你看，"姑妈拍了拍脑袋，说，"这倒提醒了我：我还没有打听到她是不是在领圣体之后才赶到教堂的呢。待会儿我得问问欧拉莉……弗朗索瓦丝，你看：这钟楼后面的那团乌云，瓦片上的那点阴阳怪气的阳光，肯定天黑之前要下场雨，不可能就这样下去，天气太闷热了。雨下得越早越好，因为只要暴雨不来，我喝下去的维希圣泉水也就堵在胸口难以消化。"我的姑妈最后又补充这么一句。总的来说，她巴望维希圣泉水早早消化的急切心情大大超过唯恐古比尔夫人裙子淋湿的担心。

"可能吧，可能吧。"

"你知道，广场上要是下起雨来，可是没有什么地方好躲避的。怎么，都三点钟了？"我的姑妈脸色发白，突然叫出声来，"这么说，晚祷都开始了，我居然忘了服用蛋白酶！我现在才明白，怪不得维希圣泉水堵在胸口下不去呢。”说着，她急忙扑过去抓起一本紫丝绒封面、切口烫金的祈祷书，匆忙间把夹在书里标出节日祷文那几页的几张镶有发黄的纸花边的书签掉了出来。我的姑妈一面咽下蛋白酶，一面开始以最快的速度诵读经文，对其含义她多少有点糊涂了，因为她心神不定，不知道服用维希圣泉水之后，隔了那么久才服用蛋白酶，还能不能赶上药力，让圣泉水早早消化。“都三点钟了，时间过得真快，简直不可思议！”

窗户上好像有什么东西碰了一下，接着又像有人从楼上的窗子里撒下一把沙子，簌簌地往下落，后来这落下的声音扩散开去，规整得有板有眼，变成了潺潺的水声，琤琤玧玧地响起来，像音乐一般，散成无数小点，到处盖满：下雨了。

“瞧！弗朗索瓦丝，我怎么说来着？下了！我觉得好像花园的门铃儿响了，快去看看这种时候能有谁来？”

弗朗索瓦丝回来说：

“是阿梅代夫人（我的外祖母）弄响的门铃儿，她说她要出去散散步，可是雨下得很大。”

“我并不感到意外，”我的姑妈两眼朝上一翻，说道，“我一直说，她的精神跟大家不一样。在这样的时候，我倒希望往外跑的是我，而不是她。”

“阿梅代夫人总是同别人截然相反。”弗朗索瓦丝客气地说，算是留点余地，以便单独跟别的用人在一起的时候，好说她认为我的外祖母有点“神经病”。

“没有盼头了！欧拉莉不会来了，”我的姑妈叹息说，“准是这天气把她吓住了。”

“可是还不到五点钟呢，奥克达夫夫人，现在才四点半。”

“才四点半？居然已经需要撩起小窗帘让外面透点亮光进来。四点半就这样！现在离升天节只有八天了！啊，可怜的弗朗索瓦丝！准是善良的上帝生咱们的气呢。当今世人的作为也太过分了。就像我可怜的奥克达夫当年所说的那样，人们太不把上帝放在心上，上帝要报复的。”

一片鲜艳的红润使我姑妈的面容生动起来：欧拉莉来了。不巧的是，她刚进屋，弗朗索瓦丝也就跟着回来了。只见她满脸堆起微笑，目的在于主动地配合，以求同我的姑妈必定会有的喜悦取得一致，因为她有十分的把握，相信她要说的话必定让姑妈听了高兴。她一字一顿地说着，以此表明：她虽然使用间接语气，但是作为忠于职守的女仆，她说的只是转述来客的原话：

“要是奥克达夫夫人没有在休息，可以接见神甫先生，他将感到不胜荣幸。神甫先生不想有所打扰。神甫先生就在楼下，是我让他进客厅等候的。”

事实上，神甫先生的访问并不像弗朗索瓦丝所设想的那样，能让我的姑妈感到有多高兴。每当她通报神甫来访，总认为脸上应堆起可掬的笑容才是，殊不知这副欢天喜地的模样同病人的心情并不完全合拍。神甫（是个好人，我一直可惜没有同他多谈，因为他虽不懂艺术，却精通词源学）惯于向参观教堂的贵客提供有关教堂的史料逸事（他甚至想写一本书介绍贡布雷教区的掌故），他总要没完没了地向姑妈做千篇一律的讲解，听得她又烦又累。当他的来访碰巧同欧拉莉赶在一起，我的姑妈干脆觉得他来得不是时候，很不知趣了。姑妈宁可多多利用欧拉莉的情报，却不喜欢同时来一大堆人。但她不敢不接见神甫；她只是向欧拉莉使个眼色，要她别同神甫一起走，等神甫走了之后，再待一会儿。

“神甫先生，我听人怎么说来着，说有名画家在你们教堂里支上画架，临摹彩绘玻璃窗。可以说我活了这一大把年纪还从来没有听说过这类稀罕事儿！现在的世道人心都在想些什么！教堂里还有比这更可恶的事吗？”

“我倒不至于说这事有多可恶，因为圣伊莱尔好些地方值得参观；我的那座破落的大殿好些地方已老得不成样子，整个主教区里就只有我那座教堂没有翻修。天晓得我们的门廊有多脏，有多古老，但毕竟具有一种庄重的品格；至于说到那几块描写以斯帖故事的壁毯，我个人认为不值两三文钱，可是识货的人一眼就看出，它们比森斯教堂的壁毯更有价值。此外，我承认，那几幅壁毯画除了某些细节很有写实风格之外，另一些细节还表现出一种真正的观察力。至于彩绘玻璃窗，那倒不提为好！难道在地面七高八低的教堂里保留那些透不进阳光的窗户，只让我都说不上是什么颜色的反光来弄花人们的眼睛是明智的吗？他们就是不肯换掉高低不平的石板，说是因为那里面埋葬着贡布雷历代神甫和布拉邦特历代君主——盖尔芒特家的爵爷们，也就是今天的德·盖尔芒特公爵和公爵夫人的直系祖先，因为公爵夫人本来就是盖尔芒特家的小姐，后来嫁给了她的堂兄。”（我的外祖母一向不在乎人家的姓氏出身，结果弄得张冠李戴。每当听到德·盖尔芒特公爵夫人的名字，她总以为准是德·维尔巴里西斯夫人的亲戚，引得大家哄堂大笑，于是她引用一封请柬上的话来为自己辩护，说："我仿佛记得帖子上有盖尔芒特这几个字来着。"有一回，我跟大伙儿一起反对她，因为我不能同意她当年的那位同寝室的朋友跟热纳维耶夫·德·布拉邦特公主的后代能有什么血缘关系。）您再看看鲁森维尔，如今只成了村落，而在古代，那地方因毡帽交易和钟表生意十分兴隆而曾经繁华一时。（我对鲁森维尔这一地名的由来没有把握。我主观地认为它本名鲁维尔，Radulfi villa"红城"，同夏多鲁的词源——Castrum Radulfi"红堡"相仿。但这是后话，以后再说。）现在把话说回来，那儿的教堂倒有非常华丽的彩绘玻璃窗，几乎全都是新的。那幅气宇不凡的《路易-菲利浦幸驾贡布雷》，其实应该装在贡布雷教堂的窗户上才更为合适。有人说，那幅巨作赶得上鼎鼎大名的沙特尔大教堂的彩绘大窗。就在昨天，我还见到过贝斯比埃大夫的兄弟，他是这方面的行家，他认为那是幅上等精品。我问过那位艺术家，他看来倒很讲礼貌，而且据说作起画来着实得心应手、游刃有余。我问他："这面玻璃窗明明比别的玻璃窗更暗淡，您又觉得它了不起在哪里呢？"

"我相信，只要您向主教大人提出要求，他不会拒绝给您换一面新窗的。"我的姑妈有气无力地说道，她已经开始想到自己马上就会感到累了。

"亏您还指望他呢，奥克达夫夫人，"神甫答道，"就是主教大人专为那面倒霉的玻璃窗说好话；他考证下来，窗上画的是热纳维耶夫·德·布拉邦特的直系子孙，盖尔芒特家的一位人称坏家伙希尔贝的爵爷，正得到圣伊莱尔降恩赦罪。热纳维耶夫·德·布拉邦特原本是盖尔芒特家的千金。”

“可是，我怎么不知道画里面有圣伊莱尔呢？”

“怎么没有？在彩窗的角上，您没有注意到有个穿黄色长裙的贵妇人吗？哎！她就是圣伊莱尔，您知道，在有些省份，人们称她为圣伊里埃、圣埃里埃，在汝拉省，还有人叫她圣伊里呢。那些得道的古人的名字，往往以讹传讹，出现好几种叫法，圣伊拉里乌斯这个名字衍生出来的这个大大走了样儿的称呼，还不算最出格的呢。好心的欧拉莉呀，就拿您的保护神圣欧拉莉亚来说吧，您知道她在勃艮第被人称呼什么？他们干脆叫她圣埃洛亚。女圣人变成了男圣人。您看见没有？等您死后，人家就会把您说成是男人。”

“神甫先生总有词儿来挖苦人。”

“希尔贝的哥哥结巴查理当年是虔诚的王子，他们的父亲疯子丕平接连发过几次精神病之后死了，那时查理还年轻。他年少气盛，掌管了至尊的权柄，心目中毫无法度，倘若他在什么地方，看到有谁的长相不合他的心意，他就下令把那个地方的男女老少统统杀尽。希尔贝为了对查理进行报复，放火烧掉了贡布雷的教堂，也就是原先的那座教堂；当年西奥德贝[1]率领他的扈从廷臣离开他的乡间行宫（离此地不远，在梯贝尔齐，拉丁文叫西奥德贝齐阿喀斯），前去攻打勃艮第人之时，在圣伊莱尔的墓上发誓，倘

[1] 西奥德贝（511—558）：法国古代“东王国”国王，又称梯贝尔一世。

若圣人在天之灵保佑他旗开得胜，日后他定将在这里建立一座教堂。原先的那座教堂就是这样建成的。希尔贝的一把火，把原来的教堂烧得只剩地下神殿，想必戴奥多尔领你们下去看过。后来希尔贝借助征服者威廉[1]（神甫念成纪洛姆）的兵力，击败了倒霉的查理，所以有不少英国人来这儿参观，但是希尔贝似乎不善于赢得贡布雷的民心，因为有一次他做完弥撒，刚走出教堂，贡布雷的百姓一拥而上，砍了他的脑袋。其他细节在戴奥多尔借给大家看的那本小册子里都有说明。

“但是，毋庸争辩，我们教堂里最为奇特的，是从钟楼顶上往四下看到的景色，非常壮观。当然，你们身体都不很结实，我不劝你们攀登钟楼里的九十七级台阶，其实，那只及著名的米兰大教堂的钟楼梯级的半数。不过，即使身体很结实的人，爬起来也够吃力的，尤其是想要不磕脑袋就得弯着腰走，而且一路上还得拿手里的东西去拨开蜘蛛网。总而言之，您得穿得厚实些，”他又补充了一句说（他没有发觉：他竟设想我的姑妈能去爬钟楼，这种想法引起她多大的气愤），“因为一到钟楼上面，穿堂风大极了！有人甚至感到透心凉，说简直觉得自己像死了一样。那也没关系，星期天照常总有一帮一帮的人，有的甚至从很远的地方来，登上钟楼欣赏极目远眺的美景，乘兴而来，如醉如痴而归。瞧着吧，下星期天要是天气不变，您在钟楼上准能见到人头挤挤挨挨的，因为那时正赶上升天节。说实话，从那上面俯瞰大地，真有

[1] 征服者威廉（1027—1087）：英国国王兼诺曼底大公。

飘飘欲仙之感，纵览八极，别有一番滋味。每逢天气晴和之日，您可以一直看到维尔诺叶。平时只能顾此失彼看到的这部分、那部分风景，届时都能尽收眼底了。例如维福纳河、同贡布雷比邻的圣达西兹的大沟小壑，以及横在它们之间的林木的屏障，还有鲁伊子爵市（您也知道，古时候叫乌迪亚喀斯子爵市）纵横的运河，都能一览无余。我每次去鲁伊子爵市，都只能看到运河的一段，我转过一条街，就看到运河的另一段，而刚才的那一段就不见了。我虽然在脑子里想把两段运河连在一起，却收效不大。从圣伊莱尔钟楼望去，却是另一番景象。整片河网呈现在眼前，只是运河里的水看不出来，仿佛几道大缝把市镇切成几块，就像已经切开的面包似的，一块块虽仍挨在一起，但彼此都已分开。最好是您能分身有术，既在圣伊莱尔钟楼上，同时又置身于鲁伊子爵市。”

神甫的喋喋不休，使我的姑妈累得难以支撑，以至于他刚刚告辞，我的姑妈只好把欧拉莉也随即打发走了。

“听我说，可怜的欧拉莉，”她声音微弱地说着，同时伸手拿过钱包，掏出一枚硬币，“您祈祷的时候别忘了我。”

“哟！奥克达夫夫人，我真不知道该怎么办才好了，您是知道的，我又不是为了这个才来看您的！”欧拉莉不无埋怨地说道。她每次都跟头一回似的，总显得那么为难，那么尴尬，还挺不乐意，这使我的姑妈觉得好笑，但她并不因此而感到扫兴，因为，倘若有一天，欧拉莉不像平时那样显得无可奈何似的收下她塞过去的硬币，我的姑妈就会说：

“真不知道欧拉莉今天怎么啦。我今天并没有少给，她怎么不高兴？”

“我认为她没有什么不满足的。”弗朗索瓦丝叹了口气说。我的姑妈无论送给她和她的孩子什么东西，她都看作不足挂齿的小费，而我的姑妈每星期天悄悄塞到欧拉莉这样不识抬举之辈手中、小得连弗朗索瓦丝看都无法看到的一点东西，弗朗索瓦丝都认为是把宝贝任意挥霍。她倒并不希望我的姑妈把赏给欧拉莉的钱赏给她。她但愿我的姑妈能把钱自己留着就行了，因为她知道主人若有钱，仆人在别人心目中的地位也高些，显得光彩。她，弗朗索瓦丝，在贡布雷、在鲁伊子爵市以及在别的地方之所以大名鼎鼎、面上有光，皆因为我的姑妈拥有许许多多的农庄，本堂神甫又经常来访，而且一来就聊上半天，再加上我的姑妈平时饮用维希圣泉水的瓶数在这一带可算首屈一指。弗朗索瓦丝精打细算，都只为我的姑妈着想；她若经管这份产业（这恐怕是她梦寐以求的美差），她就会像母亲一样地不讲情面，不许外人染指，保管好家当。她知道我的姑妈手松得不可救药，动不动就给人东西；要是给有钱人送礼，倒也罢了，她还不至于认为算得上什么大错，也许她想，有钱人并不稀罕我姑妈的礼物，他们绝没有因为受了礼才待她好的嫌疑。况且给萨士拉夫人、斯万先生、勒格朗丹先生、古比尔夫人，以及其他地位同我的姑妈相当，彼此又“很合得来”的殷实富户送礼，她认为这本来就是富人们光彩熠熠、与众不同的生活中司空见惯的规矩；他们打猎，举行舞会，彼此串门做客，她都笑吟吟地打心眼儿里钦佩。但是，如果我的姑妈的慷慨的受益者，不过是弗朗索瓦丝称之为“同我一样，甚至还不如我”的人，是那些她最瞧不起，而且不称她为“弗朗索瓦丝太太”，不承认自己“不如她”的人，那就另当别论了。每当她看到我的姑妈不顾她的劝告一意孤行地把钱白扔给（至少她这么认为）那些受之有愧的下人，她就觉得我的姑妈待她未免太薄，跟她想象中欧拉莉所得到的大笔大笔好处相比，主人给她的东西也太少了。据她设想，欧拉莉单凭每次来访所得到的赏钱，若想置份家当，贡布雷附近没有一处庄园她不能轻易买下的。事实上，欧拉莉对弗朗索瓦丝的巨额私房钱也做了同样的估计。平常欧拉莉一走，弗朗索瓦丝就不怀好意地估算她的赏钱总数。她既恨她又怕她。她在时，她认为自己不能不赔“笑脸”。她一走，她便立即恢复常态。的确，那时她决不直呼其名提到她，而是嚷着说些古代女预言家“箴言录”[1]里的话，或者引用具有普遍意义的格言，例如《圣经》传道书里的格言，其用意我的姑妈一听就明白。弗朗索瓦丝从窗帘边上往外看了看欧拉莉是否已经关上园门之后，说道：“溜须拍马的人总有办法上门捡便宜，等着瞧吧，上帝早晚有一天会惩罚他们的。”说着，她斜眼一望，就像一心为阿达莉着想的若阿斯在含沙射影地说：

恶人的幸福像湍流，转眼即逝。[2]

---

[1] 女预言家的“箴言录”相传成书于公元6世纪，集录了流传于世的古代女预言家的预言。

[2] 引自拉辛的悲剧《阿达莉》。

但是，神甫也来凑热闹，在没完没了的絮叨把我的姑妈精力耗尽之后，弗朗索瓦丝随欧拉莉走出房门，说道：

“奥克达夫夫人，我也走了，您好好休息，您看上去很累。”

我的姑妈没有回答，只舒了一口气，简直像吐完最后一口气似的合上了眼睛。可是，弗朗索瓦丝刚刚下楼，便听到激烈的铃声四响，传遍全屋。我的姑妈在床上坐了起来，大声喊道：

“欧拉莉走了没有？你看我都忘了问问她，古比尔夫人是不是在弥撒献祭之前就赶到了教堂？你快去追她！”

弗朗索瓦丝没有撵上欧拉莉，独自回来了。

“这真是太扫兴了，”我的姑妈连连摇头，说道，“就这件事儿最重要，我偏偏没有问！”

莱奥妮姑妈的生活就这样日复一日地度过，天天如此；她装作轻蔑、其实很深情地把这种日子称为“我的小日子”。她一天天过得那样温暖、那样单调。大家都在为她小心翼翼地保护这种“小日子”，不仅家里的人感到无法劝她采取更好的养生法，只好听其自然，尊重她的这套生活方式；即使在镇上，离我们家足有三条街远的包装工，在钉箱子之前，也得问问弗朗索瓦丝我的姑妈那时是不是正在“休息”。然而，这种常规生活那年却受到了一次骚扰，就像一颗长在暗处的果实，尽管无人理睬，却自发地生长，直到果熟蒂落。事情是这样的：帮厨女工有一天晚上突然临产，她疼得难以忍受，而贡布雷镇上偏偏没有接生婆，弗朗索瓦丝只得天没亮就赶到梯贝齐去请接生婆。帮厨女工大声叫疼，我的姑妈因而不得休息，尽管路程不长，去梯贝齐的弗朗索瓦丝却很晚才回来，我的姑妈惦记得要命。所以我的妈妈一早就对我说："上楼去看看你姑妈，看她需要什么？"我走进外间，从开着的门往里间看，看到我的姑妈侧卧着，睡得正香；我听到她轻轻的鼾声。我正打算蹑手蹑脚地走开，可是，一定是我弄出的声响闯入了她的睡乡，用开汽车的行话说，"变挡了"，因为鼾声忽然停顿了一秒钟，而后又以低一点的调门继续呼噜不息；最后她醒了，侧过脸来，让我看到了她的表情。她脸上有一种恐怖的神色，显然她刚做了一个噩梦；她处的那个位置没法看到我，我也呆立在原地不知道该往前走还是往后退；但她显然已经恢复现实感，认识到刚才吓坏了她的幻觉实际上是假的；她莞尔一笑，表示高兴，也表示对上帝的由衷感激，因为多亏上帝，实际生活才不如梦那样残酷。这一笑使她的脸上掠过一丝光芒；她以为只有她一个人在场的时候，她习惯于自言自语；这时她悄声说道："谢天谢地！除了临盆的帮厨女工吵闹以外，倒还没有别的烦心事儿。可不是吗？我梦见我的奥克达夫复活了，而且他要我天天散步！"她伸手想去抓桌上的念珠，但是睡意再次袭来，使她无力够到念珠：她又安心地睡着了。我轻步走出房去，无论她或是别人，谁都不知道我刚才听到了什么。

当我说，除了像有人生孩子之类难得遇上的事情之外，一般没有别的变动打乱我姑妈的生活，其实我还没有述及她单调的生活中每隔一定时间总要反复出现另一种单调的变化，那就是每个星期六，由于弗朗索瓦丝总要在下午去鲁森维尔的集市采购东西，所以午饭时间就提前一小时。我姑妈的生活每周一次受到这样的破坏，她已经习以为常，结果她比别人更离不开这种变化，用弗朗索瓦丝的话来说，她已经“习惯成自然”，甚至如果哪个星期六按平常时间开饭，她反而觉得“乱了套”，非得用另一天提前开饭作为补偿。对于我们大家来说，星期六提前吃饭则另有特殊的意义，我们觉得这样更随和、更可心。在离平时开饭还差一小时的时候，我们心想，再过几秒钟天香菜便可提前上桌，还能享用到格外开恩的摊鸡蛋和受之不当的牛排。星期六的这种不对称的轮回成了一桩内政性、地方性甚至全民性的小事件，它在平静的生活和闭塞的社会中，造成一种民族联系，由谈话、说笑以及有意夸大其词的传说提供热门的主题：如果我们有谁具备史诗头脑，这个主题就能化为一系列传奇故事的核心。人们一早起床，还没有穿戴齐全，就开始无缘无故地感到一股团结的力量而精神抖擞起来，彼此和颜悦色地、诚恳地怀着乡土感情说道：“赶紧，别忘了今儿是星期六！”而我的姑妈甚至认为这一天比平常日子要长，她跟弗朗索瓦丝商量：“是不是给他们炖一块小牛肉？因为今天是星期六。”倘若哪位粗心大意的人，在十点半钟的时候掏出怀表一看，随口说：“还有一个半小时开饭。”那么，人人都会乐于告诉他：“怎么？您想什么呢？别忘了今儿是星期六！”直到一刻钟之后，当人们想到他竟如此粗心，还止不住会大笑一阵的，而且忘不了上楼去告诉我的姑妈，让她也开开心。那天连天空也改变了模样。午饭之后，意识到今天是星期六的太阳在天上多游逛了一小时。如果有谁一下想到早该出门散步，忽听得圣伊莱尔的钟声才响两下，不禁纳罕：“怎么？才两点钟！”（平日，两响的钟声在白茫茫的、细波粼粼的河边是见不到人影的，因为那时有人午饭还没有吃罢，有人午眠正酣，路上人迹罕至，连垂钓的人都离开了河岸，只有寂寞的钟声孤单单地驰过仅留剩几片懒云还没有离去的空阔的天边。）这时大家都会异口同声地对他说："您之所以产生错觉，是因为午饭提前了一小时。您知道，今天是星期六！"有一回，有个蛮子（凡不知道星期六特殊的人我们统称为蛮子）十一点钟来找我的父亲，见我们已上餐桌，大为惊讶，这于是成为弗朗索瓦丝一生中最开心的事情之一。发窘的来客不知道我们星期六提前开午饭的原因，固然为弗朗索瓦丝提供了笑柄，但她觉得更滑稽的是我父亲的回答（当然，她充满了狭隘的地方观念）；我的父亲居然没有想到那个蛮子可能不知内情，见他如此惊讶，竟没有向他解释，只说："您想嘛，今天是星期六！"弗朗索瓦丝每次讲到这里总忍不住笑出了眼泪。为了更加凑趣，她还添枝加叶胡编了好些那位不知星期六奥秘的来客的对答。我们不仅不拆穿她，反而觉得她编派得不够，对她说："客人似乎还说了别的话。你上次讲得更详细。"连我的姑祖母都放下了手中的活计，抬眼从老花镜上面看看大家。

星期六还有一个特别之处，那是在五月，每逢周末，我们吃罢晚饭便出门去参加"圣母月"的祈祷仪式。

由于我们有时能遇到对"当今的思潮纵容青年不修边幅"颇持严厉态度的凡德伊先生，我的母亲总特别注意我的穿着。每次她必先审视一番之后，我们才去教堂。我记得我是在"圣母月"开始爱上山楂花的。它不仅点缀教堂（那地方固然很神圣，但我们还有权进去），它还被供奉在祭台上，成为神圣仪式的一部分，同神圣融为一体。它那些林立在祭台上的枝柯组成庆典的花彩，盘旋在烛光和圣瓶之间；一层层绿叶像婀娜的花边衬托出花枝的俏丽，叶片之上星星点点地散布着一粒粒白得耀眼的花蕾，像拖在新娘身后长长的纱裙后襟上点缀的花点。但是，我只敢偷偷地看上一眼；我觉得这些辉煌的花彩生气蓬勃，仿佛是大自然亲手从枝叶间剪裁出来的，又给它配上洁白的蓓蕾，作为至高无上的点缀，使这种装饰既为群众所欣赏，又具备庄严神秘的意味。绿叶之上有几处花冠已在枝头争芳吐艳，而且漫不经心地托出一束雄蕊，像绾住最后一件转瞬即逝的首饰；一根根雄蕊细得好像纠结的蛛网，把整个花冠笼罩在轻丝柔纱之中。我的心追随着，模拟着花冠吐蕊的情状，由于它开得如此漫不经心，我把它想象成一位活泼而心野的白衣少女正眯着细眼在娇媚地摇晃着脑袋。

凡德伊先生带着女儿坐到我们的旁边。他本是富裕门第出身，曾经当过我的两位姨祖母的钢琴老师，他在妻子死后得了一笔遗产，便退休住在贡布雷附近，是我们家的常客。可是后来由于他过分讲面子，用他的话来说，怕在我们家遇到“合乎时尚地同一位门第不当的女子结婚”的斯万，便不常来我们家了。我的母亲听说他也自己作曲，每当前去拜望时便客气地说，他应该给大家演奏几段他的大作。凡德伊先生或许对此很高兴，但是他太讲礼貌也太与人为善，简直谨慎得过了头；他总设身处地为别人着想，就怕按自己的想法办会招人讨嫌，即使让人家猜出自己的意图，他也担心人家觉得他过于自私。我的父母拜望他的那一天，我也跟着去了。他们允许我在外面等候。因为凡德伊先生在蒙舒凡的房屋正处于我所待的那个灌木丛生的小山头下面，我在的地点恰好同他们家三楼的客厅相齐，离窗户才五十厘米。当仆人通报我的父母来访时，我看见凡德伊先生忙把一首曲子放在钢琴上显眼的地方。但是当我的父母走进客厅，他却又把曲谱收了起来，塞到角落里去。他一定怕我的父母以为他之所以见到他们如此高兴只是为了可以给他们演奏自己的作品。每当我的母亲拜访他时重新怂恿他演奏自己的作品，他总要埋怨说："不知道谁把这谱子放在钢琴上了，它本来没有放在这里。"接着他就把话题转到与他关系不大的方面去。他唯一的激情是对女儿的疼爱。他的女儿长得像男孩子那么壮实，当父亲的却对她体贴入微，总要给她披上披肩之类的东西，唯恐她着凉，谁见到这种情景都不免要微笑的。我的外祖母提醒我们说：那位脸上布满雀斑的莽撞的女孩子，目光中往往流露出温柔、敏感甚至羞怯的表情。她说话时自己也本着对方的精神来听，警惕自己的话里可能出现使人误会的言辞。人们能像透过玻璃似的看到她那副假小子的"淘气"外表下，越来越清晰地显示出一位楚楚动人的少女的细腻特征。

离开教堂前我正跪在神坛下，起身时我突然闻到山楂花发出的一阵阵巴旦杏那样的甘苦兼备的气味。这时我注意到山楂花的花瓣上有几处发黄的斑点，我想象这气味就是从那里散发出来的，就像从点心的焦皮下发出蛋黄的香味，从凡德伊小姐的雀斑下散出她双颊的异香。尽管山楂花兀自不语，但它不断释放出的这股香气好比活跃的生命在窃窃低诉，连祭台都像田野里受到昆虫触角拨弄的疏篱，为之微微颤动。我之所以产生这样的联想，是因为我看到几茎生气蓬勃的发红的雄蕊仿佛是今天才由昆虫变成的，仍保留着昆虫青春的锐气和撩拨的能力。

我们走出教堂，在教堂门口同凡德伊先生寒暄了几句。几个男孩子在广场上打架，凡德伊先生前去干预；他维护年纪小的，训斥年纪大的。倘若他的女儿用粗嗓门对我们说，见到我们很高兴，我们仿佛立刻能感觉到在她粗犷的外表下隐藏着一位敏感得多的女孩子，正在为男孩般冒失的客套话而羞红了脸，因为那句话有可能让我们以为她有意讨好我们，好让我们请她来家做客。她的父亲过来给她披上外套，父女双双登上由女儿亲自驾驶的轻便马车，打道回蒙舒凡。至于我们，因为明天是星期天，要睡到上教堂做弥撒之前才起床，所以如果赶上月明星稀、气候暖和的日子，我好大喜功的父亲就会让我们做一次途经“受难场”的长途跋涉。我的母亲辨识方向和认路的能力较差，她把这样的远距离散步简直看作战略天才指挥的远征，有时我们一直走到旱桥底下。从车站那边延伸过来的石砌的桥身，在我的心目中代表了逐出文明世界之外的痛苦的形象，因为每年从巴黎乘火车来到这里，总有人千叮咛万嘱咐，要我们千万注意不可坐过站，火车还没有到达贡布雷，我们就已做好下车准备，因为火车只停两分钟，而后它就要驶上旱桥，开出基督教国家的疆界。贡布雷是我心目中的基督教世界的终点站。我们取道车站大街回家，镇上最漂亮的别墅全在这里。月光像建筑师于贝尔·罗贝尔那样，给每家花园里点缀上白石台阶、喷水池和半掩的栅门，但是它偏偏把电报局大楼吞噬掉了，只给它留下一根拦腰截断的柱子，亏得柱子上还保存下了不朽遗迹的壮美。我拖着沉重的脚步，昏昏欲睡；椴树的芳香仿佛一种只有付出劳而无当的代价才能得到的报偿。稀疏的栅栏内被我们零落的脚步声所惊醒的看家狗此起彼落地吠叫起来。至今，我有时在晚上仍依稀听到这样的吠声，心想车站大街一定就隐藏在犬吠声中（贡布雷的公园也在那条街上），因为，无论身在何处，我只要听到犬吠声遥相呼应，眼前便出现车站大街，被月光照白的两排椴树和路旁的人行道都历历在目。

突然间，我的父亲叫我们停下。他问我的母亲："咱们现在走到哪儿了？"早已筋疲力尽，但仍为我的父亲感到骄傲的母亲柔声细气地自认不知。父亲耸肩笑了。接着，他像从上衣口袋里掏出钥匙那样轻而易举地伸手一挥，我们家花园的后门便同圣灵街的街口一起应命来到我们的面前。我们走过了漫长的陌生的道路，抬头一看，原来后门已在路尽处等候我们归来。母亲钦佩不已，对父亲说："你真了不起！"从那一瞬间起，我已不用自己费力走路了，只觉得是花园的土地在我的脚下移动，在这里我的一举一动都无须着意留神，习惯把我搂进它的怀抱，像抱娃娃似的一直把我抱到我的床上。

尽管星期六那天的活动要比平日提前一小时，再加上弗朗索瓦丝又不能在家侍候，对于我的姑妈来说，那天比哪天都要漫长，然而她却从星期一起就天天急切地盼望星期六，似乎那一天会有种种既新鲜又开心的乐趣，她那娇弱而狂热的身体也还经受得住。这倒并不是说她没有偶尔巴望发生更大的变化，不渴求与现状完全不同的改观，像有些人那样由于缺乏精力或想象力，单凭自己无法产生改变现状的动力，只求未来的分分秒秒以及拉响门铃的邮差带来新的——哪怕是坏的——消息，以便激动一番，痛苦一番；被幸福弄得沉默的敏感，像闲置已久的竖琴急切地渴望有人来拨弄，哪怕让粗暴的手把琴弦拨断；难以排除障碍的意志，得不到纵情向往、纵情受苦的权利，恨不能把控制自己的缰绳甩给急转直下的，甚至鲜血淋漓的事件去掌握。也许我的姑妈稍受劳累精力便会完全耗尽，只能靠休息才能逐渐恢复，养精蓄锐更需日长时久，像别人在活动中流露出来的剩余精力，她需要一连休养生息几个月才能蓄全；她既认识不到这样的精力，更无法决定如何使用。正等于想以奶油土豆来取代土豆泥的念头，日复一日萦绕在她的心头，终于使她对奶油土豆产生同她对百吃不厌的土豆泥一样好的胃口一样，我毫不怀疑她终究也会从她那样恋恋不舍的单调生活中萌生出对灾祸的期望，但愿顷刻间发生一场灾祸，迫使她一劳永逸地实现一种由不得她的变化，但她认为这对自己的健康有益无害。她固然真心实意地爱我们，但她也乐于为我们而痛哭；她的希望一定经常受到类似如下景象的纠缠：一场灾难突然发生在她自我感觉良好而且不出汗的时候，例如家里忽起大火，我们都被烧死，房屋也烧得片瓦无剩，多亏及时起床她才不慌不忙地逃离火场，等等，而且这类景象仿佛同作为副产品的种种长处联系在一起，长处之一在于能使她在久久的哀恸中切实体会到她对我们的全部依恋之情；长处之二是能让镇上的人们惊叹她的坚强，看到她虽不胜悲痛却勇敢地挺住，虽伤心欲绝但沉着地为我们入殓出殡；最难能可贵的长处是能迫使她在合适的时机及时地、不必牵肠挂肚地到米鲁格兰的庄园去消夏，她在那里的庄园风景优美，更有瀑布点缀。她独自在房中百无聊赖地寻乐解闷的时候一定对诸如此类变故的成效进行过深入的思考（开头的情景，始料不及的种种细节，宣告噩耗的用词以及令人终生难忘的语气，还有其他确凿无疑地打上死亡烙印的一切，凡与抽象推理演绎出的可能性决然不同，起先一定使她痛不欲生过），但是，这类变故毕竟从来没有发生，她也只得降格以求，把她热衷于虚构的曲折情节引进自己的日常生活，好让日子过得有点意思。她有时心血来潮，突然假设弗朗索瓦丝偷她的东西。于是她不惜巧施心计，想以捉贼捉赃的办法来证实她的假设。就像她独自玩牌惯于同时兼打对家一样，她模拟弗朗索瓦丝尴尬地向她求饶，然后她又气愤地、火气十足地予以驳斥。如果赶巧这时有谁进屋，就会发现她正大汗淋漓，两眼放光，头上的假发也歪到了一边，露出光秃的前额。弗朗索瓦丝也许有时听出隔壁房内传来的、用词尖刻的挖苦话是针对她说的，但是，既然这些话仅停留在纯抽象的状态，小声说出来并不能增加它的现实意义，那么我的姑妈纵然编出一套又一套话，也不足以解她心头之恨。有时她甚至不满足于在床上“排练”，想正式演出。于是有一个星期天，她把里里外外的房门都给神秘地关上了，在房里跟欧拉莉进行密谈，她说她怀疑弗朗索瓦丝手脚不干净，她要辞退她；另有一次，她私下对弗朗索瓦丝说，她怀疑欧拉莉靠不住，打算以后不让她再登门了；过了几天，她又反悔自己不该同吃里爬外的内奸说私房话，一想到自己竟把这号人引为知己就要恶心；不过等到下一场演出，叛徒的角色又会分派给别人。但是，对欧拉莉可能引起的怀疑毕竟只是一时的，像一堆起火的麦秸，不经烧，转眼就烧光了，因为她到底不是家里的人。对弗朗索瓦丝就不一样了，我的姑妈时刻感到她就在这同一个屋顶下面。她若不是怕起床着凉，还真敢下厨房去证实一下自己的怀疑有无根据。如此日复一日，她的头脑里不再有别的牵挂，一心只想猜度弗朗索瓦丝这时可能在干什么，那时又可能企图隐瞒什么；弗朗索瓦丝面部一点细微而迅速的变化，话语中的一点自相矛盾，都逃不过我姑妈的注意，她能从中识破弗朗索瓦丝妄图掩盖的真实打算。她只消一句话便能使弗朗索瓦丝顿时吓得脸色变白，这种直戳对方心窝的做法似乎很使我的姑妈尝到一种残忍的乐趣，她能以此向弗朗索瓦丝表明自己早已看透对方的心计。等到下一个星期天——犹如那些重大的发现突然为一门新学科开辟出一片意想不到的研究领域，并使它走上正轨那样——欧拉莉做了一次揭发，证明我的姑妈原先的假设还远远赶不上实际的真相。

“弗朗索瓦丝现在一定心里有数了：您送她一辆马车。”

“什么？我送她一辆马车？”我的姑妈失声叫道。

“啊！我哪儿知道呀？只是猜想罢了。我见她坐着马车神气活现地去鲁森维尔采购东西，心想准是奥克达夫夫人把这马车送给她了。”

这样一天天下去，弗朗索瓦丝和我的姑妈变得像野兽和猎人一样，时刻提防着对方要心眼儿。我的母亲唯恐弗朗索瓦丝把提防发展为真正的仇恨，因为我的姑妈伤透了她的心。总之，弗朗索瓦丝越来越异乎寻常地注意我姑妈的每一句话和每一点表示，遇到有事要问，她总是先反复斟酌应采取什么方式，待她话一出口，她便暗自留意我姑妈的反应，力求从面部表情中揣度她的心思和她可能做出的决定。譬如说某位艺术家读了十七世纪的回忆录之后，一心想同太阳王攀附亲缘，便为自己编排家族世谱，使自己成为名门之后，或者同当今欧洲的某国君王搭上关系，满以为这才是条通行的正路，殊不知他等于缘木求鱼，不该拘泥僵死的形式，结果枉费气力却事与愿违；同样，一位身居内地的妇女，本来只不过听凭自己无法抵御的种种怪癖和百无聊赖中养成的坏脾气的摆布，从来没有想到过路易十四，但她发觉自己一天之内诸如起床、梳洗、用餐、休息之类极其琐细的活动，在一意孤行和专横任性方面竟同圣西蒙所说的凡尔赛宫的生活“机制”的实质略有异曲同工之妙，而且她还可以认为自己的沉默以及和善或高傲的细微变化，能引得弗朗索瓦丝沾沾自喜或惶惶不安，跟路易十四的廷臣乃至于王公贵族在凡尔赛御花园的曲径处递呈奏折时见到王上闭口不语、龙颜喜悦或傲然接纳而窃窃自喜或诚惶诚恐一样，确实，其效果是一样的。

在我的姑妈同时接待本堂神甫和欧拉莉两人来访之后又休息了一阵后的那个星期天，我们全都上楼去向她道晚安。妈妈对姑妈总遇到同时接待多人的不幸遭遇表示同情和慰问，她柔声细气地对姑妈说：

“听说今天您这儿又给弄得乱哄哄的，您总是一下子有一大帮客人。”

我的姑祖母打岔说：“人越多越热闹……”自从她的女儿病倒之后，她认为应该处处使女儿高兴，凡事总往好处说。可是我父亲那时偏要插话，说：

“我现在趁大家都在场，跟你们讲件事儿，免得以后跟每个人啰唆一遍。勒格朗丹先生恐怕跟咱们有点不愉快，今天上午我跟他打招呼他才勉强点了点头。”

我倒不必听父亲讲这件事的始末，因为我们做完弥撒遇到勒格朗丹先生的时候我正同父亲在一起。所以我就到厨房打听晚饭菜谱去了。我看菜谱跟人家看报一样是每天少不了的消遣，而且它跟戏单子一样能使我的精神兴奋。勒格朗丹先生走出教堂经过我们身边的时候，他正同附近一位与我们只是面熟的女庄园主并肩走着。我的父亲一面走一面向他打了个既友好又矜持的招呼，勒格朗丹先生稍有惊讶的神色，勉强地答礼，仿佛他没有认出我们是谁。他那种疏远的眼光只有不讲客套的人才会使用，仿佛忽然退缩到眼睛的深处，像从一个漫长得望不到头的路口远远地瞥上一眼，所以他只向你略略颔首，以便同他心目中木偶般的小人的比例相称。

至于同勒格朗丹并肩而行的那位女士，倒是位受人尊敬、品行端正的人，所以不存在他可能有恋爱纠葛被人发现而感到尴尬的问题。我的父亲弄不明白的是他怎么可能引起勒格朗丹不满。“如果他真有所不满的话，那我就更为遗憾了，”父亲说，“因为在那一大群衣着讲究的人之间，他只穿件单排扣的小尺寸上装，领带也不挺括，颇有一种不事修饰、朴素自然的风度，一种近乎天真、落落大方的派头。”家庭会议的一致看法是认为我的父亲可能过于多心，要不然就是勒格朗丹当时心不在焉，想别的事。父亲的挂虑在第二天晚上被打消了。我们散步归来，在老桥附近遇到了勒格朗丹；他因为过节在贡布雷多盘桓了几天。他一见我们便迎上前来，向我们伸出手。“书迷先生，”他这话是对我说的，“你知道保尔·戴夏克丹的这句诗吗？——树林已经昏黑，天空仍碧青如洗。——不正是眼前这个时刻的精当的写照吗？你也许还没有读过保尔·戴夏克丹的作品；读点他的作品吧，孩子。有人告诉我，说他现在已经皈依布道兄弟会当修士了，不过他过去一直是一位笔触清丽的水彩画家……树林已经昏黑，天空仍碧青如洗……但愿天空对我们永远晴朗，小朋友；甚至我在这样的日落西山的年龄，尽管树林已经昏黑，夜幕即将降临，我这样遥望天际，也照样能得到慰藉。”说罢，他从口袋里掏出一支卷烟，久久凝视远方。“再见了，伙伴们。”他突然冒出这么一句话后便扭身走开了。

平日当我下厨房打听菜谱的时候，晚饭已经下锅。只见弗朗索瓦丝像神话中自荐下凡当厨的巨人那样调动一切自然力量来做自己的帮手；她砸煤取火，给待烹的土豆提供水蒸气，让上桌的主菜火候恰到好处，这些烹调杰作先已由她像陶瓷工那样在各种器皿中整理塑造，她用过大缸、大锅、小锅、鱼锅、炖野味的砂锅、做点心的模子、调蛋酱的小罐，以及一套各种尺码的平底煎锅。我的目光久久地停留在案板上。帮厨女工剥完的青豆一行行数目不等地排列在案，像正在开赛的台球桌上的绿色台球。不过，最使我悦目赏心的是那堆芦笋，从头到脚浸透了海青、桃红两色，上端的穗条一丝丝有如染上了浅紫和碧蓝，往下则好似虹彩递变，色层分明，直达污泥犹存的根部；这显然不是土壤之功，我觉得这些天成的光色恰恰泄露了一群狡黠的精灵的作为，仿佛是它们乐于化作菜蔬，好让人们透过这些厚实而可口的肉质伪装，从犹如曙光初现、彩虹渐显、暮霭覆天之时的光色转换中，瞥见它们可贵的本质。我在晚餐时食用过芦笋之后，这种本质我整夜都不难分辨；变幻的光色恰如莎士比亚神话故事里专爱恶作剧的小精灵，开尽既有诗意又很粗俗的玩笑，一夜间把我的夜壶变成了香水瓶。

被斯万称作乔托“慈悲图”的帮厨女工受弗朗索瓦丝之命专削芦笋皮，一篮芦笋就放在她的身边。她那痛苦的神色仿佛表明她感受到人世间的种种苦难。芦笋淡红色的外皮上端有一圈蓝颜色，像是把芦笋头轻轻箍住的头饰，那上面细致入微地勾画出并列的一颗颗星星，宛如帕多瓦教堂的壁画《品德图》中缚在那女子头上的那圈花环，又像插在那女子的花篮中成排的花朵。而这时弗朗索瓦丝正在烤鸡，只有她才善于烤得恰到火候；她的美名随着鸡肉的香味在贡布雷遐迩传播。等她把烤鸡端上桌面时，这种美味更显示出我对她品性的特殊感受中温柔甜润的一面。她能把鸡肉烤得那样鲜嫩，鸡肉的香味于是在我的心目中成为她的一种美德所散发的芬芳。

但是，那天我趁父亲就勒格朗丹一事向家庭会议进行咨询之际下厨探问菜谱，偏偏赶上乔托的“慈悲图”生育不久、体质尚弱、不能起床的日子。弗朗索瓦丝少了帮手干活，进度慢多了。我下楼时她还在面向后院的厨房外干粗活的小屋里杀鸡。她想从鸡耳下面割断喉管，鸡本能地、绝望地挣扎着，随之而来的是弗朗索瓦丝失态的叫声：“畜生！畜生！”由怒斥声所伴随的家禽的挣扎使我们的女仆的温柔甜润黯然失色，不如第二天晚餐桌上香喷喷的烤鸡那样给她脸上争光，因为烤鸡的外皮边上一圈金黄胜似绣上金丝花边的霞帔，那精美的酱汁淋漓而下，也像是从圣体盒里滴下的甘露。喉管割断之后弗朗索瓦丝把如注的鲜血盛入碗中，这时她仍余怒未消，跺了跺脚，怒目瞪视着冤家的尸体，最后骂了一句“畜生！”我浑身发抖，扭头上楼，恨不得马上叫人把弗朗索瓦丝赶出家门。但是，她若一走，谁给我做热乎乎的圆面包？谁给我煮香喷喷的咖啡？甚至……谁给我烤那么肥美的鸡？……其实，这类卑劣的小算盘人人都打，跟我一样。因为，我的莱奥妮姑妈早已心中有数——只是我当时还不知道——她知道能为自己的女儿和侄子舍命而绝无怨言的弗朗索瓦丝对别人却特别狠心无情。虽说如此，姑妈却仍然留用她，因为她固然认识到她心狠，却又器重她能干。我逐渐认识到弗朗索瓦丝温柔、虔诚和讲究德操的外表下掩盖着多少出类似厨房外那间干粗活的小屋中发生的悲剧，正如历史发现那些在教堂的彩画玻璃窗上被描绘成合十跪拜的历代男女君王，生前无不以血腥镇压来维护自己的统治一样。我终于明白弗朗索瓦丝除了自己的亲属外，对于别人的不幸，唯其遭难者离她越远才越能引起她的怜悯。她在报上读到陌生人遭难时会泪如雨下，待她一旦对那人的身世有了更为确切的了解后，她的泪水转眼便会干涸。帮厨女工分娩之后的某一天晚上忽然肚疼难忍，妈妈听到她哼哼叫疼，起床推醒弗朗索瓦丝，她却不为所动，声称帮厨女工哇哇叫喊无非装样罢了，她想叫人“侍候”呢。当初医生预计到这种情况，在我们家的一本医学书中夹上一张书签，把描述这类腹痛症状的那一页特别标出，以便我们及时查阅，采取应急措施。我的母亲叫弗朗索瓦丝把那本书拿来，嘱咐她切不可把书签弄丢。弗朗索瓦丝去了个把钟点还不回来；母亲又急又气，以为她又上床睡去了，便叫我亲自去图书室查找。我在图书室见到弗朗索瓦丝；她起先想看看书签标出的那一页的内容，待她读到发病时的临床描述，不禁呜呜地哭出声来，因为这恰恰是她所不知道的一种病症。而当她读到书中说到每一种疼痛的情状时，她都要失声叫道：“哎呀！圣母马利亚，慈悲的上帝怎么能让可怜的凡人经受这样悲惨的痛苦呀？唉！可怜的女人啊！”

但是，当我把她叫走，当她回到“慈悲图”痛苦辗转的床前，她的眼泪顿时不流了；她平时悲天悯人的恻隐之心，读报时常常流淌的同情泪，以及同舟共济、同病相怜的感情，统统被她抛诸脑后，只剩下半夜三更被一名帮厨女工折腾得无法安眠所感到的恼恨和气愤。医书上有关的描述虽曾使她失声痛哭，待她实地见到同样的痛苦时，她却只有不满的嘀咕，甚至狠心的挖苦。她以为我们已经走远，听不到她信口雌黄，便肆无忌惮地数落起来：“早知今天受这份罪，她当初就不该浪！既然当初贪图一时的舒服，今天又何必哭天喊地装蒜！不过，能跟这号货色鬼混的，也准是个上帝都讨厌的赖小子。哈！这正合上我过世的母亲乡间的一句老话，叫作相中狗屁股的人，眼里只认作是玫瑰。”

然而，倘若她的外孙头疼脑热，她夜里觉也不睡了，也像得了病似的，连夜赶回家去看看有什么要她帮着去办的。而后又在天亮之前连赶十六公里夜路回来工作。她对于家属的这种疼爱，这种但求自家门庭日后兴旺的心愿，在她对其他用人所采用的方针中由一条始终如一的原则表现出来了，那就是决不让别的用人踏进我姑妈的房间。不让别人接近我的姑妈几乎是她引为骄傲的头等大事，即便她病倒了，她也要硬撑着起床去侍候我的姑妈服用维希圣泉水，而决不许帮厨女工跨进她的女东家的房门。法布尔[1]曾经考察过一种膜翅目的昆虫，一种土居的黄蜂，它们为了让幼虫在它们死后仍能吃到新鲜的肉食，不惜借助解剖学知识来发挥它们残忍的本性：用尾刺娴熟地、巧妙地扎进捕获到的象鼻虫和蜘蛛的中枢神经，使俘虏失去肢体活动的能力，又不影响到其他的生命功能；然后把瘫痪的昆虫放到它们所产的虫卵旁边，好让幼虫一经孵化出壳就能吃到既无力抵抗也无法逃遁、只有乖乖听凭摆布、绝无危害又不变味的活食。弗朗索瓦丝为了让别的用人无法在我们家长期待下去，也总有一套巧妙而残忍的诡计来实现她这一持之以恒的愿望。我们直到好多年之后才知道原来那年夏天我们之所以吃那么多芦笋，是因为芦笋的气味能诱发负责削

[1] 法布尔（1823—1915）：法国昆虫学家、科普读物作家，代表作为《昆虫记》。

皮的帮厨女工的哮喘病，而且发作起来十分厉害，弄得那女工只好辞职不干。

唉！我们必须义无反顾地改变对勒格朗丹的看法。在我的父亲与他老桥相遇，接着又不得不自认多心之后的某个星期天，教堂的弥撒刚刚结束，一种不那么神圣的气氛随同外面的阳光和嘈杂声一起涌进教堂，使得古比尔夫人和贝斯比埃夫人像走出教堂来到广场上似的同我们大声交谈起来（而不久前我刚进教堂时——我到得比平时晚——人人都目不斜视专心祈祷；若不是有人用脚拨开挡住我就座的小凳，我还真以为没有人看到我进来呢）。这时我们看到勒格朗丹正站在阳光灿烂的大门口；门楼外的台阶下是人声鼎沸、五光十色的集市。我们上回见过的那位夫人的丈夫正把勒格朗丹介绍给附近另一位大地主的妻子。勒格朗丹显得异乎寻常地活跃和讨好，他深深地鞠了一躬又往后一仰；身板仰到比原先更靠后的位置，这礼节想必是他的姐夫康布尔梅先生教的。他的腰板迅速一挺，臀部——据我猜想肌肉未必丰满——随即掀起一股强烈的波动。不知道为什么这种纯属物质的起伏，这种并不表达灵气，只受低下的献媚之心所驱使的肉体活动，竟会突然使我的思想意识到可能存在着另一位与我们所认识的朋友完全不同的勒格朗丹。那位女士请他给车夫捎句话，他立即喜滋滋地应命而去。他刚才被介绍时就挂在脸上的那种羞羞答答、俯首帖耳、喜笑颜开的表情，一直停留在他的眉宇间。他像做梦似的咧嘴笑着，又急急忙忙赶回到那位女士的跟前。由于他走得比平时快，肩膀便左摇右摆，十分可笑；他只管全力以赴地讨好，其他方面也就无暇顾及了，所以显得像一件受幸福驱动的无生命的机械玩具。这时我们已经走出教堂，正要从他的身边经过；那么有教养的他居然没有回头，他的目光像大梦未醒的人，直勾勾地盯着远方，对我们竟视而不见，也无从跟我们打招呼。他的表情还是那么天真单纯，那件款式随便的单排扣上衣在令人讨厌的讲究的衣着中间显得与场合不相称。被广场上的风所吹起来的那个花点大领结，依然像一面标榜孤傲和独立的高尚的旗帜飘动在他的胸前。我们刚到家门，妈妈发现忘了买奶油果子饼，便要父亲和我一起反身去吩咐点心铺立刻送来。我们在教堂附近同勒格朗丹迎面相遇。他用自己的马车载着刚才的那位女士朝我们来的方向驶去，经过我们的身旁时并没有中止同那位女士的谈话，而只用他蓝眼睛的眼角瞟了我们一眼，仿佛在眼皮底下同我们打了一个小小的招呼，脸上的肌肉却纹丝未动，车上的那位夫人很可能根本没有发觉他的这一举动，但是，他设法以感情的密度来补偿向我们表达友情所用的仅占他蓝眼睛小小的一角的狭小地盘，他让这一瞟闪烁出他的全部风采，这已不只是活泼的闪光，而近乎狡黠了。他使友好的细微表现达到了极限：心照不宣的一瞥明眼人心领神会，总之凡灵犀相通的种种途径他都熟门熟路；他把友谊的保证提高到披露柔情，甚至宣告爱慕的高度。当时，他以对女庄园主的隐而不露的厌烦和纹丝不动的脸上那多情的一瞥来向我们表明心迹，也只有我们才能心领神会。

就在那天的前一天，他要求我的父母让我去陪他吃晚饭。“来陪陪你的老朋友吧，”他对我说，“你就像是远方的旅客从我们一去不复返的国度送来的一束鲜花，让我闻闻从你的青春的远方送来的这些鲜花吧。许多年以前，我也曾经经历过群花争妍的春天。来吧，带着报春花、龙须菊和金盏花；来吧，带着巴尔扎克的植物志中象征挚爱的景天花，带着复活节前开放的雏菊和复活节前最后一场小雪尚未融化时已经在你姑祖母家的花园中播撒芳香的雪球花；来吧，带着百合花洁白的绸缎（那是配得上莎乐美那样娇美的身躯的裙料），带着蝴蝶花斑斓的彩釉，尤其要带来寒意犹存的料峭的清风，让它为一早就守候在门口的两只彩蝶吹开耶路撒冷的第一朵玫瑰。”

家里的人起先拿不定主意，不知道该不该让我去陪伴勒格朗丹先生吃顿晚饭。倒是我的外祖母说什么也不愿意相信他会不讲礼貌：“你们自己也承认，他去教堂时穿得很朴素，跟讲排场的人不一样。”她还说，哪怕做最坏的估计，就算他是贪慕虚荣的人，我们无论如何也不宜显出有所察觉。说实话，连对勒格朗丹的态度最为反感的我父亲也许对他举止的含义都还存有最后一点怀疑呢。他的言行不正显示了那种城府很深的人的品性吗？他的态度跟他以前的言论明明是脱节的；我们无法根据他的自白来证实我们的怀疑，因为他不会老实招供的；我们只能依靠自己的感觉。但是，仅仅根据片段的、不连贯的回忆，我们却没有把握确信我们的感觉会不受某种幻觉的愚弄。结果这些至关紧要的待人接物的态度往往只给我们留下一些疑团。

我陪伴勒格朗丹在他家房前的平台上用晚餐；那天晚上月色清朗。“有一种幽静的美，是不是？”他对我说，“正如一位小说家所说，对我这样心灵受过创伤的人来说，只有幽暗与寂静最为相宜。你以后会读到他的作品的。你知道吗，孩子？一个人在一生之中会遇到那样的时候，你现在还体会不到，那时候眼睛只能容忍一种光明，那就是在这样月白风清的夜晚以幽暗提炼出来的光明；耳朵也只能听到一种音乐，那就是月光用寂静的笛子奏出的音乐。”我听着勒格朗丹娓娓道来，他的话我听了总觉得很入耳。但是我当时无法摆脱记忆的骚扰，我总忘不了最近第一次见过的一位女士。既然我现在知道勒格朗丹同附近的一些贵族有交往，我想他或许认识那位女士，于是我鼓了鼓勇气问他：“先生，您是不是认识……盖尔芒特家的那一位……那几位女主人？”这个姓氏一经我说出口，我就感到非常高兴，因为我总算对它采取了行动，把它从我的梦幻里拉了出来，赋予它一个客观的、有声的存在。

但是，我发现我的朋友一听到盖尔芒特这个姓氏，他的蓝眼珠中央立刻出现一个深褐色的漏洞，好像被一根无形的针尖捅了一下似的，眼珠的其他部分则泛起蔚蓝色的涟漪。他的眼圈顿时发暗，他垂下眼皮，嘴角掠过一丝苦笑，很快又恢复了常态。他的眼神却像万箭穿胸的美丽的殉道者，依然充满痛苦。“不，我不认识她们。”他说。那语气不像一句简单的答话、普通的说明那样自然而流畅；他说得一字一顿，又点头又弯腰，好像在说一件别人不信，他为了说服对方不得不加以强调的事情，似乎他不认识盖尔芒特只是出奇的偶然；同时他又装成像不能回避某种尴尬局面似的，觉得与其遮掩不如痛快承认，好让人家觉得自己很坦然，并无丝毫勉强之处，而是轻松、愉快、由衷地直认不讳；再说同盖尔芒特没有联系的这件事情本身也并不使他感到遗憾，相反是符合他的心愿的，因为某种家庭传统，例如道德原则或不便明说的誓约之类毫不含糊地禁止他同盖尔芒特交往。“不，”他接着用自己的话来解释方才的语气，“我不认识她们，我也从来没想结识她们；我始终珍惜我享有的充分的独立。你知道，我其实多少是个雅各宾派。许多人劝我，说我不该不去结交盖尔芒特，说我把自己弄得粗野不堪，像头老熊。可是，这种名声我才不怕呢，恰如其分嘛！说实话，这人世间我几乎无所留恋，除了少数几座教堂、两三本书、四五幅画，还有这样的月夜，你的青春的微风把我昏花的老眼已无法看清的鲜花的芳香吹到了我的跟前。”我当时弄不明白，为什么一个人必须坚持自己的独立才能不去拜望陌生人？这又在哪一点上使你显得像头笨熊？但是，有一点我是明白的，勒格朗丹说的不尽是实话，他并不像他所说的那样只爱教堂、月光和青春；他很爱住在宫堡里的贵族，他很怕招他们的讨厌，他甚至不敢让他们发现自己的朋友当中有布尔乔亚，有公证人和经纪人的后代，倘若真相不得不暴露，他宁可自己不在场，躲得远远的，让人“鞭长莫及”。他是贪图虚荣的人。当然，他在我的长辈和我都十分爱听的言谈中，决不会透露半点趋炎附势的痕迹。我若问他：“您认识盖尔芒特家的人吗？”巧于辞令的勒格朗丹就会回答：“不，我从来没想结识他们。”可惜的是，回答这话的他实际听命于被他深深地埋藏在心里、从不出头露面的另一位勒格朗丹，而这另一位却能说出有关我们心目中的他，以及有关他贪图虚荣的不少难避嫌疑的掌故来。其实，他刚才眼睛里出现的那个漏洞，他嘴边掠过的那丝苦笑，他语气中那样的过分强调，以及他一瞬间像势利殉道者那样万箭穿心般的痛苦情状，早已为另一位勒格朗丹做出了回答：“唉！你算是击中我的痛处了。不，我不认识盖尔芒特，别再揭我生平最疼痛彻骨的这块伤疤了。”这位桀骜不驯、气势汹汹的勒格朗丹虽无另一位勒格朗丹的美妙言辞，却有被人称为“反射”的犀利无比的对应能力，故而巧于辞令的勒格朗丹还没有来得及堵住他的嘴，他已经抢先表了态，害得我们的朋友处心积虑，力求弥补“另一个自我”不慎造成的坏印象，却毕竟无济于事，充其量只能勉强遮掩罢了。

这倒并不是说勒格朗丹怒斥别人附庸风雅是言不由衷。他无法知道自己也是那种人，至少靠他自己无法办到，因为我们向来只知道别人热衷于什么，至于自己醉心之所在，我们略知的一二也都是从别人那里听说的。七情六欲只通过间接方式、只通过想象影响我们，而想象早已用体面得多的中间动机替换掉了原始动机。勒格朗丹的势利之心决不会直接鼓动他去结交某位公爵夫人，而只会让他充满想象，使那位公爵夫人在他眼里显得集优雅品质于一身，他去接近她还自以为是仰慕一般俗人所无法赏识的她的才思和德操之类的动人品质，只有旁人才看清他其实同一般俗人不相上下，因为旁人了解不到他的想象力所发挥的中介作用，他们只看到勒格朗丹高攀贵族的活动以及与此相应的原始动机。

现在我们家已对勒格朗丹先生不抱任何幻想了，同他也大大疏远了。妈妈每当发现他攀附高枝的新行径，总觉得十分有趣。勒格朗丹本人则矢口否认，他仍把势利称作罪不容赦的行为。我的父亲却不能这样坦然愉快地容忍勒格朗丹的假清高。有一年暑假，他们想让我同外祖母一起去巴尔贝克度假。父亲说：“我无论如何要把你们去巴尔贝克的这件事告诉勒格朗丹，我倒要看看他会不会主动地把你们介绍给他的姐姐。他一定还记得曾经跟咱们说过，他姐姐就住在离巴尔贝克两公里的地方。”我的外祖母倒认为既去海滨浴场就应该从早到晚在海滩上呼吸带盐分的空气，没有熟人才好呢，因为互相串门拜访、结伴游览，会占去许多呼吸海风的时间，所以她主张不向勒格朗丹透露我们的度假计划，她甚至担心勒格朗丹的姐姐德·康布尔梅夫人偏要在我们正打算去海边钓鱼的时候来到我们下榻的旅馆，害得我们只能关在屋里奉陪。妈妈对外祖母的担心付诸一笑，她认为这种危险的威胁性不大，勒格朗丹未必会殷勤到把我们介绍给他的姐姐。结果，我们虽说没有跟勒格朗丹谈及巴尔贝克，而他也从来没有想到我们会有去那儿的打算，有一天傍晚我们在维福纳河边遇到他时，他竟“自投罗网”了。

“今晚，云霞中有些非常美的紫色和蓝色，是不是，我的伙计？”他对我的父亲说，“尤其是那蓝颜色，与其说是空中的，倒不如说跟花朵一样，蓝得像瓜叶菊，挂在天上格外别致。还有那一小团桃红色的云彩，不也有花的色调吗？像石竹，像绣球。只有在英吉利海峡，在诺曼底和布列塔尼之间的海边，才能看到天空出现比这更富丽的花团锦簇般的云霞。那里，在巴尔贝克附近，离那一大片蛮荒之地不远的地方，有个风物秀丽的小海湾；那里熔金般的落日，奥吉谷地的夕阳，我倒并不在乎，因为它们并无多大特色也并无多大意趣；但黄昏时分在那片湿润的空气中，几秒钟之内天边就绽出一束束蓝的、粉的花朵，却美得无法比拟，而且往往要过好几个小时才会凋谢。有几朵云彩虽然不久就零落了，但它们的花瓣，鹅黄色的、桃红色的，撒得满天皆是，更是蔚为壮观。在那个人称银河湾的小海湾里，金黄色的沙滩仿佛比仙女星座里的金发仙女更情意绵绵，它们依偎着附近海边嶙峋的峭壁，贴着那一溜以海难著称的凶险的石岸，每年冬天有多少条顶风破浪的船只在那里触礁啊！巴尔贝克！我们的地球上最古老的地质架，名副其实的地表硬壳，大海由此浩渺，土地至此而尽。阿纳托尔·法朗士，我们的小朋友或许读过这位迷人作家的作品吧？他曾经非常精彩地把那个鬼地方描绘得终年烟雾茫茫，跟史诗《奥德赛》里西梅里安人[1]居住的地方一样。如今在巴尔贝克那片古老而迷人的土地上，已经层层叠叠地盖出了一批旅馆，但并没有破坏那里的景观，仅几步之遥便能置身于原始风味的壮丽景色之中，岂不美哉！”

“是啊！您在巴尔贝克有熟人吗？”我的父亲问道，“这小家伙正好要跟他的外祖母，也许还有内人一起到那里去住上两个月呢。”

勒格朗丹望着我的父亲，忽然出其不意听到这句问话，他来不及把眼睛从我父亲的脸上移开，只好索性紧紧地盯着，嘴角泛起无可奈何的微笑。他望着我父亲的眼睛，那表情既友好又坦诚；

[1] 公元前7世纪居住在小亚细亚的古老部落。

他倒不怕正视对方，仿佛对方的面孔已经变得透明，甚至使他看到了面孔后面掠过的一朵颜色艳丽的云彩，来为他提供心不在焉的借口，好有理由为自己申辩：当别人问他在巴尔贝克有无熟人的时候，他仿佛正心不在焉想别的事，以致没有听到问话。通常，他这样的眼光会引起对方发问："您在想什么？"可是我的父亲有点恼火，偏要狠心地盘问到底：

"您那么熟悉巴尔贝克，您在那里有熟人吗？"

勒格朗丹微笑的目光做了最后的绝望的努力，达到柔和、迷人、坦诚和走神的极致。但他一定想到自己非做出回答不可了，便说：

"我哪儿都有朋友，只要那地方有几丛受伤的树，虽被斫伤却不倒下，彼此相依在一起，以悲壮的毅力齐声向并不怜恤它们的无情的苍天哀告。"

"我不是这个意思，"我的父亲像受伤的树一样顽强，像苍天一样无情地打断他的话说，"我是为了岳母一旦有事，不要感到举目无亲，所以才问您在那儿有没有熟人。"

"那儿，跟哪儿都一样，我谁都认识，又谁都不认识，"勒格朗丹不肯就此服输，答道，"那地方我很熟悉，人却所识无几。但是那里的景物本身同人差不多，同那些难能可贵、心灵纤细、遇到实际生活容易消沉的人一样。有时候，您会在悬崖上遇到一幢古堡，它悄立在路旁迎着红晕未消的晚霞，掂量自己的凄凉，那时金色的月亮已经升起，归航的船只拨开色彩斑斓的水面，把黄昏的火焰捧上桅尖，以黄昏的颜色染遍招展的旌旗；有时候，您能见到一幢普通的孤舍，模样多少有点丑陋，显得猥猥琐琐，但很有一点诗情画意，其中蕴蓄着谁都看不透的某种秘密，既有无穷的幸福，也有不尽的失望。”接着他又像马基雅弗利[1]那样颇有心计地补充说道：“那是个不实际的地方，是个纯属幻想的地方，让一个孩子去领略那里的风光很不妥当。我们这位小朋友已经具有感伤的倾向，他的心灵天生善于领会这类情调，我若为他选择一个散心的地方，决不会介绍他去那儿。那里充满情绵绵互诉衷肠、恨悠悠枉自惆怅的气氛，对我这样早已看破红尘的老朽来说可能还算适宜，对于气质尚未成型的孩子来说总是不健康的。相信我的话，”他着重地强调说，“那个海湾的水有一半已经是布列塔尼省流来的了。对于我这样心脏并非没有毛病的人来说，反正是那么回事儿，据说，那里的海水还有些镇静作用呢。不过有人还说未必。至于你这样的年纪，小家伙，医生是禁用那里的海水的。再见，各位芳邻。”他这么补了一句，便像往常那样有意逃避似的突然离开我们；才走几步，他又回过头来，向我们伸出医学权威的手指，把他的诊断做了如下的概括：“五十岁以前，不要去巴尔贝克，五十岁以后还得视心脏状况而定。”他大声向我们宣告。

我的父亲后来遇到他时又老话重提，还用盘问折磨他，但照样白费工夫。勒格朗丹跟那种善于伪造古籍的骗子一样，自有一

[1] 马基雅弗利（1469—1527）：意大利政治家、外交家、作家，传世的《君主论》被认为是他的代表作。他主张政治不受任何道德的束缚，为达到目的可不择手段。

套本领和广博的学问，他只需使用其中的百分之一，便足以稳当地赚进一大笔钱，过上相当体面的日子。如果我们没完没了地盘问下去，他或许最终会胡扯一通景观伦理学或者下诺曼底天文地理学，但决不会向我们供认他姐姐的住地离巴尔贝克仅两公里，更不会义不容辞地为我们写封介绍信。倘若他有绝对的把握相信我们不会利用这类介绍信，他倒大可不必那样提心吊胆。按理说，根据平时的接触，他应该对我的外祖母的性格有所了解：我们怎么会利用这类介绍信呢？但他宁可避而不谈。

平时散步，我们总是早早就回家了，以便在晚饭前上楼去看看莱奥妮姑妈。初春时节天黑得早，我们回到圣灵街时家里的玻璃窗上已反射出落日的余晖，而在十字架那边的树林里，一抹紫霞映在远处的池塘中，常常伴随着料峭寒意，红色的夕阳在我的心目中却同烤炉上的红色的火苗相关联，因为烤炉上的肥鸡对于我来说是继散步的诗情陶醉之后的另一种享受，使我得到解馋、温暖和休息的快乐。到了夏天，相反，等我们散步回来，太阳还没有下山。我们到莱奥妮姑妈的房里时，西斜的阳光正照到窗口，停留在大窗帘和帘绳之间，被分割成一束束、一条条，透过窗帘射进房来，给柠檬木的多屉柜镶嵌上一片片碎金，又像照射林中的草木丛似的，以耀眼的斜光细致入微地照得满屋生辉。但是，难得有那样的日子：我们回来时柜子上的临时嵌饰已经消失，我们到达圣灵街时，窗户上已经没有夕阳的反照，十字架树林那边的池塘也已经失去了夕阳的红光，甚至变成银白色；一道长长的月光，融入池塘的粼粼细波之中，并且铺满整个水面。每逢那样的日子，当我们走近家门时，就会看到门口有个人影；妈妈对我说：

“天哪！弗朗索瓦丝在等候咱们呢。你的姑妈不放心了；咱们回来得太晚了。”

我们顾不得脱掉外衣，赶紧上楼，好让莱奥妮姑妈放心，并且以现身说法向她表明，同她想象的恰恰相反，我们一路上并没有遇到不测，只是去“盖尔芒特家那边”散步了。天晓得，我的姑妈也明白，上那边去散步什么时候回得来就说不准了。

“瞧，弗朗索瓦丝，”我的姑妈说，“我不是说着了吗？他们果然去盖尔芒特家那边了！天哪！他们一定饿坏了！你炖的羊腿搁了那么半天一定烧干了。这么说，回来就得一个小时！怎么，你们居然去盖尔芒特家那边散步了！”

“我还以为您知道呢，莱奥妮，”妈妈说，“我记得，弗朗索瓦丝是看见我们从菜园的小门出去的。”

因为，在贡布雷附近，有两个“那边”供我们散步，它们的方向相反，我们去这个“那边”或那个“那边”，离家时实际上不走同一扇门：酒乡梅塞格利丝那边，我们又称之为斯万家那边，因为要经过斯万先生的宅院；另外就是盖尔芒特家那边。说实在的，我对酒乡梅塞格利丝的全部认识不过“那边”两字，再就是星期天来贡布雷溜达的外乡人，那些人，我们（甚至包括我的姑妈）全都“压根儿不认识”，所以凡陌生人我们都认为“可能是从梅塞格利丝来的”。说到盖尔芒特，后来我了解得更多一些，不过那是很久以后的事；当时，在我的整个少年时代，若说梅塞格利丝在我心目中像天边一样远不可及，无论你走多远，眼前总有一片已经同贡布雷不一样的地盘挡着你的视线，那么盖尔芒特对我说来，简直是“那边”的极限，与其说它有实际意义，倒不如说是个概念性的东西，类似赤道、极圈、东方之类的地理概念。所以，说“取道盖尔芒特”去梅塞格利丝，或者相反，说“取道梅塞格利丝”去盖尔芒特，在我看来，等于说从东到西一样只是一种语焉不详的说法。由于我的父亲把梅塞格利丝那边形容成他生平所见最美的平原风光，把盖尔芒特那边说成典型的河畔景观，所以我就把这两个“那边”想象成两个实体，并赋予它们只有精神才能创造出来的那种凝聚力和统一性。它们的每一部分，哪怕小小的一角，我也觉得是可贵的，能显示出它们各自特有的品格，而这两处圣地周围的道路，把它们作为平原风光的理想或河畔景观的理想供奉在中央的那些纯属物质的道路，却等于戏剧艺术爱好者眼中剧院附近的街巷，不值一顾。尤其是我想到这两处的时候，我把我头脑里的这两部分的距离安置在它们之间，其实大大超过了它们之间的实际公里数；那是一种空想的距离，只能使它们相距更远，相隔更甚，把它们各置于另一个层面。由于我们从来不在同一天、同一次、同时去两边散步，而是这次去梅塞格利丝那边，下次去盖尔芒特那边，这种习惯使它们之间的界线变得更加绝对，可以说把它们圈定在相隔遥远的地方，彼此无法相识，天各一方，在不同的下午，它们之间绝无联系。

每当我们想上梅塞格利丝那边去（我们不会很早出门，即使遇上阴天也一样，因为散步的时间不长，也不会耽搁太久），我们就像上别处去一样，从姑妈那幢房子的大门出去，走上圣灵街。一路上，打火铳的铁匠铺老板跟我们点头招呼，我们把信扔进邮筒，顺便为弗朗索瓦丝捎口信给戴奥多尔，说食油和咖啡已经用完，然后，我们经过斯万先生家花园白栅墙外的那条路出城。在到那里之前，我们就闻到他家的白丁香的芬芳扑鼻而来，一簇簇丁香由青翠欲滴的心形绿叶扶衬着，把点缀着鹅黄色或纯白色羽毛的花冠探出栅墙外。沐照丁香的阳光甚至把背阴处的花团都照得格外明丽。有几株丁香掩映在一幢被称为“岗楼”的瓦屋前，那是守园人住的小屋，哥特式的山墙上面罩着玫瑰色的清真寺尖塔般的屋顶。丁香树像一群年轻的伊斯兰仙女，在这座法国式花园里维护着波斯式精致园林的纯净而明丽的格局，同她们相比，希腊神话里的山林仙女们都不免显得俗气。我真想过去搂住她们柔软的腰肢，把她们的缀满星星般花朵的芳香的头顶捧到我的唇边。但是，我们没有停下。自从斯万结婚之后，我的长辈们便不来当松维尔做客了，而且为了免得让人误以为我们偷看花园，我们索性不走花园外那条直接通往城外田野的道路，而走另一条路，虽然也通往田野，但偏斜出去一大段，要远得多。那天，外祖父对我的父亲说：

“你记得吗？昨天斯万说他的妻子和女儿到兰斯[1]去了，所以

[1] 初版时，斯万妻女不是去兰斯，而是去沙特尔。后来普鲁斯特决定把 1914 年至 1918 年的大战也写进小说，故而把贡布雷改置于未来的战区之内，即朗市与兰斯之间（事实上，贡布雷镇是以沙特尔附近的伊利埃斯为原型的）。

他要乘机去巴黎住两天。既然两位女士不在，我们不妨从花园那边过去，路近多了。”

我们在栅墙外停了一会儿。丁香花已盛极而衰。有几株依然托出精致的花团，像一盏盏鹅黄色的吊灯，但枝叶间许多部分的花朵，虽然一星期前还芳香如潮，如今却已萎蔫、零落、枯黄、干瘪，只像一团团香气已消的泡沫。我的外祖父指点着对我的父亲说，自从他同斯万先生在斯万太太去世那天在这里一起散步以来，这园内的景物哪些依旧如故，哪些已经改换模样。他抓住机会又把那天散步的经过讲了一遍。

我们的眼前是一条两边种植着旱金莲的花径，它在阳光的直射下向高处伸展，直达宅门。右面则相反，花园在一片平地上铺开。被周围的大树覆盖的池塘虽是当年斯万老先生雇人开挖出来的，但这花园中最着斧凿痕迹的部分也只是对自然的加工；有几处天然特色始终在它们的范围内保持着独特的权威，它们置身于花园就像置身于没有经过加工的自然环境中一样，公然挑出自己本来就有的特色。展示这些天然特色极需一个僻静的环境，而在人工点缀之上它们自有一种孤幽的意韵：例如花径下的人工池塘边，两行交相栽植的勿忘我和长春花组成一顶雅致的蓝色花冠，箍住了水光潋滟的池塘的前额，菖蒲像轩昂的王公挥落它们的宝剑，一任它们统治水域的权杖上紫色、黄色的零落的百合花徽，散落在泽兰和水毛茛的头上。

斯万小姐的远行使我失去了有幸在花径一见她的倩影的可怕机缘。不能结识这样一位享有殊荣、与贝戈特为友、能同贝戈特一起参观各处教堂的少女，应算是有幸抑或不幸呢？因为若与她相遇，自惭形秽的我必受到她的轻视；可是，由于她不在，我虽生平第一次得到静观当松维尔园内景色的机会，却只觉得了无情趣。对我的外祖父和我的父亲来说，情况倒似乎相反，他们也许觉得女主人们不在反给整个庄园增添宜人的气氛，使它具有难得的美（犹如登山之日巧遇万里无云的好天气），因而今天到这边来散步就格外适时。我真盼望他们的算计落空，突然出现奇迹，让斯万小姐陪伴着她的父亲双双来到我们的眼前，使我们不及躲避，只好同她结识。这时我忽然发现草丛里有只篮子被遗忘在一根钓鱼竿的旁边，鱼竿上的鱼漂还浮在水面。我赶紧设法转移我的外祖父和我的父亲的注意，生怕他们发现她可能在家的些许迹象。不过，斯万倒曾经跟我们说过，他这回出门有点不合时宜，因为家里有人住着。那么说，这鱼竿可能是哪位客人放的。花径间听不到有人走动的声音。一只不见踪影的鸟不知在丈量哪棵树的梢头，它千方百计地要缩短白昼的长度，用悠长的音符来探测周遭的僻静，但它从僻静中得到的却只是调门一致的反响，使周遭更安定、更寂静，仿佛它本来力求使一瞬间消逝得更快，结果反使那一瞬间无限延长了。天空变得凝滞，阳光径直射下，让人想躲也躲不开；小昆虫们无休止地骚扰平静的水面，沉睡的池水一定梦见了想象中的弥漫无际的漩涡，仿佛在迅速地把软木鱼漂拖进倒映在水中的那片悄然的天空，从而更增长我初见鱼漂时的惶惑之感，鱼漂几乎垂直地浮在水面，似乎随时都会沉入水中，我已经顾不得自己既想结识斯万小姐又怕见她的双重心情，考虑是否该去告诉她鱼已上钩。这时，已经走上通往田野小路的我的外祖父和我的父亲惊讶地发现我没有跟在后面便转身叫我，我只得赶上前去。我觉得小路上掠过一股山楂花的香味。疏篱像一排教堂被堆积的繁花覆盖得密密匝匝，成了一座巨大的迎圣台；繁花下面，阳光像透过彩绘玻璃窗似的把一方光明照到地上；如胶似漆的芳香萦绕着繁花组成的圣台，我的感觉就如跪在供奉圣母的祭台前一样。花朵也像盛装的少女，一个个若无其事地捧出一束熠熠生辉的雄蕊；纤细的花蕊辐射开去，像火焰式风格的建筑的肋线，这类线条使教堂祭廊的坡级平添光彩，也使彩绘窗上的竖梁格外雄健，而那些绽开的花蕊更有如草莓花洁白的肉质花瓣。相比之下，几星期之后，也要在阳光下爬上这同一条小路的、穿着一色粉红的紧身衣衫、一阵轻风便可催开的蔷薇，将会显得多么寒碜、多么土气啊！

我虽流连在山楂花前，嗅着这无形而固定的芳香，想把它送进我不知所措的脑海，把它在飘动中重新捉住，让它同山楂树随处散播花朵的、洋溢着青春活力的节奏相协调——这节奏像某些音乐一样，起落不定——而且山楂花也以滔滔不绝的芳香给我以无穷的美感，但它偏偏不让我深入其间，就同那些反复演奏的旋律一样，从不肯深入曲中的奥秘处。我暂且扭身不顾，用更新鲜的活力迎向花前。我纵目远望，一直望到通往田野的陡坡；那陡坡在花篱以外，一株迷失路津的丽春花和几茎懒洋洋地迟开的矢车菊，以稀稀落落的花朵，像点缀一幅挂毯的边缘似的点缀着那片陡坡，挂毯上疏朗的林野图案一定显得格外精神吧；而更为稀疏的花朵像临近村口的孤零零的房舍宣告村落已近似的，告诉我那里有无垠的田野，起伏着滚滚的麦浪，麦浪之上是叆叇的白云。而在田野边缘孑然挺立的丽春花，凭借一堆肥沃的黑土，高举起迎风燃烧的火炬，我一见到它心头便怦然跳动，就像远游的旅人在一片洼地瞅见嵌缝工正在修理一艘曾经触礁的船只，还没有见到大海便情不自禁地喊一声："大海！"

然后，我又把眼光落到山楂花前，像观赏杰作似的，总以为暂停凝视之后再回头细看才更能领略它的妙处。但是，尽管我用手挡住周围的东西，只给眼前留下山楂花的倩影，但花朵在我内心所唤起的感情却依然晦暗不清，浑浑噩噩，苦于无法脱颖而出，去与花朵结合。那些山楂花无助于我廓清混沌的感情，我又无法仰仗别的花朵。这时，我的外祖父给了我这样一种愉快，其感觉好比我们看到所偏爱的某位画家的一幅作品，它同我们所熟悉的其他作品大不一样；或者我们忽然被人指引，看到那么一幅油画，过去我们只见过它的铅笔草图；或者听到那么一首配器华丽的乐曲，过去我们只听过它的钢琴演奏。外祖父指着当松维尔的花篱叫我，他说："你是爱山楂花的，看看这株桃红色的刺山楂，多漂亮！"确实，这是棵刺山楂，但它是桃红色的，比白色的更美。它也穿了一身节日盛装，是真正的节日盛装啊！只有宗教节日才算真正的节日，不像世俗节日随便由谁胡乱定在某一天，既无节可庆，又基本上无庆可言的；然而，它那身打扮更富丽，因为层层叠叠缀满枝头的花朵，使满树像洛可可风格的花哨的权杖，没有一处不装点得花团锦簇，而且，更因为这些花是"有色"的，所以根据贡布雷的美学观点，它们的质地更为优良，这从市中心广场各家商店，乃至于加米杂货铺的售价贵贱即可窥其一斑：桃红色的饼干不是比别的饼干贵些吗？我自己也一样，认为抹上红色果酱的干酪更值钱，其实这无非是他们答应把捣烂的草莓浇在干酪上面罢了。而眼前的这株山楂偏偏选中了这样一种食品的颜色，这样一种使节日盛装更加艳丽的颜色（因为它让节日盛装显得品位更高雅）。这类颜色因为艳丽，在孩子们看来，仿佛格外美丽，也正因为如此，他们才觉得比别的颜色更充满生气、更自然，即使他们认识到颜色本身既不能解馋，也不会被裁缝选作衣料。自不待言，看到这些山楂花，我除了更加惊喜之外，同看到白色的山楂花一样，分明地感觉到它的喜气洋洋中并无丝毫的矫揉造作，没有人为加工的痕迹，全是大自然自发的流露，那种天真可掬之态，可与村中为在街旁搭一张迎圣祭台而奔忙的女商人，把满树堆砌，弄得既豪华又有乡土气的颜色过于娇艳的花朵相比。树冠的枝梢，像遇到盛大节日供在祭台上的，外面裹着纸质花边的盆栽玫瑰，细长的梢头缀满了千百颗淡红的蓓蕾，有的已含苞初绽，好比一盏桃红色的石杯，让人影影绰绰地看出杯心的一点殷红，它们比花朵本身更透出刺山楂的特殊的精神和不可违拗的品性，它不论在哪里发芽，不论在哪里开花，只能是桃红色的；它挤在花篱之间跟盛装的姑娘跻身于只穿家常便服、不准备外出的妇女们之中一样；它已经为迎接“圣母月”做好一切准备，甚至仿佛已经成为庆典的一部分；它穿着鲜艳的浅红色盛装，那样神采奕奕，笑容可掬——这株信奉天主的、娇美可爱的小树啊！

花篱扶疏间，可以隐约看到园内有一条花草夹道的小径，除茉莉、三色堇和韭叶兰之外，还有紫罗兰打开了它们的钱包，像科尔多瓦[1]的古老皮件散播着芳香，颜色近似凋谢的玫瑰；一条长长的水管盘旋在砾石铺就的台阶上，扎满小孔的喷头在香气被水润透的鲜花上面垂直地展开一面由彩色水珠组成的棱镜般的团扇。忽然，我惊得无法动弹了，仿佛眼前的景象不仅呈现于我们的视觉，还要求我们以整个身心来做更深入的感应。一位头发黄得发红的少女，显然刚散步归来，她手里拿着一把花铲，仰着布满淡红色的雀斑的脸在看我们。她的黑眼珠炯炯闪亮，由于我当时不会，后来也没有学会把一个强烈的印象进行客观的归纳，由于我如同人们所说的，没有足够的“观察力”以得出眼珠颜色的概念，以至在很长一段时期内，每当我一想到她，因为她既然是黄头发，我便把记忆中的那双闪亮的眼睛想当然地记成了蓝色。结果，也许她若没有那样一双让人乍一见无不称奇的黑眼睛，我恐怕还不至于像当年那样地特别钟情于她的那双被我想成蓝色的黑眼睛呢。

我望着她，我的目光起先不是代替眼睛说话，而只是为我的惊呆而惶惑的感官提供一个伏栏观望的窗口，那目光简直想扑上去抚摸、捕捉所看到的躯体，并把它和灵魂一起掠走；接着，我担心我的外祖父和我的父亲随时都可能发现她，会叫我过去，让我离开她，于是我的目光不自觉地变得蛮横起来，硬是强迫她注意我，认识我！她却把目光朝前一看又往边上一瞟，看到了我的

[1] 科尔多瓦：西班牙城市，以生产皮件著称。

外祖父和我的父亲。她一定认为我们不值一理，所以她扭过脸去，冷淡而傲慢地侧身，使自己的容颜不留在我们的视线之内。但是我的外祖父和我的父亲并没有看见她，他们在继续往前走；于是她斜眼朝我望来。她没有特别的表情，甚至显得视而不见，但眉宇间有一种含而不露的微笑，两眼盯着我看。据我所掌握的有关礼貌方面的知识，她那种表情只能被认为是肆无忌惮的蔑视；她同时又做了个不体面的手势，根据我记忆中的那些交际标准解释，公然向不认识的人做出这种手势，只有一个含义，那就是故意侮慢。

“快啊，希尔贝特，快来，你在干什么呢？”一位我从来没有看见过的太太，穿着一身白色的衣裙，用权威的口吻，尖声地叫道。离她不远，还有一位我不认识的先生，身穿斜纹便装，盯着我看；他那对眼珠子简直像要从眼眶里蹿出来似的；小姑娘顿时收敛了笑容，拿着铲子走开了，也没有回头看我，她显得那么听话，那么有城府，让人捉摸不透。

就这样，希尔贝特的名字传到了我的耳畔，简直像符咒一般，刹那间把一个模糊不清的形象变成了一个活生生的人，也许有一天还能使我重新见到她。就这样，这名字传了过来，就像绿色的喷水管中喷出的水珠，那样尖利、那样沁人心脾地洒在茉莉和紫丁香的花丛之上；它用纯洁的空气渗透它所经过的地区，并以缤纷的虹彩笼罩那个地区，它还以它所指的那位姑娘的神秘生活，把那个地区隔绝起来，成为有幸同她一起生活、一起旅游的人们专有的禁地；这一声呼唤在山楂花下，在我的肩头，表明了他们亲密的关系，表明他们同她、同她神秘的生活是亲密无间的，我更觉痛心，因为我无法进入那个神秘的天地。

有那么一小会儿（当时我们正在走开去，我的外祖父悄声说：“斯万也怪可怜的，他们让他扮演什么角色！故意把他打发走，让她好跟夏吕斯厮混，那男的就是夏吕斯，我认得！还有那个小姑娘，也参与进这类丑事当中！”）我产生如下的印象：希尔贝特的母亲口气那么厉害，她都不敢顶嘴，说明她并非高不可攀，也得听命于人；这个印象减轻了一点我的痛苦，给了我些许希望，也使我的爱恋之情有所收敛。但是，这种爱恋之情很快又在我的内心升腾起来，仿佛是一种反应，我受到委屈的心想通过这一反应来同希尔贝特并起并坐，或者把她也贬到同样的水平。我爱她，我后悔当时没有来得及想到什么妙语气气她，让她伤心，迫使她记得我。我觉得她很美，所以我恨不能转身回去，耸耸肩膀对她喊一声：“您真丑，瞧您这怪样，叫我恶心！”然而，我没有这样做，只是走开了，心里留下了这个红头发、皮肤上布满淡红色雀斑、手里拿着一把铲子、笑着向我投来呆板而隐含深意的目光的少女的形象，并把它作为我这样年龄的孩子因无法违拗自然法则而不能得到的某种幸福的首例。她的名字在我和她一起听到呼喊的那片桃红色的山楂花下留下了芳香，这名字的魅力还将征服同它接近的一切；我的外祖父母有幸结识并没齿不忘的她的祖父母，崇高的经纪人的职业，以及她在巴黎居住的香榭丽舍大街的那个令人断肠的地区，都因与她有关而增光添彩。

“莱奥妮，”我的外祖父一回到家里便说道，“刚才你要是能跟我们一起散步才好呢。你一定不认得当松维尔了。可惜我不敢，不然我就折一枝你那么喜欢的桃红色的山楂花带回来送给你了。”我的外祖父跟我的莱奥妮姑妈讲述我们在散步中的见闻，既是为了哄她高兴，也许还因为我们没有完全失去希望，盼望哪一天能怂恿她下床，出门走走，况且我姑妈原先很喜欢斯万的那个宅院，斯万是她接见的最后一位客人，那时她早已闭门谢客了。而如今，倘若斯万前来探问她的近况（她是我们家唯一的斯万还要求见见的人），她会让人回话说，她累了，请他下次再来；同样，那天晚上，她听罢外祖父的叙述，便说：“是啊，等哪天天气好，我坐车去那儿的花园门口看看。”她这么说倒是诚心诚意的。她很想再见见斯万，重睹当松维尔的芳华；但是，她力不从心，真要这么做恐怕会累垮的。有时候，天气晴朗，她的精力多少充沛些，她起床梳妆；可是还没有跨出门槛她就感到累了，忙着要上床。在她身上，已经出现“人到老年万事休”的心境——只是比一般人来得早而已。她什么事都无心去做，只等着死亡临头，早早地把自己像蚕蛹一样地裹在茧中。我们可以看到，有些人寿命很长，但在他们的晚年，即使当年曾是形影不离的情侣，即使当年曾是心心相印的密友，到了一定年纪，他们也不再为聚首而离家远行，甚至不再互致信札，他们认定了在这尘世间他们已无心曲可通。我的姑妈大概也心中有数，她不会再见到斯万，不会再出门，但是这种我们可能觉得痛苦难忍的幽闭生活，她大概倒认为是合情合理的，因为她精力衰退，每天都感到困顿不济，不得不画地为牢约束自己；她每做一件事，每有一个举动，即使不感到痛苦，至少也感到吃力，这样，不活动、与世隔绝、悄悄度日，她反倒能得到摄生养息的舒适和悠闲。

我的姑妈没有去看桃红色山楂花堆艳叠锦的花篱，但是，我每次都要问我的长辈：她会不会去？她从前是不是常去当松维尔？我想方设法抓住机会让他们提到斯万小姐的父母和祖父母，因为他们在我的心目中跟神仙一样伟大。斯万这个姓对我简直具有神话般的色彩，我跟我的长辈聊天的时候，我如饥似渴地盼望他们提到这个姓氏，虽然我自己不敢把它叫出口，但是我拐弯抹角地引导他们触及同希尔贝特和她的家族有点关系，甚至牵涉到她本人的一些话题，好让我感到离她不至于太远；我有时会突然迫使父亲开口，譬如说，我假装以为外祖父的职务早就是我们家祖传的行业，或者假装以为莱奥妮姑妈想要去看的那座花篱是在公家的地界内，我的父亲就会纠正我的说法，告诉我："不对，这个职务原先是由斯万的父亲承担的，那座花篱在斯万家的花园里。"于是，我不得不狠狠地吸一口气，因为斯万这个姓，沉重地压在我心中永远铭记的那个部位，使我透不过气来，每当我听到它，总觉得它比别的一切更丰满；它之所以特别有分量，是因我每次都早已在心中呼唤过千遍万遍。它引起我一种快感；我深感愧疚的是竟敢向我的长辈们索取这种快感。由于这种快感如此巨大，他们得耗费许多精力才能使我得到，而他们并不能得到补偿，因为对于他们来说，这并无快乐可言。所以，我往往转移话题。出于谨慎，也出于顾忌。但是，当他们一说出斯万两字，我赋予这个姓氏的种种特殊的诱惑力又都活跃起来。那时，我突然感到，我的长辈们对它的魅力也不能无所感触，他们甚至站到了我的立场，发现我的着迷之处，不仅不责怪我，甚至同我共鸣，我简直就像把他们征服、把他们带坏似的感到无比内疚。

那一年，我的父母比往常早得多地决定了回巴黎的日子，动身的那天早晨，为了照相，他们给我卷了头发，并小心翼翼地给我戴了一顶我从未戴过的帽子，给我穿了一件丝绒的外套。我的母亲到处找我，终于在与当松维尔相接的小陡坡上找到了我。当时我正流着眼泪，搂住了长满尖刺的树枝在向山楂树告别，而且，我跟悲剧中的王妃那样，只觉得无用的衣饰是不堪忍受的负担，把我的头发做成堆在额前的小鬈鬈，实在是多此一举，我并不感恩，反而恨恨地扯掉卷发纸，把它们同我的那顶崭新的帽子一起踩在脚下。[1] 我的母亲并没有因为我流泪而感动，她看到我的帽子被踩扁了，我的外套给糟蹋了，不禁叫出声来。我听不见她的叫喊，只顾哭着说道："我可怜的小山楂树啊，不是你们使我伤心，逼我走。你们从来也不让我痛苦！所以我将永远爱你们。"我一面擦着眼泪，一面对它们许愿说，我长大之后，决不像别人那样荒唐地过日子，即使在巴黎，遇到春天，我也不去拜客，不去听那些无聊的敷衍，而是要到乡下来探望第一批开花的山楂树。

我们去梅塞格利丝那边散步时，一走进田野，就再也离不开

---

[1] 这里，普鲁斯特间接地引用了拉辛的悲剧《淮德拉》中的台词：
"这无用的衣饰，这层层的纱，压得我好苦！
是谁以多事的手给我把头发卷成这样，
并细心地把发卷优美地堆在额前？"（第一幕第三场）

田野了。风好像通过一条无形的小路，无时无刻不把田野吹遍，我觉得风是贡布雷独有的神仙。每年，我们一到贡布雷，为了切实感受一下我确已身临其地，我总要登高去寻觅风的足迹。它在犁沟里跑着，叫我跟在后面追赶，在梅塞格利丝那边，在那片鼓鼓溜溜的、几十里都不见沟壑的平原上，风总在人们的身边吹拂。我听说斯万小姐经常去朗市住几天，虽然离这儿有几十里之遥，由于中间没有阻隔，距离也就相对地缩短了。炎热的下午，我看到那同一股轻风从极目处吹来，把远方的麦梢压弯，然后像起伏的波浪驰遍寥廓的田野，接着它暖暖乎乎地、悄声细语地伏到我脚下的野草丛中。我与她共有的这一片平原仿佛使我们更接近，把我们联结在一起。我当时想，这股轻风曾从她的身边吹过，风的悄声细语传来了她的某些消息，只是我听不懂罢了。所以，风吹拂过我的跟前时我拥抱了它。左边有一个村庄，叫尚比欧村（本堂神甫称它为 Campus Pagani——异教庄）。右边，在一片麦田的上面，遥遥可见圣安德烈教堂的两座钟楼，雕琢得很精致，颇有乡土风味，它们也跟麦穗似的，尖尖翘翘，瓦片蜂窝般地一格格紧扣成行，像正在变黄的麦粒。

苹果树的树叶，长得与其他果树不同，一般人不会认错；在绿叶的衬托下，枝头间距对称地绽开一团团宽瓣的、白缎般发亮的花朵，或者半悬着一簇簇羞红的、欲开还闭的蓓蕾。在梅塞格利丝那边，我第一次注意到苹果树在阳光明媚的大地留下圆圆的树荫，夕阳在树叶下面斜投下一丝丝金线；我看到父亲用手杖截断那丝丝金线，而它们却宁折不弯。

有时，下午的天空中出现苍白的月亮，像一朵白云在悄悄地运行，没有光泽，好比没有登台的女演员，穿着平时的服装，不事声张地悄悄坐在剧场里看看同行的演出，但愿不引人注意。我喜欢在画上、在书中见到月亮的形象，但是当年我所欣赏的那些艺术作品，与今天我觉得把月亮描绘得很美，甚至都认不出那是月亮的艺术作品，有多大的不同呀——至少在早年，在布洛克打开我的眼界，使我的思维更倾向于纤细的和谐之前是这样的。那些作品，例如森蒂纳的某部小说，格莱尔的某幅风景画，把月亮描绘成清晰地悬挂在天空的一弯银镰。诸如此类的作品同我自己心目中的印象一样地稚拙粗俗，我外祖母的两位妹妹见到我喜欢这类作品就很生气。她们认为，给孩子们看的作品，孩子们看后由衷地表现出欣赏趣味的作品，应该是一个人成年之后仍叹赏不已的作品。在他们的心目中美学价值一定是同具体的物质一样，眼睛一看便能感受到它的存在，不必在内心经过一些等价物的耳濡目染，才慢慢酝酿成熟。

凡德伊先生在蒙舒凡的住宅，面临一潭深涧，背靠灌木丛生的山坡，就在去梅塞格利丝那边的路上。所以，我们常在散步时遇到他的女儿驾驶一辆轻便货车飞快地从我们身边驰过。近年来，我们见她已不再独来独往，总有一位年纪比她大的女友陪伴着她，那人在这一带名声不好，后来搬到蒙舒凡定居。大家都说：“凡德伊先生准是被那女人的甜言蜜语迷住了心窍，才听不到人家背后的议论。他平时听到一句不得体的话都会面红耳赤的，如今居然允许自己的女儿跟那样的女人在家里出出进进，还说那女人不平凡，感情丰富，在音乐方面更有不同寻常的才情，可惜她过去没有得到发挥。他可能明明知道那女人并不关心他女儿的音乐修养，而是教唆她干别的事。”凡德伊先生倒真是这么说过；事实上，一个人凡同谁有过肉体上的关系，总能使那个人的亲属对他（或她）的精神品质产生由衷的钦佩。肉体之爱尽管受到那样不公正的诋毁，却能迫使每一个落入情网的人把内心的善良和献身精神表现得淋漓尽致，让他（或她）的亲朋好友感到光彩夺目。贝斯比埃大夫多亏他那个大脑门和那两条浓眉，可以随心所欲地扮演坏蛋，但他的模样却根本不像，所以不会有损于他作为大好人的不可动摇但名不副实的声誉。他用粗鲁的语气说了下面这番话，巧妙地把本堂神甫和大伙儿逗得笑出了眼泪：“敢情！据说这娘儿们跟她的朋友凡德伊小姐在搞音乐。看来真让您感到意外。我反正不知底细。昨天，那个当爸爸的还跟我这么说呢。怎么说，那丫头爱好音乐没错，我不赞成压抑孩子的艺术天分。显然，凡德伊也不赞成，况且他自己还跟他女儿的女朋友一起玩音乐呢。哈！天晓得。他们家成了音乐窝了。你们笑什么呀？只是那帮人音乐玩得太过分。那天我在公墓附近遇到凡德伊老先生。他腿力不济，都站不稳了。”

那一阵，我们发觉凡德伊先生遇到熟人便躲避，只要远远瞅见熟人，他就绕道走开；几个月里他明显地老了许多，愁眉苦脸。凡跟他女儿的幸福没有直接关系的事，他一概无心过问；他经常整天整天徘徊在亡妻的坟前。显而易见，他内心痛苦得要死；谁都不难推测，他对于流言蜚语并非一无所闻。他全都知道，甚至还相信这是事实。对于一般人来说，无论他的德操有多么高洁，遇到纠缠不清的情况，也许只能安之若素地同他一向深恶痛绝的劣迹朝夕相处，因为他无法识破那些披着伪装的劣迹，因为它们都是以特殊的形式出现在他眼前的，他感到难受，却又无法判定：例如，某天晚上，他耳闻一些莫名其妙的话，目睹一些难以理解的举动，而说这些话、做这些举动的人，偏偏是他有种种理由应予以爱怜的人。但是，要逆来顺受，处于一般人错误地认为唯独吉卜赛人才有的那种处境，对于像凡德伊先生这样的人来说，会比别人感到更痛苦得多。癖好是自然天性在孩子身上诱发出来的东西，有时甚至只需调和父母的德操，就像调和孩子眼睛的颜色那样，便能诱发出一种癖好来，而每当这种癖好需要必不可少的场合和起码的安全时，就会出现吉卜赛人那样的处境。不过，凡德伊先生或许对他女儿的行为有所了解，他对于女儿的宠爱却并不因此而稍减。事实钻不进我们的信念的领域，既不会产生信念，也不会摧毁信念；它们尽管持之以恒地驳斥我们的信念，却不能动摇我们人的信念；倘若谁家连续遭难，疾病灾祸不断降临，也决不会使这家人怀疑上帝的仁慈和医生的高明。但是，当凡德伊先生以一般人的观点从名声的角度，为自己和自己的女儿着想时，当他力图使自己同女儿一起跻身于受到普遍尊敬的人们的行列，他就不免有社会成见，同贡布雷最敌视他的居民所抱的成见毫无二致，他发觉自己已经同女儿一起沉沦到最为人不齿的末流，于是他的举止近来变得自卑、谦恭，见到谁都像从下贱之处仰慕高高在上的贵人（尽管有人过去比他卑下得多），而且他还表现出一种竭力高攀的倾向，这是一切落魄的人必然会有的一种机械反应。有一天我们正同斯万先生在贡布雷镇上的一条街上走着，从另一条街上出来的凡德伊先生猛不防同我们迎面遇上，他不及躲避，斯万先生便同他聊了好久。斯万先生是那种见过世面的上流人，言谈举止透出体恤下情的仁慈，他不仅能把自己的道德偏见统统消除，还能从别人蒙羞的处境中找到可以宽恕的理由。这种宽厚的表示，他自己比受惠者更感到难能可贵，从而他的自尊心得到极大的满足。过去，他从未同凡德伊先生交谈过，今天，他在向我们告辞之前居然问凡德伊先生，能不能让他的女儿去当松维尔玩玩。这样的邀请在两年前肯定会使凡德伊先生大为恼怒的，可是今天他却为之感激涕零，并由此而认为自己受之有愧，切不可不知深浅地接受。他觉得斯万先生对她女儿如此厚道，这本身就是对他的一种体面的、亲切的支持；他想或许不乘机利用为好，心领他的好意岂不更美吗？

“他多风雅啊。”斯万向我们告辞之后，他连声叹道，那口气就像伶俐漂亮的平民女子对一位公爵夫人的风度佩服得五体投地似的，尽管公爵夫人又丑又老，她却打心眼儿里仰慕。凡德伊先生也怀有同样的激动。“他多风雅啊！可惜他同一个门户不当的女人结了婚，真令人痛心！”

当时，最真挚的人言谈中也不免掺杂许多虚情假意，跟这个人说话的时候，总把对他的看法忘得一干二净，等他一走，又赶紧对他评头论足。我的长辈们同凡德伊先生一起惋惜斯万的婚姻不当，说它背离原则，不合规矩（他们甚至同凡德伊先生一起提到了那些原则和规矩，以表示他们跟他一样，都是规矩人），显然，言下之意，认为凡德伊先生家倒从没有类似的越轨行径。凡德伊先生没有让他女儿上斯万家去玩。倒是斯万先生因此而感到遗憾，因为，每当他遇到凡德伊先生，临分手时总要问问某一位也姓凡德伊的人的近况，他认为那人准是凡德伊先生的本家。临了，他还总不忘记问一句要紧话：什么时候凡德伊先生准备带他的千金光临当松维尔？

由于去梅塞格利丝那边是我们到贡布雷镇外散步的两条路线中较短的一条路线，所以我们总在天气变化不定的日子才去，于是梅塞格利丝那边的天气经常是潮湿的，而我们的眼光也始终盯住鲁森维尔森林中的那片空地；森林里枝繁叶茂，必要时我们可以去避雨。

经常是太阳藏在一片云彩的后面，云彩使太阳的脸庞改变模样，太阳又把云彩的边缘抹上黄色。田野虽依然明亮，但没有光彩，草木生灵似乎都悬在半空，鲁森维尔那边的小村落在天边精致而细密地刻下一幅鳞次栉比的白色屋脊的浮雕。一阵轻风惊起一只乌鸦，它扑扑地飞到远处又重新落下，远处白晃晃的天空把树林衬托得更加清幽，像老式房子里点缀炉壁的釉砖，蓝得发亮。

有时候，眼镜铺橱窗里的晴雨表所预告的那场雨终于开始落下，雨点像列队飞翔的候鸟，密集成行地自天而降。它们彼此紧挨着，在迅速的飞驰中，没有一滴离队，每一滴雨水都不仅各守其位，还带动着后面的雨点紧紧地跟上，天色顿时像飞过一群春燕似的暗了下来。我们跑到林中去避雨。阵雨过后，偶尔还掉下几滴懒洋洋慢吞吞的雨点，我们也顾不得了，只管走出树林，因为那种雨点只在树叶间嬉戏。地上几乎已经干了，而树上倒还有不止一点两点在叶脉间追逐，或者挂在叶尖休息，迎着阳光闪烁，冷不防地从它停歇的枝头落下，滴到我们的脸上。

我们还经常慌慌张张地跑到圣安德烈教堂的门廊下同圣徒和长老们的石雕像在一起避雨。那座教堂的法国风味多浓烈呀！门上的圣徒、国王、骑士，各人手执一枝百合花，或参加婚典，或出席葬礼，都惟妙惟肖地表现出在弗朗索瓦丝心目中他们所应有的那种神情。当年的雕塑师还刻画了亚里士多德和维吉尔作品中的故事场面，但是，手法上却与弗朗索瓦丝在厨房里随口提到圣路易往事的语气相仿，听她的语气好似她本人认识圣路易，对他的为人了如指掌，而且一般来说，提到他总是为了把他跟我的外祖父母做对比，照她看，我的外祖父母不如圣路易“公正”。我们可以感觉到，中世纪的石雕艺术家和中世纪的这位（一直活到十九世纪为我们掌勺烹调）女农民对于古代历史或基督教历史的概念，显然都既不准确又朴实单纯，他们的历史知识不是从书本中得来的，而是直接来自古老的，在口头代代相传、世世接续的传说，原先的模样虽说已经难以辨认，但它始终具有活跃的生命力。我从中认出另一位贡布雷的人物，他也在圣安德烈教堂的哥特时代雕塑群像中得到了预示，那就是加米杂货铺的小伙计，年轻的戴奥多尔。弗朗索瓦丝居然也感到他是本乡本土、古道热肠的牢靠人，所以，当我的莱奥妮姑妈病情加重，弗朗索瓦丝单独一人已无法帮她翻身，抱她坐到靠椅上去的时候，她宁可去叫戴奥多尔帮忙，也决不让帮厨女工上楼去“讨好”我的姑妈。而那位平日被人们公正地看作捣蛋鬼的小伙子，内心却充满了圣安德烈教堂浮雕里的精神，尤其是充满了弗朗索瓦丝认为对“可怜的病人”、对她的“可怜的女东家”应该怀有的那种敬爱之情。他把我的姑妈的头扶上枕头的时候，脸上的表情既天真又热忱，跟浮雕中手持蜡烛围绕在虚弱的圣母跟前的天使一样，仿佛那些灰秃秃的石雕的面容跟冬天的树木似的，不过暂时处于一种休眠状态而已，早晚会在像戴奥多尔那样既敬畏神尊又透出狡猾、红得好比熟透的苹果似的千百张老百姓的脸上重新焕发出奕奕的生气。有一位女圣徒的形象，已经不再像那些天使一样依附在石头上了，而是从门廊的群像中脱身而出；她的身材比真人高大，端立在一座石基上，仿佛站在一张板凳上免得双脚沾到潮湿的土地似的；她的面容丰满，结实的乳房鼓起了胸口的衣衫，像装在麻袋里的成熟果实；狭窄的脑门，短小而淘气的鼻子，深陷的眼窝，活脱脱一副当地农家女健壮、粗犷而泼辣的模样。造型上的这种惟妙惟肖，给塑像精微入理地注入一种我原先没有期望看到的柔美的情致。经常有几位村姑也像我们一样前来避雨，她们的音容体态更佐证了塑像造型的准确，正如在石刻的枝叶旁边的缝隙里长出的野枝野叶，仿佛有意要跟雕塑做个对比，以使人认识到艺术作品刻画得多么逼真。在我们的正前方，鲁森维尔遥遥可见，那儿是一片乐土呢，还是遭到天罚的罪恶之地？反正我从来没有进去过，有时我们这儿的雨已经停歇，鲁森维尔仍继续像《旧约》里说到的那个村子一样受到暴雨的惩罚，如注的雨水像一条条鞭子抽打着城里居民的房屋，有时它又得到了上帝的宽恕，重新露面的太阳把像祭台圣器上反光一样的长短不齐的金色光芒流苏般地垂到鲁森维尔的城头。

有几次天气坏得无以复加，我们只能回家或者索性闭门不出。无论哪边的田野都阴沉沉、湿漉漉的，远远望去直如茫茫大海，几幢孤零零的房屋依附在黑暗和雨水半淹的山坡上，像一条条收起船帆的小舟在泛光，一动不动地停泊在茫茫夜海中，下一场雨，甚至下一场狂风暴雨更有何妨！夏天，恶劣的天气不过是晴朗天气一时的脾气，表面的阴沉掩盖不住潜在的、固有的晴朗；同冬天的不稳定的晴朗大不一样，夏天的晴朗则在地上扎了根，化作茂密的枝叶；雨水滴在枝叶上，并不能损害枝叶的欣欣向荣，整个夏季，晴朗的天气把它淡紫色或白色的旌旗插遍村里的大街小巷，招摇在房舍和花园的墙头。我坐在小客厅里读书，等着吃晚饭，听到如注的雨水从花园里的醋栗树上滴下，我知道瓢泼大雨只是使树叶更滋润、更油亮，那些树就像是夏天的抵押品，整夜经受着雨淋，为的是确保晴朗天气的延续不断；我知道，尽管下雨，明天当松维尔的白色栅墙上，心形的丁香叶依然会茂密地摇摆不停；我遥遥见到贝尔尚街的那棵杨树在暴风雨中痛苦而绝望地挣扎，我并不感到忧伤；我听到滚滚的响雷在花园那头的丁香树丛中驰过，我也不因此而惆怅。

倘若大清早就阴雨不止，我的长辈们就放弃散步，那我也无法出门了。但是后来我习惯于单独一人到梅塞格利丝那边去散步。那年秋天，我们来到贡布雷奔丧，因为我的莱奥妮姑妈终于死了。

她的死既证明了认为她所采用的疗法只会使她的健康每况愈下最终致死的说法言之有理，也证明了始终认为她害的不是癔症而是器质性病变的观点才是真知灼见；她这一死，原来的怀疑论者才不得不在事实面前认输。她的死只引起一个人的巨大的悲痛，这个人偏偏是没有文化的粗人。在我的姑妈病重不起的最后十五天中，弗朗索瓦丝日夜守护在她的身边，她不脱衣睡觉，也不让任何人去帮忙照料，直到姑妈下葬，她才与她分手。原来姑妈对弗朗索瓦丝疾言厉色，怀疑她居心叵测，常对她发脾气，使弗朗索瓦丝成天提心吊胆，过去我们以为她对姑妈一定暗怀恨心，此刻我们才知道，她对姑妈的害怕其实是敬畏，是爱慕。那是她真正的女主人，她在世时，尽打让人无法预料的主意，施让人难以抵挡的花招，但她天生的慈悲心肠，容易动情。如今，这样的女王，这样神秘莫测、至高无上的君主离开了人世，同她相比，我们在弗朗索瓦丝的心目中太渺小了。这以后，我们虽年年到贡布雷去度假，但要过好些年我们在弗朗索瓦丝的心目中才能赢得我的姑妈当年享有的威望。那年秋天，我的父母忙于办手续、同公证人和佃户们交谈，很少有空外出；况且偶尔有空，天公又往往不作美，所以就常常让我独自到梅塞格利丝那边去散步。为了挡雨，我披上一件苏格兰大氅，我有意把它搭在肩上，因为我感到弗朗索瓦丝一见到苏格兰花呢上的方格子就会生气，我们无法跟她讲这样的道理，说衣裳的颜色同孝服没有关系，此外，我们对姑妈的死所表现出的悲伤，她也感到不满，因为我们没有举办大规模的丧宴，我们提到姑妈时没有用一种特别的声调，而且我甚至有时候嘴里还哼哼歌曲。我相信，倘若有哪一本书，根据《罗兰之歌》或者圣安德烈教堂里那些浮雕的场面，提出这类服丧的观点，我会跟弗朗索瓦丝一样，认为非常动听，而且欣然同感的。但是，弗朗索瓦丝就在我的左右，于是总有一个魔鬼唆使我故意气气她，我抓住一点借口，就跟她说：姑妈死了。我之所以难过，是因为她虽然有些可笑之处，但毕竟是个好心肠的人，并不是因为她是我的姑妈；倘若她虽是我的姑妈，但我觉得她很讨厌，那么她死了我也决不会难过——这样的话，如果出现在哪本书里，连我也会觉得大逆不道的。

如果那时弗朗索瓦丝像诗人一样，对于悲痛，对于家庭的悼念，只有一种流动不定的、模糊的意识，对我的那套理论无从对答，只是说："我也说不清楚。"那我倒会无愧于贝斯比埃大夫的指教，通情达理地对她的自认无知狠狠地挖苦几句，自鸣得意一番。倘若她又说："她毕竟跟您沾亲带故，对亲友总还得尊敬才是。"那么我会耸耸肩膀，独自咕哝一句："我真是好心到家了，跟这样信口雌黄的文盲白费口舌。"就这样，我采取一般人的狭隘观点来判断弗朗索瓦丝的优劣，扮演了那些最鄙视片面思想的君子在生活中遇到婆婆妈妈的场面时最可能扮演的角色。

那年秋天，我觉得散步特别开心，因为我总是读了好几个钟头的书之后才出去散步的。整整一上午，我坐在大厅里读书，读得感到累了，我就把苏格兰大氅往肩上一披，出门散步去。我的身子经过长时间的静止，积累了充沛的活力，需要像被撒出手的陀螺一样，在转悠中消耗积聚的能量。房舍的外墙，当松维尔的花篱，鲁森维尔森林中的树木，蒙舒凡背后的灌木丛，都受到雨伞或手杖的抽打，都听到欢快的喊叫。这些喊叫，只是一些使我兴奋的模糊的感触，还没有在光明中找到归宿，它们等不及得到缓慢而困难的澄清，宁可找一条立即宣泄的捷径。我们对内心的感情所做的所谓的表白，其实大多不过使我们借以解脱，让我们的感受以一种模糊的形式从我们的内心释放出来，而模糊的形式根本不能使我们认识到感受的真谛。当我试图总结一下我在梅塞格利丝那边究竟有何所得，我从意外的景色或者起码引起我感奋的原因中间究竟得到多少细小的新发现时，我不禁想起那年秋天，我散步走到蒙舒凡身后那片灌木丛生的山坡附近，第一次惊讶地发现我们的印象和我们习惯的表白之间有多不协调。我兴高采烈地同风雨搏斗了一个小时之后，来到了蒙舒凡池塘边一座瓦片覆顶的小屋前，那是凡德伊先生家的园丁放置园艺工具的小屋。太阳又重新露头，它的金色的光辉经过暴雨的洗涤，鲜亮地闪耀在天边，闪耀在枝头、小屋的墙上，以及依然湿润的瓦片和屋脊上。一只母鸡在屋脊上漫步。吹拂而过的风把生长在墙缝里的野草一片片拉平，母鸡身上的羽毛也全都竖立起来，像一簇没有感觉的、轻飘飘的东西似的，听凭来风直吹到羽毛的根部。阳光又使池水像镜子一样反照出池边的景物，小屋的屋顶在水面上形成一块桃红色的斑纹，过去我还从来不曾注意到有这样一块斑纹。我发现水面和墙面泛起苍白的微笑，同天空的微笑遥相呼应；我不禁激动万分，举起我已经收好的雨伞，啧啧地叫好。同时，我感到我不应该只限于叫出含义不清的啧啧声，而应该把我欣喜的根由弄明白。

也是在那一次，我才知道同样的激动并不同时以预定的顺序在每一个人身上产生。这得多谢一位路过的农民，当时他的脸色告诉我他已经很不痛快，而我手舞足蹈，差一点把雨伞打到他的脸上，他的脸色就更阴沉了。我高兴地说："好天气，是不是，出来走走真痛快。"他的反应却很冷淡。后来，每当我看了半天书，有兴致想找人聊聊的时候，我所盼望同我聊聊的朋友总是谈兴已过，但愿别人让他安心看书。倘若我孝心勃发，想到我的父母，并决定做点最能博得他们欢心的事，他们偏偏总在那个时候指责我早已忘记的一件过错，偏偏赶在我打算扑上去吻他们的当口对我横加训斥。

有时候，除了孤独给予我的激动外，还有另一种我无法判明的兴奋心情，那是由一种欲望引起的，我盼望眼前突然出现一位农家女子，好让我拥进怀里。在许多完全不同的思绪中间，突然萌生这样的念头，而且我都来不及弄清它的来龙去脉，只觉得随之而来的快感不过是一切思绪所给予我的快感的一种升华。那时我所想到的一切——覆盖着瓦片的屋顶在水面上形成的桃红色的倒影，墙缝里的野草，我早就想去看看的鲁森维尔的村落，森林里的树木，教堂的钟楼，都由于我内心感受到那种新的激荡而具有进一步的价值，因为我认为正是这一切激起了我快感的升华，它像一股强劲的、神秘莫测的顺风，鼓满了我的风帆，仿佛要把我更快地送进这一切的怀抱。但是，盼望有姑娘出现的念头对于我来说固然给妖娆的自然增添某种回肠荡气的魅力，反之，大自然的魅力也让少女过于局限的妩媚得到了扩展。仿佛树木的婀娜也体现了姑娘的美，仿佛远眺所见的自然风光、鲁森维尔的村落、我那年所读过的书，都各有自己的精魂，而那精魂要由姑娘的一吻来传递给我似的，我的想象一经触及我的肉体感受，便取得了蓬勃的活力，它像电流传遍我想象所及的每一个角落，于是我的欲望再也没有局限了。在大自然的怀抱中浮想联翩时经常有这种情况，那时习惯的作用暂时中断，我们对事物的抽象概念也都被抛到一边，我们由衷地相信我们所在的那个地方，生命别具一格，自有它独特的个性，所以，我的欲望所召唤的姑娘对我来说并不是这类人物的一般典型，并不只是女性，而是这片土地必然的、自然的产物。因为，在那时，凡身外之物，无论大地还是生灵，我都觉得格外可贵、格外重要，具有格外真实的生气；它们在成人的心目中就没有这么可贵、这么真实。而大地呀，生灵呀，那时与我紧紧相连。我想要见到梅塞格利丝或鲁森维尔的农家女，想要见到巴尔贝克的渔家女，正同我想见到梅塞格利丝的风光、巴尔贝克的景物一样。如果我随心所欲地改变她们所处的环境，那么她们可能给予我的愉快就会变得不那么真实，我甚至会对这种愉快失去信任。在巴黎结识一位巴尔贝克的渔家女或一位梅塞格利丝的农家女，简直就像得到我在海滩上从未见过的贝壳，收下一簇我在树林里没有遇到的蕨草，等于把环境给予我的愉快从她给予我的愉快中剔除，然而我想象中的她是被自然美景所簇拥的。倘若我在鲁森维尔的森林中徜徉，却碰不到一位可以拥抱的农家姑娘，那就无法认识森林隐秘的宝藏，无法认识它深层的美。

我想象中只见那位姑娘周身披满树叶的投影，她在我的心目中本身就是一株当地生长的植物，只是在品位上比其他植物更高级，她的结构可以使我更深入地领略到当地的气息。我之所以那么轻易地认准这一点（而且相信她为了使我体会更深而给予我的爱抚也是别具一格的，除了她之外，别的姑娘不可能让我体会到那样的愉快），因为我在很长的一段时期内还很幼稚，还没有把赢得各种女人的心、从不同的女人那里得到的愉快加以抽象，还没有把这种愉快概括成一个普遍适用的概念：把不同的女人只看作取得同一愉快的工具，彼此可以任意变换。可是当时，我思想中的这种愉快甚至不是孤立地、与其他事物无关地、自成一格地存在着的，既没有为追求女人而追求的目的，也没有事先感到心乱如麻之类的经验。好似一想到它就能唾手可得；把它称作愉快倒不如称作姑娘的魅力更妥帖；因为我考虑的不是自己，而是如何超脱自己。这种暗自期待的、内在的、隐秘的快感，只在某些时候达到高潮，那就是当我们身旁的哪位姑娘含情脉脉地看着我们，吻我们，引起了我们另外的愉快的时候，那种愉快在我们的感觉中，尤其像一种感激涕零的冲动，感激她的由衷的善意，感激她对我们令人心醉的惠顾；我们把这种善意、这种青睐比作恩典，比作使我们得到满足的幸福。

唉！我枉然地恳求鲁森维尔的塔楼，就像请求我唯一的知心朋友似的，请它让村里的姑娘到我的身边来，因为我在贡布雷家中楼上那间充满菖蒲花芳香的房间内，在那扇半掩半启的格子窗中间，只见到那座钟楼的塔影，我把最初在我内心萌动的种种欲念，都告诉了它；我本像探险的旅行家或者绝望得要自杀的人一样，在做出壮烈举动之前不免踌躇再三，而终于心灰意懒，想从自身中另辟蹊径，却又自以为面临山穷水尽的绝境；忽然，我发现，除了垂到我眼前的那株野生的黑加仑树的枝叶外，还有这样一条像蜗牛行迹似的大自然的脚印。而现在我哀求它，它却不予理睬。我白白地把我眼前的一大片田野盯住不放，我用我的眼光挤压这片田野，想从中挤出一位姑娘来，结果枉费精神。我虽然可以一直走到圣安德烈教堂的门廊下去碰运气，但是我从来只有跟外祖父一起去的时候，才能有把握地遇到农家姑娘，而那时又无法跟她交谈。我心神不定地盯住远方一棵树的树干，盼望从树后走出一位姑娘来，被我目光搜索的远方却始终不见人迹。天色渐暗，我无望地把注意力紧紧地贴住这片贫瘠的土壤，这片枯竭的大地，仿佛要从中吸出可能隐藏着的生灵；我不再兴高采烈，而是恼恨万分地敲打着鲁森维尔森林里的树木，从这些树木间不会走出什么活人来了，仿佛它们只是画在一片环形画布上的形象。我虽然不愿意在没有拥抱到我那么盼望拥抱的姑娘之前就甘心回家，但我毕竟不得不返回贡布雷；我无可奈何地认识到，半路上意外邂逅的可能性是微乎其微的。再说，即使半路上遇到她，我敢同她攀谈吗？我想，她或许会把我当作疯子；我不再相信我在那几次散步中所产生的不现实的欲念会得到别人的共鸣，不再相信这样的欲念在我的内心之外仍是真实的。我只觉得这是我的气质的产物，是纯主观的、无能的、幻觉的创造。这些欲念与大自然、与现实没有任何联系，于是现实失去了它的一切魅力和意蕴，只成了我的实际生活的一个沿袭的框架，正等于坐在车厢里的旅客为了消磨时间看一本小说，车厢就是那本小说的幻想世界的框架。

几年之后我在蒙舒凡附近所产生的印象或许也是这样的，那时印象还很模糊，隔了很远我才猛然想到施虐狂这个概念。最终你会看到，这个印象对我一生起到至关重要的作用，虽然出自别的理由。那一天，天气很热，我的长辈们有事出门，白天回不来，就对我说，我愿多晚回家随我的便。我一直走到蒙舒凡的池塘边，我爱看池水中屋顶的倒影，我躺在以前我父亲拜访凡德伊先生时我在外边等他的那片灌木丛生的山坡上，居然睡着了。等我醒来，天几乎黑了。我正打算爬起来，这时，我看到了凡德伊小姐（至少我当时认为自己认出是她，因为我在贡布雷难得见到她，而且当初她还是个孩子，那时她已经开始长成一位少女了），她准是刚回家，离我才几厘米远，就在我的眼前，就在她父亲曾经接待过我的父亲、她用来当作自己的小客厅的那个房间里。窗户半掩着，房间里已经亮灯，我能看到她的一举一动，她却看不到我；但是我倘若踩响灌木丛的枯枝，她会听到声响，以为我有意躲在那里偷看她呢。

她穿着孝服，因为她的父亲刚去世不久。我们没有去看她，我的母亲出于一种美德才不愿意去看她，对于母亲来说也只有这种美德才能限制她善良的宽宏，那就是廉耻心；不过她还是打心眼儿里可怜凡德伊小姐的。我的母亲念念不忘凡德伊先生凄凉的晚年，他对女儿既像母亲又像女佣那样照顾得无微不至，他的余生，先是为女儿操心，后来又陷入女儿给他引起的痛苦之中；老人在最后几年中满脸愁苦的情状，我的母亲一直历历在目；她知道，凡德伊先生放弃了把自己最后几首作品完整地记在乐谱上的计划，那些虽只是一位老钢琴教师、乡村教堂的管风琴演奏师的惨淡经营之作，想必本身没有多大价值，但我们并不小看它们，因为这些作品对于他来说意义重大，在他为女儿做出牺牲之前，它们曾是他苟活人世的理由，其中大部分甚至连音符都没有记下，只保留在他的脑海中，有一部分则分散地记在一些零碎的纸片上，笔迹不清，肯定要失传了。我的母亲还想到凡德伊先生无可奈何地放弃的另一件事，那就更惨不忍言：他不得不放弃对女儿日后取得既正派又受人尊敬的幸福前程的期望；这件事最伤透我的姨祖母们以前的这位钢琴老师的心，我的母亲一想到事情的来龙去脉，总不免扼腕叹息，她想凡德伊小姐一定也恨恨不已，当然苦涩之情完全不同，凡德伊小姐的伤悼中应夹杂着悔恨，因为她的父亲几乎是被她害死的。“凡德伊先生怪惨的，”我的母亲说，“他为女儿活着，也为女儿而死，却没有得到应有的报答。既然死了，他还能得到什么报答？怎么报答法？只有他的女儿才能报答他的恩情。”

在凡德伊小姐的客厅靠里面那一头的壁炉架上，放着一张她父亲的遗像。她一听到大路上传来辚辚的车马声，就赶紧过去把遗像拿过来，然后坐到长沙发上，拉过一张小茶几，把遗像放在上面，那情景跟当年凡德伊先生把他想演奏给我父母听的曲谱放到自己的手边一样。不一会儿，凡德伊小姐的女朋友走进客厅，她打了个招呼，却没有起身，两只手还枕在脑后，而且把身子往沙发的另一头移了移，仿佛给来客腾出地方坐似的。但是她立刻意识到她似乎应该对来客采取一种也许她自己认为是多余的态度。她想她的朋友可能更愿意坐得离她远些，她感到自己有失检点，敏感的心灵于是警觉起来；她又躺靠在整张沙发上，闭上眼睛，连打哈欠，表示她之所以躺下只是因为她想睡觉了。虽然在她跟那位女朋友的关系中不加掩饰的亲热占了上风，但是我发觉她的言谈举止，仍带有她父亲讲究繁文缛节、闪烁其词的特征；她经常欲言又止，突然拘谨起来。她刚闭上眼睛，又立刻起身，假装想去关窗，偏偏又关不上。

“让它开着吧，我热。”她的女友说。

“开着多别扭啊，人家会看见咱们的。”凡德伊小姐回答说。

她一定猜到她的朋友会怎么想；她的朋友知道她这么说无非是有意逗她接话，说些她想听的话，但出于谨慎，她又不便挑明，而是要对方主动地说出来。所以，当她急急忙忙地补充下面这句话的时候，她的眼神一定出现了当年我的外祖母特别赏识的表情，不过当时我还分辨不出来罢了。她急忙补充的话是：

“我说看见咱们，意思是看见咱们读书学习，想到人家的眼睛在瞅着咱们，咱们干什么他都看得一清二楚，这有多别扭呀。”

她本性宽厚，更出于一种不自觉的礼貌，她没有把事先考虑好的话说出口，虽然她认为这些话是圆满实现自己愿望必不可少的。在她的内心深处，任何时候都有一位羞怯而恳切的处女，在哀求一个占了上风的粗鲁的兵痞子不要对她无礼，不要逼近她。

“对了，这么晚了，在这样人头攒动的乡下，倒真会有人看咱们的，”她的女友挖苦道，“看见又怎么样！”她接着说（同时她认为在好心地说出这番话时有必要狡猾地挤挤眼睛，就好比在读一篇她明明知道凡德伊小姐爱听的文章，她偏要拿腔作调，读得玩世不恭），“谁爱看谁就看好了，这不更好吗？”

凡德伊小姐哆嗦了一下，站起来。她那既拘谨又多情的心眼儿不知道该由衷地说些什么话才符合她七情六欲所需要的宣泄。她尽可能地超越自己真正的天性，找些风骚姑娘才说得出口的话来，她真巴望自己是这样的人；可是她自以为说得很自然的话到她嘴边却显得虚假不堪。她敢于说出口的那几句话，口气倒不小，其实很牵强，一向腼腆的习惯使她仅有的一点儿泼辣也无从发挥。只听她讷讷说道：“你既不冷，也不太热，你不愿意一个人待着读什么书吧？”

“我觉得小姐您今天晚上有点儿春心荡漾。”她终于这样说道，大概是重复她曾经从她的女友口中听到过的一句话。

凡德伊小姐感到她的女友在她的绉纱胸衣的叉口处吻了一下；她像挨到什么东西刺了一下似的轻叫一声，便闪开了。于是两人跳着蹦着地追逐起来，宽大的袖子像翅膀一样在扇动；她们叽叽咯咯笑得像两只调情的小鸟。后来凡德伊小姐终于倒进沙发，她的女友立刻压在她身上，但是这位女朋友有意把背部扭向放着已故钢琴教师肖像的那张小桌。凡德伊小姐心中有数，除非她提请注意，否则她的女友是决不会理会那张肖像的。所以她装作刚刚发觉似的对她的女友说：

“啊！我父亲的肖像在看着咱们呢！不知道谁又把它放在小桌上了。我说过多少遍，那儿不是放照片的地方。”

我记得当年凡德伊先生关于琴谱也对我的父亲说过同样的话。那张肖像一定习惯于被她们当作亵渎仪式的工具，因为那位女友的答话看来就是这类仪式的唱和，她说：

“让它待着吧！反正他不能再讨咱们的嫌了。你以为那老东西看到你在这儿，看到窗户敞着，还会哭哭啼啼地来给你披上外衣吗？”

凡德伊小姐答道：“得了，得了。”这句稍有谴责之意的答话倒证明了她天性的宽厚，她这么说并不是因为人家用那种口吻谈论她的父亲，她听了生气（显然，不知出于什么奇奇怪怪的逻辑，每逢这样的时候总有一种感情她是习惯于埋在心里而不予表露的），而是因为这么说等于给自己一个约束，她的女友在想方设法给她提供快乐，她为了不显得只顾自己就有意给自己来点约束。然而，这种对亵渎言行的温和的折中，这种娇声娇气的假怪嗔，对于她坦诚的天性来说，显得特别卑鄙，简直像男盗女娼之流的甜言蜜语；她偏偏想精通这类无耻之道。但是，她无法抗拒快乐的诱惑；有人对她温柔备至，她感到由衷的高兴，偏偏这人对无力自卫的死者如此刻薄。她跳起来坐到她的女友的腿上，天真地把头伸过去给她吻，好像她是她的女儿似的；同时她心花怒放地感到，她们俩这下子要狠心到底，一起到凡德伊先生的坟墓里去盗走他的父爱了。女友捧住凡德伊小姐的脸庞，在额上吻了一下，吻得那样温顺，因为她对凡德伊小姐非常疼爱，她想给如今成了孤儿的少女的凄楚生涯增加一些消愁解忧的乐趣。

“你知道我想给这老怪物来点什么吗？”她拿起肖像说道。

她又凑到凡德伊小姐的耳边悄悄说了几句我听不到的话。

“哦！你不敢吧？”

“我不能啐？往这上面啐？”女友故意恶狠狠地说道。

下文我就听不到了。因为凡德伊小姐无精打采、笨手笨脚、慌慌忙忙、一本正经、愁眉苦脸地过来关上了百叶窗。我总算知道了生前为女儿吃尽种种苦头的凡德伊先生死后得到了女儿什么样的报答。

后来我倒曾经想过，即使凡德伊先生亲眼看见方才的情景，他对自己女儿心地善良的信念也许照样不会丧失，甚至明明错了他还会坚信不疑。当然，在凡德伊小姐日常的行为中，恶的表现极为彻底，一般人难以想象她怎么能坏到这种程度，简直跟施虐狂患者不相上下。让自己的女朋友朝生前一心爱她的父亲的遗像上啐唾沫，此情此景出现在大马路的剧院舞台上倒比出现在名副其实的乡间住宅里更合适。在生活中只有施虐狂才为情节剧提供美学根据。实际上除了施虐狂患者之外，一般姑娘纵然会像凡德伊小姐那样狠心不顾亡父的遗愿和在天之灵，但也不至于有意把自己的狠心概括成那样的一种行为，用那样浅近和直露的象征手法表现出来；在她们的行为中，大逆不道的表现总要隐蔽些，对别人遮掩，甚至自己也看不清楚，干了坏事自己并不承认。但是除了表现之外，在凡德伊小姐的心中至少一开始善恶并不混淆。像她那样的施虐狂都是作恶的艺术家；彻头彻尾的下流坯成不了这样的艺术家，因为对于他们来说恶不是外在的东西，而是天生的品性，同他们无法分离；他们绝不会把品德、悼亡和孝顺父母之类看得神圣不可侵犯，所以当他们亵渎这类东西时也感觉不到大逆不道的痛快。而类似凡德伊小姐那样的施虐狂，则是一些单凭感情用事的人，生来就知廉耻，他们甚至把感官享受都视为堕落，当作只有坏人才能享受的特权。他们一旦在操行方面对自己做出让步，一旦放纵自己贪欢片刻，他们也总是尽量让自己和自己的对手钻进坏人的躯壳里去，甚至产生一时的幻觉，以为自己已经逃出拘谨而温顺的灵魂，闯进了一片纵欲的非人世界。我终于明白，凡德伊小姐一方面巴望如此，同时又发觉自己不可能得逞。她想让自己做得同父亲不一样的时候，她的言行偏偏使我想起她父亲的想法和说法。她所亵渎的东西，那夹在她与快乐之间妨碍她直接尝到甜头的东西，她偏要用来为自己取乐出力，这岂止是那张照片，更是她自己同父亲酷肖的相貌，更是她父亲作为传家宝遗传给她的那双本来长在祖母脸上的蓝眼睛，更是她温文尔雅的举止；这些都在凡德伊小姐和她的劣迹之间横下了一套华丽的辞藻和一种与丑恶的行为格格不入的精神状态，使她认识不到自己的放荡同她平时奉行的许多待人接物的礼数有多大的距离。使她产生寻欢之念的，使她感到快活可心的，不是恶；在她的心目中，快乐倒不是好事。由于她每次纵情求欢所感到的快乐，始终与她贞洁的心灵平时所没有的一些坏思想形影相伴，从而她最终认为快乐之中存在某种邪魔，这种邪魔就是恶。也许凡德伊小姐觉得她的女友本质不坏，认为那些亵渎性语言并非发自她的内心。至少女友高兴吻她的脸，那脸上的微笑和眼神，也许全都是装的，却透露出邪恶的、下流的表情，一个心地善良、忍受痛苦的人绝不会有那种表情，倒像生性残忍、贪图快乐的人才有的模样。可能她有过一闪之念，想象自己其实在寻开心，好比一位少女明明对有人野蛮地亵渎自己的亡父深感痛恨，却还在同如此丧尽天良的伙伴鬼混；也许她不至于认为恶是一片世上少有、不同寻常、异域情调的福地洞府，住到里面去有多么逍遥自在，可惜她不能在自己身上以及在别人身上发现对痛苦的麻木。有人故意制造痛苦，人们却对此无动于衷，称之为麻木也罢，称之为别的什么也罢，总之这是残忍的表现，是残忍的、可怕的、持久的表现形式。

如果说去梅塞格利丝那边散步是十分轻而易举的事，那么去盖尔芒特家那边散步就另当别论了。因为路程长，先要打听着实天气如何。要去就得等到看上去将有一连几个大晴天的日子；就得等到为“可怜的庄稼”操心的弗朗索瓦丝眼看平静而蔚蓝的天上只飘过几丝白云，对下雨已感绝望，唉声叹气地大声说道：“那几片云像不像把尖嘴探出水面嬉闹的海狗？嗨！它们倒是为种田人着想着想，让老天爷下点雨呀！等麦子长起来之后，雨又要滴滴答答没完没了地下个不停了，它都不知道下在什么上面，好像下在海里似的。”就得等到我的父亲从园丁和晴雨表那里一起得到同样的晴天预报；只有到那时，我们在吃晚饭的时候才会说：“明天倘若还是这样的好天，咱们就去盖尔芒特家那边散步。”第二天午饭吃罢之后，我们马上就走出花园的边门，踏进狭窄的、形成一个锐角的贝尔尚街。街上长满狗尾草，两三只黄蜂成天在草丛间采集标本，街面同街名一样古怪，我甚至觉得街道稀奇的特征和不近人情的个性全是由古怪的街名衍生而来的。在贡布雷镇，今天已无处寻觅这条街了，故道上盖起了学校。但是，正如维奥莱-勒迪克[1]门下的学生们认为在文艺复兴时期的祭廊里以及在十七世纪的祭坛下能重新找出罗马时期唱诗班的遗迹，从而把整座建筑恢复到十二世纪时的原貌那样，我的联翩的浮想同样也不让新建筑有片石留下，它在旧址上重新开凿出，并且“按原样恢复”了贝尔尚街，况且贝尔尚街有足够的资料供恢复参考，从事古建筑修缮的人一般还掌握不到这样精确的历史资料：我的记忆保存下来的有关我童年时代的贡布雷的一些印象，也许是它仅存的最后的印象了，现在虽还存在，却注定不久会磨灭；正因为这是我童年时代的贡布雷，在自行消失之前，把那些动人的印象刻画在我的心上，好比一幅肖像本身已湮没无闻，但根据它的原作临摹下来的东西却显赫地流传于世一样。我的外祖母就喜欢送我这类作品的复制件，例如早年根据《最后的晚餐》和让迪勒·贝里尼[2]原作刻制的版画，这些版画保留下了达·芬奇的壁画杰作和圣马可教堂的门楼至今已无处寻觅的原貌。

---

[1] 维奥莱-勒迪克（1814—1879）：法国大建筑师，曾负责修缮包括巴黎圣母院在内的许多中世纪建筑，他所编写的《十一至十六世纪法国建筑考据大全》及《文艺复兴以前的法国家具图录》两书，史料翔实，有极高的历史和艺术价值。

[2] 让迪勒·贝里尼（1429—1507）：意大利威尼斯画派中的贝里尼家族的第二代画师。法国卢浮宫藏有他所作的《基督受难图》等画品。

我们从鸟儿街上古老的鸟儿客栈门前走过。十七世纪时，蒙邦西埃家、盖尔芒特家和蒙莫朗西家的公爵夫人们的轿车曾驶进客栈的大院，她们来到贡布雷，有时是为了解决与佃户的争端，有时是为了接受佃户的贡奉。我们走上林荫道，圣伊莱尔教堂的钟楼在树木间显现。我真想能在那儿坐上一整天，在悠扬的钟声中埋头读书；因为，天气那样晴朗，环境又那样清幽，当钟声响起来的时候，仿佛它不仅没有打断白天的平静，反而更减轻白日的烦扰，钟楼就像没有其他事情可干的闲人，只管既悠闲又精细地每到一定的时刻分秒不差地前来挤压饱和的寂静，把炎热缓慢地、自然地积累在寂静之中的金色液汁，一点一滴地挤出来。

盖尔芒特家那边最动人的魅力在于维福纳河几乎始终在你的身边流淌。我们第一次过河是在离家十分钟之后，从一条被称作“老桥”的跳板上过去的。我们到达贡布雷的第二天，一般总是复活节，听罢布道，倘若赶上天气晴朗，我就跑来看看这条河。那天上午大家正为过复活节这样盛大的节日而忙乱着，准备过节使用的富丽的用品使那些还没有收起来的日常器皿显得更加黯然失色。已由蓝天映得碧绿的河水在依然光秃秃的黑色田亩间流淌着，只有一群早来的杜鹃和几朵提前开放的报春花陪伴着它，偶尔有一茎紫堇噘起蓝色的小嘴，一任含在花盏中的香汁的重量把花茎压弯。走过“老桥”，是一条纤道，每逢夏天，有一棵核桃树的蓝色的枝叶覆盖成荫，树下有一位戴草帽的渔夫，扎下根似的稳坐在那里。在贡布雷，我知道钉马掌的铁匠或杂货铺伙计的个性是藏在教堂侍卫的号衣或唱诗班孩子的白色法衣中的。唯独这位渔夫，我始终没有发现他真正的身份，想必他认识我的长辈，因为我们经过时，他总要抬一抬他的草帽。我本想请教他的姓名，可是总有人比画着不让我出声，怕我惊动正待上钩的鱼。我们走上纤道，下面是几尺高的岸坡。对面的河岸矮，是一片片宽阔的草地，一直延伸到村子边，延伸到远处的火车站。那里到处有贡布雷昔日领主的城堡的残迹，半埋在杂草中。中世纪时维福纳河是贡布雷抵御盖尔芒特的贵族首领和马丹维尔的神甫们进犯的天堑。如今只剩下箭楼的断瓦残砖给草地留下几堆不甚显眼的土包而已，还有几截雉堞围墙，当年弓弩手从那里投射石弹，哨兵从那里监视诺甫篷、克莱尔丰丹、马丹维尔旱地、巴约免赋地等盖尔芒特家族管辖下一切属地的动静，它们当年把贡布雷夹在中间。昔日的属地早已夷为平地，在这里称王称霸的已是教会学校的孩子，他们到这里来学习功课或做课间游戏。几乎已经埋入地下的往事像散步的人中途纳凉似的躺在河边，却使我浮想联翩，使我觉得贡布雷的这个名字不仅指今日的小镇，还包括另一座完全不同的城池，它那半埋在金盏花下的不可思议的昔日风貌牢牢地攫住了我的思绪。这里的金盏花多得数不清，它们选择这片土地，在草上追逐嬉戏；它们有的孑然独立，有的成对成双，有的结伴成群；它们黄得像蛋黄，而且光泽照人，尤其因为我感到它们只能饱我以眼福，却无法飨我以口福，我便把观赏的快乐积聚在它们金光闪烁的表面，终于使这种快乐变得相当强烈，足以产生一些不求实惠的美感来。我自幼年时起就这样做了：我从纤道上向它们伸出双手，我还叫不全它们的名字，只觉得跟法国童话里的王子们的名字一样漂亮动听；它们也许是几百年前从亚洲迁来的，但早已在村子里落户定居；它们对清贫的环境很知足，喜欢这里的太阳和河岸，对于远眺所及的车站不起眼的景色，它们也绝无二心，同时它们还像我们某些古画那样在稚拙纯朴中保留着东方的诗意的光辉。

我兴致勃勃地观看顽童们放进维福纳河里用来装鱼的玻璃瓶。每只瓶里装满了河水，河水又把瓶子紧紧裹住；它们既是四壁透明得像是由一种凝固的清水做成的“容器”，同时又是沉进了一个更大的，由流动着的晶体做成的容器里的“内容”；它们在这里比在餐桌上更沁人心脾、更撩人欲念地体现出清凉的形象，因为在餐桌上，瓶水的清凉的形象始终只流溢在水和玻璃之间，我们的手不能在清淡的水中捕捉到清凉的形象，而我们的上腭也无法从凝固的玻璃中品尝到清凉的滋味。我打算以后再来时带上鱼竿；我从野餐篮里面撕下了一块面包，把它搓成一团一团，扔进维福纳河，看来这足以在水中造成一种超饱和现象，因为河水立刻凝固了，在面包团四周无数细小的蝌蚪，凝聚成一个个椭圆形的小球，原先这些蝌蚪一定是散布在河水里的，肉眼看不到，但密度已达到结晶的临界线。

不久，维福纳河的水流被水生植物堵塞了。起初，河里先是长出几株孤零零的水草，例如有那样一株水浮莲，水流从它的身边流过，可怜它在水流中间，很少得到安宁；水流把它从这边的岸沿冲到那边的岸沿，它像一艘机动渡船一样，无休无止地往返在两岸之间。被推向岸边的水浮莲的株茎，舒展、伸长、绷紧，以至于达到张力的极限；漂到岸边以后，水流又把它往回拉，绿色的株茎又开始收拢，把可怜的植物重新引回到姑且称之为它出发的地点，可安生不了一秒钟，它又得被反复地带来带去。我一次又一次地在散步时见到它，它总是处于同样的境地，这使我想起某些神经质的人（我的外祖父把我的莱奥妮姑妈也算在其中），他们年复一年地让我们看到他们一成不变的古怪习惯，他们每次都声称要加以改变，但始终固守不爽。他们被卡进了不痛快和怪脾气的齿轮之中，纵然使尽气力也难以脱身，只能更加强齿轮的运转，使他们古怪的、劫数难逃的保守疗法像钟摆一样地往复不已。那株水浮莲也是如此，也像这样不幸的病人，他们反复不休、永无止境的古怪的痛苦曾引起但丁的好奇，倘若维吉尔没有大步走开，迫使他不得不快快赶上的话，但丁还会没完没了地要那些受到这种痛苦折磨的人亲自诉说自己的病情和病因的，正如这时我的父母已经走远，我得快快跟上一样。

但是，再往前去，水流渐缓，流经一座业主向公众开放的庄园；主人有偏爱浮莲水草之雅，以此装点庭院，在维福纳河水灌注的一片片池塘中，群莲争艳，真成了名副其实的赏莲园。这一带两岸树木葱茏，团团浓荫通常把水面映得碧绿，但有几次暴雨过后，黄昏分外恬静，归途中我发现河水蓝得透亮，近似淡紫，仿佛涂上了一层日本风格的彩釉。水面上疏疏落落地点缀着几朵像草莓一般光艳的红莲，花蕊红得发紫，花瓣边缘呈白色。远处的莲花较密，却显得苍白些，不那么光滑，比较粗糙，还有些皱皱巴巴，它们被无意的流水堆积成一团团颇有情趣的花球，真像是一场热闹的游乐会之后，人去园空，花彩带上的玫瑰零落漂浮在水面，一任流水载浮载沉。另有一处，仿佛专门腾出一角供普通的品种繁殖，那里呈现一派香芹的素雅的洁白和淡红，而稍往前看，一簇簇鲜花拥挤在一起，形成一块漂浮在水面的花坛，仿佛花园中的蝴蝶花，像一群真正的蝴蝶，把它们冰晶般透蓝的翅膀，停歇在这片水上花坛的透明的斜面上；说它是水上花坛，其实也是天上花坛，因为这花坛为花朵提供了一片颜色比花朵更富丽、更动人的“土壤”——水面；下午，它在浮生的花朵下像万花筒一般闪烁出其乐融融的，专注、静默和多变的光芒；黄昏，它像远方的港口，充满了夕阳的红晕和梦想，变幻无穷，同时又在色彩比较稳定的花朵的周围，始终与更深沉、更神秘、更飘忽不定的时光，与宇宙的无限取得和谐，在那时，它仿佛让这一切都化作了满天的彩霞。

流出花园之后，维福纳河又滔滔转急。有多少回，我见到一位船夫，放下了船桨仰面躺在船中，听凭小船随波漂荡，他的头枕在船板上，只见到天空在他的上面慢慢地飘移，他的脸上流露出预想幸福和安详的表情；我若能随心所欲地生活，我多想仿效他那样的豁达坦荡啊！

我们坐在岸边的菖蒲花丛中休息。在假日的天空，一朵闲云久久地徘徊。不时有一条闷得发慌的鲤鱼跃出水面，惴惴不安地透一口气。这正是野餐的时间。我们要在这儿待好久才回家；在草地上吃点水果、面包、巧克力，圣伊莱尔教堂的钟声沿着地平线悠悠传来，声音虽弱，却依然浑厚而铿锵；它们从那么远的地方，穿透一层层的空气，却没有与空气混合，一道道声波的连续的颤动给钟声四周留下一条条棱纹，掠过花朵时发出阵阵共鸣，一直到达我们的脚边。

有时，在林木围绕的水边，我们见到一幢被称作别墅的房屋，孤零零地隐匿在幽僻的地方，只有墙脚下的河流与它相伴。一位少妇独立在窗内，显得若有所思；从她的华丽的面罩来看，她不像本地人。她大约是如俗话所说来这儿“隐身”的。窗外，她所能见到的只有拴在门外的一叶扁舟而已。这地方无人知道她的姓名，尤其是无人知道她曾经爱过但早已无法继续挂在心上的那位男子的姓名，她一定因此而感到既苦涩又高兴。她心不在焉地抬眼望望，先听到岸边的树后有行人经过，然后才看到行人的模样；她可能心中有数，他们以前不认识，将来也不会知道谁是负心人，他们过去对她毫无印象，将来也未必有再见到她的机会。一般人认为，她离群索居，是有意远离能见到心上人的地方，哪怕远远一瞥，她也尽量躲开，故而避到根本没见过那人的这里来。而有一次，我散步回家，经过她明知自己所爱的人决不会出现的那条路，我见到她无可奈何地摘下了自己长长的、华而不实的手套。

我们到盖尔芒特家那边散步，没有一次能走到维福纳河的源头；我经常想到源头去，在我的心目中，它简直是一种很抽象、意念很强的存在，倘若有人告诉我说，这源头就在本省，离贡布雷才多少多少公里，我一定会惊讶万分，其程度等于听人说地球上哪个确切的地点古时候曾是地狱的入口处。我们也从来没有能一直走到我非常想去的终点：盖尔芒特。我知道，那是领主盖尔芒特公爵和夫人的府邸；我知道他们是实际存在的真人，但是，一想到他们，我就时而把他们想象成壁毯上的人物，跟我们教堂里那幅名叫《以斯帖受冕》的壁毯上的盖尔芒特伯爵夫人的形象一样；我时而把他们想象成色调变幻的人物，跟教堂彩色玻璃窗上的“坏家伙希尔贝”似的，我在取圣水的时候，他看上去是菜绿色的，等我在椅子上坐定之后，他又变成了青梅色；我时而把他们想象成完全不可捉摸，跟盖尔芒特家的远祖，热纳维耶夫·德·布拉邦特的形象一样——幻灯曾映照她的形象驰过我房内的帘幔，或者登上房内的天花板。总之，他们总裹着中世纪神秘的外衣，像受到夕阳的沐照似的，沉浸在“芒特”这两个音节所放射出来的橘黄色的光辉之中。但是，尽管如此，作为公爵和公爵夫人，他们在我的心目中毕竟实有其人，虽然他们与众不同，从另一方面来说，他们的公爵身份使他们的形象极度地膨胀，变得虚无缥缈，足以容纳下他们的爵号后面那个显赫世家的姓氏——盖尔芒特，容纳下“盖尔芒特家那边”所有的一切：明媚的阳光，维福纳河，河上的睡莲，岸边的大树，以及那么多晴朗的下午。我知道他们不仅有德·盖尔芒特公爵和公爵夫人的爵位，从十四世纪起，他们征服贡布雷的企图落空之后，便与大领主联姻，由此分封得到贡布雷的领主权，从而成为贡布雷最早的公民，也是唯独不在贡布雷定居的公民。他们兼任德·贡布雷伯爵，在他们的姓氏和身份中加进了贡布雷的地名，不用说，贡布雷所特有的那种离奇而虔诚的忧伤情调实际上也随之潜入他们的心中；他们是贡布雷市镇的主人，但是他们在镇上没有一所私宅，进入市镇他们大约只能待在屋外，待在街上，待在天地之间，就像圣伊莱尔教堂彩绘玻璃窗上的那个坏家伙希尔贝，当我到加米杂货铺去买盐时，经过教堂的后身，抬头望去，却只能见到彩绘玻璃窗一片漆黑的反面。

后来还有过这样的事情：在盖尔芒特家那边，我有时经过几片潮湿的小庄园，几簇色泽无光的花朵伸出栏外。我驻足停步，自以为得到了一个可贵的概念，因为我觉得眼前仿佛是我自从读到一位心爱的作家有关描述之后便日夜向往的那片河网地带的一角。贝斯比埃大夫曾同我们讲到盖尔芒特宫堡花园里的花和花园里蜿蜒密布的小溪，我一面听着，一面想到了那位作家所描述的河网地带，想到了那片纵横密布着潺潺流水的虚幻的地方，从而盖尔芒特在我的脑海中改变了形象，我把盖尔芒特同那片虚构的景象等同起来。我想入非非地觉得仿佛盖尔芒特夫人一时心血来潮，对我钟情，邀我去玩；她一整天都陪我钓鱼。黄昏时，她拉着我的手，我们从她的家臣们的小花园前走过，沿着低矮的围墙，她指点我看垂挂在墙头的一簇簇紫色和红色的花朵，并告诉我这些花的名称。她要我说出我刻意经营的那些诗篇的主题。这类梦提醒了我：既然我想有朝一日当名作家，现在就该明确打算写什么。但是，我一旦扪心自问，力求找到一个可以容纳无限的哲学意蕴的主题，我的思路便停止了运作，只觉得自己眼前一片空白；我感到自己缺乏天才，也许我的脑子有什么毛病妨碍才能的发挥。有时我指望父亲帮我理顺这一团乱麻。他很有办法，在当政者跟前很吃香，甚至可以让我们拒不照办被弗朗索瓦丝说成跟生死一样无法抗拒的官方法令。在我们居住的那个地段，唯独我们家把“整修墙面”的规定推迟一年执行；他还为萨士拉夫人那个想进水利部门工作的儿子取得了部长的特许，提前两个月通过会考——考生名单本来是按姓氏第一个字母的顺序排列的，经过特许的萨士拉夫人的儿子的名字竟然列入姓氏以A开头的考生名单，而不列入姓氏以S开头的考生名单。假如我生了重病，假如我遭到强盗绑架，我坚信我的父亲有通天的本领，能写一封连上帝都无法推却的介绍信，最终使我的重病，我的被绑架，都不过是虚惊一场。我会不慌不忙地等待着必将转危为安的时刻，得到解救或治愈。也许我的缺乏才能，我为自己将来的作品寻找主题的时候在我思想中所出现的那个黑洞，同样无非是一种不牢靠的幻觉，只要父亲出面干预，这种幻觉就会烟消云散；仿佛他早已同官方和上帝达成默契，同意让我成为当代第一流的作家。但是也有这样的时候，我的父母见我老是落在后面而为我着急，那时我的实际生活仿佛已不再是我的父亲着意创作的作品，不再是他可以任意改变的产物，相反，它似乎被包括进与我格格不入的现实，没有任何办法可以对抗那种现实，我在其中也没有一个同盟军，除那种现实之外，别无他物。那时我就觉得我活在世上与常人无异，像大家一样，我会老、会死，我只是没有写作天赋的庸人中的一员。所以，我灰心丧气，从此放弃文学，虽然布洛克一再鼓励我。这种内心的、直接的体验，这种思想的空虚感，比一切人们可能给予我的溢美之词更有力量，等于一个坏人听到人家夸奖他的每一桩善举，他也不免良心发现，悔恨自己的无行。

有一天，母亲对我说："既然你老是提到德·盖尔芒特夫人……贝斯比埃大夫四年前为她治过病，照料得特别精心，如今大夫的女儿要结婚了，她一定会到贡布雷来参加婚礼的。你可以在婚礼上见到她。"有关德·盖尔芒特夫人的事，我听得最多的是贝斯比埃大夫的介绍，他甚至还给我们看了一期画报，那上面刊载了一张她在莱翁王妃家举行的化装舞会上穿着奇装异服时，拍摄的照片。

在婚礼弥撒进行的当口，教堂侍卫移动了一下身子，使我突然看到坐在一间偏殿里的金黄色头发的贵妇人，她鼻子大，一双蓝眼睛看起人来入骨三分，胸前蓬松的丝领结是浅紫色的，平整、簇新、光滑，鼻子边上有一颗小疱。她满脸通红，似乎很热，从那张脸上，我认出了与画报上那张照片的某些类似之处，虽然它已经像褪了颜色似的模糊不清，但是，就凭我在她脸上发现的特征，倘若我加以归纳的话，恰恰同贝斯比埃大夫在我面前描述的德·盖尔芒特夫人的特征完全一样：大鼻子、蓝眼睛；于是我心想：那位贵妇人跟盖尔芒特夫人长得很像；她坐着听弥撒的那个偏殿正是坏家伙希尔贝的偏殿，偏殿下已像蜂窝那样松散而发黄的古墓里，安息着布拉邦特古时世袭伯爵们的遗骸，我记得听人说过，那个偏殿是供盖尔芒特家的人到贡布雷来参加宗教仪式时专用的；而那一天，正巧是德·盖尔芒特夫人应该来的日子，在这个偏殿里只可能有一个女人同德·盖尔芒特夫人的照片相像，那就是她本人。我失望得很。失望在于我万万没有预料到她会是这样的；过去一想到德·盖尔芒特夫人，我总是用挂毯或彩色玻璃窗的色调在心中描绘她的形象，把她想象成另一世纪的模样，举止气派与活生生的人完全不同。我万万没有料到她会跟萨士拉夫人一样红光满面，打着浅紫色的领结，她的鹅蛋形的脸庞使我想起了我在家里经常见到过的一些人，我不禁顿生一丝稍纵即逝的疑惑：怀疑偏殿里的那位夫人从生成原则和分子构成上说也许同德·盖尔芒特夫人名不副实，她的体态完全不知道她头顶上的姓氏有多大的分量，恐怕与医生和商人的妻子属于同一类型。我惊讶地注视着她，脸上的表情等于在说："原来如此，德·盖尔芒特夫人也不过如此！"她的形象自然同多次出现在我的幻想中的德·盖尔芒特夫人的形象毫无关系，因为她不同于我抽象地幻想出来的模样，她只是在一刹那之前，在教堂里，第一次突然出现在我的眼前；她的性质完全不同，不能由我任意着色，不像我想象中的人那样听凭音节流溢出来的橘黄色浸透全身，而是实实在在的真人，她身上的一切，包括鼻子一角正在发炎的小疱，都证实了她从属于生命的法则，好比一出戏演得再热烈迷人，仙女的裙褶以及她手指的颤动都揭示出一位活生生的女演员的实际存在，虽然看戏的人一时疑幻疑真，不知道眼前所见是否只是灯光投下的幻影。

但同时，我努力给这个形象，给那只大鼻子和那双目光锐利的眼睛刻在我视野中的这个形象（也许正是那两样东西趁我还没有来得及想到眼前这位妇女可能就是德·盖尔芒特夫人的时候就出现在我的视野之内，并在上面刻下了第一道印记），给这个全新的、不可改变的形象粘贴上如下的说明："这位就是德·盖尔芒特夫人。"然而我却不能使这样的认识同形象妥帖地相合，它们像两只隔着空当的圆盘，始终转不到一起。可是，过去我经常梦见、如今又亲眼看见确实存在于我心外的这位德·盖尔芒特夫人，对我的想象力仍施加了进一步的威力；我的想象力同与它的期望完全不同的现实一经接触，先是麻木了一阵，后来又开始做出反应，对我说："盖尔芒特家早在查理大帝之前就声名显赫，对手下的属臣拥有生杀之权；德·盖尔芒特夫人是热纳维耶夫·德·布拉邦特的后代。她不认识，也不想认识这里的任何人。"

啊！人类的目光享有多么美妙的独立性啊！它由一根松散的、长长的、有弹性的绳子系在人的脸上，因而它能远离人的面孔独自去扫视！德·盖尔芒特夫人的身体端坐在掩埋着她家祖先的偏殿内，她的目光却到处转悠，顺着一根根柱子往上张望，甚至像在正殿徘徊的一束阳光那样停留在我的身上，只是这束阳光似乎意识到我在接受它的抚摸。至于德·盖尔芒特夫人本人，却端坐不动，好比一位母亲，自己的孩子在一边胡作非为地淘气，跟她所不认识的人多嘴多舌地搭腔，她却视而不见，所以我就没法知道她赞成不赞成自己的眼光，趁自己的心灵懒得动弹之际这样到处游逛。

然而我觉得要紧的是，在我把她看够以前她别走开，因为我记得多少年来我把见到她当作梦寐以求的一件大事，我的眼睛一见到她就再也离不开了，仿佛我每看一眼都能实实在在地把她的大鼻子、红腮帮以及足以说明她的脸庞特点的一切可贵的第一手资料，统统都贮存进我的记忆库里。当时在我脑海中凡与她有关的想法都使我感到她那张脸是美的——也许尤其是那种总不愿扫兴的愿望，是那种保存我们内心向往最美好事物的本能的表现，把她置于凡夫俗子之外，只凭草草看一眼，我最初有那么一瞬间曾把她同凡夫俗子混淆在一起，但毕竟眼前的她同我以前心目中的德·盖尔芒特夫人是一个人呀！偏偏当时有人在我周围悄悄议论："她比萨士拉夫人好看，也比凡德伊小姐强一些。"我听了很生气，言下之意好像她们能跟她相比似的。于是我的目光注视她的金黄色的头发，她的蓝眼睛和她的脖子，由此排除了可能使我想到别人容貌的一切特征，看着这幅有意画得不完全的速写稿，我不禁叫出声来："她多美呀！多雍容华贵！她准是盖尔芒特家的一位高傲的夫人，热纳维耶夫·德·布拉邦特的后代！"我当时的注意力全都集中在她的身上，简直把她孤立了起来，以至于今天倘若我回忆那天的婚礼，我再不记得其他参加婚礼的人的模样，只记得她以及那位教堂侍卫的情状，因为我问过教堂侍卫，那位夫人是不是德·盖尔芒特夫人；教堂侍卫给了我肯定的回答。说到她，我尤其历历在目的是她同大家一起鱼贯进入圣器室的情景。那一天刮着风，又时而来一阵大雨，炎热的、时有时无的太阳照亮了圣器室。德·盖尔芒特夫人同贡布雷的老百姓挤在一起，她连他们姓什么都不知道，但是他们的猥琐把她的崇高衬托得极其鲜明，以至于她不能不由衷地对他们怀有一种宽厚之心，而且她既高雅又纯朴的举止，更使大家对她敬畏备至。一般人见到认识的人，目光中总故意地含有某种确切的含义；而她不能放出这样的目光，她只是让她漫不经心的念头，化作掩饰不住的粼粼蓝光，不断地流溢出来，她但愿这股光流，在流经那些小人物身边，并且随时都在触及那些小人物的时候，千万不要使他们感到局促不安，千万不要显得高傲冷淡。我至今犹历历在目的是，在浅紫的、蓬蓬松松的丝领结之上，她的眼睛流露出些许惊讶和略含羞涩的微笑；这微笑倒不是她有意给什么人看的，而是让每一个在场的人都感觉到；那种气派就像一位女王谦逊地面对她的臣民，表现出她的爱民之心；这微笑落到了一直盯住她看的我的身上，她的目光蓝得好比透过“坏家伙希尔贝”那幅彩色玻璃窗射进屋来的阳光，它在做弥撒的时候停留在我的身上，我不禁想：“她一定注意到我了。”我认准她喜欢我，她离开教堂后还会想到我的，甚至回到盖尔芒特以后她也许会为我而惆怅呢。我也立刻爱上了她，因为，若说一见钟情，有时候只需她像我想象中的斯万小姐那样，对我们不屑一顾地瞅上一眼，我们心想这女人绝无可能倾心于我们，这些就足以使我们痴情相思了；但也有时，只需哪位女士像盖尔芒特夫人那样好心地瞧瞧我们，我们想她可以同我们两心相悦，这同样足以使我们魂牵梦萦。她的眼睛像一朵无法采撷的青莲色的长春花；我虽无法采撷，却是她馈赠给我的；已被一团乌云挡去半边的太阳，仍竭尽全力把光芒投射到广场上和圣器室，给为婚礼铺设的红地毯增添一种肉红色的质感，使羊毛地毯长出一片粉红色的绒毛，多了一层光亮的表皮；德·盖尔芒特夫人微笑着走在地毯上面，那种温柔、庄重、亲切的气氛，渗透了豪华而欢快的场面，类似歌剧《罗恩格林》[1]中的某些片段，类似卡帕

[1] 《罗恩格林》：瓦格纳的第一部突破传统形式的歌剧，1850年首演于魏玛，取材于德国传说：罗恩格林救出布拉邦特公主，并与她相爱、结婚，后又因出身问题，离开了她。

契奥[1]的某几幅油画，同样使人认识到波德莱尔为什么能用甜蜜这个形容词来形容铜管乐的声音。

从那天起，每当我去盖尔芒特家那边散步，我总比以前更为自己因缺乏文学禀赋，不得不断绝当大作家之念而痛心不已！我离开人群，独自在一旁遐思时，憾恨之情更使我苦楚难当，以致为了不再受这痛苦的折磨，我的理智索性采取有意止痛的办法，完全不去想诗歌、小说以及由于我才情寡薄而无从指望的诗一般的前程。于是，一个屋顶，反照在石头上的一点阳光，一条小路的特殊气息，忽然脱离一切文学的思考，与任何东西都无联系地使我感到一种特殊的快乐，使我驻步流连；我暂停观赏的另一个原因是这一切事物仿佛在我所见不到的隐秘之中蕴藏着某种东西，它们请我去摘取，我却竭尽全力而无处觅得。因为我感到这东西蕴藏在它们的内部，所以我一动不动地呆立在那里，用眼睛看，用鼻子嗅，想用自己的思想，钻进这形象和这气息的内部去。倘若那时我必须赶上我的外祖父，继续往前走，那么我就闭上眼睛，想方设法回忆方才所见的情景。我专心致志地、一丝不苟地追忆那屋顶的形状，那石头的微妙的细节；也不知为什么，我总觉得它们仿佛饱满得要裂开似的，仿佛准备把它们掩盖下的东西统统都交给我。当然，虽说能使我重新萌生当作家和诗人的希望的不是这些印象，因为它们总是同某个既无思考价值又同任何抽象真理无涉的个别对象相联系，但它们至少给了我一种无由的快感，

[1] 卡帕契奥（1455—1525）：意大利画家，是上面提到过的让迪勒·贝里尼的学生。

波提切利

《春》

一种文思活跃的幻觉，从而排遣了我的苦恼，排遣了每当我想为写一部巨著寻找一种哲学主题时所自恨不已的无能感。然而那些印象以具体的形态、色彩和气味迫使我意识到严峻的责任：我必须努力找到隐蔽其中的东西。但是这任务太艰巨了，我很快就为自己找到逃避努力、免去劳累的借口。幸亏那时我的长辈们在叫我了，我感到我当时不具备进行有效探究所必需的平静的心境，倒不如在回到家里之前索性不去想它为好，省得早早地徒劳无功。于是，我不再为外面裹着一种形式、一股香味，但里面又不知包藏何物的那件东西操心了；我心安理得，因为我正把受到形象外衣保护的那件东西带回家去呢，我感到它在形象的外衣下，同每逢大人允许我外出钓鱼的日子，我装进筐里还盖上保鲜的青草带回家来的鱼儿一样地鲜灵活泼。但是，回家之后，我就另有所思了，所以，那块阳光反照的石头，那片映在水面的屋顶，那悠悠的钟声，那草木的气息，还有许多各不相同的形象，也都在我的脑海中堆积下来，就跟我散步时采回来的各色野花和别人送我的各种东西堆积在我的房间里一样。而隐蔽在那些形象下的实况，我虽曾有所感，却始终缺乏足够的毅力去发现，后来也早都泯灭了。然而，有一次，我们散步的时间比平时长，在回家的中途遇见了驾车经过的贝斯比埃大夫。由于时近黄昏，大夫认出我们一行之后，便请我们上车；那次我又得到类似的印象，不过我没有轻易搁置一边，而是进行深一步的探究。我被安排坐在车夫的身旁。马车疾驰如风，因为贝斯比埃大夫在回到贡布雷之前还得在马丹维尔停留一会儿，去看望一名病人；他同我们讲定：我们在病人家门口等他。车到拐弯处，突然，我感到一阵特别的、与其他快感全然不同的喜悦，因为我远远望见了与马丹维尔教堂的双塔并立的钟楼，而且随着马车的奔驰和夕阳的反照，那双塔仿佛也在迁移，及至后来，同它们相隔一座山岗，位于另一片较高的平川上的维欧维克的钟楼，竟似乎也同它们成了紧邻。

我在注意到双塔塔尖形状的同时，目睹了它们轮廓的位移和塔面夕照的反光，我感到我领略不透自己的印象，总觉得在这种运动和这片反光中，有件东西既是双塔所包含的，也是它们所窃取的。

这两座钟楼看来离我们还远，仿佛我们的马车并没有向它们驰去，等到转瞬间我们忽然在教堂前停车，我才大吃一惊。我不知道望到双塔时为什么那样地喜悦，而探究其原因又似乎非常艰难；我但求在脑海中贮存下这些阳光沐照的轮廓线，至少在目前不去想它。倘若我加以探究，那么两座钟楼定会同那么多的树呀，屋顶呀，气味呀，音响呀，永远联结在一起，我之所以能从纷扰的万物中分辨出上面这些东西，是因为它们同那一片面目不清、我始终没有深入探究的平原有关。我跳下马车，在等待大夫的时候，同大人们一起聊天。后来我们又开始上路，我还是坐在车夫旁边的座位上。我回头看看双塔，稍微过了一会儿，我又在拐弯处最后看了它们一眼。车夫虽然不善于交谈，我说什么他都很少搭腔。由于没有别人做伴，我只得与自己做伴，无可奈何地回忆我的那两座钟楼。不久，它们的轮廓，它们的阳光灿烂的表面忽然像有一层外壳似的裂开了，隐藏在里面的东西露出了一角。

当时我顿生一念，在前一秒钟它还不存在，这时却形成一串词句，涌进我的脑海；初见双塔时我所感到的那种喜悦立即膨胀起来，使我像醉了似的再不能想别的事情了。当时，我们已经远离马丹维尔，我回头看去，又见到了双塔；这一次它们成了两条黑影，因为太阳已经下山。有好几次，道路转弯，把双塔从我的视线中抹去，后来，它们最后一次出现在地平线上，又终于在我的眼前完全消失了。

我并没有想到隐藏在双塔之中的东西大概同漂亮的句子相类似，因为它是以使我感奋的词汇的形式出现在我的面前的，我向大夫借了纸和笔，也不管车行颠簸，我写了下面这一小段文字，以抚慰我激荡的心胸，以宣泄我满腔的热情；后来我找到了当时的原文，现在只做些许改动，转录如下：

> 孤零零地从地平线上崛起、仿佛埋没在茫茫田野中的马丹维尔的双塔，高高地刺向蓝天。不久，我们看到三座塔影：一座迟来的钟楼，维欧维克的钟楼，摇身一转，站到了它们的面前，同它们会合在一起。时光流逝，我们的马车也在飞驰，然而鼎立的三塔始终在我们的眼前，像三只飞禽，一动不动地兀立平川，阳光下它们的身影格外分明。后来维欧维克的钟楼躲到一边，拉开了距离，马丹维尔的双塔依然并立，被落日的余晖照得纤毫可辨，甚至在离它们那么远的地方，我都能见到夕阳在塔尖的斜坡上嬉戏、微笑。我们花费了那么多的时间向它们靠拢，我以为还需许久才能到达它们跟前，

忽然，车儿一拐，竟已经把我们送到塔下；双塔那样突然地扑面而来，幸而及时刹车，否则差一点撞在门廊上。我们继续上路；我们已经离开了马丹维尔，村庄陪我们走了几秒钟之后便消失了，地平线上只剩下马丹维尔的双塔和维欧维克的钟楼，它们在摇动着阳光灿烂的塔尖，向我们道别，目送我们奔驰远去。有时候，它们中一个隐去，让另外两个再瞅我们一眼；但是道路改变着方向，它们在阳光中像三枚金轴也随之转动，随后在我们的眼前消失。又过了一会儿，那时我们离贡布雷不远，太阳已经下山，我最后一次遥望它们，它们竟只像画在田野地平线之下的三朵小花了。它们也使我联想到传说中的三位姑娘，被抛弃在夜幕已经降临的荒野。正当我们的马车奔驰远去之际，我看到她们在怯怯地寻路，只见她们高贵的身影磕磕绊绊，后来就彼此紧挨在一起，一个躲到另一个的身后，在夕红未消的天边只留下一个婀娜卑谦的黑影，最终在夜色苍茫中消隐。

以后我一直没有再去想这段文字，可是，在当时，我坐在大夫的马车夫旁边，那是他通常放鸡笼子的地方，笼里装满他在马丹维尔市场上采购来的鸡鸭，我坐在那地方写完了上述一段文字之后感到非常痛快，我觉得它巧妙、周全地把我从钟楼的纠缠中解脱出来，让我对钟楼所蕴藏的内涵也做了交代，我痛快得好比一只刚下过蛋的母鸡，直着嗓门儿唱了起来。

在做这类漫步的时候，我能整整一天想入非非，想到能成为德·盖尔芒特夫人的朋友该有多快活，钓钓鳟鱼，乘一叶扁舟荡漾在维福纳河上；而贪图幸福的我，在那样的时刻，对生活别无他求，但愿此生天天下午如此逍遥。但是，在归途中，当我在左首瞥见一座农庄时，我的心突然怦怦乱跳，我知道不出半小时我们就到家了。这座农庄离另外两座挨得很近的农庄相当远，要进入贡布雷市区，只需经由农庄折入橡树夹行的林荫道，林荫道的一边是分属三户农家的果园，株距整齐的苹果树枝条垂地，斜照的夕阳给树荫勾画出日本风格的图案。每逢去盖尔芒特家那边散步的日子都是这样，回家之后不久就开晚饭，我刚吃完，他们就打发我去睡觉，要是赶上家里有客，我的母亲就不能离席，不能上楼来到我的床边同我道晚安。我悻悻然进入这个凄凉境界，同不久前我欢天喜地投入的那个快活境界相比，区别如此鲜明，犹如层云迭起的天边，一抹红晕被一道绿线或一道黑线所切断。红霞中有一只鸟儿在飞翔，眼看它将飞到尽头，几乎已经接近黑色区域，接着它飞了进去。盼望去盖尔芒特，盼望旅游，盼望幸福的念头刚才还纠缠着我，可现在我与它们相去万里；我已不觉得实现这些愿望有什么乐趣可言了。我甘心把这一切全都抛弃，只求能在母亲的怀里整夜哭泣！我瑟瑟发抖，我忧心忡忡地盯住了母亲的脸庞，今天晚上她不会到我的房里来了，独居孤室的景象已在我的脑海浮现，我恨不能一死了之。这种心境一直延续到第二天的早晨，当阳光像园丁架梯子似的把一道道光线靠到长满旱金莲的墙上（那些旱金莲一直缘墙而上，长到我的窗前），我连忙下床，赶快到花园里去，不再顾及黄昏又会引来同母亲分手的时刻。所以说，我是在盖尔芒特家那边学会辨别在某些时期内先后在我身上出现的各种不同的心境的，它们甚至在一天之内都各占一段时间，一种心境赶走另一种心境，就像定时发烧一样分秒不差；它们彼此相接，又彼此独立，彼此之间无法沟通，以致在某种心境之下，我无法理解，甚至无法想象在另一种心境之下我所期望或我所惧怕或我所做过的一切。

因此梅塞格利丝那边和盖尔芒特家那边，对于我来说，是同我们各种并行的生活中最充满曲折、最富于插曲的那种生活的许多琐细小事紧密相连的，也就是同我们的精神生活有关。无疑，它在我们的心中是悄悄地进展的，而我们认为意义和面貌都发生变化的真理，为我们开辟新的道路的真理，我们其实早就为了发现它做过长期的准备，只是我们没有意识到罢了；而在我们的心目中，真理却只从它变得显而易见的那一天、那一分钟算起。当年在草地上嬉戏的花朵，当年在阳光下流淌的河水，曾与周围的风景相关联，而这些景物至今仍留恋着它们当年无意识的或者散淡的风貌；不用说，当它们被那位微不足道的过客、那个想入非非的孩子久久地审视时，好比一位国王受到湮没在人群中的某位回忆录作者的仔细的考察那样，大自然的那个角落，花园里的那个地段未必能认为它们多亏那孩子才得以继续幸存在它们稍纵即逝的特色之中；然而，掠过花篱，紧接着由野蔷薇接替的那株山楂花的芳香、花径台阶上没有回音的脚步声、河中泛起扑向一棵水草又立即破碎的水泡，都一直留在我激荡的心里，而且连续那么些年都久久难忘，而周围的道路却在记忆中消失得无影无踪了。

走过那些道路的人死了，甚至连对走过那些道路的人的回忆也都泯灭了。有时，延存至今的那一截片段的景物，孤零零地从大千世界中清晰地浮现，繁花似锦的小岛在我的脑海中漂动，我却说不出它来自何方，起于何时——也许干脆出自什么梦境。但是，我之所以要想到梅塞格利丝那边和盖尔芒特家那边，首先是把它们看作我的精神领域的深层沉淀，看作我至今仍赖以存身的坚固的地盘。正因为我走遍那两处地方的时候，我对物对人都深信不疑，所以唯独我经过那些地方时所认识到的物和人至今仍使我信以为真，仍使我感到愉快。也许因为创作的信心已在我的心中枯萎，也许因为现实只在我的回忆中成形，今天人们指给我看我以前未曾见过的花朵，我只觉得不是真花。沿途有丁香花、山楂花、矢车菊、丽春花和苹果树的梅塞格利丝那边，沿途有蝌蚪浮游的河流、睡莲、金盏花的盖尔芒特家那边，在我的心目中永远构成了我乐于生活其间的地域景象，在那里我首先要求的是能有地方钓鱼，有地方划船，有地方见到哥特式古堡的残迹，就像在圣安德烈那里一样，能在麦浪之间找到一座磨坊般金光灿烂、乡土气十足的、雄伟的教堂。我如今漫游时偶尔还能在田野中遇见矢车菊、山楂树和苹果树，由于它们早印在我的心灵深处，与我的往事相处在同一层次，所以便直接同我的心灵相通。然而因为一地有一地的独特之处，所以我一旦萌生重访盖尔芒特家那边的愿望，即使那时有人领我到一条河边，河里的睡莲跟维福纳河的睡莲一样美，甚至更美，我也不能得到满足；同样，黄昏时回到家里，在忧虑袭来的时刻（后来这忧虑迁居进爱情的领域，变得同爱情难分难舍），我也不希望有一位比我的母亲更美丽、更聪明的母亲来同我道晚安。不，为了我能美滋滋地、安心地入睡，我需要的是她，是我的母亲，是她向我俯来的脸庞，在她的眼睛下面似乎有什么东西，可以算一种缺陷，但我也同样喜欢；除母亲之外，后来没有一个情妇能使我得到那样纤毫不乱的安宁，因为你即使信赖她们的时候都不免存有戒心，你永远不能像我接受母亲一吻那样得到她们的心；母亲的吻是完整的，不掺进任何杂念，绝无丝毫其他意图，只是一心为我。同样，我想重睹芳华的是我所认识的盖尔芒特家那边的景物——半路有座农庄，与另外两座紧挨在一起的农庄相距颇远，位于那条橡树成行的林荫路口；是那几片被夕阳照得犹如池塘一样反光、倒映出苹果树低垂枝杈的如茵的草地。这幅风景有时在夜间进入我的梦境，其独特的个性以一种近乎神奇的力量紧紧搂住了我，待我从梦中醒来时，却又无从寻觅。无疑，梅塞格利丝那边或盖尔芒特家那边只因为在我心上留下不同印象的同时也使我亲身体验到了这一切，所以这些不同的印象才牢固地铭刻在我心中，永远紧紧地联结在一起，从而使我今后的生活面临那么多的幻灭，甚至那么多的错误。因为，我经常想重新见到某人，却意识不到这仅仅是由于那人使我回忆起攀满山楂花的樊篱，因此我认为——同时也让别人相信——只需神游故地，便能重温昔日的残梦了。同样，即使我身临其境，今天在我可能同梅塞格利丝那边和盖尔芒特家那边有关的印象中，昔日的印象依然存在，只是那两个地方给我的印象提供了牢靠的基础、一定的深度和一种其他印象所没有的幅度；它们也使我的旧印象多了一种魅力，一种只有我才体会得到的意蕴。每当夏天的黄昏，和谐的天空响起猛兽吼叫般的雷鸣，在人人都埋怨风狂雨骤的时候，正是梅塞格利丝那边的昔日情景，驱使我独自透过落下的雨声，忘情地嗅到虽无形迹却长存于我心田的丁香花的芬芳。

就这样，我往往遐思达旦，想到在贡布雷度过的时光，想到当年凄凉的不眠之夜，想到昔日的种种情景——是后来的一杯茶的味道（贡布雷人称之为“香味”），勾起了多少往事的生动形象——更由于回忆的连锁反应，使我想到早在我出生之前就已经发生，但直到我离开贡布雷多年之后才听说的有关斯万的恋爱经历，这在细节上不可能精确无误，因为我们有时对死了几百年的人的生平，更容易知道一些细节，而对我们最亲密的朋友的生活，反而不易得到详备的认识，故而精确之不可能，好比想从这个城市同另一个城市的人聊天，在人们不知道有什么途径可以扭转这种不可能的情况下，看来是无法进行的。这一切回忆重重叠叠，堆在一起，不过倒也不是不能分辨，有些回忆是老的回忆，有些是由一杯茶的香味勾引起来的比较靠后的回忆，有些则是我从别人那里听来的别人的回忆，其中当然还有“裂缝”，有名副其实的“断层”，至少有类似表明某些岩石、某些花纹石的不同起源、不同年代、不同结构的纹理和驳杂的色斑。

当然，当天色徐明时，我似醒非醒的短暂的蒙眬早已经消散。我知道我果然躺在某一间屋子里，因为在夜犹未央时我已经把这房间照原样设想过一番了；仅仅靠我的回忆或者凭我放在窗帘下的一盏微弱的油灯提示，我已经像维持窗门原始布局的建筑师和装潢匠那样地把整间屋子里的格局和家具设置都照原样想象得各在其位了。我把镜子架在原处，把柜子也放在它通常占据的地点。但是，阳光已不是我起初误以为的阳光，其实是黄铜帘杆上炭火余烬的反光了。当阳光像用粉笔在黑暗中刚画下第一道更正的白线时，原先被我错放进门框的窗户立刻带着窗帘脱框而跑；被我的记忆放错地方的书桌为了给窗帘让路也连忙把壁炉往前推，同时把过道那边的墙壁拨到一旁；一个小庭院稳稳当当地在一刹那之前为盥洗室所占据的地盘上落脚，而我在昏暗中所重建的那个寓所，被曙光伸出的手指在窗帘上方画下的那道苍白的记号赶得仓皇逃窜，挤进了我初醒时在回忆的旋涡中泛起的其他寓所的行列之中。

DU CÔTÉ DE CHEZ SWANN

第二部

斯万之恋

要参加维尔迪兰家的“小核心”“小集团”“小宗派”，只要满足一个条件，但这是一个必不可少的条件，那就是要默认它的信条，其中有一条就是要承认当年得到维尔迪兰夫人宠爱的那位青年钢琴家既“压倒”普朗岱，也“压倒”鲁宾斯坦[1]（维尔迪兰夫人说：“瓦格纳的曲子，再也不可能有人弹得像他那样好了！”），还要承认戈达尔大夫的医道比博丹[2]还要高明。随便哪个“新会员”，要是维尔迪兰夫妇不能说服他承认别家的晚会全都跟连阴天那样无聊乏味，那他马上就要给轰出去。在这一方面，妇女要比男人难以驯服，她们不愿抛弃从事社交活动的好奇心，不愿放弃亲自到别的沙龙去体会是否比这里更有意思的意愿，而维尔迪兰夫妇感到这种探索精神，这种轻佻的邪魔可能传染开来，对这个小教会的正统教义会带来致命的打击，于是不得不把女性“信徒”一个一个赶了出去。

除了大夫的年轻太太外，那里的女性“信徒”几乎就只剩下（尽管维尔迪兰夫人本人是个有德行的人，出自一个极其富有然而

[1] 普朗岱（1839—1934）：法国钢琴家；鲁宾斯坦（1829—1894）：俄国钢琴家、作曲家。

[2] 博丹（1825—1901）：法国名医。

门第低微的正统的资产阶级家庭，但她也慢慢地跟这个家庭中断了一切联系）一个半上流社会中的人，叫作德·克雷西夫人，维尔迪兰夫人按她的小名管她叫奥黛特，说她是个“爱神”；另外还有一个是钢琴家的姑妈，仿佛原先是个看门的门房；她们对上流社会一无所知，头脑简单，很容易就相信德·萨冈亲王夫人和德·盖尔芒特公爵夫人只能花钱去雇穷人到她们家饭桌上去充数这种说法，也很容易就相信如果有人邀请她们到这两位贵妇人家去做客的话，这位当年的门房和这位轻佻的女人是会嗤之以鼻的。

维尔迪兰夫妇从不请旁人吃饭，他们饭桌上的客人是固定的。晚会也没有一定的节目单。年轻的钢琴家只有在“来劲儿”的时候才演奏，本来嘛，谁也不能勉强谁，维尔迪兰先生不是常说吗：“在座的都是朋友，友情第一嘛！”如果钢琴家想演奏《女武神》中奔马那一段或者《特里斯坦》[1]的序曲，维尔迪兰夫人就会反对，倒不是这音乐不中她的意，恰恰相反，那是因为它在她身上产生的效果太强烈了。“您非要我得偏头痛不可吗？您早就知道，每次他弹这个，我就得偏头痛。我知道会产生什么后果！明天当我要起床的时候，得了，晚安吧，谁也不来了！”他要是不弹琴，大家就聊天。朋友当中有那么一位，通常是他们当时宠爱的那位画家，如同维尔迪兰先生所说：“撒出一句扯淡的话，招得大家纵声大笑。”尤其是维尔迪兰夫人，她是惯于把表达那些情绪的形象化的说法落到实处的，有一天就因为笑得太过厉害，戈达尔大夫（当

[1] 《女武神》和《特里斯坦与伊索尔德》都是瓦格纳的歌剧。

年还只是个初出茅庐的小伙子）不得不把她那脱了臼的下颌骨给托上去。

晚礼服是不许穿的，因为大家都是“亲密伙伴”，不必穿得跟被他们避之若瘟神，只是在尽可能少举办而仅仅是为了讨好那位画家或者把那位音乐家介绍给别人时才组织的盛大晚会上邀请的那些“讨厌家伙”一样。其余的时间，大家就满足于猜猜字谜，穿着便服共进晚餐，决不让任何外人混入这个“核心”。

随着这些“伙伴们”在维尔迪兰夫人的生活中所占的地位日益增长，凡是使得朋友们不能到她跟前来的事情，凡是使得他们有时不得空闲的事情，例如这一位的母亲，那一位的业务工作，另一位的乡间别墅或者什么病痛，等等，就都成了叫人讨厌、该受指责的了。要是戈达尔大夫认为应该离开餐桌回到病危的病人跟前去的话，维尔迪兰夫人就会对他说：“又有谁知道，如果您今天晚上不去打扰他，也许对他反倒好得多；您不去，他可以好好睡一夜；明天您一早去，他的病也许已经好了。”十二月一到，一想起她的忠实信徒们要在圣诞和元旦那两天把她“撂在家里”，她就发愁。钢琴家的姑妈要他那天一定得到她母亲家去吃晚饭。

维尔迪兰夫人厉声叫道：“如果你们元旦那天不随乡下人的习俗，不跟您的母亲在一起吃那顿晚饭，她就会死啦！”

到了复活节前的那个圣周，她的不安情绪又起来了。

“您是个大夫，是科学家，是自由思想家，您当然跟平常一样，耶稣受难日那天是要来的哟？”她在组织“核心”的第一年以坚定的口吻对戈达尔大夫说，仿佛准能得到肯定的答复。不过她在等待那句答话的时候，还是不免有些担心，因为他要是不来的话，她就有孤独一人的危险。

“耶稣受难日那天我是要来的……来向您告别，因为我们要到奥维涅去过复活节。”

“到奥维涅？去喂跳蚤，喂虱子，敢情是大有好处！”

沉默了一阵，她又说：

“如果您早点对我们说，我们也许会安排安排，跟你们在比较舒适的条件下一起去做这次旅行的。”

同样，要是有哪位“忠实信徒”有个朋友，或者哪位“常来的女客”有个追求者，可能会拽住他们不让他们前来的话，维尔迪兰夫妇就会说：“好吧，把您的朋友带来吧！”他们倒是不怕女客有情人，只要她把他带到他们家来，在他们家谈情说爱，不至于因为爱他而不爱他们就行。他们会考验这位朋友，看他是不是能对维尔迪兰夫人推心置腹，有没有可能被接纳进这个“小宗派”。如若不然，他们就会把介绍他前来的那位信徒叫到一边，请他们跟他们的朋友或情妇闹翻。反之，那位“新来的人”也就会变成一个信徒。就这样，那一年当那位半上流社会中人对维尔迪兰先生说，她认识了一个很可爱的人，叫作斯万先生，同时暗示他很想受到他们接待的时候，维尔迪兰先生当场就把这个请求转告他的妻子。维尔迪兰先生向来是要等他的妻子拿了主意才拿主意的，他的特殊任务就是想方设法满足她以及她的信徒们的一切愿望。

“德·克雷西夫人有事跟你商量。她想把她的一个朋友斯万先生生介绍给你。你看怎么样？”

“嗨，对这样一个完美无缺的人，我有什么不能答应的？您别谦虚了，我没有问您的意见，我就是要说您是一个完美无缺的人。”

“既然您那么说，”奥黛特以马里沃式的故作风雅的殷勤语调答道，说着又补充一句，“您是知道的，我可不是个 fishing for compliments（沽名钓誉）的人。”

“好吧，如果您的朋友讨人喜欢，那就带他来吧。”

诚然，这个“小核心”跟斯万常去的社交圈子毫无关系，而纯粹的上流社会人士也会觉得像他那样已经在上流社会里占有一个特殊地位的人，犯不上想方设法登上维尔迪兰夫妇的家门。不过斯万是那么爱女人，打他差不多认遍了贵族阶层的所有女子，她们已经再也没有什么可以教他的那一天起，他就把圣日耳曼区授给他的那些归化证书（差不多也就是贵族证书）仅仅看作本身已经没有什么价值的流通证券或者信用证，倒是可以使他有条件到外省什么小地方，巴黎什么偏僻的地区去追求他觉得漂亮的某个乡绅或者法院书记官的女儿了。当年欲念或者爱情在他身上激起的那种虚荣心，现在通过日常生活的习惯已经摆脱了，而正是这种虚荣心把他导向那个上流社会的生活，在无聊的逸乐中浪掷了他的聪明才智，把他在艺术方面的博学用于指导贵妇人购买绘画作品，布置她们的府邸。也正是这种虚荣心促使他在他爱上的不相识的女子面前，显摆单是斯万这个姓氏所表达不了的帅劲儿。如果那个不相识的女子出身低微，他就越发要显摆那个劲儿。正如一个有才气的人不怕在另一个有才气的人面前露拙一样，一个帅的人不怕一个阔老爷，而怕一个乡巴佬不领略他的帅劲儿。有史以来，人们出于虚荣而费的心机说的谎话，有四分之三是对地位比自己低下的人而发的。斯万在一个公爵夫人面前朴朴实实，不修边幅，而在一个女用人面前就要装腔作势，唯恐被她瞧不起。

有很多人出于他们的社会地位造成的慵懒或者无可奈何的安于现状的心理，他们不去享受他们老死于其间的上流社会之外的现实生活为他们提供的乐趣，却退而求其次，一旦对那些平庸的娱乐以及还能忍受的无聊乏味的事情习以为常，就把这些称为乐趣。斯万却不是这样的人。他不费心思去发现跟他在一起消磨时间的女人身上的美，却花时间去跟他一眼就觉得漂亮的女人在一起。而这些女人的美时常是相当俗气的，因为他本能地追求的体态之美跟他所喜爱的大师们所雕塑或绘出的女子的美恰恰背道而驰。后者深沉的性格或阴郁的表情使他的感官凝滞，而只要有健康、丰满而红润的肉体就足以使他的感官苏醒。

如果在旅途中遇到一个他原不该去结识的人家，而其中有一个女人在他眼里显出他从未见识过的魅力，那么，要他保持矜持态度，消除她在他身上激起的欲念，用写信召唤一个旧情妇到身边来这种办法来替代他可能从那一位身上得到的乐趣，这在他看来就等于是在生活面前的怯懦的退让，是与不去游览这个地区，却把自己关在卧室里眺望巴黎的景色同样的对新的幸福的愚蠢抛弃。他不把自己封闭在他社会关系的圈子里，而是自己去创造，以便哪儿有个女人中他的意，就在哪儿另起炉灶，建立基地，就像探险家随身携带的装卸自如的帐篷一样。至于不能搬动的东西，或者不能换取新的乐趣的东西，不管别人看来是如何可贵，他都弃之如敝屣。不止一次，他跟一个公爵夫人相处多年，慢慢地激起了对方以身相许但苦于无机会满足的欲念，从而在她跟前赢得了信任，可是他却冒冒失失给她拍个电文，要她给他去封电报，让他立即跟她的一个管家联系，原来他在乡下发现了管家的女儿——这真像是一个饿得要死的人拿一粒金刚钻换一片面包！事情过后，他也不免哑然失笑，原来在他身上，虽然也有些难能可贵的高尚优雅之处，却也不乏粗野劲儿。再说，他属于这样一种有才气的人，他们在无所事事中度日，心想无所事事正好给他们的聪明才智提供跟搞艺术或学习同样值得注意的对象，心想“生活”本身包含比所有小说更有意思、更富有浪漫色彩的情景，就拿这种想法聊以自慰，甚至作为原谅自己的借口。至少他是这么说的，而且轻而易举地说服他社交界中最高雅的朋友们，特别是夏吕斯男爵。他常跟男爵讲一些妙趣横生的艳遇故事，自己也暗自得意，说是有回在火车上碰到一个女的，后来把她带到家里，发现她是一位君主的妹妹，当时欧洲政治的条条脉络全都掌握在她哥哥手心里，他自己也就对欧洲政治了若指掌，又说什么由于情况的极端复杂，有回他能否当上一个女厨师的情夫，要由教皇选举会议来决定，等等。

供斯万驱使，为他拉线搭桥的不仅有一大群他过从甚密的德高望重的老太太、将军、院士，他所有的朋友也都不时收到他的来信，信上以外交手腕要求他们写封推荐信或介绍信，而在层出不穷的桃色事件中假借花样翻新的借口，这种手腕总是万变不离其宗，也就跟大白话一个样了。

多年以后，由于他的性格当中有别的许多方面跟我相似而使我对它产生兴趣的时候，我时常听说，当他给我的外祖父（那时还不是我的外祖父，因为当斯万那段恋情开始从而在很长一段时期内不再寻花问柳的时候，我还没有出生呢）写信时，我外祖父一看信封上的笔迹，就高声叫道：“嗨！斯万又有求于我了，可得小心着点！”也许是出于不信任之感，也许是出于我们只把一样东西送给不需要它的人的那种潜意识，我的外祖父母对他提出的最容易满足的要求报之以斩钉截铁的拒绝，譬如他提出让他们把他介绍给每个星期天都到他们家吃晚饭的那个姑娘，每当斯万重提这件事情的时候，他们只好假装已经很久没有见到这个姑娘，其实他们整个星期都在商量该邀请谁来陪她，结果时常是找不出任何人来，但却不跟那最乐于接受邀请的人打个招呼。

有时候，外祖父母的朋友当中的某一对夫妇以前一直抱怨怎么老见不着斯万，这时会突然满意地宣布，说是斯万最近变得再可爱不过了，老是跟他们在一起。这么说也许多少还有点要激起我外祖父母对他们的羡慕的意思。我外祖父不愿破坏他们的乐趣，只是瞧着我外祖母哼道：

这倒是怎样一个谜团？
我真是百思不得其解。

或者：

难以捉摸的幻象……

或者：

在这样的事儿当中，
最好是视而不见。

几个月之后，如果我外祖父问起斯万的一个新朋友："斯万怎么样了？您跟他还常见面吗？"对方就会拉长了脸："嗨！您就别再提他了！"

"我还以为你们过往很密呢……"

斯万在好几个月当中一直是我外祖母的表兄弟家的常客，差不多每天都在他们家吃饭。忽然有一天，他不去了，连个招呼也没打。大家还以为他病了呢，我外祖母的表妹正要打发人去打听他的消息，忽然在厨房里发现他的一封信，是厨娘不经意夹在她账本里的。他在信里告诉厨娘，说他就要离开巴黎，不能再来了。原来她是他的情妇，而在跟他们家中断来往的时候，他认为只有必要通知她一个人。

如果他当时的情妇是社交界中的人，或者至少出身不太低微，处境不太特殊，不至于无法引入大雅之堂的话，那么他就会为了她而回到社交界去，但只是在她活动或者他领她去的那个特定的轨道上运行。“今晚就别指望斯万了，”人们说，“要知道，今天是他带那个美国娘儿们上歌剧院的日子。”他为她张罗请帖，到那些人数特别有限的沙龙去，那里有他的老朋友，有每周一次的聚餐，有牌局；每天晚上，当他把他那红棕色的头发梳上一梳，再稍为卷一下子并减弱他炯炯有神的绿眼睛里的几分柔情以后，就挑上一朵花插在纽扣孔上，然后动身去找他的情妇，上他那小圈子里的某个女人家去一起吃饭；这时候，一想到他就要看到那些他可以任意摆布的时髦青年会在他所爱的女人面前怎样对他表示钦佩和友情，他就会重新体味他原已感到厌倦的社交生活的魅力；这种生活的内容，一旦由他跟一种新的爱情结合起来，便被一个忽隐忽现的火焰所照亮，所温暖，在他眼里变得美好而可贵。

这样的私通，这样的调情，每一次都是当斯万看到一张一眼就觉得迷人的脸，或是一个一眼就觉得迷人的身子时油然而生的梦想，或完全或部分地成为现实。可是有一天，当他在剧场里被一位往日的朋友介绍给奥黛特·德·克雷西的时候，事情就不一样了。这位朋友曾经对他说过，这个女人真是令人销魂，他也许可以跟她搞出点什么名堂，不过事情要比看起来难得多，所以把她介绍给他也就是帮了他一个大忙。在斯万看来，她当然不是不美，不过那是一种他不感兴趣的美，激不起他的任何情欲，甚至还引起他某种生理的反感；他觉得她是这样一种女人，每个人都可以举出几个样本来，每个人举的又都不同样，她们都是我们的感官所要求的那种类型的反面人物。要想中他的意，她的轮廓未免太鲜明突出，皮肤未免太纤细，颧骨未免太高，脸蛋未免太瘦长。她的眼睛倒是好看，但是大得仿佛在自身的重量下往下低垂，压着脸上的其余部分，使她总显得身子不舒服或者情绪不佳。在剧场那次相识以后不久，她就给他写了一封信，请他允许她来看看她极感兴趣的他的收藏，她说自己“虽然无知，却对美的东西颇为爱好”，她设想他在家中“一杯清茶，满屋图书，一定非常舒适”，而等到她登门拜访以后，对他的了解就会更进一步，却也不掩饰她的惊讶，说他住的那个区不免有点寒碜，而“他是那么smart（帅），这个区与他实在太不般配了”。他后来让她来了，在分手的时候，她说她十分高兴能来拜访，遗憾的是待的时间那么短促，说他给她留下的印象跟她认识的别的人都不一样，仿佛他们两人之间可以建立一点罗曼蒂克的联系；斯万听到这里微微一笑。他已经接近看破一切的岁数，懂得满足于为爱的乐趣而爱，并不太要求对方的爱；但是这种心心相印虽然已经不再像年轻的时候那样是爱情必然追求的目标，却依然还跟一些概念联系得如此紧密，还可能在爱情没有萌发之前成为产生爱情的根源。男人在年轻的时候渴望占有他所爱的女子的心，到了后来，只要你感觉到一个女子心上有你，就足以使你对她产生爱情。就这样，到了一定的岁数，由于你在爱情中追求的主要是一种主观的乐趣，你就会觉得对女性之美的爱好应该在爱情中起最大的作用，这时即使最初没有任何欲念的因素，爱情也会油然而生，但这是纯生理的爱。在人生的这个阶段，一个人已经多次被爱神之箭射中，爱情就不再在他惊诧和消沉的心面前，完全按它自己不为我们所知又是无可抗拒的规律来运行了。我们也出来插上一手，用我们的记忆，用我们的主意来歪曲它。当我们看到爱情的一个征候的时候，我们就会想起，就会臆造出其他好些征候。既然我们已经掌握了爱情之曲，一字一句都铭刻在心，那就用不着一个女子唱出曲中充满了对她的美的赞赏之情的第一句才能想起全曲。而如果她从曲子的中间开始——说什么两人心心相印，离了对方生活就失去意义，等等——我们就会在应该接茬的地方，立刻参加跟对方的合唱。

奥黛特·德·克雷西又去拜访斯万，以后的访问愈来愈频繁；每一次访问都使他重温在重逢时的失望之感：她那张面孔，他在两次相会的间隔中已经把它的特征差不多忘了，在印象里既不那么富有表情，也不那么暗淡无光（尽管她还年轻）；当她跟他谈话的时候，他因她的美并不是他自然而然地偏爱的那种美而感到遗憾。再说，奥黛特的脸显得比实际上更瘦削、更凸出，因为她的前额和面颊上部比较扁平，盖着一片当年时兴的前刘海，底下衬着假发卷，蓬松的发绺一直盖到耳边；至于她那长得绝妙的身材，很难看出它的完整性（那是由于当时时装式样的关系，虽然她是巴黎衣服穿得最讲究的妇女之一），因为她的胸衣凸成弧形，像是遮盖着一个假想中的腹部，下缘突然收缩，底下就是鼓得跟气球一样的双层裙子，使得她这个人看来仿佛是由互不相关的几截拼凑而成的；而裙边、荷叶边和坎肩又都一一自成体系，根据设计者的心血来潮或料子的软硬，或者紧贴着它们跟缎带的结子、花边的褶裥、垂直的蓬边相连的线条；或者紧贴着胸衣底下的鲸须片撑架，不管怎样，跟穿在衣服里的人是毫不合体的。衣服上的这些小装饰时而紧贴着她的身体，时而空空荡荡，这就决定她时而显得耸肩缩脖，时而像是深陷在衣服之中。

但是，当奥黛特走了以后，斯万想起她曾对他说过，她觉得每次在等待他答应她再来之前这段时间过得多么慢的时候，就不免微微一笑；他想起有次她请他不要让她等待过久的时候的那副焦急不安、腼腆羞涩的神色，还有她当时注视着他的那副带着胆怯的恳求的眼神，却使她在插在带有黑天鹅绒的飘带的白圆草帽上的纸蝴蝶花束下，显得非常动人。她也曾说过："您就不能上我家去喝杯茶吗？"他借口正在进行关于维米尔[1]的研究，其实他已经中辍多年了。"我知道我是什么也干不了的，"她答道，"在您这样的大学问家跟前，我是微不足道的。在你们这些学者面前，我是井底之蛙。不过我还是非常想学习，想知道这些东西，想有人把我领进门。博览群书，埋头在故纸堆里，该多有意思！"她说话时那副自满的神气就跟一个衣着华丽的女人说她不怕脏，乐于干些像"亲自下厨"做菜这样的脏活时一样。"您也许会笑话我；阻碍您去看我的那个画家（她指的是维米尔），我可从来没有听人说起过；他还活着吗？我能在巴黎见到他的作品吗？我很想了解一下您所爱的东西，很想猜一猜您这辛勤劳动的脑门里面装的是什么，您这永远在思考着的脑子里装的又是什么。要是能参与您的工作，那该是多美好的梦想啊！"他表示歉意，说他怕再结新交——出于对女人的礼貌，他当时说的是怕再遭一次不幸。"您

[1] 维米尔（1632—1675）：荷兰风俗画家，亦绘肖像及风景。（又译弗美尔。）

怕堕入情网？真有意思，我可是求之不得，我都愿意付出自己的生命来求得一个寄托感情的对象。”她在说这话时的语气是那么自然，那么令人信服，连他也被感动了。

“您多半是为了哪个女人吃过苦头，就以为所有的女人都跟她一样。她没有能了解您；您是这样一个不同凡响的人。您的这种气质，我只看一眼就喜欢，我马上就充分感觉到您与众不同。”

“再说您哪，”他说，“我对女人还是非常了解的。您一定也有许多事儿要做，没有多少闲工夫的。”

“我？我从来也没有什么事儿要做！我总是有空的，您要找我，我总是有空奉陪的。无论是白天还是晚上，随便什么时候，您都可以来看我。如果您给我个信，我总是乐于来的。您同意吗？您要是能让我把您介绍给维尔迪兰夫人，那我就太高兴了，我是每天晚上都上她家去的。您想想，要是能在那里见到您，想到您是为了我而去的，那该多好！”

当然，当他独自一人的时候，像这样回味他们的谈话，像这样想起了她的时候，他自然会把她的形象跟他在带有浪漫色彩的遐想中想起的别的许多女人的形象并列起来；然而，假如由于某一个偶然情况（或者甚至不需要这个偶然情况，因为当脑子里的一个潜在的心理状态突然冒头的时候，这时出现的情况可能对这个心理状态起不了任何作用），奥黛特·德·克雷西的形象居然占据了他的一切遐想，假如他的一切遐想已经跟对她的回忆密不可分，那么她体态上的缺陷就不再具有任何重要性，她的体态是否比别人的更合斯万的口味也就无关紧要，因为一旦成了他所爱的人的身子，它从此就是唯一能给他带来欢乐或痛苦的身子了。

我的外祖父正好认识维尔迪兰一家，他现存的朋友当中哪一个也不知道这件事。但是他当时已经跟他称之为“小维尔迪兰”的那一位完全断绝了来往，认为他虽然还有百万家财，却已经沦为放荡不羁的败类了。有一天，他收到斯万一封信，问他能否把他介绍给维尔迪兰一家。外祖父叫了起来：“可得小心！可得小心！我一点也不觉得奇怪，斯万准是会走上这条道的。真是好地方！首先，我不能答应他的要求，因为我已经不认识这位先生了。再说，这事儿准跟女人有关系，我可不愿意牵扯进去。好嘛，斯万要跟小维尔迪兰那一伙泡在一起，咱们可有好戏看了。”

外祖父给了否定的答复，只好由奥黛特亲自把斯万领到维尔迪兰家去了。

斯万第一次去的那天，维尔迪兰夫妇饭桌上有戈达尔大夫夫妇、年轻的钢琴家和他的姑妈，还有当时得宠的那个画家；那天晚会上另外还去了几个忠实信徒。

戈达尔大夫从来也拿不准该用什么口吻来回答别人的话，也弄不清对方究竟是开玩笑还是一本正经。他随时准备端出一副笑容，露出一个随机应变、昙花一现的微笑，又要带有一定程度的狡黠，万一对方说的是句玩笑话，也可免遭头脑过分简单之讥。由于他对对方的意图可能猜得不透，所以他不敢让他的微笑在脸上明确表现出来，总是显出一点犹疑不决，使人一眼就看出他是想提又不敢提“您这话可是当真？”这么一个问题。他对在大街上，甚至在日常生活中应该有怎样的言谈举止，也不比在沙龙中更有把握；他对行人、车马、所发生的事情总是报以带有狡黠意味的微笑，这个微笑使他免遭举止失宜之讥，因为如果他的态度不合时宜，这个微笑就可以表示他早知如此，而他之所以采取这种态度，不过是开个玩笑而已。

而在他觉得可以明白提出问题的一切事情上，大夫是不惜做出一切努力来增长知识，缩小他所不知道的事物的范围的。

因此，他就遵照他那有远见卓识的母亲在他离开外省时给他的教导，每碰到有不知道的成语或者专有名词时，总要查找资料，把它弄个明白。

说到成语，他总是不厌其烦地进行查考，因为他有时以为一个成语还有什么更明确的意义，总想弄清他最常听到的那些成语的精确含义，譬如什么 la beauté du diable（青春美）、du sang bleu（贵族名门）、une vie de bâton de chaise（放荡不羁的生活）、le quart d'heure de Rabelais（囊空如洗、捉襟见肘的时刻）、être le prince des élégances（衣着华丽）、donner carte blanche（授以全权）、être réduit à quia（哑口无言）之类，还要弄清在怎样的情况下他可以拿来使用。要是没有成语可用，他就会用学来的一些双关语或者谐音词。当他听人在他面前提到新的人名的时候，他就满足于以带疑问色彩的语调重复一下，心想这么一来就可以套出对方做出一番解释。

他自以为对什么都能分析批判一番，其实这种批判精神他根本是欠缺的。有教养的人施恩于人却说得仿佛是他欠了对方的情（当然也不希望他当真相信），这种心思在戈达尔身上就是白费，他把所听到的话全按字面来理解。不管维尔迪兰夫人对他是怎样盲目地偏爱，虽然她依然觉得他很机灵，可是有次请他进包厢看萨拉·贝尔纳[1]的演出时，就闹过一次笑话。她很客气地说："大夫，您惠顾光临，真是太好了，特别是我相信您一定常听萨拉·贝尔纳的戏；不过咱们的包厢离舞台也许太近了点儿。"而戈达尔大夫在步入包厢时嘴边挂着一丝微笑（准备根据权威人士跟他讲这剧是否有价值，或保持下去，或收敛起来）答道："这个包厢敢情离舞台太近，而且现在大家对萨拉·贝尔纳已经有点厌倦了。不过您既然表示了要我来的愿望，对我来说，您的愿望就是命令。能为您效这么点劳，我实在太高兴了。您这么好，我怎能拂您的意呢？"大夫接着又说："萨拉·贝尔纳真是金嗓子，是不是？好些人写文章说她演起戏来十分卖力，真是满座生辉。这话说得好，是不是？"他原以为维尔迪兰夫人要夸他几句的，可是碰了一鼻子灰。

"我看哪，"维尔迪兰夫人后来对她丈夫说，"咱们不该那么谦虚，把咱们送给大夫的东西的价值说得那么低。他是个科学家，不通人情世故。他不识货，咱们怎么说，他就真以为是那么回事。"

"我一直不敢跟你说，"维尔迪兰先生答道，"我早就看出来了。"

到了元旦，维尔迪兰先生就不送戈达尔大夫一颗值三千法郎

---

[1] 萨拉·贝尔纳（1844—1923）：法国名噪一时的杰出女演员。

的红宝石而说价值无几，而是买了一颗只值三百法郎的假宝石，却说是无价之宝。

当维尔迪兰夫人宣布斯万先生晚上要来的时候，大夫大吃一惊，高声叫道："斯万？"那话音简直有点近乎粗暴了，因为这位老兄总是自以为料事如神，对于小小不然的新闻也比谁都感到意外。看到没人搭理，他真是急不可耐，吼了起来："斯万？斯万是谁？"等到维尔迪兰夫人说："不就是奥黛特提起过的她的那位朋友吗？"他这才平静下来，直说："噢！好，好！"至于那位画家，他很高兴看到斯万给领进维尔迪兰夫人的家门，因为他猜想斯万已经爱上了奥黛特，而他是乐于促成好事的。"再也没有比做媒更有意思的了，"他跟戈达尔大夫咬咬耳朵，"我已经做成多对了，甚至是在女人跟女人之间。"

当奥黛特跟维尔迪兰夫妇说斯万很"帅"的时候，他们还担心他是一个"讨厌家伙"呢。哪知道他给他们的印象好极了；他们不晓得，这是由于他经常出入于上流社会的缘故。跟那些哪怕是聪明过人然而从来没有厕身社交界的人比起来，他多少具有进出过社交界的人士的一个优点，那就是不再由于一心要想进去，或者由于毫无根据的反感而歪曲它的形象，把它看成无足轻重。进出过社交界的人士，他们的风度中摆脱了一切冒充风雅的成分，摆脱了显得过分亲切的担心，呈现出潇洒自如，一举手一投足都显得优美，仿佛四肢灵活，做出的姿势恰如他们所愿，而身体的其余部分不会做出任何不合时宜的笨拙动作。社交界人士在向别人介绍给他们的不相识的年轻人优雅地伸出手来，或者是向别人为之介绍的一位大使不卑不亢地躬身时，那简直是一种基本的体操动作，在不知不觉之间，渗透到了斯万的整个社交生活中，因此当他面对像维尔迪兰夫妇和他们的朋友这些地位比他低下的人时，本能地表示出一种殷勤，主动接近他们，而这在他们看来，一个“讨厌家伙”是决不会如此的。他对戈达尔大夫表示了片刻的冷淡：眼看这位大夫在他们两人还没有交谈以前就向他眯了眯眼，莫测高深地微微一笑（戈达尔管这种鬼脸叫“要来的都来吧”），斯万以为大夫多半曾经在哪个烟花场中见过他，可他自己极少涉足那种地方，也从来没有沉溺于花天酒地之中。斯万一想到这个联想有点不雅，特别是在奥黛特面前，她可能会对他产生不良的印象，因此赶紧敛容。不过当他得悉在他身边的那位妇女就是戈达尔太太时，他心想她的丈夫是那样年轻，不至于在他妻子面前暗示那样的娱乐，对大夫那种狡黠的神情也就不再做刚才那样的解释了。画家马上就邀请斯万跟奥黛特一起去参观他的画室，斯万觉得他这个人挺可爱的。“也许您得到的盛情款待比我当年还有过之呢，”维尔迪兰夫人以假装生气的口吻说，“他会把戈达尔的画像给您看的（这是她向画家订的货）。”她又提醒画家：“比施大师（“大师”是她对画家的戏称），您可记着点儿，眼神要画得美，眼角要画得细巧逗人。您不是不知道，我要的主要是他的微笑，我请您画的是他微笑的肖像。”她认为她最后这句话说得十分巧妙，又高声重复一遍，让很多客人都能听见，甚至为此随便找出一个借口，让几个客人往她身边靠拢一些。斯万要求结识所有的人，甚至包括维尔迪兰家的一个老朋友，叫萨尼埃特的，他有广博的文献知识，拥有巨资，门第显赫，这些条件本该使他赢得尊敬，却由于他腼腆朴实、心地善良而丧失了。他说话的时候含含糊糊，然而这种含糊并不令人讨厌，因为它并不体现语言上的缺陷而是体现出他心灵上的优点，表明他依然还保持着纯真的童心。有些辅音他发不好，说明有些刺耳的话他是讲不出口的。当斯万请维尔迪兰夫人把他介绍给萨尼埃特先生的时候，请她把他们两个人的地位颠倒过来；维尔迪兰夫人果然说道："斯万先生，请允许我把我们的朋友萨尼埃特介绍给您。"把"我们的朋友萨尼埃特"和"您"特别加重。斯万这就在萨尼埃特心中激起了一股暖流，可是维尔迪兰夫妇却从未向斯万透露过这点消息，因为他们多少有点讨厌萨尼埃特，不愿为他介绍朋友。而与此相反，当斯万恳求他们为他介绍钢琴家的姑妈时，他们就万分感动。这位姑妈总是穿着黑色的衣服，因为她觉得女人穿黑衣服好看，而且更加高雅；她脸色特别红润，就像刚吃过饭一样。她恭恭敬敬地向斯万哈了哈腰，马上又庄严地挺起身来。她所受的教育不多，又怕在语言上出错，因此发音故意含糊，心想万一说漏了嘴，也可以由于发音含糊而蒙混过去，不致被人家确切地辨认出来，结果她讲的话只是一片难以听清的沙哑声，难得冒出几个她确有把握的字眼。斯万心想可以在跟维尔迪兰先生谈话的时候，把她稍为讽刺一下，不料引起了对方的不快。

"她这个人可好极了！"维尔迪兰先生答道，"不错，她才貌并不惊人，这我同意；可是我敢向您担保，当您同她谈话的时候，她可是很讨人喜欢的。"

“这我毫不怀疑，”斯万赶紧让步，又说，“我刚才的意思只是说我并不觉得她‘超群出众’（他把这四个字特别强调），并不是对她不表赞赏。”

“还有让您吃惊的呢，”维尔迪兰先生又说，“她写得一手好文章。您从没有听过她侄子的演奏？那可是妙极了，大夫，您说是不是？斯万先生，您要我请他弹点什么吗？”

“那可是不胜荣幸之至……”斯万正要往下讲，大夫跟他做了个鬼脸，把他的话头打断。敢情大夫记得，在普通的会话里用强调语气，用庄严的形式，已经过时，所以一听到有人一本正经地用一个庄严的字眼（例如刚才的“荣幸”），就觉得说话的人有一副学究气。而如果这个字眼碰巧又在他口中的陈词滥调之列，那就不管它是如何常用，大夫就认为这个句子必然滑稽可笑，赶紧自己接上茬，用上一句他以为对方想要讲的套话，其实对方连想都不曾想到。

“法兰西不胜荣幸之至！”他高举双臂，狡黠地高声大叫。

维尔迪兰先生忍不住笑了起来。

“那几位先生在笑什么呢？看起来你们那个角落里全都是乐天派。”维尔迪兰夫人高声叫道。她又像孩子撒娇似的补了一句：“我一个人待在这里受罚，你们难道还以为我挺高兴吗？！”

维尔迪兰夫人坐在一把打了蜡的瑞典式松木高椅子上，这是瑞典一位提琴家送给她的，虽然看起来像张板凳，跟周围古色古香的精美家具毫不相称，可是她还是把它保留下来；她的忠实信徒们不时给她送的礼品，她摆在外面，好让馈赠者认出时心里高兴。她也曾劝他们只送花和糖果，这些东西是不能长久保存的；可是说也没用，结果她家里慢慢地就堆满了脚炉、椅垫、挂钟、屏风、气压计、瓷花瓶，它们重复冗杂，杂乱无章。

她坐在她那高高在上的位子上兴致勃勃地参加她的信徒们的谈话，为他们开的玩笑而心花怒放，不过自从那次笑得下颌骨都脱了臼以后，就再也不敢当真放声大笑，而代之以一个手势，表示她笑得连眼泪都流出来了，这就既不费力又无危险。要是哪位常客对某个“讨厌家伙”，或者对某个原是常客后来被打成“讨厌家伙”的人说上一句俏皮话，维尔迪兰夫人就会发出一声尖叫，把她那双已经开始蒙上一层白内障的小鸟似的眼睛紧闭，突然用双手将脸捂上，严密得什么也看不见，仿佛面前出现了什么猥亵的场面或者是要闪避一个致命的打击似的；她装出正在竭力憋着不笑出来，简直像是如果笑将起来，就会笑得昏死过去似的。维尔迪兰先生一直自以为跟他妻子一样和蔼可亲，可当真开怀大笑，马上就笑得喘不过气来，跟他妻子那些经久不息的假笑这种高招相比，真是望尘莫及，自愧不如，这是他最难过的一件事。维尔迪兰夫人则为她的信徒们的兴高采烈而飘飘然，为友好情谊、恶意中伤和斩钉截铁的断言所陶醉，她像一只吃了在热酒中泡过的食料的鸟，栖息在她那把高椅子上，为这充满着友情的气氛而抽噎。

维尔迪兰先生请斯万允许他点上烟斗（“在这里的都是朋友，不必拘礼”），再请年轻的艺术家坐上琴凳。

“不，不，别麻烦他，他到这里不是来受折磨的，”维尔迪兰夫人高声叫道，“谁要折磨他，我可不答应。”

“可这怎么叫麻烦他呢？”维尔迪兰先生说，“我们发现的那个升 F 调奏鸣曲，斯万先生也许还没有听过；他可以为我们弹弹那首为钢琴改编的曲子。”

“啊！不，不，别弹我的那首奏鸣曲！”维尔迪兰夫人叫道，“我可不想跟上次那样，哭得得了鼻炎，外带颜面神经痛；谢谢了，我可不想再来一次；你们都是一片好意，可是该卧床一星期的不是你们！”

这样一场小戏，每当钢琴家要演奏时总要演出一番，却总跟首次上演一样，观众都乐于观看，仿佛它说明女主人是何等独出心裁，她对音乐又是何等敏感。聚在她身边的人赶紧招呼在远处吸烟或者打牌的人，让他们往前靠靠，示意就要有什么重要的事情发生，还像在国会辩论时的关键时刻中那样嚷道：“听着，听着！”到了第二天，他们还直为没有到场的人惋惜，说头天那场小戏演得比平常还有意思。

“好吧！好吧！”维尔迪兰先生说，“他就只弹行板吧！”

“只弹行板！你这是什么话？”维尔迪兰夫人高声叫道，“弄得我浑身瘫软的正是这段行板。你这位先生真是妙不可言！这不就等于说在《第九》里只听终曲，在《大师》[1]里只听序曲一样吗？”

戈达尔大夫还是劝维尔迪兰夫人让钢琴家演奏，倒不是因为他认为音乐在她身上产生的激动是假装出来的，他知道她有些神

[1] 《第九》指贝多芬的《第九交响曲》，《大师》指瓦格纳的歌剧《歌唱大师》。

经衰弱的症状，而是因为许多大夫都有这样一种习惯，当他们参加一个社交活动（他们认为它的成功与否至关重要），而他们奉劝暂时忘掉消化不良或者头痛的那个人又是这个活动的关键人物时，就马上把疾病的严重性说得缓和一些。

“您今天是不会闹病的，”他对她说，一面向她递眼色示意，“再说，如果您闹病了，我们也会照料您的。”

“真的？”维尔迪兰夫人答道，仿佛在这样的盛情所展现的希望面前，只好退让了。也许同时也因为，当她说她会病倒的时候，有时是忘了这是一句谎话，并且产生了一种病态心理。而病人时常不愿意为了少发病而处处小心提防，很容易相信他们可以不受惩罚地做他们高兴做而常常因此而得病的事情，只要能把自己的命运交到一个强者手里，自己不必费力，就可以凭一句话或者一颗药丸而复原了。

奥黛特已经走到钢琴旁边的一张毛毯面子的沙发跟前，坐了下来。

“这是我的安乐窝。”她对维尔迪兰夫人说。

维尔迪兰夫人看到斯万坐在一把椅子上，就请他站起来：

“您在那里不舒服，您还是坐到奥黛特身边来吧。奥黛特，您能腾点地方给斯万先生吗？”

“多漂亮的博韦毛毯。”斯万在坐下以前说，他竭力要显得亲切。

“啊！您欣赏我的沙发，我真高兴，”维尔迪兰夫人答道，“您如果还想看到一张同样好看的沙发，那我就劝您趁早打消这个念头。这种款式的沙发，他们从来就没有做过第二张。那些小椅子也都是珍品。您一会儿可以去看看。每一个青铜铸件都是跟椅子上的图形相配的；如果您有意看一看，您既能学到东西，又能得到享受，准能感到没有白费时光。您请看看这椅子的镶边，那‘熊与葡萄’红底上的小葡萄藤，画得多好！您说呢？我说他们画画可真有一手！这葡萄是不是叫人馋涎欲滴？我丈夫硬说我不喜欢吃水果，因为我吃得没有他多。其实不然，我比你们诸位都贪吃，只不过我不想把水果吃进嘴里，我要用眼睛欣赏。你们笑什么？你们可以问问大夫，他可以告诉你们，葡萄是我的泻药。有人用枫丹白露的白葡萄治病，我是拿这博韦罩毯治病。斯万先生，您走以前一定要摸摸椅子背上的青铜铸件，是不是又细又光？不要紧，您尽管用手摸好了。”

“好嘛！维尔迪兰夫人要摸青铜铸件，”画家说，“我们今晚就听不成音乐了。”

“您住嘴，您这个坏坯！”她又转过身来对斯万说，“我们女人哪，连一点最起码的快感都不让享受。这世上有谁的皮肉有这么细！想当年维尔迪兰先生对我醋劲儿挺大，唯恐失去我的时候——得了，别打断我的话，你可别说你从来没有吃过醋……”

“我可什么也没说。大夫，我请您做证，我说什么没有？”

斯万出于礼貌，还在抚摩那些青铜铸件，不敢马上撒手。

“得了，您往后再抚摩吧；现在到了别人爱抚您，让您一饱耳福的时候了；我想您准会喜欢的；就是这位年轻人来承担这项任务。”

等到钢琴家演奏完毕，斯万对他就比对在座的任何人都更亲切了。这是什么道理?

原来头年他在一次晚会上听人用钢琴和小提琴演奏了一部作品。起初，他只体会到这两种乐器发出的物质性的音质。而当他在小提琴纤细、顽强、充实、左右全局的琴弦声中，忽然发现那钢琴声正在试图逐渐上升，化为激荡的流水，绚丽多彩而浑然一体，平展坦荡而又像被月色抚慰宽解的蓝色海洋那样荡漾，心里感到极大的乐趣。在某一个时刻，他自己也不能清楚地辨认出一个轮廓，也说不出使他喜欢的东西到底叫什么名字，反正是突然感到着了迷，他就努力回忆刚才那个乐句或者和弦（他自己也说不清）；这个乐句或者和弦就跟夜晚弥漫在潮湿的空气中的某些玫瑰花的香气打开我们的鼻孔一样，使他的心扉更加敞开。可能是因为他不知道这是什么乐曲，所以他得到的印象是如此模糊，一种也许正是真正的纯粹音乐的印象，是局限于这个范围，完全别具一格，不能归之于任何别的种类的印象。这样一种印象，在一刹那间，可以说是“无物质的”印象。当然这时我们听到的音符，按照它们的音高和时值，会在我们的眼前笼罩或大或小的空间，描画出错综复杂的阿拉伯式的图案，给我们以广袤或纤小、稳定或反复无常的感觉。然而这些感觉在我们心中还没有牢固地形成，还不足以会被紧接而来的，甚至是同时发出的音符所激起的感觉淹没以前，就已经消逝了。而这种印象却还会继续以它的流动不定，以它的“淡入或淡出”，掩盖那些不时冒出、难以区别、转瞬即逝、只能由它们在我们身上产生的特殊的快感才得以辨认的，无法形容、无法记忆、无法命名、不可名状的主题——即使我们的记忆，像一个在汹涌的波涛中砌造一个建筑物的牢固基础的工人一样，能为我们提供那些逃遁的乐句的仿制品，却无法使我们能把它们随之而来的乐句加以比较，加以区别。就这样，当斯万感觉到的那个甘美的印象刚一消失，他的记忆就立即为他提供了一个记录，然而那是既不完全又难持久的记录；但当乐曲仍在继续时，他毕竟得以向这记录投上一瞥，所以当这同一个印象突然再次出现时，它就不再是不可捕捉的了。他可以琢磨这个印象的广度，琢磨与它对称的改编乐句，琢磨它的记谱法，琢磨它的表现力；他面前的这个东西就不再是纯音乐的东西，而是帮助他记住这音乐的图案、建筑物和思想了。这时候，他就能清楚地辨认出那个在片刻间、在音响之波中升腾而起的乐句。它立刻唤起他一些奇妙的快感，他感到这是除了这个乐句以外任何别的东西都不可能给予他的，因此对它产生了一种从未体验过的喜爱。

这个乐句以缓慢的节奏把他领到这里，把他领到那里，把他领向一个崇高、难以理解，然而又是明确存在的幸福。突然间，正当这个乐句把他领到一个地方，而他在休息片刻后正准备随它继续前进时，它却猛地变换方向，以速度更快的细碎、凄然、温和而无休止的运动，把他带向新的境界，随即又消逝了。他热切地祈望着能第三次见到它。而它果然又重现了，然而并没有对他做出什么更明确的启示，在他身上激起的快感也没有以前那样深刻。可是当他回到家里，他却需要它：他仿佛成了这样一个人，他在马路上瞥见的一个过路的女子在他的生活中注入了一种崭新的美的形象，这个形象强化了他自己的感情，可他是否还能重逢他已经爱上但却连姓名都还不知道的那个人，连他自己也不清楚。

对这个乐句的爱仿佛一瞬间让斯万产生了恢复已经失去了的青春的可能性。很久以来，他就弃绝了把生活跟一个理想结合起来的念头，只把它局限于追求日常乐趣的满足，而他认为——虽然没有正式地对自己这样说——这种情况到死也不会改变了；更进一步，他既然再也不会感到头脑里有什么崇高的思想，于是就连天下是否有这样的思想存在也不再相信，虽然他还不能完全予以否定。因此，他就养成了逃避存在于琐碎不足道的思想之中的习惯，也就不再去追究事物的原委。同样，他也不再自问是否再参加社交生活，但却确信如果接受邀请就应该应邀前往，而如果临时不能赴约，就应该给主人留张名片；同样在谈话中间他竭力不对任何事物畅谈由衷的见解，只是提供一些本身能多少说明问题，而他自己无须倾其所知的细节。他对菜肴的烹调方法，对某个画家的生卒年代，对他的作品的标题却是了如指掌。有时，他情不自禁地对某一作品，对某种人生观发表见解，但语含讽刺，仿佛他对自己所说的话也并不完全赞同。然而，就像某些多病的人到了一个新的地方，接受一种新的治疗方法，身体上莫名其妙地自发出现一种新的变化，就仿佛觉得自己的病大为减轻，因而开始看到今后与以前完全不同的生活的可能性一样，斯万这一回也通过对他所听到的那个乐句的回忆，通过他为了看一看是否还能发现这个乐句而请人演奏的某些协奏曲，在他自己身上发现了以前不再相信的一个看不见的现实；此外，仿佛音乐对他那干涸的心有一种治疗的作用似的，他也重新产生了把生活奉献给某一目标的愿望，甚至是力量。然而，他没能弄清他那晚听的那部作品出于谁手，也没能找到那部作品，结果也就把它忘了。他倒是在那个星期里碰到了那天跟他一起参加晚会的几个人，问过他们；可是好几个人都是在演奏完了才到的，或者没有到演奏就已早退；有几个人在演奏时倒是在场，不过在另外一个角落里聊天，另外有几个人倒是听了，可是也是听而不闻。至于晚会的主人，他们只知道这是一部新作品，是他们约请的音乐家们自己提出要演奏的，而这些音乐家到外地巡回演出了。斯万有一些音乐界的朋友，可是他尽管记得这乐句使他产生的无法表达的特殊的乐趣，尽管眼前能看到这个乐句描绘出来的形象，却不能把它哼给他们听听。后来，他也就不再去想它了。

而今晚在维尔迪兰夫人家，年轻的钢琴家刚开始弹了几分钟，斯万忽然在一个延续两小节的高音之后，看到他所爱的那个轻盈的、芬芳的乐句从这拖长的、像一块为了掩盖它诞生的神秘而悬起的有声之幕那样的音响中飘逸而出，向他款款接近，被他认了出来——这就是那个长期隐秘、细声细气、脱颖而出的乐句。这个乐句是如此不同凡响，它的魅力是如此独一无二，任何别的魅力都无法替代，对斯万来说，就好比在一个朋友家中的客厅里突然遇到他曾在马路上赞赏不已，以为永远也不能再见的一个女人一样。最后，这个不倦的指路明灯式的乐句随着它芳香的细流飘向远方，在斯万的脸上留下了他微笑的痕迹。这次他可以打听这个不相识的人的姓名了，原来这是凡德伊的《钢琴小提琴奏鸣曲》

的平板。他把它记住，从此就可以在家里随时重温，研究它的音乐语言，掌握它的秘密了。

因此，当钢琴家刚演奏完毕，斯万就走到他跟前，向他致谢，那种热烈劲儿，维尔迪兰夫人看了十分高兴。

“这是何等的魅力！”她对斯万说，“小伙子对这首奏鸣曲理解得十分透彻，是不是？您从来没有想到钢琴能达到这么高的境界吧！说真的，那里面什么都有，就是没有钢琴声。每次听的时候，我都以为是听一支管弦乐队在演奏。甚至比管弦乐队演奏得还美，还完整。”

青年钢琴家躬了躬身，面带微笑，一板一眼地说，仿佛是在念一句警句似的：

“您太过奖了。”

维尔迪兰夫人对她的丈夫说：“来，来，给他来杯橘子水。他该得这份奖赏。”斯万则对奥黛特叙说他爱上那个乐句的经过。这时候维尔迪兰夫人说道：“哎，奥黛特，看样子他在跟您讲什么知心话呢！”奥黛特答道：“对了，是知心话。”斯万很欣赏她的直爽。他接着打听凡德伊是怎样一个人，有什么作品，这部奏鸣曲是什么时期写的，他当时写那个乐句的时候要表达什么思想，这是他特别要弄清楚的。

当斯万说这首奏鸣曲真美的时候，维尔迪兰夫人高声叫道：“您说得不错，它真美！您不该说您原来不知道这首奏鸣曲，您没有权利不知道这首奏鸣曲。”画家接茬说：“啊，是啊，这是一部了不起的作品，这当然不是什么大路货，不是什么‘通俗作品’，这是对我们这些懂艺术的人能产生强烈印象的作品。”所有这些人全都自诩能欣赏这个音乐家，可是他们全都从来没有向他们自己提出斯万刚才那些问题，因此谁也答不上来。

甚至当斯万就他心爱的那个乐句发表一两点见解的时候，维尔迪兰夫人却答道：“嗨，您说逗不逗？我可从来没有注意到；我呀，我不喜欢吹毛求疵，不喜欢过问那些鸡毛蒜皮的事儿；这里的人谁也不喜欢费工夫去钻牛角尖，我们家可没有这样的毛病。”这时候戈达尔大夫张着大嘴以赞赏的眼光注视着她，满腔热情地听她一口气说出那么多的成语。他跟他的太太都有某些出身低微的平民百姓的那种世故，对他们回到家里相互承认并不懂得的音乐作品以及比施“大师”的绘画，都避免发表意见，也不假装能够欣赏。广大群众只能从他们已经慢慢接受了的那种艺术当中的老一套的东西里领略大自然的魅力、美和形象，而有独创性的艺术却正在抛弃这些老一套的东西，所以作为广大群众在这方面的代表，戈达尔夫妇既不能在凡德伊的奏鸣曲中，也不能在那位画家的肖像画中发现他们所理解的音乐的和谐与绘画之美。钢琴家演奏的时候，他们觉得他是在钢琴上随便弹上几个音符，这是他们已经习惯的形式所无法联系起来的，而画家只是在画布上随意抹上点颜色而已。当他们在画布上辨认出一个人形时，他们也觉得它笨拙俗气，也就是说，缺乏他们用来观察路上的行人的那个习惯画法所显示的优美，也觉得它不真实，仿佛比施先生不懂得一个人的肩膀是怎么长的，也不知道女人的头发是不会长成淡紫色的。

信徒们散开了，大夫感到这是一个好机会，正当维尔迪兰夫人就凡德伊的奏鸣曲讲完最后一句话的时候，他就像刚学游泳的人挑选没有太多人瞧着他的时候才跳下水一样，突然下定决心叫道："是啊，这就是一个所谓 di primo cartello（第一流）的音乐家！"

斯万就只打听出凡德伊这首奏鸣曲是最近发表的，在一个思想很先进的音乐派别中引起强烈的反响，而广大群众却根本不知道有这么回事。

"我倒是认识一个叫凡德伊的人。"斯万说。他想到的是我外祖母的妹妹们的钢琴教师。

"也许就是他？"维尔迪兰夫人叫道。

"啊，不！"斯万笑着答道，"如果您见过他，您就不会提出这样的问题了。"

"可提出问题就是解决问题嘛！"大夫说。

"也许是他的一个亲戚，"斯万又说，"说起来也真够惨的，一个天才竟会是一个老傻瓜的堂兄弟。倘若果然如此，我情愿受一切折磨，也要让这老傻瓜把我介绍给奏鸣曲的作者。先得接受去找这老傻瓜的折磨，真是件可怕的事情。"

画家知道凡德伊这会儿病得很厉害，博丹大夫都担心救不活他了。

"怎么？"维尔迪兰夫人叫道，"居然还有人找博丹看病！"

"啊，维尔迪兰夫人！"戈达尔拿腔拿调地说，"您忘了您是在说我的一个同行，说得更正确些，是我的一个老师。"

画家早就听说凡德伊的精神都快错乱了。他说这从他那首奏鸣曲的某些片段中就可以看得出来。斯万也并不觉得这种看法荒谬，不过却为之不安，因为一部纯粹的音乐作品本来就不包含任何逻辑关系，言语中逻辑关系的错乱表明说话的人神经不正常，但他总认为在一首奏鸣曲中显示出来的错乱却是跟一条狗或者一匹马的精神错乱（尽管当真可以观察出来）同样神秘的东西。

“您就别在我跟前提您的什么老师了，您比他高明十倍，”维尔迪兰夫人这样回答戈达尔大夫，用的是一个敢于坚持己见，敢于顶撞持不同意见者的口吻，“您至少不会治死您的病人。”

“夫人，他可是位院士，”大夫以嘲讽的口吻反驳道，“如果一个病人乐意死在一个科学泰斗手中的话……一个人要是能说‘是博丹在给我治病’那就更光彩了。”

“啊！更光彩？”维尔迪兰夫人说，“敢情现在生病还有什么光彩不光彩的，真是新鲜事儿……您可把我逗死了！”她突然双手捂脸叫了起来，“我这个老傻瓜还在跟您正儿八经地讨论呢，竟没有看出您是在愚弄我。”

至于维尔迪兰先生，他觉得为了这么点儿小小不然的事儿就哈哈大笑，未免有点讨人嫌，就猛抽一口烟斗，不无伤心地心想在对人和蔼可亲上面怎么也赶不上他的妻子了。

当奥黛特跟她道晚安告别时，维尔迪兰夫人对她说：“我们很喜欢您的朋友。他很爽直，很可爱；您要是还有这样的朋友介绍给我们，尽管带他们来好了。”

维尔迪兰先生却指出斯万对钢琴家的姑妈并不欣赏。

“我想这是因为他对咱们这个环境还不熟悉的缘故，”维尔迪兰夫人答道，“你可不能指望他第一次来就跟戈达尔一样跟这里的人一个调子，戈达尔参加我们这个小圈子已经好几年了。第一次不算数，只能算是了解了解情况。奥黛特，他答应明天跟我们一起到夏特莱剧院去，您是不是去接他一下？”

“不，他不要我去接。”

“那就随你们吧。但愿他不要临时甩掉我们！”

出乎维尔迪兰夫人意料之外，他从来没有把他们甩掉过。随便他们到什么地方，他都奉陪，或是到郊区的饭馆（还不到时令，去得较少），而更常去的是戏院（维尔迪兰夫人很爱看戏）。有一天维尔迪兰夫人在她家里对斯万说，碰到什么戏的首场演出，或是盛大的节日活动，要是有一张特别通行证就非常管用，甘必大[1]葬礼那天就因为没有这么一张东西而添了不少麻烦。斯万从来没有提起他那些显赫的朋友，只提那些没有多大声望的，认为后一种关系如果加以隐瞒，未免不够正派；而在圣日耳曼区他就认为跟政界的交往无须隐瞒。这次却冲口而出：

“这事儿就交给我了，等《达尼谢夫》重新上演的时候，您就能拿到手了。我明天正好要到爱丽舍宫跟警察局长一起吃饭。”

“什么，在爱丽舍宫？”戈达尔大夫高声叫道，简直像是雷鸣一般。

---

[1] 甘必大（1838—1882）：法国资产阶级政治活动家，第二帝国时期共和派左翼领袖。1870 年巴黎被普军围困时曾到外地企图组织新军抗击普军。在反对保皇党恢复帝制，捍卫第三共和国方面有功，逝世时任政府总理。

“对了，在格雷维先生那里。”斯万答道，对他刚才那句话产生的反应多少有点窘色。

画家对大夫开玩笑说：“您这倒是少见哪！”

一般来说，戈达尔每次听人做出什么解释的时候，总是连声说“好，好”，也不显露什么表情，可是这一次，斯万最后这句话却没有跟往常一样让他安下心来，而是使他万分震惊，敢情跟他同桌吃饭，既无官衔又无任何名声的这个人竟跟国家元首来往呢。

“怎么？格雷维先生？您认识格雷维先生？”他对斯万说，那副吃惊和怀疑的神气就仿佛是爱丽舍宫门口站岗的门警碰上前来求见共和国总统的陌生人时一样：根据对方的言语，他明白他是何许人，满口答应他即将受到总统接见，其实却把这可怜的精神病患者领到拘留所的特别诊室去。

“我认识他，可不很熟，我们有些共同的朋友（他不敢说出威尔士亲王的名字），再说，他很好客，那里的饭局也没有多大意思，菜很简单，席上也从不超过八个人。”斯万答道，他竭力把他跟共和国总统的交往中可能在对方看来过分眼花缭乱的事情略去不提。

戈达尔当真信了斯万的话，当真以为格雷维先生的邀请没有什么了不起，并不是什么众所追求而是唾手可得的东西。从此以后，他就对斯万或者别的什么人去爱丽舍宫不再感到惊讶，甚至对他应邀参加那样乏味的宴会表示同情了。

“啊，好，好！”他说，那口气就仿佛是个海关关员，刚才还对你表示怀疑，听了你的解释以后，就在你的签证上盖上章，没有打开你的箱子就让你过去了。

“您说那里的宴会没有多大意思，我相信也是这样；您去参加这样的宴会，真是难能可贵。”维尔迪兰夫人说，在她眼里，共和国总统是个特别可怕的讨厌家伙，因为他手里掌握着诱惑人和强制人的手段，要是她拿来对付她的信徒的话，那是会叫他们退避三舍的，“听说他耳背得厉害，吃饭还用手指头呢。”

“本来嘛，上那儿去，您是不会玩得痛快的。”大夫带着点怜悯说。当他想起一桌只有八个人的时候，又问道：“莫非那是知己朋友间的便酌？”那种热心劲儿与其说是出于好奇，倒不如说是出于一个语言学家的钻研精神。

然而共和国总统在他心目中的威望最终毕竟还是胜过了斯万的谦虚和维尔迪兰夫人的恶意，戈达尔在每次聚餐的时候总要关切地问道：“咱们今晚能见到斯万先生吗？他跟格雷维先生有私交。我想他就是一个大伙所说的 gentleman（绅士）吧？”他甚至送给他一张牙科展览会的请帖。

“有了这张请帖，您还可以带别人进去，不过不能带狗。您知道，我之所以说这个话，是因为我有几个朋友不知道这个规定，临时添了麻烦。”

至于维尔迪兰先生，他可注意到了斯万有这样强有力的朋友而以前一直没有说起，这一发现在他妻子身上产生了何等不良的印象。

要是没有安排外出活动的话，斯万就到维尔迪兰家中参加这个小圈子的活动，不过他只是到晚上才来，而且尽管奥黛特一直恳求，他也没有答应跟他们在一起吃晚饭。

“如果您愿意的话，我可以跟您单独吃饭。”她对他说。

“那维尔迪兰夫人呢？”

“啊，那很简单。我只消跟她说我的衣服还没有做好，我的马车来晚了就行了。总有办法应付的。”

“您真好。”

不过斯万心想，如果让奥黛特知道（他只同意在晚饭后同她见面），他还有比跟她在一起更大的乐趣的话，那么她在他身上不久就更要得寸进尺了。再说，他早已爱上了一个长得鲜艳丰满得像一朵玫瑰花似的小女工，她的体态之美远过于奥黛特，他宁愿在黄昏时分跟她在一起，然后再去跟奥黛特相会。出于同样的理由，他从来没有答应奥黛特上他家去接他一起到维尔迪兰家去。小女工总是在他家附近他的马车夫雷米知道的一个街角等他，到时候登上车来，坐到斯万身旁，在他怀里一直待到维尔迪兰家门口。等他进客厅的时候，维尔迪兰夫人指着他早上送去的玫瑰花对他说：“我可要说您了。”同时指着奥黛特身边的位子叫他坐下，这时钢琴家正为他们两个人演奏凡德伊的那个乐句——它仿佛是他们俩爱情的国歌。他总是从小提琴的震音部分开始，有几拍是不带伴奏的，占着最显著的地位；然后这震音部分仿佛突然离去，而那个乐句就像霍赫[1]室内画中的物体由于半开着的狭窄门框而

[1] 霍赫（1629—1684）：荷兰画家，善于表现室内光的效果。

显得更深远一样，从遥远的地方，以另一种色彩，在柔和的光线中出现了；它舞姿轻盈，带有田园风味，像是一段插曲，属于另一个世界。这个乐句以单纯而不朽的步伐向前移动，带着难以用言语形容的微笑，将它的优美作为礼品向四面八方施舍；可是斯万现在却仿佛觉得这个乐句原来的魔力顿然消失了。这个乐句仿佛认识到了它所指引的那种幸福的虚妄。在它轻盈的优美之中已经有点万事俱休的感觉，就好像是随着徒然的遗憾之情而来的超脱之感。不过对他来说，这些都无关紧要，他不大去考虑这个乐句本身，不大去考虑这个乐句对在创作时并不知道世上有斯万和奥黛特存在的那位音乐家意味着什么，也不大去考虑它对今后几百年的听众意味着什么，而只把它看作他的爱情的一种证明，一种纪念品，足以使维尔迪兰夫妇、使这位年轻的钢琴家想起奥黛特，想起他斯万，同时把他们两人联结在一起。甚至他也打消了请一位音乐家把那首奏鸣曲整个演奏一遍的打算（奥黛特一时心血来潮，曾经这样要求过），以至于在全曲当中他依然只知道这一段。奥黛特也附和着说："咱们干吗要其余部分呢？这才是咱们那一段。"更进一步，后来他都苦于思索了，以至当这个乐句从他们耳畔掠过，离他们虽是那么近，可又像是在无穷远处，虽是为他们而奏，却又不认识他们的时候，他都感到遗憾了，为这个乐句有一种含义，有一种内在的、不变的而又不为他们所知的美而感到遗憾——就像是当我们收到我们所爱的女子送来的珠宝或者所写的情书时，我们会怪怨宝石的水色和语言中的词语为什么不纯粹是由一段短暂的恋情和一个举世无双的情人的精髓所构成一样。

他时常在到维尔迪兰家去以前跟那个年轻女工在一起待的时间太久，以至钢琴家刚把那个乐句演完，他就发现奥黛特回家的时刻马上就要到了。他总是把她送到凯旋门背后拉彼鲁兹街她那小住宅的门口。也许正是因为这一点，正是为了不要求她给以全部特殊优遇，他才牺牲早些看到她，跟她一起到维尔迪兰家去这个对他来说并不那么必要的乐趣，而保留伴送她回家的特权——这是她十分领情而他也更为重视的一项特权，因为这样，他就会感到没有别人看到她，没有人介入他们两人之间，而且在跟她分手以后，也没有人妨碍她在精神上与他同在。

就这样，她每晚都坐斯万的马车回去。有一晚，当她从车上下来，他跟她说“明天见”的时候，她快步跑到房子前的小花园里采摘最后一朵菊花，在车走动以前送到他的手里。他在归途中一直吻着这朵花，过了几天，花枯萎了，他就小心翼翼地把它收在写字台里。

可是他从不踏进她的家门。只有两个下午，他去参加了在她看来是如此重要的活动——吃午茶。在这里的这些小街上，几乎全都是一所挨着一所的矮小住宅，只是偶尔有几家昏暗的小铺子（这是这个过去名声不佳的地段的历史遗迹）打破这种单调一致。这些小街的寂静和空荡、花园和树上残留的白雪、冬季的衰败景象、城市中保留下来的自然景色，都为他在进门时感到的温暖和看到的花朵增添了神秘的色彩。

奥黛特的卧室位于高出于街面的底层左侧，面临着与前街平行的一条狭窄的后街；卧室右边是一道陡直的楼梯，两旁是糊着深色壁纸的墙，墙上挂着东方的壁毯、土耳其的串珠、一盏用丝线绳吊起的日本大灯（为了避免来客连一点西方文明里的现代化起居设备都享受不到，点的是煤气）。这道楼梯一直通到楼上的大小客厅。两间客厅前面有个狭小的门厅，墙上装着花园里那种用板条做的格子架，上着金色的漆，沿着它的整个长度摆着一个长方形的木箱，里面像花房里那样种着一行盛开的大菊花，这在那年月还是比较罕见的，虽然还没有日后的园艺家培植的那样巨大。斯万看了虽然有些不快，因为种大菊花是头年才在巴黎流行开的风尚，但这回看到这些在冬季灰暗的阳光中闪烁的短暂星辰发出的芬芳光芒，在这间半明半暗的小屋中映出一道道粉红的、橙黄的、白色的斑纹，心里还是很高兴的。奥黛特穿着粉红色的绸晨衣接待他，脖颈和胳膊都裸露着。她请他在她身边坐下，那是在客厅深处的许多神秘的隐秘角落之一，有种在中国大花盆里的大棕榈树或者挂着相片、丝带和扇子的屏风挡着。她对他说："您这么坐着不舒服，来，我来给您摆弄一下。"她面带那种行将一显身手的得意的微笑，拿来几个日本绸面垫子，搓搓揉揉，仿佛对这些值钱东西毫不在乎，然后把它们垫在斯万脑袋后面和脚底下。仆人进来把一盏盏灯一一放好，这些灯几乎全都装在中国瓷瓶里，有的单独一盏，有的两盏成双，都放在不同的家具上（也可以说是神龛上），在这冬季天已近黄昏的苍茫暮色中重现落日的景象，却显得更持久，更鲜艳，更亲切——如果有个恋人伫立在马路上观赏橱窗中时隐时现的人群，这种景象也会使他遐想不已。奥黛特这时一直盯着她的仆人，看他摆的灯是不是全都摆在应有的位置。她认为，哪怕只有一盏摆得不是地方，她的客厅的整体效果就会遭到破坏，她那摆在铺着长毛绒的画架上的肖像上的光线就会不对劲儿。所以她急切地注视这笨家伙的一举一动，当他挨近她那唯恐遭到损坏而总是亲自擦拭的那对花瓶架时，就被她严厉地申斥，她赶紧走上前去看看花是否被他碰坏。她觉得她那些中国小摆设全都有“逗人”的形态，而兰花，特别是卡特来兰，也是一样，这种花跟菊花是她最喜爱的花，因为这些花跟平常的花不同，仿佛是用丝绸、用缎子做的一样。她指着一朵兰花对斯万说：“这朵兰花仿佛是从我斗篷衬里上铰下来似的。”话中带着对这种如此雅致的花的一番敬意；它是大自然赐给她的一个漂亮的、意想不到的姐妹，在实际生活中难以觅得，而它又是如此优雅，比许多妇女都更尊贵。因此她在客厅中给它以一席之地。她又让他看画在花瓶上或者绣在帐幕上的吐着火舌的龙、一束兰花的花冠、跟玉蟾蜍一起摆在壁炉架上的那匹眼睛嵌有宝石的银镶单峰驼，一会儿假装害怕那些怪物的凶相，笑它们长得那么滑稽，一会儿又假装为花儿的妖艳而害臊，一会儿又假装忍不住要去吻一吻被她称为“宝贝”的单峰驼和蟾蜍。这些做作的动作跟她对某些东西的虔诚恰成鲜明的对比，特别是对拉盖圣母的虔敬。当她在尼斯居住时，拉盖圣母曾把她从致命的疾病中拯救过来，因此她身上总是带着这位圣母的金像章，相信它有无边的法力。奥黛特给斯万递上“他的”茶，问他：“柠檬还是奶油？”当他回答是“奶油”的时候，就笑着对他说：“一丁点儿？”一听到他称赞茶真好喝的时候，她就说：“您看，我是知道您喜欢什么的。”的确，斯万跟她一样，都觉得这茶是弥足珍贵的，而爱情也如此需要通过一些乐趣来证实它的存在，来保证它能延续下去（要是没有爱情，这些乐趣就不成其为乐趣，也将随爱情而消失），以至当他在七点钟跟她分手，回家去换上晚间的衣服时，他坐在马车上一直难以抑制这个下午得到的欢快情绪，心想："能在一个女子家里喝到这么难得的好茶，该多有意思！"一个钟头以后，他接到奥黛特的一张字条，马上就认出那写得大大的字，她由于要学英国人写字的那种刚劲有力，字写得虽不成体，却还显出是下了功夫的；换上一个不像斯万那样对她已有好感的人，就会觉得那是思路不清、教育欠缺、不够真诚、缺乏意志的表现。斯万把烟盒丢在她家里了。她写道："您为什么不连您的心也丢在这里呢？如果是这样的话，我是不会让您收回去的。"

他的第二次访问对他来说也许更加重要。跟每次要见到她时一样，他这天在到她家去的途中，一直在脑子里勾勒她的形象；为了觉得她的脸蛋长得好看，他不得不只回忆她那红润鲜艳的颧颊，因为她的面颊的其余部分通常总是颜色灰黄、恹无生气，只是偶尔泛出几点红晕；这使他感到痛苦，因为这说明理想的东西总是无法得到，而现实的幸福总是平庸不足道的。他那天给她带去她想看的一幅版画。她有点不舒服，穿着浅紫色的中国双绉梳妆衣，胸前绣满了花样。她站在他身旁，头发没有结拢，披散在她的面颊上，一条腿像是在舞蹈中那样曲着，以便能俯身看那幅版画而不至太累；她低垂着头，那双大眼睛在没有什么东西使她兴奋的时候一直现出倦怠不快。她跟罗马西斯廷小教堂一幅壁画上叶忒罗的女儿西坡拉[1]是那么相像，给斯万留下了深刻的印象。斯万素来有一种特殊的爱好，爱从大师们的画幅中不仅去发现我们身边现实的人们身上的一般特征，而且去发现最不寻常的东西，发现我们认识的面貌中极其个别的特征，例如在安东尼奥·里佐[2]所塑的威尼斯总督洛雷丹诺的胸像中，发现他的马车夫雷米的高颧骨、歪眉毛，甚至发现两人整个面貌都一模一样；在基兰达约[3]的画中发现巴朗西先生的鼻子；在丁托列托[4]的一幅肖像画中发现迪·布尔邦大夫脸上被茂密的颊髯占了地盘的腮帮子、断了鼻梁骨的鼻子、炯炯逼人的目光，以及充血的眼睑。也许正是由于他总是为把他的生活局限于社交活动、局限于空谈而感到悔恨，因此他觉得可以在大艺术家的作品中找到宽纵自己的借口，因为这些艺术家也曾愉快地打量过这样的面貌，搬进自己的作品，为作品增添了强烈的现实感和生动性，增添了可说是现代的风味；也许同时也是由于他是如此深深地体会到上流社会中的人们是这么无聊，所以他感到有必要在古代的杰作中去探索一些可以用来影射今天的人物的东西。也许恰恰相反，正是因为他具有充分的艺术家的气质，所以当他从历史肖像跟它并不表现的当代人物的相似中看到那些个别的特征取得普遍的意义时，他就感到快乐。不管怎样，也许是因为一段时间以来他接受了大量的印象，尽管这

[1] 西坡拉是《圣经》中犹太人领袖摩西的妻子，叶忒罗是她的父亲，摩西的岳父。
[2] 安东尼奥·里佐（1471—1532）：意大利建筑师、雕塑家。
[3] 基兰达约（1449—1494）：意大利画家，米开朗琪罗年幼时曾跟从他学画。
[4] 丁托列托（1518—1594）：意大利文艺复兴后期威尼斯画派重要画家。

些印象虽是来自他对音乐的爱好，却也丰富了他对绘画的兴趣，所以他这时从奥黛特跟这位桑德洛·迪·马里阿诺（人们现在多用他的外号波提切利[1]来称呼他，但这个绰号与其说是代表这位画家的真实作品，倒不如说是代表对他的作品散布的庸俗错误的见解）笔下的西坡拉的相像当中得到的乐趣也就更深，而且日后将在他身上产生持久的影响。现在他看待奥黛特的脸就不再根据她两颊的美妙还是缺陷，不再根据当他有朝一日吻她时，他的双唇会给人怎样柔软甘美的感觉，而是把它看作一束精细美丽的线，由他的视线加以缠绕，把她脖颈的节奏和头发的奔放以及眼睑的低垂联结起来，连成一幅能鲜明地表现她的特性的肖像。

他瞧着她，那幅壁画的一个片段在她的脸庞和身体上显示出来；从此以后，当他在奥黛特身畔或者只是在想起她的时候，他就总是要寻找这个片段；虽然这幅佛罗伦萨画派的杰作之所以得到他的珍爱是由于他在奥黛特身上发现了它，但两者间的相像同时也使得他觉得她更美、更弥足珍贵。斯万责怪自己从前不能认识这样一个可能博得伟大的桑德洛爱慕的女子的真正价值，同时为他能为在看到奥黛特时所得的乐趣已从他自己的美学修养中找到根据而暗自庆幸。他心想，当他把奥黛特跟他理想的幸福联系起来的时候，他并不是像他以前所想的那样，是什么退而求其次地追求一个并不完美的权宜之计，因为在她身上体现了他最精巧的艺术鉴赏力。他可看不到，奥黛特并不因此就是他所要得到手

---

[1] 波提切利（1445—1510）：意大利文艺复兴时期的画家。

的那种女人，因为他的欲念恰恰总是跟他的美学鉴赏背道而驰的。“佛罗伦萨画派作品”这个词在斯万身上可起了很大的作用。这个词就跟一个头衔称号一样，使他把奥黛特的形象带进了一个她以前无由进入的梦的世界，她在这里身价百倍。以前当他纯粹从体态方面打量她的时候，总是怀疑她的脸、她的身材、她整体的美是不是够标准，这就减弱了他对她的爱，而现在他有某种美学原则作为基础，这些怀疑就烟消云散，那份爱情也就得到了肯定；此外，他本来觉得跟一个体态不够理想的女人亲吻，占有她的身体，固然也是顺理成章的事，可是也并不太足道，现在这既然像是给一件博物馆中的珍品饰上花冠，在他心目中也就成了该是无比甘美、无比神妙的事情了。

正当他要为几个月来把全部时间都用来看望奥黛特而后悔的时候，他却又想在一件宝贵无比的杰作上面花许多时间是完全合乎情理的事情。这是一件以另有一番趣味的特殊材料铸成的杰作，举世无双；他有时怀着艺术家的虔敬、对精神价值的重视和不计功利的超脱，有时怀着收藏家的自豪、自私和欲念加以仔细观赏。

他在书桌上放上一张《叶忒罗的女儿》的复制品，权当是奥黛特的相片。他欣赏她的大眼睛，隐约显示出皮肤有些缺陷的那纤细的脸庞，沿着略现倦容的面颊的奇妙无比的发髻；他把从美学观点所体会的美运用到一个女人身上，把这美化为他乐于在他可能占有的女人身上全都体现出来的体态上的优点。有那么一种模糊的同感力，它会把我们吸引到我们所观赏的艺术杰作上去，现在他既然认识了《叶忒罗的女儿》有血有肉的原型，这种同感就变成一种欲念，从此填补了奥黛特的肉体以前从没有在他身上激起的欲念。当他长时间注视波提切利这幅作品以后，他就想起了他自己的“波提切利”，觉得比画上的还美，因此，当他把西坡拉的相片拿到身边的时候，他仿佛是把奥黛特紧紧搂在胸前。

然而他竭力要防止的还不仅是奥黛特会产生厌倦，有时同时也是他自己会产生厌倦。他感觉到，自从奥黛特有了一切便利条件跟他见面以后，她仿佛没有多少话可跟他说，他担心她跟他在一起时的那种不免琐碎、单调而且仿佛已经固定不变的态度，等到她有朝一日向他倾吐爱情的时候，会把他脑子里的那种带有浪漫色彩的希望扼杀掉，而恰恰是这个希望使他萌生并保持着他的爱情。奥黛特在他心目中的形象已经到了固定不变的地步，他担心他会对它感到厌倦，因此想把它改变一下，就突然给她写了一封信，其中充满着假装出来的对她的失望和愤懑情绪，在晚饭前叫人给她送去。他知道她将大吃一惊，赶紧给他回信，而他希望，她因担心失去他而使自己的心灵陷入矛盾之时，她会讲出她还从来没有对他说过的话。事实上，他也曾用这种方式收到过她一些前所未有的饱含深情的信，其中有一封是一个中午在“金屋餐厅”派人送出的（那是在救济西班牙木尔西亚水灾灾民日），开头写道：“我的朋友，我的手抖得这么厉害，连笔都抓不住了。”他把这封信跟那朵枯萎的菊花一起收藏在那个抽屉里。如果她没有工夫写信，那么当他到维尔迪兰家时，她就赶紧走到他跟前，对他说“我有话要对您讲”，他就好奇地从她的脸上，从她的话语中琢磨她一直隐藏在心里没有对他说出的是什么。

每当他快到维尔迪兰家，看到那灯火辉煌的大窗户（百叶窗是从来不关的），想到他就要见到的那个可爱的人儿沐浴在金色的光芒之中时，他就心潮澎湃。有时候，客人们的身影映照在窗帘上，细长而黝黑，就像绘制在半透明的玻璃灯罩上的小小的图像，而灯罩的另一面则是一片光亮。他试着寻找奥黛特的侧影。等他一进屋，他的眼睛就不由自主地发出如此愉快的光芒，维尔迪兰对画家说："看吧，这下可热闹了。"的确，奥黛特的在场给这里添上了斯万在接待他的任何一座府邸都没有的东西：那是一个敏感装置，一个连通各间房间，给他的心带来不断的刺激的神经系统。

就这样，这个被称为"小宗派"的社交机构的活动就为斯万提供跟奥黛特每天会面的机会，使他有时能得以假装对跟她见面不感兴趣，甚至是假装以后不想再跟她见面，但这些都不会产生什么严重后果，因为尽管他在白天给她写了信，晚上一准还是会去看她，并且把她送回家去。

可是有一回，当他想起每晚总少不了的伴送时忽然感到不快，于是就陪他那小女工一直到布洛涅森林，好推迟到维尔迪兰家去的时间。就这样，他到得太晚，奥黛特以为他不来了，就回家了。见她不在客厅，斯万心里感到难过；在此之前，当他想要得到跟她见面的乐趣时，他总是确有把握能得到这种乐趣的，现在这种把握降低了，甚至使我们完全看不到那种乐趣的价值（在其他各种乐趣中也是一样），而今天他才是第一次体会到了它的分量。

"你看见没有，当他发现她不在的时候，那张脸拉得多长！"

维尔迪兰先生对他的妻子说，“我看他是爱上她了。”

“什么拉得多长？”戈达尔粗声粗气地问。他刚去看一个病人，现在回来找他的妻子，不知道他们讲的是谁。

“怎么？您刚才在门口没有碰上斯万家中最漂亮的那一位？”

“没有。斯万先生来了？”

“才待了一会儿。斯万刚才可激动，可神经质了。您看，奥黛特走了。”

“您是说，她现在已经跟他打得火热，已经到了‘人约黄昏后’的阶段了？”大夫说，对他用的暗喻扬扬自得。

“不，绝对不是。咱们关起门来说说，我觉得她处理不当，简直是个傻瓜，实在是个傻瓜。”

“得了，得了，得了，”维尔迪兰先生说，“你知道什么呀？他们两个之间什么关系也没有？咱们又没有去看过，咱们怎么知道？”

“要是有什么的话，她是会对我说的，”维尔迪兰夫人郑重其事地反驳道，“我对你们说吧。她什么事情也不瞒我。她这会儿没有人，我跟她说过，她应该跟他睡觉。可她说她不能，她虽然钟情于他，可是他在她跟前总是畏畏缩缩的，她也就不敢大胆了。她还说她并不以那样一种方式来爱他，他是一个柏拉图式的情人，她不愿玷污自己对他的感情。这都是她的话。斯万这个人倒恰恰是她所要的那种人。”

“对不起，我的意见可跟你不一样，”维尔迪兰先生说，“这位先生并不完全合我的心意，我觉得他有点摆架子。”

维尔迪兰夫人整个身体都僵直了，脸上现出一副死气沉沉的表情，仿佛她已经变成了一座雕像，这么一来倒显得她没有听到那叫人无法忍受的“摆架子”三个字。对他们“摆架子”，那不就表明他比他们“高明”吗？

“不管怎么说吧，如果他们之间没有什么关系，我也并不认为那是因为这位先生认为她是个贞洁的女人，”维尔迪兰先生酸溜溜地说，“不过，这倒是真的，他仿佛觉得她是个聪明人。不知你有没有听到那天晚上他是怎样跟她谈凡德伊的奏鸣曲的；我是衷心喜欢奥黛特的，可是谁要是跟她讲什么美学理论，那才是天字第一号的大傻瓜呢！”

“嗨，别说奥黛特的坏话，”维尔迪兰夫人装出孩子撒娇的样子说，“她是很可爱的。”

“那也不妨害她可爱呀！我并不是说她的坏话，我只是说她既不是个贞洁的女人，也不是个聪明的女人。”他又对画家说，“说到底，她贞洁不贞洁又是什么大不了的事儿呢？贞洁了，她也许就远不如现在这样可爱了，是不是？”

斯万在楼梯平台上碰到了维尔迪兰家的听差头，刚才他上楼的时候，他正好离开了一会儿。奥黛特临走时托他告诉斯万（这已经是一个钟头以前的事情了），假如他来，就对他说，她可能在回家以前先上普雷福咖啡馆喝杯巧克力。斯万马上到普雷福咖啡馆去，可是马车每走一步都被别的车辆或者过街的行人挡住；要不是怕招惹警察干涉，时间会耽误得更久的话，他真想把他们轧死。他计算他所费的时间，把每一分钟都延长几秒，唯恐时间跑得太快，这样他就可以相信有更多的机会到得早些，还能找到奥黛特。突然间，就像一个发烧的病人刚从睡梦中醒来，意识到他刚才反复出现在脑海而难以从中分辨出自己的那些梦幻是何等荒谬一样，斯万也在自己身上发现，自从在维尔迪兰家里听到奥黛特已经走了的消息以后，他脑子里盘算的思想是何等异乎寻常，他心里的那种痛苦又是何等前所未见，他只是在此刻才发觉，仿佛他是刚从梦中醒来一样。什么？所有这些烦躁不安，全都是因为他要到明天才能见到奥黛特，而这不正是他一个钟头以前在到维尔迪兰家去的路上所盼望的事情吗？他不得不看到，把他载到普雷福咖啡馆去的这辆马车依然如故，可是他自己已经不再是原来那样一个人了，他已经不是单独一人，现在另有一个人和他在一起，这个人附在他身上，和他融而为一，也许不再能摆脱，不得不像对待一个主人或者一种疾病那样来与之周旋了。然而自从他感觉到有另外一个人就这样附到他身上那一刻起，他就感到生活更有意思了。能不能在普雷福咖啡馆见到她，他心中完全无数（这等待是如此折磨着他，以至在见到她以前，他方寸已乱，既不能思想，也不能回忆什么来使他的脑子平息下来），然而果然能够见到她，这次会见很可能跟往常一样，并没有什么了不起。跟每天晚上一样，一见到奥黛特，向她那变化无常的脸悄悄地投过一瞥，他马上就把视线转向他方，免得她从中看出有什么欲念的成分，而不再相信他并没有任何的私心杂念；这时他就不再有工夫去想她，而一心盘算找出什么借口来使他可以不立即离开她，同时不露声色地确保第二天能在维尔迪兰家中再次看到她，也就是说找出什么借口来把跟这个可接近而不敢拥抱的女子不能开花结果的聚首而激起的失望与折磨在当时持续下去，并在第二天重新品尝。

她不在普雷福咖啡馆。他决心到环城马路所有的饭店去找她。为了争取时间，当他到一些饭店去的时候，他就打发他的马车夫雷米（里佐画中的洛雷丹诺总督）上另一些饭店，如果他自己找不着，就到指定的地点去等马车夫。不见马车夫回来，斯万心里直翻腾，仿佛一会儿看到他回来说："夫人在那里。"一会儿又看到他回来说："哪个咖啡馆里也找不着夫人。"眼看天色已晚，也许今晚可能以跟奥黛特相会而告终，这就可以结束他的焦灼；也许不得不死了今晚找到她的念头，只好未曾同她相遇而黯然回家了。

马车夫回来了，可是当他在斯万面前停下的时候，斯万并没有问他"找到夫人没有?"，却说："明天提醒我去订购劈柴，看来家里的快用完了。"也许他心里在想，如果雷米在哪个咖啡馆看到了奥黛特还在等他的话，那么这个倒霉的夜晚就已经被一个业已开始的幸福的夜晚取而代之了，他就用不着匆匆忙忙地奔向那已经到手、妥善收藏、万无一失的幸福了。不过这也是出之于惯性的作用；有些人的身体缺乏灵活性，当他们要躲避一次冲撞，把他们行将烧着的衣服从火苗边拽开，要做出一个紧急的反应时，他们却不慌不忙，先把原来的姿势保持一会儿，仿佛要从这个姿势中寻得一个支点，一股冲力似的。斯万这会儿则是在心灵中缺乏这么一种灵活性。假如车夫对他说"夫人在那里"的话，他多半也会这样回答："啊！好，好！让你跑了这么多路，我没想到……"并且继续谈订购劈柴的事，免得让他看出自己情绪的激动，同时让自己有时间从不安转入幸福。

车夫再一次回来告诉他，哪儿也找不着她，并且以老仆人的身份，提出自己的意见：

"我想先生只好回家了。"

当雷米带来他最后的、无法改变的回音时，斯万尽可以装出满不在乎的样子，可是这次当他看见雷米打算要他放弃希望，不再寻找时，他可就装不出来了。他高声叫道：

"不，我们一定得把这位夫人找到；这是最重要不过的事情。要是她没有见着我，她会十分懊恼的，这可是件大事，她会生我的气。"

"可我不明白，这位夫人怎么会生气，"雷米答道，"是她没等先生就走了，是她说要到普雷福咖啡馆，而她又不在。"

这时四面八方的灯火都纷纷熄灭了。在林荫大道的树荫下，在神秘莫测的黑影中，越来越稀少的行人在踯躅，几乎分辨不出来。不时有个女人的身影走到斯万跟前，在他耳边嘟囔两句，请他送她回家，把斯万吓了一跳。他惶惶不安地从这些暗淡的身子边擦过，仿佛是在黑暗的王国，在鬼魂丛中寻找欧律狄克[1]一般。

在产生爱情的种种方式中，在传播大恶的种种媒介中，有一

[1] 欧律狄克是希腊神话中歌手俄耳甫斯的妻子，被毒蛇咬伤而死，为了把妻子找回，俄耳甫斯亲身到了冥界。

种是再有效不过的，那就是有时掠过我们体内的强烈的激动之流。我们这会儿乐于与之相处的那个人，她的命运就算是定了，我们从此爱的就是她了。在这以前，她是否比别人更合我们的心意，甚至仅仅是跟别人同等程度地合我们的心意，这都无关紧要。重要的是我们对她的兴趣应该专一。假如她不在我们身边，而我们对跟她相处的种种乐趣的追求，在我们身上突然由一种急迫的需要取而代之时，这个条件就实现了。这个需要以她本人为对象，这是一种荒谬的需要，是这个社会的法律所不允许实现、所难以宽解的一种需要——这就是要占有她的那种荒唐的、痛苦的需要。

斯万让雷米带他到最后几家还没有关门的餐馆；这是他冷静的设想中的那个幸福得以实现的唯一条件。现在他不再掩饰他内心的激动，不再掩饰他对这次相会是何等的重视，于是答应他的马车夫，如果得以成功，就给以重赏，仿佛除了他自己以外再加上另一个人抱着成功的愿望，就可以使奥黛特出现在内环路上的某一个餐馆似的——哪怕她这时已经回家睡觉了也罢。他一直赶到金屋餐厅，两次走进托尔多尼饭店，都没有找着；他又从英国咖啡馆出来，惊慌失措地大踏步赶到在意大利人大道一个街角等着他的马车那里，可就在这时候，他迎面撞上了一个人，她就是奥黛特。她后来解释道，她在普雷福咖啡馆没有找到座位，就上金屋餐厅吃饭去了，她坐在一个凹角里，没有被他看到。她正在找她的马车。

她根本没有想到会在此时此地碰上他，因此大吃一惊。而他呢，他跑遍了整个巴黎城，也并不是因为他认为有可能碰上她，而是因为要是死掉这颗心的话，对他自己未免太残酷了。他的理智一直认为今晚这份快乐是不可能实现的了，现在它却成了再现实不过的东西；他自己并没有去忖度种种可能来促成这份快乐的实现，它纯粹是外来的东西；他也用不着绞尽脑汁来赋予它以现实性，这现实性是它自己产生出来的，是自己向他投来的。这个现实光芒四射，驱散了像梦幻一样飘荡在他心中的孤独之感；而在这个现实之上，他在无意之中构筑起幸福的遐想。这就像一个在晴朗的日子到达地中海岸的旅客一样，对他刚离开的地方是否存在有所怀疑，这时他不去回顾这些地方，却听任迎面而来的海水明亮而始终如一的蔚蓝色光芒照得自己眼花缭乱。

他跟她一起登上她的马车，让他自己的车子跟在后面。

她手上拿着一束卡特来兰，斯万透过她的花边头巾，看见她头发上也有同样的兰花系在用天鹅的羽毛制成的羽饰上。她在披巾下穿的是一件黑丝绒的袍子，下摆张成三角形，露出白罗缎的衬裙，在袒胸的上衣口有一块也是白罗缎的插绣，上面也插了几朵卡特来兰。她刚从跟斯万的不期而遇的惊讶中恢复过来，马就踢到了什么障碍物，闪向一旁。他们两人都给震得离开了原来的位置，她一声尖叫，吓得心突突地跳，连气也喘不过来。

“没有什么，”他对她说，“别害怕。”

他扶住她的肩膀，把她的身子紧紧靠在自己胸前，又说：

“千万别说话，只消用手势回答我的问题就行了，免得您喘得更厉害。您上衣口上的花给震歪了，我来给您扶正，您该不介意吧？我怕您的花会掉出来，我想把它插牢一点儿。”

她不常见到男人对她这么彬彬有礼过，于是微笑着答道：

“不，哪儿会啊，我怎么能介意呢？”

他却为她的回答而显得很难为情，这也许是由于他自己刚才提出了一个借口却又装得十分诚恳，甚至已经开始相信自己确是诚恳而难为情了。他叫道：

“啊！不，不，千万别说话，您会喘得更厉害的，您只消做个手势就行了，我会明白您的意思的。您果然不介意？您看，您身上有一丁点儿……我想是一丁点儿花粉；您同意我用手把它掸掉吗？我不会使很大劲的，我把您弄痛了吗？也许我把您弄痒痒了？我并不想碰袍子的丝绒，免得把它弄皱了。不过您看，这些花实在应该固定一下，要不然就要掉出来了；我这就把它们插进去一点……您说实话，我还不至于招您讨厌吧！我想闻一闻，看看花的香气是不是全都跑了。什么味儿也闻不到。跟我说实话吧。”

她微笑着耸耸肩膀，仿佛是说：“您真傻，您明明知道我很高兴。”

他用另一只手沿着奥黛特的面颊轻轻地抚摸；她睁眼注视着他，带着佛罗伦萨那位大师所画的女人（他觉得她跟她们是相像的）那种含情脉脉而庄重的神情；她那两只跟画上的女人们相像的明亮秀气的大眼睛仿佛要跟两颗泪珠那样夺眶而出。她粉颈低垂，就跟异教画和基督教画中所有的女子一样。她这时的姿态当然是她惯常的姿态，但她也深深知道这个姿态是适合于当时的场合的，而她也注意着别忘了摆出这样一副姿态；她似乎需要竭尽全力来保持面部的位置，仿佛有一股看不见的力量把它吸引到斯万那边去。当她不由自主地把她的脸迎向斯万的双唇时，斯万用双手把它捧住，保持一段距离。他要让奥黛特有时间来回味一下她久已追求的梦想，来亲眼看到它的实现，就好像人们邀请受奖的孩子的母亲亲眼看看她钟爱的孩子的成就似的。也许斯万自己还有意要好好最后一次凝视一下他迄今还没有占有，甚至还没有吻过的奥黛特的脸，就好像是一个人在离别一个地方时要好好看一下他就要永远离开的那个景色一样。

不过他在她跟前依然如此腼腆，以至在那晚以为她摆弄卡特来兰花开始，以占有她的身体告终之后，往后那几天，他还是使用同一个借口，这也许是因为他怕冒犯她，也许是因为怕露出撒谎的马脚，也许是因为缺乏提出比这更高要求的勇气（其实他是可以再次提出的，因为奥黛特第一次并没有感到不快）。如果她上衣胸口戴着卡特来兰花，他就说："今晚真不幸，您的卡特来兰花用不着重新摆弄，不像那晚那样乱，然而这一朵仿佛不太正。我倒想闻闻它们是不是特别的香。"要是她没有戴花呢；他就说："哦！今晚没有卡特来兰花，没法子摆弄了。"就这样，在一段时间内，头一晚那个程序就一直没有变动，总是以用手指和嘴唇轻轻抚弄奥黛特的胸口开始，每次的接吻和拥抱也总是以这样的抚弄为先导；很久以后，当摆弄卡特来兰花（或者类似的礼节）早已过了时，"摆弄卡特来兰"这个暗喻却成了他们习惯性地代表肉体的占有这种行为（其实也无所谓占有不占有了）的普通词语，长期留在他们的言语之中，来纪念那个早已被遗忘了的习俗。也许用这种特殊的说法来表达“性关系”，其意义跟它的各种同义词不完全一样。我们尽可以对女人感到厌倦，尽可以把跟各种不同类型的女人的交欢看成并没有什么两样，早就知道是怎么一回事，但是如果那女人不是那么容易到手——或者我们认为不是那么容易到手——以至我们必须在与她的交往中制造一个突如其来的插曲，就像斯万第一次通过摆弄卡特来兰那样，那么这种交欢就会变成一种新鲜的乐趣。斯万那晚急切盼望着的（他心想如果奥黛特中了他的计，那她是猜不出来的），正是从卡特来兰宽大的浅紫色花瓣中能结出占有这个女人之果；他那晚感到，奥黛特也许只是因为没有充分意识到才予以默认的那种乐趣，在他的心目中因此就是一种迄今没有存在过，而是他试图创造出来的乐趣，是一种完全与众不同、完全新鲜的乐趣（正如上帝创造出来的第一个人见到地上的天堂中的花儿时所感到的一样）——他给它起的那个特殊的名称也保留了这点痕迹。

现在，每天晚上，当他把她带回她家时，他就总得进去；她时常穿着晨衣把他送出来，一直送到他的马车边，当着车夫的面和他吻别，说：“给人瞧见了，又有什么关系？”他不上维尔迪兰家去的那些夜晚（自从他可以在别的地方和她相会，这种情况就不时发生了），他到上流社会的社交圈子里去的那些夜晚（这也越来越难得了），她就请他不管时间早晚，在回家前一定先上她家去。这是春天，一个晴朗而寒冷的春天。在离开晚会的时候，他登上四轮敞篷马车，把毛毯盖到腿上，对跟他同时回家，请他跟他们一道走的朋友们说他不能从命，说他去的是另一个方向，而车夫就扬鞭策马快走，反正他知道该上什么地方。朋友们都感到惊讶，斯万敢情变了。他们再也收不到他要求介绍女人的信了。他不再注意别的女人，避免到能碰见女人的地方。在餐馆里，在乡下，他的举止也全然变了；朋友们原来可以据以把他辨认出来，也以为今后将永远不变的那种举止也不知哪里去了。一种一时的异常的性格不仅能取代正常的性格，也能消除正常的性格直至此时所表现的恒常的外部特征，激情在我们心中造成的变化也是如此！与此相反，现在却有一件事情是不变的，那就是不管斯万晚上到哪里，他必然要去跟奥黛特相会。把他和她相隔开的这段路程就是他每天必不可少地要走一次的路程，仿佛这是他生命历程中无法避免的一个下滑的陡坡。说实在的，当他在哪个晚会上待的时候过久时，他时常也想直接回到家里，不再跑这一趟远程，到第二天再去看她；单凭在这么晚的时候不辞辛劳地上她家去，并且猜想跟他道别的朋友们准会窃窃私语："他是身不由己，准有个娘儿们强迫他不管时间早晚都得上她家去。"这一点，就使他感到他自己是在过着堕入情网的人们的生活，不惜为感官享受的追求而牺牲休息和利益，准是着了魔了。然而他尽管未假思索，却确信这时她准在等着他，决不跟其他人在别的什么地方，而他准能在回家以前见到她的面，这个信念消除了那晚奥黛特不在维尔迪兰家时他那种焦躁不安的情绪，这种情绪固然早已淡漠，然而随时还会重现，而现在他心中是如此宁静，简直可以说是一种幸福。奥黛特之所以在他心中占有如此重要的地位，也许正应该归功于那晚的焦躁不安。通常，别人跟我们是如此无关，以至当其中有一个人能主宰我们的哀乐时，我们就会觉得他仿佛属于另一个世界，满身都是诗情画意，能把我们的生活化为一片我们与之同在的感情的海洋。斯万一想到将来奥黛特会成为他的什么人就感到心烦意乱。有时，当他在晴朗的寒夜，从他的马车上眺望皎洁的月亮照射下的空无一人的街巷时，他就想到那张跟月色同样明亮而略带玫瑰色的脸，它有一天曾突然从他的脑际浮现出来，从此就将神秘之光投向这个世界。如果他在奥黛特打发她的仆人去睡觉以后到达，他就在按小花园的门铃之前，先到后街去，那里相邻的住宅的窗户全都一模一样，也全都一片漆黑，唯有她卧室那一扇还亮着。他在窗框上敲敲，她就答应一声，然后到大门背后等着。她的钢琴上摆着她喜爱的乐谱，《玫瑰圆舞曲》啦，或是塔里亚菲科[1]的《可怜的疯子》(她在遗嘱上写明,在葬礼上要奏这首曲子)，他却要她弹凡德伊那个乐句，虽然奥黛特弹得很不怎么样，但我们对一部作品的最美好的印象时常是得之于笨拙的指头在走调的钢琴上弹出的不符要求的音响。他深深地感觉到，他那份爱情是在别处无法找到与之相应之物的，是除了他自己以外再也没有人能验证的东西；他也明白，奥黛特的素质也不足以解释他为什么对在她身边度过的时光是如此重视。时常，当他十分冷静地用理性来考虑的时候，他也想不再为了这假想的乐趣而在学问方面和社交方面做出这么重大的牺牲了。但当他一听到凡德伊的那个乐句，它就会在他心中腾出足以容纳它的空间，他的心

[1] 塔里亚菲科（1821—1900）：法国歌唱家及作曲家。

胸就会因而扩大，为某一种形式的享受留出位置——这种享受也是在它自身之外无法找到与之相应之物的，然而不像爱情的享受那样是纯粹个人的事情，却像一个高出于具体事物的客观现实那样摆在斯万面前。凡德伊那个乐句在他身上唤起了这种对未曾体会过的魅力的渴求，却没有给他带来什么明确的东西使他得以满足。因此，那个乐句在斯万心中消除了对物质利益的关怀，消除了人皆有之的那些考虑所留下的空白，却并没有找到东西来填补，斯万便尽可以在那里镌刻上奥黛特的名字。此外，奥黛特的感情中有所欠缺、令人失望的地方，那个乐句也会来加以弥补，注入它那神秘的精髓。当他谛听这个乐句时，从他的脸上仿佛可以看出他正在吸着一种麻醉剂，使他的呼吸更加深沉。音乐给予他的那种转瞬即将化为一种真正的热望的乐趣，在这样的时刻，确实像是我们在做香料的实验时的那种乐趣，像是当我们接触一个不是为我们所造的世界时的那种乐趣——这个世界，在我们看来没有形式，因为我们看不见它；没有意义，因为它为我们的理智所不能掌握；我们只能通过一种感官才能到达那里。斯万的眼虽是敏锐的绘画鉴赏家的眼，他的脑子虽是人情世故的精细的观察家的脑子，它们却从此要带上无法消除的无聊乏味的生活的痕迹；当他感到自己变成了一个与人类无关的人、盲目的人、失去了逻辑能力的人，几乎变成了一个荒诞传说中的独角兽，变成了仅仅通过听觉来感知世界的怪物时，这对他来说倒是可贵而神秘的休息。既然他要在这乐句中搜寻他的智力所不能及的意义，他就需要以何等的沉醉来不让他的心灵得到理性的任何帮助，来使他的心灵单独通过这乐音之廊，通过这乐音的阴暗的过滤器啊！他已经开始意识到，在这乐句甘美的乐音底下隐藏着怎样的苦楚，也许还是难以消除的隐痛，然而他并不以为苦。让这乐句说爱情是脆弱的吧，他的爱情却是如此牢固！他玩弄这乐句散发出的忧郁之情，感觉到它正在流经他的身体，然而总觉得它却像是使他的幸福感更深刻更甜蜜的一种爱抚。他让奥黛特十次、二十次地重复这个乐句，要求她在弹奏的同时不停地吻他。每一个吻都激起另一个吻。啊！在谈恋爱的初期，亲吻是如此自然地诞生！吻一个接着一个，要把一个钟头之内接的吻一个一个数出来，那跟把五月间原野上的鲜花一朵一朵数出来同样困难。这时，她假装要停下来，说道："你搂着我，叫我怎么弹呀？我可没法子同时兼顾，你倒打定主意，我是该弹那个乐句呢，还是该跟你亲热？"他生气了，她却哈哈大笑，接着是一阵疾风骤雨般的亲吻。要不然的话，她忧郁地看着他，他就又看到她那张值得进入波提切利的《摩西壁画》的脸，于是把奥黛特的脖颈摆弄一下，让它保持必要的倾斜；当他按照十五世纪西斯廷小教堂的墙上那样用色粉颜料把她的肖像画好以后，想到她这会儿就在身旁，坐在钢琴边，随时准备接受亲吻和交欢，想到她是个有血有肉的人、活生生的人时，他就如痴如狂，双眼圆睁，下巴伸出像是要吃人，扑到波提切利笔下这个少女身上，拧她的面颊。等他走出了她的家门，又回来把她吻了又吻，因为他刚才一时想不起来她身上的气味或线条的某一特征；当他登上马车，踏上归途，他为奥黛特祝福，因为她同意他每天都去，而这样的聚会，他想并不会给她带来多大的欢乐，却由于可以使他免于产生妒意（再也不会吃像那晚在维尔迪兰家没有见到她时的那种苦头了），而能帮助他不必再遭那样的危机（那第一次是如此痛苦，也该是唯一的一次），就能度过他生命中的那一连几个小时不同寻常，简直是如痴如狂的时刻，就像他乘车在月夜穿过巴黎的街道时那样。当他在归途中看到月亮现在已经移转，几乎已经靠近地平线时，想到他的爱情也遵照一些不变的自然规律，自问他现在正在经历的这个时期能否长时间持续下去，那张可爱的脸儿的地位是否会越来越下降，越来越失去它的魅力，不久就会从他的脑际消失。自从斯万堕入情网，他感到事物是有魅力的，正如他年轻时自以为是艺术家时那样；然而这不再是同样的魅力、现在的魅力，只有奥黛特才能赋予各种事物。青年时期的灵感被后来的放荡生活驱散了，现在他觉得又在他身上重新萌发，不过这些灵感全都带有特定的生活的反映和印记；现在当他独自一人在家跟复原中的心灵共同度过漫长的时刻时，他感到一种神妙的乐趣，他又逐渐恢复成他自己，不过是处于另外一种地位了。

他只是在晚上才到她家去，不知道她白天干点什么，也不知道她过去是怎么回事；他连一点点情况都不了解，而这样一些情况时常会促使我们去想象我们所不知道的事情，推动我们去打听。因此他从来也不问一问她在干些什么，她过去的经历又是怎样。有时他也想起，几年以前，当他还不认识她的时候，有人曾经跟他说起过一个女人（如果他记得不错的话，应该就是她），说她是一个妓女，是一个由别人供养的情妇，总之是这样一种女人，由于跟她们很少来往，他只能认为她们具有某些小说家的想象力久已赋予她们的那一套根本反常的性格。想到这里的时候，他也总是一笑了之。他心想，要正确评断一个人，只消一反众人对他的毁誉就可以了。奥黛特跟那样一种性格风马牛不相及，她善良、纯真、热爱理想、几乎不会撒谎；譬如，有一天为了跟她一起去吃饭，他要她写信给维尔迪兰夫妇，说她有病，等到第二天维尔迪兰夫人问她好一点没有，他亲眼看见她面红耳赤，说话结结巴巴，脸上不由自主地反映出撒谎是何等难受和痛苦，而当她在答话中就头天的病编造一些细节时，她又仿佛以哀求的眼神和悲伤的声调，请求对方饶恕她言辞的虚伪。

难得有些日子，她在下午到他家来，打断他的遐想或对维米尔的研究（这是他最近才恢复的）。仆人通报德·克雷西夫人在他的小客厅。他就上客厅去见她，等他把门打开，奥黛特一看见他，她那粉红色的脸就挂上一丝微笑，嘴唇的曲线、两眼的神色、面颊的轮廓也都变了。当他一个人在家的时候，她的微笑就浮现在他眼前——前一天的那个微笑，某一次迎上前来时的那个微笑，那天在马车上问她是否同意他为她摆弄卡特来兰花时作为回答的那个微笑；奥黛特在其他时间的生活，他一无所知，仿佛是出现在中性的、没有色彩的背景上的无数的微笑，就像华托的一些素描习作当中，从各种位置，各个方向，用三色铅笔在淡黄色的纸上绘出来的笑容。但是，在斯万时常以为是一片空白的奥黛特的那一部分生活方面（因为他想象不出，然而他心底里又不信那会是一片空白），有一天，有那么一位朋友（他早料到他们两人在相爱，在谈到她的时候只敢说些无关紧要的事），说他那天早上看见奥黛特走在阿巴蒂西街上，穿了一件饰有臭鼬皮的披肩，戴了一顶伦勃朗式的帽子，上衣上别着一束紫罗兰。这番描写使得斯万深为震惊，因为这使他突然发现奥黛特除了跟他在一起以外别有一番生活；他要弄明白她穿了这套他从来没有见过的衣服是要取悦谁；他下定决心要问她那时是到什么地方去的，仿佛在他的情妇平淡无奇的生活中（简直是并不存在的生活，因为这是他所不能目睹的），除了对他的微笑以外，唯有这件事是最重要的——戴了一顶伦勃朗式的帽子，在上衣上别着一束紫罗兰外出。

除了请她弹奏凡德伊那乐句而不要弹《玫瑰圆舞曲》外，斯万并不试图让她演奏他自己所爱好的曲子，也不试图纠正她在音乐和文学方面的低劣趣味。他很明白，她并不是一个智力高超的人。当她说她是多么希望他跟她讲讲伟大的诗人们的时候，她心想这样就可以知道许多像德·博雷利子爵[1]那一套浪漫的英雄诗体了，甚至还更加动人。至于维米尔，她问斯万这位画家是否吃过哪个女人的苦头，是不是哪个女人启发他画的画，而当斯万说这些问题谁也不清楚的时候，她对这位画家也就不感兴趣了。她常说："我相信，如果诗歌真实，诗人说的全是他们所想的话，那就再也没有比这更美的了。可是诗人时常是最斤斤计较的人，这方面嘛，我倒是知道一点。我有个朋友，她爱过一个那样的诗人。他在诗里谈的尽是什么爱情哪，天空哪，星星哪。好！她可大上

---

[1] 德·博雷利子爵是平庸的专写社交生活的诗人。

其当！这位诗人花了她三十多万法郎。”如果斯万想教她什么叫作艺术美，教她诗歌或者绘画该怎么欣赏的话，那要不了多久她就不爱听了，直说：“啊……我原来可没有料到是这么回事。”他感觉得出她是多么失望，因此宁愿撒谎，说他刚才所说的都算不了什么，都是鸡毛蒜皮，说他没有时间深入谈下去，还有好些东西没说呢。可她赶紧就说：“什么？还有好些东西？……你倒说说看。”可是他不说，他明知道他要说的在她心目中是多么无关紧要，跟她所希望的相距又是多么遥远，决不会像她设想的那样耸人听闻，那样激动人心；他也怕她对艺术的幻想破灭了，对爱情的幻想也会同时破灭。

确实，她觉得斯万在智力上并不像她原来设想的那么高明。“你总是那么含蓄，对我而言简直是莫测高深。”斯万对金钱毫不在乎，对每个人都亲切，对人体贴，对这些，奥黛特越来越赞叹不已。一个比斯万伟大的人物，譬如说一个学者、一个艺术家，当他为周围的人赏识的时候，他们在情感中证明这个人的智力果然超群的时候，时常不是对他的思想如何赞赏——因为他们根本不能理解这些思想，而是对他的优良品质的尊重。使得奥黛特对斯万产生尊敬之情的也是他在上流社会中的地位，不过她也并不指望斯万把她引进上流社会中去。也许她感觉到，斯万并不能在上流社会中取得成功，她甚至担心，他只要一谈起她，他的朋友就会透露出她唯恐别人知道的关于她的一些情况。因此，她要他答应决不要提起她的名字。她说，她之所以不到上流社会的社交界去，是因为她曾经跟一个女人吵翻了，而这个女人为了报复，说过她的坏话。斯万反对这种说法，他说：“可并不是每一个人都认识你那位朋友啊。”“不，坏话传千里，人心又都那么坏。”斯万虽然不明白那是怎么回事，却也认为“人心都那么坏”和“坏话传千里”这两句话一般来说总是对的；这样的事例有的是。奥黛特那档子事是不是也是这样的一个事例呢？他心里存着这样一个问题，但是存不了多久，因为他自己的心情也挺沉重，就跟他父亲当年面临难题时一样。再说，上流社会的社交界使得奥黛特如此害怕，也许她就不会产生进入这个社交界的强烈愿望；这个社交界跟她所了解的相去是如此之远，她是不会对它有个清楚的认识的。奥黛特在某些方面依然还是很纯朴的，譬如她跟一个歇业的女裁缝还保持着友谊，差不多每天都爬那又陡又暗又脏的楼梯去看她，然而她还是拼命追求派头，不过她所谓的派头跟上流社会人士的概念并不一样。对后者来说，派头产生于很少数一些人，由他们推广及一定范围，离他们这个中心越远就越削弱，只是扩及他们的朋友或他们朋友的朋友这个圈子。而这些人可说是登记在册的。这个名单上，上流社会中的人士能数得出来，他们对这样的事情无不知晓，从中提炼出一种口味、一种分寸，以至像斯万这样的人，只要从报上看到某次宴会有哪些人参加，用不着求助于他对社交界的那套知识，立刻就能说出这个宴会是怎样一种派头的宴会，这就跟一个文学家一样，只要听你念出一句句子，马上就能精确地评定出作者的文学价值。奥黛特属于缺乏这种概念的人（不管上流社会人士对他们是什么看法，这样的人多得出奇，社会各阶层里都有），他们心目中的派头根本不一样，按照他们所属的社会阶层而具有不同的样子，但都有这样一个特点——不管是奥黛特梦寐以求的也好，戈达尔夫人为之倾倒的也好——那就是人人都能直接学会。上流社会人士的派头，说实在的，也是人人都能学会的，但需要一定时间。当奥黛特说某人“只到够派头的地方去”的时候，斯万就会问她所谓的“够派头的地方”是什么意思，她就会带着小看他的意思答道：

“够派头的地方就是够派头的地方呗！像你这样的岁数，还问人什么叫够派头的地方，你叫我怎么说呢？譬如说吧，星期天早上的皇后大道，五点钟时的湖滨，星期四的伊甸剧院，星期五的跑马场，还有舞会……”

“什么舞会？”

“巴黎的舞会呗，我说的当然是够派头的舞会。对了，埃班谢，你是知道的，他在一个证券经纪人那里工作；你也一定知道，他是巴黎最知名的人物之一。这个金发的大高个小伙子，穿得真帅，纽孔上总戴一朵花，短外衣是浅色的，背上有条缝；他带着他那个‘老来俏’，哪出戏的首场演出也落不了。嗯，他有天晚上就办了一个舞会，全巴黎所有够派头的人物都去了。我也真想去，可要进场就得出示请帖，我没能弄着。不过，幸亏我没有去，去了也是挤死人，什么也瞧不见。最多也只能吹嘘吹嘘参加过埃班谢的舞会罢了。我这个人哪，你不是不知道，我可不是那种爱虚荣的人！再说，在一百个说参加过那个舞会的女人当中，至少有一半是在撒谎。不过，像你这么帅得不能再帅的人怎么也没有去，我真纳闷！”

斯万也不打算改变她对什么叫作派头的看法；心想他自己对派头的看法也未必就对，也同样荒唐，同样无关紧要，毫无必要灌输给他的情妇，因此过了几个月，她对他交往的人是否感兴趣，全看他们能不能给他送来赛马的入场券、戏剧首场演出的门票了。她希望他保持一些能派用场的关系，可是自从她有回在街上看到德·维尔巴里西斯侯爵夫人穿着一件黑毛料的衣服、戴了一顶有帽带的软帽以后，就认为斯万交往的那些人未必就够派头。

"亲爱的，可她看起来像个剧场里的引座员，像个老看门的！这算什么侯爵夫人！我不是侯爵夫人，可你要叫我穿着这么一套破烂衣服上街，打死我也不干！"

她也不明白斯万为什么住在奥尔良滨河路，她嘴里不说，心里可觉得这种地方跟他这么帅的人不般配。

当然，她自称爱好"古董"，说起她喜欢花整天的工夫到寄售店去"收集小摆设"，去搜寻"古玩"的时候总是眉飞色舞。虽然她对白天干什么事讳莫如深，从来不回答这方面的问题，从来"不做任何汇报"，简直把这当作荣誉攸关的事情，当作一种家规，但是有一次还是对斯万说她曾应邀到一个朋友家里，她家里什么都是"古色古香"的。斯万问她是哪个时代的，她说不上来，想了半天才说是"中世纪"的，其实她的意思是说她家的墙上装了细木护壁板而已。不久以后，她又对他说起这位女友，还补充了一句说："她家的餐厅是十八世纪风格的！"说话的语调有点吞吞吐吐，然而那神气又很肯定，仿佛是在谈起这么一个人：你头天晚上还跟他在一起吃饭，可从来没有听人说过他的名字，而宴会的东道主又认为他是这么知名，以为听话的对方肯定知道他是何许人。她觉得那餐厅太难看了，墙上光秃秃的，仿佛房子还没有盖完似的，妇女在那里也显得难看，这种摆设是决不会时兴的。后来，她第三次提起这个餐厅，还把设计这个餐厅的人的姓名和地址写了出来，说等到她有钱的时候，她也要叫他来看看能不能给她也这么搞一下，当然不是照那老样，而是她早就梦寐以求的那样一间餐厅，可惜她的住房太小，装不下带那么高的餐具架、文艺复兴式的家具，还有像布卢瓦宫堡里的那种壁炉。就是那一天，她在斯万面前说出了她对他在奥尔良滨河路的住宅的看法；因为他曾批评她的女友不搞路易十六时期的风格（尽管这种风格搞的人少，却挺美的），而是搞仿古式的。奥黛特是这么对他说的："你总不能要求她跟你一样住在破烂的家具和磨光了的地毯中间吧！"在她身上，中产阶级的讲求体面与轻佻女子的业余爱好相比，毕竟还是前者占上风。

她把那些爱收集小摆设，爱诗歌，鄙视斤斤计较，追求荣誉与爱情的人看成高出于他人的杰出精英。其实也用不着当真有这些爱好，只要口头上这样说说就行；谁要是在饭桌上说他喜欢闲逛，喜欢上老铺子抚摩积尘盈寸的旧货，说他在这商业的时代永远也不会吃香，因为他向来不计私利，身上犹有古代遗风，那她回家就说："这个人可值得敬仰，他感情是多么丰富，我原来真没想到！"而她对他的好感就油然而生。可是与此相反，像斯万这样的人，他们真有那些爱好，可嘴上不说，就要遭到她的冷淡。不错，她也不得不承认斯万不重金钱，然而她马上就噘起嘴来找补一句："在他身上，这可是另外一回事。"敢情对她的想象力起作用的不是不计私利的实际行动，而是嘴上说说的空话。

斯万自己也感到他时常不能使她梦寐以求的事情如愿以偿，他想尽办法使她至少乐于跟他在一起，竭力不去反对她那些庸俗的思想，不去反对她在种种场合表现出来的低劣趣味，反而像欣赏一切出之于她的东西一样欣赏这种趣味，甚至为之所迷，认为这个女人的本质正是通过这样一些特征表现出来，成为可见的事物。因此，当她要去看《黄玉王后》[1]上演而面有喜色的时候，或者当她担心要看不上花展或者赶不上王家街茶座有英国松饼和吐司的午茶时（她认为一个有风度的女人是应该每场必到的），斯万就会跟我们大家看到天真活泼的孩子或者呼之欲出的肖像时那样兴高采烈，感到他的情妇的心情在脸上表露无遗，禁不住上前去捧起来亲吻。"啊！小奥黛特要我领她去看花展，她要让大伙欣赏欣赏她的美貌，好极了！我不能不从命，我一定领她去。"斯万的眼睛有点近视，他在家里工作时不得不戴眼镜，出外参加社交活动时就戴单片眼镜，这样可以多保留一点本来面目。当她第一次看到他戴单片眼镜的时候，她不禁喜形于色："男人戴了这个，真是没得说的，太帅了！你这么一戴，多漂亮！真是十足地道的绅士。就差一个称号了！"说的时候不免有点遗憾之情。他也喜欢奥黛特讲这样的话，就好比如果他被一个布列塔尼女子爱上的话，他也是乐于看见她戴上当地那种特殊的头饰，乐于听她说她信鬼

[1] 法国作曲家维克多·马塞（1822—1884）的作品。

的。斯万也跟许多人一样，他们对艺术爱好的发展是与肉欲无关的，直到那时为止，在他对两者的满足之间一直存在着奇怪的不协调现象；他在越来越粗俗的女人陪伴下享受越来越精细的艺术作品的魅力，带上一个小女仆到包厢里看他想看的颓废戏剧的演出或者去看印象派画展，心里还深信如果带去的是一个有教养的女子，她也未必多懂一些，然而不会像小女仆那样老老实实地不妄加评论。不过自从他爱上奥黛特以后，跟她抱有同感，努力使两人一条心，这对他来说就成了一种甜蜜的事业，因此他竭力喜欢她所爱的东西，把不仅模仿她的习惯而且接受她的观点看成一种乐趣，更因为她的这些习惯和观点并不是她聪明才智的产物，而仅仅起着使他想起她的爱情这么一种作用，所以他的这种乐趣也就更加强烈。他之所以再次去看《塞尔施·巴尼娜》[1]的演出，找机会去听奥利维埃·梅特拉[2]指挥乐队，都是出于对接受奥黛特的一切观点的乐趣，出于得以同意她的一切爱好的感觉。她所爱好的作品和地方具有使他跟她更接近的魅力，跟那些更美的但是与她联系不起来的作品和地方所固有的魅力比起来，在他眼里显得更加神秘。此外，年轻时搞学问的信念已经越来越淡漠，饱经沧桑的人的怀疑主义不知不觉地也渗入了这样的信念，他心想（由于经常这么想甚至还说），我们所爱好的对象本身并没有什么绝对的价值，一切都依时代、阶级而异，都是一时的风尚，最庸

[1] 《塞尔施·巴尼娜》是根据乔治·奥内同名小说所编的剧本。
[2] 奥利维埃·梅特拉（1830—1889）是奥黛特所喜爱的《玫瑰圆舞曲》的作者。

俗的风尚也不比被认为是最高贵的风尚价值小些。奥黛特对能否弄到美术展览会剪彩典礼的请帖那份重视，本身并不比他当年跟威尔士亲王同桌吃饭感到的乐趣更可笑；同样，他也并不觉得她对蒙特卡洛或里基山[1]的赞赏就比他自己对荷兰（在她想象中是丑陋的）和对凡尔赛（她认为是凄凉的）的爱好来得没有道理。因此他就不到后两个地方去，心想这是为了同她抱有同感，只爱她所爱的地方。

他喜欢奥黛特周围的一切，喜欢能够看到她、跟她谈话的一切场合，因此也喜欢维尔迪兰家的那个社交团体。跟他们在一起的一切娱乐活动——聚餐、音乐、游戏、化装宵夜、郊游、戏剧，甚至是难得为那些“讨厌家伙”举办的“盛大晚会”当中，总有奥黛特在场，总能看到奥黛特，总能跟奥黛特谈话，而维尔迪兰夫妇在邀请斯万参加时又把这些看成对他的无法估量的恩典，这就使得斯万在这“小核心”里比在任何地方都更感到惬意，竭力为核心里的人摆出一些好处，心想他这辈子都会有兴趣参加这个社交圈子的活动的。然而他从来不敢想象（怕常想就会对他的预料产生怀疑）他会永远爱奥黛特，不过，假如他一直同维尔迪兰家交往（这种设想，从原则上来说，跟他的理智的抵触要少些），那么他在将来总是可以继续每晚都看到奥黛特的；这也许并不等于永远爱她，但就目前来说，当他还爱她的时候，他所求的也就

[1] 蒙特卡洛是摩纳哥大公国的一个城市，以其赌场而知名；里基山在瑞士，海拔一千八百米，景色优美。

是不至于有朝一日看不到她罢了。他心想:“多可爱的环境啊!这里的生活才是真正的生活!这里的人比上流社会中的人更聪明,更爱艺术!维尔迪兰夫人虽然有些夸大其词,未免可笑,却又是对绘画和音乐怀有何等真诚的爱好,对美术和音乐作品是何等热爱,又是何等乐于取悦艺术家啊!她对上流社会人士的观感固然不很对头,然而上流社会人士对艺术界的看法又何尝正确?可能我不太想在跟他们的谈话当中增长多少才智,虽说戈达尔总爱来一些愚蠢的文字游戏,我却非常乐于跟他交谈。至于那位画家,当他想一鸣惊人的时候表现出的那种矫揉造作劲儿固然有点讨厌,却是我所认识的最有头脑的人之一。再说,在这里人人都感到自由自在,可以无拘无束,用不着装模作样而做他不愿做的事情。在这客厅里,人们的心情每天都是何等愉快啊!除了少数例外情况,我一定不到别的什么地方去了。我将在这里慢慢培养我的习惯,度过我的一生。”

他以为维尔迪兰夫妇固有的品质其实只是他出于对奥黛特的爱而在他们家中体会到的种种乐趣在他们身上的反映,所以当这种种乐趣越来越增长时,那些品质也就变得越来越当真、越深刻、越重要了。由于维尔迪兰夫人不时为斯万提供唯一能为他带来幸福的机会,某天晚上奥黛特跟某一位客人聊的时间多了一些,而斯万感到心焦,一气之下就不主动问她是否同他一起回去的时候,维尔迪兰夫人总是对奥黛特说:“奥黛特,您不送斯万先生回去吗?”从而使他心里平静下来,感到快活;由于那年夏季行将到来,斯万心里直打鼓,不知奥黛特是否会撇开他单独出去度假，不知他是否还能每天都跟她见面，而正是维尔迪兰夫人邀请他们两人都上她乡间的别墅度假；于是这些都在不知不觉间让他的感激之情和利害观念渗入他的理智之中，影响他的思想，居然宣称维尔迪兰夫人有一颗“伟大的心灵”。要是他在卢浮宫美术学校的老同学谈起某些杰出的艺术家的话，他会答道：“我百倍地喜欢维尔迪兰夫妇。”而且他还会用以前从来没有过的庄严口吻说：“他们是高尚的人，而高尚这种品德是这世上唯一重要的东西，是区别人的唯一标准。你看，这世上一共只有两种人：高尚的和不高尚的。我已经到了这样一个年龄，应该下定决心，一劳永逸地决定应该敬爱哪些人，应该蔑视哪些人，下定决心永远站在受人敬爱的人们那一边，同时为了弥补跟另一种人在一起浪掷了的时间，至死也不离开受人敬爱的人们。”我们有时说一件事情，并不因为这件事情是真的，而只是因为说了痛快，而且当我们自己说的时候，还仿佛觉得这话是出于他人之口。这种情况，我们自己也并不时常意识到。斯万这时正是以我们在这种情况下的心情接着往下说：“好吧！事情就这么定了，我这就决定只爱心灵高尚的人们，从此只在高尚的环境中生活。你问我维尔迪兰夫人聪明不聪明，我可以向你保证，她的行为表明她心灵高尚，而要是思想不高超的话，心灵是不会达到这样的高度的。诚然，她对艺术的理解是深刻的，然而她最可爱的地方并不在这里，她那么巧妙、那么高明地为我尽力，她对我的关怀，她为我所做的既崇高又亲切的一举一动，显示出任何哲学教科书所不及的对人生的深刻理解。”

他也许还能承认，在他父母的老朋友当中也有同维尔迪兰夫人一样纯朴的人，在他年轻时的同伴当中也有像他们那样热爱艺术的人，在他的熟人当中也有心灵高尚的人，然而自从他崇尚纯朴、艺术和心灵高尚以来，他却从没有再看到他们。而这些人不认识奥黛特，同时即使他们认识她，也不会费尽心机来促成他跟她的接触。

这么一来，在维尔迪兰夫妇这个圈子里，像斯万这样爱他们，或者自以为爱他们的忠实信徒恐怕再也数不出来了。然而当维尔迪兰先生说斯万并不合他胃口的时候，他不仅说出了他自己的想法，也猜到了他妻子的心思。很显然，斯万对奥黛特的感情太特殊，他是不会向维尔迪兰夫人透露他们俩之间的秘密的；也很显然，他又是以如此的谨慎来对待维尔迪兰夫妇的好客，时常以他们意想不到的理由就不上他家吃饭，他们只能认为他是不想回绝哪个“讨厌家伙”的邀请；也很显然，尽管他十分小心谨慎地提防，他们还是慢慢地发现他在上流社会里有显赫的地位；所有这一切都促使他们对他感到恼火。然而最深刻的原因还不在这里，而是因为他们很快就感觉到在他灵魂深处还保留着一个别人无法进入的王国，依然还默默地认为萨冈亲王夫人并不可笑，认为戈达尔的玩笑并不逗人，总而言之，虽然他对他们一贯殷勤亲切，从来不公开反抗他们的信条，但他们却不能使他衷心接受，不能使他彻底归化，这在别人身上还是从来没有见过的。他们原本可以原谅他跟一些“讨厌家伙”来往的（在他心底里，他却也是千百倍地更喜欢维尔迪兰夫妇和他们的“小核心”），只要他做出个好榜样来，当着那些信徒的面背弃那些家伙就行了。然而他们也明白，要他发誓跟那些人断绝来往，那是不可能的。

奥黛特请求他们邀请的那个“新人”，虽然她自己也只见过几次面，他们却对他寄以很大的希望，这跟对斯万是何等的不同！这位“新人”就是德·福什维尔伯爵。原来他正是萨尼埃特的连襟，这使那些信徒不胜诧异：这位老文献家态度那么谦卑，他们原以为他的社会地位要比他们低微，不料却出自一个富有而且几乎是贵族之家。当然，福什维尔浑身散发出冒充风雅的气味而斯万则不是；当然，他绝不能像斯万那样，把维尔迪兰家这个圈子看得比任何别的地方都高出一筹。然而他缺乏斯万那种心计，不像他那样，在以维尔迪兰夫人为首的那些人指责他所认识的人们的明显错误时避免随声附和。至于画家有时发表的自命不凡的夸夸其谈，戈达尔所开的庸俗的玩笑，斯万虽然跟他们两个都要好，可以原谅他们，然而鼓不起勇气，也没有那份虚情假意来为他们叫好，而福什维尔却是那样愚钝，虽然并不懂得画家谈的是什么，竟为之倾倒，对戈达尔的玩笑也听得津津有味。正是在福什维尔在维尔迪兰家吃第一顿饭的桌上，两个人之间的差异全都暴露了出来，突出了福什维尔的品质，也加速了斯万的失宠。

那天晚上，餐桌上除了常客之外，还有一位巴黎大学的教授，名叫布里肖，他是在温泉跟维尔迪兰夫妇认识的。要不是校内教务繁忙，研究工作又重，闲暇时间很少的话，他是很乐意常上他们家来的。他对人生有这样一种好奇之心（也可以说是迷信），这种好奇心跟人们对他们的研究对象一定程度的怀疑态度相结合，就会在任何一行一业中，使得某些聪明人（譬如不信医学的医生，不信拉丁文翻译练习的中学教员）博得思想开阔、头脑敏锐，甚至高人一等的美名。他装模作样地在维尔迪兰夫人家中搜求他在讲哲学、讲历史时可资对照的当今实例，首先他认为哲学和历史都无非是为人生之途做准备，其次他也认为在这小宗派里可以看到以前仅仅在书本里看到的东西，现在在行动中表现出来；最后可能也是因为他从小就被灌输了对某些人的尊敬之情，而且在不知不觉之中把这种尊敬之情一直保持在心头，现在他却想剥去他自己大学教授的外衣，跟这些人一起放肆放肆——其实这些言行之所以显得放肆，也仅仅是因为他道貌岸然地穿着大学教授的外衣的缘故。

刚一开饭，坐在维尔迪兰夫人（她可为了这位“新人”的光临而在衣装打扮上没有少下功夫）右首的德·福什维尔先生就对她说：“您这件白外衣（robe blanche）可真是独出心裁。”那位大夫一直好奇地打量着这位被他称为“姓氏中带‘德’字的人”，目不转睛地盯着他，总想找机会引起他的注意，跟他拉上关系，这时抓住了 blanche 这个字，头也不抬地说：“Blanche? Blanche de Castille?（布朗施？布朗施·德·卡斯蒂利亚[1]？）”然后继续低着头左顾右盼，既拿不稳大伙对他这句话会有什么反应，又流露出扬扬自得的神气。斯万苦笑了一下，表明他认为这种用同音异义

[1] 布朗施·德·卡斯蒂利亚（1188—1252）：法国国王路易八世之妻，路易九世（即圣路易）之母，曾两度为摄政王后。

字进行的文字游戏实在荒唐，而福什维尔则恰如其分地流露出一种欢快情绪（那种真诚坦率着实叫维尔迪兰夫人看了高兴），表明他既欣赏大夫所说的那句话的精巧，自己又精于为人处世之道。

“您觉得这位科学家怎么样？”她问福什维尔，“跟他在一起，您就没法子接连谈上两分钟的正经话。”她又转过脸来对大夫说：“您在医院里是不是也这么老开玩笑？这么着，倒是不至于整天闷得慌。我看我也该申请住进您的医院才是。”

“我想我刚才听见大夫说起了那个老泼妇布朗施·德·卡斯蒂利亚——请原谅我这么说话。夫人，我说得对不对？”布里肖问维尔迪兰夫人。维尔迪兰夫人喜不自禁，两眼紧闭，双手捂住脸，咯咯地闷声直笑。

“天哪！夫人，我不想故作惊人之举，来吓唬现在在座而鄙人有所不知的虔敬的贵宾们，却又必须保密……不过，我得承认咱们这个难以用言语形容的雅典式共和国——啊，那是十足地道的雅典式共和国，它的第一个警察头子正是这位采取愚民政策的卡佩家族的女人。就是这么回事，我亲爱的主人，就是这么回事，没有错。”他以铿锵有力的声音，一个音节一个音节地吐出他对维尔迪兰先生提出的反对意见的回答。“《圣德尼编年史》[1]这部作品所提供的资料的可靠性是毫无问题的，它在这一点上就留下了不容置疑的证据。这位圣者的母亲哪，不信教的无产者再也挑不出比她更好的保护人了；她不但生了一个被称为圣者的儿子，还培

[1]　《圣德尼编年史》即《法兰西编年史》，13 世纪编于圣德尼市。

养了一批蹩脚的圣者（絮谢尔[1]就是这样说的），以及一些圣伯尔纳[2]之流；谁沾上她的边都难免挨骂。”

“这位先生是谁？”福什维尔问维尔迪兰夫人，“他说起话来气儿还挺粗的。”

“怎么？您不认识这位大名鼎鼎的布里肖？他在全欧洲都是遐迩闻名的。”

“噢！他就是布里肖！”福什维尔高声叫道，他刚才并没有听真。接着又双眼圆睁瞧着那位客人对维尔迪兰夫人说：“您待会儿跟我详细介绍介绍。能跟一位名人同桌吃饭，总是很有意思的。您邀请的客人都经过精心挑选，在您这里是决不会厌烦的。”

“是的，尤其是他们都有一种安全感，”维尔迪兰夫人谦虚地说，“他们想谈什么就谈什么，大家畅所欲言，从来不会冷场。布里肖今天谈的还不怎么样；有一天在这里可是说得有声有色，叫你简直要拜倒在他脚下。要是在别人家里，他可就变了样了，机智也没有了，话就跟牙膏一样，你不挤就出不来，他甚至会变成一个讨厌家伙。”

“这倒真怪！”福什维尔不胜诧异地说。

布里肖那样的机智，尽管跟真正的才智并不矛盾，可在斯万年轻时交往的那些人眼里会被看成纯粹的愚蠢。而教授才华横溢，

---

[1] 絮谢尔（约 1081—1151）：圣德尼市的教士，路易六世及路易七世时的大臣，在法国王权的加强方面起过极为重要的作用。

[2] 圣伯尔纳（1090—1153）：中世纪神学家，在法国政教冲突中帮助巴黎主教反对路易六世及路易七世。鼓吹神秘主义，极力反对阿伯拉尔“理解而后信仰”的主张。

很多被斯万认为是有才的上流社会人士是会羡慕的。然而这些人士早已把他们的好恶，至少是与社交生活，甚至是与社交生活相连而其实应该属于才智领域的东西（例如谈吐）有关的好恶都灌输给了斯万，因此他只能认为布里肖开的玩笑既是学究气十足，又庸俗粗鲁得令人作呕。再说，他习惯于彬彬有礼，对那位狂热的民族主义的教授跟任何人说话时的那种粗鲁甚至是大兵式的口吻也大为反感。最后，也许他那天晚上看到维尔迪兰夫人对奥黛特一时心血来潮带来的这位福什维尔表现得那么殷勤亲切，因此失去了平常那种宽容。奥黛特在斯万面前也显得有点不自在，来到的时候曾问他："您觉得我那位客人怎么样？"

福什维尔是他早就认识了的，可这是他第一次发现他居然能得到一个女人的好感，而且长得还相当漂亮，就没有好气地答道："真恶心！"他倒不是为了奥黛特的缘故而心怀妒意，不过那天他不像往常那样高兴，所以布里肖讲起布朗施·德·卡斯蒂利亚的母亲，说她"跟金雀花王朝的亨利生活在一起多年才嫁给他"这个故事时，他想让斯万敦促他接着讲下去，就对他说："斯万先生，是不是？"那口吻倒像是在对乡巴佬讲话，或者是给大兵打气似的，斯万就说，他很对不起，他对布朗施·德·卡斯蒂利亚毫不感兴趣，倒是有话要跟画家说。这就杀了布里肖的威风，使得女主人大吃一惊。原来画家那天下午去看了一位艺术家的画展，那是维尔迪兰夫人的朋友，前不久死了的。斯万想通过画家（他的鉴赏力斯万是很欣赏的）了解一下那位艺术家，他在前几次展览中震惊了观众的精湛技巧，在最后几幅作品中是否更进了一步。

“从这一观点看来，真是了不起，然而我并不觉得这种艺术形式很‘高级’。”斯万面带微笑说。

“高级……高到九天之上。”戈达尔煞有介事似的举起双臂插上这么一句。

举座纵声大笑。

“您看，我说得对不对，跟他在一起就没法子说正经的，”维尔迪兰夫人对福什维尔说，“在谁也预料不到的时刻，他冷不丁给你来上一句笑话。”

然而她也注意到，只有斯万没有开颜。相反，他对戈达尔当着福什维尔的面笑他，感到很不满意。而画家呢，如果只有他跟斯万在场的话，是会帮他说句话的，现在却宁可就已故的大师的技巧说上两句，以此来博得席上的人的赞赏。

“我一直走到画幅跟前，”他说，“想看看到底是怎么画的；我都把鼻子尖顶上去了。嗨！谁也说不上那是用什么画的，是胶？是宝石？是胰子？是青铜？是阳光？还是屎屁屁？”

“再添一得十二！”大夫待了会儿叫道，谁也不明白他插这么一句话是什么意思。

“看样子是什么也没有用，”画家接着说，“这儿的谜跟《夜巡》和《摄政王后》那两幅画同样难解，那手法比伦勃朗[1]和哈尔

---

[1] 伦勃朗（1606—1669）：荷兰画家，将意大利画家卡拉瓦乔的明暗对比法加以发展，形成独特的风格。《夜巡》为其杰作之一。

斯[1]还要高明。这幅画真是了不起！”

正如歌唱家已经唱到他所能唱到的最高音而只好改用假嗓子哼下去一样，他这会儿也只好含笑低语，仿佛那幅画美得反而有点可笑似的：

“味儿好闻，上脑，叫你透不过气来，叫你全身痒痒，可你又说不上那是用什么画的，这简直是巫术，是骗术，是奇迹（说到这里他放声大笑）：是不老实！”他打住话头，庄严地抬起头来，以尽量显得悦耳的深沉低音找补一句，“可又是如此正派！”

除了当他说到“比《夜巡》还强”时引起维尔迪兰夫人的反对（她把《夜巡》跟《第九交响曲》和《萨摩色拉斯的胜利女神雕像》看成世上最伟大的三件杰作），提到“屁屁”这两个字时引起福什维尔环顾全桌，看他们对这话的反应，并且含蓄地、宽宏大量地微微一笑以外，其余的时间，席上的人除了斯万以外，全都着了魔似的盯着那位画家。

等他说完话，维尔迪兰夫人眼看德·福什维尔先生第一次光临餐桌就如此兴致勃勃，高兴极了，她高声叫道：“你们看，他说得那么来劲，我真高兴。”又对她丈夫说：“你这是怎么啦？目瞪口呆地待在那里！你是听呆了。画家先生，他倒像是第一次听您说话似的。刚才您讲话的时候，他是一个字一个字都记在心间，赶明儿要他复述您的话，他准一个字儿也落不了。”

---

[1] 哈尔斯（约 1580—1666）：荷兰肖像画家和风俗画家，笔法流畅，有节奏感，色彩简朴而明亮，对后来欧洲绘画技法的改进有较大启发。《摄政王后》即出其手。

“不，我这并不是扯淡，”画家说，他对他的成功十分得意，“看样子，你们以为我这是吹牛，是骗局；那我就领你们去看看那画展，到时候你们再看我是不是夸大其词；我敢担保，你们看了比我还要兴高采烈！”

“可我们并不认为您是夸大其词，我们只是要您别忘了吃菜，要我丈夫也别忘了吃菜。再给比施先生来点诺曼底板鱼，他盘子里的已经凉了。我们不忙，别那么急着上菜。色拉待会儿再上吧。”

戈达尔夫人向来谨慎，沉默寡言，可是当她灵感一来，想起一句得体的话，她也不乏自信。她感到这句话会一鸣惊人，这就使她产生了信心，而她这么做并不是为了自己出风头，更多地是为了有助于她丈夫的事业。维尔迪兰夫人刚提起“色拉”这两个字，她就赶紧抓住机会：

“莫非这是日本色拉？”她转过脸来，朝着奥黛特低声说道。

这话虽然说得含蓄，却显然是跟最新一上演就轰动一时的小仲马的那个剧本有关，她为说这既得体又大胆的话感到高兴，却也有点不好意思，像个天真无邪的小姑娘似的笑了起来，笑声是那么轻，然而难以遏制，过了好一会儿才止住。

“这位夫人是谁？她可是很机智。”福什维尔说。

“不，不过各位如果星期五一起光临，我们给各位准备日本色拉。”

戈达尔夫人对斯万说：“先生，说起来也许您会觉得我太土。我到现在还没看过那脍炙人口的《弗朗西伊翁》[1]呢。大夫已经

[1] 《弗朗西伊翁》：小仲马于1887年发表的剧本。

看过了，我记得他对我说过，他是有幸跟您一起看的，我也觉得他不必为了陪我而去订票再看一次。当然，在法兰西剧院的晚上是从来不会虚度的，演出总是非常精彩，不过我们有很好的朋友（戈达尔夫人很少举出具体的姓名，只说‘我们的朋友们’或者‘我们的一位朋友’，拿腔作调，学着那不屑提那些不足道的人的姓名的那副架子，那种派头），他们有包厢，常想着带我们去看值得一看的新戏；我相信我迟早总会有机会去看《弗朗西伊翁》的，到时候就可以提出我自己的看法了。不过我可得坦白承认，我是够傻的，在我所到的沙龙里，大家都在谈论那个倒霉的日本色拉。”看到斯万对她那件新闻并不如她所期望的那样感兴趣，她又加上一句：“大伙甚至已经开始谈腻了。可也得承认这有时也会引出一些挺有意思的想法。譬如说吧，我有一个女友，很漂亮，很吸引人，很出名，可也很怪，她说她就叫她家的厨子做过那种日本色拉；小仲马在剧本里说要搁什么，她就叫搁什么。她邀请了几位朋友去品尝。我可没有被邀请的福气。不过有一天她跟我们大伙都说了，看来那种色拉难吃得要命，把我们乐得眼泪都笑出来了。当然，关键在于你讲的可乐不可乐。”看到斯万毫无笑容，她最后讲了这么一句。

她心想也许是因为斯万不喜欢《弗朗西伊翁》的缘故，便又说道：“我想我也许会失望的。我不信它会比得上德·克雷西夫人崇拜得五体投地的《塞尔施·巴尼娜》。不过总还有些地方可以发人深思；可是在法兰西剧院的舞台上讲什么色拉的做法，那可未免太……而《塞尔施·巴尼娜》呢，就跟一切出之于乔治·奥内之手的作品一样，总是写得那么好。我不知道您看过《铁厂老板》没有，跟《塞尔施·巴尼娜》相比，我还更喜欢这一部呢。”

“对不起，”斯万语带讽刺地说，“我要坦白承认，我对这两部杰作，几乎都同样不欣赏。”

“那您认为这两部作品有哪些毛病呢？您的意见就不会改变了吗？您是不是觉得它们惨了点儿？是吗，我总说，小说和剧本是没法讨论的。各有各的看法。我最喜欢的，您可能觉得讨厌。”

福什维尔这会儿叫斯万，这就把戈达尔夫人的话给打断了。刚才当她大谈特谈《弗朗西伊翁》的时候，福什维尔在维尔迪兰夫人面前对画家的演讲大为赞赏。

画家话刚讲完，他就对维尔迪兰夫人说：“这位先生口才真好，记忆力真强！真是少见。哎呀，我要是能这样就好了！他可以当个优秀的传教士。他跟布里肖先生真可说是旗鼓相当；我简直说不上这一位是否比教授更能说会道些。他出口成章，不那么咬文嚼字。虽然他有几个字眼说得未免太俗，可这也是时下的风尚。说起话来这么滔滔不绝的人可并不常见，这位先生倒叫我想起当年在团里一起服兵役的一个伙伴。随便谈起什么东西，譬如说这只杯子吧，他都可以给你说上几个钟头；不，不，不，干吗要谈杯子呢，我怎么这么傻！那就说滑铁卢战役吧，或者随便什么话题吧，他都会跟你提起一些你连想都想不到的事情。对了，斯万也跟我在一个团里，他应该认识他。”

“您跟斯万先生常见面？”维尔迪兰夫人问道。

“不。”德·福什维尔先生说。他为了更容易接近奥黛特，便想得到斯万的好感，所以要抓住这个机会讨他的好，提提他那些显赫的朋友，不过要以上流社会人士的身份来谈，带上善意的议论的口吻，不能显得像是庆贺他有这样意想不到的成功似的。“斯万，我跟您从不来往，是不是？再说，谁能有办法见着他？这家伙成天跟拉特雷默伊耶家，跟德·洛姆亲王夫妇这些贵人厮混在一起……”这指责可真是太离奇了，这一年来除了维尔迪兰家以外斯万几乎哪家也不去，可是他们一听这些他们所不认识的人的名字就气得默不作声。维尔迪兰先生怕这些“讨厌家伙”的名字，尤其是当着他那些忠实信徒的面毫无顾忌地吐了出来，肯定会在他妻子身上产生不良印象，于是赶紧悄悄地向她投过充满关怀和不安的一瞥，但只见她脸上露出一副不屑理睬的神气，对听到的新闻毫不为之所动，不仅作哑而且装聋。当我们听到哪个做了错事的朋友在谈话间吐出几句辩解的话时，我们不也是宁可假装没有听见，也不愿显得是听到了而不反驳，显得是认可了吗？当别人在我们面前提到一个我们忌讳听到的忘恩负义之徒的名字时，我们不也宁可假装没有听见吗？维尔迪兰夫人为了让她的沉默不至显得是表示同意，而只是像无生命的物体那种无意识的沉默，霎时间脸上看不出半点生气，甚至可说是纹丝不动；她那鼓脑门就像是一件圆雕作品，跟斯万厮混在一起的拉特雷默伊耶之流的名字是钻不进去的；她那微皱的鼻子露出两个鼻孔，也好像是用什么东西塑出来的一样。她那微张的嘴巴像是有话要说。全身上下看来就只是一团蜡、一个石膏面具、一个建筑用的模型、一个工业展览馆里展出的胸像——在这胸像前，观众肯定要驻步观赏雕塑家是怎样把维尔迪兰家人压倒拉特雷默伊耶家人和德·洛姆亲王家人以及世上所有的“讨厌家伙”的威严表现出来，从而为这尊坚硬的白石像注入了几乎能与教皇相媲美的尊严。不过，大理石终于活了过来，说是只有不爱挑挑拣拣的人才能上那些人家去，因为那边的女人总是喝得醉醺醺的，男人无知得把 corridor（过道）念成 collidor。

“任你给我多少钱，我也不让这样的人上我家来。”维尔迪兰夫人最后说，说时狠狠地盯着斯万。

钢琴家的姑妈高声叫道：“你们看！我真不明白，这样的人居然还能找到人来跟他们聊天！要是我的话，我准会吓得要死，准要倒大霉！怎么还能有人野成这个样子，跟在他们屁股后面转？”维尔迪兰夫人当然不敢希望斯万会那么顺从，来学这位没头脑的太太。可他至少可以像福什维尔这样来回答吧：“天哪！她可是位公爵夫人呢！有些人还是看重这些玩意儿的。”若真如此，维尔迪兰夫人至少可以这样反驳：“就让他们大沾其光吧！”然而斯万却不这样，他只是微微一笑，那神气仿佛是说，他根本没法子把这么点玩笑认真看待。维尔迪兰先生还是时不时悄悄地看他的妻子，黯然看着，也完全理解她这时感到一个宗教裁判所的法官未能消除异端邪说时的那种愤怒，而为了试着让斯万收回前言（因为一个人坚持自己意见的勇气在对方看来总是出于对利害的计较，总是怯懦的表现），他就招呼斯万：

“您就把您对他们的看法坦率地说出来吧，我们是不会告诉他们的。”

“我压根儿就不是怕公爵夫人（如果你们说的是拉特雷默伊耶家的话）。我敢说，谁都喜欢上她家去。我并不是说她这人很深刻（他把深刻二字读得仿佛是一个滑稽可笑的字眼似的，因为他的言谈中还保留着往日说俏皮话这种习惯的痕迹，不过由于最近生活中出现了新气象，对音乐热爱起来，这种习惯一时有所消失，所以发表意见时也不乏热情了），不过，说真心话，她是个聪明人，而她的丈夫是个正直的文人。他们俩都很可爱。”

维尔迪兰夫人心想单凭这么一个不忠实的信徒，她就无法保持小核心内部思想的统一；她对这个居然看不出他的话使她如何痛苦的顽固分子满腔怒火，忍不住从心底里发出吼声：

“您要是这么看待他们，那是您的事。可至少别在我们面前说出来。”

“这全看您所说的聪明是怎么回事，”福什维尔说，他也想一露锋芒，“斯万，您所理解的聪明才智倒是怎么回事？”

“对了！”奥黛特叫了起来，“这些大问题，我请他给我讲一讲。他就是不肯。”

“哪来的事！”斯万否认。

“就是这么回事！”奥黛特说。

“您是不是认为聪明才智就是能说会道，就是钻进上流社会的本领？”福什维尔说。

“快把您的甜食吃完，好撤掉您的碟子。”维尔迪兰夫人话中带刺地对萨尼埃特说，他这会儿正陷入沉思，停下了刀叉。维尔迪兰夫人也许是对刚才她自己那口吻有点不好意思，又找补一句："没关系，您尽管慢用。我这话是对别人说的，为了好上下一道菜。"

"那位可爱的无政府主义者费纳龙[1]给聪明才智下过一个很怪的定义呢。"布里肖一板一眼地说。

"听着，"维尔迪兰夫人对福什维尔和大夫说，"他要把费纳龙对聪明才智下的定义告诉咱们了，这真有意思，这样的机会真是难得。"

然而布里肖却要等斯万先生讲出他自己对聪明才智所下的定义。斯万不吭声，维尔迪兰夫人原想让福什维尔欣赏的唇枪舌剑也就此告吹了。

"你们看，这跟对我一样，"奥黛特赌着气说，"我倒挺高兴的，他总算认为不够格跟他讨论的还不止我一个。"

"德·塞维尼夫人这个冒充风雅的婆娘说过，她为能结识拉特雷默伊耶家人而感到庆幸，因为这对她的农民有好处。维尔迪兰夫人刚才说得那么不足称道的拉特雷默伊耶家族莫非就是他们的后裔？"布里肖一句一顿地问道，"不错，侯爵夫人还有另一个理由，在她看来，比刚才所说那个理由还要重要，那就是因为她骨子里是个文抄公，把抄放在首位。德·拉特雷默伊耶夫人交游广泛，消息灵通，德·塞维尼夫人经常寄给她女儿的日记当中有关外交事务方面的消息，都是得之于德·拉特雷默伊耶夫人

[1] 费纳龙（1651—1715）：法国散文作家，其小说《忒勒玛科斯历险记》反映作者谴责暴君穷兵黩武，为害人民的情绪。

的。”“不，我就不信他们是一家人。”维尔迪兰夫人冒出一句。

萨尼埃特自从急急忙忙把还装满了菜的碟子交给侍役长以后，一直一言不发，陷入沉思，现在忽然哈哈大笑，讲了一段故事，说是他曾经跟德·拉特雷默伊耶公爵一起吃过一顿饭，发现这位公爵居然不知道乔治·桑是个妇女的笔名。斯万对萨尼埃特是有好感的，认为应该就公爵的文化修养问题向他提供一些情况，说明公爵会无知到如此地步，这根本是不可能的事；然而他说到半截就打住了，他明白萨尼埃特并不需要这些证明，他自己也明知道那故事并不真实，是他刚刚编造出来的。这位老好人一直苦于被维尔迪兰夫妇看成一个沉闷乏味的人；那天晚上他意识到自己比平常还要无聊，所以不愿终晚不能博人一笑。他很快就投降了，为没有达到预期的效果而神色沮丧，最后恳求斯万别再继续进行已经毫无必要的驳斥：“好了，好了；再怎么说，即使是我错了，总也不算是什么罪过吧。”那口吻是如此软弱可怜，斯万都恨不得说他讲的那故事既真实又有趣。大夫一直听着他们两人说话，心想这正是说 Se non è vero[1] 的机会，但对这成语的意义不太拿得稳，又怕用错了出乖露丑。

吃完晚饭，福什维尔主动走到大夫跟前：

“维尔迪兰夫人倒也还长得不错，再说，跟这个女人还可以谈得来，对我来说，这就够了。当然，她已经开始有点儿上年纪了。

[1] Se non è vero, è bene trovato，意大利成语，意为：即使这不是真的，至少是挺巧的。

可德·克雷西夫人呢，这小女子可长得挺机灵的；哈，你一眼就能看出她跟美国人一样精明。我们正在谈德·克雷西夫人呢，"最后这句话是对维尔迪兰先生而发的，这时他正叼着烟斗过来，"我想，就女人的身段而言……"

"我倒真想跟她床上见呢。"戈达尔赶紧插上一句。他早就在等待福什维尔喘一口气，好让他乘机插进这一句由来已久的笑话，唯恐谈话一转题，错过了好机会，而他说这句话的时候故意拿腔拿调，来掩盖通常背人家的句子时感情的缺乏和情绪的激动。福什维尔是知道这句笑话的，听了立即就明白戈达尔的意思，感到很可乐。维尔迪兰先生也乐不可支，他不久前发现了表达他的欢快的一种方式，跟他妻子的有所不同，可同样既简单又明了。他跟一般放声大笑的人一样先仰面耸肩，马上又来一阵咳嗽，仿佛是因为笑得太厉害，给烟斗里的烟呛了一样。他继续把烟斗叼在嘴角，让那假装的窒息和狂笑无限期地保持下去。就这样，他和维尔迪兰夫人（她这时正在对面听画家讲一个故事，先把双眼闭上，再用双手捂脸）就像是舞台上的两个假面具，以不同方式来表示高兴。

维尔迪兰先生没有把烟斗从嘴里拿出来，这可做对了，因为戈达尔这时要出去方便方便，低声说了他不久前才学到，可每次上同一个地方都必说的那句笑话："我得去找德·奥马尔公爵[1]聊

[1] 德·奥马尔公爵（1822—1897）：法国国王路易-菲利浦的四子，将军兼史学家，在阿尔及利亚殖民战争中建有功勋，以"去找德·奥马尔公爵聊一会儿"表示"出去方便方便"，来历不详。

一会儿。”这就把维尔迪兰先生的阵咳又引发了出来。

“你就把烟斗拿下来吧，你这么忍住不笑，会把你憋死的。”维尔迪兰夫人对他说，她这会儿正来给大伙斟酒。

“您的丈夫真是讨人喜欢，他机智超群，”福什维尔对戈达尔夫人说，“谢谢夫人。像我这样当过兵的，是不会拒绝喝一杯的。”

“德·福什维尔先生认为奥黛特很可爱呢。”维尔迪兰先生对他的妻子说。

“她正想哪天跟您同吃一顿午饭呢。我们来安排，可别让斯万知道了。他会泼冷水的。当然，您尽管来吃晚饭，我们希望能经常看到您。美好的季节就要来到了，我们就可以常在户外吃饭了。您该不至于讨厌到布洛涅森林去吃饭吧？好，好，那好极了！”她又向年轻的钢琴家嚷道：“您今晚不干点儿活吗？”这是为了在像福什维尔这样一位要人面前，既显示她的聪明才智，又显示她对信徒呼来喝去的威风。

“德·福什维尔先生刚才说你的坏话呢。”戈达尔夫人当她丈夫回到客厅时对他说。

他可从晚饭开始到现在，脑子里始终在想着福什维尔高贵的出身，这时对她说：“我现在正在给一位男爵夫人治病，她叫普特布斯男爵夫人；普特布斯家人参加过十字军东征，是不是？他们在波美拉尼地区有个湖，比协和广场还大十倍。男爵夫人闹的是关节炎。她可是个可爱的女人。我想，她也是认识维尔迪兰夫人的。”

过了一会儿，当福什维尔单独跟戈达尔夫人在一起的时候，他又继续发表对她丈夫的评价：

“他这个人真有意思，看得出来，他交游甚广。好家伙，大夫知道的事情真多！”

“我这就给斯万先生弹那首奏鸣曲的乐句。”钢琴家说。

“啊！老天！该不是那支《奏鸣蛇》吧？”福什维尔问道，一心想引人注目。

戈达尔大夫从来没有听过这么一个用谐音字进行的文字游戏，不明白这是什么意思，还以为是福什维尔先生说错了呢。他赶紧走到他跟前去纠正这个错误。

“不，没有什么叫‘奏鸣蛇’的，只有响尾蛇[1]。”他热情急切，得意扬扬地说。

福什维尔给他解释了一下这个文字游戏的由来。大夫脸红了。

“您该承认这挺逗吧，大夫？”

“啊！这我早就知道。”戈达尔答道。

他们这就不再吭声了。这时那个小乐句在小提琴部高出两个八度的颤抖的震音的陪送下出现了——这就像是在山区，人们在高得令人晕眩、仿佛是凝滞不动的瀑布背面，看到在两百尺之下，一个正在散步的孤独女子的纤小的身影。这乐句在那透明连绵、高昂而汹涌澎湃的背景之中，从遥远的地方款款而来，优美无比。斯万这时心底里在跟这个乐句窃窃私语，仿佛它是他爱情的知情人，是奥黛特的一个女友，来嘱咐他不必把这个福什维尔放在

[1] 奏鸣蛇在原文中为 serpent à sonates，响尾蛇为 serpent à sonnettes。

心上。

“啊！您来晚了，”维尔迪兰夫人对一位应邀仅仅在餐后“剔牙”时分才到的信徒说，“刚才有位布里肖先生在这里，那份口才，真是无与伦比！可惜他已经走了。您说是不是，斯万先生？我想您这是跟他第一次见面吧。”她说这话是为了提醒斯万，他之所以有缘认识他，全是凭了她的关系。“咱们这位布里肖可爱极了，是不是？”

斯万很有礼貌地躬了躬身。

“不吗？您对他不感兴趣？”维尔迪兰夫人冷冰冰地问他。

“不，夫人，挺感兴趣，我高兴极了。不过他也许有点过分专断，也许有点儿过分嘻嘻哈哈，不合我的口味。我倒希望他有时谦虚一点，文雅一点，不过看得出来，他知道很多东西，看起来也是个好样儿的。”

晚会结束得很晚。戈达尔对他的妻子说：

“难得看到维尔迪兰夫人有像今晚这么大兴头的。”

“这位维尔迪兰夫人到底是何许人物？金玉其外，败絮其中？”福什维尔问画家，一面邀他坐他的车回去。

奥黛特不无遗憾地眼看着福什维尔离去，她不敢不跟斯万一起回去，可是在车上她一直很不高兴，当他问她，他是不是该进屋时，她说“当然”，可又不耐烦地耸了耸肩膀。当客人都走光了的时候，维尔迪兰夫人问她丈夫：

“你有没有注意到，当我们提到拉特雷默伊耶夫人的时候，斯万直傻笑。”

她可注意到斯万和福什维尔在提到这个名字的时候，好几次都把“德”字省掉了。她毫不怀疑他们这是为了显示自己并不拜倒在头衔之下，她自己也想效法他们那种矜持，然而又拿不稳该用什么语法形式来表达这份感情。结果还是她那错误的语言习惯占了她那反封建的共和主义情绪的上风，她有时说 les de la Tremoille（德·拉特雷默伊耶一家），有时又学咖啡馆里的歌星或者漫画作家给漫画写说明文字时的样子，把 de 字来个元音省略，说什么 les d'La Tremoille，不过说了以后马上就加以改正，还是说“拉特雷默伊耶夫人”。她又嘲讽地找补一句：“斯万却爱管她叫公爵夫人。”脸上那个微笑表明她不过是重复斯万的话，并不承认这个既幼稚又可笑的称呼。

“不瞒你说，我觉得他傻极了。”

维尔迪兰先生答道：

“这位先生不坦率，总是那么假惺惺，总是那么吞吞吐吐。老是两面不得罪。这跟福什维尔是多么不同！福什维尔有什么就说什么，不管你爱听不爱听他所说的话。他不像那一位，从来都是真真假假。而且奥黛特似乎也更喜欢福什维尔，我觉得她是对的。再说斯万在咱们面前摆出一副上流社会人士的架子，摆出一副公爵夫人的保卫者的架子。那一位可真有爵位，他是福什维尔伯爵。”他的话音是那么柔和，仿佛他对这个伯爵领地的历史了若指掌，给予它极高的评价。

“我跟你说吧，”维尔迪兰夫人说，“他居然敢含沙射影，恶毒地攻击布里肖，其实说的都是些荒唐可笑的话。当然，那是因为他眼看布里肖得到满座欢迎，攻击他就是攻击咱们，就是破坏咱们的聚会。我感觉得出来，这小子一出这大门，准把谁都说得一钱不值。”

“我不早跟你说了吗？”维尔迪兰先生答道，“这家伙不得志，看什么都眼红，都妒忌。”

事实上，没有哪一个“信徒”的心地有像斯万那样好的；只不过所有的人都小心翼翼地把他们的恶意用众所周知的笑话，用一点儿感情，用一点儿真挚掩盖起来罢了；而斯万不屑于用什么“我这不是想说什么坏话”这样的陈词滥调来掩饰，所以他任何的含蓄都被看成阴险恶毒的表现。有一些不同凡响的作家，他们的任何大胆言论都激起公众的反感，因为他们不屑迎合公众的趣味，不为公众提供他们习以为常的老生常谈；斯万之所以激怒维尔迪兰先生，也是这个道理。跟那些作家一样，正是斯万言语中的不落俗套使别人觉得他别有用心。

斯万对他在维尔迪兰家面临失宠的威胁依然一无觉察，他身堕情网，继续把他们那些可笑的言行加以美化。

他通常只在晚上跟奥黛特约会，唯恐白天也上她家去会使她感到厌烦，但他却希望她老念着他，所以随时都找机会引起她对他的思念，但当然是以叫她感到高兴的方式。如果他从花店或者珠宝店的橱窗面前走过，视线被一棵小树或者一颗珠宝所吸引，他马上就会想到把它送给奥黛特，心想当她体会到他在得到这些东西时的乐趣时，就会使她对他更加温存，他就会马上叫店铺派人送到拉彼鲁兹街去，因为每次当她收到他什么礼物的时候，他总感觉他自己就在她身边一样。他尤其希望她能在离家外出以前收到这些礼物，这样当她在维尔迪兰家看到他的时候，她的感激之情就会化为对他更热烈的接待，甚至如果送货的人等不及的话，她还会在晚餐前打发人送封信给他，或者亲自到他家来道谢。从前他体会到她的性格当中有些令人反感的地方，现在则竭力从她的感激之情中探索她以前还没有对他流露过的深藏的感情。

她时常手头拮据，为债主所逼而向他求助。他总是乐于效劳：凡是能使奥黛特看出他是如何爱她，或者只是看出他对她能产生影响，能有些用处的事，他都是乐于从事的。当然如果有人在开始时对他说“她看中的是你的地位”，现在对他说“她之所以爱你是为了你的财产”的话，他是不会相信的，不过既然人们设想她是由于像追求风雅或金钱这样强有力的东西而跟他关系密切，感觉到他们两人紧密相连，他对那种说法也并不会过分表示不满。即使他认为他们所说的是对的，那么当他发现奥黛特对他的爱除了基于对他的感情和在他身上发现的品质以外，还有一个更持久的支柱——利害关系时，他也是不会难过的。这种利害关系足以使她试图跟他中断来往的日子永远也不会到来。此刻，他不断送她礼物，为她效劳，除了他自己的人品、聪明才智和无所不用其极的取悦于她的强烈愿望外，他还可以依靠另外一些有利条件。这种堕入情网的乐趣，仅仅是为了爱情而活着的乐趣，他有时也怀疑它是否现实，但他作为精神享受的爱好者而为此付出的代价越多，就越是觉得它的价值高昂——我们不是也看到有些人怀疑大海的景象和澎湃的波涛声是否当真美妙，不惜每天花一百法郎租一间海滨旅馆的房间去观赏，从而不但得以信服，而且他们自己超凡脱俗的品格不也得到了肯定吗？

有一天，正当他陷入这样的沉思的时候，忽然想起了从前曾经有人说奥黛特是一个由情人供养的女人，那时他再次把“由情人供养的女人”这个奇怪的修辞学上的拟人表达法，这个像居斯塔夫·莫罗[1]画的幻象那样，镶嵌有同宝石缠绕在一起的毒花，由难以识别、恶魔般的成分构成的闪闪发光的混合物跟奥黛特加以对比了：奥黛特，在她的脸上他可是亲眼看到那对不幸者的怜悯之情，对不公正的事情的愤慨，对施恩者的感谢，就如同他从前在他自己的母亲，在他的朋友们的脸上看到的表情一样；奥黛特，她的话语时常是跟他自己最熟悉的事物有关，譬如他的收藏、他的卧室、他的老仆人、收存着他的股票的那位银行家，这时，银行家这个形象忽然提醒他该上他那里取点钱了。可不是吗，他上个月给了她五千法郎，如果这个月给她的物质困难的帮助没有那么多，而她想要的那串钻石项链也不给买，那他就不会看到那使他如此幸福的她对他的慷慨大度的赞赏与感激之情，甚至当她看到这种慷慨的表现越来越少，可能会以为他对她的爱情已经淡薄了。想到这里，他突然自问，这是否正是“供养”她呢？（仿佛“供养”这个概念可以出之于一些既不神秘又不反常的成分，且是属于日常私生活的范畴，例如那张普普通通撕破了又粘上的一千法郎的钞票，他的男仆在为他付了当月家用和房租以后塞在他的

[1] 居斯塔夫·莫罗（1826—1898）：法国画家。

旧书桌的抽屉里，斯万取出跟另外四张一起送给奥黛特。）他也自问，自从他认识奥黛特以来，在他看来跟她毫不相容的“由情人供养的女人”这个词能否用到奥黛特身上（因为他一刻也不曾设想在他之前她会接受任何人的金钱）。但他不能再顺着这个思路想下去，因为他生来就是懒于思维，这股懒劲也是一阵阵的，说来就来，这会儿正是来到的时候，于是就马上把他的智慧之火全部熄灭，就像后来到处用电气照明的时代，一下子就能把全家的灯统统灭掉一样。他的思想在黑暗中摸索了一会儿，他摘下眼镜，擦擦镜片，用手揉揉眼睛，直到找到一个新的思想时才重见光明——这新的思想就是下个月给奥黛特的不是五千而是六七千法郎，好给她来个出乎意料，让她感到异常的快乐。

晚上，当他不待在家里等着上维尔迪兰家去跟奥黛特相会，或者上布洛涅森林特别是圣克鲁他们爱去的露天餐厅用餐时，他就上他从前作为座上常客的那些上流社会人家去吃饭。他不愿跟那些人脱离接触，也许他们哪天会对奥黛特有些用处，同时也正是由于有了他们，他才时常得到她的欢心。而且，他对上流社会的豪华生活早就有了习惯，就在对它产生厌恶之情的同时，也觉得有过这种生活的需要，以至就在他把最简朴的陋室，跟王公宅第同等看待时，他的感官也是对后者如此习以为常，因此在步入前者时总会感到一定程度的不快。对那些在六楼套房里举行舞会（“请由右门洞登楼，六楼左门”）的小资产者，跟在巴黎举办最豪华的节日活动的帕尔马公主之间，他也有类似的不同观感，那类似的程度是他们难以相信的。当他在主妇的卧室里跟那些当爸爸的人站在一起的时候，他是不会有参加舞会的感觉的，而眼看洗脸盆上盖满了毛巾，床铺改为衣帽间，堆满了大衣和帽子，他就难免产生透不过气来的感觉，就跟用了半辈子电灯的人闻到冒烟的油灯或者流油的蜡烛味儿时的心情一样。

在他上街吃饭的日子，他让车夫在七点半套车，他一面穿衣服，一面惦记着奥黛特，这样他就可以不至于有孤独之感；经常想着奥黛特，使得远离她的时刻也就跟在她身旁时有着同样的特殊的魅力。他登上马车，感到思念奥黛特的思绪跟一头爱畜一样也已经跳上车来，蜷伏在他膝上，将伴着他入席而不被同席的客人所发觉。他抚摸它，在它身上焐暖双手，当他感到有些郁闷时，不禁起了一阵轻微的战栗，缩起脖子，皱起鼻翼——这在他身上是前所未有的——同时把那小束楼头菜花插在纽孔上。一个时期以来，尤其是自从奥黛特把福什维尔介绍给维尔迪兰夫妇以后，斯万感到有些难过忧伤，很想到乡间休息一下。但奥黛特在巴黎，他连离开巴黎一天的勇气也鼓不起来。天气温暖，这是春季最美好的日子。他虽然是穿过这个石头城到某个围有栅栏的公馆去，可是他在眼前看到的却是他在贡布雷的那座花园，在那里，一到下午四点钟，你还没有走到种龙须菜的畦田，从梅塞格利丝田野那边来的微风就阵阵送香，你在绿树棚下就感到阵阵清凉，就跟在四周都是勿忘我花和葛兰花的池塘边一样。当他在池塘边吃饭的时候，桌子周围全是由他的园丁精心编在一起的醋栗和玫瑰。

晚饭后，如果布洛涅森林或者圣克鲁的约会时间约定得早的话，他就离开饭桌马上就走，尤其是在浓云密布，有可能下雨，

“信徒们”会提前回家的时候。有次德·洛姆亲王夫人家的晚饭吃得较晚，斯万在咖啡还没有端上以前就向主人告辞，赶到布洛涅森林的岛上去跟维尔迪兰家聚会，使得亲王夫人说：

“真是的，要是斯万大上三十岁，膀胱又有毛病，那他溜得那么早还情有可原。他真是不把咱们放在眼里。”

他心想，他虽不能到贡布雷去享受这明媚的春光，总可以在天鹅岛或者圣克鲁观赏观赏。不过他的脑子整个儿都给奥黛特占着了，连是不是曾闻到树叶的清香，是不是曾看到皎洁的月光都说不上来。迎接他的是餐厅钢琴上奏出的那首奏鸣曲的小乐句。要是没有钢琴的话，维尔迪兰夫妇不惜费神叫人从卧室或者饭厅搬一架下来，这倒不是因为斯万已经重新博得了他们的好感，根本不是这么回事。为别人提供一点别出心裁的乐趣，哪怕这人并不是他们所喜欢的人，即使在进行准备的阶段，这想法也会在他们身上引发一些对人亲切友好的美好感情——哪怕是昙花一现。有时他也想，又是一个春宵要过去了，他强制自己去注意一下树木和天空。可是他一心思念着奥黛特，难以安下心来。一些时间以来，他那种焦躁不安的情绪又无法摆脱，这就使他不能取得接受大自然的景象所必需的宁静和安逸的心境。

有天晚上，斯万应邀和维尔迪兰夫妇共进晚餐，在进餐时说他第二天要参加当年同在一起服兵役的老战友的聚会，奥黛特在饭桌上当着福什维尔（他现在已经是忠实信徒之一了）、画家和戈达尔的面说：

“是啊，我知道您明天有宴会；那我就只能在我家里见到您了，您可别来得太晚啊！”

虽然斯万从来没有因为奥黛特对任何一位信徒有交情而当真感到不快过，但当他听到她当着所有人的面，毫无顾忌、若无其事地承认他们俩每天晚上有约会，承认他在她家里的特殊地位，承认她对他的偏爱时，心里感到特别温暖。当然，斯万也常想，奥黛特根本不是一个了不起的女子，他对她处于无比优越的地位，当他看到她当着众信徒的面扬扬自得时也并不感觉特别得意；但自从他发现奥黛特在许多男人眼里是一个令人神魂颠倒的女子，一个希望能弄到手的女子以后，她的身子在他们身上产生的魅力在他的心中唤起了一种折磨人的渴望，要对她的心的每一个细胞都彻底加以控制。他首先把晚上在她那里度过的时刻看作千金难买的时刻，让她坐在他的膝上，讲讲她对这样那样事情的看法，自己则历数在这世上现在还不肯放手的是哪些财富。因此，在那顿晚饭以后，他把她拉到一边，一个劲儿对她表示谢意，力图让她知道怎样按照他所表示的感激之情的程度，估摸出她能为他提供的各种乐趣的大小高低——其中最大的乐趣是当他对她的爱继续下去而可能招致情敌的时候，能得到无须吃醋的保证。

第二天宴会结束时，大雨倾盆，他却只有那辆四轮敞篷马车；有位朋友提出用他的轿车送他回家。奥黛特昨天既然要他去，那就表明她不会等待别人，斯万原可以放心大胆地回家睡觉而不必冒雨前往的。然而，如果她看到他并无意坚持每天都毫无例外地跟她在一起度过后半夜的话，那就有可能当他特别想同她一起欢度良宵的时候，她却另有约会了。

他过了十一点才到她家，当他连声抱歉没能早些来时，她却抱怨时间实在太晚，又说刚才风狂雨暴，她不舒服，脑袋疼，只能陪他半个钟头，到十二点就要请他回去；过不多久，她就累得要命，想去睡觉了。

“那么今晚就不摆弄卡特来兰花了？”他对她说，“我倒真想好好摆弄一下呢！”

她噘起嘴，神经质地说：

“不，亲爱的，今晚就不摆弄卡特来兰花了，你看我不是不舒服嘛！”

“也许摆弄一下对你倒有好处，不过我也并不坚持！”

她请他在走以前把灯灭掉，他亲自把帐子放下再走。可是当他到了家里，他忽然想起奥黛特也许今晚在等什么人，累是装出来的，请他把灯灭了只是为了让他相信她就要睡着，而等他一走，就立即重新点上，让那人进来在她身边过夜。他看看表，离开她差不多才一个半小时，他又出去，雇上一辆马车，在离她家很近的一条跟她住宅后门（他有时来敲她卧室的窗，叫她开门）那条街垂直的小街停下；他从车上下来，街上是一片荒凉和黑暗，他走了几步路就到了她家门口。街上所有的窗户都早就一片漆黑，只有一扇窗，从那像葡萄酒榨床里压挤神秘的金黄色果肉的木板那样的百叶窗缝里溢出一道光线。在如此众多的别的夜晚，当他走进街口老远就看到的这道光线，曾使他心花怒放，通知他“她在等着你”，而现在却告诉他“她正跟她等待的那个人在一起”而使他痛苦万分。他想知道那个人是谁；他沿着墙根一直悄悄走到窗口，可是从百叶窗的斜条缝里什么也瞧不见，但听得见在夜的沉寂中有喃喃的谈话声。

当然，看到这道光线，想到在窗框后在它的金色的光芒中走动的那一对男女，想到在他回家以后来到的那个人暴露了。奥黛特的虚伪暴露了。她正在跟那一位共享幸福生活的这阵窃窃私语也暴露了，他是何等的痛苦啊。然而他还是为他来了而高兴：促使他从家里出来的那份折磨心情，由于越来越明朗而不再那么强烈，因为奥黛特的生活的另一面，当时对它突然产生了怀疑而又无可奈何，现在却明摆在他的面前，被那盏灯照得一清二楚，被囚在这屋里而不自知，而他只要高兴，就可以进去把它捉拿归案。他也可以像平常晚来时一样，去敲敲百叶窗；这样，奥黛特至少可以知道他已经掌握情况，看到了那道光，听到了他们的谈话；而他呢，刚才还在设想她正跟那一位在笑他蒙在鼓里，现在却要眼看他们当场认错，上了被他们认为远在千里之外的他的圈套。也许，他在这几乎是令人惬意的时刻所感到的并不是什么怀疑和痛苦的消失，而是一种属于智力范围的乐趣。自从他爱上奥黛特以后，他以前对事物的浓厚兴趣有所恢复，但这也限于跟对奥黛特的思念有关的事物，而现在他的醋意激起的却是他在好学的青年时代的另一种智能，那就是对真情实况的热烈追求，但那也限于跟他与他的情妇之间的关系有关的真情实况，仅仅是由她的光辉所照亮的真情实况，一种完全是与个人有关的真情实况，它只有一个对象，一个具有无限价值，几乎是具有超脱功利之美的对象，这就是奥黛特的行动、跟她有联系的人、她的种种盘算、她的过去。在他的一生中的其他任何时期，他总认为别人的日常言行没有什么价值，谁要是在他面前说三道四，他总觉得没有意义，即使听也是心不在焉，觉得自己此刻也成了一个最无聊的庸人。可在这奇怪的恋爱期间，有一个人竟在他身上产生如此深刻的影响，他感到在他心头出现的对一个女人最微不足道的事情的好奇之心，竟跟他以往读历史的时候一样强烈。凡是他往日认为是可耻的事情：在窗口窥看、巧妙地挑动别人帮你说话、收买仆人、在门口偷听，现在就都跟破译文本、核对证词、解释古物一样，全是具有真正学术价值的科学研究与探求真理的方法了。

他正要抬手敲百叶窗那片刻，想到奥黛特就要知道他起了疑心，到这里来过，在街上守候过，不禁产生了一阵羞耻之心。她曾经对他说过，她对醋心重的人，对窥探对方隐私的情人是多么讨厌。他就要干的事情确实是笨拙的，她从此就要讨厌他了，而在他没有敲百叶窗之前，尽管她欺骗他，可能还是爱他的。人们为图一时的痛快而牺牲多少可能的幸福啊！但要弄清真情实况的这种愿望却更加强烈，在他看来也更为崇高。他知道，他不惜生命代价去核实的这个真情实况在这露出道道光线的窗户背后就能读出，这就好比是一部珍贵文献的烫金封面，查阅文献的学者对它底下的手稿的艺术价值是不会不动心的。他对这以如此温暖、如此美丽的半透明的物质制成的这个独一无二、稍纵即逝、宝贵异常的稿本的真情实况，急切地渴望了解。再说，他所感到自己高出于它们的地方——他又是如此需要有这样的感觉——也许与其说是他知道它们，倒不如说是他可以在它们面前显示他知道它们。他踮起脚。敲窗户。人家没有听见，他敲得更响，谈话戛然而止。只听得有个男人的声音，他竭力去辨认到底这是他所认识的奥黛特的哪个朋友的声音：

“谁啊？”

他拿不稳是谁的声音。他再一次敲百叶窗。窗开了，接着百叶窗也开了。现在可没法后退了，因为她马上就要知道真相，而为了不至于显得过分狼狈，醋心太重，又太好奇，他只好装出一副若无其事的样子，欢快地叫道：

“别费事了，我路过这里，看见有光，想问问您是不是已经好些了。”

他抬头一看，只见两位老先生站在窗口，其中一位举了盏灯，这就把房间照亮了——一间陌生的房间。平常在很晚的时刻到奥黛特家来时，他总是凭着在所有一模一样的窗户当中唯一有光这一点来认出她的窗户，这次却弄错了，敲了隔壁家的那一扇。他连声道歉着走开，回到家里，直为好奇心得到满足，又无损于他们俩之间的爱情而感到高兴，同时也为在如此长久的时期内假装对奥黛特的一定程度的冷淡以后，现在并没有使她通过他的醋心的发作，发现他的爱情过分强烈，从而今后会对他降温而感到高兴。

这段经历，他没有跟她说起过，自己也不再去想它。但是有时脑子一动，就把这潜伏在脑海深处的对这件事情的回忆勾了起来，栩栩如生，只好重新把它埋得更深，这时他就突然感到强烈的痛苦。这仿佛是一种肉体的痛苦，斯万的思想无法使它减轻；

然而如果这是一种肉体的痛苦的话，它至少与思想无关，思想总还可以仔细端详它，发现它已经减弱，已经一时消失。可是他那种痛苦，每当思想念及的时候，只能使它重新出现。想要不去想它，实际上是再一次想到它，他为此而更加感到痛苦。当他跟朋友们谈话的时候，他忘了他的痛苦，可是别人不经意间讲出的一句话会使他突然失色，就好像是一个伤员被冒失鬼触到了伤处一样。当他离开奥黛特的时候，他心情愉快，感到心地宁静，他回忆她在谈起别的男人时带有讽意的微笑，和对他的充满温情的笑容；回忆她怎样把头低垂下来，几乎是不由自主地俯向他的双唇，好像是第一次在马车中时那样；回忆起当她在他怀中时像是怕冷一样把脑袋紧紧靠在他的肩上，两眼向他投来无神的目光。

然而他的醋意却和他的爱情仿佛是如影随形，马上就出来为她今晚向他投来的微笑提供一个副本，来了一个颠倒，变成对斯万的嘲笑而充满着对另一个人的爱；她的脑袋低垂下来也是俯向别人的双唇，而她对他的一切温情的表现也都以别人为对象了。他从她家里带回的一切令人销魂的印象现在仿佛都变成了一个室内装饰师提供的一些草图，一些方案，使得斯万据以设想她可能在别人面前表现出来的热烈的、狂喜的举止。这样，他为在她身边体会到的每一个乐趣，为他自己设想出来的每一个爱抚的动作（他还如此有欠谨慎，告诉她这些动作是如何使他欢快），为他在她身上发现的每一个优美之处感到后悔，因此他知道，过一会儿，这些又都会成为她手中用来折磨他的新的刑具。

当斯万想起几天以前，他突然初次发现奥黛特眼中短促的一瞥；这一回忆使得那个折磨显得更加残酷。那是在维尔迪兰家晚饭之后发生的。福什维尔也许是感觉到他的连襟萨尼埃特在他们家并不得宠，想把他嘲弄一番，自己出出风头；也许是因为萨尼埃特刚对他说了些什么傻话而感到恼火，尽管在座的旁人都没有听见，更不会知道说话的人在无意中刺伤了什么人；也许是早就蓄意把对他自己的底细了解得一清二楚，把有时一见面就感到不舒服的这个老好人轰出家门，所以十分粗暴地回答萨尼埃特的笨拙的话，居然骂起他来，而由于对方害怕、软弱、哀求，他越骂越大胆，弄得这个可怜虫在问了维尔迪兰夫人他是否还该待下去而得不到答复时，只好热泪盈眶，嘟嘟囔囔地走开了。奥黛特无动于衷地看着这个场面，但当门在萨尼埃特背后砰的一声关上的时候，她脸上通常的表情仿佛降下好几档，以便在卑劣方面能跟福什维尔媲美。她的眸子里闪现出一个狡黠的微笑，这对福什维尔的大胆行动是个祝贺，对它的牺牲品则是嘲讽；她向他投去同谋作恶的一瞥，仿佛是说："要是我看得不错的话，他这下可完蛋了。您看见他那副尴尬的样子没有？他都哭了。"福什维尔看到她这眼神，突然收起怒容（或者是假装出来的怒容），微笑一下答道：

"他只要学得讨人喜欢一点，还是可以来的，不管年老年少，接受个教训总是有好处的。"

有一天斯万下午出去访客，那人没有在家，他就想去奥黛特家，虽然他从没有在这时候去过，但他知道她这时准在家里，或者午睡，或者写信，然后用午茶；他想在这时候去看她该很有意思，也不至于打扰她。看门人说他想她是在家的；他按门铃，仿佛听到有声音，有人走动，却没有人来开门。他又着急又气恼，就上宅子后门那条小街，走到奥黛特卧室的窗口；窗帘挡着，里头什么也看不见；他使劲敲窗玻璃，叫唤；没有人来开窗。他只见有些街坊探出头来瞧他。他走了，心想他刚才也许是听错了，其实并没有什么脚步声；然而他总是放心不下，脑子没法想旁的事情。一个钟头以后，他又回来，看到了她，她说刚才他按铃的时候她是在家的，只是睡着了；铃声把她吵醒了，她猜想是他，赶紧跑上前去，可他已经走了。她也听到了敲后窗玻璃的声音。斯万马上就在她这话里听出那些被人当场抓住的撒谎的人为了自我安慰而在他们所编的谎话当中插进去的一点真情实况，他们心想把这点真情实况编进去了就可以使谎言显得逼真。当奥黛特做了什么要瞒着别人的事情，她当然是要把它深藏心中的，然而当她一旦面临她所要瞒着的那个人时，她的心就乱了，她的思想就散架了，她编造和推理的能力也都瘫痪了，脑子里成了真空，然而又必须说点什么，能想得起来的却正好是她要隐瞒的，因为这需要隐瞒的事情是真实的，所以是唯一留存在脑际的东西。她从中取出一点本身并不重要的细节，心想这个细节经得起检验，不像虚假的细节那么危险。她心里想："再怎么说，这是真实的，这就是一个优点，他尽管去打听，结果总会承认这是真的，是不会使我露馅的。"她错了，正是这个使她露了馅；她没有意识到，这个真实的细节有一些棱角只有跟经她任意阉割了的相关细节才能接合得天衣无缝，而不管她把那个真实细节插在怎样的编造出来的细节中间，这些细节总会以其过分夸大其词，或者由于还有一些没有补好的窟窿而暴露出那个真实的细节跟它们并不构成一体。斯万心想："她承认听见我按门铃，听见我敲窗子，又心想是我，想要见到我。可这跟她没有叫人开门这个事实不协调啊。"

可是他并没有把这个矛盾点出来，心想让奥黛特说下去，她也许又会撒什么谎，可能为真情实况多少提供一点线索；她一个劲儿说，他也不去打断她，而以又渴望又痛苦的心情听着她对他讲的那些话，感觉它们像圣殿前的幕布一样，模模糊糊地掩盖着，依稀地勾画出那个无限宝贵，然而可惜又无法探得的真情实况（她说话时确实在遮遮掩掩）——那就是刚才在他三点钟来到的时候，她到底在干些什么。对于这个真情实况，他也许永远只能掌握一些谎言，一些不可思议、无法判读的历史遗迹了，它仅仅存在于琢磨它而无法估量其价值的那个人的隐秘的记忆之中，可她是不会泄露给他的。当然，他有时也想，奥黛特的日常活动也未必值得那么热切地关注，她可能跟别的男人之间的关系，一般地说，也不至于使一个有思想的人产生如此强烈的忧伤，以至想去殉什么情。他这就认识到，他身上那种关注、那种忧伤只不过是一点小毛病，一旦过去了，奥黛特的一举一动，她给他的那些吻，依然会跟别的那些女人的动作和亲吻一样，不至勾起他伤心的回忆。然而当他认识到他的这种痛苦的好奇心的根子就在他自己身上时，这却并不能使他觉得把这种好奇心看成至关重要，竭尽全力去满足它就是什么违反理性的事情。这是因为，像斯万这样岁数的人，他们的人生哲学已经和年轻人不一样了；尤其是斯万，受到当代哲学的影响，也受到德·洛姆亲王夫人那个圈子的影响，在那里，大家认为一个人的才气跟他对一切事物的怀疑成正比，认为只有在每一个人的个人爱好中才能找到真实的和不容争论的东西。像他这样岁数的人生哲学是实证的，几乎是医学的哲学，他们不再显露他们追求什么目标，而试图从逝去的岁月中探得一些可以被他们认为是他们身上的特征性的、恒久的习惯和激情的残余，而他们首先关注的是他们现在的生活方式能不能符合那些习惯和激情。斯万认为承认由于不知道奥黛特干了些什么而感到痛苦是明智的，就跟他承认潮湿的天气会加剧他的湿疹一样；他也认为在支出中拨出一大笔钱来收集与奥黛特的日常生活有关的情报（缺了就会使他感到不幸）是明智的，他对那些有把握得到乐趣（至少是在堕入情网之前）的其他爱好，例如收藏艺术和美味佳肴，不也是这样做的吗？

那天当他要跟奥黛特道别回家时，她请他再待一会儿，在他要开门出去的时候，甚至拽住他的胳膊热烈挽留他。可是他并不在意，因为在一次谈话里众多的手势、言语、细微的事件当中，我们不可避免地对隐藏着我们的疑心所要探索的真情实况的那些手势等视而不见、听而不闻，发现不了有什么足以引起我们注意的东西，而对没有什么内容的那些反倒全神贯注。她一再对他说：“你从来都不在下午来，难得来一次，我又没有见着你，你看多倒霉！”他明知道她对他的爱还不至于深到对他的来访未晤感到如此强烈的遗憾的地步，不过，她的心肠还是好的，也有心取得他的欢心，当她引起他不快的时候，他时常也确实难过，所以这次没能使他得到同她相处一个小时的乐趣，她心里难过也是很自然的，但这个乐趣在他看来会是一个很大的乐趣，在她心目中却未必如此。事情本来就没有什么了不起，她却一直显得很痛苦的样子，这就使得他不胜诧异了。她那副面容就比平常更使他想起《春》的作者、那位画家[1]笔下的妇女们的面容。她这时就有着她们在让孩提时的耶稣玩一个石榴或者看到摩西向马槽中倒水时那副沮丧伤心的表情，仿佛心中有着不堪承受的痛苦。她这种忧伤的表情，他以前是见过一次的，却忘了是什么时候。突然间，他想起来了：那是她有一次为了跟斯万在一起吃饭，第二天对维尔迪兰夫人撒谎说是头天有病才没有上她家去。说实在的，哪怕奥黛特是世上对自己要求最严格的女人，也用不着为了这么一点并无恶意的谎话感到如此悔恨。不过奥黛特常撒的谎并不是那么无可指责，它们是用来遮掩她跟某些朋友之间的一些麻烦事儿的。因此，当她撒谎的时候，心里是胆怯的，感到自己难以自圆其说，对所撒的谎能否奏效缺乏把握，心力交瘁得简直要像有些没有睡好的孩子那样哭将起来。此外，她也知道她的谎言通常是要严重伤害对方的，而谎要是撒得不周到，她又要落入对方的摆布之下。因此，她在他面前既感到谦卑，又感到有罪。而当她撒的是社交场合中毫无所谓的谎的时候，通过一些联想，一些回忆，她也会感到疲惫不堪，感到做了一件坏事的悔恨之情。

她这时对斯万撒的倒是怎样折磨人的谎，居然使得她眼神如此痛苦，嗓音如此哀婉，仿佛是在求饶，仿佛都要难以自持了。

---

[1] 指波提切利。

就在这时候，他听到一阵铃声。奥黛特还在说下去，可她的话语已经成了一阵呻吟：她没能在下午见到斯万，没能及时为他开门的这种遗憾简直成了一件终身憾事了。

只听得大门又关上了，还有马车的声音，看来是有人折回去了——多半是一个不能让斯万见面的人，刚才别人跟他说奥黛特没有在家。斯万心想，仅仅在通常不来的时刻来这么一次，他就打乱了她那么多不愿让他知道的安排，心里不免有些泄气，甚至感到苦恼。然而他还是爱奥黛特的，脑子里时时刻刻都在想着她，对她的怜悯之心油然而生，喃喃地说："可怜的小宝贝！"当他离开她的时候，她把桌子上的好几封信交给他，问他能不能顺便为她投邮。他把这些信带走，回到家里才发现还留在身上。他又回到邮局，把它们从衣兜里掏了出来，在扔进信箱之前先把地址瞧上一眼。全都是写给供应商的，只有一封是写给福什维尔的。他把这一封留在手里，心想："我要是看一看信里说的是什么，就能知道她怎么称呼他，用什么口气说话，两个人之间是不是有什么关系。我要是不看一看，也许倒是对奥黛特不关心的表现，因为我这疑心也许是冤枉了她，徒然使她难过，把信看一看是消除这个疑心的唯一的办法，而信一旦寄走，我的疑心不消除，她也只能一直难过下去了。"

他离开邮局，身上带着那封信回家。他点上一支蜡烛，把信封挨到烛光边（信封他是不敢拆的）。先是什么也看不见，不过信封很薄，用手摁在里面的硬卡片纸上还是可以看出最后几个字。那是一句平平常常的结束语。如果不是他来看她写给福什维尔的信，而是福什维尔来看她写给斯万的信的话，那他是会看到一些无比亲热的话语的！信封比里面装的卡片大，他用大拇指使卡片滑动，把一行行的字移到信封上没有夹层的那一部分，这是唯一能透出里面的字迹的那一部分。

尽管如此，他还是看不太清楚，不过这也没有什么关系，反正他已经看到了足够多的文字，明白信里没有什么了不起的内容，跟什么恋情根本不沾边；这是跟奥黛特的舅舅有关的什么事儿。斯万在有一行的开头看到了“我怎能不”这几个字，可不明白奥黛特怎能不干什么，可忽然之间，刚才没有能辨认出来的几个字看清楚了，这就把全句的意思弄明白了：“我怎能不去开门，那是我舅舅。”原来当斯万按门铃的时候，福什维尔在她家，是她把他打发走的，所以他听到了脚步声。

这时他就把全信都读完了；在信末她为对他如此失礼而致歉意，还告诉他，他把烟盒丢在她家了，这也是斯万第一次来时她信上的那句话，不过那次还加了一句：“您为什么不连您的心也丢在这里呢？如果是这样的话，我是不会让您收回去的。”而对福什维尔则没有这样的话：没有任何迹象表明他们当中有什么勾搭。说真的，福什维尔比他受骗受得还更厉害，因为奥黛特在给他的信上说来客是她的舅舅。总而言之，在她心目中，是他，斯万，占有更多的地位，也是为了他，她才把那一位打发走的。然而，要是奥黛特和福什维尔之间没有什么的话，为什么她没有马上开门，为什么要说“我怎能不去开门，那是我舅舅”呢？要是她那会儿没做什么不好的事，福什维尔又怎能相信她不马上去开门的道理？斯万愣住了，既难过，又惶惑，然而面对奥黛特放心大胆地交给他的这封信，却又感到高兴，因为她绝对相信他是个正派人，然而通过信封那个透明的窗口，除了他心想永远也不会弄清楚的那个秘密之外，也向他泄露了奥黛特生活的一角，仿佛是为未知的王国打开了一道透亮的窄缝。这时候，他的醋意为这一发现而大为兴奋，这醋意似乎有它自己独立的生命，自私心很强，对一切足以滋养它的东西全都贪而食之，甚至是损害斯万自己也在所不惜。现在这醋意就有了它的食料，斯万也就每天都为奥黛特在下午五点钟左右接待什么人而操心，想方设法去打听福什维尔这个时候在什么地方。这是因为，斯万对奥黛特的爱情还保持着开始时那样的特点，他既对奥黛特如何度过她的一天一无所知，又懒于用脑子去填补这个空白。首先，他不是对奥黛特的全部生活有所猜疑，而是仅仅对她一天中的某些时刻，在这些时刻中有某种情况（也许是经过曲解了的）使他猜想奥黛特会对他不忠。他的这种猜疑就像章鱼一样，最初伸出一只触手，又伸出第二只，再伸出第三只，先牢牢地固着于下午五点钟这个时刻，其次，是另一个时刻，然后又是另一个时刻。然而斯万是不会无中生有地编造出他自己的痛苦之情的。他的那些痛苦之情无非是来自外界的某种痛苦之情的回忆和继续。

而外界的一切却给他带来一次又一次的痛苦。他想把奥黛特跟福什维尔隔离，把她带到南方去些日子。可他又想所有在旅馆里的男人都会追求她，她也会追求他们。他自己过去在旅途中也总是追求新欢，到人头攒动的地方，而现在人家却觉得他有点离群索居，回避社会，仿佛曾经惨遭社会的伤害似的。当他把每一个男人都看成奥黛特潜在的情人的时候，他又怎能不厌恶人类呢？就这样，斯万那份醋劲儿就比当初他对奥黛特的欢快强烈的欲念更进一步地促成他性格的改变，使得他在别人眼里彻底变了样，连表现出他的性格的那些外部特征也都完全变了。

就在他读了奥黛特给福什维尔的那封信的一个月以后，斯万去参加维尔迪兰家在布洛涅森林设的一次晚宴。正当大伙要散席的时候，他注意到维尔迪兰夫人跟几个客人交头接耳，看来他们是要提醒钢琴家第二天参加夏都那个聚会；而斯万呢？他可不在应邀之列。

维尔迪兰夫妇压低嗓门说话，用词也含含糊糊，那位画家却粗心大意，高声叫道：

“到时候什么灯也别点，让他在黑暗中弹《月光奏鸣曲》，咱们好好欣赏欣赏月色。”

维尔迪兰夫人看到斯万就在跟前，脸上做出一副表情，既要示意说话的人住嘴，又要让听话的人相信这事与她无关，然而这个愿望却被她那木然无神的双眼淹没了，在她那目光中，无邪的微笑背后掩盖着同谋的眼色；这种表情是发现别人说漏了嘴的人都会采取的，说话的人也许不会马上认识到，听话的人却立刻就心里有数了。奥黛特突然变了脸色，仿佛是觉得做人实在太难，只好听天由命。斯万心急如焚，盼着赶紧离开餐厅，好在路上向她问个明白，劝说她明天别上夏都去，或者想法让他也应邀前往，同时希望自己的焦躁不安能在她的怀中得以平静下来。总算到了

伦勃朗

《夜巡》

叫马车的时刻。维尔迪兰夫人对斯万说:“再见了，希望不久就能再看到您。”说着，她试图用亲切的目光和假惺惺的微笑，来避免他注意到她不像往常那样说:“明儿个夏都见，后天上我家。”

维尔迪兰夫妇让福什维尔登上他们的车，斯万的车停在他们的车后面，他在等着让奥黛特上去。

“奥黛特，我们送您回家，”维尔迪兰夫人说，“福什维尔先生旁边还有个位置呢。”

“好的，夫人。”奥黛特答道。

“怎么？我一直以为是由我送您回家的。”斯万高声叫道，也顾不得挑选委婉的词语了，因为这时车门已经打开，他早已等得不耐烦，绝不能就这样单独回家。

“可维尔迪兰夫人要我……”

“得了，您就独自回去吧，我们让您送她的次数够多的了。”维尔迪兰夫人说。

“我可有要紧的事跟德·克雷西夫人说呢。”

“您给她写信好了。”

“再见。”奥黛特向他伸出手来说。

他想微笑，可脸色实在难看。

“你看见没有？斯万现在居然对咱们这么不客气。”当他们回到家里的时候，维尔迪兰夫人对她丈夫说。“咱们送奥黛特回家，看样子他简直恨不得把我一口吞下去似的。实在是太不礼貌了！他干脆把咱们说成开幽会馆的得了！我真不明白，奥黛特怎么能受得了他那种态度。他那副神气完全是等于说:‘你就是我的人。’

我要把我的想法告诉奥黛特，我希望她能明白我的意思。”

过了一会儿，她又怒气冲天地找补了一句：“哼！这畜生！”她不自觉地（也许是出于为自己辩解的需要）用了一头垂死的无辜牲口在最后挣扎时激起宰杀它的农民用的话语，就像弗朗索瓦丝在贡布雷宰那只硬不肯咽气的母鸡时那样。

当维尔迪兰夫人的马车走了，斯万那辆车向前挪动时，他的车夫瞧着他，问他是不是病了，或者发生了什么祸事。

斯万把他打发回去，他宁可走一走，就徒步回到布洛涅森林。他高声自言自语，那语调就跟他一个时期以来历数维尔迪兰家那个小核心的妙处和这对夫妇的宽宏大量时一样，多少有些做作。奥黛特的言语、微笑和吻，他从前觉得是如此甜蜜，现在如果以别人为对象的话，他就会觉得是何等可憎，同样，维尔迪兰家的客厅，他刚才还觉得是如此有意思，它散发着对艺术的真正爱好，甚至是一种精神贵族气派的风味，现在则因奥黛特去见、去自由地爱的已不是他而是另外一个人了，所以也就向他暴露出它的可笑、愚蠢、无耻了。

他带着厌恶的心情在脑子里设想他们明天在夏都举行的晚会。“首先是挑了夏都这么个地方！那是刚打烊的绸布商光顾的地方！那些人满身都是市侩气，简直不像是有血有肉的真人，而是拉比什[1]剧本中的人物！”

去参加的人多半有戈达尔夫妇，可能还有布里肖。“这些小人

---

[1] 拉比什（1815—1888）：法国剧作家，一生写有173部喜剧。

物搅和在一起，也真够滑稽的，他们要是明天不在夏都聚会，简直觉得自己就要完蛋了！”老天哪！还有那位画家，那位爱拉皮条的画家，他会邀请福什维尔跟奥黛特一起去参观他的画室的。斯万想象奥黛特会穿上对郊游来说过分时髦的服装，“她这个人就是庸俗，这可怜虫实在是太傻了！！！”

他仿佛听到维尔迪兰夫人饭后开的玩笑，不管这些玩笑以哪一个讨厌家伙为目标，在过去总是能逗他乐的，因为他看到奥黛特为之发笑，跟他一起笑，她的笑声简直跟他自己的笑声融为一体。现在他感到人们会以他作为笑料来引奥黛特发笑。“这是何等令人厌恶的欢快！”他说，嘴噘得简直叫他感觉到脖子上紧张的肌肉都蹭到衬衣领子了。“怎么？一个按上帝的形象创造出来的人竟能从这么令人恶心的笑话中找到笑料？任何一个鼻子稍为灵一点的人都会皱起眉头躲避这样的熏天臭气的。一个人怎么能不懂得，当她居然耻笑一个曾经正大光明地向她伸出手来的同类时，她就堕落到了万劫不复的泥坑？这简直是不可思议！那些家伙是在九泉之下叽叽喳喳，口吐无耻谰言，而我是在九天之上，维尔迪兰那婆娘拿我开的玩笑是溅不到我身上来的！”他昂首挺胸，高声喊道。“上帝可以做证，我是诚心诚意地想把奥黛特从那腐恶的泥坑里拉出来，把她带到高贵些、纯洁些的环境中去的。但是人的忍耐总是有限度的，我的忍耐也已经到头了。”他说，仿佛要把奥黛特从这挖苦人嘲讽人的环境中解救出来的这个使命产生已久，而并不是仅仅几分钟以前的事情似的，仿佛他赋予自己这样一个使命，并不是在他认为那些挖苦嘲讽的话可能以他为对象，而且旨在把奥黛特从他身边拉走那个时刻才开始似的。

他看到钢琴家准备演奏《月光奏鸣曲》，看到维尔迪兰夫人害怕贝多芬的音乐可能刺激她的神经时装出的那副嘴脸。“笨蛋！骗人精！”他高声叫道，“这还叫什么热爱艺术！”她会在奥黛特面前巧妙地说福什维尔的好话（就跟她从前时常说他的好话一样），然后对她说：“您在您身边给福什维尔先生腾点地方好吗？”“在黑暗中！这拉纤人！这皮条客！”“拉皮条的”——他也把那种催一对男女默默地坐下，一起遐想，相对而视，拉起手来的音乐叫作“拉皮条的”。他觉得柏拉图、博叙埃[1]以及法国的老式教育对待各种艺术的严峻态度不无道理。

总而言之，维尔迪兰家那种生活，原来被他称为“真正的生活”的，现在在他心目中成了再糟糕不过的生活；他们那个小核心成了最次最次的社交场所。他说：“一点儿也不错，那是社会阶梯中最低的一层，是但丁《神曲》中最低下的那个境界。毫无疑问，但丁那段令人敬畏的话就是针对维尔迪兰夫妇的！说来说去，上流社会的那些人，尽管不无可以指责的地方，却跟这一帮流氓不一样，当他们拒绝结识这一伙，不屑于玷污自己的指头去碰他们的时候，还是很明智的。圣日耳曼区的那句箴言 Noli me tangere（不要摸我）[2]是何等富有真知灼见！”他这时早就离开了布洛涅森

[1] 博叙埃（1627—1704）：法国作家、宣道者。

[2] 耶稣复活时，首先看见他的是抹大拉的马利亚（即《路加福音》中原为妓女，后被耶稣感化改恶向善的玛德莱娜）。耶稣对她说：“不要摸我，因为我还没有升上去见我的父。”后来用来指不可接触的人或物。

林的小径，差不多已经到家了，然而他还没有从痛苦中醒悟过来，还没有从言不由衷的醉狂中清醒过来，他说话时那种不真实的语调和造作的铿锵还在不时加强他的这种醉狂，他依然还在夜的沉寂中滔滔不绝地慷慨陈词："上流社会的人们也有他们的缺点，这我比谁都看得清楚，然而他们毕竟还是有所不为的。我交往过的时髦女子远不是完美无缺，然而她骨子里还是有细腻的感情的，所作所为讲求正直，不管出现什么情况，她都不会背叛你，这就足以在她跟维尔迪兰这个泼妇之间划出一道不可逾越的鸿沟。维尔迪兰！这是怎么样的姓氏[1]！嘿！他们简直是那一号人当中登峰造极、无与伦比的样板！谢天谢地！现在还来得及悬崖勒马，不再跟那一伙无耻之徒，那一伙粪土垃圾厮混在一起。"

然而，斯万没有多久以前还认为维尔迪兰夫妇身上有的那些美德，即使他们当真具有，但如果他们不曾促成并且保护他的爱情的话，还是不足以在斯万身上激起那种为他们的宽宏大量所感动得如醉如狂的境界，同时这种境界如果是通过别人的感染而得的话，这个人也只能是奥黛特。同样，如果维尔迪兰夫妇没有邀请奥黛特跟福什维尔一起去而把他斯万撇开的话，那么他今天在这对夫妇身上发现的背德行为（即使果然如此），也不足以激起他如此狂怒，严厉指责他们"无耻"。毫无疑问，假如斯万在说话的时候避免使用对维尔迪兰这个圈子充满厌恶，对摆脱这个圈子表示欣喜之情的那些字眼，说的时候又不是那么装腔作势，不

[1] 维尔迪兰原文为 Verdurin，与 purin（粪尿）音相近。

是为了发泄怒火而是为了表达思想的话，那么他的话语是会比他的头脑更富有远见的。当他沉溺于那番谩骂的时候，他的脑子里想的多半是一个完全不同的对象，因此他一回到家，刚把大门关上，就拍了一下脑门，吩咐把大门重新打开，这回却是以很自然的语调叫道："我相信我已经想出了明天应邀去夏都参加晚餐会的办法了。"可是这办法并不灵，斯万并没有接到邀请。原来戈达尔大夫被召到外省去看一个重病人，已经多日没跟维尔迪兰夫妇见面，那天也没能到夏都去，晚餐会的第二天他到他们家入席时问道："那么咱们今天晚上就见不着斯万先生了？他不是有个密友在当……"

"我相信他是不会来了！"维尔迪兰夫人高声叫道，"上帝保佑，别让我们再见到这个又讨厌、又愚蠢、又没有教养的家伙。"

戈达尔听了这话，既是大吃一惊，又是俯首听命，仿佛听到了始料未及却又明摆在面前的一个真理；他只好既激动又畏怯地把鼻子埋在菜盘里，连声说道："噢！噢！噢！噢！噢！"中气一点点地衰竭，嗓音一声比一声低沉。从此斯万要上维尔迪兰家去，就根本没有门儿了。

就这样，原来把斯万和奥黛特撮合在一起的这个客厅现在却成了他们约会的障碍。她再也不能像他们初恋时那样对他说："反正明儿晚上能见面，维尔迪兰家有个晚餐会。"而是："明儿晚上见不了面了，维尔迪兰家有个晚餐会。"要不然就是维尔迪兰夫妇要把她领到喜歌剧院去看《克莉奥佩特拉之夜》，斯万就会在奥黛特眼里看到恐慌的神色，唯恐他求她别去，而在不久以前，当这样的神色掠过他情妇的脸时，他是禁不住要赐她一吻的，现在却只会被激怒。他心想：当我看到她想去听这种臭大粪似的音乐时，我感到的不是愤怒，而是悲哀，不是为我自己，而是为她；每日相会已六个多月，她竟还没有脱胎换骨，主动地抛弃维克多·马塞[1]的音乐！特别是居然还不明白，在某些晚上，一个感情比较细腻的人是应该能够应别人的要求，放弃某种乐趣的。哪怕只是从策略上考虑，她也应该说“我不去了”，因为别人是根据她的回答来评定她的心理素质，而且“一旦做出结论就永远难以改变”。他先说服自己，他只是为了能对奥黛特的精神素质做出较有利的评断，才希望她那晚陪着他而不去喜歌剧院，然后拿同样的道理来说服奥黛特，说话时跟刚才说服自己时同样地言不由衷，甚至更有过之，因为他这时还想利用她的自尊心来打动她。

“我向你发誓，”他在她临动身上剧场去的时候说，“当我请你别去的时候，如果我是一个自私的人的话，我倒希望你拒绝我的要求，因为今晚我有一大堆事情要做，如果你出乎我意料地答应我不去的话，我倒会自找麻烦的。不过我自己的事情、我自己的乐趣并不就是一切，我得为你着想。也许会有那么一天，你离开了我，你那时就有权利责备我，说当我感觉到出之于我对你的爱而应该向你提出严厉意见的关头，却没有及时提醒你。你看《克

[1] 维克多·马塞（1822—1884）：法国音乐家，《黄玉王后》《克莉奥佩特拉之夜》的作者。

莉奥佩特拉之夜》(这是怎么样的标题!),跟这个问题毫无关系。我必须知道的是你到底是不是最没有头脑,甚至是最没有魅力的一个人,到底是不是不能抛弃一种乐趣的一个可鄙的人。如果你是这样的话,别人怎么能爱你呢?因为你连一个人,一个实实在在的,虽然不完美,然而至少是可以完美起来的人都不是。你就成了一滴没有一定形体的水,沿着别人安排的坡面滑下去,你就成了一条没有记忆,不会思想的鱼,在鱼缸里活一天,就上百次地撞那玻璃,一直认为那也是水。我并不是说听了你的回答我马上就会不再爱你,不过当我明白你不像人样、不求上进的时候,你就不会那么迷人,你明白不明白?当然,我原想把要你打消去看《克莉奥佩特拉之夜》(是你逼我玷污了自己的嘴来说出这个肮脏的名字的)的念头看成一件无关紧要的小事,而心里却仍然希望你去。不过我还是决定要像我刚才那样来考虑问题,要从你的回答中引出那样的严重后果,所以我觉得还是提醒你为好。”

奥黛特早就显得越来越激动,越来越犹豫了。虽然她不明白这篇演讲的意义何在,却知道这是属于指责或祈求的“空论”和演戏一类的东西;她看男人来这一手看惯了,用不着去注意话语的细节,就可以得出这样的结论:如果他们不爱你,就不会讲出那番话来,而既然他们爱你,那就无须照他们的话去做,事后他们只能更加爱你。因此她原本是会泰然自若地听斯万说下去的,只不过时间在流逝,他要再多说几句,她就不免要误了序幕——她带着一个温柔、执着而暧昧的微笑把这意思对他说了出来。

从前他曾对她说过,最能导致他中止对她的爱的,就是她不肯抛弃撒谎这个恶习。他对她说："你就不能明白，即便单单从娇媚的观点来看，你要是堕落到撒谎的地步，你会失去多少魅力？老老实实讲真话，你又可以补赎多少过失！说实在的，你真没有我原来想象的那么聪明！"斯万把她为什么可以不必撒谎的理由一条一条列举出来，可是毫无用处：奥黛特心里如果有一整套关于撒谎的理论的话，斯万那些理由也许可以把它摧毁掉，然而奥黛特又没有这么一套理论；她只要求每次做了一件不希望斯万知道的事情时不告诉他就是了。因此，对她来说，撒谎是一种特定的手段；她是用这一手段还是说实话，也完全取决于一种特定的理由，那就是斯万发现她没有说实话的可能性是大还是小。

就体态而言，她正经历着一个糟糕的阶段：她发胖了；过去那种富有表情而引人怜爱的妩媚，那带着惊诧而若有所思的眼神，仿佛都随着青春一起消逝了，而斯万却正是在发现她没有从前那么好看的时候觉得她更加珍贵。他时常把她久久凝视，想捕捉过去在她身上看到的妩媚，但是枉然。但他知道，在这新的蛹壳下跳动着的还是奥黛特的那颗心，她那变化不定、难以猜透、遮遮掩掩的天性依然如故，这就足以使他继续以同样的激情来力图把她征服。他再看看她两年前的相片，回想起她当时是何等地秀色可餐。这就多少给了他一点安慰，觉得自己为她操那么多心并没有白费。

当维尔迪兰夫妇把她带到圣日耳曼、夏都、牟朗去的时候，如果天好，他们时常临时提出在那里过夜，到第二天再回来。钢琴家的姑妈在巴黎，维尔迪兰夫人总设法劝说他别为老人担心：

“您一天不在她身边，她会感到高兴的。她知道您跟我们在一起，怎么会担心呢？再说，有什么事都有我在担待呢。”

如果她此计不成，维尔迪兰先生就问问他身边那些忠实的信徒，有谁需要向家里送个信的，然后迈过田野，找个电报局发封电报，或者找个人捎封信回去。奥黛特总是谢绝，说是没有什么人需要通知，因为她早就跟斯万说过，当着众人的面给他送这种信，就等于是暴露了自己。有时她一连外出好几天，维尔迪兰夫妇带她上德勒去看坟场，或者按画家的建议，上贡比涅森林去观赏日落，然后一直走到比埃尔丰城堡。

“唉，她原本是可以跟我一起去参观这些真正的历史建筑物的；我学了十年的建筑，随时有一些最有身份的人求我陪他们上博韦或者圣卢-德-诺去，但我只愿意跟她一起去，可她却跟那些再粗野不过的人先后在路易-菲利浦和维奥莱-勒迪克的臭大粪面前心醉神迷！我认为用不着是个艺术家就能做出那种东西，而且即使判断力不是特别强，也不至于选中茅房去度假，去就近闻闻大粪啊。”

当她到德勒或者比埃尔丰城堡去了以后——糟糕的是她不答应他跟她一起去，说是那样可能给她带来“不良后果”——他就埋头读最令人陶醉的爱情小说，查火车时刻表，想办法在下午、晚上，甚至是当天早上就赶去和她相会。办法？这不是什么办法不办法的问题，而是要得到批准。火车时刻表跟各趟列车并不是为狗编制的。用印刷成表的形式告诉广大公众，有一趟列车早八时开往比埃尔丰，十时到达，这就是说去比埃尔丰是件合法的行为，无须奥黛特的同意；这也是一个可能以与奥黛特相会的愿望完全无关的事情为目的的行为，因为每天都有不认识奥黛特的人登上车厢，人数是如此之多，以至有必要把机车升起火来。

总而言之，如果他想到比埃尔丰去，她可也没法阻拦。他也当真感到有上比埃尔丰去的欲望，而如果他不认识奥黛特，一定也就去了。很久以来，他就想对维奥莱-勒迪克的复原工作有一个更精确的概念。天气这么好，他迫不及待地想到贡比涅森林里去散散步。

真是倒霉，唯独这个地方今天对他有诱惑力，而奥黛特却偏偏不让他去。今天！如果他不顾她的禁令而去，那他今天就能见着她。如果她在比埃尔丰碰上的是别人的话，她会高高兴兴地对他说："怎么？您也来了！"就会邀他到她跟维尔迪兰夫妇下榻的那个旅馆去看望，可如果是斯万，那她就会生气，就会以为他在盯她的梢，对他的爱就会有所减弱，也许会在见到他时气得扭头就走。等到回来的时候也许会对他说："那我就连旅行的自由都没有了！"而事实上倒是他自己连旅行的自由都没有了！

他忽然想起，要想上贡比涅和比埃尔丰而不显得是去找奥黛特，那就要让他的朋友德·福雷斯代尔侯爵陪他同往，他在附近有所别墅。当斯万把这个打算告诉他的时候（可没说出他的动机），他喜不自禁，这是十五年以来斯万第一次答应去看他的产业；斯万不愿意在那里长住，只答应在那里待上几天，一起散散步，游览游览。斯万都已经想象自己跟德·福雷斯代尔到那里了。哪怕是在那里见到奥黛特以前，哪怕是在那里见不着她，他也将是多么幸福；能在这一块土地落脚，在那里，即使还不知道她将在哪一个确切的地点，在什么时候出现，他就已经到处都感到她蓦然出现的可能性在突突搏动：在那由于是为了她才来参观而显得美丽的城堡的天井里，在他觉得如此充满浪漫气息的城市的每一条街上，在被浓厚柔和的落日染红了的森林中的一条路上——这些是无数交替使用的掩蔽所，他那漂泊无定、繁殖倍增的幸福的心怀着希望用并不可靠的分身之术前来躲藏。“千万别碰上奥黛特和维尔迪兰夫妇，”他会对德·福雷斯代尔先生说，“我刚听说他们今天恰好就在比埃尔丰。在巴黎有的是时间见面，何必离开巴黎来证明彼此寸步不离？”他的朋友也会纳闷，为什么一到那里他就不断改变计划，走遍贡比涅所有旅馆的餐厅却打不定主意在哪家坐下，其实哪家都没有维尔迪兰夫妇的踪迹，而他那副神色却像是在寻找他口说要回避的人物，而且一旦找到还要躲避，因为如果他当真碰到那一帮人，他是会装模作样地避开的；只要他看到了奥黛特，她也看到了他，尤其是让她见到他并不在牵挂她，他就心满意足了。不，她是会猜到他是为了她才到那里去的。所以等到德·福雷斯代尔当真来找他一起动身的时候，他却说：“真抱歉！我今天不能上比埃尔丰去了，奥黛特正好在那里。”可斯万还是感到幸福，因为在芸芸众生当中唯独他一个人那天没有上比埃尔丰去的自由，那是因为他跟奥黛特的关系跟任何人都不一样，他是她的情人，而对他的行动自由的这种限制只不过是他如此珍惜的那种奴役、那种爱情的形式之一。肯定还是别冒跟她吵嘴之险为妙，还是耐心一点，等她回来。那些日子，他一直俯身在贡比涅森林的地图上，仿佛那是一张爱情国的地图，身边全是比埃尔丰城堡的照片。她有可能回来的日子一到，他就又把火车时刻表打开，计算她可能乘哪一班，而如果在那边多耽搁一些时间，又还有哪几班可乘。他待在家里不出门，唯恐来电报时不在家，天黑了也不睡觉，怕她乘末班车回来，为了给他来个惊喜而在半夜里来看他。正在这时他听到有人在按门铃，可是很久没人去开，他想把门房叫醒，同时到窗口去叫奥黛特（如果是她的话），因为哪怕他亲自下楼嘱咐他们十次，他们还是可能对她说他不在家的。原来是个仆人回家。他听到马路上马车不停地飞驰过去，这是他以前从来没有注意过的。他只听到每辆车从远处过来，越来越近，驶过他的门口而不停下，带着不属于他的信息奔向远处。他等了整整一夜，毫无结果，原来维尔迪兰夫妇他们提前回来，奥黛特在中午就回到了巴黎；她不想通知他；不知干点什么好，就独自一人上戏院看戏，这会儿早就回家上床睡着了。

她连想都没有想他。像这样连斯万的存在都忘却的时刻对奥黛特却更有好处，这比她的全部风情更有助于把他的心系住。因为这样斯万就生活在如此强烈的痛苦的激动之中，就像那晚他在维尔迪兰家没能见着她，找她找了一整夜一样，结果促使他的爱情在他心中萌生开花。我童年在贡布雷时，有过一些幸福的白天，忘了痛苦，而这些痛苦之情直到晚间才又回来。斯万不曾有过这样的白天，他的白天不是在奥黛特身边过的；有时他想，让一个这么漂亮的女人在巴黎单独出去未免太不谨慎，这就跟把一只装满珠宝的盒子摆在马路中央一样。因此他对所有的行人都感到愤慨，把他们全都看成小偷。然而他们的面貌是集体的，也是无形的，他怎么也想象不出来，所以也就激不起他的醋意。斯万绞尽脑汁，累得用手揉揉眼睛，叫道："老天保佑！"人们在殚思竭虑弄清外部世界的现实性或者灵魂的不朽性这样的问题以后，总是要求助于老天爷来缓解缓解疲惫不堪的脑子的。然而对不在身边的那个女人的思念跟斯万生活中再平常不过的行动——吃饭、收信、上街、上床睡觉——不可分离地联结在一起，这些动作都是在她不在场的情况下进行的，因而让他充满遗憾，就跟玛格丽特·德·奥地利在为纪念她的丈夫，美男子菲利贝而修建的勃鲁教堂[1]中，为了表示对他的怀念，到处把他们两人姓名的开头字母交织在一起刻下来一样。有些日子，他不待在家里而上附近一家餐厅去吃饭，这餐厅的烹调曾得到他的赏识，而现在他去则完全是出于既神秘又荒谬，被人称为浪漫色彩的理由；那是因为它（现在依然存在）冠有奥黛特住的那条街的名字：拉彼鲁兹。有时，当她短期出外，总要在回到巴黎几天之后才想起通知他。她干脆就说她是刚乘早车回来的，再也不像从前那样费神去多少找点真情实况来掩饰。这些话都是谎话，至少对奥黛特来说是谎话，站不住脚，不能像真话那样在她到火车站的回忆中找到支持；她在说那番话的时候，甚至懒得在脑子里编造一幅她声称是在下火车时干了些什么的景象。而在斯万的脑子里，她那些话却顺利通行，

[1] 美男子菲利贝（1480—1504）是萨瓦公国的大公。勃鲁在安省首府布雷斯堡，地处巴黎东南 422 公里，教堂建于 1506 年至 1536 年间。

毫无障碍，扎下了根，那不容置疑的真实性是如此坚不可摧，如果哪位朋友对他说，他也是乘那班车来的并没有碰见奥黛特，那他就会深信是那位朋友记错了日子或者钟点，因为他的说法跟奥黛特的话不相符合。奥黛特的话，他只有在她未说之前就怀疑她要撒谎时，才显得是谎话。要让他相信她在撒谎，事先的怀疑是个必要的条件。这同时也是一个充分的条件。这时奥黛特所说的一切就都可疑。只要听到她说一个男人的名字，那肯定就是她的一个情人；这个假设一旦成立，他得花几个星期才能把它消除；有一回他甚至找私家侦探去打听一个不相识的人的地址和每天的活动，非要这个人外出旅行他才能松口气。可后来才知道，此人却是奥黛特的一个叔叔，都死了二十年了。

虽然她一般不同意他跟她一起在公共场所露面，说是会遭人闲话，可是有时候他也跟她一样同时应邀参加某个晚会，如在福什维尔家、在画家家、在哪个部举办的慈善舞会上，那时他就跟她在一起了。他见到她，可不敢待下，唯恐显得是在窥视她跟别人在一起时的乐趣，在他的想象里，这种乐趣是没有穷尽的，因为他从来没有看到它终了时的情况，因为他自己只能独自一人回家，惶惶不安地上床睡觉。几年以后，当他到贡布雷我们家去吃晚饭的那些夜晚，我也有这样的经历。有这么一两回，他通过这样的夜晚，也体验到一种可以称之为平静的欢乐（如果不因不安情绪突然消除而产生过分强烈的冲击的话），因为它使我们的心得到宁静：他有天到在画家的画室中举行的晚会上待了一会儿，正准备要走，奥黛特这时化装成一个光彩照人的外国人，向周围的男人（而不是向他）含情脉脉，兴高采烈，简直像是预告就在这晚会上或是别的什么地方（也许是狂欢舞会，一想到她要去，他就不寒而栗）将有什么风流艳事发生，而这种高兴劲儿比看真正的肉体的结合更能激起斯万的妒意，因为他对后者比较难以想象；他都已经准备迈过画室的大门了，忽然听到奥黛特叫他："您能不能等我五分钟，我马上就走，咱们一起回去，您把我送到家。"这几句话砍掉了晚会那叫他惊恐不安的结局，使得晚会在他回想当中竟是那么纯洁无邪，也使得奥黛特的回家不再是一件难以设想的可怕的事情，而成了甘美的现实，而且就跟日常生活的一部分那样摆在他的面前，摆在他的车中；这几句话也剥去了奥黛特那过分光耀夺目、过分欢快的外貌，揭示出她刚才只不过是一时化了装，而且是为了他的，并不是为了什么神秘莫测的乐趣，而对这种化装，她也已经厌倦了。

确实有那么一天，福什维尔要求坐斯万的车回去，当车到了奥黛特家门口，他又要求让他也进去，奥黛特指着斯万对他说："啊，这可得听这位先生的。您去问他吧。要不就进去坐一会儿，可别太久了，我要提醒您，他喜欢安安静静地跟我谈话，不喜欢在他来的时候来客人。啊！您要是像我那么了解他就好了！My love（亲爱的），谁也没有我那么了解您，您说是不是？"

斯万见她当着福什维尔的面对他说出这样表示偏爱的亲切话语，心里自然感动，不过如果她也能说某些批评建议的话，那就更好了，例如"星期天的那个晚宴，您准还没有给人回音呢。您要不爱去就别去，可别失礼"；或者是"您有没有把您关于维米尔的那篇论文留在这里？明天不是可以多写一点吗？真是个懒骨头！我得督促督促您才是！”这样的话就表明奥黛特了解他在上流社会的应酬，了解他艺术论文进展的情况，表明他们两个人有着共同的生活，说这话的时候，她向他投来一个微笑，通过它，他感觉到她是整个身心都属于他的。

在这样的时刻，当她为他们冲橘子汁的时候，像调得不好的反光镜先在墙上一个目标的周围投上一些古里古怪的大影子，然后慢慢收缩，最后集中消失于目标那一点那样，他对奥黛特的那些变幻无定的可怕的看法也逐渐消失，最后跟站在斯万面前的她那迷人的身体结合起来了。他忽然起疑，在奥黛特家中灯下度过的这个时刻也许并不是摆上道具，搬上蜡果，专门为他彩排的时刻（其目的在于掩盖他不断想着然而又得不出明确概念的那个可怕的微妙的东西，也就是当他不在那儿的时候，奥黛特到底过的是怎样的生活——她真正的生活），而当真是奥黛特真正的生活；如果他不在的话，她可能把这同一把扶手椅推到福什维尔跟前，倒给他的也不是别的什么特殊饮料，而就是这种橘子汁；奥黛特生活于其中的世界并不是他成天在猜测他在其中扮演什么角色，也许仅仅存在于他想象之中的那个可怕的超自然的世界，而确确实实是这现实的宇宙，它并没有什么特殊凄惨的气氛，而是包括他就要去就座写字的那张桌子，他将有机会品尝的饮料，包括所有那些他既怀着好奇和赞叹又怀着感激之情去观赏的事物，因为这些事物在像海绵吸水那样吸收他的梦幻，把他从梦幻中摆脱出来的同时，它们自身也得到了充实；它们也向他指出他的梦幻的看得到摸得着的现实性，引起他的思想的注意；这些事物的形象在他眼前越来越鲜明生动，它们同时也使他困惑的心越来越安定下来。啊！要是命运能允许他跟奥黛特两个人只有一个住处，在她家里就是在他自己家里；在问仆人午餐吃什么时，得到的回答就是奥黛特的菜单；如果奥黛特早上想到布洛涅森林大道散步，他作为丈夫，尽管不想出去，也得陪着她并且在当她太热的时候给她拿着斗篷；晚饭以后，如果她想穿着便服待在家里，他就得待在她身边做她要他做的事情，那么，他生活中的那些鸡毛蒜皮的事儿，现在看来是那么乏味，到时候就同时也成了奥黛特生活的一部分，即使是最家常的那些细节，例如包括那么多的梦幻，体现了那么多的意愿的那盏灯、那杯橘子水、那把扶手椅等，到时也会变得无比的甘美，分量也会重得出奇！

然而他又心想，他这样就要惋惜失去的安谧和宁静，这两者对爱情可不是有利的气氛。当奥黛特对他来说不再总是一个不在身边、随时怀念的想象中的人物时；当他对她的情感不再是那奏鸣曲的乐曲激起的那种神秘的慌乱，而是深情，而是感激；当他们两人之间建立了正常的关系，结束他的狂热和忧伤时，那时候，奥黛特的日常生活在他心目中就不会显得那么重要——他已经多次起过疑心，透过信封看她给福什维尔的信那天就是一例。他冷静地观察自己的病痛，仿佛是在自己身上进行预防接种，以便进行研究；他心想，当他病愈以后，奥黛特做什么事情就与他无关了。然而在他的病态中，说实在的，他对这病愈的害怕不亚于死亡，因为这样的病愈就等于是宣告他现在的一切的死亡。

经过这样安静的夜晚，斯万的疑心平定下来了；他为奥黛特祝福，第二天一早就派人把最好的首饰送到她家，因为她在前夕的那些好意的表现，在他身上激起的是感激之情，要么是看到这些表现能再现的愿望，要么是需要有所宣泄的爱情的高潮。

可是，也有时候，痛苦之情揪住了他的心，他想象奥黛特是福什维尔的情妇，想象他自己没有被邀请的那次夏都的活动的前夕，他们两个从维尔迪兰家的马车里看着他带着连他的车夫都发现了的那种绝望的神色请她跟他一起回去，结果自己单独一人垂头丧气地回家那会儿，当她叫福什维尔看他那副神色，对他说“嗨！看他气成那个样子！”的时候，她的眼神准跟福什维尔在维尔迪兰家中赶走萨尼埃特那天一样，闪闪发光、不怀好意、狡黠而微斜。

那时，斯万就讨厌她了，心想：“我未免也太傻了，花钱为别人买乐趣。她还是留点儿神为妙，别把绳子绷得太紧，等我急了是一个子儿也不会给的。无论如何，额外的优惠得暂时停付了！可就在昨天，当她提到想上拜罗伊特度音乐节时，我却傻得对她说什么要在近郊租一座巴伐利亚国王的漂亮城堡，两个人去住。幸好她并没有显得过分兴奋，也没说是去还是不去；但愿她拒绝吧，我的老天爷！她对瓦格纳的音乐就跟鱼对苹果一样，沾都不沾，一连两个星期跟这么个人听音乐会，敢情是妙不可言！”而他的恨就跟他的爱一样，需要发泄，需要行动，他都乐于把他那往坏处想的想法推得更远，设想奥黛特已经背叛他，这就使他更加讨厌她了，而如果他这些想法一旦得到证实（这是他力图信服的），就会找机会来惩罚她，把他那一腔怒火在她身上发泄。他都快要设想他就要收到她的信，向他要钱把拜罗伊特附近那个城堡租下，同时通知他，他自己不能去，因为她已经应承了福什维尔和维尔迪兰夫妇，要邀请他们前往。啊！他倒真希望她能有这么大的胆子！到时候给她来个回绝，给她来封报复性的回信，该是多么痛快！他都已经在挑选字眼，甚至高声念了出来，仿佛当真收到了她那封来信似的。

这封信第二天果然来了。她说维尔迪兰夫妇和他们的朋友们表示有意去听瓦格纳作品的演出，而她平常经常在他们家受到接待，如果他肯给她送这笔钱的话，她就也将得到接待他们的乐趣。她只字没有提到他；不消说，有他们那些人在场就排除了他去的可能。

头天晚上逐字逐句想好的那封可怕的回信（他可不敢指望这封信当真用得上），现在他却有派人把它给她送去的乐趣了。糟糕的是，凭她手头现有的钱，或者很容易就找来的钱，只要她想租，在拜罗伊特还是租得起房子的，虽然她不懂得巴赫和克拉比松[1]之间有什么区别。不过，凭她这点钱，她的生活就得省着点儿。他这回要是不送她几张一千法郎的钞票，她就没法每晚在她租的城堡里组织豪华的晚餐会，会后也许她还会心血来潮（可能以前还不曾有过），投入福什维尔的怀抱。反正这次见鬼的旅行，他斯万是决不出钱的！——啊！要是有办法阻止，那该多好！要是她

[1] 克拉比松（1808—1866）：法国作曲家。

在动身前崴了脚，要是能出高价买通送她上火车站的马车夫，把四十八小时以来在斯万眼中的这个背信弃义的女人，双眼里含着投向福什维尔的同谋的微笑的女人奥黛特送到一个地方关些日子，那该多好！

可是她这副形象从来都不会保持很久；过了几天那闪亮狡猾的目光就失去了光辉和欺骗性，那对福什维尔说“嗨！看他气成那个样子！”的可恶的奥黛特的形象开始淡化，开始消失。这时，另一个奥黛特的脸庞逐渐重现，在一片光明中缓缓地升起；这个奥黛特虽然也向福什维尔投去微笑，可只有在向斯万投去的微笑中才含有柔情；当她说“可别太久了，当这位先生要我待在他身边的时候，他是不大喜欢来客人的。啊！您要是像我那么了解他就好了！”的时候，不就是这样吗？当斯万对她体贴入微时，当她在重要关头唯有他可以信赖而向他求教时，她的微笑不也就是这样吗？

这时，他就会自问，他怎么能对这样一个奥黛特写那么一封侮辱性的信；毫无疑问，她是从来也不信他会写出这样一封信的，而这一封信就使他通过他的慷慨忠诚而在她的心目中赢得的崇高的、唯一的地位大大下降。她对他的爱就将不似往日了，正是因为他身上有福什维尔和任何别人所不具有的那些品质，所以她才爱他。正是由于这些品质，所以奥黛特才时常对他体贴入微；这些表现，当他心怀妒意时是不把它们当作怎么回事的，因为它们不是情欲冲动的表现，所代表的与其说是情爱倒不如说是柔情，可是当他的疑心逐渐消除（时常得益于阅读美术著作或者跟朋友谈话后的心平气和），使得他的激情不那么要求回报时，他就开始感到这些表现是何等可贵。

在经过这番动摇以后，奥黛特自然回到了斯万的妒意把她一度拨开的那个位置，进入他觉得她动人的那个角度，他就在脑子里设想她是多么温情，眼睛里露出一副心甘情愿的神色，长得又是那么漂亮，他禁不住把他的双唇向她伸去，仿佛她当真在场，能够接受拥抱似的；而他对这迷人的、善良的一瞥报以感激之情，仿佛她刚才当真看了他一眼，仿佛刚才这一瞥并不是为了满足他的愿望而由他的想象力描绘出来的似的。

他该给她造成了何等的痛苦！当然，他有充分的理由对她不满，但如果他不是那么爱她的话，这些理由还不足以使他对她不满到如此程度。他对别的一些女人不是也曾抱怨得厉害吗，而今天既然已经不再爱她们，对她们也就没有什么愤怒可言了，当她们找上门来时，不是照样可以乐于为她们效劳吗？如果有朝一日他对奥黛特采取这样不关痛痒的态度，那他就会理解，当初纯粹是出于醋意才觉得她那想法如此恶劣，如此不可原谅，而那种想法骨子里还是十分自然，倒也显出一番好心，只是未免幼稚，无非是想在机会来临时能向维尔迪兰夫妇还一还礼，尽一尽地主之谊而已。

他又从与爱情和醋意的观点相对立的观点来评断奥黛特，在想问题的时候力求公平，要考虑到种种可能性：他假设他从来没有爱过她，在他心目中跟任何别的女人都一样，她的生活并不因为他不在场而两样，并不是背着他，而是冲着他编织起来的。

为什么要认为她在那边会跟福什维尔尝到她在他身边从未尝到过的令人陶醉的乐趣呢？这不完全是他出于醋意凭空编造出来的吗？无论是在拜罗伊特也好，在巴黎也好，如果福什维尔想到他斯万的话，只能把他看成在奥黛特的生活中占有重要地位的人，万一他们两人在她家相遇，他得为他斯万让路。福什维尔跟奥黛特之所以能不顾他的不乐意而在那里扬扬自得，那是由于他阻止不力所造成，而如果他对她的计划表示赞成的话（这计划原也是无可非议的），那她仿佛就是按他的旨意而去的，就会有被派去的感觉，被安顿在那里的感觉，而得到对那么经常接待她的人们予以回报的乐趣，也就得感谢斯万了。

如果不让她生他的气，没有跟他见面就走，如果给她把那笔钱送去，鼓励她做这次旅行，想法使旅行更加愉快，那她就会高高兴兴地，满怀感激之情跑向前来，而他也就会得到差不多一个星期来没有得到的跟她见面的那种欢乐，这是任何别的事物都无法替代的。只要斯万不带嫌恶之情去想象她，他就会在她的微笑中看到她善良的心，把她从任何别的男人手中夺回的愿望除了出之于爱情以外并不再含有醋意，那么这份爱情又恢复了对奥黛特的容貌身体给予他的种种感觉的爱好，恢复了对把她的一颦一笑、声调升降当作戏剧来欣赏，当作现象来探究这种乐趣的爱好。这种与众不同的乐趣结果在他身上产生了一种对奥黛特的需要，而这种需要也只有她亲自光临或者收到她的来信才能满足；这个需要跟斯万当年迈入崭新的生活阶段时那另一个需要几乎是同样不计功利，几乎是同样富于艺术色彩，而且是同样反常，那时斯万在度过多年枯燥沉闷的生活后忽然来了一个精神上充溢得泛滥的阶段，而他并不知道他的内心生活这种出乎意料的充实丰富从何而来，正如一个身体衰弱的人忽然逐渐健壮发胖，一时仿佛要走上彻底痊愈的道路一样——当年这个需要也是脱离外部现实世界而在他心中发展起来的，这就是欣赏音乐和了解音乐的需要。

就这样，通过他的病痛的化学机理，他在以爱情制造了醋意之后，又开始制造对奥黛特的温情和怜悯了。奥黛特又恢复成为动人、善良的奥黛特。他为曾对她如此狠心而感到内疚。他希望她来到他的身边，而在她来之前先给她一些乐趣，好在见面时看到由感激之情塑造出来的她的面容和微笑。

奥黛特拿得稳再过几天他准会前来请求和解，温柔驯从如前，所以也早就不怕使他不快，甚至不怕惹他一下，而且如果觉得时机合适也会拒绝赐予他最弥足珍贵的那种特殊优遇。

也许她并不知道，当他跟她吵架的时候，当他对她说不再给她钱，要给她点苦头吃吃的时候，他并不是说着玩的。也许她更不知道，在另外一些场合，当他为了他们俩的关系的长远利益，为了向她表明他可以离开她，破裂随时可能发生而决心在一段时间内不上她家去的时候，他也是真心实意的，如果说对她不见得是这样，至少对他自己是如此的。

时常是事后一连几天，她不再给他增添什么新的烦恼；他也明知道最初几次见面不会得到多大的欢乐，也许倒会招来点不愉快的事情，搅乱他心底的宁静，所以写信给她，说他忙得不可开交，原定去看她的那些日子都不行了。可信刚发出，却接到她的来信，不约而同，正好也是请他推迟原定的约会。他心里不免纳闷，这倒是怎么回事？猜疑和痛苦揪住了他的心。心乱如麻，他再也不能遵守刚才在心境平静时许下的诺言，他赶忙跑到她家，要求在随后几天里天天去看她。即使不是她先给他来信，即使她回信说是同意几天不见面，他在家里也待不住，非得去看她不可。这是因为，跟斯万的预料完全相反，奥黛特的同意使得他心里的盘算乱了套。有些人占有一种东西，为了要知道如果他一时失去了这样东西，有什么情况可能发生，他就把这样东西从他脑子里排除出去，让脑子里的其他东西都保持原样。然而少了一样东西并不仅仅意味着这样东西的不存在，并不只是一个部分的缺乏，这是整个其余部分的大动乱，这是一个无法从旧态中预见的新的状态。

另外一些时候则与此相反：奥黛特正准备出外旅行，他在找了一个借口跟她口角一番以后，决心在她回来以前，既不给她写信，也不去看她，这就使得一次暂别看来像是一场了不起的不和（他在期待从中得到好处，而她也许以为这是一场无可挽救的不和），而这次暂别的大部分时间由于奥黛特外出旅行而不可避免，他不过是促使它早开始几天罢了。他都已经在设想奥黛特怎样为既不见他人又不见他信而焦急不安，苦恼万分，而奥黛特的这个形象平息着他的妒意，使他更容易习惯于不跟她见面了。他同意的这次暂别长达三周之久，脑子里一出现跟奥黛特重见这个念头就被他打将下去，然而也有时候，在他思想深处也为能在她回来时见到她而感到高兴，不过他也多少带点焦急地自问是否自愿把这如此易于熬过的禁欲时期更延长些日子。这段时期迄今还只过了三天，他以前也时常有不见奥黛特的面达三天以上，但都不像现在这样是事先安排下来的。然而有时心里的小小不痛快或者身上的小小不舒服促使他把现在这个时刻看成例外的、出轨的时刻，是通权达变的精神容许他去接受一种乐趣带来的安抚，容许他给意志力放假（直至有必要恢复）的时刻；这种不痛快或者不舒服使意志力停止活动，不再起什么强制作用；有时他忽然想起有点什么事情忘了问奥黛特，例如她是否已经想好，她的马车要漆成什么颜色，或者买的股票是要普通股还是优先股（有机会向她表示一下他不见她的面也能活下去固然不错，然而如果日后马车要重漆一次，股票没有股息，那就糟了），这时候去看她这个念头就跟刚撒手的橡皮筋或者从刚打开盖的气压机中出来的空气一样，猛一下从远处闯进现在这个领域，来到立即有可能实现的领域。

去看奥黛特这个念头又回到心间，不再遇到什么阻力，而这念头也变得如此不可抗拒，以至斯万觉得一天又一天地挨过跟奥黛特分离的十五天还比较容易，而等他的车夫把车套上，把他送到她家，要在焦急不安和欢欣雀跃中度过的那十分钟反倒十分难熬；在这段时间里，为了向她表示他的温情，他千万次地重温同她重新见面这个念头——正当他以为她还远在他方的时候，她却突然归来，现在回到他的心间。这是因为，这个念头现在找不着想方设法抵制去看奥黛特这个念头以制造障碍这样一种愿望；这种愿望在斯万身上已经不复存在，因为自从他向自己证明（至少他自己是这样想的），他是如此轻而易举就能抵制这个念头以来，他就觉得把暂别的尝试推迟进行并没有什么不便之处，反正他现在觉得只要他愿意，就有把握来实施了。同样也是因为，去看奥黛特这个念头现在重新出现在他心头时总带有新意，带有诱惑力，带有尖锐性——这三者以前都是被习惯磨平了的，现在则通过这不是三天而是十五天的禁绝（一次禁绝的期限不是按它实际已经延续了多久，而应该按预定的期限来计算的）而重新获得力量；同时从不付太多代价就牺牲了的期待中的乐趣当中却产生了他无法抵御的意想不到的幸福。最后，去看奥黛特这个念头现在重新出现在他心头时总伴随着斯万要知道当奥黛特在得不到他的音信时想些什么、做些什么的渴望心情，以至于他行将发现的是一个几乎陌生的奥黛特令人神魂颠倒的启示。

而她呢，她早就认为他拒绝给钱不过是个假动作，来问车漆什么颜色，买哪样的股票都不过是个借口，她无须把他经历的这些情绪发作的各个阶段从头到尾回顾一下；根据她对这些的认识，她无须了解它的来龙去脉，只相信她早就知道的那一点，也就是那必然的、万无一失、从来不变的结局。如果从斯万的观点来看，这种看法是不完全的——虽然也许可能是深刻的。斯万显然认为他不被奥黛特所理解，这就好比是一个有吗啡瘾的人深信他是正要摆脱他的顽固恶习时由于外界因素而受阻，或者是一个肺结核患者深信他正要最终痊愈时突然遭到意外的不适，全都感到自己不被医生所理解，认为医生对那些所谓偶然事件重视不足，把它们都看成恶习或病状用来掩盖自身的东西，而当病人自己陶醉于即将恢复正常或者即将得到痊愈的美梦时，他们的恶习或病状实际却继续无可挽救地压在他们头上。事实上，斯万的爱情已经到了这般地步，内科大夫和最大胆的外科医生（在某些疾病方面）都会自问，除掉这样一个病人的恶习或者根除他的疾病是否还合情合理，甚至是否还有可能。

确实，斯万对他这份爱情的深广并没有直接的意识。当他想猜度猜度的时候，时常觉得这份爱情仿佛已经衰退了，几乎已经化为乌有；譬如说，在他爱上奥黛特以前，他对她那富有表情的面部线条，她那并不鲜艳的脸色并不怎么喜欢，几乎可以说是有点厌恶，现在有些日子也会发生这种情况。“当真是有了进步，”他在第二天心里就会这么想，“当我仔细琢磨的时候，我发现昨晚在她床上几乎感觉不到任何乐趣：也是怪，我总觉得她长得丑。”的确，这也是实话，这是因为他的爱已经大大超出了肉欲的领域。奥黛特的身体已经不占很多的地位。当他抬头看到桌子上奥黛特的相片时，或者当她来他家看他时，他很难把这照相纸上的或者那有血有肉的面容跟在他心头的那份难以平静的痛苦不安的心情之间画上等号。他几乎是不胜诧异地心想：“是她！”就像是有人突然把我们身上的某种疾病拿到体外来给我们看，而我们觉得它跟我们所闹的那种病并不相像一样。他试图弄清楚这到底是什么东西；那是有点像爱情、像死亡的东西，而不是跟疾病的概念依稀相似的东西；那是我们经常对之表示怀疑，经常予以深究，唯恐掌握不了它的实质的东西——那是人的品格之谜。而斯万的爱情这个病已经大大扩散，已经跟他的一切习惯、一切行动，跟他的思想、健康、睡眠、生活，甚至是身后的遗愿如此紧密相连，它已经跟他合而为一，不可能从他身上剥离而不把他自身整个毁坏，用外科大夫的话说，他的爱情已经无法再动手术了。

由于有了这份爱情，斯万过去的那些兴趣已经衰退到这般地步，以至当他偶尔回到上流社会时（心想他那些社会关系就跟奥黛特不能确切知道其价值的钻石的精美托座一样，可以在她的心目中抬高他的身价，而如果这些社会关系没有因为那份爱情而贬值的话，这种想法也许是对的：原来在他心中，这份爱情把任何与之有关的事物的价值都贬低了，因为它把它们都说得没有那么可贵），他所感到的除了身处她所不认识的地方和不认识的人中间的那种忧伤外，还有在阅读或欣赏某些表现有闲阶级的消遣的小说或画幅时可能体味到的那种超然的乐趣：譬如他在家里就喜欢检查他家中日常生活安排是否顺当，他自己的衣着和仆役们的号衣是否漂亮，他家的资金投放得是否妥善，就像在他最喜爱的作家之一圣西门的作品中读凡尔赛宫日常生活、德·曼特农夫人[1]的菜单以及吕利[2]谨慎的吝啬与大摆排场。斯万过去那些兴趣的衰退也不是绝对的，而他之所以要体味体味这新的乐趣，那是为了能以一时躲避到他自己心中还没有被他的爱情、他的忧伤触及的那些屈指可数的地方。在这一点上，我的姑祖母所说的那个“小斯万”的性格（跟夏尔·斯万更有个人特色的性格不同）正是他现

[1] 德·曼特农夫人（1635—1719）：法国作家斯卡龙之妻，孀居后，进王宫负责路易十四子女的教育，于1684年与路易十四秘密结婚，对王国政治颇有影响，著有《书信集》。

[2] 吕利（1632—1687）：法国作曲家，法国歌剧的奠基人。

在最乐于具备的性格。有一天，帕尔马公主过生日（她能弄来盛大的节日欢庆活动的入场券，所以间接地对奥黛特也有用处），他想给她送点水果，可不太清楚该上哪里去订，就托他母亲的一个表妹去办理。这位姨妈写信告诉他，她给他买的水果不是在一个地方买的，葡萄购自克拉波特水果店（这是这一家的名牌商品），草莓和梨分别采自饶雷和谢费水果店（那里的最好），“所有果子都经我一一检验”。果然，公主在谢函中说草莓是多么的香，梨是多么的可口。特别是“所有的果子都经我一一检查”这句话给了他莫大的安慰，把他的心带到了他很少光顾的领域——在富有且相当有地位的资产阶级家庭中，对“常用地址”的了解以及上商店订购商品这套知识是世代相传的，他作为这样一个家庭的继承人，这套知识是随时会为他效劳的。

的确，他早已忘了他是那个“小斯万”了，所以当他一时间内重新成为这个“小斯万”时，竟感觉到这个乐趣比他平常感到的并也早已无动于衷的那些乐趣都要强烈；资产者（对他们来说他从来都是那个“小斯万”）的殷勤要比贵族的亲切稍逊一筹，然而却更讨人喜欢，因为资产者的殷勤跟对人的尊敬之情是结合在一起的，所以无论哪位亲王殿下给他来的信，请他参加的什么招待会，在斯万心目中都不如他父母亲的老朋友请他担任证婚人或者仅仅参加婚礼的邀请信更弥足珍贵；他父母亲的这些老朋友，有的一直还跟他见面，譬如我的外祖父头年还曾请他参加我母亲的婚礼；另外有些只跟他有一面之交，但对已故斯万先生这位可敬的继承人还是彬彬有礼的。

但由于他跟上流社会人士年代久远的亲密相处，他们在一定程度上也是他的住处、仆人和家庭的一部分。当他想起他那些显赫的朋友时，他觉得他们也跟上代传给他的美好的地产、精致的银餐具、好看的桌布一样，都是一种依靠，一种提供舒适的设备。当他想到，万一他在家里忽然病倒时，他的仆人前去求援的必然是德·夏特勒罗公爵、德·罗伊斯亲王、德·卢森堡公爵和德·夏吕斯男爵[1]，想到这里，他就像我们家的弗朗索瓦丝知道她来日将用绣了她自己的姓名，没有打过补丁的细布（或者缝补得如此精巧，显示出那双巧手的高超技艺）裹了入殓时同样感到安慰——这是她的心神往已久的裹尸布，虽不值钱，但已经足够体面，可以心满意足了。尤其是，在他所有与奥黛特有关的行动和思想当中，斯万总有一个没有明确说出来的占主导地位的想法，那就是认为他自己在她的心目中，也许比任何人，比维尔迪兰家最讨厌的忠实信徒都要亲些，然而并不是她最乐于相见的一个——当他想到那么一群人认为他是鉴赏趣味最高的一个人，是他们竭力要拉拢，为见不到他而感到遗憾的一个人时，他就相信这世上是另有一种更幸福的生活的，几乎已经感到尝试尝试这种生活的欲望，就如同一个卧床多月，饮食受到严格控制的病人，从报上看到正式宴会的菜单或者到西西里岛的旅游广告时一样跃跃欲试。

[1] 都是斯万的朋友，其中德·夏特勒罗公爵（1840—1910），是法国国王路易-菲利浦之孙，巴黎伯爵之弟。

如果说他是为了不去拜访他在上流社会中的朋友们而为自己辩解的话，他在奥黛特面前竭力为自己编造种种理由却是千方百计为了要去看她。而且他还得为此而掏腰包（到了月底时常还得想一想，是否太打扰她，去看她的次数是否太多了，给她四千法郎是否太少），每次还得找个借口，带点礼物送去，想出点她要听的消息，或者去找德·夏吕斯先生（有回在上她家去时在半路上碰到，硬要斯万陪着他去）。要是没有任何借口的话，他就请德·夏吕斯先生上她家去，让他跟她在漫谈中，说是突然想起有话要跟斯万说，请她打发人马上去把他请来；大多数时候是斯万在家里白等，德·夏吕斯先生晚上来跟他说，他这一计没有成功。结果呢，她现在时常离开巴黎，即使在巴黎时也很少跟他见面，而当年爱他的时候，却老说"我总是有工夫的"，或者说"别人的闲言碎语我才不管呢"，现在可好，每当他想跟她见面的时候，她要么提什么人言可畏，要么推说有事。当他说到要同她去看什么义演，参加美术预展，观看剧本的首场演出时，她就说他想把他们之间的关系暴露在光天化日之下，说他把她当作姑娘家看待。事情发展到了这等地步，为了免于哪儿也找不着她，斯万有天就上贝尔夏斯街我外叔祖父阿道夫住的那套套房去找他，请他对奥黛特施加影响；他知道她是认识并且很喜欢我外叔祖父的，他从前也是她的朋友。当她在斯万面前谈起我外叔祖父时，她总是像吟诗一样说话："啊！他哪，他可不跟你一样，他对我的友情是多么纯洁、伟大、高尚！他可不会这么小看我，想跟我在随便什么公共场所一起露面。"斯万感到有点为难，不知道在我外叔祖父跟前谈奥黛特时该把调子定得多高。他先说她人品是如何先验的优秀，她的人情味是如何超出常人，她的品德是如何非言语所能形容，又如何非任何概念所能概括。“我想跟您谈一谈。奥黛特是怎样一个可爱的人，怎样一个高出所有女人的人，怎样一个天使，您是知道的。您也知道巴黎的生活是怎么回事。您跟我所认识的那个奥黛特，并不是每一个人都认识的。所以嘛，有些人就觉得我在扮演一个可笑的角色；她都不答应我在外边，在剧场碰见她。她对您是那么信任，请您在她面前为我说几句话，告诉她别以为我在街上向她打个招呼就会给她带来什么灾难。”

我外叔祖父劝斯万过些日子再去看奥黛特，她只会因此而更加爱他，又劝奥黛特，斯万爱在哪儿跟她见面，就让他在哪儿跟她见面。几天以后，奥黛特对斯万说，她大失所望，原来我外叔祖父跟所有的男人没有什么两样：他不久前想对她强行非礼。斯万一听就要去找我外叔祖父算账，奥黛特把他劝阻了，可是当他碰见我外叔祖父时还是拒绝跟他握手。斯万原希望，假如他能再次看到我外叔祖父，跟他私下谈谈，弄清他跟她当年在尼斯时的生活有关的一些流言蜚语，因此就更加后悔跟我外叔祖父阿道夫闹了不和。我外叔祖父当年是常在尼斯过冬的。斯万心想：他也许正是在那里认识奥黛特的。有人在他面前漏了点话锋，是关于某个人的，这个人可能曾经是奥黛特的情人，这就使得斯万大为震惊。有些事情，在他知道以前，听起来可能觉得再可怕不过，再难以置信不过，一旦知道了，就永远跟他的愁思结上不解之缘，他承认它们，而且不能相信它们没有存在过。只不过每一件事情都把他对他情妇的看法做出一点修正，从此难以改变。有一阵子，他都认为，以前他没有料到奥黛特会那么轻佻，现在她的轻佻却几乎尽人皆知，而当她在巴登和尼斯度过的几个月当中，她的风流是出了名的。他想跟几个纨绔子弟接近接近，向他们打听打听；可他们知道他认识奥黛特；而且他自己也担心这会使他们重新念叨她，又来缠她。直到那时，一切与巴登或者尼斯这两个五方杂处的城市生活有关的事情在他心目中比什么都无聊乏味，可忽然听说奥黛特从前曾经在这两个游乐城市过花天酒地的生活之后，他却怎么也闹不清那仅仅是为了满足她对金钱的需要呢（现在有了他，这个问题就不再存在了），还是只因为一时心血来潮（这可还会出现的）。现在他带着无能为力、莫名其妙的强烈的不安心情，俯身下视吞没了“七年任期”[1]最初几年的那个无底洞，在那些年代中，人们在尼斯的英国人大道上过冬，在巴登的椴树荫下度夏，而他却觉得这些年月是个虽然痛苦然而辉煌的深渊——诗人是会这样说的：他会把当年蔚蓝海岸报纸上的琐闻回顾一番，只要它们能帮助他对奥黛特的微笑或者眼神——依然还是如此善良朴实——有所了解，他会比他作为美学家，为了深入理解波提切利的《春》《美丽的伐娜》《维纳斯的诞生》而研究十五世纪佛罗伦萨的资料时还要热心。他时常一言不发地瞧着她，陷入沉思之中，这时她就对他说：“你怎么愁眉苦脸的！”不久前，他还把她看成一个很好的人，跟他认识的最好的女人一样的一个女人，

[1] 指麦克-马洪担任总统的七年期间（1873—1879）。

现在却想她是一个由情人供养的女人；与此相反，有时他先看到的是跟那些专门吃喝玩乐的纨绔子弟，跟那些男不男女不女的家伙厮混在一起的奥黛特·德·克雷西，然后他又看到了这张表情如此温和的脸，想到了如此善良的性格。他心想："就算尼斯所有的人都认得奥黛特·德·克雷西吧，又有什么了不起？那些流言蜚语都是别人编出来的。"他心想那种传说就算是确有其事吧，也是外在于奥黛特的东西，并不像怙恶不悛的本性那样是内在的东西；终于被勾引干了坏事的那个人，那是一个长着一双漂亮的眼睛，有着一颗对别人的痛苦充满怜悯之情的心的女人，有着一个他曾搂在怀里任意摆弄的顺从的身子的女人；假如他能使自己成为她须臾不可缺的人，有朝一日他就可以把她整个身心完全占有。她现在就在那里，时有倦容，脸上这会儿倒显不出她在全神贯注于折磨着斯万，又叫人捉摸不透的那些事情；她用双手把头发往后一捋，额头和脸面都显得更宽了一些；就在这时候，一个平淡无奇的念头，一丝善良的情感突然像一道金光一样从她眼里迸发出来，任何人在休息或沉思一阵以后都会这样的。像笼罩着云霞的灰色田野在日落时分突然开朗一样，她的脸也顿时露出喜色。奥黛特这时的内心生活，她憧憬的那个未来，是斯万但愿能够与她共享的；看来这是没有受到任何倒霉的骚动的影响。这样的时刻是越来越难得出现了，可每次出现都不无裨益。斯万通过他的记忆，把这些断片连缀起来，删去两次之间的间隔时间，铸就一个善良的、宁静的奥黛特的金像；为了这个奥黛特，他后来做出了牺牲，这是另一个奥黛特所没有得到的（我们在这部作品的第二卷里将要谈到)。这样的时刻可真是难得了，连见她面的机会都不多了！就是他们晚间的约会，她也总要到最后一分钟才说出她能不能答应，因为她认为他反正总是有空而她得拿准了除他以外没有别人提出要来才行。她总推说她得等待一个对她至关重要的回音，而即使当她派人叫斯万来了，晚间的聚会也已开始，只要有朋友请奥黛特陪他们上剧场或者去吃夜宵，她也总是不胜雀跃，匆匆忙忙地着装。她把衣服一件一件地穿上，每一个动作都加快斯万离开她，并使她一溜烟地跑开的那个时刻到来；等到衣服穿好，她最后一次把聚精会神、熠熠生辉的目光投向镜子，在嘴唇上抹点口红，在前额上做个发髻，然后叫人把那件缀了金流苏的天蓝色晚大氅拿来。斯万满面愁容，她都无法抑制不耐烦的心情，说道：“我一直陪你陪到最后一分钟，敢情你就是这样来谢我！我想我对你够好的了。下次我可再也不那么傻了！”有时他冒着惹她生气的危险，决心要弄明白她上哪儿去，他甚至幻想跟福什维尔结盟，心想也许他能为他提供情况。再说，当他知道她是跟哪些人在一起度过晚间时，那就不大可能会在他所有的朋友当中找不到知道(哪怕是间接地知道)她是跟哪个男人出去，同时探得某些情况的人。当他给某个朋友写信，请他设法弄清某一点时，他就如释重负，不必再向自己一提再提那些得不到答案的问题，而把四处打听之劳托付给别人。其实当斯万多了解一点情况的时候，他也并不就舒坦些。知道一件事情并不等于阻止一件事情发生，不过我们所知道的事情，我们总可以把它们掌握住，虽不是掌握在手中，至少是掌握在脑子里，在那里，我们就可以任意予以支配，这种情况给了我们一个幻觉，仿佛对它们能有所为。每当德·夏吕斯先生跟奥黛特在一起的时候，斯万就高兴。他知道，在德·夏吕斯先生和她之间是不会发生什么事情的，而德·夏吕斯先生之所以跟她一起出去，那是出于他对斯万的友情，他也会把奥黛特干了些什么原原本本地告诉他。有时她斩钉截铁地告诉斯万，说她某一晚没有可能跟他会面，看她那样子是非出去不可的，斯万就想尽办法让德·夏吕斯先生腾出时间来陪她。到了第二天，他不好意思向德·夏吕斯先生提很多问题，只是假装没有太听明白他的回答，硬要他再说一遍，在每句答话后他感到越来越宽慰，因为他知道奥黛特一晚参加的都是无伤大雅的游乐。“小麦麦[1],我可不太明白……你们不是一出她家就奔格雷万蜡人馆的。你们先上别的地方去了。没有？哟！那就怪了！小麦麦，您真把我逗死了。她接着又上‘黑猫’去了，真是个怪念头，这主意是她出的吗？不？是您。那就怪了。这倒果然不是个坏主意，她在那里准有许多熟人？不？她跟谁也没有讲话？这就神了。你们俩就这么待在那里？周围一个人也没有？这景象我倒能想象得出来。您真好，我的小麦麦，我真喜欢您。”斯万感到松了一口气。他有时心不在焉地跟一些不知道他跟她那档子事的朋友聊天，偶尔听到像“我昨天看见德·克雷西夫人来着，跟一位我不认识的先生”这样的句子；这样的句子马上就在斯万的心里化为固态，硬化成为水垢，划破他的心，从此不再离开，而像“她谁也不认识，跟谁也

[1] 德·夏吕斯先生的昵称。

没有讲话”这样的语句在他心里又是流动得何等顺利，何等润滑，何等通畅，又是何等易于吸收！不过再过一会儿，他又心想，奥黛特大概觉得他挺乏味，不然怎么宁愿去找那样的乐趣也不愿意跟他在一起呢？那些乐趣没有什么了不起，这固然使他安了心，却也使他痛苦，仿佛是被人出卖了似的。

即使他无法知道她上哪儿去了，这也足以使他心中的焦虑平静下来；对这种焦虑，奥黛特的在场，在她身边的温馨之感是唯一的特效药（这种特效药久而久之加重了病痛，然而至少暂时可以镇一镇痛）；只要奥黛特同意他待在她家里等她回来，也就够了；在这宁静的等待的时刻里，另外一些由于某种魅力、某种魔法而在他心目中显得与众不同的时刻会来与之交融在一起。可是她却不同意，他只好回自己家去，在路上强制自己考虑种种方案，不去想奥黛特，甚至在宽衣的时候也在咀嚼着欢快的想法；他满怀明天能看到什么杰作的希望上了床熄了灯；可是一等他为了准备睡觉而中止对自己感情的控制（这种自我控制早已习惯成自然，连他自己也意识不到了），他就感到身上一阵寒战，不由得哽咽起来。他也不想问个为什么，擦擦眼睛，含笑对自己说：“敢情好，我都得了神经病了！”然后他还是不禁怀着极度的厌倦想到明天还得重新开始设法打听奥黛特到底干了些什么，设法运用一切影响，力求跟她见面。这种无休无止、毫无变化、毫无结果的活动，对他来说是一种如此严酷的必需，以至有一天，当他看到腹部长了一个肿块的时候，他都为这也许是个致命的肿瘤而高兴万分，心想从此就可以不必再做任何事情，听凭这疾病的支配，成为它手中玩弄的对象一直到那为时已经不远的末日。在这个时期，他虽然没有明确承认，却时常但愿死期早临，而这与其是为了摆脱这深刻的痛苦，倒不如说是为了摆脱他所做的努力的单调乏味。

然而他还是希望能活到他不再爱她的时候，那时她就没有任何理由向他撒谎，他也就终于可以知道那天他在下午去看她的时候，她是否正和福什维尔睡觉。时常在一连几天当中，对她爱着另外一个男人的怀疑使他不再向自己提出那跟福什维尔有关的这个问题，把这问题几乎看得是无关紧要，这就像是老毛病呈现出新的形式，仿佛使得我们暂时摆脱了旧的病状。甚至也有些日子，他不为任何怀疑所苦，自以为已经痊愈，然而到了第二天早上醒来时，他又在同一部位感到同样的痛苦，而这种感觉在头天白天仿佛已经在各种不同的印象的急流中冲淡了。其实这个痛苦的位置并没有转移，正是这个剧烈的痛苦把斯万弄醒了。

每天萦绕在他脑际的这些如此重大的事情（他见多识广，知道那些事情无非是寻欢作乐罢了），奥黛特却从不提供任何情况，他也不能经久不息地老在想象，想着想着脑子也就空转了；这时他用手指揉揉疲乏的眼睑，就好像是擦擦夹鼻眼镜的镜片一样，然后彻底停止思想。在这一片茫茫之上却不时浮现出一些事情，隐隐约约地通过奥黛特而与她的一些远亲或者昔日的朋友有关，这些人她时常提起，说是由于接待他们而不能见他的；在斯万心目中，这些人似乎构成奥黛特的生活的固定的、不可或缺的框架。由于她不时对他说起“我跟我的女友上跑马场的日子”时的特殊声调，所以当他有病，他想到“奥黛特也许会到我家来”时，忽然想起那天正好就是那个日子，他就心想："啊！不行，这就不必请她来了，我怎么早没有想到，今天是她跟女友上跑马场的日子。还是等待时机提点能办得到的事情吧；提出一些不能被接受，肯定要遭回绝的事情，会有什么好处？"落到奥黛特头上而斯万不得不依从的那个上跑马场去的义务，在他看来不仅是不可抗拒，而且它的必要性仿佛使得所有跟它直接间接有关的事情都成为合情合理又合法的了。如果有人在街上跟奥黛特打了招呼，引起他的妒意；如果她回答这个人的问题时把这位陌生人跟她对他常谈的两三样重要义务联系起来，譬如她说"这位先生那天跟陪我上跑马场的那个朋友坐在同一个包厢"时，这个解释就消除了斯万的怀疑，认为奥黛特那位女友除了奥黛特以外还邀请了别的客人是不可避免的事情，却从来也没想这些客人是怎么样的人，而且即使想了也是想不出来的。啊！他是多么想认识把奥黛特带到跑马场去的那位女友，多么希望她也能把他带去！他是多么愿意把他所有的亲友来换一个能常见着奥黛特的人，哪怕她是一个修指甲的也好，是个店员也好！他愿为她们花费比为王后们花费的还要多的钱。她们身上也体现了奥黛特的一部分生活，难道这不正是对他的痛苦的镇痛剂吗？要是能在那些由于兴趣一致或者由于同样纯朴的天性而跟奥黛特保持友好往来的小人物家中愉快地度日，那该多好！他是多么希望能从此搬到奥黛特从不带他去的那所虽然肮脏然而值得羡慕的房子的六楼长住，他情愿在那里假装是那个歇手不干的小女裁缝的情人，从此每天都能接待奥黛特来访！在这些平民区里，生活虽然简朴贫困，然而甘美、宁静而幸福，他真愿意永远住下去！

还有时候，她在碰到斯万以后又有一个他所不认识的男人向她走来，这时他可以在奥黛特的脸上看到那天他去看她而福什维尔也在场时她脸上那种愁容。不过这种情况是罕见的，因为在不管有什么事情要做也不管旁人的闲言碎语而跟他会面的日子里，奥黛特主导的情绪是自信和泰然自若：想当年她刚认识他的时候，无论是在他身边还是不在他身边而给他写信的时候，她总是那么怯生生的（“我的朋友，我的手抖得这么厉害，连字都写不了了”——她至少是这样说的，而且这种感情总有一点是真的，才有夸大的基础）。那时候她是喜欢斯万的。我们颤抖，不是为了自己，就是为了所爱的人。当我们的幸福不再掌握在他们手里的时候，我们对他们就能泰然处之，就能从容自如，就能无所畏惧。当她现在跟他说话，给他写信的时候，就不再用那些制造他是属于她的那种幻想的字眼，不再在谈到他的时候拼命找机会用“我的”等字样，例如什么“您是我的一切，这是我们的友谊的香水，我把它留下”诸如此类的话；她也不再跟他谈起什么前途，谈起什么死亡，说得好像他们不但同命运，还将要同生死似的。想当年，他无论说什么，她总是赞赏地答道：“您，您这个人就是跟常人不一样嘛。”她瞧着他那稍微有点秃顶的长脑袋（那些知道斯万的成就的人心想：“要说漂亮，他算不上漂亮，可是要说帅，您瞧他那头发，那单片眼镜，那微笑！”），急于要知道他是怎样一个人而不是力求当上他的情妇，她说：“我要是能知道这脑袋瓜里想的是什么，那该多好！”现在啊，不管斯万说什么，她答话时总有时带点气恼，有时则显出一副宽宏大量的样子：“啊，你这个人总是跟别人不一样！”现在她瞧着他那操心操得稍显苍老的脸（现在所有的人都是读了说明书才发现一部交响音乐作品的主旨，知道孩子的父母是何许人才发现他哪些地方像他父母，凭着这么一点本领，说：“要说丑，他并不算丑，可他就是那么可笑，你瞧他那单片眼镜，那头发，那微笑！”凭着他们的想象，仅仅隔了几个月时间，就画出了一条分界线，一边是情人的面貌，一边是王八的嘴脸），说：“这脑袋瓜里想的是什么，我要是能够改变，叫它合情合理，那该多好！”

斯万依然还是相信他所希望的事情是会实现的，奥黛特对他的举止虽然也引起他的怀疑，但他还是热切地对她说：

“如果你这么想，你就能办得到。”

他试图向她解释，除她以外别的女人都求之不得地献身于安慰他、控制他、督促他这个崇高的使命，而且指出，在她们手里，这个崇高的使命对他来说只不过是对他的自由既不慎重又难以忍受的冒犯。他心想：“要是她不多少有点爱我的话，她是不会存改造我的愿望的。要改造我，她就必须跟我有更多的往来。”就这样，他就把她对他的责备看成对他感兴趣，也许还是爱他的表现；的确，她现在对他的责备越来越少了，以至于他都只好把她不让他干这干那看成这样的表现。有一天，她对他说她不喜欢他的马车夫，说他挑拨斯万找她的碴，至少他在执行斯万的命令时不够严格，不够恭敬。她感觉到他希望从她嘴里听到“下回别让他送你上我家了”这样的话，正如他希望受她一吻一样。那天她情绪好，所以终于对他说了；他很感动。到了晚上，当他同德·夏吕斯聊天的时候（在他面前谈她可以毫无顾忌，而他即使是跟不认识她的人所谈的话，也都或多或少地与她有关），他对夏吕斯说：

“我想她还是爱我的；她对我那么好，对我所做的任何事情都是不会漠不关心的。”

如果当他跟一个要在半道下车的朋友一起登上他的马车时，那位朋友说：“怎么回事？怎么不是洛雷丹诺驾车？”斯万在回答的时候又是高兴，又有点惨然：

“嗨！乖乖！跟你说吧，当我上拉彼鲁兹街的时候，我是不让洛雷丹诺驾车的。奥黛特不喜欢我带洛雷丹诺去，她觉得他跟我不般配。唉！女人嘛，你有什么办法？我知道她会很不高兴的。好吧！我就只好带雷米了，要不然可就好看了！”

奥黛特现在对斯万这种漠不关心、冷冷冰冰，甚至急躁易怒的态度，自然使斯万感到痛苦；然而他并不知道他痛苦到什么程度，因为奥黛特对他冷淡是一天一天、一步一步发展起来的，他只是在把她今天是怎样跟开始又是怎样加以对比时才能测出这变化是何等之深。而这变化就是那日日夜夜在折磨着他的深刻而隐秘的创伤；当他一感到他的思想就要触及这个创伤时，他就赶紧把它扭转方向，免得过分痛苦。他只能泛泛地说“从前有个时期奥黛特是比现在更爱我的”，可是他从来想不出那个时候的一个具体图景。在他的工作室里有一个五斗柜，他尽量不去看它，出出进进宁可拐一个弯，因为在一只抽屉里藏着他第一次送她回家时她送给他的那枝菊花，还有写着“您为什么不连您的心也丢在这里呢？如果是这样的话，我是不会让您收回去的”，以及“不管是在白天还是晚上几点钟，只要您需要我，随时给我打个招呼，我就奉陪”这些字样的信，同样，在他心里也有一个地方是他不让他的思想接近的，在必要时就来一大段拐弯抹角的道理来避免他的思想经过这个地方：这个地方就是对往日幸福日子的回忆。

可是有天晚上，当他到上流社会中去的时候，他煞费苦心的谨慎却破产了。

那是在德·圣德费尔特侯爵夫人家中，是那一年她请人去听将在她举办的义演上出场的音乐家演奏的一系列音乐会的最后一次。斯万本想以前各次全都去参加的，却一直下不了决心，直到穿衣准备去参加最后那次时，正好德·夏吕斯男爵来访，男爵说如果他陪他前往能使他不至过分厌倦，过分闷闷不乐的话，就愿意陪他上侯爵夫人家去一遭。斯万却说：

“跟您在一起，我多么高兴，您是想象不出来的。然而最使我高兴的还是您能上奥黛特家去一趟。您知道，您对她是能产生崇高的影响的。我想她今晚在上那位歇业的女裁缝家去以前是不会外出的，而您要是能陪她去，她是会高兴的。无论如何，您在这以前会在她家找着她，想法让她高兴，好好说服她。您要是能为明天安排点她喜欢的活动，咱们三个人一起参加，那就太好了。同时也设法探一探口风，看今年夏天能干点什么，看她有什么想法，想不想咱们三个人一起乘船旅行一番什么的。至于今晚嘛，我不指望能见到她；如果她要我去，或者您能找到什么借口，您就打发人上德·圣德费尔特侯爵夫人家给我送个信，如果过了十二点，那就送到我家。谢谢您为我费心，您知道我是多么爱您。”

男爵答应在把斯万送到圣德费尔特府门口以后就去看奥黛特。到了侯爵夫人的家，斯万心想有夏吕斯在拉彼鲁兹街陪着奥黛特，也就放心了，而对一切与奥黛特无关的东西，特别是对上流社会社交生活中的那些东西则索然乏味，还带着点儿忧伤，这倒使得这些东西具有了我们不再孜孜以求的事物在它们本来面目下出现时的魅力。一下车，迎面就是女主人要在喜庆之日给客人看到的她们家生活概貌的第一场景，在这里，她们竭力保持服装与布景的原样，斯万看到巴尔扎克笔下的“老虎”[1]的后裔们，这些穿着制服的侍者，这些通常跟随主人外出散步的跟班，一个个穿靴戴帽，有的待在公馆门前的大街上，有的待在马厩跟前，就像排列在花圃门口的花匠一样，倒也挺有意思。他一向喜欢把活人跟博物馆里的肖像相比，现在这种比较更加经常，而且随时随地都在进行了：现在他已经脱离上流社会生活，这上流社会生活在他心头就仿佛成了一系列的组画。当他过去混迹上流社会时，他穿着大氅走进门厅，脱去大氅穿着燕尾服出去，从来也不知道在这里发生什么事情，在这里待的两分钟时间里脑子里或者还想着刚离开的那个晚会，或者想的是马上就要进去参加的那个庆典，今天则是第一次注意到那一群东零西散、服装华丽而无所事事，专门坐在板凳或衣柜上打盹儿的侍从怎样被他这位姗姗来迟的客人惊

[1] 王政复辟时期，站在马车座位后面专司开闭车门的年轻侍从。

醒，挺起他们高贵的猎兔狗般敏捷的身躯，站立起来，把他团团围住。

其中有一个长相特别凶狠，很像文艺复兴时期某些画有酷刑的场面当中的执刑人，他毫不容情地向斯万走来，接住他的衣物。他的眼神虽似钢铁般坚硬无情，棉纱手套却是那样柔和，当他走近斯万的时候，他仿佛是对斯万其人表现出蔑视而对他的礼帽则颇为尊敬。他小心翼翼地把礼帽接住，动作准确细致，优雅动人，然后把礼帽递给他的一个下手，这是一个新手，腼腆胆怯，两眼滴溜溜的，射出愤怒的光焰，像刚被关进笼子的野兽那样惴惴不安。

几步之外，一个穿着号衣的彪形大汉站在那儿出神，像尊塑像那样无所事事，动也不动，仿佛是曼泰尼亚[1]最嘈杂喧闹的画幅当中那个纯粹是点缀用的武士一样，正当别人冲向前去，在他身旁忙于厮杀的时候，他却倚在盾牌上若有所思；这个大汉超脱于在斯万身边忙忙碌碌的那群伙伴之外，仿佛他对这个场景不感兴趣，只是以他凶狠的蓝眼睛漫不经心地瞧着，似乎那是“无辜婴儿的屠杀”或者“圣雅各的殉难”[2]似的。他倒仿佛当真属于那个已经消失了的家族，那个也许仅仅在圣芝诺教堂祭坛后部装饰屏上以及埃尔米塔尼教堂壁画上（斯万是在那里跟这个家族接触的，这个家族还在那里沉思）才存在的家族；这个由古代雕像与

[1] 曼泰尼亚（1431—1506）：意大利文艺复兴时期画家。

[2] 无辜婴儿的屠杀指以残暴著称的犹太国王希律（前 39—前 4 在位）对无辜婴儿的屠杀。雅各是耶稣十二使徒之一，被希律之孙希律亚基帕一世杀死于耶路撒冷。

大师[1]的巴杜亚模特儿或者丢勒笔下的撒克逊人相结合的产物的家族。他那棕红色的头发天然是卷曲的，因抹着润滑油而粘在一起，那发髻梳得雄浑有力，就像曼图亚那位画家[2]不断研究的希腊雕像上的发髻一样；希腊雕刻在创始时虽只处理人像，却也善于从人的简单的线条中提炼出丰富多彩的形式，仿佛从整个生物界中都有所借取，就说那一头头发吧，它那平缓的起伏，发髻尖尖的角，发辫上冠冕式装饰三层重叠排列既像是一团海藻、一窝鸽子，又像是一片风信子花，也像是盘成一团的蛇。

还有一些仆役，也都是身材魁梧，站在那宏伟壮观的台阶石级上，像大理石雕像那样一动不动，纯粹起装饰作用，把这台阶点缀得简直跟公爵府的“巨人台阶”一般；斯万走上这台阶，心想奥黛特还从来没有涉足此间，不禁有些忧伤。啊！与此相反，要是他能登上那歇业的小女裁缝那昏暗的，发出难闻气味的，一不小心就会摔倒的楼梯，他又该多么高兴！他要是能在奥黛特去她那小阁楼的日子同去消磨晚间的时刻，他都乐于付出比歌剧院包厢一星期还多的钱；即使是奥黛特不去的日子，他也可以跟经常和她见面的人们谈起她，和他们生活在一起；这些人由于经常和她见面，他认为他们身上藏有关于他的情妇的生活的更真实、更难以取得、更神秘不可测的东西。在这歇业的女裁缝这个恶臭但值得羡慕的楼梯上，由于另外没有一条专供仆役或者送货者用

[1] 指曼泰尼亚。

[2] 指曼泰尼亚。曼图亚为意大利北部城市，公爵府饰有曼泰尼亚的壁画。

的楼梯，所以每到晚上，家家门口的擦鞋垫上都摆着一只脏的空奶罐，在斯万此刻登上的这个华丽而可恶的台阶上，在左右两侧不同的高度上，在门房的窗户或者套房的入口，在墙上形成的每一个凹处则都站着一个门房，或者是管家，或者是账房，分别代表着他们经管的府内业务，同时也是向来客表示敬意（他们也都是些体面的人物，每星期都有一部分时间在他们自己的产业上过着多少独立的生活，像小业主那样在家吃饭，有朝一日也许会到一个知名的医生或者实业家那里去服务），他们兢兢业业地谨守人们在让他们穿上这辉煌的号衣以前给他们的种种教导，这号衣他们也是难得穿上身，穿着也并不太舒服；他们站立在各自的门洞的拱廊底下，穿得鲜艳夺目，却多少带点市民的憨厚劲儿，仿佛是神龛里的圣像似的；还有一个身材高大的瑞士卫兵，打扮得跟教堂侍卫一样，在每一位来客走过他跟前时用手杖在地面上敲打一下。斯万在一个脸色苍白，像戈雅[1]画中的圣器室管理人或者剧中公证文书誊写人那样，脑后用缎带扎着一条小辫的仆役陪伴下走到台阶顶上，到了一张办公桌跟前，那里有几个当差的像公证人那样，端坐在登记簿前，见斯万来到就站起身来，把他的名字登下。他这就穿过一个小前厅。有些人把某些房间专门为摆某一件艺术品而布置起来，就用这件艺术品来命名，故意弄得空空荡荡，不摆任何别的东西，而这个小前厅就是这样一间屋子，在进

[1] 戈雅（1746—1828）：西班牙画家，对欧洲 19 世纪绘画有深刻影响。

口处站着一个年轻的仆役，就像本韦努托·切利尼[1]雕塑的一尊无比珍贵的武装卫士塑像一样，上身微向前倾，在红色的衬领中伸出一张更加红润的脸蛋，仿佛赫然烧着一团炽热、腼腆和热忱的火焰；他以强烈、警觉、发狂的目光穿透那挂在演奏音乐的客厅门口的奥比松挂毯，仿佛是以军人的沉着或不可思议的诚心——这是警觉的象征、期待的化身、暴乱的纪念——像哨兵那样从炮楼顶上监视着敌人出现，或者像天使那样在大教堂顶上等待着最后审判时刻的来临。现在斯万只消迈进举行音乐会的大厅了，有个身背钥匙串链子的掌门官弯腰为他把门打开，仿佛是将城门的钥匙呈献给他似的。但斯万这时想的却是他可能去的那所房子（假如奥黛特许可的话），而擦鞋垫上空奶罐这个形象使他突然感到一阵恶心。

迈过了那条挂毯，仆人的场面让位于客人的场面，斯万很快就发觉男宾都很丑陋。男性面貌之丑，他是知之已久了，可是自从他发现男人的相貌的基础在于五官线条的独立自主性（仅受美学关系的调节）以后，男性面貌之丑对他来说又成了新鲜事物了——在这以前男人的相貌对他来说本是用来辨认某一个人的符号，而这个人或则代表一系列值得追求的欢乐，或则代表应予驱避的烦恼，或则代表应该还报的礼数。斯万在他身边的人身上，再也找不出一样不具有一定个性的东西了，就算是许多人都戴的单片眼镜吧，过去在他心目中至多只是表明他们戴单片眼镜罢了，

[1] 本韦努托·切利尼（1500—1571）：意大利雕塑家。

现在已经不再是人所共有的习惯而都各有特征了。也许是因为他现在只把正在入口处聊天的德·弗罗贝维尔将军和德·布雷奥代侯爵看成一幅画当中的两个人物，而他们过去很长一段时间内对他来说却是把他介绍进赛马俱乐部，在几次决斗中帮过他忙的有用的朋友，所以将军那单片眼镜，那像一片弹片那样嵌在他那庸俗、带着伤疤、得意扬扬的脸上，那像希腊神话中的独眼巨人的那只独眼那样在前额中央独树一帜的单片眼镜，现在在他眼里却成了一个吓人的伤疤，受这样的伤固然是光荣，在别人面前显示出来却不大体面；至于德·布雷奥代先生，为了参加社交活动，增加节日气氛，除了戴上珍珠色手套、高级黑礼帽，系上白领带以外，也戴上一副单片眼镜来替代平常的夹鼻眼镜（斯万自己也是这么做的），那像显微镜下的一张切片那样紧贴在镜片背面的是他那其小无比的眼睛，眼里射出亲切的目光，不时流露出微笑，对天花板之高、晚会的欢乐气氛、节日的安排和清凉饮料的质量表示满意。

“啊！原来是您哪！真是半辈子没有见着了。”对斯万说这话的是将军，他看到斯万愁眉苦脸，以为他也许是生了一场重病才离开了社交界，便找补上一句：“您现在气色不错嘛！”这时候德·布雷奥代先生则问一个刚把单片眼镜（这是他唯一用作心理观察和无情分析的工具）戴上眼角的专写社交生活的小说家：“怎么？您老兄到这里有何贵干？”这位小说家煞有介事，故作玄虚地答道：

“我在观察哪！”他的小舌音发得很重。

德·福雷斯代尔侯爵的单片眼镜很小，镜片没有边框，像不知从何而来，又不知是何质地的一块多余的软骨一样嵌在眼皮里，弄得眼睛不停地、痛苦地抽搐，给侯爵脸上平添了几分带有阴郁色彩的细腻感情，使得妇女们深信他一旦失恋了是会感到非常痛苦的。德·圣冈代先生那副单片眼镜则跟土星一样，周围有个很大的环，它是那张脸的重心所在，整个脸随时都围绕它而调整，那个微微翕动的红鼻子，还有那张好挖苦人的厚嘴唇的嘴巴总是竭力以它们做出的怪模样来配合那玻璃镜片射出的机智的光芒；这副单片眼镜也引起那些轻佻的赶时髦的女郎的遐想，梦想从他那里得到矫揉造作的献媚和温文尔雅的逸乐；而那位大鲤鱼脑袋和鼓包眼睛的德·巴朗西先生戴着他那副单片眼镜在人群中慢慢地走来走去，时不时地松开他那下巴骨，仿佛是为了确定行进的方向似的；他那副模样就像是脸上只戴着他那玻璃大鱼缸任意的，也许是象征性的，用于窥一斑而知全豹的一片玻璃——斯万十分欣赏乔托在帕多瓦一个教堂画的《罪恶》和《德行》这些画，他这就想起了“不义”身边那绿叶葱葱的枝条，它象征着隐藏着它的巢穴的那些森林。

在德·圣德费尔特夫人的恳求下，斯万向前走去，为欣赏由长笛演奏的《俄耳甫斯》[1]中的一个曲子而在一个角落坐了下来，眼前只有两位年纪已经不算很轻的夫人并坐在一起，一位是德·康布尔梅侯爵夫人，一位是德·弗朗克多子爵夫人，她们是表

[1] 德国歌剧作曲家格鲁克（1714—1787）作。

姊妹，时常手提提包，在她们的女儿的陪伴下在晚会上像在火车站那样你找我，我找你，直到她们用扇子和手绢指着两个相连的空位置时才安静下来：德·康布尔梅夫人跟别人来往不多，很高兴能有德·弗朗克多夫人做伴，后者却很有名望，当着她那些漂亮朋友的面陪一位跟她曾一起度过童年的默默无闻的夫人，自以为这事儿做得很有风度，很独出心裁；斯万皱起眉头冷眼瞧着她们两位听长笛独奏后面那段钢琴插曲（李斯特的《圣法兰西斯跟鸟儿说话》），看那位名手令人为之目眩的指法：德·弗朗克多夫人是心急如焚，两眼射出发狂的光芒，仿佛钢琴家手指飞奔的那些琴键都是一架架高耸的秋千，一失足就能坠入八十米深的深渊，她同时向她的邻座投去惊讶怀疑的目光，仿佛在说："能演奏到这等地步，简直是令人难以置信。"德·康布尔梅夫人摆出一副受过良好音乐教育的架势，脑袋跟节拍器的摆那样在打着拍子，从一个肩头晃到另一个肩头，摆动得那么大那么快（两眼则投出那不再去追究所受的痛苦也不想去加以控制，只满足于说一声"这又有什么办法"的受苦受难的人的茫然的目光），随时都牵动她上衣褶边上的钻石，也叫她不得不经常去摆正插在头发上的黑葡萄串，但并不因此而中断它越来越快的摆动。在德·弗朗克多夫人身旁，稍前一些的是德·加拉东侯爵夫人，她成天念念不忘的是她跟盖尔芒特家族的亲族关系，这为她的沙龙以及她个人大为增色，却也多少使她有点丢脸，因为这个家族中最显赫的人都多少有点回避她，这也许是由于她为人有点讨厌，也许是由于她名声不是太好，也许是由于她出于地位较低的一支，也许是根本没有任何理由。当她跟她不相识的人在一起的时候，譬如此刻在德·弗朗克多夫人身边的时候，她就苦于不能把她跟盖尔芒特家族的亲族关系用明白无误的词句标榜出来，就像东正教教堂的拼花图案上用直行的文字写在圣者身旁注出他们所说的话语一样。她此刻想的是，自从她表妹德·洛姆亲王夫人结婚六年以来，还从没有邀请过她，也没有来看望过她。想到这里，她满腔怒火，却也不无自豪之感，这是因为，如果有人奇怪怎么在德·洛姆亲王夫人家见不着她，她就可以说那是为了避免在那里碰上玛蒂尔德公主[1]，而万一碰上了，那可是她那极端正统主义的家庭所绝不能原谅的；这样一来，她也终于把这当作她不上她表妹家去的理由了。可她也记得，她自己曾多次问过德·洛姆亲王夫人，她怎样才能跟她见面，然而到底得到了什么答复，印象已经模糊，只是常常嘀咕："再怎么说，这第一步总不该由我迈出，我比她大二十岁呢。"她以此来冲淡这令人羞辱的回忆。靠了这内心独白的力量，她傲慢地把双肩往后一甩，简直使它们脱离了她的胸部，她的脑袋也几乎跟肩膀齐平了，不禁叫人想起餐桌上插在骄傲的山鸡上那只带羽毛的鸡头。倒不是说她苗条得像只山鸡，她可是生来矮胖粗壮，大有男子气概；不过多年所受的凌辱却使她的脊梁挺直了起来，就好像是不幸长在崖边的树木为了保持平衡而向后往斜里生长一样。为了安慰自己不能跟盖尔芒特家族中其他人处于平等地位，

[1] 玛蒂尔德公主（1820—1904）：热罗姆·波拿巴亲王之女，她家的沙龙在第二帝国时期颇为知名。

她只得经常念叨，她之所以不常去看他们，那是由于她那毫不妥协的原则性和自豪感，久而久之，这种想法居然塑造了她的体态，使她产生了一定的仪容，平民百姓把它看成上等人家的特征，有时也在俱乐部那些先生昏花的老眼里激起一刹那的欲念。谁要是把德·加拉东夫人的谈话加以分析，把每一个词语出现的频率统计出来，从而找出破译密码的关键，那就会发现即使是最常用的词语，出现的次数也不会多于“在盖尔芒特堂兄弟家”“在盖尔芒特姑妈家”“埃尔赛阿尔·德·盖尔芒特的健康”“盖尔芒特表妹的浴盆”这些词语。当人们跟她谈起一个知名人士时，她总答道，她个人同他并不相识，然而在她盖尔芒特姑妈家却碰到过上千次，而且在回答的时候语调是那么平淡，声音是那么沉重，显然表明她个人之所以同他并不相识，还是出于那些根深蒂固不可动摇的原则；她那向后拱的双肩依靠的就是这些原则，就仿佛体操教练为了锻炼你的胸廓而让你依靠平衡木一样。

大家原本没有料到会在德·圣德费尔特夫人家见到德·洛姆亲王夫人的，那天她可当真来了。她原是屈尊光临的，为了表示她并不想在客厅中显摆自己的门第，她是侧着身子进来的，其实面前既没有人群挡道，也没有任何人要她让路；她故意待在客厅尽头，摆出一副适得其所的神气，仿佛是一个没有通知剧院当局而微服亲自在剧院门口排队买票的国王似的；为了不突出她在场，不招引众人的视线，她一个劲儿低头观察地毯上或她自己裙子上的图案，站立在她认为是最不显眼的地方（她清楚地知道，德·圣德费尔特夫人只要一瞥见她，一声欢呼，就会把她从那里拉出去），就在她所不认识的德·康布尔梅夫人身旁。她观赏这位爱好音乐的邻座表演的哑剧，但并不去模仿她。这并不是说，德·洛姆亲王夫人这回拨冗来德·圣德费尔特夫人家待上五分钟，就不愿意尽可能表现得和蔼可亲，使她对主人的这番恩惠显得加倍地可贵。不过她生来就讨厌她所谓的“浮夸”，坚持不做出与她生活于其间的那个小圈子的“派头”不相适应的举动，虽然这些举动对她也不免产生诱惑，因为在与新环境（哪怕它比自己所在的环境低微）接触时，即使是最自信的人们也会产生一种模仿心理（同羞怯有点相近）。她首先心想，这乐曲也许跟她迄今为止所听的音乐不是一个路子，是否有必要手舞足蹈，又想如果不手舞足蹈是否表示自己不懂得这音乐，对女主人是否有失礼仪：结果她只好采取折中办法来表达她这些相互矛盾的思想感情，一会儿一面以不动声色的好奇盯着她那狂热的邻座，一面扶扶肩带，摸摸她那金黄色头发上镶有钻石的珊瑚或者珐琅小球（这使她的发型显得既朴素又好看）；一会儿用她的扇子打打拍子，但为了显示她不受乐曲的支配，并不按着节拍来打。钢琴家弹完了李斯特的一支曲子，又转入肖邦的一支序曲，这时德·康布尔梅夫人朝德·弗朗克多夫人投去温情的微笑，它既载着对往日岁月的回忆，也显示出行家满意的心情。她在年轻时就学会怎样抚爱肖邦那些婉转曲折、特别长的乐句，它们是如此自由、柔和，如此易于感受；它们在开始时总在寻觅试探，力图远离出发时的方向，在远离人们以为它们将到达之处，却总是在奇想的歧途上徘徊良久才更坚定地回来击中你的心坎——这回来的路程是事先精密地筹划了的，就像是一只水晶杯子，一响起来就不由得你不发出一声惊叹。

她生活在一个交游极窄的外省家庭里，几乎从不参加舞会，沉醉于庄园的孤寂生活之中，把所有那些想象中的舞伴的舞步或者放慢或者加速，像拨弄花瓣那样把他们挨个儿拨弄，暂时离开舞会到湖畔松林中去倾听狂风呼啸，突然看到有一个身材修长，嗓音既悦耳却又古怪又走调，戴了一副白手套的小伙子向她走来，跟人们梦想中这人世间的情人不大一样。可是今天呢，这种音乐的美已经过时，失去了鲜艳的色彩。几年来已经不再博得行家的重视，已经失去了原有的名声，原有的魅力，即使是口味平庸的听众从中得到的乐趣也平平常常，不屑一谈了。德·康布尔梅夫人回过头来偷看一眼。她知道她年轻的儿媳妇（她对她的婆家倒是满怀敬意的，但她既懂和声又认识希腊字母，在精神方面的事物上有她自己的看法）是看不起肖邦的，听到肖邦的音乐就头痛。她是个瓦格纳迷，这会儿跟一帮同她年纪相仿的人坐在远处，这下德·康布尔梅夫人摆脱了她的监视，可以尽情陶醉在她甘美的印象之中了。德·洛姆亲王夫人也有同样的感受。她虽然没有音乐的禀赋，可在十五年前也曾跟圣日耳曼区的一位钢琴教师学过，这位天才女性到了老年，生活贫困，在七十岁上重操旧业，教她从前的学生的女儿和孙女儿辈。她现在已经不在世了。可她的方法，她那美妙的琴声有时还在她的学生的指上重现，甚至还在那些早已平庸不足道，放弃了音乐，几乎连钢琴盖都早就不再打开的学生的指上重现。因此，德·洛姆夫人还能恰如其分地摇头晃脑，能正确欣赏钢琴家所演奏的那首她都能背得出来的序曲。开头那个乐句的最后半段都在她嘴上油然哼出来了。她喃喃自语："真是美妙极了。"这"美妙"两字是带着这样深挚的感情，她都感到自己的双唇在神秘地翕动，同时也不由自主地在视线中注入了茫然的感伤色彩。德·加拉东夫人这会儿却暗自嘀咕，碰见德·洛姆亲王夫人的机会是如此难得，真是叫人恼火，因为她真想在亲王夫人跟她打招呼的时候不予理睬，用这样的办法来教训教训她。她不知道她这位表妹这会儿就在这里。德·弗朗克多夫人一点头，使她看到了亲王夫人。她立即奔到她的跟前，也顾不得对别人的打扰了；她想保持那副高傲冷淡的神气，好提醒大家，无论是谁，要是在她家里有可能面对面碰上玛蒂尔德公主的话，她是不愿意同这样的人打交道的，再说就岁数而言，她跟她也不是同一代人；不过她也想冲淡这副高傲而有保留的神气，说几句话来表明她来找她是事出有因，同时迫使亲王夫人不得不讲几句话；因此，德·加拉东夫人一到她表妹跟前，就绷着脸，无可奈何地伸出一只手问她："你丈夫怎么样？"那语调充满了担心，倒仿佛亲王得了什么重病似的。亲王夫人以她特有的方式哈哈大笑，这一笑既是为了让别人知道她在讥笑某人，又是为了把她面部的线条都集中到她那生动活泼的嘴唇和炯炯有神的眼睛周围，从而使自己显得更美。她答道：

"再好也没有了！"

说罢又笑了起来。这时德·加拉东夫人挺起上身，板起脸，仿佛还在为亲王的健康状况担忧，对她表妹说：

“奥丽阿娜（这时德·洛姆夫人以惊讶和含笑的神色瞧着一个看不见的第三者，仿佛是要请他证明，她可从来没有许可德·加拉东夫人直呼其名），我很希望你明晚能上我家小坐片刻，听一听莫扎特的五重奏，有单簧管。我想听听你的意见。”

她好像不是在提出一次邀请，而是要对方帮个忙，要听听亲王夫人对五重奏的意见，仿佛是她的新厨娘创造出一道新菜，很希望听到美食家的意见似的。

“我知道这首五重奏，我可以马上把我的意见告诉你：我是喜欢它的！”

“嗯，我丈夫身体不怎么好，他的肝……要是他能见着你，他会是非常高兴的。”德·加拉东夫人接着说，现在是用爱德这个道理来将亲王夫人的军，要她在晚会上露面。

亲王夫人不喜欢对人说她不愿意上他们家去。她每天总是给人写信表示歉意，说她怎么因故不能出席他们的晚会（其实是不想去），什么婆婆突然来家啦，小叔有所邀请啦，要上歌剧院啦，要去郊游啦，如此等等，不一而足。她这就让许多人听了心里高兴，以为她是愿意跟他们交往的，而她之所以不能应邀参加都是因为亲王府临时有事冲突，而把这样的事来跟他们举办的晚会相提并论，实在是很给他们面子的。亲王夫人出自盖尔芒特家族那个才气横溢的小集团，头脑机敏，谈吐不凡，情感高尚——这种精神可以上溯至梅里美，最后表现于梅拉克和阿莱维[1]的戏剧之

[1] 梅拉克（1831—1897）：法国剧作家，阿莱维为其合作者。

中；亲王夫人甚至把这种精神运用于社交关系之中，移之于礼仪之间，使之尽量明确实在，接近于实际。她决不会费许多唇舌对一个家庭主妇说她是多么想参加她家的晚会；她认为跟她谈些能否左右她前往的琐碎小事更加亲切。

“你听我说，”她对德 · 加拉东夫人说，“明儿晚上我可得上一个朋友家去，把这日子定下可费了事了。她要是领我们去看戏，那我就怎么想去你家也去不成了；如果我们在她家待着，我知道除了我们就没有旁人，我倒可以向她告辞。”

“对了，你看见你的朋友斯万先生没有？”

“没有，可爱的夏尔哪，我都不知道他这会儿在这里，我得想办法让他见到我才是。”

“说来也真怪，他怎么会到圣德费尔特婆娘家来，”德 · 加拉东夫人说，“我知道他可是个聪明人（其实她的意思是说“他可是个耍弄阴谋诡计的人”），可这也挡不住他这个犹太人踏进两个大主教的妹妹和嫂子的大门！”

“说句不嫌丢丑的话，我并不觉得这是什么令人震惊的事情。”德 · 洛姆亲王夫人说。

“我也知道他已经改了宗，连他的父母和祖父母也都已经改了宗。不过据说改了宗的人比没有改宗的人还要依恋他们原来的宗教，说那不过是虚晃一枪，不知道是否当真？”

“这问题我可不了解。”

钢琴家要演奏肖邦的两支曲子，弹完前奏曲以后马上就开始弹一首波洛涅兹舞曲。不过自从德 · 加拉东夫人告诉她表妹，此刻斯万也在场以后，哪怕是肖邦起死回生，亲自来弹奏他的全部作品，德·洛姆亲王夫人也不会听他半句的。人类分成两拨，一拨只对他们不认识的人感兴趣，而在另一拨人身上，这种兴趣只对他们认识的人才有。亲王夫人属于后一拨。跟圣日耳曼区的许多妇女一样，她无论到什么地方，只要她那小圈子里有谁也在场，虽然对他没有什么特别的话要说，却也能把她的注意力全部占据，其余的一切她就全然不顾了。从那时起，亲王夫人一心存着能被斯万看到的希望，一个劲儿左顾右盼（就像是一只被驯养的小白鼠，驯养员拿一块糖一会儿伸向它的鼻子，一会儿又往后缩回），脸上是万千默契的线条，可就是跟肖邦的波洛涅兹舞曲传达的感情没有任何关系；她的脸总是探向斯万所在那个方向，如果斯万挪个地方，她也就随之挪动她那怀有深情的微笑。

“奥丽阿娜，你可别生气。”德·加拉东太太这个人时常为了图一时的痛快，说上几句不中听的话，宁可牺牲她在社交界里辉煌的前途，牺牲她有朝一日在社交圈子里出出风头的希望。这时她说：“有人说斯万先生这号人在家里是接待不得的，是不是这样？”

“这你比谁都更清楚，”德·洛姆亲王夫人答道，“你不是邀请过他五十回，他连一回也没上你家去过吗？”

在离开这位受了侮辱的表姐时，她又哈哈大笑，激起了那些听音乐的人的反感，却引起了德·圣德费尔特夫人的注意。她出于礼貌，坐在钢琴旁边，直到那时才瞥见了亲王夫人。德·圣德费尔特夫人原本以为她还在盖尔芒特照料她那生病的小叔子呢，现在见她来了，自然分外高兴。

“怎么，亲王夫人，您来了？”

“对了，我刚才坐在一个犄角里，听了不少好东西。”

“怎么，您已经来了好一会儿了？”

“对了，已经来了好一会儿了，可我觉得才只一会儿，只是因为没有看见您才觉着慢。”

德·圣德费尔特夫人想把她的扶手椅让给亲王夫人，夫人说：

“不必，不必！干吗要换呢？我坐哪儿都挺好的。”

为了表现她贵妇人的朴实，她故意找了把没有靠背的小凳子：

“得了，这张软垫凳子就好极了，坐在上面我可以把上身挺直。啊！天哪，我在这里叽叽喳喳的，人家都要嘘我了。”

这时钢琴家正加快速度，他那音乐激情正处于高潮之中，一个仆人正端着一方盘的清凉饮料递给客人，茶匙叮当直响，德·圣德费尔特夫人跟每次晚会一样，在他还没看见她时就挥手叫他走开。有个新娘子，遵从年轻女子不应该面有厌烦之色的教导，老是高高兴兴地面带笑容，两只眼睛直在寻找女主人，好用她的眼神来向她表达感激之情，感谢她在举办这样的盛典时还“想起了她”。她虽然比德·弗朗克多夫人要镇静一些，但在欣赏乐曲的时候也不是毫无不安的心情；不过她所担心的不是钢琴家本人，而是那架钢琴，它顶上摆着一支蜡烛，每当弹到最强音时烛火都会跳动起来，即使不至于会把灯罩烧着，至少会在红木琴台上留下几点蜡泪。到了最后，她忍不住了，登上琴台那两级台阶，快步向前把那蜡台的托盘撤走。但她的双手刚碰到托盘，乐曲最后一个和弦就响了起来，一曲告终，钢琴家站起身来。再怎么说，这位年轻妇女大胆的首创精神，以及她跟钢琴家短时间内在台上的同时出现，在在座者的心中普遍产生了良好的印象。

“亲王夫人，您瞧见这位妇女了吗？”德·弗罗贝维尔将军问德·洛姆亲王夫人。他是过来跟亲王夫人打招呼的，德·圣德费尔特夫人刚走开一会儿：“真稀罕！莫非她也是艺术家？”

“不，她是康布尔梅家的新媳妇，”亲王夫人随便这么一说，马上又找补一句，“我这是重复我听来的话，她究竟是谁，我一点概念也没有，我背后有人说他们是德·圣德费尔特夫人乡下的街坊，不过我不信真有谁认识他们。他们多半是‘乡下佬’！再说，我不知道您是不是经常出入这个了不起的社交场所，我可对这些了不起的人姓甚名谁毫无概念。您想他们在参加德·圣德费尔特夫人的晚会以外的时间干些什么呢？她多半是靠了这些音乐家，这些舒服的椅子，还有可口的饮料才把他们吸引来的。应该承认，这些‘贝卢瓦家的客人’[1]倒是挺不错的。她居然当真有这股勇气每星期都出钱把这些凑热闹的租到家里来。真是不可思议！”

“嗯，康布尔梅可是个响当当又古老的姓氏。”将军这么说。

“说它古老，我不反对，”亲王夫人冷冰冰地答道，“不过这名字读起来不和谐。”她把“和谐”两字读得特别重，仿佛是带了引号的，这又是盖尔芒特这个小圈子里的人说话的矫揉造作的一种

[1] 贝卢瓦是专门出租椅子的商人。

表现。

“您这话当真？她可是美得可以入画。”将军说，他的视线一刻也不离开德·康布尔梅夫人，“您不这么认为吗，亲王夫人？”

“她太爱出头露面，我觉得像她这么年轻的人，这就不太好了；我想她还不是我的同龄人。”德·洛姆夫人答道（这最后一句话，同样也可以出之于加拉东和盖尔芒特之口）。

亲王夫人看到德·弗罗贝维尔先生还在目不转睛地瞧着德·康布尔梅夫人，半是出于对这位夫人的恶意，半是出于要对将军表示殷勤，说道：“这对她丈夫可是不太好了！我很遗憾，并不认识她，否则我就可以把她介绍给您，看来您是被她迷上了。”其实她要是当真认识这位青年妇女，她是不会这么干的，“现在我不得不跟您道别了，今天是我的一个朋友的生日，我得去祝贺她。”她说这话时的语调既朴素又真实，表明她就要去参加的这个社交集会既是一个令人生厌的仪式，又不能不去，而她的光临是会令人感动的。“再说，我得去接巴赞，我到这儿来的时候，他去看他的朋友去了。我想您是认识他们的，他们的姓跟一座桥的名称一样，叫耶拿。”

“耶拿，这首先是一次胜利的战役的名称，亲王夫人，”将军说，“我是个老兵，首先想到的就是这些。”他一面说，一面把单片眼镜摘下来擦一下，就像是给伤口换块纱布似的。这时亲王夫人本能地扭过头去说：“帝国时期封的贵族嘛，那当然是另外一回事，不过他们这伙人倒都是好样儿的，他们当年打起仗来都是英雄。”

“我对英雄是满怀敬意的，”亲王夫人说，那口气里多少有点讽意，“我所以没有跟巴赞一起上那位德·耶拿亲王夫人家去，根本不是因为我瞧不起他们，完完全全是因为我不认识他们。巴赞认识他们，非常喜欢他们。不，不，并不像您所想的那样，这里头并没有什么爱情问题，我没有什么可反对的！再说，真要是有那样的事，我反对又有什么用？”她无可奈何地找补上这一句。谁都知道，自从德·洛姆亲王娶了他那秀色可餐的表妹，打第二天起就不断地对她不忠。“话又说回来了，这并不是那么回事，他们都是他老早就认识的人，对他很有好处，我也觉得这是件好事。我先来跟您讲讲他们的房子……您想想，他们的家具全都是帝国时期的式样！”

“亲王夫人，这是自然的啰，这是他们祖父母传下来的。”

“我也不是不知道，可这也挡不住这些家具样子丑陋。一个人家里可能没有好看的东西，这是可以理解的，然而至少不应该有滑稽可笑的东西。不瞒您说，我还从来没见过比那种可怕的式样更做作、更土气的东西呢，那五斗柜上居然装饰着澡盆那么大的天鹅头呢！”

“不过我想他们家里也有些好东西，譬如有一张精工镶嵌的桌子，有个什么条约就是在那张桌子上签字的。”

“啊！他们家是有些有历史意义的东西，这我承认。可是这些东西并不美……而是可怕！我自己也有些这样的东西，是巴赞从蒙代斯吉乌家继承来的。不同的是，这些东西我们都收藏在盖尔芒特家里的顶楼上，谁也瞧不见。得了，得了，问题不在这里。

假如我认识他们的话，我会跟巴赞一起奔他们家去看他们，看他们家的狮身人面像，看他们家的铜器，可我不认识他们！我从小就被教导说，上不认识的人家去是不礼貌的（她讲到这里的时候装出一副孩子气）。我是一向遵从这个教导的。哪有正派人让一个不相识的女人进他们家的？我要去了，岂不是要吃闭门羹吗？”亲王夫人说道。

这当然是种假设，讲到这里，她微微一笑，她那蓝眼睛盯着将军，这时带着梦幻般温柔的表情，就使得那微笑更美更俏了。

“啊！亲王夫人，您明明知道，您要去了，他们是会喜出望外的……”

“是吗？那是为什么？”她急忙问道，这也许是为了不显出她明明知道这是因为她是法国最高贵的贵妇人之一，也许是因为这话出于将军之口而高兴，“那是为什么？您怎么知道？他们也许会把这看成再讨厌也不过的事情呢。我不知道是不是这样，不过就我来说，跟我认识的人打交道都已经叫我烦透了，要是叫我跟我不认识的人打交道，哪怕是跟‘英雄好汉’，我都要疯了。再说，除了像您这样早就认识的老朋友以外，我不知道英雄气概在社交界能起多大作用。请客吃饭有时都已经烦人了，如果还要伸出胳臂来邀斯巴达克[1]入席，那就……我也决不会邀请费森谢特里克斯来当第十四位[2]。我想我可以请他来参加人数众多的晚会，可我又

[1] 古代罗马奴隶起义领袖。

[2] 费森谢特里克斯：古代高卢将军、政治家，率领高卢人抵御恺撒。在西方，十三是个不祥的数字，碰到一桌十三人时，临时邀一人入席凑数。

不组织这样的活动……”

“啊！亲王夫人，您这位盖尔芒特家人可真是货真价实。盖尔芒特家人的风趣，在您身上可是充分体现出来了！”

“大家都说盖尔芒特家人的风趣，我真不明白那是为什么。难道您还认识别的有风趣的盖尔芒特家人吗？”说到这里的时候她哈哈大笑，眼睛鼻子都挤到一块儿来体现她的高兴劲儿，双眼炯炯有神，射出只有赞美她的风趣或美貌的言语（哪怕出自亲王夫人自己之口）才能激起愉快的光芒。“嗳！斯万像是在那里跟您的康布尔梅打招呼呢；喏，他在圣德费尔特婆娘身边，您瞧不见！您可以请他把您介绍给她。得快着点儿，他要走了。”

“您有没有瞧见他那脸色是多么难看？”将军说。

“可怜的夏尔！啊！他终于来了，我都以为他不愿意见我的面呢！”

斯万非常喜欢德·洛姆亲王夫人，看到她就想起跟贡布雷相邻的盖尔芒特，想起他如此热爱，而只是为了不愿离开奥黛特才不再回去的那片土地。他善于使用半是艺术性，半是情场用的语言来取悦亲王夫人。当他一时返回他久违的社交圈子时，自然不免要应用一番：

“啊！”他话是对德·圣德费尔特夫人说的，可又是说给德·洛姆亲王夫人听的，“原来可爱的亲王夫人在这里！诸位，她是专程从盖尔芒特来听李斯特的《圣法兰西斯跟鸟儿说话》的，时间仓促，她只能跟美丽的山雀一样，随便捡几个李子，捡几个山楂插到头上就来了；现在还有几滴露珠，一点白霜，冷得公爵夫人直呻吟呢。真漂亮，亲爱的亲王夫人。”

“怎么，亲王夫人是专程从盖尔芒特来的？真是太棒了！我真抱歉，我原来还不知道呢。”德·圣德费尔特夫人天真地叫道。她对斯万的风趣话是不大习惯的。当她仔细看亲王夫人的头饰时她又说：“倒是真的，这是模仿……该怎么说呢？不像是栗子，这想法真是妙极了！可亲王夫人是怎么知道我的节目表的呢？音乐家们连我都没有告诉呢。”

当斯万在一个惯常用情场的言语交谈的妇女身边时，他常讲一些连上流社会中的许多人都不懂得的微妙的话。他不屑于跟德·圣德费尔特夫人解释，说他是用隐喻说话的。至于亲王夫人呢，她都哈哈笑开了，因为斯万的风趣在她那个圈子里是深受赞赏的，也因为每当听到赞美她的话时，她总觉得这话是无比的优美，也总是令人忍俊不禁。

“好极了！夏尔，我这些小山楂果子合您的心意，我真高兴！您干吗跟那位康布尔梅人打招呼，莫非您也是她在乡间的街坊？”

德·圣德费尔特夫人见到亲王夫人很乐意跟斯万聊天，就走开了。

“您自己不也是吗，亲王夫人？”

“我？莫非这些人到处都有乡间别墅？我倒真想能跟他们一样！”

“他们不是康布尔梅人，那时在康布尔梅的是她的亲戚；她娘家姓勒格朗丹，常到康布尔梅去。我不知道您知不知道您自己还是德·康布尔梅伯爵夫人，教务会还欠您一笔租金呢！”

“我不知道教务会欠我什么，可我知道本堂神甫每年向我借一百法郎，这笔钱我以后是不想再借出了。再说，这些康布尔梅人的名字也真能吓人一跳，结尾倒是干脆，可是并不高明！”她笑着说。

“开头也并不更高明些。”斯万答道。

“敢情这是两个缩略词拼起来的！”

“这准是一个怒气冲天却又讲体面的人创造出来的，他不敢把第一个词说完。”

“可既然他不能自己把第二个词说出来，他又何不把第一个词说完，一了百了呢？咱们这是在大发雅兴，开起玩笑来了，亲爱的夏尔——不过现在老见不着您，真够伤脑筋的。”她以温存的语调找补一句，“我是多么喜欢跟您聊聊天。您想想，我都没法子让弗罗贝维尔这笨蛋明白康布尔梅这个名字为什么能吓人一跳。生活这个东西也真是可怕。只有看到您的时候，我才不感到厌烦。”

这当然不是真话。不过斯万跟亲王夫人对小事情的看法是一致的，结果连说话的方式甚至读音都非常相似，要不然正是这个相似导致他们看法的一致。这种相似倒并不太引人注目，因为他们两个人的声调迥然不同。不过只要你能在想象中在斯万的话语里去掉他那洪亮的嗓音，去掉话语中吐出的两撇小胡子，你就可以发现这些语句、音调的变化，全都是盖尔芒特小圈子那一套。可在大事情上，斯万跟亲王夫人就毫无共同之处了。不过自从斯万如此消沉，随时总感到就要哭出声来以后，他总像一个杀人凶犯需要把他犯的罪行诉说出来一样，需要把他自己的苦楚倾吐一番。听到亲王夫人说到生活这个东西也真是可怕时，他感到一点安慰，仿佛亲王夫人跟他说起了奥黛特似的。

“对啊！生活这个东西真是可怕。咱们得时常见见面，亲爱的朋友。跟您在一起，好就好在您不是个嘻嘻哈哈的人。咱们可以一起度过一个愉快的晚上。”

“那是当然，您为什么不到盖尔芒特来呢，我婆婆会高兴得要死的！这地方景色不美，不过我敢说这地方并不令人不快，我讨厌‘风景如画’的地方。”

“这我相信，你们那地方好极了，”斯万答道，“此刻对我来说都已经太美，太热闹了，反正这是一个使人幸福的地方。这也许是因为我在那里生活过，所以连那里的一草一木都能跟我说得上话。当微风拂面，麦穗荡漾的时候，我就感觉到有人要来，将要收到什么消息；还有河边那些小房子……我该是多么不幸，如果……”

“哦！亲爱的夏尔，留点儿神，那夜叉朗比荣婆娘瞧见我了，快把我挡住，告诉我她家发生了什么事，我都搞糊涂了，是她把女儿嫁出去了，还是给自己的情夫找了个妻子，我闹不清了；也许是把她的女儿嫁给了她的情夫？啊！我记起来了，是她被她那亲王丈夫休了……您装着跟我讲话，省得这位贝雷妮丝[1]来请我

[1] 犹太希律王族的公主，与提图斯热烈相爱，提图斯曾欲娶之为妻，但在即罗马帝位后，因罗马人的反对被迫将她遣走。拉辛著有同名悲剧，高乃依则著有英雄喜剧《提图斯与贝雷妮丝》。

去吃饭。再说，我也得走了。您听我说，亲爱的夏尔，这回总算见着您了，您就不能跟我一起上帕尔马公主家去？她会是多么高兴，再说巴赞也要跟我在她家碰头的。要不是麦麦带来点您的消息……您想想，我现在根本就见不着您！”

斯万没有答应；他早就告诉德·夏吕斯先生，说他一离开德·圣德费尔特夫人家就直接回家去，他不想为了上帕尔马公主家去就看不到他一直在期待着的、由仆人送去或者留在门房里等待着他的那张便条。那天晚上德·洛姆夫人对她的丈夫说：“可怜的斯万哪，他还是那么亲切可爱，不过看样子挺倒霉的。您过几天会看到他的，他答应最近上咱家来吃饭。一个那么聪明的男人，为了那样一种女人而苦恼，我觉得真是荒唐。那女人一点儿意思也没有，有人说她是笨蛋。”说这种话，得有未坠入情网中人的那种清醒才行，这样的人认为一个有才智的人只能为值得为之憔悴的人才憔悴；要是有人为霍乱菌这样渺小的东西而甘愿染上霍乱，岂不是咄咄怪事！

斯万想走，可就在终于可以脱身的时候，德·弗罗贝维尔将军却请他把德·康布尔梅夫人介绍给他，他就不得不跟他回到客厅去找她。

“我说啊，斯万，我宁愿安安稳稳在家里当这个女人的丈夫，也不愿被野蛮人宰了，您说呢？”

“被野蛮人宰了”这几个字刺痛了斯万的心；他马上就感到需要继续和将军谈一谈。

“是啊，很多人就是这样结束了自己的一生的。譬如说，您肯定知道，那位由迪蒙·德·乌维尔[1]把他的骨灰带回来的航海家拉彼鲁兹（斯万讲到这里的时候感到很幸福，仿佛他是在说起奥黛特）。他是个好样儿的，我对他很感兴趣。”说到这里他都有点伤感了。

“啊！没有错。拉彼鲁兹谁不知道？有条街都是以他的名字命名的。”将军说。

“您认识拉彼鲁兹街上的人？”斯万兴奋地问。

“我就认得德·尚利福夫人，她是那位好样儿的肖斯比埃尔的妹妹。她有天举办了一个戏剧晚会，挺好的。她的沙龙今后会是很出色的，您瞧吧！”

“啊！她住在拉彼鲁兹街！这条街挺讨人喜欢的，挺美，挺冷清。”

“不，您大概有些时候不去了；现在不冷清了，那个区到处都在盖房子。”

斯万最后把德·弗罗贝维尔先生介绍给年轻的德·康布尔梅夫人，这是她首次听到将军的大名，她匆匆摆出一个愉快而惊讶的微笑——这是对一个从来没有听说过的人的微笑；她新婚不久，对这家的朋友还不认识，别人领到她面前的每一个人，她都以为是家里的朋友，心想要是能装出自从她嫁到这家以后就常听人说起他的话，那就显得很得体，所以就不无犹豫地伸出手来，这犹豫既说明她在克服她早就学会了的含蓄，也说明那由于战胜了这

[1] 迪蒙·德·乌维尔（1790—1842）：法国航海家。

犹豫而发自内心的友好情谊。就这样，她的公婆（她依然认为他们是法国最显赫的贵人）说她是个天使；他们特别要显示他们之所以挑中她做他们的儿媳妇，正是由于他们看中了她的人品，而不是她家巨大的家财。

“一眼就可以看出您有音乐的天赋，夫人。”将军对她说，不露痕迹地提起刚才蜡台托盘那档子事。

音乐会继续进行，斯万知道他在这个新节目没有结束以前是脱不了身的。跟这些人一起被囚禁在这间屋里，他感到痛苦，他们的愚蠢和可笑刺痛着他的心，更何况他们不知道他在爱着一个人，而且即使知道，也不会感兴趣，只能是笑他幼稚，惋惜他做出这等傻事；他们把他的那份爱情表现为只为他一个人存在的主观状态，缺乏任何外在的东西向他证明这是一个客观存在；他特别感到痛苦的是，他的奥黛特绝不可能来到，所有的人和所有的东西对她都一概陌生，她完全不能涉足这个地方，而他还要持续流放下去，以至于乐器的声音简直要使他叫喊起来。

突然间，奥黛特仿佛进来了；看到她出现，他简直肝肠寸断，不由得用手捂住心口。原来小提琴奏出了高音，连绵缭绕，仿佛若有所待，这等待在继续下去，怀着已经瞥见它等待的对象从远处走过来的激奋维系着那高亢的乐音，同时做出最大的努力持续到它的到达，在自身消失以前接待它的光临，竭尽全部余力为它敞开大路，让它过来，就好像我们用双手撑着一扇大门，阻止它自行关闭似的。斯万还没有来得及明白过来，还没有来得及对自己说“这是凡德伊的奏鸣曲中那小乐句，别听了”这句话时，直到那晚之前还得以掩埋在他心灵深处的对往昔奥黛特还爱着他的那些日子的回忆，却上了突然射出的一道光芒的当，以为爱情的季节已经回来，在他的心中又苏醒过来，振翅飞翔，向他纵情高唱已被忘却的幸福之歌，全然不怜悯他当前的不幸。

过去他也常说“在我幸福的时日”“在我得到她的爱的时日”，这些都是抽象的词语，说的时候也不感到特别难受，因为他脑际并没有在其中注入什么与过去有关的事物，只有一些虚妄的片段，并不保存什么实在的东西，而这一次重新找到的却是把失去的幸福中那特殊的、易于消失的精髓永远固定下来的一切东西；一切又都在他眼前重现：她扔进他的马车并被他举到嘴唇边的那朵菊花雪白而卷曲的花瓣，上面写着“在给您写这信时我的手颤抖得多么厉害”的印有凸起的“金屋”两字的信纸，以及当她以恳求的口吻向他说“我想不用再等多久您就会打发人来找我的吧”时那紧蹙的双眉；他又闻到在洛雷丹诺去给他找那个小女工前理发师为他理发时，烫发钳发出的气味。那年春天，暴雨来得如此频繁，他在月色下坐在他那四轮敞篷马车里冷得直哆嗦地回家；心理的习惯、季节的印象、皮肤的反应，这些东西构成一张大网，在一连好几个星期当中把他的整个身子都罩上了。在那时，他尝到那些除了爱情别无他事的人的种种乐趣，肉欲的追求也得以满足。他曾以为他可以永远如此，将来无须领略其中的痛苦；现在奥黛特的魅力跟那个像一个模糊的光晕那样笼罩着他的可怕的恐惧相比，已经微不足道了，而这光晕就是不能每时每刻都知道她在干些什么，不能随时随地占有她的那种焦躁不安。唉！他想起了她高叫“我随时都可以同您见面，我什么时候都是有空的！”时的那种语调，然而现在她却什么时候都没有空了！她对他的生活的兴趣和好奇，对答应她介入他的生活这种热切的愿望（他当时却怕它会引起可厌的打扰）也不复存在了！当初她必须苦苦哀求，他才答应让她领到维尔迪兰家去：当初他每月只让她上他家去一次，而她总得反复强调她梦寐以求的两人天天见面这个习惯将给她带来何等的快乐（而他却认为那是枯燥乏味的苦差）之后，他才勉强答应她的要求，后来她却对这种习惯感到厌恶，彻底摆脱了，可他却已经把它看成无法遏制的痛苦的需要。他记得当他第三次见到她时，她曾一再问道：“为什么不让我更经常地来看您？”他当时殷勤有礼地笑着答道：“我是怕来日徒然自苦呀！”唉！现在呢？她倒还是有时从饭店或者旅馆用带衔的信纸写封信来；可这些衔头上的一个个字都像火一样烧他的心。“这是在符耶蒙旅馆写的？她上那儿去干什么？跟谁去的？干了些什么？”他想起了意大利人大街正在一盏盏熄灭的煤气街灯，那时他已经失去了一切希望，竟在那几乎是神乎其神的夜里，在影影绰绰的人影中把她找着了（那天夜里，他几乎没有问如果去找她，又如果把她找着的话，是否会引起她的不快；他心里是那么确有把握，当她看见他，跟他一起回去时，她准会感到最大的快乐），而现在这个夜晚确实已经属于一个神秘的世界，它的大门已经全都关上，他再也无法重新进去了。斯万现在一动也不动地面对这重温的幸福，只见有一个不幸的人引起他的怜悯之心（因为他没有马上把他辨认出来），为了免得别人看见“他们俩”热泪盈眶，便把头低了下去。这个人就是他自己。

等他明白过来以后，他那怜悯之心也就随之消失，然而他妒忌她曾经爱过的另一个自己，妒忌他过去时常认为（然而心里也并不过分难过）“她也许在爱着”的那些人，因为他心中关于爱的空泛的概念（其实其中并没有爱情）已经由充满着爱情的菊花的花瓣和“金屋”餐厅信纸上的笺头取而代之了。他的痛苦之情愈来愈强烈，他抬手擦一擦前额，把单片眼镜摘下，擦拭擦拭镜片。毫无疑问，如果他这会儿能看到他自己的话，他会把他刚才像是摘下一个讨厌的念头那样摘下的单片眼镜，像是擦拭掉烦恼那样用手绢擦拭那蒙上水汽的镜片的单片眼镜，补充到他刚才加以区别的那一系列单片眼镜行列中去的。

在小提琴声中——你如果看不到乐器的话，你就不能把听到的声音跟乐器的形象联系起来，而乐器的形象是能改变乐器的音色的——有着跟次女低音一样的声音，使人产生有一位女歌唱家来参加这个音乐会的幻觉。你抬起眼来，却只见到那精致得跟中国珠宝盒一样的琴身，而且有时还能听到美人鸟迷人的歌声；有时也似乎听到被俘获的精灵在这中了魔法的颤抖的宝盒中，就像一个淹没在圣水缸里的魔鬼的挣扎声；有时又仿佛有一个神乎其神的纯洁的生灵在空中飘荡，展现它那看不见的启示。

与其说乐师们在演奏那个乐句，倒不如说他们在举行为召唤这个乐句出现所需的仪式，在诵念为使它出现并使它的奇迹得以延续一些时间所需的咒语；斯万现在不再能看到它，除非它属于一个紫外线的世界，他在离它越来越近时却一时失明，只感到这一变化使他的精神为之一爽；他现在感到这个乐句出现在他面前，像是他的爱情的保护神和知情人，为了能在大庭广众之中走到他的跟前，把他拉到一边跟他絮语，而用这有声的外形把自己乔装打扮起来。当这乐句从他身边飘然而过，轻盈、安神，像鲜花的清香那样悄悄私语，倾心相诉，他仔细谛听每一个字，直惋惜话语如此迅速地飞逝，不由自主地用嘴唇去亲吻那和谐的、正在消逝的形体。他现在已经不再有遭流放的孤独之感了，因为乐句在跟他说话，悄悄地谈到了奥黛特。因为他现在不再像过去那样以为这乐句不认识奥黛特和他了。它曾如此经常地目睹过他们俩在一起时的欢乐情景！不错，它也时常提醒他这种欢乐的不实在，会稍纵即逝。甚至就在那时，他也在乐句的微笑中，在它清澈的促人醒悟的声调中窥出了痛苦的苗头，而他今天从中觅得的却几乎是高高兴兴的听天由命的甘美。当年这乐句曾跟他谈起过悲伤的事，他自己虽未被波及，只见到乐句带着微笑裹挟着它们，在它曲折湍急的激流中冲泻而下，而现在这些悲伤的事却是他亲自尝过的了，而且没有希望得以摆脱。这乐句仿佛也像当年说到他的幸福时一样，对他说："这有什么关系？这算不了什么。"斯万心里第一次浮现对这位凡德伊，对这位本身多半也曾尝过苦涩滋味的、从不相识的崇高的兄长的怜悯与柔情；他度过了怎样的一生？他是从怎样的痛苦中汲取了神般的力量，汲取了无穷的威力来创作的？当这小乐句对他谈起他的痛苦的虚妄时，斯万体味到这箴言的甘美，但就在片刻以前，当他从把他的爱情看作无关紧要的闲事的那些不相干的人的脸上窥出这种意思的时候，他却觉得这条箴言难以容忍。那是因为那个小乐句，与此相反，不管它对心灵的这些状态的短暂易逝表达了什么见解，它从中所看到的却跟这些人不一样，并不是没有实际生活那么严肃的东西，相反却是远远高出于生活的东西，是唯一值得表现的东西。这个小乐句试图模仿，试图再创造的是内心哀伤的魅力，而且要再现这种魅力的精髓；除了亲身感受这种魅力的人之外，任何别人都认为它是不能传达，也是毫无价值的；这个小乐句却把它的精髓抓住了，把它化为可以看见的东西。它使得它的听众只要多少有点音乐细胞，就能承认这种魅力的价值，尝到它神奇的甘美，然而日后在他们身畔看到的每一个特定的爱情当中，他们却又看不到这种魅力了。当然，这小乐句把这种魅力组编起来的形式是不能化为逻辑的推理的。但一年多以来，对音乐的爱好向他揭示了他心灵中的许多宝贵财富，至少在一段时间之内在他身上生根发芽，斯万从此就把音乐的主旨看成真实的思想，是另一个世界、另一种类型的思想，蒙着黑影、不为人所知、智力所不能窥透的思想，然而这些思想依然完全可以相互区别，各有不同的价值与意义。自从他在维尔迪兰家那次晚会上请人把那乐句再奏一遍以后，他竭力想弄清这乐句是怎样像一股清香、一次搂抱那样迷惑他、缠绕他的，他终于意识到那个收缩了的、冷冰冰的甘美之感得之于组成这乐句的那五个间距很小而其中两个又不断重复的音符；可事实上他不知道，他这番推理并不是从这小乐句本身得来，而是在认识维尔迪兰夫妇以前的一个晚会上第一次听到这个奏鸣曲时，由于懒得动脑筋而用来解释他所探索的音乐这个神秘实体的简单的标准。他也知道，在他回忆之中的钢琴的乐声就越发歪曲他观察与音乐有关的事物的观点，而且展现在音乐家面前的天地并不是仅有七个音符的可怜的键盘，而是一个无限宽广的键盘，几乎还完全未为人所知，只是星星点点地散布着千千万万表现温柔、激情、勇气和安谧的琴键，中间被从未被我们探索过的层层黑暗所阻隔；这些琴键彼此之间有天地之别，只为少数伟大的艺术家所发现；他们在我们心灵深处唤醒了跟他们发现的主题相应的情感，告诉我们，在我们原以为空无一物的心灵这片未被探索、令人望而生畏的黑暗中却蕴藏着何等丰富多彩的宝藏而未为我们所知。凡德伊就是这样的音乐家中的一个。他那个小乐句虽然为我们的理性设置了一层薄膜，但我们还是可以感到它如此充实、如此明确的内容，它又给这内容以如此新鲜、如此独特的力量，使得听众把乐句和凭智力获得的思想一视同仁地保存在心中。斯万每次想到这个乐句，就仿佛是想到了爱情观和幸福观，马上就能从中体会到它的特点，就如同一想起《克莱芙王妃》和《勒内》[1]这两个标题就知道它们的特点一样。即使在他没想到这个小乐句时，它也跟一些无可替代的概念（例如光、声、凹、凸、肉欲这些概念）处于同等地位，潜伏在他的心灵之中，而我们的内心世界之所以如此多彩多姿，绚丽斑斓，正是由于这些丰富的精神财富。假如我们一命归天，我们也许就将失去这些财富，它们也许

[1] 《克莱芙王妃》的作者是法国 17 世纪女作家拉法耶特夫人，被认为是法国第一部心理小说杰作。《勒内》则是 19 世纪法国浪漫主义作家夏多布里昂的作品。

会自行消失。但只要我们活着，我们就不可能不认识它们，正如我们不可能不认识一个具体的物体一样，也正如当我们的房间里点上了灯，虽然屋里的物体都变了样，对黑暗的回忆也已不复存在，我们却不可能怀疑灯光的存在一样。就这样，凡德伊的这个乐句，正如《特里斯坦》的某个主题（它为我们表现了心灵的感受）一样，也歌颂死亡，也体现了相当动人的人生景象。这个乐句的命运，日后是要跟我们的心灵的现实联系在一起的，它是我们心灵的最特殊，又最与众不同的装饰物之一。也许只有虚无才是真实的东西，而我们的梦幻并不存在，然而那时我们就会感到，那些与我们的梦幻相关联而存在的乐句和概念也就不复存在了。我们终究会死去，但是我们手上有这些神奇的俘虏作为人质，他们将在我们生存的机会丧失时继续存在下去。有了他们，死也就不会那么凄伤，不会那么不光彩了，甚至不会那么太肯定了。

斯万相信那个乐句的确存在着，他没有错，当然，从这个观点来看，它是人间的东西，然而它却属于一种超自然的创造物的世界；我们虽然从来没有见过这种创造物，但当某位探险家探索这不可见的世界，捕捉到一个这样的创造物，从他进入的这个神奇世界中带到我们这个尘寰的上空，让它在这里闪耀出片刻的光焰，我们看到时是会欣喜若狂的。凡德伊用他那个小乐句所做的就是这样一件工作。斯万感到，作曲家只是以他的乐器把它揭露出来，使它变得清晰可见，以他如此轻柔、如此审慎、如此细腻、如此稳健的手忠实描绘出它的轮廓，使得音响随时变幻，有时变得模糊黯淡以表现一个幽影，而当它必须勾勒奔放的轮廓时又重新活跃欢腾起来。斯万相信那个乐句确实存在，这有事实可以证明：如果凡德伊看见那个乐句，把它的形式描绘出来的能力较差，而竭力在一些地方凭臆想添上几笔来掩饰他观察的不到和技巧的欠缺，那么，任何一个耳朵稍为灵敏一点的音乐爱好者就会发现他的骗局。

乐句消失了。斯万知道，它还将在最后一个乐章的结尾出现，其间要隔着很长一段乐曲，而维尔迪兰夫人家中那个钢琴家老是把这一段跳过。这一段里有一些美妙的思想，斯万在第一次听时未能辨认出来而现在却发现了，仿佛这些思想在他记忆的衣帽间中突然把掩盖着它的新颖之处的外衣脱掉了似的。斯万听着那分散的主题组成乐句，正如三段论法中的前提演绎为必然的结论，他亲眼看见这乐句的生成。他心想："噢！凡德伊的大胆敢情跟拉瓦锡[1]和安培[2]一样，都是得之于天才的启发！他试验并发现了掌握着那未为我们所知的力量的规律，把他信赖不移但永不能见的无形的巨车，驶过从未探测过的地域，奔向那唯一可能的目标！"斯万在最后一段开始时听到的钢琴与小提琴之间的对话是多么美啊！虽然摒弃了人间的词语，却并不像人们想象的那样让幻想主宰一切，恰恰相反，这里却排除了幻想；从来也没有像这里这样更迫切需要对答的语言，然而问题从来也没有像这里这样提得如此贴切，回答也从来没有像这里这样明确。首先是钢琴独自哀怨，

---

[1] 拉瓦锡（1743—1794）：法国化学家，建立了化学命名法，发现氧在燃烧中的作用，提出物质守恒定律。

[2] 安培（1775—1836）：法国物理学家、数学家，电动力学的创始人。

像一只被伴侣遗弃的鸟儿；提琴听到了，像是从邻近的一株树上应答。这犹如世界初创的时刻，大地上还只有它们两个，也可以说这犹如根据造物主的逻辑所创造，对其余的一切都关上大门，永远是只有它们俩的世界——这奏鸣曲的世界。钢琴紧接着又为那个看不见的、呻吟着的生灵倾诉哀怨，可那生灵到底是什么？是一只鸟？是那小乐句还是不完整的灵魂？还是一个仙女？那叫喊声来得是如此突然，提琴手得赶紧抓起琴弓来迎接。真是一只神奇的鸟儿！提琴手像是想迷住它，驯服它，抓住它。它已经深入他的心灵，由它召唤的那个小乐句已经使得提琴手那当真着了魔的身体像通灵者一样颤动起来。斯万知道这小乐句就要再次向他倾诉了。而这时他自己早已分裂成两人，以至在等待他即将面临这乐句的时刻到来时，不禁哽咽起来，就像我们在读到一行美妙的诗句或者听到一个伤心的消息时那样——而且并不是当我们只身独处的时候，而是仿佛在把这诗句或这消息告诉给我们的朋友们的时候，在他们身上，我们看到我们自己成了一个情绪能影响他们的第三者。乐句又重新出现了，但这次是高悬空中而且一动也不动地仅仅持续了片刻，立即又消逝了。它延续的时间是如此短暂，斯万的眼睛连眨都没眨一下。它还像一个完整充实的虹色水泡那样悬着。又像一道彩虹，光泽逐渐减弱黯淡，然后又升腾起来，在最后归于消失以前，大放前所未见的异彩：它原先还只露出两种色彩，现在又添上棱镜折射出的所有绚丽多彩的琴弦，奏出动人的曲调。斯万不敢动弹，他希望别人也都像他那样安安静静，仿佛稍有动静就会破坏这随时都会消失的美妙脆弱的、神乎其神的幻景。说真的，谁也不想开口。那一个不在场的人（也许是一位死者，因为斯万不知道凡德伊是否还在人世）的美妙得难以言传的话语，在这些祭司们的头上回荡，足以吸引住在场的三百人的注意，把这个召唤阴魂的乐台化为举行神奇仪式的庄严的祭坛。就这样，当乐句终于结束，只剩下袅袅余音在随后取而代之的旋律中回荡时，斯万先还为那愚蠢得出了名的德·蒙特里安德伯爵夫人在奏鸣曲还没有完全终止时就俯过身来对他讲说她的感想而恼火，后来却禁不住微微一笑，也许是为在她的话语中发现了她自己所未曾体会到的更深的含义而高兴。伯爵夫人对演奏者的高超技艺赞叹不已，冲着斯万嚷道："真是奇怪啊，我从来没有见过这么神的……"她怕把话说得太绝，又找补了一句："只有招魂时用的灵动台才是例外！"

从这次晚会以后，斯万明白奥黛特往日对他的感情是永远不会恢复了，他过幸福生活的希望是再也不能实现了。有些日子，她偶尔对他亲切温柔，多少对他表示一点关心；他把她这些回心转意的表面的、虚假的表示一一记下，就好比那些侍候着身患绝症、行将离世的病人的朋友，怀着那种充满温情和怀疑色彩的关切以及毫无希望的欢乐，记下这样的话当作无比宝贵的事实："昨天他自己都会算账了，指出了我们计算中的一个错误；他还高高兴兴地吃了一个鸡蛋，如果消化得好，我们明天想给他一块排骨试试。"尽管他们自己也明明知道，对于一个死亡已经不可避免的人来说，这样的事情已经毫无意义。斯万心里当然也明白，如果他现在离开奥黛特生活的话，他对她就会越来越淡漠，就会乐于看到她永远离开巴黎；到时候他自己就会有待在巴黎的勇气，可是他却没有勇气先走开。

斯万原也常有这样的想法。现在他已经恢复对维米尔的研究，他至少应该再到海牙、德累斯顿、不伦瑞克去些日子。他深信，在哥德斯密特拍卖时由毛里茨博物馆[1]当成尼科拉斯·马斯[2]的作品买去的那幅《狄安娜的梳妆》，实际出自维米尔之手。他很想就地进行一番研究来加强他的信念。然而当奥黛特在巴黎的时候（甚至当她不在的时候），要她离开巴黎，在他看来可是一个如此残酷的计划，他是明知自己永远也下不了决心去实现，所以才能经常放在心里盘算的——换到一个新地方，我们的感觉还没有被习惯冲淡，我们随时都会唤起原有的痛苦，使它加剧。不过他有时还在睡梦中萌生外出旅行的打算（他从未想到这样的旅行是不可能的），居然还得以实现。有天他梦见他要外出一年，倚在车厢窗口，冲着站在月台上哭着向他道别的青年，劝那青年跟他一起上路。列车晃动，他也惊醒了，意识到他并没有出家门，而且当晚，第二天还有以后几乎每天都会见到奥黛特。那时，梦境依然萦绕在他心头，他赞美自己那些优越的条件，使他生活不必依赖他人，可以待在奥黛特身边，使得她允许他有时去看她；他把他这些优越的条件列举一番，其中有：他的社会地位、他的财产（她时常有迫切需要，所以不能同他决裂，而且耳闻她有跟他结婚

---

[1] 在海牙。

[2] 尼科拉斯·马斯（1634—1693）：荷兰画家。

的意思），他跟德·夏吕斯先生的交情（虽然其实并没有使他从奥黛特那里得到多大好处，但他是他们俩共同的朋友，奥黛特对他很是敬仰，有这样一位朋友在她面前说他的好话，他想着也不无温馨之感），还有他自己的聪明才智，他全部用来每天安排巧计，使得奥黛特觉得有他在身边陪伴虽不一定是赏心快事，至少是必不可少的。他想，要是这些条件全都没有的话，他会变成什么样子；他想，要是他像许多人那样贫穷、低微、一无所有，不得不有什么工作就干什么工作，或者是依赖父母或妻子，他早就不能不离开奥黛特，心有余悸的那场梦就会变成现实。他心想："人总是身在福中不知福。他们也决不像他们自己所想的那么不幸。"但他又想，他现在这种生活已经持续了好几年了，他所期望的也就是这种生活能持续下去，继续牺牲他的工作、他的乐趣、他的朋友，最后是牺牲他的一生来每天都期待一个并不能给他带来任何幸福的约会；他还想，他这样做是不是错了，凡是促进他们俩的关系，防止其破裂的一切是不是在毁坏他的前途，他所应该期求的是不是正是他现在庆幸仅仅是梦中发生的事情，也就是他的离去？他心想，人总是生在祸中不知祸，他们也决不像他们自己所想的那么幸福。

有时他盼望她在意外事故中没有痛苦地死去，因为她是从早到晚总在外面，在街上，在大路上的。当她安然无恙回来时，他不禁赞叹人的身体是如此灵活和结实，总能摆脱一切灾难（自从斯万有了这个隐秘的念头以后，他觉得这样的灾难是数不胜数的），使得人们天天都能几乎不受惩罚地从事撒谎、追求欢乐的勾当。斯万对由贝里尼作肖像的穆罕默德二世深表同情，后者对他的一个后妃爱得发狂，就用匕首把她刺死。据为他作传的威尼斯人不加掩饰地说，这是为了求得他心灵的平静。然后斯万又为他只想到自己而深自愧恨，觉得他居然把奥黛特的生命视若草芥，自己感到痛苦也是活该，一点也不值得怜悯。

既然他不能义无反顾地离开她，那么，假如他继续见到她而不跟她分离的话，至少他的痛苦终将减弱，而他的爱情也许终将熄灭。既然他不愿永远离开巴黎，他就希望她永不离开。既然他知道她每年离开巴黎时间最长是在八、九两月之间，那么他眼前还有好几个月的余暇来把这苦涩的念头溶解在他脑子里遥想的时日当中，这些时日和当前的时日一模一样，在他饱含哀愁的心中流逝，透明而寒冷，然而并不引起他过分强烈的痛苦。但这心中构想的未来，这条无色而奔放的长河，奥黛特的一句话就把它击中，像一块寒冰似的把它堵住，阻止它流动，使它整个凝冻起来；斯万突然感到心里堵满了一块巨大而坚不可破的东西，挤压他身体的内壁，直到使他全身爆裂：原来奥黛特带着狡黠的微笑对他说："福什维尔到圣灵降临节时要出外旅行。他要到埃及去。"斯万顿时就明白，这话就意味着："到圣灵降临节时我要跟福什维尔到埃及去。"果不其然，过了几天，斯万问她："嗯，你那天说要跟福什维尔同去的那次旅行怎么样了？"她冒冒失失地答道："对了，亲爱的，我们十九号就动身，我们会寄给你金字塔的图片的。"那时他想弄清楚她是不是福什维尔的情妇，要当面问个明白。他知道她迷信，有些伪誓是不会起的，而且迄今为止，他一直担心当面问她会使她恼火，遭她讨厌，然而现在他已经失去了得到她的爱的一切希望，这种担心也就不复存在了。

有一天，他收到一封匿名信，说奥黛特曾是无数男人的情妇（信上列举了几个人，其中有福什维尔、德·布雷奥代先生，还有那位画家），还是一些女人的情妇，而且还经常进妓院。他为在他的朋友当中居然有人会给他写这样一封信而感到痛苦（从信上的某些细节来看，写信的人对斯万的私生活是很了解的）。他琢磨这是谁干的。他从来没有猜测过别人在背后干些什么，从来没有怀疑过别人那些跟他们的言语挂不上钩的行动。德·夏吕斯先生、德·洛姆亲王、德·奥尔桑先生，他们当中哪一位也从来没有在他面前说过赞成写匿名信的话，他们都表示他们是强烈谴责匿名信的，这样一种卑劣的行径莫非出自他们公开的性格背后的什么地方？他看不出有什么理由把这种无耻勾当跟他们当中任何一人的品格联系起来。德·夏吕斯的性格有点不正常，然而基本上是善良厚道的；德·洛姆亲王虽然冷漠，但身心健全，为人正直。至于德·奥尔桑先生，斯万从来没有见过有谁，即使是在最惨的处境中，会看到他讲出言不由衷的话，做出不得体、不妥当的举止。有人说德·奥尔桑先生在跟一个富有的女人的关系当中有不正当的表现，斯万总难以理解，每当他想到他的时候，他总不得不排除他那个坏名声，认为它跟他那些数不胜数的高尚正直的表现无法协调。斯万一时觉得他的脑子越来越糊涂，他就想点别的事情，好看得清楚一些。过了一会儿，他又有勇气来继续那番思考了。他刚才既不能怀疑任何人，到这时候就只好怀疑所有的人了。归根到底，德 · 夏吕斯先生是爱他的，心地不坏。然而他有神经病，当他明天听说斯万病了的时候，他可能会难过得哭起来，然而今天呢，也许出于妒忌，也许出于气愤，一时心血来潮，就要对他使坏。说到头，这号人最糟糕。德 · 洛姆亲王对他的爱当然远不及德 · 夏吕斯先生，但也正由于此，他对斯万也就没有那么强烈的感情；再说，他生性冷漠，既不会做出豪迈之举，也不会干出卑鄙龌龊的勾当；斯万都后悔尽跟这一号人泡在一起了。他又想，阻止一个人对他周围的人使坏是同情之心，而他终究只能保证本性跟他相同的人有这样的心，譬如就心地善良来说，德 · 夏吕斯先生就是这样一个人。对斯万造成这样一种痛苦，单单这一个念头就会使德 · 夏吕斯先生产生反感。然而对一个感情冷漠，不怎么太通人情的德 · 洛姆亲王来说，在不同的本质的驱使下，可能会干出什么事来，谁又能预料到？心地好是最主要的，德 · 夏吕斯先生的心地就不错。德 · 奥尔桑先生心地也不错，他跟斯万的关系虽不亲密但还是真诚的，是由于他们对什么事情都有一致的想法，所以乐于在一起絮叨；他们之间的关系比较平和，不像德 · 夏吕斯先生那样激昂，那样易于做出一时冲动的事情来，不管是好事还是坏事。如果说有谁是斯万过去一直感到能被他所了解，能身受其体贴爱护的话，那就是德 · 奥尔桑先生了。不错，不过他过的那种不大体面的生活又如何解释呢？斯万现在感到遗憾，他从前竟从来没有予以考虑，时常还以开玩笑的口吻说什么他只有在流氓集团里才能看到强烈的同情和尊敬的感情。现在他却想，人们判断别人，从来都是根据他们的行为，这并不是没有道理的。只有行为才有意义，我们说的和想的都算不了什么。夏吕斯和洛姆可能有这样那样的缺点，可他们是老实人。奥尔桑也许没有缺点，可他不是老实人。他可能又一次干了坏事。斯万又怀疑起雷米来，不错，他只可能是授意别人去写，但他显然觉得那路子是走对了。首先，洛雷丹诺有理由恨奥黛特。其次，我们的仆人地位比我们低，以为我们除了家产之外还有什么财富让他们眼红，除了缺点之外还有什么罪恶让他们瞧不起，又怎能设想他们最后不会干出我们上等人干不出的事来呢？斯万还怀疑我的外祖父呢。斯万每次求他帮忙，他不总是拒绝吗？而且以他那资产阶级的脑筋，还以为这都是为斯万好呢。斯万还怀疑贝戈特，怀疑画家，怀疑维尔迪兰夫妇，而在怀疑之中他再一次赞赏上流社会人士真是聪明，他们不愿和艺术界的人士打上交道，而在艺术界里这样的事不仅可能发生，甚至也许被认为是巧妙的玩笑而受到肯定；但他这时也想起了那些波希米亚人，他们的行动是何等光明正大，而与此恰成鲜明对比的是贵族阶级，他们在手头缺钱，又要摆阔气、花天酒地时又是如何经常背弃原则，便宜行事，简直是尔虞我诈！总之，这封匿名信表明他认识一个能干得出这等卑鄙行径的人，然而他看不出为什么这样的卑鄙心理就更有可能隐藏在热心肠人、艺术家、贵族的心灵深处（为他人所探测不出），而不是在冷漠的人、买卖人、仆役的心灵深处。应该采用什么标准来判断一个人呢？归根结底，他所认识的人中间，没有哪一个是不能做出可耻的行动来的。是不是应该跟他们全都不再来往呢？他闹不清楚了；他一再抬手拍拍脑门，用手指擦拭单片眼镜的镜片，心想有一些并不比他差的人也跟德·夏吕斯先生、德·洛姆亲王和别的一些人交往，这就表明，即使他们并不是不可能做出可耻的行动，至少每个人都必须遵从的那个生活的必然是要求我们跟并非不可能做出可耻的行动的人们交往的。于是他就跟所有他怀疑过的朋友继续握手，只是带点保留态度，认为他们也许曾经想使他陷于绝望之境——不过这种保留态度也只是徒具形式罢了。

至于信的内容，他并不为之不安，因为其中列举奥黛特的罪状没有一丝真实的影子。斯万跟许多人一样，懒得动脑筋，也缺乏想象力。他清楚地知道，人们的生活充满着矛盾，这是一条普遍真理，但具体到特定的人身上，他就把对方生活中他所不知道的部分，设想成跟他所知道的那部分完全一致，他借助于对方跟他讲的话来设想他没有跟他讲的那些话。当奥黛特在他身边的时候，如果他们谈起别人有什么不正当的举止或者粗俗的情感的话，她总是用斯万的父母从小教导他而他也始终恪守的原则来指责他们；再说，她也爱摆弄个花，爱喝杯茶，关心斯万的工作。因此，斯万就把奥黛特的这些习惯推广到她生活中的其他部分，当他要想象她不在他身边时是什么情景时，他就在脑海里重复她那些姿态。假如别人描绘的情景跟她在他身边（或者毋宁说是曾经那么长时期地在他身边）的情景一样，然而是跟另外一个男人在一起，那他是会感到痛苦的，因为在他心目中，这个形象是逼真的。然而要说她进妓院，跟一些女人在一起狂欢作乐，过着卑鄙下流、荒淫无耻的生活，那就是荒诞无稽的胡说八道；谢天谢地，他想象中的朵朵菊花，她每日品饮的杯杯红茶，她在不义之举面前的义愤填膺，是不可能给这一派胡言的实现留下余地的。不过他也时不时地告诉奥黛特，别人是怎样出于恶意，把她的所作所为说给他听的；同时他也顺带用上点他偶尔听到的无关紧要然而却是真实的细节，仿佛他对奥黛特的全部生活都了如指掌，只是秘而不宣，无意中露了这么一点，让人以为他掌握什么情况，其实他既不了解，甚至连想都没有想到；而他之所以经常恳求奥黛特不要歪曲事实，只是为了——不管他自己意识到与否——让奥黛特把她的所作所为全都告诉他罢了。不错，他也常对奥黛特说，他爱真诚坦率，其实，他是把他所爱的真诚坦率看成一个能把他情妇的日常生活向他密报的拉皮条的人。因此，他对真诚坦率之爱并非超脱功利，也未能使他的人品变得更加高尚。他所珍爱的真实是奥黛特告诉他的真实；而为了得到这个真实，他不惜借助于谎言，而他却经常对她说，谎言是如何陷人于堕落之境的。总之，他撒起谎来并不亚于奥黛特，因为他比她更不幸，也不比她少自私些。而奥黛特呢，当她听斯万对她本人讲起她干过的一些事情时，总是带着一副猜疑的神色瞧着他，偶尔露出愤怒之情，来遮掩她的羞耻之心。

有一天，正当他难得心境平静了很长时间而未生妒意的时候，他接受德·洛姆亲王的邀请，晚间陪他去观剧。他想知道上演的是哪个剧本，就把报纸打开，泰奥多尔·巴里埃尔的《大理石姑娘》这个名字赫然跃入眼底，狠狠地击中他的心坎，他不由得倒退一步，扭过头去。“大理石”这个词往常是如此经常映入他的眼帘，以至反倒是一晃而过，让人视而不见，现在在它出现的那个地方却像在舞台脚灯照射之下，突然如此夺目，叫他马上想起了奥黛特有次给他讲起的那个故事，说的是有回她跟维尔迪兰夫人一起上工业展览馆参观，这位夫人对她说："你小心点儿！我可是知道怎样把你融化掉的。反正你不是大理石做的。"奥黛特当时对他说这不过是开个玩笑，斯万也没怎么在意。那时候他对她的信任比现在强多了。而那封匿名信却恰恰讲到了这一号恋情。他不敢抬眼看报，把它打开翻过一篇，躲开"大理石姑娘"这几个字，开始心不在焉地读起各省新闻来了。芒什省有暴风雨，第厄普、卡堡、布士伐尔遭灾。他又怔了一下。

布士伐尔这个名字叫他想起了这个地区的另一个地名，叫布士维尔；后者又与布雷奥代这个名字相关，他常在地图上看到，可这是第一次注意到它跟他的朋友德·布雷奥代先生的名字一样，而那封匿名信上说他也曾是奥黛特的情夫。再怎么说，对德·布雷奥代先生的指责并非全不可信；而说她跟维尔迪兰夫人有暧昧关系，那就完全不可能了。奥黛特固然有时撒谎，可不能从中得出结论，说她从来不讲真话，在她跟维尔迪兰夫妇讲过的话，以及她自己向斯万转述的那些话中，他也曾听到过女人们由于生活经验的缺乏和对罪恶的无知而开的一些没有多大意思然而不无危险的玩笑（这些话显示了她们的清白）。她们这样的人，譬如说奥黛特吧，她比谁都更不至于对另一个女人产生狂热的恋情的。与此相反，当她把她在转述时无意间在他心中引起的怀疑加以否定时的那种愤怒之情，倒是跟所知道的他这位情妇的格调和气质相一致的。然而在此刻，由于一阵突如其来的醋意——这就好比一个刚想到一个韵脚的诗人或者一个仅仅掌握一个零星观察结果的学者，忽然得到一个思想或者找到一条规律，他们被赋予了全部的力量——他第一次想起了奥黛特早在两年前跟他讲的一句话："哦！维尔迪兰夫人哪，这会儿心里就只有我一个，我成了她的心肝宝贝，她吻我，要我陪她去买东西，要我对她以你我相称。"当时他根本没有想到这话跟奥黛特在他面前为了掩饰那有伤风化的勾当而讲的那些话有什么关系，只觉得这证明她们俩交情很深罢了。现在维尔迪兰夫人对奥黛特那种柔情的印象突然跟她这番味道不正的话结合起来了。他脑子里再也无法把那印象跟这番话分离开来，只见两者在现实中也交织在一起，那种柔情给那些玩笑话注入了认真的要紧的东西，而那些玩笑话也就使那种柔情显得不那么清白了。他直奔奥黛特家。他离她远远地坐下。他不敢拥抱她，拿不稳这一吻在她或他身上激起的将是深情还是怒火。他沉默不语，眼睁睁地瞧着他们之间的爱情死去。他忽然下定了决心。

"奥黛特，"他对她说，"亲爱的，我明知道我使你讨厌，可我还得问你点事情。你还记得我曾经怀疑过你跟维尔迪兰夫人之间有什么关系吗？告诉我，到底有没有？跟她或者别的女的有没有？"

她噘起嘴摇摇头，这是人们回答别人"您来看节日游行吗？"或者"您来看阅兵吗？"这样的问题，表示不去或者讨厌这些事情时常用的姿势。这种摇头，通常是用来表示不愿参加未来的活动的，因此在否定过去的事情当中也掺入了一点犹疑的味道。再说，这种摇头只表示这事对个人合适不合适，并不表示对它的谴责或者从道德观点出发认为它不可能。斯万见她做出否认的姿态，心里明白这也许反倒是真事。

“我早就跟你说过了，你不是不知道。”她又找补了一句，一脸气恼和倒霉的神色。

“不错，我知道，不过你是不是确实拿得稳？你别说什么‘你不是不知道’，你说‘我从来没有跟哪个女人干过那档子事’。”

她像背书一样重复了一遍，语含嘲讽，也显出她是要把他打发走：

“我从来没有跟哪个女人干过那档子事。”

“你能凭你的拉盖圣母像起誓吗？”

斯万知道奥黛特是不会凭这个圣母像起伪誓的。

“啊！你把我折磨得太苦了！”她叫道，一面闪到一边，仿佛是要躲开这个问题似的，“你有完没完？你今天是怎么啦？莫非是下定决心要我讨厌你，恨你？好嘛，我正要跟你和好如初呢，而你却这样来谢我！”

可斯万不想轻易放过她，坐在那里像个外科医生那样，等待刚才打断手术进行的那阵痉挛过去，继续开刀：

“你以为你说了我就会对你有一星半点的怨恨，那你可错了，奥黛特，”他以想说服人的虚情假意的轻声柔语对她说，“我跟你说的都是我知道的事情，而我知道的事情比我说出来的要多得多。这些事儿都是别人对我说的，只有你的坦白才能减轻我对你的恨。

我之所以生气，不是由于你的行动，我既然爱你就会原谅你的一切，而是由于你的虚伪，你那毫无道理的虚伪，使得你一个劲儿否认我所知道的事情。当我见到你在我面前坚持我明明知道是假的事情，还要起誓赌咒，你怎能叫我继续爱你呢？奥黛特，这时刻对你我都是痛苦的折磨，别让它再继续下去了。只要你愿意，一秒钟就能了事，到时候你就永远解脱了。你指着圣母像告诉我，你是不是干过那档子事。”

“我压根儿也不知道，”她愤怒地叫道，“也许很久很久以前，连我自己也莫名其妙呢，可能有这么两三回。”

斯万早就盘算过各式各样的可能性。现在的现实却跟那些可能性并无丝毫关系，就跟我们身上挨的一刀跟在我们头顶上飘动的浮云并无丝毫关系一样——“两三回”这几个字却像是一把尖刀在我们的心上画了一个十字。“两三回”这几个字，单单是这几个字，在我们身体之外发出的这几个字，居然能跟当真触到我们的心一样，把它撕碎，居然能跟吃的毒药一样使我们病倒，真是一件怪事！斯万不由自主地想起在德·圣德费尔特夫人府里听到的那句话：“自从看了招魂时用的灵动台以来，这是我见过的最神的奇迹了。”他现在感到的痛苦远远超过了他的想象。这倒不仅仅因为在他对奥黛特最不信任的时刻，他难以想到她在恶行这条路上能走得那么远，而且也因为，即使在他设想这等事的时候，那也是模糊的、不肯定的，没有感受到从“可能有这么两三回”这几个字当中散发出来的那种特殊的恐惧，没有在你首次听到你得了某种疾病时那种从未体会过的特殊的残酷。他这种痛苦完全来自奥黛特，然而奥黛特在他心目中并不因此而有欠可爱，反而更弥足珍贵，仿佛是痛苦越深，唯有这个妇女身上才有的那种镇痛剂和解毒剂的价值也水涨船高。他要给她以更多的照顾，仿佛突然发现自己身上的某种病痛比原来设想的还要严重。他希望她说曾干过“两三回”的那种丑事不再重犯。为此，他必须密切照看着她。人们常说，你要是向你的朋友指出他的情妇犯了什么过错，只能使他跟她更加接近，因为他是不会信你的，而他如果信了你，那就跟她贴得更紧了！斯万心想，他怎样才能保护她呢？他也许能使她不受某一个女人的影响，可是还有几百个别的女人呢！他也想起，在维尔迪兰家没有找见她的那晚，他曾一时起念要去占有另一个女人（其实是办不到的），现在看来这念头是何等荒唐。幸好在这像一伙伙入侵者那样刚侵入斯万的心灵造成的新的痛苦底下，还有一层由天性构成的基础，它历史悠久、温和宁静、一声不响地在起着作用，犹如一个受了伤的器官的细胞立即来修补遭到损坏的组织，也犹如一个瘫痪的肢体上的肌肉总有恢复原有机能的趋势。他心灵中的这些资格较老、土生土长的居民，一时间把斯万的全部力量投入这不声不响的恢复元气的工作——正是这样的工作使得一个康复中的病人，使得一个刚接受过手术的病人一时感到安详。这一次跟平常不一样，这种由于精疲力竭而感到的松弛，与其说是出现于他脑际，倒不如说是出自他的心田。生活中所有曾经一度存在过的东西都一一在心中重现，而还是那份痛苦之情，就像是一头垂死的牲口为似乎已经终止的抽搐的惊跳所驱，刚平静了一会儿，又在斯万的心上画了一个十字。他猛然想起那些月夜，他躺在他那辆驶往拉彼鲁兹街的敞篷马车上，纵情畅想恋人的种种欢乐，全然不知这些欢乐将必然带来什么毒果。但所有这些念头都仅仅一闪而过，也就是把手举到心口，缓过气来，强自微笑来掩盖他的痛苦那一会儿工夫罢了。这时他都已经又开始提出他的问题来了。他的醋意为了给他这样一个打击，使他经受还从未经受过的最惨烈的痛苦，简直比一个死敌还要不惜费上九牛二虎的气力，这时依然觉得他受的苦还不够，还要想方设法让他受到更深的创伤。他的醋意像一个邪恶的鬼神给他以启示，把他推向毁灭的边缘。如果说他受的罪在开始的时候还并不很重的话，那不是他的错，而仅仅是奥黛特的错。

“亲爱的，”他对她说，“现在就算完了；对了，那人我认识吗？”

“不，我发誓根本没有那么回事，我刚才是言过其实了，我并没有走到那一步。”

他微微一笑，接着说下去：

“听便，没有关系，不过你不能把她的名字告诉我，实在遗憾。你要是能把她是怎么样一个人跟我讲讲，那就省得我再在这方面费心思了。这是为你好，你说了，我不是就不再麻烦你了吗？心里有什么事，一旦弄明白了，就像是一副担子落了地。要是琢磨不出是怎么回事，那才难受呢。不过你刚才对我已经不错，我不愿再烦你了。我衷心感谢你对我的好。这就算完了。只不过还有一个问题：那是几时的事情？”

“啊，夏尔！你真是烦死我了！那是早辈子的事了。我压根儿就从来没有再想过。你不把那些念头重新塞到我脑子里来就不罢休是不是！你这是有心使坏，无意中干了蠢事，没有你什么好处。”

“啊！我刚才只是想知道这是不是在我认识了你以后发生的事情。事情仍然就是在这里发生的了？你就不能告诉我那是哪个晚上，好让我想想那天晚上我在干什么？奥黛特，我的宝贝，到底是跟谁？那你是不可能记不起来的。”

“我也不知道，真的！我想是在布洛涅森林，有个晚上你上岛上去找我们来着。你先在德·洛姆亲王夫人家里吃了晚饭，”她说，很高兴能提供一个能证实她的话的精确细节，“在邻桌上有个我很久很久没有见过的女人。她对我说：‘跟我上那边岩壁背后去看湖光月色吧。’我打了个哈欠，答道：‘不，我累了，在这里挺好。’她说月色从来没有那么好过。我说：‘扯淡！’我知道她想干什么。”

奥黛特讲这番话的时候，差不多一直是嘻嘻哈哈的，也许因为她觉得这很自然，也许因为她想这样就可以让事情显得不怎么严重，也许是为了掩盖她的羞涩。但当她看到斯万的脸色时，她就换了腔调：

“你这个坏家伙，你拿折磨我来寻开心，逼我编些谎话来好叫你让我安生！”

对斯万的这个打击比第一个还要使他难以忍受。他从来没有料到这是一件离现在如此之近的事情，她却一直瞒过了他，他一直没能发现；这并不是在他所不知晓的过去，而是在他记得如此清楚的那些夜晚，是他跟奥黛特一起度过的那些夜晚，是他原以为了如指掌而现在回想起来却隐藏着欺骗和丑恶的那些夜晚；在这些夜晚中间忽然裂了一个大口子，就是在布洛涅森林中的那个时刻。奥黛特虽然不算聪明，但本身还是有魅力的。她刚才边比画边讲述那个场面时是何等的简洁，使得斯万气喘吁吁地仿佛身临其境：奥黛特的哈欠，那岩壁。他还听到她回答“扯淡”两字——不幸的是，答话时是高高兴兴的。他感到今晚她是不会再说什么了，这会儿不可能再等到有什么新的透露，就说：“可怜的小宝贝，原谅我吧，我知道我委屈你了，得了，我再也不去想它了。”

不过她还是看到他的双眼死死盯着他所不知道的事情，盯着他们过去的那段恋情；在他的记忆中已经模糊因而显得既单调又平和的那段恋情，现在却被在德·洛姆亲王夫人家那顿晚宴后，在布洛涅森林岛上月光下的那一分钟，撕出了一道裂口。然而他早就养成了这样的习惯，总是把生活看得饶有兴趣，总是要为在生活中稀奇古怪的发现赞赏不已，因此尽管难受得甚至认为这样的痛苦无法再忍受下去，心里却想：“生活这个东西真是叫人惊讶不已，它保留着许多妙不可言的意外；看来恶习这个东西散布起来比人们预料的要广泛些。这个女人我一直是信任的，看样子她是如此纯朴，如此正派，纵然有些轻佻，可她的各种爱好还是正常健康的。我根据一封不大可信的揭发信，盘问她一下，她承认的那点东西就透露了超出我所能设想的情况。”然而他不能局限于她那几句没有多大意义的话。他要设法把她所说的话的价值弄个一清二楚，看看是不是应该得出这样的结论，就是那些事儿她是常干的，今后还要再犯。他反复琢磨她说的那几句话："我知道她想干什么""两三次""扯淡！"。然而这些话在斯万脑海里重现的时候并没有解除武装，每句话都像是抓住一把刀，给他又扎上一下。在很长一段时间内，就像一个病人不得不每分每秒都做使他感到痛苦的动作一样，他也反复琢磨着那几句话："在这里挺好""扯淡！"。不过他的痛苦是如此之深，他不得不打住了。他感到奇怪，怎么他一直是如此轻松、如此愉快地评断的那些事儿，现在竟能变得像可能置人于死地的疾病那样严重？他也认识一些女人，原是可以请她们监视奥黛特的。可你怎能指望她们的观点现在会跟他一致，而不是停留在曾长期指导着他的色情生活的那个观点上，能不笑着对他说："你这醋坛子，你想剥夺别人的乐趣？"他原先在对奥黛特的爱情中所得到的纯粹是优雅的乐趣，而现在也不知是什么闸门突然落下，把他投入这新的地狱界中，看不出如何才能出去。可怜的奥黛特呀！他并不怨她。这并不全是她的罪过。不是说当她几乎还是个孩子的时候，就被她的生身母亲在尼斯卖给了一个英国富翁吗？阿尔弗雷德·德·维尼在《诗人日记》里那几句话，他原先读的时候是无动于衷的，现在却觉得其中含有何等痛苦的真实："当你觉得爱上了一个女子的时候，你应该自己问问：她的周围环境怎样？她的经历如何？生活的幸福全系于此。"斯万感到惊讶，像"扯淡！""我知道她想干什么"这样一些在他脑子里一个字一个字迸出来的简单的句子，竟能给他造成这么大的痛苦。不过他也明白，他以为这些不过是几句简单的句子，其实却是把他在听奥黛特叙述她那档子事的时候所感到的痛苦之情包裹起来的甲胄，随时都还能袭上他的心头；他现在感到的不正是那份痛苦之情吗？他现在明白了这点也是枉然。随着时间的推移，就算他把它忘了，宽恕了，依然还是枉然。当他在心里重温这几句话的时候，那份痛苦之情依然像奥黛特说他的那样，使他成为无知和轻信的人；他那强烈的醋意为了使他遭到奥黛特的坦白的打击，总是把他处在一个不知情的人的地位，以至过了好几个月，这段老故事依然像是一个突然的启示那样使他大吃一惊。他自己也诧异他的记忆怎么能有这样强的再创造力。只有等到这台发生器的能力随着年事的增长而逐渐衰退，他才能指望这份折磨有所减轻。然而每当奥黛特所说的话折磨他的力量有点枯竭的时候，斯万脑子里原先较少萦回的话，就由一句几乎是新的话来接班，并以它的全部力量来予以打击。在德·洛姆亲王夫人家吃晚饭那晚的回忆是痛苦的，但那还只不过是他的痛苦的中心。痛苦从这里辐射出去，波及前前后后的日子。不管他的回忆触到哪一点往事，整整一季，维尔迪兰夫妇如此频繁地在布洛涅森林岛上吃晚饭的情景都刺痛他。这痛苦是如此之深，以至醋意在他心中激起的好奇之心渐渐地被在满足它们时将遭受的新的折磨的担心所抵消。他意识到奥黛特在遇见他以前的那段生活，他以前从来没有下功夫去了解的那段生活，那并不是他泛泛地看上一眼的一段抽象的时期，而是充满着具体事件的特定的岁月。在对这些岁月有所认识的过程中，他真怕这个此刻看来没有色彩、平稳流逝而可以忍受的过去的岁月会具有看得见的淫秽的形态，具有一副与众不同的恶魔般的面貌。他还是不打算去对她那段过去多做设想，这倒不是由于懒于动脑，而是怕增加苦恼。他希望有朝一日，他终于能在听到“布洛涅岛”“德·洛姆亲王夫人”这些名字时能不再感到往日的伤心，同时也感到，在他的痛苦之情刚过去时就激奥黛特说出一些足以使这份痛苦之情以另一形式重现的新的话语、地点名称，以及各种情况是并不明智的。

然而他所不知道的事情，他现在怕知道的事情，却往往是由奥黛特自发地，在无意中向他泄露的；奥黛特的恶习在她的实际生活跟斯万过去以为，现在还时常以为他的情妇过的那种相对无邪的生活之间，划出了一条鸿沟，连奥黛特自己也不知道它到底有多宽。一个染有恶习的人，在他不希望会怀疑他有这样的恶习的人们面前总是装出道貌岸然的样子，但他想不到他这些恶习（他感觉不到它们的持续生长）会怎样使他逐渐离开正常的生活方式。在他们俩同居期间，在奥黛特心中，一方面有向斯万掩盖的一些行动的回忆，另一方面有些行动渐渐接受前者的影响，受到前者的感染而她自己并不以为怪，同时这些行动也不会在她心中接受培育的那个部位发生爆炸；但是如果她要把这些事讲给斯万听了，那他就会对这些事情泄露出来的气氛大吃一惊。有一天，他想问问奥黛特——倒没有刺痛她的意思——她是否跟皮条客打过交道。说实在的，他相信她是不会和她们打过交道的；他在读那封匿名信的时候，脑子里曾经闪过这个假想，然而那仅仅是文字的机械的反映，并没有信以为真，可依然还留在脑际。斯万要把这个虽然只是块死疙瘩，可毕竟还是恼人的怀疑摆脱掉，希望奥黛特能把它连根拔除。“啊！不！这并不等于说我没有被她们缠过，”她说，那微笑当中流露出一点自负和得意，竟忘了斯万看了会觉得奇怪，“昨天还来了一个，等了我两个多钟点，说是我开多大价都行。看样子是有个外国大使对她说了什么：‘您要是不把她给我找来，我都要自杀了。’我先让人对她说我不在家，后来只好亲自出来把她打发走。我真希望你那会儿在家看看我是怎么对待她的。我的女仆在隔壁屋里听我说话，后来说我当时扯开嗓门大叫：‘我已经对您说了，我不愿意！这是什么鬼主意，我可不乐意！我想干什么，不想干什么，总有我的自由吧！如果我要钱的话，我可……’我已经告诉门房以后别让她进来了，就说我在乡下。啊！我是多么希望你当时躲在什么地方听着。我相信你是会满意的，我亲爱的。你看，你的小奥黛特也有好的一面，尽管有人说她的坏话。”

她以为他已经发现了这些过错，所以承认下来，对斯万来说，这种坦白不但没有结束他旧的怀疑，反而成了新的怀疑的起点。这是因为她的坦白从来不会跟他的怀疑完全一致。奥黛特尽管从她的坦白当中抽去了最主要的部分，但在次要的东西里还是有些斯万从来没有想象过的东西，正由于其新而使他难以忍受，也使他的醋意的方程式中的已知未知各项起了变化。她这些坦白，他是再也不会忘掉的。他的心把它们装载起来，把它们抛下，又把它们抱到怀中摇晃，像是浮在河面的死尸。她的坦白使他的心中了毒。

有一次她对他讲到救济西班牙木尔西亚水灾灾民日，那天福什维尔去看她了。“怎么，你那时候就认识他？噢！对了！不错，不错。”他赶紧改口，免得显得他不知道那件事情。他忽然想起，救济木尔西亚水灾灾民日那天正是收到他现在还珍藏着的她那封信的日子，那天她多半是跟福什维尔在金屋餐厅吃饭来着。想到这里，他不禁哆嗦起来。可她发誓说没有那么回事。“反正金屋餐厅叫我想起什么事情，后来知道那是谎话。”他说这话是为了吓唬吓唬她的。“对了，那天晚上你上普雷福咖啡馆找我，我说我刚从金屋餐厅出来，其实我并没有去。”她看他的神色以为他已经知情，所以说得很果断——与其说是出于脸皮厚，倒不如说是出于胆怯，怕斯万不高兴（由于爱面子又不想显露出来），还有就是想向斯万证明她也是能坦率的。就这样，奥黛特以刽子手操刀那种干净利索和力量打击了斯万，然而她倒并没有刽子手那样的残忍，因为她并没意识到她在伤害斯万；她甚至还笑出声来，可能主要是为了不在对方面前露出她的羞愧和窘态。“真的，我没有上金屋餐厅去，我是从福什维尔家出来。我当真到普雷福咖啡馆去了，这不是瞎扯，他在那里跟我碰头来着，请我上他家去看版画。可另外有个人来看他了。我跟你说我从金屋餐厅出来，那是因为我怕说了实话你要生气。你看，我这是为你好。就算是我当时错了，至少我现在对你说了实话。如果救济木尔西亚灾民日那天我真跟他在一起吃了饭，我瞒着你又有什么好处？再说，那会儿咱们两个也还不是太熟悉呢。是不是，亲爱的？”他向她尴尬地微微一笑，这些令人痛苦的话语忽然弄得他有气无力，像要垮下来了似的。原来就在他以为是十分幸福因而不堪回首的那些月份，在她爱他的那些月份，她已经在向他撒谎！除了在她跟他说是从金屋餐厅出来的那一刻（那是他们第一次“摆弄卡特来兰花”的那一晚），还该有多少时刻窝藏着斯万连想都没有想过的谎话啊！他想起她有一天对他说：“我只消跟维尔迪兰夫人说我的衣服还没有做好，我的马车来晚了就行了。总有办法应付的。”可能对他也是一样，她曾多次吐出几句话来解释她为什么迟到，说明改动约会时间的理由，这些话大概也出乎他当时意料地遮盖着她跟另一个人干的什么勾当，她对这个人也会说：“我只消跟斯万说我的衣服还没有做好，我的马车来晚了就行了，总有办法应付的。”在斯万最美好的回忆底下，在奥黛特以前对他所说的最淳朴，被他认为是无可置疑的福音书式的语言底下，在她向他讲述的日常活动底下，在最平凡无奇的地点——她那女裁缝家里、布洛涅森林大道、跑马场背后，他到处都感到可能有谎言的潜流存在，哪怕是最详细的日常生活情况的汇报也会留下空当，足以遮掩某些活动；他感到这谎言的潜流到处渗透，使得过去在他看来是最弥足珍贵的东西（最美好的良宵，奥黛特常在原定时间以外的时间离开的拉彼鲁兹街）也都变得丑恶了；这股潜流差不多到处都散布像他在听到她坦白关于金屋餐厅那档子事时感到的厌恶之情，也像“尼尼微的毁灭”[1]中那些伤风败俗的畜生一样，把他的过去这座大厦一块砖一块砖地震塌下来了。现在每当他想到金屋餐厅这个残酷的名称时，他都扭过头去，这就不像前不久在德·圣德费尔特夫

---

[1] 尼尼微为古代亚述帝国的首都，公元前612年被米堤亚和迦勒底联军所毁。

人家的晚会上那样是使他重尝久已失去的一种幸福，而是向他重提他刚刚知情的一桩不幸。后来，无论是金屋餐厅这个名称也好，布洛涅岛这个名称也好，慢慢地都不再叫他伤心了。这是因为我们心目中的爱情和醋意都并不是一种连续的、不可分的、单一的激情。它们都是由无数昙花一现的阵阵发作的爱欲和各种不同的醋意构成的，只不过是由于它们不断地聚集，才使我们产生连续性的印象和统一性的幻觉。斯万爱情的存在，他的醋意的坚持是由无数欲念、无数怀疑的死亡和消失构成的，而这些欲念和怀疑全都以奥黛特为对象。如果他长期见不到她的话，那些正在死去的欲念和怀疑就不会被别的欲念和怀疑取而代之。而奥黛特的出现继续在斯万心中交替地播下柔情和猜疑。

有些夜晚，她突然变得对他亲热异常，还敦促他赶紧抓住机会，否则良机难再；那时就得马上回到她家去“摆弄卡特来兰花”，而她那欲念来得如此突然，如此难解，如此迫不及待，她给他的那种种爱抚又是如此狂放，如此异乎寻常，以至这种突如其来、前所未见的温情反倒跟谎言和恶意一样使得斯万愁闷起来。有天晚上他就像这样奉奥黛特之命跟她回到家里，她又是吻他又是说些跟平常的冷漠恰成鲜明对比的充满热情的话语，他忽然觉得听到什么声音；他站起身来，到处寻找，没找到任何人，但也没有勇气坐回她的身边；她这时气得要命，摔碎一只花瓶，对斯万说：“你这个人真难侍候！”他却一直怀疑她是不是故意藏了一个人来激发此人的醋意或者煽起他的怒火。

有时他还上妓院去，想打听一点关于她的情况，当然不敢把她的名字说出来。老鸨对他说："我这里有个小姑娘准能中您的意。"他这就跟一个感到莫名其妙的可怜的小姑娘有气无力地聊上个把钟头，也不干别的什么事儿。有天有个年纪很轻、秀色可餐的姑娘对他说："我但愿能找到一个真正的朋友，他尽可放心，我再也不跟别的男人了。""真的？你以为一个女人能被男人对她的爱情所感动，就永远不会对他不忠实？"斯万急切地问她。"当然咯，这得看她们的品格！"斯万禁不住在这些姑娘面前把德·洛姆亲王夫人听了都会高兴的话说了出来。他笑着对那位想找个男朋友的姑娘说："你真好，你的眼睛蓝得跟你的腰带一个色。""您的袖口也是蓝的。""咱们在这样的地方谈这样的话，真是妙极了！我不打扰你吧？你也许有事儿要忙？""不，我有的是时间。要是您打扰我的话，我是会直说的。恰恰相反，我很喜欢听您讲话。""那我很荣幸。我们谈得挺投机的吧？"后面这句是对刚进来的鸨母说的。"是啊，我刚才还这么想呢。他们怎么那么老实！哼，这年月有人就是为了聊天才到我这儿来的。那天亲王就说了，在这里比在他老婆跟前好多了。看来这年头上流社会里的女人全都是那号人，说起来真丢人！我这就走了，我不在这里讨厌了。"她就撇下斯万跟那个蓝眼睛的姑娘。可他也立即站起身来跟这姑娘道别，他对她不感兴趣，因为她根本不认识奥黛特。

画家病了，戈达尔大夫劝他到海上旅行旅行；好几个忠实信徒说要跟他一起去；维尔迪兰夫妇下不了决心单独待在巴黎，就租上一条游艇，后来干脆买了下来，奥黛特这就经常出海了。每当她出去了一些日子，斯万就感到他开始摆脱她了，然而仿佛是精神上的距离跟物质上的距离恰成正比一样，一旦他知道奥黛特已经回来了，他在家里就待不住，不能不去看她。有一次，他们以为是出去玩了一个月，可也许是路上受了什么诱惑，也许是因为维尔迪兰先生为了讨好他的太太而早有预谋，只是在路途上才慢慢向信徒们透露，他们从阿尔及尔到了突尼斯，然后又到意大利，再到希腊、君士坦丁堡，又到小亚细亚。旅行继续了将近一年。斯万感到绝对清静，几乎是非常幸福。虽然维尔迪兰夫人极力说服钢琴家和戈达尔大夫，说钢琴家的姑妈跟戈达尔的病人并不需要他们，而且维尔迪兰先生说巴黎正在闹革命，让戈达尔夫人回去有欠谨慎，然而维尔迪兰夫人到了君士坦丁堡也不得不把他们两个放回去。画家跟他们一起走了。有一天，在这三位旅客回到巴黎不久，斯万看到有辆上卢森堡公园去的公共马车，他正好要去办事，就跳了上去，刚好坐在戈达尔夫人对面；戈达尔夫人正在做她“每周”的探亲访友活动，穿戴齐全：帽子上插有羽毛，身穿绸长裙，手抄手笼，臂悬晴雨两用伞和名片夹，戴着浆洗得雪白的手套。如果天气晴和，她就带着这套标志，在同一区里徒步一家一家拜访，要是到另一个区去，那就利用公共马车作为中转。开初几分钟，她那作为女人的天然的亲切还没能够穿透小资产阶级妇女上过浆的那一层表膜，也还不大清楚是否该对斯万讲起维尔迪兰夫妇，她只好以她那缓慢、不自然但还温柔，有时被马车的嘎吱声完全淹没了的嗓音，倒还挺自然地把她在一天之中爬上爬下跑的那二十来家人家当中听来的和自己照搬的话语挑选出来讲上一讲：

“先生，不用问，像您这样一个不甘落伍的人当然是已经上密里东去看了马夏[1]画的那幅肖像了，全巴黎城都趋之若鹜。您有什么高见？您是属于赞成派那个阵营呢，还是声讨派那个阵营？所有沙龙里都是众口一词地谈马夏这幅肖像；谁要不就马夏这幅肖像发表点意见，那就是不帅，不高雅，赶不上时代。”

斯万说他还没看过这幅肖像，戈达尔夫人担心逼他这么坦白承认，会把他刺痛了，赶紧说：

“啊！很好，很好，至少您是坦白承认了，您并不因为没有看过马夏这幅肖像就感到丢脸。我觉得您这就很好。我呢，我倒是看了，真是见仁见智，有人说它有点过分精雕细刻，像是打成泡沫状的掼奶油，我呢，我觉得那幅肖像真是件理想的作品。当然，她跟咱们那位朋友比施画的蓝颜色、黄颜色的女人不一样。可我得向您坦白承认——您可能认为我是个老古板，可我是心口如一——比施的画我可并不懂。老天哪！他给我丈夫画的肖像的优点我不是不知道，那幅画画得没有他平常画得那么怪，可他居然把我丈夫的胡子画成蓝的！可马夏呢！我这会儿上我一个朋友家去，他是我丈夫的一个同行（能跟您同路真是莫大的荣幸），她的丈夫已经答应她了，如果他给选进了法兰西学院，就请马夏给她画像。当然，这是一个美妙的梦想！我还有一个朋友，说她更喜欢勒卢瓦[2]。我是个门外汉，也许勒卢瓦的学问比马夏更大。不

[1] 儒尔-路易·马夏（1839—1900）：法国画家。
[2] 莫里斯·勒卢瓦（1853—1940）：法国画家。

过我觉得一幅肖像画的首要条件，特别是当它值一万法郎的时候，是要画得像，像得叫人看了舒服。”

帽子上羽毛的高度，名片夹上姓名起首字母组成的图案，洗染店用墨水在白手套上写的号码，还有在斯万跟前不便谈维尔迪兰夫妇，这些情况启发她说了这些话。说完以后，眼看离波拿巴街角还远，车夫一时还停不了车，她的心又启发她讲了另外一些话。

“我们在跟维尔迪兰夫人一起旅行的时候，先生您的耳朵该是一直热着的吧？”她对他说，“我们一直念叨着您来着。”

斯万感到异常意外，他原以为在维尔迪兰夫妇面前是没有人会提他的名字的。

“而且，”戈达尔夫人接着说，“有德·克雷西夫人在场，那是再自然也不过的了。只要奥黛特在，她就不能不时时地讲起您。当然不是讲您的坏话。怎么！您不信？”看到斯万面露怀疑之色，她找补了那么一句。

她深信自己是一片真诚，对所用的字眼也并没有添加任何不好的意思，只是跟大伙一样，用它来表示把朋友们联系起来的那种感情而已。

“她可是爱您爱得很深呢！啊！当着她面谁也不能讲您的坏话，要不然的话，那可有你好看的！随便谈到什么，就说是看到一幅画吧，她就说：‘啊！要是他在的话，他就会告诉你们那是真的还是赝品。在这方面是谁也比不上他的。’她时时都在问：‘他这会儿在干什么？但愿他能下功夫干点活！这么有天赋的男人，可那么懒，真是可惜！（您该不见怪吧？）我这会儿就看见他在我眼前，他在惦记着咱们，在琢磨咱们到了什么地方。’我当时就觉得她那话讲得好极了，原来维尔迪兰先生问她：‘您离他有几千里，您怎么能看到他现在在干些什么？’只听得奥黛特说道：‘情人眼里没有办不到的事情。’我起誓，我说这话并不是为了讨好您，您这位朋友可是不可多得的真正的朋友。而且我还要跟您说，如果您连这一点都不知道，您可是天下唯一的一个了。维尔迪兰夫人在最后一天都对我说（您知道，别离前夕聊起来总是更随便的）：‘我并不是说奥黛特不爱我们，不过我们跟她说的话与斯万先生说的相比就没有什么分量了。’啊！好家伙，车夫把车停住了，聊着聊着我都差点儿要错过波拿巴街了……劳您驾告诉我，我帽子上的羽毛正不正？”

戈达尔夫人从她的手笼里把她那只戴了白手套的手抽了出来，伸向斯万，在那手中，除了那张转车车票外，还有一股高级生活的气派，跟洗染房的香味一起洋溢在车厢之中。斯万感到他心中充满了对她的亲切之感，同样也有对维尔迪兰夫人的亲切之感（也差不多同样有对奥黛特的，因为现在他对她的感情中不再掺杂痛苦的感觉，几乎就只是爱情了），这时他站在马车车厢外的平台上以充满柔情的目光看着戈达尔夫人雄赳赳气昂昂地走在波拿巴街上，帽子上羽毛高耸，一手提着裙子，一手提着晴雨两用伞和露出姓名起首字母组成的图案的名片夹，走路时把手笼在身前一摇一晃。

戈达尔夫人真是比她丈夫还要高明的医疗专家，为了跟斯万心中对奥黛特存有的病态的情感相抗衡，她在它们之上嫁接了另外一些情感，那是感激和友好的正常的情感，是使得斯万心目中的奥黛特更富有人情味，与其他妇女更加相似的情感（其他妇女也是能启发他这样的情感的）；这些情感促使他心目中奥黛特的形象起了根本的变化，恢复成曾经被他平平稳稳地爱着的那个奥黛特；她有天晚上在画家家中的宴会之后带他跟福什维尔一起去喝一杯橙汁，他当时不是也预见到在她身边生活是能够幸福的吗？

从前他也常不寒而栗地想过，有朝一日他也许会不爱奥黛特，他暗暗决心应该警惕，一旦感到他对奥黛特的爱要离他而去时，就要把它紧紧抓住，拽回来。可随着他爱情的衰退，保持爱情的愿望也随之衰退了。人是不能改变的，也就是说不能变成另外一个人而继续听从不复存在的那一个人的情感。有时他在报上见到被他怀疑曾经当过奥黛特情人的人的名字，这也会使他的醋意油然而生，不过这种醋意并不强烈，但表明他还没有完全摆脱他曾感到如此痛苦，也是他享到如此欢乐的时期，也表明人生路程上的一些偶然因素还可能使他悄悄地、远远地看到那个时期的优美之处；这醋意带给他的毋宁说是一种可喜的激动，就像一个闷闷不乐的巴黎人离开威尼斯要回法国去，最后一只蚊子提醒他意大利跟夏天离他都还并不太远一样。而更多的时候，他正要与之告别的这段不寻常的岁月，当他做出努力，纵使不能继续滞留，至少在他还有可能留下一个清楚的景象时，他却发现已经为时太晚了；他也想跟再看一眼行将消失的景象那样再看一眼他刚告别的这段恋情，可是一身而任两人，为已经不再具有的情感得出一个真实的景象却是如此困难，结果要不了多久脑子里就一片漆黑，眼睛也一无所见，他只好不再去看，摘下夹鼻眼镜，擦擦镜片；他心想还是休息一会儿的好，过一会儿也不为迟，这就没精打采地缩在角落里，跟那位昏昏欲睡的旅客一样，他正拉下帽子盖住眼睛，想在他感觉到正在越来越快地把他带离他曾长时间生活过的国家的这个车厢里睡上一觉，而他却曾默默许愿不让它在未曾最后道别就飞逝而过的。就跟那位直到进了法国国境才醒的旅客一样，当斯万偶然在身边找到福什维尔曾是奥黛特的情人的证据时，他发现自己毫不感到痛苦，他的爱情现在已经离他而去了，只是为它永远离开他时没有跟他打个招呼而感到遗憾。在首次吻奥黛特以前，他曾力图把她长久以来留给他的形象赶在这一吻的回忆日后使它变样之前铭记心中，同样，他也曾希望，能趁她还在，至少是在精神上能跟激起他的爱情、燃起他的妒火、给他带来痛苦、从此也将永不再见的奥黛特道别。

他错了。几个星期以后，他还见到她一次。那是在他熟睡之际，在梦乡的暮霭之中。他正跟维尔迪兰夫人、戈达尔大夫、一个他认不出是谁的戴土耳其帽的年轻人、画家、奥黛特、拿破仑三世和我的外祖父一起散步。他们走的那条路俯瞰大海，一侧是悬崖，有时壁立千仞，有时仅及数尺，行人不断上坡下坡；正在攀登的人们就看不见已经下坡的游客，落日的余晖渐渐暗淡，看来黑夜立即就要笼罩四野。浪花不时溅到岸上，斯万也感到面颊上溅上冰冷的海水。奥黛特叫他擦掉，可是他办不到，因此在她面前他感到尴尬，何况他身上穿的还是睡衣。他但愿人们因为天黑而发现不了这个情况，然而维尔迪兰夫人却以诧异的目光久久凝视着他，而他只见她脸庞变形，鼻子拉长，还长上了一撮大胡子。他转过脸去看奥黛特，只见她面颊苍白，脸上长着小红疙瘩，面容疲惫，眼圈发黑，然而她还是以充满柔情的目光看着他，双眼似乎含着泪珠要夺眶而出，他感到他是如此爱她，真想马上把她带走。奥黛特忽然转过手腕，看了一下手表，说一声“我该走了”，就以这同样的方式跟所有的人道别，也没有把斯万叫到一边，告诉他当晚或者哪一天在什么地方再见。他不好意思问她，他真想跟她一起走，却又不能不扮出一副笑容回答维尔迪兰夫人的问题，连头也不敢向奥黛特那边转去，可是他的心突突地跳得可怕，他恨奥黛特，真想把刚才还如此喜欢的她那两只眼睛抠掉，把她苍白的面颊抓烂。他继续跟维尔迪兰夫人一起上坡，也就是一步一步更远离在相反的方向下坡的奥黛特。时间才过了一秒钟，却仿佛她已经走了几个钟头。画家告诉斯万，她刚走不久，拿破仑三世也不见了。“他们肯定是商量好的，”他说，“他们准是要在崖脚下相会，却又顾到礼仪，不好意思两个人一起跟咱们道别。她是他的情妇。”那不相识的年轻人哭起来了。斯万竭力安慰他。“她还是有道理的，”他说，一面为他擦拭眼泪，一面给他摘了土耳其帽，让他更自在些，“我都劝过她十多次了。干吗难过呢？那个人是会理解她的。”斯万这是自言自语，因为他原先没能辨认出来的那个年轻人就是他自己；就像有些小说家一样，他是把自己的人格分配给了两个人物，一个是做梦的那个人，另一个是他所看见的站在他面前戴着土耳其帽的那个人。

至于那个拿破仑三世，其实就是福什维尔；把某些概念模模糊糊地一联系，把男爵平常的面貌稍加改变，再加上交叉在胸前的荣誉勋位勋章的绶带，这就使得斯万给了他这样一个名字；实际上，梦中这个人物在他心目中所代表的，让他想起来的也正是福什维尔。在梦乡中的斯万从不完全的变幻着的形象中做出错误的推断，而且他这时也掌握一种创造的能力，能像某些低级生物通过简单分裂那样进行繁殖；他通过所感觉到的自己手掌的温暖造出一只他在想象中握着的另一人的手心，同时也通过自己都还没有意识到的情感和印象来勾勒出一些曲折情节，通过逻辑联系，在他睡梦中的一定时刻，构成必要的人物来接受他的爱或者促使他醒来。黑夜忽然降临，警钟响起，居民从烈焰冲天的房屋中逃出，奔跑着从他面前过去；斯万听到汹涌的波涛声，他的心也同样猛烈地在他胸膛里突突地跳着。突然间，他的心跳加速，他感到一阵说不出来的痛苦和恶心，一个满身是灼伤的农民在经过他面前时说："您去问问夏吕斯吧，奥黛特是在他那里跟她的伙伴过夜的。他常跟她在一起，她跟他也无话不说。是他们放的火。"原来是他的男仆刚把他叫醒，对他说：

"先生，八点了，理发师也来了，我已经告诉他过一个钟头再来。"

这些话穿透斯万沉浸其中的睡眠之波，在到达他的意识之前却产生了偏离，就像是一道光线在水底显得像是一个太阳一样，也正如片刻之前铃声在他梦乡的深渊之中变成了警钟的声音，闹出了火灾这档子事儿。这时候，他梦中的景色化为灰烬，他把眼睛睁开，最后一次听到大海远去的涛声。他摸摸面颊，是干的。然而他还记得那冰冷的水的感觉和盐的咸味。他下床穿上衣服。他之所以早早地把理发师叫来，是因为他头天给我外祖父写了信，说是下午要到贡布雷去，因为他听说德·康布尔梅夫人（也就是过去的勒格朗丹小姐）要在那里住几天。他回想起那年轻的妩媚的面孔，还有他久别了的乡间妩媚的景色，两者对他产生了巨大的吸引力，促使他下定决心离开巴黎几天。种种偶然的机会使得我们跟某些人相逢，这机会并不跟我们爱他们的时间相一致，可能发生在爱情还没有开始以前，也可能在爱情已经泯灭以后又再重现；事后回想起来，在我们一生中后来注定要成为我们意中人的最初出现总是有预告或先兆的意义的。就这样，斯万常常回顾在剧场碰见奥黛特时她的形象，在那个晚上，他是根本没有想到以后会再见到她的；现在他也想到德·圣德费尔特夫人家那个晚会，他那晚把德·弗罗贝维尔将军介绍给德·康布尔梅夫人。我们生活中的利害关系是如此复杂，以至在同一情况下，尚未到来的幸福的基础已经在我们正在受着的痛苦加剧时奠定，这也并不罕见。这样的事情当然也会在德·圣德费尔特夫人府第以外在斯万身上发生。又有谁能知道，那天晚上他要是上别的什么地方，是否会有别的什么喜事，别的什么不幸，而往后被他看成不可避免的事？不过，确确实实发生了的事情，他会觉得是不可避免的；他都差点儿要把那天打定主意去参加德·圣德费尔特夫人家的晚会看成天意如此了：他这个人虽然渴望能欣赏生命丰富多彩的创造，却无法对一个难题（例如到底什么应该是最该企求的东西）

长时间苦思冥想，只好认为在那晚感到的痛苦跟尚难预料然而已在萌生中的乐趣之间存在着必然的关联，只不过这痛苦与这乐趣之间的平衡太难保持了。

醒来一小时后，当他指点理发师怎样使他的头发在火车上不致蓬乱时，他又想到他那个梦，又看到奥黛特苍白的脸色、瘦削的面颊、疲惫的脸庞、低垂的眼皮，仿佛全都在他的眼前；奥黛特的万般柔情早已把斯万对她执着的爱化为对她首次印象的长期遗忘——自从他们最初相爱以来这些日子，在他刚才睡着时，他在记忆中都曾竭力搜寻它们的确切感觉，从那时以来他已不再注意到的东西也仿佛就在他的眼前。自从他不再感到不幸，道德修养也随之有所降低以来，粗野的话也不时涌上他的心头，他心里不禁咆哮起来：“我浪掷了好几年光阴，甚至恨不得去死，这都是因为我把最伟大的爱情给了一个我并不喜欢，也跟我并不一路的女人！”

第三部

地名：名

在我无眠之夜最常回忆的那些卧室当中，跟贡布雷的卧室差别最大的要数巴尔贝克海滨大旅社那间了，这间屋子的墙涂了瓷漆，就跟碧波粼粼的游泳池光滑的内壁一样，拥有纯净、天蓝色、带盐味的空气，而贡布雷那几间卧室则洋溢着带有微尘、花粉、食品和虔诚味道的气氛。负责装饰旅社的那位巴伐利亚家具商让各间房间的装饰都有所不同，我住的那间沿着三面墙都有玻璃门矮书柜，按照它们所处的位置不同，产生出设计者未曾料及的效果，反映出大海变幻无常的景色的一角，这就像是在墙上糊上一层海青色的壁纸，只不过被书柜桃心木的门框分割成一片一片罢了。这样，整个房间就像是当今“现代款式”住宅展览会上展出的新型卧室，装饰着据说能使居住者赏心悦目的艺术品，上面表现的题材则以住处所在地点的性质而异。

而跟这真正的巴尔贝克最迥然不同的莫过于我在暴风雨的日子里常常向往的那个巴尔贝克了。在这样的日子里，风刮得那么大，弗朗索瓦丝领我上香榭丽舍大街时总嘱咐我别贴着墙根走，免得让刮落下来的瓦块砸着，还不胜感慨地谈到报上所说的那些陆地遭灾和海上翻船的消息。我倒极其希望能看到海上的风暴，倒不是因为这景象美，而是因为这是揭示大自然真实生命的时刻；

或者可以这样说，我心目中美的景象是我确知并非为了取悦于我而人为地安排的景象，而是必然的、不可改变的景象——例如景色之美，或者伟大的艺术作品之美。我所感到好奇的，我所热切要认识的，都是我相信比我自己还要真实的东西，都是具有这样一种优点的东西，能向我显示某个伟大的天才的一点思想，显示自然不假人手而自行展现出来的力量或美惠。正如留声机唱片中孤立地播放出来的先妣美妙的嗓音并不足以减轻我们失去母亲的痛苦一样，用机械模仿出来的暴风雨也跟万国博览会上光彩夺目的喷泉一样引不起我丝毫兴趣。为使暴风雨绝对真实，我也要求这海岸是一条天然的海岸，不是哪个市政府临时挖出来的一条土沟。大自然在我心中激起的种种情怀，使我觉得它跟人用机械创造的东西截然不同。大自然带上的人工印记越少，它给我心的奔放留下的余地越多。我可早就记住了巴尔贝克这个名字，勒格朗丹说这个海滩紧挨着“那以沉船频繁而知名的丧葬海岸，一年当中倒有六个月笼罩着一层薄雾，翻腾着滚滚白浪”。

他还说：“人们在那里比在菲尼斯泰尔（那里尽管现在旅馆鳞次栉比，依然未能改变大陆最古老的骨架）更能感觉到他们脚下就是法国大陆、欧洲大陆、古代世界大陆真正的边缘。这是渔民的最后一个营地，他们跟创世以来世世代代的所有渔民一样，面对海上的迷雾和黑夜的暗影这永恒的王国。”

有一天在贡布雷，我在斯万先生面前谈起巴尔贝克海滩，想从他嘴里探听一下这里是不是看最强烈的暴风雨的最理想的地点，他答道：“巴尔贝克吗，我是很熟悉的！巴尔贝克的教堂是十二、十三世纪建的，还是半罗曼式的，也许是诺曼底哥特式建筑物最奇妙的样品，可真是独一无二！简直像是波斯艺术。”直到这时为止，这个地区在我心目中仿佛只是属于遥远得无法追忆的远古的大自然，跟那些伟大的地质现象的历史同样悠久，也跟地上的海洋和天上的大熊星座一样置身于人类历史之外——就连那些未开化的渔民也跟他们所捕的鲸一样，对他们来说也无所谓中世纪不中世纪的问题。现在真像是喜从天降，忽然发现这个地区也走进了世纪的序列，经历过罗曼时代，忽然得知哥特式的三叶草也曾在一定的时刻来装点过这里蛮荒的石块，正如那虽然细小然而生命力旺盛的花草在春季来临时穿透终年不化的积雪，星星点点地散布在极地一样。哥特式艺术帮助我们确定这些地方和这些人的年代，同样这些地方和这些人也帮助我们确定哥特式艺术的年代。我试着在脑子里想象这些渔民的生活，他们在中世纪聚居在这地狱海岸的一角，在死亡的悬崖脚下，又是怎样小心翼翼地、出乎意料地尝试着建立起人与人之间的关系；我原来一直以为，哥特式艺术只有在城市中才有，现在它离开了城市，在我心目中就更是一个有生命的东西了，我可以看它怎样在特殊的条件下，在蛮荒的岩石上，萌芽生长，开出一朵尖尖的钟楼之花。有人领我去看巴尔贝克最著名的雕像的复制品，有毛发蓬松、塌鼻子的使徒，有门厅的圣母像，当我想到我有一天可以亲眼看到它们耸立在那永恒的带有咸味的浓雾之间，我高兴得都喘不过气来了。从此，每到二月间风雨交加但天气温和之夜，狂风在我心中呼啸，跟卧室的烟囱一样猛烈地晃动，也把上巴尔贝克一游的盘算注入我的心中，既要去看一看哥特式的建筑，也要去体验一下海上的风暴。

我真想第二天就乘上一点二十二分那班奇妙无比的火车；这班车的时刻表，无论是在铁路公司的公告牌上还是在巡回旅行的广告上读到时，我的心总不禁怦怦直跳：我仿佛觉得它在下午的某一个确定的点上，开了一道美妙的槽，画下了一个神秘的标志，自这里起，钟点改了方向，尽管也还通向夜晚，通向明晨，然而已经不是在巴黎看到的夜晚或明晨，而是在列车通过而你可以自行选择的若干城市之一中所看到的：列车在贝叶、古当斯、维特莱、盖斯当贝、邦多松、巴尔贝克、朗尼翁、朗巴尔、贝诺岱、阿方桥、甘贝莱都是要停的，还要潇洒地继续前进，为我提供更多的地名，叫我不知如何选择是好，因为我不能舍弃其中任何一个。然而我甚至都无法再等明天那班火车，如果父母亲答应的话，我想匆匆穿上衣服，当晚离开巴黎，第二天清晨当太阳在呼啸的海面升起时就抵达巴尔贝克，我将在波斯风格的教堂里躲避那海面飞溅的浪花。但随着复活节假期日渐迫近，我父母亲答应我可以在意大利北部度假，于是那一直占据我整个心灵的暴风雨之梦，一心只想看浪涛从四面八方呼啸而来，汹涌升腾，在那些陡峭粗糙如悬崖、钟楼上有海鸟呼号的教堂旁边直冲最荒漠的海岸的梦想一下子就烟消云散了，失去了它全部的魅力，因为它同取而代之的春之梦截然对立，只能起削弱它的作用；这是最绚丽多彩之春，不是依然还有寒霜砭人的贡布雷的春天，而是将菲埃索尔[1]的

[1] 菲埃索尔在佛罗伦萨近郊。

草地布满百合花和银莲花，使佛罗伦萨有像安吉利科修士[1]画中那样金光闪闪、光耀夺目的背景的春天。从这时起，我就觉得只有阳光、花香、色彩才有价值，景象的变换在我心中促成了愿望的彻底的改变，而且这改变来得如此突然，就像在音乐中时常发生的情形一样，也促成了我感情基调的彻底的变化。到了后来，只要天气稍为有些变动，就会在我心中激起那样的变化，用不着等到另一个季节的来临。这是因为，时常在某个季节的某一天，我们觉得它是另一个季节迷了路的一天，它使我们生活在那个季节，立即想起并且渴望那个季节特有的乐趣，把我们正在做的梦打断，把幸福日历中某一章的一页撕下，或者移前，或者挪后。不久，我们的舒适感或是我们的健康只能从这些自然现象中偶然取得微不足道的好处，直到有朝一日，科学能够充分掌握这些现象，任意予以制造，把呼唤雨雪阳光的本领交到我们手里，使它们免遭机运的监护，摆脱它的喜怒无常为止，同样，大西洋与意大利之梦的出现也就不再完全取决于季节和天气了。要使巴尔贝克、威尼斯、佛罗伦萨再现，我只消把它们的名字念上一遍，这些名字所代表的地方在我心中激起的愿望就凝聚在这几个音节之中。即使是在春天，只要在哪本书里见到巴尔贝克这个名字，就足以唤起我去看暴风雨和诺曼底哥特艺术的愿望；哪怕是个风雨交加的日子，佛罗伦萨或者威

[1] 安吉利科修士（1400—1455）：俗名古依多·第·彼埃特鲁，是意大利文艺复兴早期画家。

尼斯这个名字也会使我向往太阳、百合花、总督府或者百花圣母院。

这些名字虽然从此永远吸收了我对这些城市所设想的形象，但这是经过改造了的形象，是依照它们自身的规律重现到我脑际的形象；这些名字美化了这些城市的形象，也使它跟这些诺曼底和托斯卡纳的城市的实际不相一致，而我想象中赋予的任意的欢快越是增长，来日我去旅行时的失望也越强烈。这些名字强化了我对地球上某些地方的概念，突出了它们各自的特殊性，从而使它们显得更加真实。我那时不把这些城市、风景、历史性建筑物看成从同一块质料的画布上在不同的位置裁剪下来、赏心悦目的程度有所不同的画幅，我是把它们当中的每一个都看成一个完全与众不同的陌生的东西，我的心灵渴望着它，乐于从结识它之中得到益处。当这些城市、风景、历史性建筑物冠以名称，冠以它们特有的名称，就跟人各有其姓名时，它们又取得了更多的个性。文字为我们提供事物明白而常见的小小的图像，就像小学校墙上挂的挂图，教给孩子什么叫作木工的工作台，什么叫作鸟，什么叫作蚂蚁窝，反正把同一类东西都设想成一模一样。而人名（还有城市的名称，因为我们是习惯于把城市看成跟人一样各有不同、独一无二的）为我们提供的图像却是含糊的，它根据名字本身，根据名字是响亮还是低沉，选出一种颜色，把这图像均匀地涂上，就像某些广告一样，全部涂上蓝色或者全部涂上红色，由于印刷条件的限制或是设计师的心血来潮，不但天空和大海是蓝的或红的，就连船只、教堂、行人也是蓝的或红的。自从我读了《巴马修道院》[1]以后，巴马就成了我最想去的城市之一，我觉得它的名字紧密、光滑、颜色淡紫而甘美，如果有人对我说起我将在巴马的某一所房子得到安置，那他就使我产生一种乐趣，认为我可以住进一所光滑、紧密、颜色淡紫而甘美的住所，它跟意大利任何城市的房子毫无关系，因为我只是借助于巴马这个名字密不通风的沉重音节，借助于我为它注入的司汤达式的甘美和紫罗兰花的反光而把它设想出来的。而当我想到佛罗伦萨的时候，就仿佛是想到一座散发出神奇的香味，类似一个花冠的城市，因为它被称为百合花之城，而它的大教堂就叫作百花圣母院。至于巴尔贝克，它是这样的名字中的一个，正如古老的诺曼底陶器还保留着制造它的陶土的颜色一样，这些名字还体现着某种已经废除了的习俗、某种封建权利、一些地方的历史情况，还有某种曾构成一些古怪的音节的过时的读音方式，我也毫不怀疑还能从到达巴尔贝克时将为我斟上一杯牛奶咖啡，领我到教堂前去看奔腾的大海的那位客栈主人嘴里听到；我要赋予他一副古代韵文故事中的人物那种喜欢争论，以及庄严肃穆的古色古香的派头。

如果我身体日渐健壮，父母亲即使不答应我上巴尔贝克住些日子，至少同意我登上我在想象中曾多次搭乘的一点二十二分那班火车去见识见识诺曼底或者布列塔尼的建筑和景色的话，我就想在那最美的几个城市下车；然而我无法将它们加以比较，无法挑选，正如在并非可以互换的人们中间无法选取一样。譬如说吧，

[1] 法国作家司汤达（1783—1842）的长篇小说。巴马是意大利中部城市。

贝叶以它尊贵的红色花边而显得如此高耸，它的巅顶闪耀着它最后一个音节的古老的金光；维特莱末了那个闭音符给古老的玻璃窗镶上了菱形的窗棂；悦目的朗巴尔，它那一片白中包含着从蛋壳黄到珍珠灰的各种色调；古当斯这个诺曼底的大教堂，它那结尾的二合元音沉浊而发黄，顶上是一座奶油钟楼；朗尼翁在村庄的寂静之中却也传出在苍蝇追随下的马车的声响；盖斯当贝和邦多松都是天真幼稚到可笑的地步，那是沿着这些富于诗意的河滨市镇的路上散布的白色羽毛和黄色鸟喙；贝诺岱，这个名字仿佛是刚用缆绳系住，河水就要把它冲到水藻丛中；阿方桥，意味着映照在运河碧绿的水中颤动着的一顶轻盈的女帽之翼的白中带粉的腾飞；甘贝莱则是自从中世纪以来就紧紧地依偎着那几条小溪，在溪中汩汩作响，在跟化为银灰色的钝点的阳光透过玻璃窗上的蛛网映照出来的灰色图形相似的背景上，把条条珍珠似的小溪连缀成串。

这些形象之所以不会真实，还有另外一个原因，那就是它们必然是十分简单化了的；当然，我的想象力所向往，而我的感官只是很不完全地感知而且并未立刻感到乐趣的东西，我就把它打入名字的冷宫里了；当然，因为我也曾在这冷宫里积攒了梦想，所以那些名字现在就激励着我的愿望；然而那些名字也并不怎么包罗万象；我至多也只能装进每个城市的两三处主要的胜景，而这些胜景在那里也只能单独并列，缺乏中间的联系；在巴尔贝克这个名字当中，就像从在海水浴场卖的那种钢笔杆上的放大镜中，我看到一座波斯风格的教堂周围汹涌的海涛。但也许正因为这些形象是简化了的，所以它们在我身上才能起那么大的作用。有一年，当我的父亲决定我们要上佛罗伦萨和威尼斯度复活节假时，由于在佛罗伦萨这个名字当中没有地方装下通常构成一个城市的那些东西，我就只好以我所设想的乔托的天才，通过春天的芳香，孕育出一个超自然的城市来。既然我们不能让一个名字占有太多的空间与时间，我们至多只能像乔托的某些画中表现同一人物的先后两个动作那样——前一幅还躺在床上，后一幅则正准备跨上马背——把佛罗伦萨这个名字分成两间。在其中一间里，在一个顶盖之下，我观赏一幅壁画，那上面覆盖着一块晨曦之幕，灰蒙蒙的，斜照而逐渐扩展；在另一间里（当我想到一个名字时，我并不是想到一个不可企及的空想的事物，而是一个我行将投身其间的现实的环境，一种从未经历过的生活，我在这个现实环境中完整而纯净无瑕的生活，赋予最物质性的乐趣、最简单的场景以原始人的艺术作品的魅力），我快步迈过摆满长寿花、水仙花和银莲花的老桥，好早早地吃上正在等着我的那顿有水果、有西昂蒂葡萄酒的午餐。这就是我眼前所看到的（虽然我人还在巴黎），而并非真正在我身边的东西。即使是从单纯的现实主义的观点来看，我们所向往的国家在任何时刻都比我们实际所在的国家在我们的实际生活中占有的位置多得多。显然，当我更仔细地想一想，在我说出“上佛罗伦萨、巴马、比萨、威尼斯去”这几个字时我脑子里到底想的是什么，这时候我就会明白，我眼前看到的根本不是一个城市，而是跟我已知的一切是如此不同，也是如此甘美，就跟从来都是生活在冬季傍晚的某些人突然看到那从未见过的新异奇迹——春之晨一样。那些固定不变的不真实的图景充斥于我的夜晚，也充斥于我的白昼，使得这个时期我的生活不同于以前那些时期（在一个只从外面看事物，也就是说什么也看不到的旁观者的眼中，那些时期可能与这个时期并无不同），这就好像在一部歌剧中，一个富有旋律性的动机引进了一点创新之处，只看脚本的人体会不到，而待在剧场外面一个劲儿掏出表来看钟点的人就更难以想象了。再说，就从单纯数量的观点来看，在我们的生活当中，日子也并不都是相等的。要度过一天，对像我这样多少有点神经质的人，就跟汽车一样，有着几种不同的“排挡”。有些日子坎坷不平，艰难险阻，爬起来无休无止，而有些日子则缓坡坦途，可以唱着歌儿全速俯冲。在这个月里，我把佛罗伦萨、威尼斯和比萨的形象当作一首歌曲那样反复吟咏而永不知满足，这些形象在我心中激起的愿望当中有着如此深刻的个人的东西，简直可说是一种爱情，对人的爱情——我一直相信这些形象是跟不以我的意志为转移的客观现实相符的，它们使我产生了早期基督徒在升入天堂的前夕所可能抱有的那种美妙的希望。由幻想创造出来而并未经感觉器官感知的东西，现在要用感觉器官去观看、去触摸（而且越是跟它们已知的东西不一样，诱惑力就越大），这里头存在的矛盾，我也不去管它了；正是提醒我这些形象是现实的那些东西最强烈地点燃着我的愿望，因为这仿佛是我的愿望可以得到满足的一个许诺。虽然我这种豪情是出之于要满足艺术享受的愿望，但就维持这个愿望来说，旅游指南却比美学书籍起的作用更大，而火车时刻表甚至更有过之。当我想起，佛罗伦萨这

维米尔

《狄安娜和她的同伴》

个在我的想象中可望而不可即的城市，如果在我心中把它跟我隔开的这段路程不能通行的话，我总可以“走陆路”绕个弯，拐一拐走到的，这时我就会心情激动。当然，当我赋予我就要看到的事物以重大的价值，反复思量威尼斯是“乔尔乔涅[1]画派的所在地、提香的故居、中世纪住宅建筑最完善的博物馆”时，我感到幸福。当我上街，由于天气的关系（早春来了几天后寒冬又忽然恢复，这在圣周时的贡布雷是常有的事）而走得很快的时候，我感到更加幸福——我看到马路两旁的栗树虽然沉浸在潮湿似水的寒气之中，却依然像毫不气馁，穿上盛装，准时赴宴的客人一样，照样开始用它们遭霜冻的嫩叶，装点这肃杀的寒气，这寒气虽然阻挠，然而无力遏制其不可抗拒的青葱翠绿，这时我想佛罗伦萨的老桥已经堆满了风信子和银莲花，春天的太阳已经把威尼斯大运河的河水染成一片深蓝，染成一片碧绿，当它冲上提香的画作时，简直可以跟画上丰富的色彩比个高下。当我的父亲一边看气压计，为天气之冷而兴叹，一边却开始研究坐哪班车最好时，我真是抑制不住我欢乐的心情；我也知道，等到吃完午饭走进那染上煤灰的实验室，走进那能使周围的一切都变样的魔室，第二天醒来时就可以到达那“以碧玉为墙，以绿宝石铺地”的大理石和黄金之城了。这样，它跟百合花之城就不再仅仅是我任意置于我的想象力面前的虚构的图景，而是存在于离开巴黎一段距离（要

[1] 乔尔乔涅（1477—1510）：意大利文艺复兴时期威尼斯画派最优秀的画家之一。他的艺术对提香及后代画家影响很大。

去的话就绝对必须迈过），存在于地球上某一定点而不是任何其他地点的了，总而言之，这两个城市是确确实实真实的城市。当我的父亲说“总之，你们在威尼斯可以从四月二十号待到二十九号，然后在复活节的早晨就到佛罗伦萨”的时候，对我来说，这两个城市就更加真实了；他这几句话不仅使两个城市从抽象的空间当中脱离了出来，而且也使它们从想象的时间当中脱离了出来，在想象的时间中我们不是仅仅安排一次旅行，而是把别的几次旅行也同时安排在一起而并不以为怪，因为这些旅行仅仅是可能性而已——而且这想象的时间是完全可以再生的，你把它在这个城市里度过了，还可以在另一个城市再度；他这几句话也为这两个城市安排了特定的日子，这些日子就是证明在这些日子中所做的事情的真实性的证明书，因为这些独一无二的确定的日子用过以后就消失了，它们不再回来，你不能在那里度过以后又到这里再度；我感觉到，正是将近星期一洗衣店要把我溅了墨水的那件白背心洗了送回来的那一周，那两个皇后城市从它们当时还不存在于其间的理想的时间中走了出来，以最激动人心的几何学的方式把它们的圆屋顶和钟楼载入我个人的历史中去。然而我那时还只是在走向欢乐的顶点这条道路的途中；后来我终于到了这一点（直到那时，我才得到启示，在那汩汩作响，被乔尔乔涅的壁画映红了的街道上，下一周，也就是复活节的前夕，在威尼斯散步的并不是我不顾别人再三提醒而依然还设想的那些“威风凛凛，像海洋那样令人生畏，头戴闪耀着青铜光的盔甲，外披带褶的血红披风”的人，而在别人借给我的那张圣马可教堂的大照片上，摄影者照下来的头戴圆顶帽，站在门廊前的那个小人儿可能就是我了），这时我只听得父亲对我说："大运河上这会儿可能还冷，你无论如何别忘了把冬大衣和厚上衣装进箱子。"听了这话，我简直是欣喜若狂了；我感到我突然穿进那些"仿佛是印度洋中的暗礁似的紫水晶石堆"之中，这是我直到那时一直以为是不可能的事情；我以远远超出我体力的动作，像剥一只无用的甲壳一样，除去我卧室里身边的空气，换上同等数量的威尼斯的空气——那是我的想象力注入威尼斯这个名字当中的海上的空气，是梦中无法形容的特殊的空气；这时我忽然感到像是灵魂出窍，随之而来的是一阵恶心，就像人们刚得了一阵剧烈的喉痛时那样，家里人不得不把我扶到床上，我烧得那么厉害，大夫宣称不仅现在不能让我上佛罗伦萨和威尼斯去，而且即使我全好了，一年之内也不能打算外出旅行，也不能有任何激动。

唉！我还被绝对禁止上剧场去听拉贝玛的戏；这位被贝戈特认为是有天才的卓越的艺术家，当她让我看到一些也许是既重要又美妙的东西时，原本是可以减轻我为没有能去佛罗伦萨和威尼斯，又不能去巴尔贝克而痛苦的心情的。家里只能退而求其次，让我每天到香榭丽舍大街去，由一个人陪着，不让我太累，这个人就是弗朗索瓦丝，她是在莱奥妮姑妈死了以后就一直侍候我们的。上香榭丽舍实在是我难以忍受的事情。只要贝戈特在他的哪部作品里描写过这条街道，我也许会产生结识它的愿望，正如我总想认识在想象中早就已经有了一个"副本"的东西一样。我的想象力使这东西保持温暖，赋予它个性，我就想在现实中找到这个东西；可是在香榭丽舍这条街道里，没有一样东西跟我的梦有任何联系。

有一天[1]，正当我对木马旁边我们那老地方感到腻味的时候，弗朗索瓦丝带我越过那些由卖麦芽糖的女商贩等距相隔的座座堡垒构成的边境线，到邻近陌生的地区散步，那里是一张张从未见过的脸，还有山羊拉的小车来来往往；然后她回去把那靠在一丛月桂树上的椅子上的活计拿回来；在等待她的当口，我在那稀稀拉拉，剪得很短，又被太阳晒得枯黄的大草坪上走来走去，在这草坪的一端有一个池塘，塘边是座雕像，这时在小径那边，有个小姑娘正在穿外套，把球拍装进套子，以生硬的语调对正在喷泉的承水盘前打羽毛球的另一个红头发女孩说："再见了，希尔贝特，我回去了，别忘了今天晚上我们吃了晚饭上你家去！"希尔贝特这个名字在我耳边掠过，它并不仅仅是提到一个不在场的人物，而是直接称呼讲话的对方，因此更有力地提醒我它所指的那个人的存在；它就这样在我耳边掠过，可说是以随着它的弹道曲线，随着它逼近目标而逐渐增长的力量而行动着——我感到，在它身上装载着呼唤她的那个朋友（当然不是我）对她所呼唤的对象的认识和印象，装载着当她念出这个名字时她对她们日常亲密的交往，对她们彼此间的串门所见到的全部景象，至少是保留在记忆中的全部景象，而我由于不能企及而为之感到痛苦的这份陌生的生活，对这个幸福的姑娘来说却是如此熟悉，如此可以操纵自如，

[1] 那是在1895年，"我"十五岁时。

她使我触及这份生活的表面而无法深入其中，她以她那一声叫喊把这份我所陌生的生活投进了寥廓的天空——希尔贝特这个名字，精确地触及了斯万小姐的生活中一些肉眼不能见的点滴，使它们所发出的香泽在空中飘荡，其中也包括今晚晚餐以后在她家举行的那个聚会的芬芳——它也构成一片色彩斑斓的浮云，今晚在孩子和女仆群中悠然飘过，就同那在普桑所画的某个花园上空扬帆飞翔的云一样，跟歌剧中满载骏马和车辆的彩云那样反映出众神生活的场面——最后，它也在这块乱蓬蓬的草地上，在她所站的位置（这既是凋零的草坪的一角，又是打羽毛球那金发姑娘午后的一个时刻，她这时还在不停地发球，不停地接球，直到一个帽子上插着蓝色翎毛的家庭女教师来叫她才住手）投上一道美妙无比的鸡血石色的光带，像一个映像那样不可捉摸，像一块地毯那样覆盖在地面，而我不禁无休无止地在这道光带上拖着我那双恋恋不舍、亵渎神明的沉重的双脚踯躅，直到弗朗索瓦丝对我嚷道：“得了，把您短大衣的扣子扣上，咱们颠儿吧。”这时我生平第一次不无恼怒地注意到她的语言是如此粗俗，唉！她帽子上没有蓝翎毛嘛！

她倒是会不会再到香榭丽舍来呢？第二天，她没有来，可是后来那几天，我都在那里见到她了。我一直在她跟她的伙伴们玩的地方周围转悠，以至有一回，当她们玩捉俘虏游戏缺一把手的时候，她就叫人问我是不是愿意凑个数，从此以后，每当她在的时候，我就跟她一起玩了。但并不是每天都是如此；有时候她就来不了，或者是因为有课，有教理问答，或者是因为午后吃点心，总而言之，她的生活跟我的截然不同，只有那么两次，我才感觉到凝结在希尔贝特这个名字当中的她的生活如此痛苦地从我身畔掠过，一次是在贡布雷的斜坡上，一次是在香榭丽舍的草坪上。在那些日子，她事先告诉伙伴们，她来不了；如果是因为学业的关系，她就说：“真讨厌，我明天来不了，你们自己玩吧。”说的时候神色有点黯然，这倒使我多少得到一点慰藉；但与此相反，当她应邀去看一场日场演出而我有所不知而问她来不来玩的时候，她答道：“我想是来不了！我当然希望妈妈让我上我朋友家去。”反正在这些日子，我事先知道见她不着，可有些时候，她妈妈临时带她上街买东西，到第二天她就会说：“对了，我跟我妈妈出去了。”仿佛这是一件极其自然的事情，不可能构成任何人的一件最大的痛苦。也有碰到天气不好，那位老师怕下雨而不愿把她带到香榭丽舍来的。

这么一来，当天色不稳的时候，我从大清早就一个劲儿抬头观天，注意一切征兆。如果对门那位太太在窗口戴上帽子，我就心想：“这位太太要出门了，所以这是个可以出门的天气，希尔贝特会不会跟这位太太一样行事呢？”可是天色逐渐阴沉下来，不过妈妈说只要有一丝阳光，天色还能转亮，但多半还是会下雨的；如果下雨的话，那干吗上香榭丽舍去呢？所以，从吃过午饭，我那焦躁不安的双眼就一直盯着那布满云彩、不大可靠的天空。天色依然阴沉。窗外阳台上是一片灰色。忽然间，在一块阴沉沉的石头上，我虽然没有见到稍微光亮一点的颜色，却感觉到有一条摇曳不定的光线想要把它的光芒释放出来，似乎在做出一番努力，要现出稍微光亮一点的颜色。再过一会儿，阳台成了一片苍白，像晨间的水面那样反射出万道微光，映照在阳台的铁栅栏上。一阵微风又把这条条光照吹散，石头又变得阴暗起来；然而这万道微光像已经被你驯养了似的又回来了；石头在不知不觉之中重新开始发白，而正如在一首序曲中最后那些越来越强的渐强音，通过所有过渡的音符，把唯一的那个音符引到最强音的地位一样，只见那块石头居然已经变成晴朗之日那成了定局、不可交易的灿烂金色，栏杆上铁条投下的影子现出一片漆黑，倒像是一片随心所欲不受约束的植被，轮廓勾勒得纤细入微，显露出艺术家的一番匠心和满意心情，而这些映照在阳光之湖上的宽阔而枝叶茂盛的光线是如此轮廓分明，如此柔软平滑，又是如此幸福沉静地栖息在那里，仿佛它们知道自己就是宁静和幸福的保证。

这是信笔勾成的常春藤，这是短暂易逝的爬墙草！在许多人的心目中，是所有那些能攀缘墙壁或者装点窗户的草木当中最缺乏色彩、最令人凄然的一种；可对我而言，自从它在我们的阳台上出现的那一天，自从它暗示着希尔贝特也许已经到了香榭丽舍的那一天起，它就成了一切草木中最弥足珍贵的一种，而当我一到那里，她就会对我说："咱们先玩捉俘虏游戏，您跟我在一边。"但这暗示是脆弱的，会被一阵风刮走，同时也不与季节而与钟点有关；这是这一天或拒绝或兑现的一个瞬即实现的幸福的诺言，而且是一个了不起的瞬即兑现的幸福，是爱情的幸福；它比附在石头上的苔藓更甜蜜更温暖；它充满生机，只要一道光线就可以催它出世，就可以开放出欢快的鲜花，哪怕这是在三九隆冬。

后来，花草树木都已凋零，裹着万年老树树干的好看的绿皮也都蒙上了一层雪花。每当雪虽然已经不下，但天气还太阴沉，难以指望希尔贝特会出来的时候，我就施出计谋让妈妈亲口说出："嗯，这会儿倒是晴了；你们也许可以出去试试，上香榭丽舍走上一遭。"在覆盖着阳台的那块雪毯上，刚露脸的太阳缝上了道道金线，现出暗淡的阴影。在那我们谁也没有瞧见，也没有见到任何玩罢即将回家的姑娘对我讲一声希尔贝特今天不来。平常那些道貌岸然可是特别怕冷的家庭女教师坐的椅子都空无一人，只有草坪附近坐着一位上了年纪的太太，她不管什么天气都来，永远穿着同样一种款式的衣服，挺讲究然而颜色暗淡。如果权力操之我手的话，为了认识这位太太，我当时真会把我未来的一生中一切最大的利益奉献出来。因为希尔贝特每天都来跟她打招呼；她则向希尔贝特打听"她亲爱的母亲"的消息；我仿佛觉得，如果我认识这位太太的话，我在希尔贝特心目中就会是另外一种人，是认识她父母的亲友的人了。当她的孙子孙女在远处玩的时候，她总是一心阅读《论坛报》，把它称为"我的老论坛报"，还总以贵族的派头说起城里的警察或者租椅子的女人，说什么"我那位当警察的老朋友"，什么"那租椅子的跟我是老朋友"，等等。

弗朗索瓦丝老待着不动就太冷了，所以我们就一直走到协和桥上去看上冻了的塞纳河。每个人，包括孩子在内，都毫无惧色地接近，仿佛它是一条搁浅了的鲸鱼，一筹莫展，谁都可以随意把它剁成碎块。我们又回到香榭丽舍，我在那些一动也不动的木马跟雪白一片的草坪之间难过得要命，草坪四周小道上的积雪已经扫走，又组成了一个黑色的网，草坪上那个雕像指尖垂着一条冰凌，仿佛说明这就是她把胳膊伸出来的原因。那位老太太已经把她的《论坛报》叠了起来，问经过身边的保育员几点钟了，并一个劲儿说“您真好！”来向她道谢。她又请养路工人叫她的儿孙回来，说她感到冷了，还找补上一句：“您真是太好了，我真不好意思。”忽然间，天空裂了一道缝：在木偶戏剧场和马戏场之间，在那变得好看的地平线上，我忽然看见那位小姐帽子上的蓝色翎毛，这真是个令人难以置信的吉兆。希尔贝特已经飞快地朝我这个方向奔来，她戴了一顶裘皮的无边软帽，满面红光，由于天寒、来迟和急于要玩而兴致勃勃；在跑到我身边以前，她在冰上滑了一下，为了保持平衡，也许是因为觉得这姿势优美，也许还是为了摆出一副溜冰运动员的架势，她就那么把双臂向左右平伸，微笑着向前奔来，仿佛是要把我抱进她的怀中。“好啊！好啊！真是太妙了！我是另外一个时代的人，是从旧社会过来的人，要不然的话，我真要跟你那样说这真是太棒了，太够味了！”老太太高声叫道，仿佛是代表香榭丽舍感谢希尔贝特不顾天寒地冻而来似的。“你跟我一样，对咱们这亲爱的香榭丽舍是忠贞不渝的，咱们两个都是大无畏的勇士。我对香榭丽舍可说是一往情深。不怕你见笑，这雪哪，它叫我想起了白鼬皮来了。”说着，她当真哈哈大笑起来。

这雪的景象代表着一股力量，足以使我无法见到希尔贝特，这些日子的第一天本会产生见不了面的愁苦，甚至会显得是一个离别的日子，因为它改变了我们唯一的见面地点的面貌，甚至影响到它能不能充当这个地点，因为现在起了变化，什么都笼罩在一个巨大的防尘罩底下了——然而这一天却促使我的爱情向前进了一步，因为这仿佛是她第一次跟我分担了忧患。那天我们这一伙人中就只有我们两个人，而像这样跟她单独相处，不仅是亲密相处的开始，而且对她来说，冒着这样的天气前来仿佛完全就是为了我，这就跟有一天她本来要应邀参加午后一个约会，结果为了到香榭丽舍来和我见面而谢绝邀请同样感人肺腑；我们的友情在这毫无生气、孤寂、衰败的周围环境中依然生动活泼，我对它的生命力，对它的前途更加充满了信心；当她把小雪球塞到我脖子里去的时候，我亲切地微笑了，觉得这既表明她喜欢在这披上冬装、焕然一新的景区有我这样一个旅伴，又表明她愿在困境之中保持对我的忠贞。不一会儿，她那些伙伴就都跟犹豫不决的麻雀一样，一个接着一个来了，在洁白的雪地上缀上几个黑点。我们开始玩了起来，仿佛这一天开始时是如此凄惨，却要在欢快中结束似的，当我在玩捉俘虏游戏之前，走到我第一次听到希尔贝特的名字那天用尖嗓门叫喊的那个姑娘跟前的时候，她对我说："不，不，我们都知道，您是爱跟希尔贝特在一边的，再说，她都已经在跟您打招呼了。"她果然在叫我上积满白雪的草坪上她那一边去。阳光灿烂，在草坪上照出万道金光，像是古代金线锦缎中的金线一般，倒叫人想起了金锦营[1]来了。

---

[1] 金锦营：1520年，法王弗朗索瓦一世与英王亨利八世在加来海峡某地聚会，拟签订盟约共同对付神圣罗马帝国皇帝查理五世。双方争奇斗艳，用金线锦缎将营地装饰得金碧辉煌，而盟约却未订成。

这一天开始时我曾如此忧心忡忡，结果却成了我难得感到不太不幸的一天。

我都已经认为从此再也不会有一天看不见希尔贝特了（以至有一回，我外祖母没有按时回来吃晚饭，我居然立即想道，如果她是被车轧死了，那我就不能上香榭丽舍去了。当你爱一个人的时候，你就不会对第二个人有什么爱了），然而有时从头天起，我虽然已如此焦急地等待，以至宁愿为这一时刻牺牲一切，但一旦当我就在她身边时，却并不感到这是幸福的时刻；我自己也明白，因为在我的一生当中，我只在这样的时刻身上才集中了热切细微的关注，这样的时刻本身是不会产生任何欢快的原子的。

当我远离希尔贝特的时候，我需要能看见她，因为老是在脑子里想象她那副形象，想着想着就想不出来了，结果也就不能精确地知道我所爱的对象到底是什么样子。再说，她也从来没有对我说过她爱我。恰恰相反，她倒时常说她更喜欢某些男孩，说我是个好伙伴，乐于跟我一起玩，但我太不专心，不把心思都放在游戏上；而且她还时常对我做出明显的冷淡的表示，动摇我的信念，使我难以相信我在她心中的地位跟别人有所不同，如果我这份信念出之于希尔贝特对我的爱，而不是像事实那样出之于我对她的爱的话，那么这个信念就会十分坚强，因为它是随我出之于内心的要求而不得不思念希尔贝特时的方式而异的。但我对她的感情，我自己还没有向她倾诉过。当然，在我每一本练习本的每一页上，我都写满了她的名字和她的住址，但当我看到我潦潦草草地勾画而她并不因此而想起我的这些字行，它们使她在我周围占了这么多显而易见的地位而她并不因此而进一步介入我的生活，我不禁感到泄气，因为这些字行所表示的并不是连看都看不见它们的希尔贝特，而是我自己的愿望，因此它们在我心目中就显得是纯粹主观的、不现实的、枯燥乏味的、产生不了结果的东西。最紧要的事情是希尔贝特跟我得见面，能够互相倾吐衷肠——这份爱情直到那时可说是还没有开场呢。当然，促使我如此急于要跟她会面的种种理由，对一个成熟的男人来说，就不会那么迫切。到了后来，等到我们对乐趣的培养有了经验，我们就满足于想念一个女人（就像我想念希尔贝特一样）这份乐趣，就不去操心这个形象是否符合实际，同时也就满足于爱她的乐趣，而无须确信她是否爱你；我们还放弃向她承认我们对她的爱恋这样一种乐趣，以便使她对我们的爱恋维持得更强烈——这是学日本园艺师的榜样，他们为了培植一种好看的花，不惜牺牲好几种别的花。当我爱希尔贝特那时节，我还以为爱情当真在我们身外客观实际地存在着；以为只要让我们尽量排除障碍，爱情就会在我们无力做任何变动的范围内为我们提供幸福；我仿佛觉得，如果我自觉自愿地用假装的不动感情来代替承认爱情这种甘美，我就不仅会剥夺自己最最梦寐以求的那份欢愉，也可以以我自己的自由意志，制造一份虚假的、没有价值的、与现实毫无关系的爱情，而我就会拒绝沿着它那条神秘的、命中注定的道路前进。

但当我走到香榭丽舍，首先可以面对我的爱情，把这份爱情的非我所能控制而有其独立生命的原因加以必要的修正时，当我真的站到希尔贝特·斯万面前（这个希尔贝特·斯万，昨天我那疲惫不堪的脑子，已经再也想不起她的形象，我一直指望在再见到她时使这形象变得新鲜起来；这个希尔贝特·斯万，昨天我还同她一起玩来着，刚才我身上却有个盲目的本能促使我把她认了出来，打个招呼，这就跟我们走路这个本能一样，在我们还没有去想以前就先迈一只脚，再迈另一只脚），这时我忽然觉得，她跟我梦中所见的那个对象完全不一样。譬如说，昨天我脑子里记住的是丰满红润的面颊上的两只炯炯逼人的眼，现在希尔贝特固执地显现出来的那副面目却恰恰是我不曾想到的：一个尖尖长长的鼻子，再加面部的其他线条，构成了许多鲜明的特征，在生物学中简直可以用来与别的种属有所区别，使她成了一个尖鼻子类型的小姑娘。正当我准备利用这求之不得的时刻，根据我来以前在脑子里所准备，然而现在又不再见到的希尔贝特的形象，来帮我弄个一清二楚，使我在不在她身边的漫长时刻中，能确信我所记得的的确就是她，能确信我像写书那样日积月累地积累起来的爱情的确是以她为对象的，恰恰在这个时刻，她向我扔过一个球来，正像一个唯心主义的哲学家，他的肉体考虑到外部世界的存在，可他的头脑却不相信外部世界这个现实一样，刚才还没有把她确认为何许人就跟她打起招呼来的这个“我”，现在又赶忙叫我把她扔过来的球接住（仿佛她是我来与之游戏的游伴，而不是来与之聚首的一颗姐妹般的心灵似的），这个“我”也使得我出于礼貌，跟她说上千百句虽然亲切然而并无意义的话，但却阻止我在她走开之前，或者保持沉默，利用这机会把对我来说是必不可少然而时常逃逸的她在我脑中的形象固定下来，或者对她讲几句话，使我们的爱情能取得有决定意义的进展，而这种进展我总是今天推明天，明天推后天地不去积极争取的。

我们的爱情毕竟也取得一些进展。有一天，我们跟希尔贝特一起一直走到跟我们特别友好的那些女商贩的木棚子跟前——斯万先生就是在她那里买香料蜜糖面包的。为了卫生的缘故，这种面包他每天吃得很多，因为他患有种族遗传性的湿疹，又闹便秘。希尔贝特笑着把两个小男孩指给我看，这两个孩子看着像是儿童读物里说到的调色专家和博物学家。其中之一不要红颜色的麦芽糖，非要根紫的不可，另一个则双眼含泪，拒绝女仆想给他买的那只李子，他以感人的语调解释道：“我挑中那一只李子，是因为它上面有个蛀洞！”我花了一个苏买了两个弹球。我满怀深情地瞧着放在一只木钵子里的两颗玛瑙球，它们闪闪发光，老老实实地监禁在钵子里；我觉得它们非常宝贵，一则是它们像小姑娘那样笑容可掬，满头金发，二则它们每个都值五十生丁。希尔贝特家里人给她的钱比我多得多，她问我它们之中哪个更好看。我希望她能把两个全买下来，把它们从监禁之中解脱出来。这两颗玛瑙球既透明晶莹，又像生命那样朦胧不清，要问我哪一个更美，我实在不想贬一褒一。可是我还是指着跟她的头发同样颜色的那一颗。希尔贝特把它拿了出来，看到上头有道金色的纹，吻了一吻，把这囚徒赎了出来，然后马上就把它交给了我，说：“拿着，它是您的了，给您，留作纪念吧。”

又有一次，正当我一心想看拉贝玛在一出名剧里的演出时，我问她有没有贝戈特谈拉辛的那本小册子，因为市面上买不着了。

她要我把书的全名告诉她，我当晚就给她打了一份电报，把我那早就在练习本上画过不知多少次的“希尔贝特·斯万”这个名字写在封套上。第二天，她就把她找到的那本书用浅紫色的缎带扎上，用白蜡加封带给了我。“您看，这正是您要的那本。”她说，一面从她的手笼里把我给她的那份电报抽了出来。这封气压传递的函件昨天还不代表什么东西，只不过是我写的一张蓝纸，可自从投递员把它交给希尔贝特家的门房，有个仆人把它送进她的房间，就变成了这个无价之宝，成了她那天收到的一份气压传递的急件——那上面尽是邮局盖上的圆圈，邮差用铅笔添上的字迹，这些都是邮途完成的记号，是外部世界的印记，是象征生命的紫罗兰色的腰带，它们是第一次来赞许、维持、提高、鼓舞我的梦想，我连自己所写的稀稀拉拉、模模糊糊的字迹都辨认不出来了。

有天她又对我说：“您哪，您尽管叫我希尔贝特好了，可我还是叫您的教名。不然就太别扭了。”可有一段时间，她还是继续用“您”称呼我，当我提醒她的时候，她笑笑，然后编了一句像我们在学外语语法时除了练习用某个新词以外别无任何其他目的的句子，用我的小名结尾。当我后来回想我当时的感受时，我还有这样一个印象，仿佛我曾一度赤条条地被她衔在嘴里，不再具有像她同学们那样的社会身份，当她叫我的姓的时候，也不再具有我父母那样的社会身份，而她的双唇，当她有点像她的父亲那样，做出努力来把她所要强调的词语加以重读时，又仿佛是在剥去我的衣服，就如同剥去一个水果的皮，只吃它的果肉一样，而她的眼神，跟她的言语变得同样更加亲切，也就更直接地投上我身，并且随之报以一个微笑，以表明她的认真、乐趣，甚至是感激之情。

然而就在那时，我也不能体会这些新的乐趣的价值。这些乐趣并不是由一个我所爱的女孩给爱着她的我的，而是一个跟我一起玩的女孩给那脑子里对真正的希尔贝特毫无印象，也缺乏一颗能体会这幸福的价值的心（唯有这样一颗心才能体会这份价值）的另一个我的。即使是当我回到了家里，我也品尝不出这些乐趣，因为我每天不得不把对希尔贝特做一番认真、沉静、幸福的凝视的希望推到明天，也希望她终于能表白她对我的爱，将她迄今把这份爱隐藏起来的原因讲个明白；也正是这种必要，使我把过去看得无足轻重，一心只向前看，把她对我的种种友好表示并不仅仅看作一般的表示，而把它们看成一层一层台阶，使我可以步步升高，终于达到迄今还没有进入的幸福境界。

她有时给我一些友好的表示，可有时也显得并不乐意跟我见面，这叫我难过，而这种情况时常正是在我认为最能实现我的希望的那些日子发生。我确信希尔贝特要到香榭丽舍去，我感到一阵欢快，而且觉得它预示着一个巨大的幸福。当我一早走进客厅去亲吻妈妈时，她早就整装待发，漆黑的发髻已经梳就，又白又胖的好看的双手犹有肥皂的香泽，只见钢琴上直挺挺地立着一个尘埃的光柱，又听得窗外有手摇风琴演奏《阅兵归来》这个曲子，我这才意识到就在昨晚，寒冬已经逝去，出人意料地迎来了灿烂的春天。当我们吃午餐的时候，住在我们对面的那位太太一开窗，就在刹那之间使得一道阳光从我椅子旁边掠过，一步就横扫整个饭厅，就在那儿开始午休，过了一会儿又回来继续休息。在学校里，当我上一点钟那堂课时，太阳以它金色的光芒照上我的书桌，使我十分焦躁不安，因为它像是在邀请我去过节，而我在三点以前又无法应邀，得等到那时候，弗朗索瓦丝才能到校门口来接我，一起走过那染上金色阳光，行人熙来攘往的街道，向香榭丽舍走去；马路两旁的阳台，像是被太阳从墙上卸了下来，冒着热气，像金色的云彩一样在房屋前面飘荡。唉！可在香榭丽舍，我没有看到希尔贝特，她还没有来到。我在这被看不见的太阳培育出来的草坪上坐着一动也不动，这太阳把各处的草尖都照得通红，在草坪上栖息的鸽子像是由园丁的镐头发掘到的这圣洁的土地上的一座座古代雕像，我双眼盯着地平线，随时都在等待希尔贝特的身影随着她的家庭女教师从那座雕像背后一起出现；那座雕像像是把她手上抱着的沐浴着阳光的孩子举向前方，让他接受太阳的祝福。《论坛报》的那位女读者坐在她那扶手椅里，还是在那老位置，她亲切地向一个园丁招手，对他叫道："多美好的天气！"租椅子的女工走到她跟前收费，她做出千娇百态，把那张十生丁的租金券塞进她手套的开口处，倒仿佛这是一束鲜花，为了显示对赠予人的感激之情，要找一个最讨对方喜欢的地方插上似的。当她找到了这个位置，她把脑袋晃了一圈，把圆筒形皮毛围巾拽一拽，把露在手腕子那里那张黄色纸片的一端让她瞧一眼，脸上带着一个女人指着她的胸口对小伙子说"你看，这是你送给我的玫瑰花！"时的那种微笑。

我领着弗朗索瓦丝去迎希尔贝特，一直走到凯旋门，可没有碰上她，我心想她准是不来了，就回到草坪那里去，可忽然在木马前面，那个尖嗓门的小女孩向我跑来："快，快，希尔贝特已经来了一刻钟，都要走了。我们在等您玩捉俘虏呢。"原来刚才当我沿着香榭丽舍大街走的时候，希尔贝特从布瓦西-当格拉街来了，小姐趁这好天气去为自己买点东西，而斯万先生也来找他女儿了。所以这就是我的不是了，我原不该远离草坪的，谁也不确有把握地知道希尔贝特准从哪条道来，是早还是晚，这一等待使我觉得不仅整条香榭丽舍大街跟整个下午都使我更加激动——它们像是一长段时空，在其中的每一个点、每一个时刻，希尔贝特的形象都可能出现——而且希尔贝特这个形象本身也使我更加激动，因为在这形象背后，我感到隐藏着的那支箭之所以不是在两点半而是在四点钟击中我心头的道理；她今天不是戴着体育锻炼时的贝雷帽，而是一顶会客的帽子；在大使剧院前面，而不是在两个木偶剧场之间出现，我这就依稀看到在我不能跟随希尔贝特时她干了点什么事情，又是什么事情使她不能不出门或者不能不待在家里，我这就跟她那时对我来说是陌生的那部分生活的奥秘有了一点接触。当我按照那尖嗓门女孩的指示马上开始我们的捉俘虏游戏时，只见希尔贝特在我们面前是如此活跃莽撞，对那位读《论坛报》的夫人（她对她说："多好的太阳，简直像是一团火。"）恭恭敬敬地行了个屈膝礼，带着腼腆的笑跟她说话，那副拘谨的神气使我看到另一个小姑娘，跟我在她父母家里、在她父母的朋友身边、在外出访客、在我所不熟悉的她的那部分生活中的希尔贝特不一样，而也正是我所不熟悉的她的那部分生活的奥妙使我感到心中如此激动。但她那部分生活究竟是怎么回事呢？其中使我印象最深刻的还是斯万先生，他过了一会儿就来接他的女儿来了。希尔贝特住在她父母家里，她在学习、游戏、交朋友等方面都是听他们话的，所以对我来说，斯万先生和斯万夫人身上有着一个难以企及的未知的事物，有着一种令人阴郁的魅力，这在希尔贝特身上也是一样，但他们比她更有过之，因为他们对她仿佛是全能的神，是她身上那种品质的根源所在。对我来说，凡是与他们有关的事情都是我经常关注的对象；斯万先生当年在跟我父母交往的时候我们时常见面，但并没有引起我的好奇，现在在他到香榭丽舍来接希尔贝特的日子，我一看到他那顶灰色的帽子和那件披风式的短大衣时，心头就不禁突突地跳起来，直到平静了下来，他那副容貌还像我们刚读了关于他的一系列作品，他那些最细微的特点还像使我们激动不已的一个历史人物那样感动着我。当我在贡布雷听人说起他跟巴黎伯爵之间的交往时，我仿佛觉得那跟我毫无关系，现在在我眼里却成了了不起的东西，仿佛除他之外再也没有谁跟奥尔良家族中的人相识的了；现在他混迹于在香榭丽舍熙来攘往的各色人等的浊流之中，观察他们而并不要求他们对他另眼相看（他穿戴得那样平常，谁也想不起要对他另眼看待），却正是那些交往使得他如此超凡出众。

他对希尔贝特的伙伴们的问候彬彬有礼地还礼，即使对我也是如此，虽然他曾跟我家有过龃龉，不过看样子他也并没有把我认出来（这倒使我想起，他在乡间可是经常跟我见面的；这我还记得起来，不过记忆已经模糊，因为自从我见到希尔贝特以后，在我心目中斯万主要是她的父亲，不再是贡布雷的那个斯万；现在我把他的名字所归的类别跟当年它所纳入的那个系列中所容的概念完全不同，而当我现在必须想起他的时候，再也用不着那个系列了，因为他已经成了另外一个人；然而我依然还是通过一条人为的、次要的、横向的线把他跟我们家当年这位客人联系起来；既然除了在我的爱情还能从中得到好处这样一个范围以外，任何事物都没有什么价值，当我回顾那些岁月时，我是带着不能把它们一笔勾销的羞愧和遗憾之情的；现在在香榭丽舍站在我面前的这个斯万——幸好希尔贝特可能还没有对他提起我姓甚名谁，当年在他眼里我可时常是如此可笑，因为当妈妈跟他，还有爸爸和外祖父母一起在花园里的桌子上喝咖啡的时候，我常打发人去请妈妈上楼到我卧室里来互道晚安）。他对希尔贝特说，他可以让她玩一盘，可以等她一刻钟，然后就跟所有的人一样在铁椅子上坐下，用当年菲利浦七世经常紧握的那只手掏出钱来付租金，我们就在草坪上玩起来，把那长着彩虹色美丽身体的鸽子轰向天空（它们的身体呈心形，是鸟类王国中的百合花），让它们栖息到安全的所在地，有的飞到大石钵上，低下头来，嘴巴看不见了，表示这里盛满了喂它们的水果或者谷粒；有的栖上雕像的前额，倒像是某些古代作品中为了使那千篇一律的石头的色调多少有点变化而添上的彩釉饰物，而当戴这饰物的是一个女神的时候，也就给这尊像添上一个特定的形容词（就跟我们凡人都有不同的名字一样），这就使它成了一个新的神祇。

在这么一个阳光灿烂的日子，我的希望没有实现，我这天再也没有勇气把我的失望心情对希尔贝特掩藏起来了。

“我刚才正有许多话要问您呢，”我对她说，“我觉得今天这个日子对我们的友情有重要的意义，可您刚一到就要走了！明天想法子早点来，好让我跟您说说。”

她脸上容光焕发，高兴得跳起来答道：

“朋友，明天您可别指望了，我来不了！下午有午茶会；后天也来不了，我要上一个朋友家窗口去看狄奥多西国王驾到的行列，好看着呢;后天要去看《米歇尔 · 斯特罗戈夫》[1]，再过几天就是圣诞跟年假了。可能家里要把我带到南方去，那可就太棒了！只不过要是上南方去，我就要少得到一棵圣诞树；反正即使我待在巴黎，我也不到这儿来了，我要跟妈妈串门去。再见了，爸爸在叫我了。”

我跟弗朗索瓦丝从夕阳依然斜照的街道回家，然而却像是在一个欢庆活动已经结束了的夜晚似的。我都迈不开双腿了。

“这没有什么可奇怪的，”弗朗索瓦丝说，“今年天时不正，这个冬天太暖和。唉！上帝哪！到处都是闹病的穷人，简直是连天上也都乱了套。”

我强压哽咽，在心里反复琢磨刚才希尔贝特兴高采烈地说她好些日子来不了香榭丽舍那番话。然而只要当我一想到她的时候，自然而然地就有一股魅力充满我的心房；还有在跟希尔贝特的关系当中，由于我心头有这样一份创痛，我是不可避免地占有一个

[1] 《米歇尔 · 斯特罗戈夫》是根据儒尔 · 凡尔纳同名惊险小说改编的剧本。

特殊的，也是唯一的地位（尽管是令人痛苦的），这地位跟那份魅力相结合，就在希尔贝特那份冷淡之中添上点罗曼蒂克的色彩，而在我的泪中也就出现了一丝微笑——这该是一个吻的怯生生的雏形吧。等到邮差送信的时刻到来时，这晚我跟每天晚上一样心想："我就要收到希尔贝特的信了，她会告诉我，她从来没有中止对我的爱，她会向我解释是为了什么神秘的理由她才不得不直到此刻还把她对我的爱隐藏在心里，装出为不能见着我而高兴，会向我解释是为了什么她才只扮演一个普通伙伴的角色的。"

每天晚上我都乐于想象这样一封来信，我在心里默读，每一句话都背得出来。突然间，我怔住了。我明白，如果我接到希尔贝特的信的话，那绝不会是这样一封，因为这封是我自己编出来的。从此以后，我就竭力不去想我希望她给我写的那些字眼，生怕老是这么念叨，结果恰恰把这些最弥足珍贵、最最盼望的词语从可能实现的领域中排除出去。即使出之于极不可能的巧合，希尔贝特写给我的信果然正好就像我自己编造的那样，能从中看出是我的作品，那我收到的将是一件出之我手的东西的印象，就不是什么真实的、新的、与我的主观思想无关、跟我的意志无涉、真正是由爱情产生的东西了。

此刻我在重读一页，虽不是希尔贝特写给我的，却至少得自她手，那是贝戈特所写关于启发拉辛的古老神话之美的那一页，这本书一直跟那颗玛瑙球一样，摆在我手头。我的朋友为我搜求这部书，我很受感动；每一个人都要找出他的激情之所以产生的理由，直至认为在他所爱的对象身上具有在文学作品或者谈话中所说的那些值得人们爱的品质，同时通过模仿，把他所爱的对象身上的品质跟这些品质等同起来，使之成为他之所以有那份爱情的新的理由，尽管这些品质可能跟他不依赖他人教导而主动追求时所要求的品质截然相反，这就跟当年的斯万对奥黛特之美的美学性质一样。我呢，早在贡布雷时就爱上了希尔贝特，那时因为我对她的生活一无所知，希望自己能够投身进去，化入其中，把我那份自己已经感到毫不足道的生活舍弃，现在我则想，在我自己这个已经太熟悉，太不足道的生活当中，希尔贝特有朝一日可以来充当一个谦卑的仆人，成为我的得力助手，晚上可以帮我工作，看看我写的小册子里有没有错误，这该有无比的好处。至于贝戈特这位无比睿智，几乎超凡入圣的长者，我本是由于他才在认识希尔贝特以前就爱上她的，现在却是由于希尔贝特的缘故我才爱他本人。我以无比的乐趣读他所写的关于拉辛的篇页，我也以同样的乐趣瞧着她在把这本书送给我时那盖有白蜡印记，系有淡紫色丝带的包装纸。我吻着玛瑙球，这是我的朋友的心里最优秀的部分，是毫不轻浮十分忠贞的部分，同时虽然带有希尔贝特的生活中的神秘魅力，却一直待在我的卧室里，与我同床而卧。但这块宝石之美，还有我乐于与对希尔贝特的爱相联系的贝戈特作品之美，在我仿佛觉得希尔贝特对我的爱已经几乎化为乌有的此时此刻，这两种美却给它以凝聚之力，我发现这两种美比那份爱情出现得还早，跟这份爱情毫无相似之处，它们的内容取决于希尔贝特认识我以前早就存在的那份天才，取决于那些矿物学的规律，如果希尔贝特不曾爱我，这本书、这块石头也不会是另外一种样子，因此在这两者中间没有什么会给我带来任何幸福的信息。而我对希尔贝特的爱天天都在等待着第二天会得到希尔贝特的表白，每天晚上都把我在白天胡乱干的活计拆掉，而与此同时，在我心中暗处也有一个不相识的女工却不愿把我拆下的线扔掉，还要把它整理起来，全然无意取悦于我，也不为我的幸福着想，跟她干别的活时完全背其道而行之。这个不相识的女工对我对希尔贝特的爱情丝毫不感兴趣，也不首先就肯定我在被她爱着，却把希尔贝特做过的我认为无法解释的行动和已经得到我原谅了的过失都汇集起来。这样一来，两者就都具有了一定的意义。这样一种新的想法仿佛表明，当我看到希尔贝特不上香榭丽舍，而去看什么日场演出，或者跟她的家庭女教师去买什么东西，准备出门去度新年假期的时候，我就不该说她轻浮或者老实听话了。如果她爱我的话，她就既不会那么轻浮，也不会那么老实听话，而当她不得不听别人话的时候，那么在我见不着她的那些日子里，她心中应该同我一样地感到失望。这样一种新的想法还说明，既然我爱希尔贝特，我就应该懂得什么叫爱；这新的想法促使我注意到我老想要在她心目中抬高自己的身价，因此力图说服母亲为弗朗索瓦丝买一件雨衣和一顶带蓝翎毛的帽子，或者别再让这个叫我害臊的女仆陪着上香榭丽舍（妈妈说我对弗朗索瓦丝不公道，说她是对我们家忠心耿耿的好人）；这新的想法也促使我注意到，见到希尔贝特这个唯一的愿望使得我早在她走以前几个月就一心只想打听她什么时候离开巴黎，又上哪儿去，觉得如果她不在的话，那么世上最引人入胜的地方也只能算是一个隐遁之所，而只要能在香榭丽舍见到她，那我就愿意一辈子待在巴黎；我很清楚，我这个担心和愿望在希尔贝特的行动中是找不出来的。恰恰相反，她很喜欢她那家庭女教师，从来也不为我对这有什么看法而操心。她觉得，如果是为了陪小姐去买东西而不到香榭丽舍来，那是很自然的，而要是为了陪她母亲出去而不来，那更是惬意了。即使她同意我在同一地点和她度假，那么要选定这个地点，她至少得尊重她父母的意见，得考虑到她同我说过的那种种游乐，而决不会上我家里有意把我送去的那个地方。当她有几次对我说，她更喜欢另一个男朋友，或者她已经不像头天那么喜欢我，因为我粗心大意而叫她在游戏时输了一盘时，我就向她道歉，问她该怎么办才能重得她往日的欢心，使她喜欢我有过于任何人；我希望她对我说她喜欢我本来就有过于别人；我恳求她说这句话，仿佛她可以随她高兴或者随我高兴，仅仅凭她根据我的行为是好是坏而说出来的几句话，就能随意变动她对我的感情似的。难道我那时不知道，我自己对她的感情既不取决于她的行为，也不取决于我的意志吗？

在我心中暗处的那位不相识的女工所建立起来的新秩序还告诉我们，如果我们希望迄今为止伤了我们心的某个人的所作所为并非出于真心，那么它们就会射出一道我们的意愿无法熄灭的光芒，我们应该通过这道光芒，而不是通过我们自己的意愿去看看他明天的所作所为又将是怎样。

这些新的话语，我的爱情是听到了的；这些话语使它信服，明天不会跟已逝的日子有什么两样；希尔贝特对我的感情已经年深日久，不可能有所改变，只能是冷漠而已；至于我对希尔贝特的爱情，爱着的只是我这一方面。我的爱情答道：“是的，对这份友情已经无计可施，它是不会改变的。”这样，明天一来（或者等个最近的节庆日子，等个周年纪念，或者是元旦，反正是与众不同的一个日子，到那时时间会抛弃过去的遗产，拒绝接受它留下的凄楚，另起炉灶），到那时，我会要求希尔贝特抛弃我们的旧友情，奠定我们新的友情的基础。

我手头总有一张巴黎街道图，因为可以从中看到斯万夫妇所住的那条街，所以我觉得它装着一份财宝。出之于爱好，也出之于一种骑士式的忠诚，不管是谈到什么，我总要讲出这条街的名字，以至我父亲（他不像我母亲和我外祖母那样知道我在爱着一个人）问我：

“你干吗老是说起这条街？它没有什么特别的，只是因为紧挨着布洛涅森林，所以是个很宜人的住处，同样的街道也能数出十来处呢。”

也不管是谈到什么，我总要引我父母说出斯万这个姓氏来；当然我马上就在心里默默地重复；不过我也需要听到它那悦耳的铿锵声，让我听听这个乐音——单是默读是不够的。再说，斯万这个姓氏虽然我早就知道，现在都像某些患失语症的人对最常用的词也感到新鲜一样，对我也成了一个新词。这词老在我的脑际，可我的脑子对它老是习惯不了。我把这个词加以分解，一个一个字母地拼读，它的拼法对我简直是个意外的发现。随着它变得越来越熟悉，我也就越来越觉得它不那么清白无瑕。我在听到这个词时所得的乐趣，我都心想它已经是如此有罪，仿佛别人已经猜透了我的心思，所以当我竭力把谈话向这个方向引的时候，他们就转换话题。我一个劲儿转到跟希尔贝特有关的话头上来，老是重复那些话语——这些话在远离她的地方说出来，她也听不见，不过是些只能重复说明现状而不能改变现状的一无用处的话语——然而我仿佛觉得把希尔贝特身边的事这么折腾折腾、翻弄翻弄，也许可能从中得出点可喜的东西。我一再重复那位读《论坛报》的老太太对她的夸奖（我向我父母暗示，她是一位大使夫人，甚至是位亲王夫人），继续说这位老太太是多么美，多么大方，多么高贵，直到有一天我把从希尔贝特嘴里听到的她的名字说了出来——她叫布拉当夫人。

“哈！现在我明白了！”我母亲尖叫起来，我感到自己脸上羞得发热，“你外祖父听了准要叫你小心又小心。你居然会觉得她长得美！她可长得实在难看，这辈子也没好看过。她是个执达吏的遗孀。你大概不记得了，在你小时候，我费了多少心血才阻止她来看你接受体育锻炼。我并不认识她，她可老是想跟我搭讪，假说是为了告诉我‘你长得好看得简直像个小美女’。这个女人从来都有那么一股子交结朋友的瘾；我一直这么想，她要是当真认识斯万太太，那她准是得了神经病了。因为这个女的虽然出身低微，可从来还没做过什么招人非议的事。她就是一个劲儿要跟人拉关系。她长得难看，极其庸俗，而且爱惹是生非。”

至于斯万，为了要使我自己长得跟他相像，我成天都在桌子边坐下，一个劲儿把鼻子拽长，一个劲儿揉眼睛。我父亲说：“这孩子傻了，简直讨厌透顶了。”我简直希望自己也跟斯万那样来个秃顶。我觉得他是如此不同凡响，有些我常交往的人居然也认识他，而且哪天都能碰巧碰上他，这简直令人难以置信。有一次，母亲正跟每天在吃晚饭时一样讲着她下午买了些什么东西的时候，忽然讲起：“对了，你们猜猜我在三区商店雨伞部碰见谁了？是斯万！”她讲的那些话本来对我是索然乏味，这下却催开了一朵神秘的鲜花！真是叫人听了既得到满足，又感到伤心，斯万今天下午怎么会在那人群里亮出他那神乎其神的身影去买一把雨伞！在那些同样与我无关的大大小小的事情当中，这一件事情在我心中激起了特殊的震动，我对希尔贝特的爱经常为之激荡。我父亲说我对什么都不感兴趣，因为当大家在谈狄奥多西二世国王此刻作为国宾和盟友访问法国将产生的政治影响时，我连听都不听。但与此相反，我是多么想知道当时斯万是不是穿着他那件披风式的短大衣！

“你们打招呼了吗？”我问道。

“那是当然。”母亲答道，她仿佛担心，如果她承认我们家对斯万冷淡的话，别人就会想法从中调解，超过她所希望的程度，反正她是不想认识斯万夫人的。“是他走上前来跟我打的招呼，我先没有瞧见他。”

“这么说来，你们并没有吵翻？”

“吵翻？干吗要吵翻？”她尖刻地回答，倒仿佛是我怀疑了关于她和斯万之间的和睦关系的神话，又试图来“拉拢”似的。

“他可能怪怨你不邀请他。”

“谁也用不着邀请所有的人，他邀请我吗？我不认识他的妻子。”

“可从前在贡布雷的时候，他是常来的。”

“好吧！在贡布雷的时候他来咱们家，在巴黎他有别的事儿要干，我也一样。不过我可以向你保证，我们压根儿也不像是两个吵翻了的人。我们在商店里一起待了一阵子，直等到店员把他买的东西打好包为止。他向我打听你的消息，他说你跟他的女儿在一起玩……”母亲这么说着，原来斯万心里还有我呢，这真是个奇迹，叫我怎不惊奇，而且他了解的情况还相当全面，当我在香榭丽舍由于感情激动而在他面前哆嗦时，敢情他知道我姓什么，知道我的母亲是谁，而且除了知道我是他女儿游玩的伙伴以外，还掌握我外祖父母的一些情况，知道他们的家庭，知道我们住在什么地方，还晓得一些连我可能都不晓得的我们家当年生活的特点。不过我母亲在三区商店雨伞部被斯万瞧见，作为一个曾经与之有过共同往事的人物出现在他面前，使得他迎上前来跟她打招呼的时候，她可并没有觉得这次邂逅有什么特殊的魅力。

无论是我母亲也好，还是我父亲也好，仿佛都并不觉得对提起希尔贝特的祖父，提起这位证券经纪人有什么特别的兴趣。我的想象力却把某一个家庭从巴黎社交界中单独抽出来，把它奉为神圣，如同它曾把巴黎这座石头城中的某所房子单独抽出来，把它的大门刻上花纹，把它的窗户彩绘装饰得十分华丽一样。不过这些装饰，只有我才看得见。我的父母认为斯万家住的那所房子跟布洛涅森林在同一时期盖的别的那些房子都一样，他们也觉得斯万家跟别的许多股票经纪人家都一样。他们对这个家庭的印象是好是坏，根据它在凡人共同的业绩中参与了几分，根本看不见它有什么独具一格的地方。即使他们发现了什么长处，他们也会在别处看到同样的，甚至犹胜一筹的优点。因此，当他们发现斯万家的位置好时，就说另外还有一所房子位置更好，然而这所房子跟希尔贝特毫无关系，或者是属于比她爷爷资金更雄厚的一些金融家的；万一他们要是一时跟我意见一致，那准是误会，立即就要纠正的。这是因为，我的父母不具备爱情赐给我的那种补充的、瞬时的感觉，所以发现不了希尔贝特周围任何新的品质——这就跟颜色领域里的红外线一样，在感情领域中也是属于肉眼所不见的一种。

在希尔贝特早就通知我她不会来香榭丽舍的那些日子，我就想办法遛个弯，走到离她所在的地方近一点的处所。有时我领着弗朗索瓦丝到斯万家所住的房子那里去朝圣。我让她把她从那家庭女教师那里听来的关于斯万夫人的话一而再，再而三地讲给我听。“看来她挺迷信的。哪天要是听到猫头鹰叫，或者墙里有钟表的滴答声，或者午夜看见一只猫，或者是木器发出吱吱嘎嘎的响声，那她是准不会外出旅行的。啊！她信教可虔诚了！”我对希尔贝特的爱是如此之深，当我在路上碰见她们家的老厨师头牵着狗出来溜达的时候，我也要带着深情把他那花白胡须看上半天。弗朗索瓦丝说：

“您倒是怎么了？”

然后我们就继续往前走，直到他们家马车出入的大门口，那里有一个跟任何看门人都不一样的看门的，他号衣上的饰带都浸透着我在希尔贝特这个名字里感到的那种令人忧郁的魅力，他仿佛知道我天生就不配进入他奉命守卫的那份神秘的生活，而一楼的那些窗户也仿佛有意识地关得严严实实的，在平纹细布的遮盖下，比任何其他窗户更不像希尔贝特的双眼那样炯炯有神。有时候，我们上环城马路去，我就在迪福街口站着，据说在那里时常可以看到斯万先生上他的牙科大夫诊所去；我的想象力把希尔贝特的父亲看得跟人间的任何人是如此不同，他在现实世界中的出现也会带来如此之多的奇迹，以至在走到玛德莱娜教堂之前，当我一想到我们已经离那条可能出乎意料地见到奇迹出现的街不远，心里早就突突直跳了。

然而更多的时候，当我见不着希尔贝特时，由于我听说斯万夫人几乎每天都沿着槐树路，在布洛涅湖岸边，还有在玛格丽特王后小道上散步，我就让弗朗索瓦丝领我上布洛涅森林去。在我心目中，这森林仿佛就是一座座这样的动物园，各色草木无不具备，种种景色层出不穷，翻过小山就看到洞窟、草原、巉岩、河流、沟壑、小丘、沼泽。然而游客也知道那都是为河马、斑马、鳄鱼、俄罗斯兔、狗熊和苍鹭提供的嬉戏之所，提供的合适的环境或者如画的背景；至于布洛涅森林，也是十分复杂，集结着许多自成体系的小世界——紧接着像弗吉尼亚州那种栽有美洲橡树这样的红色大树的农场就是湖畔一片松林，或者是一片高耸的乔木，从中突然窜出一位行色匆匆的女子，穿着一身柔软的裘皮衣服，两只眼睛炯炯有神——这是女人的花园；而槐树路，就跟

《埃涅阿斯纪》中的爱神木路一样，为了她们就在两旁只种了一种树，这是一条著名的美人们散步的小径。孩子们老远看到岩顶就兴高采烈，他们知道海狮就要从这里跳进水里去，同样，早在走到槐树路以前，清香四溢的槐花也叫我老远就感到马上就要接近那既强大又柔弱的无与伦比的植物实体，后来我越走越近，看到了树顶轻盈娇柔的叶丛，优雅而多少有些轻佻，线条妖艳，质薄料精，在叶丛中挂着万千白花，像是千百群振翅攒动的蜜蜂，还有这花的阴柔、闲逸而悦耳的名称，都使得我的心怦怦直跳，然而这里头却含有凡俗的因素，就像是那些华尔兹舞一样，我们记住的不是舞蹈本身，而是入舞厅时接待员高声叫出的漂亮的女宾的姓名。我听说，我将在那小径上看到一些打扮入时的美女，她们当中虽然有些还没有出嫁，然而别人不提则已，一提就总是跟斯万夫人一道提起，而且时常总是用她们的化名；她们如果换了什么新的姓名，那也仿佛是用来隐匿真实身份的假名，别人谈起她们来时是根本不用的，免得产生误会。我心想在女人漂亮不漂亮的问题上，美是受一些神秘的法则所支配的，她们对此早已心领神会，也有办法来体现这美，所以我把她们的装束和车马的出现看作一种启示，此外还有万千细节，我都寄予充分的信任，仿佛给这些转瞬即逝、游移不定的东西注入一个灵魂，使它们像一件艺术杰作一样完整一致。不过我要看的还是斯万夫人，我等着她走过来，心头激动得仿佛她就是希尔贝特似的。本来嘛，希尔贝特的父母，就跟她身边的一切一样，都浸透着她的魅力，跟她一样在我心头激起一份情感，甚至还有点令人痛苦的不安情绪

（因为他们跟她的接触是她生活中内在的部分，是我所无缘介入的），而且，读者不久就会看到，我很快就明白，原来他们并不喜欢我跟她在一起玩，这就又添上了一份我们对那些能毫无限制地伤害我们的人的那种敬畏之情。

有时，我看到斯万夫人穿一件普通呢子的波兰式连衣裙，头上戴一顶插着一根野鸡毛的无边小帽，胸口别一小束紫罗兰，仿佛只是为了抄近路早些回家似的，匆匆忙忙地穿过槐树路，而对坐在马车上老远认出了她的身影，向她打招呼而且心想谁也没有她那么潇洒的那些先生挤挤眼睛。这时，我就把简朴放在美学标准和社交条件的首位。然而有时我摆在首位的就不是简朴而是排场了，譬如说，当弗朗索瓦丝已经累得不行，直嘀咕说她迈不开腿了，而我还是逼她拖着脚步再陪我走上一个小时，终于在通往太子妃门那条小道看到——这形象在我看来就代表着王家的尊荣，是君王的驾临，是后来任何真正的王后都未能给我如此强烈印象的（因为我对她们的权力是有清楚的概念也有实际的体会的）——由两匹精壮矫健，像贡斯当丹·居伊[1]笔下那样的马拉着，御者座上坐着一位穿着哥萨克骑兵那样的皮衣的高大车夫，旁边是一个像已故博登诺尔[2]的侍从那样的青年侍者，我只见——说得更正确些，应该是我感到它的轮廓在我心头刻上了一个清晰而恼人的烙印——一辆无与伦比的维多利亚式四轮敞篷马车，车

[1] 贡斯当丹·居伊（1802—1892）：法国画家，作品中有多幅描绘其戎马生涯，代表作有《骑士》。

[2] 博登诺尔为巴尔扎克《加迪尼安亲王夫人的秘密》中的人物。

身比一般稍高，从最时新的豪华中又透出古雅的线条，车里潇洒地坐着斯万夫人，她的头发现在还是一片金黄，只有一绺灰的，束着一条狭窄的缎带，戴的经常是紫罗兰，从带上垂下长长的面纱，打着一把浅紫色的遮阳伞，嘴边挂着一个暧昧的微笑，我从中只看到王后那种仁慈，可也更加看到轻佻女子的撩拨，这是她轻盈优美地赐给跟她打招呼的人们的。这个微笑，对某些人意味着：“我记得很清楚，真是太妙了！”对另一些人则是：“我何尝不想啊？咱们两个运气太坏！”对还有一些人则是：“好吧，我跟着这行列再走一段，一会儿就出来。”就是在陌生人身边走过时，她嘴边也挂着一个懒洋洋的微笑，仿佛是在等待哪个朋友或者想起哪个朋友；这丝微笑不禁令人赞叹：“她多美啊！”只对某一些人，她的微笑才是酸不溜丢、勉勉强强、畏畏缩缩、冷冷冰冰的，那意思是说：“好吗，你这个坏包，我知道你的舌头比毒蛇还毒，你那张臭嘴就是闭不住！可你以为我在乎吗？”戈克兰跟一群听他侃侃而谈的朋友走过，以舞台上那种姿势向坐在马车上的人们挥手致意。可我一心想着斯万夫人，我装作没有瞧见她，因为我知道一到射鸽场那边，她就会叫车夫把车驶出行列，停下来好徒步走下小径。在我感到有勇气打她身边走过的日子，我就拽着弗朗索瓦丝朝那个方向走去。果然过一会儿就老远看见斯万夫人在行人小径上向我们走来，她那浅紫色裙子长长的拖裾在身后拖着，那副衣装打扮在老百姓心目中是只有王后才有而又是别的妇女所不穿戴的。她有时垂下眼帘看看她阳伞的伞柄，对路过的行人毫不在意，仿佛她唯一的大事和目的就是出来活动活动，全然想不到众人都在看她，所有的脑袋都向她转过来。可有时当她回过头来叫她那条猎兔狗时，她也不经意地向四周看上一眼。

即使是那些不认识她的人也都注意到她身上有点与众不同，有点未免过分的地方，或者也许是由于一种心灵感应，就如同当拉贝玛演得最精彩时就连最无知的观众席中也会掌声雷动一样，感到她该是一个名人。他们心里纳闷："她是谁？"有时也会问问行人，也会努力记住她的服饰，好向消息灵通的朋友打听个究竟。还有一些散步的人停下脚步，说道：

"您知道她是谁？是斯万夫人！您记不起来了？奥黛特·德·克雷西？"

"奥黛特·德·克雷西？我刚才也在嘀咕呢，那双多愁善感的眼睛……她现在可不是那么年轻了！我记得我是在麦克-马洪辞职那天[1]跟她睡觉的。"

"奉劝您别再向她提起。她现在是斯万夫人，她先生是赛马俱乐部的，是威尔士亲王的朋友。再说她还很漂亮呢。"

"不错，可您当年要认识她就好了，她那时那个美啊！她住在一所挺怪的小房子里，满是中国小摆设儿。我记得我们老是听到街上报童的叫喊声，后来她就催我起身了。"

我也就没有再听那些往事，只感到她周围全都是关于她的卓著名声的窃窃私语。我的心焦躁地直跳，心想还得再过一会儿，

---

[1] 麦克-马洪（1808—1893）：法兰西第三共和国的第二任总统，他本是君主派。1879 年 1 月，当参众两院都由共和派控制时，麦克-马洪被迫于 1 月 30 日辞职。

所有这些人（很遗憾，他们当中还没有一个被我认为会瞧不起我的黑白混血银行家）才能看到这个他们一直未加注意的年轻人向这位以美貌、放荡、风度而闻名遐迩的女人致敬——说真的，我并不认识她，不过我认为我有资格这样做，因为我的父母认识她的丈夫而我又是她女儿的伙伴。我现在已经紧挨着斯万夫人了，我脱下帽子，伸长胳膊，久久地鞠一大躬，弄得她都忍不住微微一笑。有些人也笑了起来。至于她呢，她从来没有见我跟希尔贝特一起玩过，也不知道我姓甚名谁，在她心目中，我跟林园的看守、船夫、湖里的鸭子一样，是她在森林散步时遇到的一个小角色，虽然见过但不知其姓名，所以也跟跑龙套的一样没有什么个性。有些日子我在槐树路上没有见着她，却在玛格丽特王后路上碰到她，那里是那些希望单身独处或者希望显得是想单身独处的女人的去处；她总是单独待不多一会儿，就有一个朋友来和她会合，他时常戴一顶灰色高顶礼帽，我不认识他，他跟她聊得很久，他们的两辆马车一直在他们身后慢慢跟着。

布洛涅这个林子的这种复杂性使得它成了一个出于人手的产物，成了一个动物园或者神话中的园子：这种复杂性，我那年[1]在穿过森林到特里亚农去的时候又体会到了；那是十一月初的一个早晨，在巴黎，蛰居室内，匆匆逝去中的秋色近在身畔而你未能一顾，这就难免勾起你对落叶的眷恋之情，甚至可说是一种狂热，

[1] 那是在1913年，离“我”在这里见到希尔贝特那年（1895）已经18个年头了。

折腾得你难以入眠。在我那紧闭着的卧室里，一个月以来我就一直想去观赏，这落叶就经常在我的思想和我思维的对象之间出现，就跟有时当我们注视一个物体时在我们眼前跳跃的黄色斑点一样在我眼前盘旋纷飞。那天早上，耳听得不像前几天那样有雨声了，眼看晴朗的天就跟幸福的秘密从紧闭的嘴巴中泄露出来一样从关着的窗帘角边向我微笑时，我感觉到，我就可以欣赏这些枯黄的叶子在灿烂阳光下超凡的美了；当年在孩提时听到狂风在壁炉里呼啸，可以强压自己到海滨去观赏的愿望，而现在却再也不能不去看看那些树木，我这就走出家门，穿过布洛涅森林上特里亚农去。这正是森林呈现出最丰富多彩的面貌的时刻和季节，这不仅因为这是它被分割得最厉害的时候，而且因为那是以另一种方式分割的。即使在那些可以看到一片广阔的空间的开阔地，面对着远处那些有的还保留着夏日的树叶，有的则已经秃光了的黑压压的树群，也还可以看见两行橙红色的栗树，仿佛这是在一幅刚开始落笔的画上，画家唯一上了油彩的部分，其余部分都还没有着色；这两行树把它们当中夹的那条道路伸向阳光灿烂之处，供日后添上的人物偶尔散步之用。

再往远去，有个地方所有的树还都覆盖着绿叶，只有一棵小树，矮壮粗实，顶枝虽截却坚强不屈，迎风摇曳着它那一头难看的红发。还有的地方依然还是五月树叶开始苏醒时那副模样，有一棵白蔹的叶子简直是神了，像一株在冬季开花的红山楂一样满面笑容，打清早起就舒展怒放。这布洛涅森林一时看起来倒像是一个苗圃或者一个公园，为了什么植物学的原因或者是准备过什么节庆，在还没有拔除的同一种树木之间，刚栽上两三种名贵的品种，枝叶怪诞，仿佛是要在它们周围保留点间隙，疏通疏通空气，多留一些光照。就这样，这是布洛涅森林展现出种种特点，将最多的各不相同的部分组成一个综合体的季节。这也是这样的一个时刻。在树木还保留着叶子的那些地方，当早晨的阳光几乎是水平地照射着的时候，这些树木仿佛又变了一种质地，而再过几个钟头，当薄暮来临，阳光像一盏灯从远处向树丛投射人造的温暖的反光，使树巅的叶子又发出强光，树木本身则像位于熊熊燃烧的顶部下面的一座无火的烛台时，这些树木仿佛又变了一种质地。在有的地方，阳光厚得像一层砖，跟饰有蓝色图案的波斯黄瓷砖一样，在空中胡乱涂抹在栗树叶上；在有的地方，树叶向天空伸出它们蜷缩的金色的手指，阳光却插到它们与天空之间，把它们分隔开来。在一棵缠着野葡萄藤的树的半中间，阳光嫁接上并且催开了一大束红花，太耀眼，不可能辨别得太清楚，多半是康乃馨的一种变种。林园的各部分，夏季是一片苍翠，那么厚实，那么单调，现在各现本色了。从一些比较开阔的地方，几乎可以看到通向所有各部分的道路，也可以说是每一个浓密的叶丛都像往日王室的一面方形红旗一样，标志着通向各部分的道路。我仿佛在一幅彩色地图上看出哪是阿姆农维尔，哪是加特朗草地、马德里、赛马场、布洛涅湖滨。不时出现一些无用的建筑物，什么一个假的山洞啦，挪开树木腾出位置修的或者是在草地软绵绵、绿油油的平台上修的什么磨坊啦，等等。可以感觉出来，森林并不仅仅是个森林，它还要适应与树木的生长毫无关系的一些用途；我心里感到的激奋也并不仅仅是由观赏秋色而产生，还出之于别的什么意念。这种愉快之源是我们的心虽然感觉得到却不知其缘由，也不领悟这是任何身外之物所不能促使其产生的！就这样，我以无法得到满足的温情注视着这些树木，这种温情迈过它们，在我不知不觉之中奔向这些树木每天都要荫庇几个小时的那些漂亮的散步的女子。我向槐树路走去。我穿过一些高大的乔木林，早晨的阳光将它们进行了新的区划，修剪了它们的枝条，把各式各样的树干结合在一起，组编成一个又一个的花束。阳光巧妙地把两棵树拉到一起，借助于它有力的光与影的大剪子，把每棵树的树干和树枝都剪去一半，然后把剩下的两个一半编织在一起，或者构成一根暗影的柱子，两边都是阳光，或者构成一团鬼魂似的光，它那看着别扭、颤动不定的轮廓四周镶嵌着一团黑影。当一道阳光把那些最高的树枝涂抹成金黄色时，它们就像是抹着一层闪闪发光的湿气，刺破整个乔木林浸沉于其间湿漉漉、翠绿色的大气圈，兀然耸立在空中。树木继续凭它们的生命活力活着，就在当它们光秃得没有一片叶子的时候，这生命活力依然发出更加夺目的光辉——或者是在裹着它们的树干的绿色绒鞘之上，或者是在一直长到杨树顶上，圆得跟米开朗琪罗那幅《创世记》中的太阳和月亮一样的槲寄生[1]的白色绒球之中。可是，既然这些树木多年来可说是通过嫁接这种方式，跟那个女子有着共同的生活，它们就叫我想起了那个希腊神话中的山林仙女，想起那个行动矫

[1] 槲寄生为常绿小灌木。

健、面色红润的美丽的社交女子，当她走过的时候，它们以树枝覆盖着她，使她也跟它们一样，领略这季节的法力；这些树木也叫我想起当我还年轻，还有所信仰的幸福岁月，那时我急切地来到这叶丛之间，这犹如体现女性之美的杰作的地方。然而，布洛涅森林的冷杉和槐树（它们比我就要到特里亚农去看的栗树和丁香还要撩乱我心），它们叫我向往的美却并不附着在我身外，并不附着在某一历史时期的回忆上，某些艺术作品之上，并不附着在门口堆放着金黄色的树叶的爱神之庙之上。我到了湖边，一直走到射鸽场。我心中的完美观，那时我觉得它体现在一辆维多利亚式敞篷马车的高度上，体现在那几匹轻盈得像胡蜂那样狂奔、双眼像狄俄墨得斯用人肉喂养的凶狠战马那样充血的骏马的精瘦上，而现在呢，我一心只想重新看到我曾经爱过的东西，这个念头跟多年前驱使我到这同样几条路上来的念头一样强烈，我真想再一次亲眼看一看斯万夫人那魁梧的车夫，在那只有他巴掌那么大，跟圣乔治一样稚气的小随从的监视下，竭尽全力驾驭那几匹振起钢翅飞奔的骏马。唉！如今只有那由留着小胡子的司机驾驶的汽车了，站在他身旁的是高如铁塔的跟班。我真想拿到眼前看看，现在的女帽是否跟我记忆中那低矮得就跟一个花环那样的帽子一样迷人。现在女人戴的帽子都奇大无比，顶上还装饰着果子和花，还有各式各样的小鸟。斯万夫人当年穿的俨然像王后一般的袍子也没有了，取而代之的是希腊撒克逊式的紧身衣服，带有希腊塔纳格拉陶俑的那种皱褶，有时还是执政内阁时期的款式，浅底子的花绸上面跟糊墙纸那样缀着花朵。当年可能有幸跟斯万夫人在玛格丽特王后小道上散步的先生们头上，现在再也看不见有戴灰色高顶礼帽或其他式样的帽子的。他们如今是光着脑袋上街。眼前这景象中的形形色色的新玩意儿，我简直难以相信它们一个个都能站得住脚，都是一个统一的整体，甚至是否都有生命；它们支离破碎地在我眼前过去，纯属偶然，也无真实可言，它们身上也没有我的眼睛能像往日那样去探索组合的任何美。女子都是平平常常，要说她们有什么风度，我是极难置信的，她们的衣着我也觉得没有什么了不起。当我们心中的一个信念消失时，有一个东西却还依然存在，而且越来越强烈，来掩盖我们丧失了的赋予新事物以现实性这种能力——这个东西就是对旧事物的偶像崇拜式的依恋，仿佛神奇之感不生自我们之身而存于这些旧事物之中，仿佛我们今天的怀疑有其偶然的原因，那就是众神都已死了。

我心想：真是可怕！人们怎能觉得这些汽车跟当年的马车一样有气派呢？我也许岁数已经太大了，我可看不惯这么个世道，女人居然裹在都不是用衣料缝成的衣服里。当年聚集在这优雅的红叶丛底下的人现在都已烟消云散，庸俗和愚蠢取代了它们一度荫庇的精巧优美，再到这些树底下来又有什么意义？真是可怕！今天已不复有什么风度可言，我只好思念当年认识的那些女子聊以自慰了。现在这些人出神地看着那些帽子上顶着一个鸟笼子或者一个果园的怪物，他们又怎能体会到斯万夫人头戴一顶普普通通的浅紫色带褶帽或者仅仅笔直地插上一枝蝴蝶花的小帽时是何等迷人呢？在冬日的早晨，我碰上斯万夫人徒步行走，身穿水獭皮短大衣，头戴一顶普普通通的贝雷帽，只插两根山鹑毛，然而单凭她胸口那小束紫罗兰就可以想见她家里是温暖如春——那花开得如此鲜艳、如此碧蓝，在这灰色的天空、凛冽的寒风、光秃的树木当中，它有着这样的魔力，就是仅仅把这季节和这天气当作一个背景，而实际却生活在人的环境之中。生活在这个女子的环境之中，跟那些在她客厅燃着的炉火旁边、在丝绸沙发前面的花盆和花坛当中透过紧闭的窗户静静看着雪花纷纷落下的花儿具有同样的魔力：我那时的情感，又怎能叫那帮人理解？再说，对我来说，光让服饰恢复到当年那样子还是不够。一个回忆当中的各个部分是互相结合在一起的，而我们的记忆又使这些部分在一个整体中保持平衡，不容许我们有一丝克扣，有一毫抛弃，所以我都真想能在这些妇女当中哪一位家里度完这一天，面前一杯香茶，在漆着深色的墙壁的套间（就像是这篇故事的第一部分结束的次年斯万夫人住的那一套一样），墙上映照着橙色的火光，炉子里是一片火红，在那十一月的薄暮中闪烁着菊花玫瑰色和白色的光芒，而这时刻就跟我没有能得到我所向往的那些乐趣的那会儿相像——这点我们会在后面看到的。然而现在，这样的时刻虽然不会给我带来什么结果，我还是觉得它们本身就含有充分的魅力。我真想重新得到这样的时刻，跟我在回忆中的完全一样。唉！如今已经只有路易十六款式的房间了，四面都是点缀蓝色绣球花釉面的白墙。再说，现在人们都要很晚才从外地回到巴黎来。如果我写信给斯万夫人，请她帮我来把我感到已经属于遥远的岁月、属于已不容我追溯的年代的某些内容追补出来（这个愿望本身已无法实现，就如我当年徒然追求的那个乐趣一样无法得到）的话，她会从乡间的别墅回信，说她要到二月才能回来，那时菊花早已凋谢了。此外，我也真希望依然还是当年那些女子，那些服饰使我感兴趣的女子，这是因为，在我还有所信仰的岁月，我的想象力曾把她们一一赋予个性，给她们每一个人都编上一篇传奇。唉！在槐树路，也就是《埃涅阿斯纪》中的爱神木路，我倒见到了几位，老了，都只是她们当年风韵的可怕的影子了，她们在维吉尔的树丛中徘徊踯躅，绝望地不知在搜寻些什么。她们都早就离开了，可我还在向那空无一人的小道打听。太阳隐藏起来了。大自然又开始统摄这个森林，把它说成妇女乐园这种想法早已烟消云散；人工堆砌的磨坊上是一片十足的灰蒙蒙的天空；风吹皱了大湖，吹起了层层涟漪，倒像是一个真正的湖泊；大鸟迅捷地飞越森林，倒像是飞越一个真正的树林，一面发出尖叫，一面纷纷栖息在高大的橡树之巅；这橡树的树冠真像高卢时期德鲁伊特教祭司的花冠，而又具有古希腊多多纳祭司的权威，仿佛在宣告这另作他用的森林已经荒无人烟，这倒有助于我明白在现实之中去寻找记忆中的图景是何等的矛盾，后者的魅力得之于回忆，得之于没有通过感官的感受。我当年认识的现实今日已经不复存在。只要斯万夫人不在同一时刻完全保持原有的模样到来，整条林荫大道就会是另一副模样。我们曾经认识的地方现在只处于这样一个小小的空间世界，我们只是为了方便起见，才给它们标出一个位置。它们只是构成我们当年生活的相邻的诸印象中间的一个小薄片；对某个形象的回忆只不过是对某一片刻的遗憾之情；而房屋、道路、大街，唉！都跟岁月一样易逝！

图书在版编目（CIP）数据

追忆似水年华．第一卷，在斯万家那边／（法）马塞尔·普鲁斯特著；李恒基，徐继曾译．—南京：译林出版社，2022.9（2026.2重印）

ISBN 978-7-5447-9088-8

Ⅰ.①追… Ⅱ.①马… ②李… ③徐… Ⅲ.①长篇小说－法国－现代 Ⅳ.①I565.45

中国版本图书馆CIP数据核字（2022）第038119号

追忆似水年华（第一卷）在斯万家那边 ［法国］马塞尔·普鲁斯特／著
李恒基　徐继曾／译

责任编辑　唐洋洋　鲍迎迎
装帧设计　山川制本workshop
插图绘制　Moeder Lin
校　　对　蒋　燕
责任印制　董　虎

原文出版　Gallimard, 1984
出版发行　译林出版社
地　　址　南京市湖南路1号A楼
邮　　箱　yilin@yilin.com
网　　址　www.yilin.com
市场热线　025-86633278
排　　版　南京展望文化发展有限公司
印　　刷　南京爱德印刷有限公司
开　　本　880毫米×1240毫米　1/32
印　　张　121.875（全七卷）
插　　页　10
版　　次　2022年9月第1版
印　　次　2026年2月第5次印刷
书　　号　ISBN 978-7-5447-9088-8
定　　价　780.00元（全七卷）